開高健

Takeshi Kaiko 1930~1989

Kaiko

Kaita?

Kaken!

Takeshi Kaïko

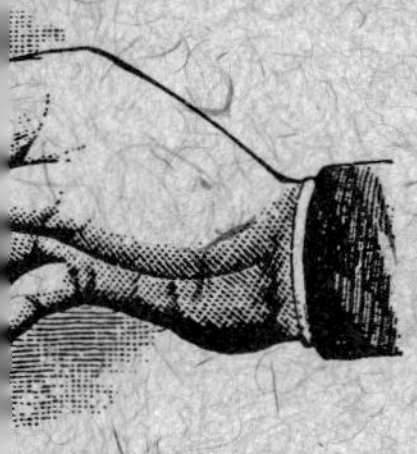

一言半句の戦場

開高健

もっと，書いた！もっと，しゃべった！

全集・単行本未収録　エッセイ，コラム，インタビュー，対談，座談会，聞き書き他

集英社

一言半句の戦場

CAPTAIN

contents

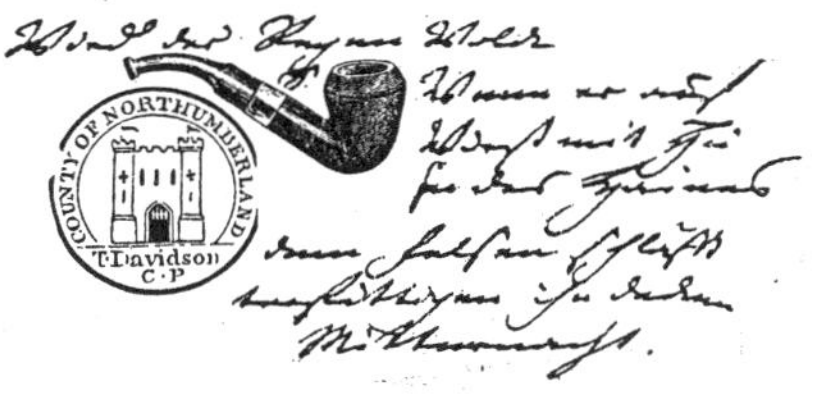
COUNTY OF NORTHUMBERLAND
T.Davidson
C·P

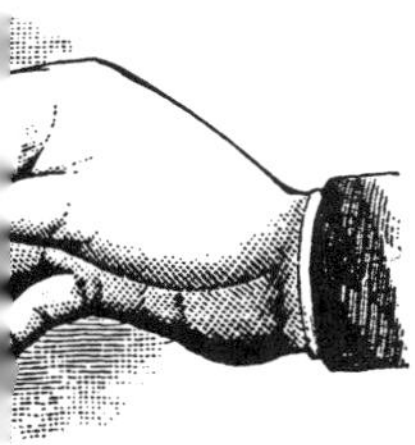

もっと，書いた！もっと，しゃべった！

写真の背景

1958年（昭和33年）4月28日
「別冊文藝春秋」

写真をとりたいが背景はどこがよろしいと聞かれてガスタンクのあるところと答え、東雲《しののめ》の東京火力発電所へでかける。

石炭山を歩きまわっていると雨がふりだした。暗い空のむこうに海と埋立地があり、ひさしぶりに酸で洗われたような快感をおぼえる。あたりには石と水と鉄しかなかった。一時間ほどうろついて帰ったが、さわやかな体操をやったような気がして、足が軽かった。

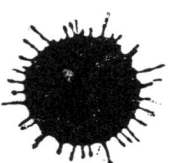

我々は何を描こうとしているか

◉対談＝羽仁 進（映画監督）
1958年（昭和33年）6月1日
「映画評論」

偶然性から現実へ

——開高さん、羽仁さんの映画をごらんになっていかがでしたか？

開高　結論からさきにいいますと羽仁さんの映画の魅力は偶然性だと思います。偶然性に対する非常に旺盛で積極的な受入れ態勢、それに感心しましたね。現実のある部分をぬきとり、きりとって作家の個性のままに再構成するというのが創作だと思いますが、ただ私の場合は「パニック」を書いたときにもそうですが、素材そのものの持っているヴァイタリティ、それをできるだけ原型を保ちつつ再構成しようという気持が濃厚にあるわけです。羽仁さんのやっておられるフィルムの上に現われた偶然性をわれわれが活字にする場合は、どういうように採り入れたらいいかということで、小説を書くものにとっては方法的な技術的な問題が起きてくるわけです。映画がどういうふうに作られるか、私はこまかいことはよくわからないので、アマチュアとして発言するのですが、たとえば子供の表情なりその環境を微に入り細に入り描いてゆく、その過程で予期しないものが現実の現象の波のなかに現われてくる。それがおもしろいんですね。その現象の持っているヴァイタリティなり迫力なるものをフィルムとして編集し直して再構成するときは、どこを捨てどこを採るというこ

とで、あくまで羽仁さんの個性が現われてくると思うのですが、とくに記録映画のもつ魅力は再構成されながらなおかつキラリとのこっている第一の現実の迫力でしょう。

羽仁　もう一つはそういう予期しないことを……ぼくなんかは最初は『教室の子供たち』を作った頃ですが、それも意識していないようなんですけれど、予期しないものを発見していくという態度に非常に興味があった。そういう仕事のやり方なんです。実はそれが非常にむずかしい問題になるわけだけれども、やはりカメラでそれを撮っていくということは、こっち側からも何か出ているのです。そのことが一つの刺激みたいになって、つまり実験みたいなものですが、刺激に対して何か相手が動いているのじゃないかと思うのです。あとでそれを非常に意識して、劇映画の演出とは違うけれども、全然遠回しの形で何かそこにある刺激が出たときに、また何か出てくる。何が出てくるかということについては、こっちが予想していないものが出てくることが多いと思うのですが、そういう形でだんだん撮影を考えていく。最初はただ発見だと思った。実際には問題としては発見でもいいわけだけれども、仕事をする手続としてはそうでないということを非常にあとで考えるようになったのです。劇映画でもいちばんいい監督さんたち、昔の名監督というのは踊っているといわれたわけです。振付ですね。だけど今の名監督というのは踊らないわけでしょう。俳優が工夫することの中から見つけているわけです。そのために俳優が苦しむことになるわけだけれどもそれはぼくたちの子供の場合と全然違うが、やはり何かそこから出てくる偶然性だと思うのです。そういう偶然性みたいなものから生れてきた劇映画はすごく迫力がある。そうでなく踊っちゃった映画はやはりつまらな

いのじゃないかということを今非常に思っているのですがね。それからぼくは開高さんの作品を読んで、全部おもしろかったわけですが、たとえば「パニック」なんか、非常にディテールを追っかけていって、具体性のものを追っかけていくのが突然別のものにかわるでしょう。最後にこれがただネズミの話でなかったということでむしろ感動するわけです。それでびっくりする。そういうものが非常にある。それはぼくなんかも、もちろん『絵を描く子どもたち』に対しても、まず第一に子供の映画だし、子供の心理の映画なんですけども、そこで追っかけていくと、何かそうじゃないものが出てくる。たとえば子供がすごいお化けを作ったりする。子供がかくということが、人間全体にある原始的な意識みたいなもの、そういうものとしておもしろいと思ったわけなんですが、そういうものが開高さんの場合にもあるように感じましたが、そうじゃありませんか。

開高　あれを書いているときにさまざまのものを感じさせられました。ネズミの習性を調べると、一匹一匹はすごく臆病で神経質で頭がよい。ところが一旦モッブになるとたちまち盲目的になって何にもわからずに突っ走っていく。そういうところに日本人の持っているファナティズムを感じたのです。たまたまそのときにアメリカ海軍のとったサイパン玉砕のニュース映画を見ると、崖の上から日本人が飛び込んで集団自殺するシーンがありました。あれはネズミの習性を調べているうちに非常に感じたのです。そこで初めはそういう寓話性の面からだけ書いていこうと思った。ところがネズミの特殊性、あの作品の中でいろいろ書いておいたような、そういう条件――ササの実が百二十年毎に稔る。雪が降ってネズミが巣に入って、春になると盲目的に突っ走って、かりに湖があれば、その中に飛び込んでしまう。そういう特殊性に終始一貫することで、かえって作品に寓話性なり、リアリティなりを出し得るのじゃないか、予期した寓話性を持つより、なにくわぬ顔で事実を徹底的に追及したほうが――ぼくはこう計算してやったわけ

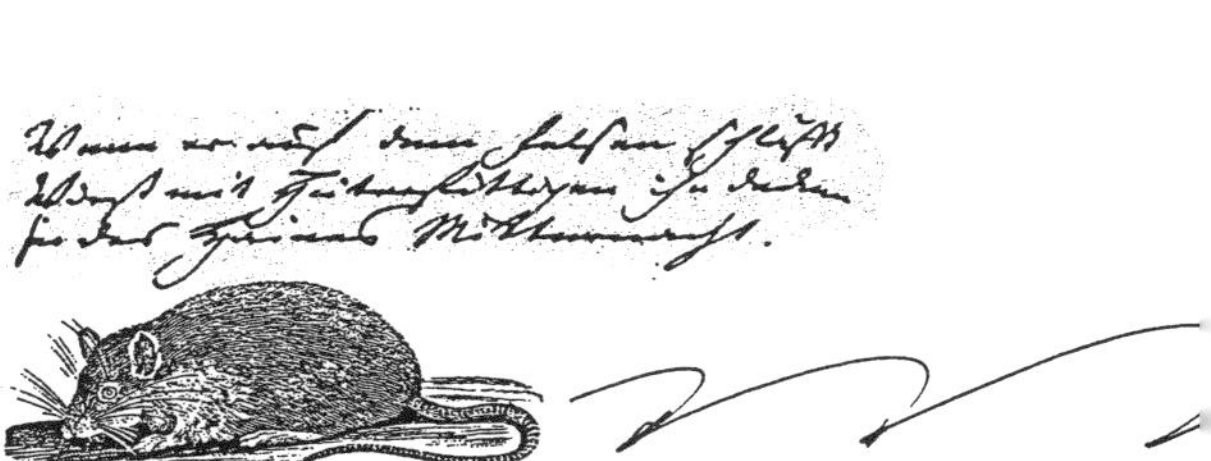

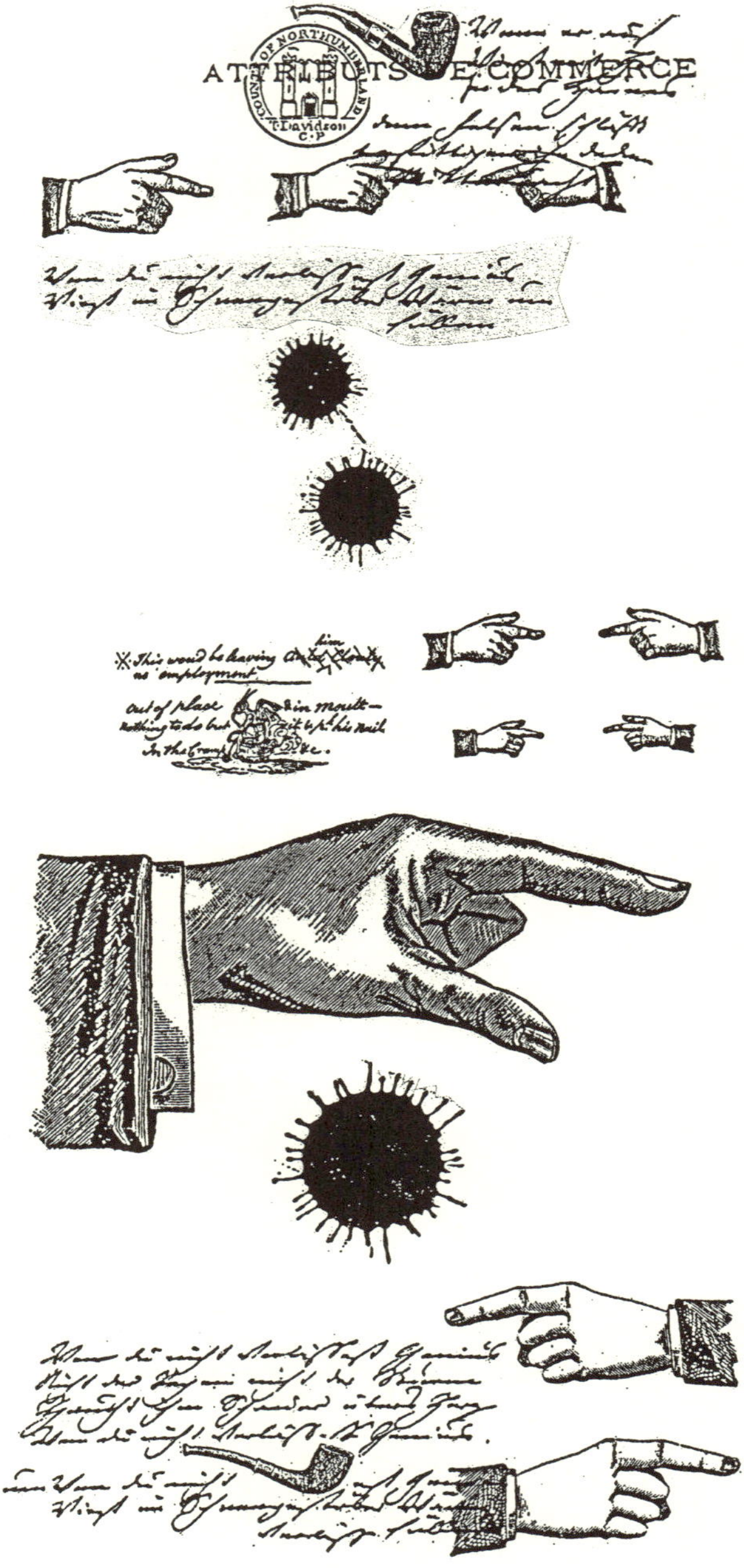
COUNTY OF NORTHUMBERLAND
T. Davidson
C.P
This would be leaving
no employment
Out of place
in mouth
nothing to do but
his nail
In the

なんですけれどもね。
羽仁　だから一種の偶然性……。
開高　そうですね。
羽仁　今までの寓話はわかっていることを当てはめていくというのでつまらなかった。そういうのじゃなく、具体的なものを追っかけていけばいくほど、むしろ一般的なものが逆に浮び上ってくる形です。映画なんかでも浮び上るものを最初から問題にしたものはつまらない感じがするんだけれども……。
開高　もう一つぼくの場合は個人心理の内面描写で小説を書くことに対する疑いの気持があった。人間の肉感的心理、それのヒダにまで微に入り細に入って描いていく、そういう意味の、低いリアリティにかけては、日本人は世界的な天才ですね。しかしこれが現在の文学にどういう悪影響を及ぼしているかは周知のとおりです。肉感、内在感、いわゆる素朴肉感主義ですか、そういうもので、いままでの作家と読者はべとべとに濡れています。約七十年ほどの日本の近代文学の歴史のなかで四十年余りを占める私小説の伝統がしみついていて、それから抜けられないわけです。だから外界に向って肉迫することができない。社会性を前提とした造型ができない。のみならず現実そのものに対する劣等感みたいなものがあって、現実変革の意志あるいは現実を対象化しようという姿勢に欠けている。自分の狭い素朴な肉感の領域の中に閉じ籠って自己を表現する。そういうものはもう書かないでもいいくらい極めつくされている。この分野では何ら新しいことは期待できないと思う。せいぜいその中で皮膚感覚やレトリックのヴァリエーションを競うくらいが関の山というところでしょう。それは病的にまで作家の姿勢を崩すだけで何にもならないと思う。そこでぼくはできるだけ外からとらえ、集団としてとらえてみようと考えたわけです。

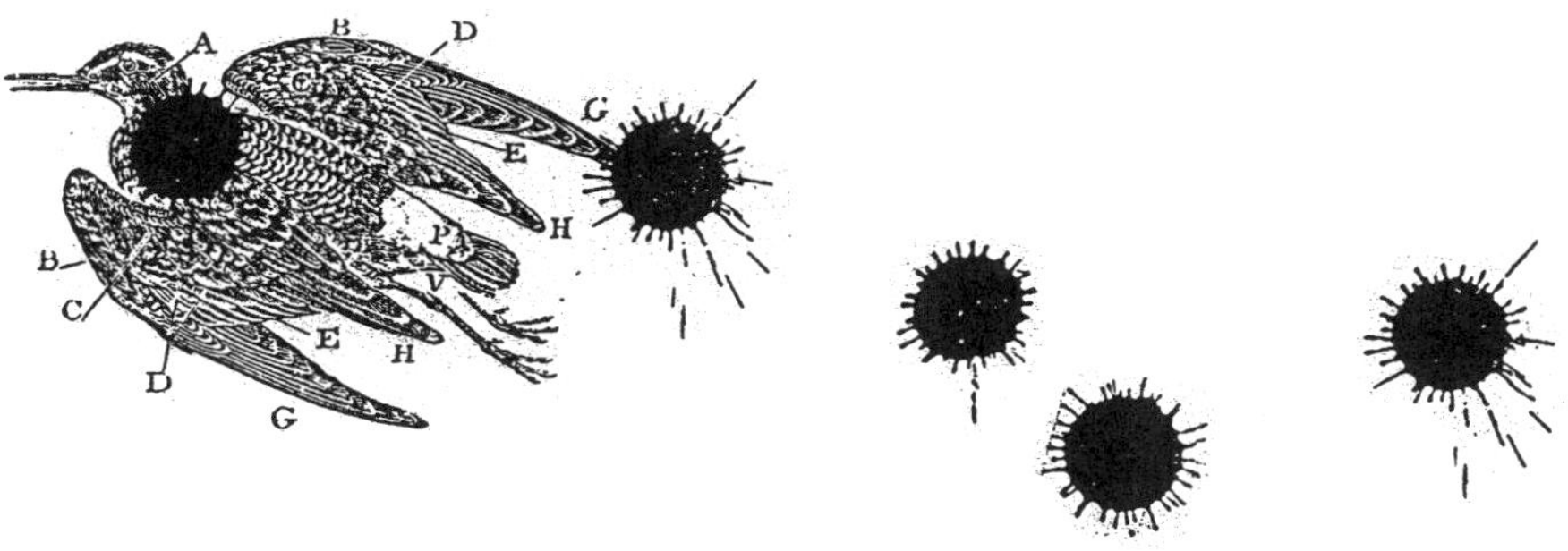

徹底的に否みようのない、気ままな解釈をゆるさぬ事実を積み上げていって、それが段階的にゆがめられないで発展してゆく形——もちろん最大前提にフィクションがあるわけですが、そのフィクションの仮定の上でそれを考えてみようと思ったのです。

混沌からの出発

羽仁　だから今までの日本の記録映画みたいなものを考えた場合、ショットの中にすごく偶発性が含まれている。そういうショットをカメラが撮ってくることがあるが、ほんとうは、まとめる態度は、むしろ開高さんのおっしゃるようなものだったり、あるいはもっと簡単なセンチメンタリズムのようなものであって、何かいくつかのパターンがあって、その中に入れてしまって、視覚的な追及が弱いのじゃないか。見たあとで、最初考えたとおりに、事実は今まで話に聞いていたとおりであったという、何かそういうものが多すぎたと思う。写真なんかでもそうだと思う。だから新聞の見出しみたいな写真とか記録映画がちょっと多すぎた気がするのです。むしろそういう事実の中で見ている人が逆にびっくりするような……びっくりさせるにはどう積み上げていくか、これは作家の側がむずかしい。いままでのは素朴な自然主義でしかなかった。写真や映画の場合は、カメラの使い方はとても損な使い方で、ほんとうのカメラの持っているうちの一部分しか使われていない。その一部分は、やはり自然はこういうふうに美しかったということです。そういうところにカメラが使われていたということは非常に損だと思う。今、開高さんのおっしゃったように、事実を、たとえばカメラの見た一つの事実はこうだ……それはいままで文章で現わされた場合は、どうしても一応ある面でとらえるというようになります。一応何か整理しなければ言葉にならないところがあったと思うのです。カメラがいちばんいいものを持っているところは、ごちゃごちゃのままで入ってくるということがある。むしろ逆に発展させてごちゃごちゃのままで押していく。と同時に押していくことで、今まで事実はごちゃごちゃであるが、何かその辺の押し方ですね、もっと押していかなければならない問題が非常にあると思うのです。ところが今までの写真や記録映画の場合は、そうじゃなくて、やはり文字で書いたものに追随しているわけです。そういう面だけを撮っていこうというような、あらかじめ態度というものが非常にある。それでもなおかつ部分的に偶然が写っているが、そっちに作者は眼を注がないで、むしろ最初に考えた結論にいこうとしか考えていない。その場合、結論が進歩的な場合もある。古いセンチメンタルの場合もあるので、それだけで作品の評価は決められないが、持っていき方としてはそういうことが多かったのじゃないか。映画の流れに対してカットが抵抗しているものが少い。実際にはむしろ抵抗がお互いにぶつかり合って映画ができていく形が映画で考えられるのじゃないか。今までの映画はまずつながってくれないと困るということを考える。カットからカットにいかに滑かにすべるかということを考えすぎる。そのことはだんだんカットを薄っぺらに整理しやすいところに持っていく危険がある。そういうものでは……、たとえば、開高さんの文体ではそういうものを意識しているでしょう。お互いに自分が独立の、ないしはショットの対立するものが少くとも映画的なフォームだし、今までの形で現実をとらえると、現実がとらえきれなくなっていくのじゃないですか。

開高　そのとおりですね。現実が今までの創作方法を上廻っていることは認めなくちゃいけない。そしてたいていの作家がこの二つのもののあいだにある距離のなかで分裂してしまっているのが現状ですね。現実のさまざまなファクターを相対化し、対立してとらえることができなくなっていますね。

羽仁　だからぼくらの映画なら、今までの記録映画はあまり主人公を作ったりしないで論文みたいなスタイルだった。そういう意味では主人公を設定しているのですが、劇映画の場合は主人公を設定して、逆に動きやすい形で周りの世界を集めて作っていくという形だけれども、ぼくの場合は主人公は主人公を選択する。彼らは現実にいる。たとえば、子供はクラスの中のいろいろな事柄の影響を受けている。それだから一応主人公みたいなものがありながら、非常に大きなほかの力でどんどん押されている。そういうことでぼくらの考えでは、今までリアリズムといいながら、現実を既成の受けとりかたで整理しながらということから出発しているように思う。そうすると、一応話はわかって結論として異議はないが、それはちっとも現実をとらえていないというむなしさが起るのじゃないか。そういう意味ではいつでも混沌になりやすいともいえますが、やはり混沌みたいなものから、一歩一歩出発していかなければいけない面が非常にあるというふうに思うのです。作家として最後まで混沌では困ると思うのですが、ある程度むしろ混沌から逆に出発していくことが必要だと思うのです。たとえば映画のほうでは、このごろとても考えているのは、モンタージュというのがある。エイゼンシュタインがモンタージュを考えたことは、それ自体は大変なことだと思うのですが、カットを言葉みたいに考えたところがあった。たとえば、「白樺」という言葉、それと「美しい」という言葉がつながるということで、言葉と考えていた。言葉の連関ということでモンタージュをきめていく、だから単語は意味がない。そういう形は映画のほうではパンフォーカスが出て否定された。パンフォーカス以前は、主体にピントがあった、あとはぼけていた。というのは言葉に近いわけです。ところがオーソン・ウェルズが『市民ケーン』で初めてパンフォーカスで全部に当てたわけでしょう。そうなると初めて、ストーリーに関係のない人がうしろでちゃんと主張しているわけです。背景が非常に重要になってくる。そういうのをロッセリーニは意識して使っている。なるべく実際が張り合っている形でとらえるような形になっていく。そうなっていくと、モンタージュ理論がだんだんと後退していくわけです。たとえば劇映画のほうでは吉村公三郎先生なんかの主張された縦の構図みたいなものがどんどん使われる。つまり人物をワン・カットに配置していく。今までは人物が対話していると切り返しで見せる、あなたのおっしゃる主観的になっている。ところが縦の構図になってくると、主観的カットでも客観的にとる。主人公がいて向うに相手がいるという形で撮っています。今の問題としてはむしろ新しい形でモンタージュを最近は考えていいのじゃないか。非常に立体的で、それ自体が重さを持っているカットね。そういうカットがお互いにぶつかり合うということですね。たとえば、「パニック」でも、ああいうネズミが出てきたことが、そこの政治みたいなものと突然ぶつかってそれをゆすぶっている。ネズミが出てきたことはとても人間にとって工合が悪いけれども、逆の意味で変なところにつながっている。立体的ということです。あすこの主人公がネズミが湖に飛び込んでがっかりしちゃう、ああいうのは非常なモンタージュなんじゃないか、映画でもそういうモンタージュをしないと……、ディテールが精密になっていくことで、閉ざされた世界ということにな ってしまうということだけでは、非常に危険なんじゃないかということね。それを感ずるのですがね。現実のぼくたちの生活は、きのうまで縁もゆかりもない人が現われて、それにこっちの運命が左右されることが非常に多いでしょう。そういうものを無視しているリアリズムはどうしても実感がわかないわけですね。

開高　そうですね。初めに言ったように、今までのやり方を見ていると、現実に無数の流れがある。その中から自分に合うように切りとってくる。そうしてその中においては登場人物に対しては自分が絶対者であるわけです。登場人物を人形のように扱う。そういうふうないき方であるために、たまたま何か条件が作用して、登場人物にひきずられたならば、その作品は成功であるという別の言い方が出てくるのですが、これは古い素朴な一元的なやり方で、これでは現実に追いつかないと思うのです。現実そのものの持っている屈強さ、矛盾さ、偶然性、そういうものをふんだんに採り入れていって、そうして矛盾した素材、もとの素材そのものの持つ迫力といいますか、生命力といいますか、そういうものを持ち込んで、枠を破っていきたい。そういうふうにぼくは今考えているわけなんですけれどもね。もちろん文学はどんな形式をとるにせよ、最後まで人間を描き、人間に関係するものであるわけでしょうが、今までのように、肉感的日常性をとおして、そういう実感性のみをもって読者に訴えようという手法はすでにやりつくされてしまっているうえに、やがては作家自体を現実からたちおくれさせ、衰弱させてしまうように思うのです。この手法の果てには皮膚感覚の末端肥大症しか待っていない。やがては作家主体の衰弱をカヴァーするためのさまざまなトリックの乱舞をやるか、構造的なものをもたないエッセイになるかどちらかでしょう。

羽仁　そういう意味で複雑で奇怪な現実をとらえるということは、大きな課題であり、そういうものをとらえていくことを出ら、そこを人間が突破していきながそういうことを考えているのです。その点になると非常にむずかしくて、それは自分があらかじめ決めてかかるべきことではむしろない。どういうところにいったら抵抗のあるものにぶつかるか、その辺はどうですか。

開高　これは一般論でなかなか片づけられないと思います。私自身まだその姿勢に対して未成熟なところがありますから、やはりこれはその場にぶつかって素材の特殊性と格闘するよりほかに手がないでしょう。

羽仁　開高さんの「パニック」なんか非常に悲惨な話ですよ。そうだけれども、悲惨な話に作ってやろうという悲惨さでは全然ないわけです。そこに、前に動いていく姿勢みたいなものがある。そういう意味で非常に感動したわけですがね。だから非常にむずかしいわけだけれども、実際に作品を発表していった場合に、その作品が持っている外面的には、抽象的なものだけでなく、やはり運動量みたいな方向みたいなものがありますね。そういうものとしてそれを受けとめないと……何かそれは一つの動かない物体じゃなくて、運動しつつある物体じゃないか、そういうふうなとらえ方で——ふつうの人はわりあいにすなおに読んでいるかもしれないが、そういうふうに映画としても見てもらうのが当然だろう。実際には見ているのでしょうが、そういうふうに考える。そういう意味では、一作きりの小説家というようなものでも、それはものすごい運動量を持っているのかもしれないけれども、非常に多くの場合は、最初から運動していない作品が小説でも映画でも非常にあると思うのです。

開高　それはあると思います。

羽仁　映画でもいやに意味がかっている映画、ほんとうの運動量を持たない映画みたいなもので、それは大変よかったような場合だけれども、あしたからきょう、きのうと変らないでけろっとしている、そういう映画を見たり本を読めば、何かにぶつかって自分のほうも運動を起すみたいなところにいかなければいけないのじゃないですかね。

アクチュアリティーとテーマ

――そういうポテンシャルエネルギーを持った一つの素材として画面に表現する。いままでの常識的な表現でなく、素材そのものが一つの表現力を持つという場合にそれに対する作家の内的エネルギーというか、創作意欲が創作のプロセスに具体的にどう関係していくか、これはどんなに表現手段が変ろうと社会が変ろうと、初めから一貫していると思うのです。そういう新しい方法で何かテーマというものをわれわれが追及していかなければいけない、その場合の問題をお聞きしたいのですが。

開高　素材というものは、いかに偶然性の迫力にみちていようとも、そのテーマから浮き上っていると、安易なる素材主義に陥る。テーマに対する姿勢とどういうふうに強力に結びつくか、その点はどうか、こういうふうなことをお聞きになっているわけですね。

――そういうときに、さっき開高さん、羽仁さんがおっしゃったような、これまでの自然主義のようにセンチメンタルなテーマをぱっとつかまえて、そこから表現が生れてくるような、そういう形ではテーマは意識できないと思うのです。だけど少くとも何かそうでない新しい感性なり直感なり感動なりで、やはりテーマは把握されると思うのですがね。しかも現実はどんどん変化していっております。その中には、いろいろな偶然的なものがあるし、矛盾もあり、否定もあると思うのです。そういう現実の渦の中にいて、その場所からいかに現代のテーマを把握するか。カメラがなければそのテーマが生れてこないという、テーマと技術という問題が相互に意識し合うような、そういうものがある瞬間に偶然にとらえられたときに、いわゆるアクチュアリティーということになるのじゃないかという気がするのです。

開高　アクチュアリティーという言葉が出たのですが、どういうふうに解釈していらっしゃいますか。ぼく自身はアクチュアリティーというのはこういうふうに解釈しているのです。ある一つの表現なり描写がアクチュアルであるというとき、その表現なり描写なりにある今日性、同時代性ですね、まずそれが指摘されている。もっと突っ込んでいえば、極端に言って、たとえ一回こっきりしかそれは効かないかもしれないが、少くともその場限りにおいては他の何物によってもかえられない迫力を持っている現実、およびその表現。つまりニュース映画や報道写真のように、一回見たときには非常にフレッシュで、拒否し難い迫力を持ってはいるけれども、二回目には、それはすでに古びてしまっているかもしれない。しかし最初のショックは同時代人としてぜったい拒むことができないといった、一種の、そういう素材的なもののことをさしてアクチュアリティーといってるのじゃないでしょうか。ぼくはそういうふうに感じているのですがね。

羽仁　その点は開高さんと同感です。そういうふうに考えていかないと危険じゃないかと考えているわけです。つまり、ヒットラーなんか写真ジャーナリズムを――いちばん組織的に使ったのはゲッペルスです。ああいう写真が持っている危険性を逆にいえば現わしているようなものですね。それは瞬間性というものでいきながら、だれかが計算している。

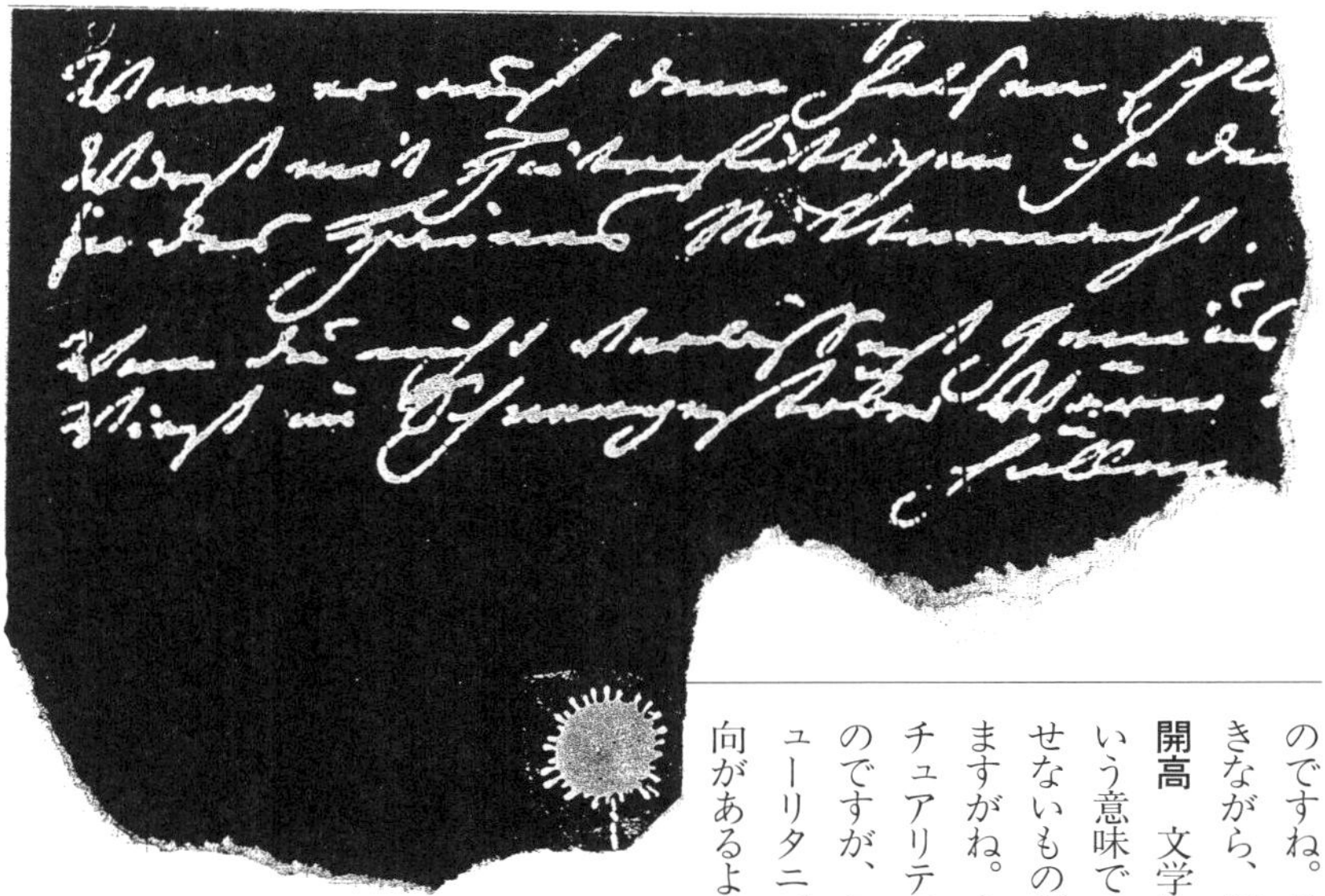

開高　文学にしても映画にしても、そういう意味でのアクチュアリティーは欠かせないものだと思う。それだけでは困りますがね。古典主義者はともすればアクチュアリティーを排除しようとしているのですが、この態度には一種の頑固なピューリタニズム、日本の伝統的な純粋志向があるようですね。

羽仁　そういう意味では、アクチュアルをもう一つ動かしているものです。それを開高さんがリアリティとおっしゃったが……。

開高　アクチュアリティーを作品世界のリアリティにまで高めることがつまり創作ということだろうと思うのです。それはやはり特殊性を一般性にまで——普遍性までに高めようという力、志向、そういうものがなければ成立しないでしょう。

羽仁　具体的に一般性に高めようとする場合、初めてそこに何か登場してくるわけでしょう。そこで作者が登場してくると思うのだけれども、その場合の具体的な開高さんの考え方の方向でしょうね。

——その中に開高さんのはっきり言葉で意識していない何かを描こうとしているテーマの問題も、そういうことから伺えるような気がするのです。作家ののっぴきならない自分自身の苦しみの中をとおして、彼は何を描こうとしているという問題を発見すると思うのです。その点では羽仁さんの作品を見ても、やはりそういうものを感じるし、ストーリーでテーマを語っていない。これはあるいは当っていないかもしれないけど。

羽仁　その点はぼくはわりと同感です。しかしそれは言葉でいうのは非常にむずかしいですね。

開高　それともう一つ、作家がすみずみまで計算し、意識して作った作品は、作家が非常に力を持っていて、その力をふるった場合には、もちろんおもしろい作品になりますが、その反面作家の無意識的な力が働く場合つまり作家が作品を知らないで書いた場合のほうが、迫力や魅力をもっと生むのではないかということもあると思うのです。そういう作品の魅力はなかなか分析しにくいので批評家はかえって足を踏みこみたくなる。大変貴重なものですけれど、それにいつまでもよっかかっていると、悪い意味での混沌に落ち込んじゃうわけです。

現象の奥にあるもの

羽仁　そういう意味では、映画にしてもそうだし、小説にしてもそうだが、作品を言葉で簡単に規定し得るというものに、ちょっと考えすぎる傾向があると思うのです。そのことはある意味では必要だったということもあります。あまりにトリビアルな、いわゆる技巧的なものだけを見せている作品が非常に多くなった場合、そういう変なニュアンスみたいなものは重要じゃないという意味で、そういう批評が登場してきたということはわかるけれども、それはほんとうのあれじゃなくて、そういうものの否定としては意味があるが、実際に小説を読んだり映画を見たりした場合、論文を読んでいるわけじゃない。この映画のテーマはこうである。同感であるという形で、実際にみんな受けているわけじゃないと思う。またそんなことですんでしまうことなら、論文のほうがわかる。むしろ人の中であとまで生きている形でなければ、芸術としてはないかと思うのです。そういう現実を今……。そうでないなら芸術でない、わかりやすい論文を書いたほうがいい。小説を書いたり映画にしていかないでいい。ぼくはこういうふうに思う。ぼくの態度みたいなんだけれども、一つは今というのは大変な時代じゃないかと考えているわけです。ということは、何というか、非常によくない時代であるということ。そのよからざるというのが、さっきおっしゃった公然とされない形で出てきているることが、ますますよからざるむしろ、時代じゃないかと思う。既成の型で現実を認識することがあるが、そういう方法で認識すると、全体はよくないにしても、まあまあという感じがしちゃうという感じ、実は非常に大変なことが起りつつある。そういうものに取り囲まれている時代じゃないかと思う。そういうものがいままで用意されていたパターンでは全然認識し得ないような現実があるのじゃないかと思うのです。そういう現実を今までのいろいろな視点でなくて、全然新しいアングルで見なければいけないのじゃないかということを非常に感ずる。「パニック」はそういう意味で非常におもしろかった。そういうことと一方では——そういう点では楽観的だが——そういうものを人間は当然突破しなければいけない。また突破し得るものがあると思う。それじゃそういうものをどういうところに求めていくべきかということと両方あると思うのです。そういうことがむずかしいあれになって、そういう意味では心理的なことに興味があるのですが、今まで考えられている心理は心理のはじっこなんです。

開高　端的にいえば個人の感情でしょう。

羽仁　だからそういうことを一方でやりたい。それじゃもっと奥にあるものかということも一方にあるわけです。その辺は非常に複雑ではあるわけです。たとえば映画『法隆寺』でやりたいことは、あの中でも原始的な人間性か何かありますね。そういうものが個人的なものじゃなく、もっと幅のぐっと広い何か集団のオリジナルみたいなものがある。そういうものはそのままではしょうがないけれども、そういうものをはっきり認識することが必要なんじゃないか。今まではそういうものの代りに習慣的な思考方式があると思うのです。そういうものを前提として話が出発する。さっきお化けの話をしたけれども、変なお化けが出てくることに対しても非常に興味があるのは、一方には今の時代があって、そういう意味では今までの作品にはそれは全然ないわけですが、そういうものを新しい視点でビジュアルの形にするということは非常にプラスじゃないかと思う。だけど今までのぼくの仕事はそれに対応するのに、そういう意味では、人間的なものを発見しようということに興味があった。その両方の面ですね。そういう意味で感じられることは、そういうことの意味では今、心理主義とか心理という考え方、それが間違っているので、むしろほんとうに奥にあるもの、奥にあるものを取りかこんでいる常識的なもののさっき言われたマスコミから実感といわれた場合の実感でない——外から与えられたものを自分ではけっこう実感と思っていることがあるのですね。

開高　それはあらゆる分野にありますね。

羽仁　よくこれは本物だと言ったりする。映画では、これはリアリティがある、これは記録映画だから本物だというが、そういうものがいかにそうでなく、パターンとして与えられた習慣で、ぴったりだったということが安心感、それが真実感に逆にすりかえられているということを非常に感ずるわけです。やはり今の芸術の任務はそういう安心感みたいなものをもっと……非常にアカのついているようなそれをきちんとしていくことが非常に必要なんじゃないかということですね。

開高　ぼく自身の感じでは、絵を通じて対象——子どもたち』では、『絵を描く子どもたち』では、絵を通じて対象——現実をとらえていく子供の意識の発生の仕方が進化論でいう個体発生は系統発生を繰り返すということ、やさしくいえば、洞窟時代からピカソまでに至るまでの段階を、各人がそれぞれの相違はありながらも子供が短い期間に通過する、そういう発生状況を追及している。そういう新鮮さがあれを支えているのじゃないかと思ったのです。

羽仁　ぼくたちの中には原始人みたいなものが隠されて生きているのじゃないか。そういうものを知らないで、われわれは盲目的なものに動かされている。盲目的なものには常識的なパターンが……、さっきのネズミの話に持っていくわけだけれども、エネルギーが何かによって変な方向に持っていかれるようなことを非常に感ずるのです。

開高　『絵を描く子どもたち』を支えているものは、意識の一方において子供は文明社会における未開人種として生きながらなおかつ一方においては文明社会の環境がもたらすさまざまな圧力を受けている。こういう対立を対立としてとらえていることが迫力を生んでいるのではないかというように感ずるのです。

——どうも長時間本当に有難うございました。

男性美

1958年（昭和33年）11月20日
「中央公論」松川裁判特別号
〈松川裁判と広津和郎〉アンケート

　五年間の広津さんの敢闘ぶり、その持続力や冷静緻密さにあらわれた男性美についてて申上げることはなにもありません。

　私はきわめて怠惰でしたがとにかく法科出身なので、友人にも法律関係の人間がおり、この事件についてしばしば話しあうことがあります。そのとき、広津さんの裁断によって古い鉱脈を露出した告発者側の発想法、詭弁や形式論理や期待性理論や面子《メンツ》意識などに表現されている危険さ、陰惨さについて、議論しはじめると、私たちはたちまちこえがたい溝にぶつかってしまいます。しかも友人はすでにその溝のむこうできわめて円滑な歯車として回転しているのです。

　松川事件は水面から大きな部分をあらわす結果となりましたが、はるかに巨大なものがその下に沈んで支えています。これに対する根本的な態度決定をあらゆる批判の前と後の主題だと考えます。田舎者の野暮で執拗な責任感をもってそれをどんな時間の風化にもたえて支えていかねばならないと思います。

概念的になった〝農民文学論〟

1959年（昭和34年）6月16日
「早稲田大学新聞」
第一回〈新評論賞〉選評

　鞠尾淳氏の「民話的農民文学への挑戦」は、きわめて短い枚数のなかで文学史的考察をやったので、いきおい概念的にならざるを得ず、その部分についての非難はまぬがれがたいことと思います。やりたかった作者の気持はわかるように思いますが通過が気ぜわしいので、個々の作品の評価について疑問がいくつかの

こりました。が、自分の目標というものを一つもっていて、対象をそれにむかって血肉化しようとする試みと態度ではほかの原稿にないものが一応あるので、選外としてでも推選したいと思いました。

　ほかに磯田光一氏の「近代小説論」その他を、いくつか読みましたが、いずれをとってみても決定打はでていない印象でした。これまでの日本の文学のいろいろな特徴をふりかえって、分析と批判をすることについてはどの作者も平均点をとっているのですが、結論の部分になると論旨があいまいになり、力がおちてきます。ただの現状分析ということだけに満足しきれないで、それ以上の将来への態度決定をおこなおうとすると、姿勢がくずれて、足場がなくなってしまうのです。

　これは、ここだけに見られる現象ではなく、どの分野を見まわしても、みんなそうなっているようです。過渡期だから、といってるだけでは、なにもならないのですが……。

曲球と直球その他――大阪弁と東京弁

1959年（昭和34年）9月1日
「言語生活」

　ぼくは大阪で生まれて、大阪で育った。学生生活もずっと大阪だった。東京にでてきて暮すようになったのはここ数年のことである。ちかごろは東京でも関西弁を使う人がたいへん多くなってきたので、ときどき無意識のうちに関西訛りがでても、それほど気にせずにすむのでありがたい。

　ふつう、大阪弁と東京弁をくらべてみると、大阪弁は曲球で東京弁は直球だという人が多いようである。大宅壮一氏がいいはじめてから、とくにそういう感想をよく聞く。言葉のリズムやアクセントの襞などにこもっている精神的生理を見ると、たしかに大阪弁は屈曲が多くて、言外のニュアンスに意味をもたせたり、譲歩しながらそのくせあつかましく自己主張したり、おとぼけ、遁辞《とんじ》などに長《た》けていることは誰しも指摘するとおりの事実である。

　ぼくの経験では、東京で暮しはじめたころ、女がこわくてしかたなかった。というのは、リエゾンの多い、アンコロ餅のようにくにゃくにゃした大阪弁で暮してきた耳には、東京弁がひどく甲ン高くて鋭角が多いように聞こえてならない。〝カキクケコ〟の音が耳についてならない。いつもなんだか叱られているような気がするのである。しかも彼女はぼくの大阪訛りを聞くと、ふっとどことなくバカにしたような表情を走らせる。たいへん情けない気がした。

　しかし、東京弁が大阪弁にくらべていくらか行儀がよいといったところで、威張れるほどの論理性や立体性を骨格にしっかりもっているようには思えない。いわゆる東京弁というものと、ほんとの土着の東京弁というものと、この二つはあいまいにまじりあっているようでどこかこまかい点で分れあっているものだろうと思う。それがわかる人はすくないのではないかとも思う。が、ぼくなどの使っている、いわゆる東京弁というものは、たいへん脱色、脱臭されたものである。だいたい東京という町自体が、(こういういいかたがいいものかどうか、ちょっと疑問があるが——)、他国者のエネルギーでうごかされている町であるから、そこの言葉は最大公約数としての体臭しかもち得ない。全国各地の人間がよってたかってつくった言葉である。流通の価値があるだけでじゅうぶんだというわけである。なにかひとつの独立的な、閉鎖的な、または個性的な生理というものがもてないようにできているのではないか。つまり、平均値の言葉である。それ以上でも以下でもない。

　大阪弁はアクがつよいといわれて、それを使う人間までがそのままアクがつよいように短絡されて考えられがちであるが、いまの大阪は東京とほとんどかわらなくて、従来、ひとびとが〝大阪〟というものについて抱いていたイメージは町からも人間からもどんどん崩れ去りつつある。ただ大阪弁だけに過去の〝大阪〟の影が濃淡さまざまに射しているばかりである。それを感じて、本質的には〝東京人〟である人間が大阪弁をカクレミノにして操っている人がたいへん多くなったような気がする。

　ぼくは、ふつう、東京弁と大阪弁を二つ使って暮している。精神的な生理としては大阪弁のほうがなんといっても相手の心理を深く読んだうえに組みたてられているような気がするので好きだが、これはあまり使わない。使うのは窮地に追いこまれて打つ手がなくなったようなとき、たとえば書けない原稿を書けといわれて青息吐息をつきたくなったようなときだけである。そういうときはミもフタもなくうろたえ、トカゲがシッポを切って逃げだすようなぐあいに

「……ああ、もう、そんな、殺生なこといわんといとくなはれ!」

などと編集者のまえで口走る。

　ぼくとしては、東京弁で逃げるより大阪弁で逃げたほうがおなじ逃げても憎ま

れずに逃げられるはずであると深く思いこんでいることがあるものだから、必死のうちにウロウロと計算したつもりで口走るのだが、相手は、すると、いよいよ落着き払って、ニヤニヤ薄笑いしながら、

「いや、もう、こっちこそホンマに頼りにしてまんのや」

などと逆手をとって攻めてくる。

森繁先生などの映画で聞きかじってくるのである。たまったものではない。唯一の武器をとりあげられたようなものである。万策つきはてて泣き顔をしていると

「……〆切日は二十五日。ギリギリだっせ。よろしおまんな。へ、さようなら」

さっさと帰ってお行きになる。

どうにも手がつけられない。

大阪弁のドロップもこうなってはゴロ同然である。あとはひとり暗涙にむせぶばかりである。なにか妙手はないものかしら。

近況——北海道から帰って

1959年（昭和34年）10月21日

「読書展望」〈ぷうぷる〉欄

しばらく北海道方面に旅行していました。あちらこちら歩きましたが、その一つに旭川のむこうの開拓村がありました。人間の耐久力の底知れなさにいまさらおどろかされるような貧しい村です。クマがでてきて人間をおそい、仲間の一人がバリバリ、ボリボリと食われる物音を三メートルほどはなれたササ藪のなかで半分気絶しつつ聞いていたなどという人物もいました。上野駅のネオンの海からこの村までの距離のはげしさにはやはりウナらされてしまいます。

どちらともいい難い長短併せもつ両作品

1959年（昭和34年）11月18日

「早稲田大学新聞」

第二回〈新評論賞〉選評

日下野さんの「拒否の文学」がバランスという点からするといちばんスッキリしているが、従来の説の集約という印象が濃い。新しく教えられることがない。

安部氏の論文にはスイッチが入っているが、進行方向がジグザグで、力をロスしているように思う。その点がざんねんです。

ほかに該当作が見当りませんから推す

とすればこの二つ。

熊谷達人——同期生の棋士

1960年（昭和35年）2月1日
「文藝春秋」

大阪の天王寺中学校で同期生だったが、当時すでに熊谷は〝神童〟の評判が高かった。将棋では、あたり一帯、かなう者がなかった。勤労動員に狩りだされた地下鉄の車庫の暗がりでわれわれは彼にホンロウされ、十手、二十手先を読まれてウロウロ四苦八苦した。〝達人〟は彼の本名である。あつかましい名前の奴だナと思っているうちに十五年ほどたち、いまはA級八段、あとは名人になるしかないという。あまりスピードが速すぎて、こちらは追いつけない。

E・H・カー讃

1960年（昭和35年）3月25日
「鑼」

ここ数年来、E・H・カーのファンである。小説で感心できるものには出会えなかったが、カーの評伝作品にはどんな小説も及ばない魅力を感じさせられた。たまたまそういうことをある人に話すと、その人はさっそく私の作品にたいする批評として、〝彼は社会科学の現実は信じても文学の現実は信じない〟などと書いた。もしカーのことをその人のまえで私がしゃべらなかったらそんなことを書かなかったであろうと思われるのに、たまさかの私言から場あたり式のあてずっぽうの想像を大上段のキャッチ・フレーズにおしこんで口をぬぐってしまうそのやりかたが当時の私にはひどく不愉快に思えてならなかった。のみならずカーの名前だけですぐさま〝社会科学〟と反応を起す雑駁《ざっぱく》さかげんにも腹がたった。

カーは国際政治学者であるが、私が愛するのは『ドストエフスキー』や、『ロマン的亡命者』や『カール・マルクス』の著者である。これらの著作は未訳の大著『バクーニン』をも含めていずれも記念碑的な意味をもつ文学作品である。これらの作品が読者をひきつける魅力は一にかかってカーその人の性格描写と創造力、および峻烈な批判のヤスリにかけられても生きのこってひらめく想像力にあるのだ。おそるべく彪大精緻な史的知識の大理石の床のうえに巨人たちをそびえたたせるカーの力技にはひとかたならず感動させられた。

日本には評伝文学のジャンルがない。ヨーロッパのその典型として一般に迎えられているのはかろうじてシュテファン・ツヴァイクだけである。かつて私も彼の『マリー・アントワネット』や『マゼラン』、わけても『ジョゼフ・フーシェ』などの愛読者であった。が、カーの作品を読んでからは私はツヴァイクが読めなくなってしまった。かつて私をひきつけたツヴァイクの多血質な激情の大渦はカーの冷徹辛辣なリアリズムにふれて、たちまち一篇の演説集となってしまったのである。その変貌はどうしようもなく、しかもじつにあざやかであった。

カーは抒情的雄弁を拒む。人物の性格創造にあたって彼が発揮するのは冷血動物にもひとしいような苛烈な批判と、その背後に多様な複屈折をうかがわせるユーモアであり、終始、名棋士の冷徹さと潜熱をもって筆をすすめる。かりに『カール・マルクス』をひらいてバクーニンとマルクスがインターナショナルの結成をめぐって格闘を演ずる場面を読んでごらんなさい。この全く相反した性格の二人の巨大な偏見者がじつに笑止千万な手段を弄してたがいに相手を扼殺《やくさつ》しようとする後姿がじつに鮮明に描かれていて、感嘆のほかない。その結果私たちはドン・キホーテの退場を知らされるわけであるが、この人類の精神史の貴重な一章の章末を描くカーは十全に力を果たして完璧である。

カーに影響をうけたとおぼしい人は分野と意味と質の相違は別としてずいぶん多いように思う。たとえば小林秀雄は本多秋五の批判を待つまでもなく『ドストエフスキー』の海賊版の製作者であった。が、ほかにも、埴谷雄高や、さいきんの発見では林健太郎というような人もいる。堀田善衛も『ロマン的亡命者』の読者であった。それぞれの人びとの被光状態をさぐっている余裕はいまないが、いずれにせよ、カーは広大多様な暗示を投げながら論じられることが余りに少なすぎるように思われる。これはもっと声高く読まれ話されてよい稀有な現代の個性の一つなのだ。

訪中見聞記――北京大学の日本語学部

1960年（昭和35年）7月23日「同人会」

中国ではほとんど政治に終始したような毎日でした。中国では、文学が政治と直結しています。中国は、解放以前八十五パーセント迄が文盲だったほどですから、現在はほとんどが読み書き出来るといっても、その大衆化、まず文学を普及させようというスローガンが叫ばれているのが文学的状況です。

其のあらわれとして、青年作家の養成が大変盛んで、特に労働者にどんどん書かせるように仕向けられています。たとえば、見学した工場では、工員の一人のこらずが、油だらけの機械の横の柱に、自作の詩を発表していて、其れらの作品が、只読み書きを覚えたばかりの人間の発露としてではなく、韻をふむなど、ちゃんと文学としての秩序が守られているのです。彼等は常に労働しながら中国人民の生活を反映し、向上させるテーマをもって創作活動をしています。しかし、政治目的のはっきりしたテーマに作家が仕える場合、人物が類型になるおそれがあるのではないかと、作家協会の批評家と会った時に質問しますと、個性の描写がそれを避け得ると云う答でした。

一番長く滞在した北京では、期待していた北京大学日本語学部を訪問する機会を得ました。たまたま学生達は麦刈りに行っていて会えませんでしたが、若い助教授等と会い、彼等とは日本語で話しあうことが出来ました。

北京大学は、他にもアジア諸国の各国語学部がありますが、特に日本語学部が充実しているようでした。多く読まれている作家は、やはり、小林多喜二、宮本百合子、野間宏といった系統で、他に、漱石、鷗外、藤村、芥川等といったところでした。面白いと思ったのは、漱石の「猫」、「坊っちゃん」が大変好まれているということです。理由は、彼等がエドコセイシンと云うので何のことかと思いますと、江戸っ子精神、つまり、中国流に翻訳するとたゆまぬ反抗精神というものが、彼等の共感を得ている事がわかりました。藤村の「破戒」、芥川の「河童」等、宮本顕治の「敗北の文学」が中心になった見解で読んでいるようでした。

日本語学部が充実しているとはいえ、膨大な数の書物が並んでいながらそれが、日本文学のほんの一角に過ぎないということは、大変遺憾でした。

もっと日本文学の状況を、広く深く知らしめる必要を痛感した次第です。

アジア・アフリカ作家会議への期待

1961年（昭和36年）3月17日「読売新聞」

　今月の二十七日から東京でＡＡ作家会議というものがひらかれる。アジア、アフリカの諸国の作家たちがやってくる。招請電報を発した国はすでにアジアで十六か国、アフリカで二十三か国、合計三十九か国になる。この大会議の主催者はセイロンのコロンボにある常設書記局で、その書記長はセナナヤケという人である。日本側がうけもつ役割りは会場の設営である。もちろん代表団をつくって会議に送りこむことはする。会議の日程は、ほぼ一週間の予定である。しかし、この会議は興味深いものである。ほかのどんな作家会議をひらくよりも興味深いものにこの会議では出会えるはずである。ジャングルや泥のなかでの数百年のねむりからさめた人たちがやってくるからである。アジアからは中国をはじめ、インド、インドネシア、ラオス、ベトナム、セイロン、ネパール、モンゴル、それにソビエト。アフリカからはアラブ、アルジェリア、ケニア、タンガニーカ、ウガンダ、コンゴ、ガーナなどがやってくるが、このうち、かなり多くの国の人びとは自国の言語は持つが文字は持っていない、というような状態にある。詩や小説の発表はかつての支配者の文字であるフランス語や英語などで書くのであろう。どんな詩や小説が書かれ、どんな詩人や作家がいるのか、だれにもわからない。わからない、というと、ほんとにだれにもわからないのである。だれも読んだことがないからである。

　ときどき私は自分で空想してみることがある。アフリカの詩人、というものについてである。ある朝、ジャングルのはずれの泥小屋から一人の男がはいだしてきて、村の四つ辻にたつ。四つ辻にたって、あたりにごろっちゃらとしていた男や女や子どもを自分のまわりに呼びよせ

「おい、みんな。おれが詩をつくったのを聞かせてやるから聞いてくれ」

「お礼は？」

「バナナかジャガイモでいいよ」

　彼は村の四つ辻で音吐朗々と部族のイリアッドやオディッセイの運命を語って聞かせ、語りがおわると、いくらかのバナナやジャガイモをもらって満足し、それを背中にかついでつぎの部落へいく。それがだんだんとわたり歩いて、この月末に羽田へ着く。私がその男と握手し、相手を詩人と知って、著書にサインして

くれというと、彼はニタリと笑い、待っていましたとばかりに空中へ大きく指で名前を書く……。

この空想は強健でほがらかであり、考えていると心がなごむ。また、私たちの国の詩や詩人というもののありかたについてきわめて暗示的な反省もさせられる。しかし、アフリカというものに即して考えるなら、だれもこれを無邪気な空想とだけで笑って無視してしまうことはできないのである。そんな詩人や作家がやってこないとはだれにも断言できないのである。そして詩についての彼の健康すぎるほど健康な意見は私たちをまぶしがらせ、おどろかせ、すでに久しく捨ててかえりみなかったある地点へ私たちの考えをつれもどしてくれるかもしれないのである。

わずか数年前のこととなるが、世界は米ソの二つの力のうえにつくられているとみんなが堅く信じてうごかなかった時代があった。そのときネールに代表される第三勢力としての中立の意見は、多くの人に、幻想的な理想主義であるとしてかえりみられることがなかった。今世紀の前半は社会主義とファシズム、そしてファシズムは社会主義の拡大をうながし早めるという巨大な皮肉を演じて没落した。世界が二つの体制の共存の道を歩みだすと同時に、なおのこされていた広大な辺境部分がようやく弓矢時代からぬけだして独立運動を開始し、だれもこれを止めることができなくなった。第三勢力の存在はいま、幻想ではなくて白昼の、流動してやまない現実となった。コンゴの苦痛は地方問題ではなくなり、地球のいたるところへさまざまなシワを走らせることとなった。

アジア、アフリカの諸民族のうごきを表面的な政治現象としてながめると実に多種多様であって、こんとんとしているかのようである。中国もあればソビエトもある。親米派もいるかと思うと、親ソ派もいる。親ヨーロッパ・グループもあれば反ヨーロッパ・グループもあり、少数部族主義者もいれば汎《はん》民族主義者もいる。しかし、それらの暫定的な政策の表情がどうであろうと、各民族それ自身の独立と自由を求め、自分たちの古い文明を回復しようとする情熱や衝動についてはまったく一致しているのである。それは今世紀後半の歴史をゆりうごかして、いささか大きな表現を使えば二十一世紀の基礎をつくるものである。人間が破滅的な戦争の危機を避けるためにはこれらのグループの声を絶対聞かなければならないのである。

明治以後、日本人は日本人なりの〝解放〟をヨーロッパにその型を求めて歩いてきた。目がアジアに向かうときは積年のヨーロッパ諸民族の植民地主義より彼らを救うといいつつ、さらに大きな災厄と悲惨しか彼らにあたえなかった。衝動の暴発が終わると、日本人の内部には奇怪な分裂と衰弱がのこされ、ヨーロッパは自分からくずれて下降しだした。私たちは毎日その日暮らしでいたるところで異様な力を浪費しつつ奇妙な薄明のなかに、ゆれて、ふるえている。

ＡＡ作家会議には二つの意味がある。国際緊張を緩和する力としての、私たちをもふくめてアジア人、アフリカ人の存在の意味を知りたいこと。もう一つは私たち自身の問題である。悲惨な苦痛とデカダンスのなかからぬけだしてようやくめざめた彼らの複雑なうぶさ、その情熱のヤスリに私たちをかけてみてあとになにがのこるかを知る努力、アジアとヨーロッパと日本の三点をどのように自分の内部で結合しなおして自分を新陳代謝するかという期待である。

近況——痩せていくばかり

1961年（昭和36年）4月8日
「図書新聞」〈執筆者だより〉欄

『世界』に昨年から連載していた旅行記を一冊にまとめて四月にだします。書き終ってから考えてみると書きおとしていることの多いのにびっくりしますし、旅行記というものは書けば書くほど的はずれのような気もします。この頃、体重がどんどんへっていくので困っています。旅行中には七キロも肥って眼も澄んでいたのが、この頃はまたやせていくばかりで弱りきっています。四月から新聞に小説を書くことになっていますが、そうなればいよいよ精神が肉体をムシばむこととなるでしょう。

作者の資質を買う

1961年（昭和36年）6月5日
「京都大學新聞」第二回懸賞小説選評

全般を通じて、文学作品としての造型性がない。文学的格闘が足りない。素材が生のままで出ていて、文学にまで昇華されていない点を強く感じた。表現一つにしても、手垢ですり切れた言葉は使わないこと、自分の言葉で表現することが大切だ。安保問題を取り扱ったものもチラホラとあったがまだ作者の中に定着していない。これからを待ちたいと思う。

作品を選ぶとすれば、入選作はナシ、強いて佳作を選べば、「リトル・ユナイテッド・ネイションズ」をとる。この作品は、神経の細かさがゆき届いていて、作者の感受性の柔らかさを思わせるが、小説というよりもエッセイというべきで、もっと作品の独立性をもってほしいと思う。その点、この作品そのものを選ぶというよりも、作者の資質を買うことになる。他は、大同小異で、どうも積極的に推せない。

現代は、あらゆる文学の形が出て、しかも何もない、何をやっても好い時代なのだ。マス・コミが新人発掘に血眼になるのは、一つは商業ベースの問題だが、半面新人に対する希望を抱いているからで、一面非常にやりやすい時代だといえる。しっかり頑張ってほしいと思う（談）。

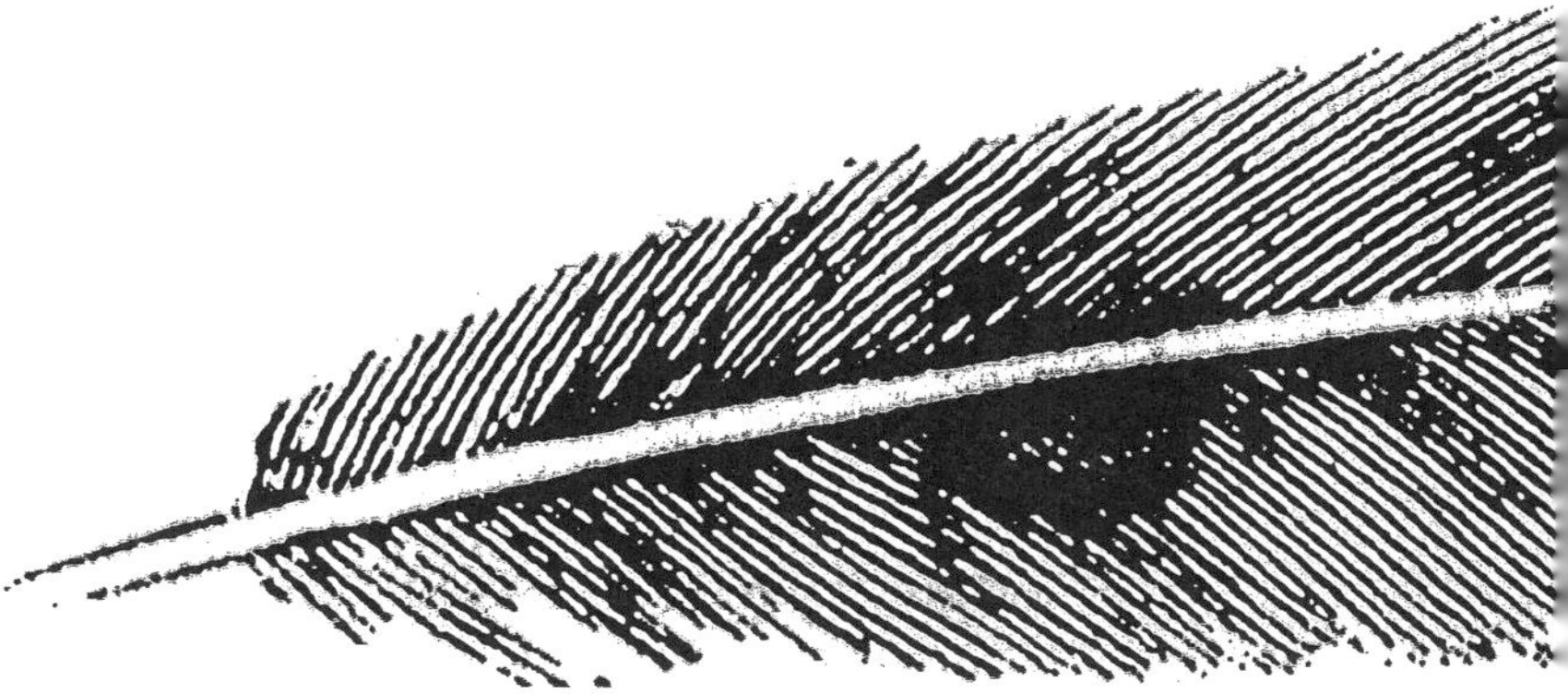

経験の再現

1962年（昭和37年）11月15日
大江健三郎著『ヨーロッパの声・僕自身の声』（毎日新聞社）推薦文

大江君とは去年の十月モスクワでおちあって、一緒に旅行した。彼はしばしば瞬発的な後退閉塞症を起した。人や事件、色や匂いや影に出会うたびに、はしゃいだり、ふさぎこんだりして、めまぐるしかった。この本のなかで、彼はその経験を再現しようとつとめた。矛盾のせめぎあう現代を瞬間にとらえて、自分の疼痛や鬱血や妄想をまじめに再現することにつとめている。血をにじみ、同時にそういう自分を批評するユーモアも忘れていない。この本は読者に一つの経験をあたえてくれる。

複眼的に力を

1962年（昭和37年）12月25日
いいだもも著『斥候よ夜はなお長きや』（七曜社）推薦文

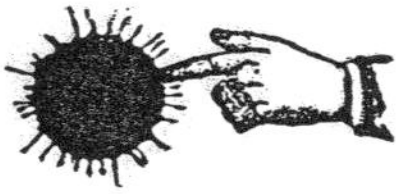

作者は複眼的に力を〝拡大〟にのみ使っているが、これが同時に同じ力で凝縮を試みていたらそれこそ素晴らしい作品になったであろう。

さりげなく、しかし、凜々しく、正しく

1963年（昭和38年）6月5日
武田泰淳著『わが中国抄』（普通社）解説

彼の本に〝解説〟を書こうなどとは思いもよらぬことであった。私にはその資格がない。教養においても視野においても、また中国そのものと血をかけた人生体験においても、私はこんなところに文

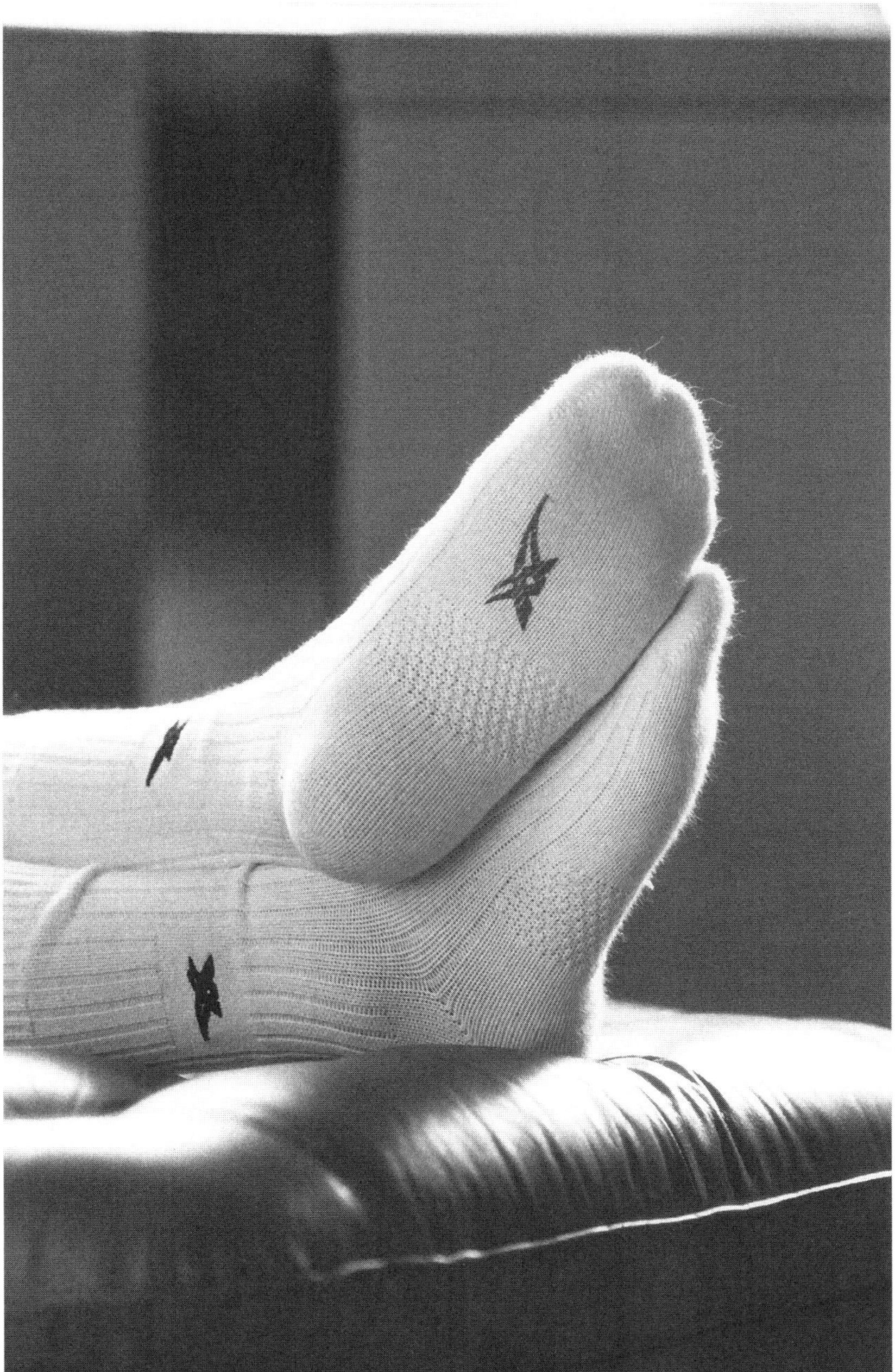

章を書く資格がない。

ただ、私は、彼の作品が好きなのである。戦後派作家たちがぞくぞく焼跡の東西南北からたちあらわれてきたときから今日までずっと彼の作品や随筆を読んできた。そして、好きだった。文壇処世術の達人で修辞学の達人で、いつも人を賞め殺し、相手の右の頰ッぺたをひっぱたきつつ左の頰ッぺたをてらてら撫であげる、薄気味わるい、しばしばその度がすぎてこちらは頭をかかえこむよりほかない両棲類の薄笑い、自分をつき放して揶《や》揄《ゆ》する術の絶妙さ、ときに黒く、ときに赤い、また黄いろいそのユーモア、放埒なようで精緻なその雅俗混交の文章の妙味、蚤《のみ》のキンタマから宇宙問題をひっぱりだす抽象力、手練手管の業師、書きだしは大胆だが結末でいつも失敗する長篇作家、ナメクジ、コウモリ、イソギンチャク……なにやら、かやら、とにかく彼のあらゆる悪徳と美徳とにかかわらず、私は彼の作品が好きであった。〝潔癖〟という美の偏見のためにやせ衰えて見る影もなくなった、けちくさい、せせこましい、卑屈でわずらわしいだけの貧血症におちこんだ日本文学に、彼はそれまでにかつてなかった、視野と思考と論理の豊饒さをあたえてくれた。彼は私を昂奮させ、感嘆させ、しばしば呆れさせたが、結局のところ、いつも忘れることのできない作家であった。戦後十八年の間に彼があたえてくれた、そのときそのときの昂奮と悩乱の濃密な記憶が私にはいまでも忘れられない。戦後文学はススキの影であったという、いつもいつもおごそかで、そして、いつもどこか一本ヌケている〝理論〟なるものに私は反対しているものである。そこで私はこういう場違いな場所にのさばりだして、なにやらおごそかなことを書こうと、這いだしてきた。

それと、もう一つ。

これまでのところ、私はずいぶん数かずの外国を歩いてきた。〝人間ハドウシテコンナニ同ジデ、ドウシテコウ違ウノダロウ〟という二つの感想の間をあわただしく往復しつつ、とぼしい語学力と想像力を動員して、諸国の、すれちがいの、人と色と音と匂いに接してきた。これからも精だしてお金をため、もっともっと旅行しようと思っている。外国語がわかったところで外国は理解できないし、外国に住んだところで外国はわかりっこないのだし、外国を知ろうとするなら文学、それも、一流の文学よりは二流の文学、一流の映画や芝居よりは二流の映画や芝居よりほかにあるまいと、つくづく思い知りながらも、外国を歩きまわりたい気持をおさえることが私はできないでいる。けれど、すくなくともいままでのところ私を魅惑した都は、矛盾のままに告白すると、北京とパリである。そして、〝明日〟か〝明後日〟のことを漠然とながらも予想すると、北京がたちあらわれてくるのである。これまでのところ日本は中国と雨だれにうたれるように接してきただけだった。数百年、千数百年、ときどき、雨だれのように中国とその文化と人が、ピチャリ、ポチャン、私たちの額の上におち、あとがつづかなかった。海があったからだ。私たちはその雨だれのつめたさや大きさにおどろきあわて、いそいで自分の体温の中にとかしこむことに苦心工夫の数かずをかさねた。けれど、野蛮に飛躍して結論の感想を書くと、いずれもうすぐ、私たちは、過去の雨だれとしての接し方とはまったくちがう接し方を、この巨大な大陸と持たねばならなくなるだろうと思う。それは、もう、避けられずそうなるだろうと、思う。その日に私たちは、かつて器用にイナしてきたようには、この大陸を、イナし、コナすことはできないだろうと思う。その日、私たちは、何かの形で自分自身の背骨というものを持っているだろうか。洪水に呑みこまれてしまうということは、ないか。舟を浮かべて自分を救いつつ流れを愛するということが、できるか。それはどのようにして可能であり、どのようにあるべきものなのだろうか。何を準備しておかねばならないのだろうか。私たちの内部で浅薄ながらもただれて炎症を起すまでに進行しているヨーロッパを、その日に、私たちは、どうさばけばいいのだろうか……。

この文集の中で、彼は、戦前、戦中、戦後、民族移動の大騒乱の三世代にわたって、おりふしの、中国の文学と人と政治についての、さまざまな感想を述べている。その世界は、ときに該博な古典の知識に及び、肝脳地にまみれて血臭むんむんの現代的現実に触れて、ときに東京の警察署での汗まみれ、垢まみれの豚箱にほりこまれて煩い、悩んだ経験に食いついている。魯迅の孤独の悽愴《せいそう》さに想いを馳せ、また、過去の中国の文学作品にあらわれた地上の生の理解の諸相に感嘆してその吸収と肉化を志し、ふたたび時代の流れのあちらこちらに小さな渦、大きな渦として出没する現代の諸作家の命運と言動に眼を凝らしている。スノウや、ベルデンや、アナ・ルイズ・ストロングや、アグネス・スメドレーなどの、多彩な、複雑きわまる、胎動期の中国の現象を、一身のうちにうごめいて行動と思考を支配する、一貫した、単純だが強力な原衝動のうちに統一していこうとする姿勢を彼のさまざまな論考と観察の中に求めることは、報われない志向である。それは、どうしようもない。一九三〇年代ニューディール時代のアメリカでその民主主義の革命思想は、晴朗な、全的な衝動を回復して開花を見たが、日本では、同時期、彼は面従腹背のイソップとなるよりほかに自然な良心のハケ口をどこに求めることもできなかったのだ。それは、胸にタバコのやにのつまるような、どうしようもない現実であった。（私は自分の中国旅行記の中で、毛沢東たちの運動の全貌と本質が、本来なら日本人によってとらえられるべきはずのことであったのにアメリカ人によって完全無垢にとらえられた事実についての、いささか調子の高すぎる反省と嘆きを書いてしまったが、いま思いかえすと、はずかしい。自国の歩みについての反省が肉の中にしみていなかった。ほんとに、はずかしい。旅行中の感傷におぼれて、ついつい私は、おごそかでおろかしい批評家になってしまったのだ。）

　しかし、彼は、この文集の中で、あの時代に中国へ〝侵略者〟としてなだれこむことを強制された日本人としてはギリギリのところを、その誠実さと、純一さにおいて、短文を一つ書いている。その文章は、複雑な思考と豊饒な論理を用いて自分の解放と防衛を試みた戦後の彼のことを考えあわせれば、おどろくほど純潔で真摯な口調で語られており、低音ながら漂々とひびいて、事件が終って十八年たった現在でも私をうつものを持っている。

　平安の時代に〝頭〟で中国と日本とのとけあいを試みた彼が、戦場の悩乱のさなかに到達した、あらゆる戦術を排した最後のよりどころとして心のうちにひびいたものをそのまま卒直に書きつけたと思われる告白である。昭和十三年九月十四日の日附がある。『土民の顔』と題されている一文である。

「……日本軍がいかにやさしく近づいたとしても戦線では支那の人民はなかなかなついてくるものではありません。武装した我々に支那人たちが近寄るとしてもその時はもはや或る種の心構えをととのえて来ているに違いありません。我々は極端な表情をしているくせに心が少しも動揺していないらしい農夫を沢山見ました。泣いたり喜んだりしていても眼はどこか異常なところをみつめています。土民の顔は黒く日焼けし素朴に見えますが彼等の心は青黒く深い潭《ふち》のようです。子供でさえ何という鋭い智慧のはたらきを蔵していることでしょう。我々兵士が交際するのはかかる心を持った貧困な土民ばかりです。（後略）」

　同じ頃、日本国内で、ただただ機械文明の孤独からのがれたいばかりに（頭の中で、あくまでも、頭の中で。神経のそよぎだけで！……）、いつもいつも、どうやら根本のところはただ自分を忘れてもらいたくないという衝動だけから、亀井勝一郎や、芳賀檀や、河上徹太郎や、小林秀雄などが、どんなことを口走っていたことか。また、火野葦平の戦争小説も！……

「……しかし文化人・東方における知性の華を咲かせることを夢みる人は、一人の農民の表情の中に人間の表情をよみとる深い愛がなければなりません。勝手な独断を押しつける態度ではなくて、あらゆる法則や概念の束縛を離れて、流れ溢れる東方の文化の泉に浴する謙譲な姿がほしいものと思います。そのために苦悩しそのために絶望するともなおその影を追いもとめる熱情は、静かに思索する者の胸にこそ宿りうるでありましょう。」

　この短文を私はこの戦後、どこかで読んだおぼえがあるのだけれど、ようやく人生についての経験と知識をいくらかの冷静さを以て眺められるようになった現在、読みかえしてみると、まったく未知の文章に接するような、静かな感動を味わされる。彼の書いた最上の文章の筆頭にあげられるものだと思う。一兵卒として戦場にたたされた当時の知識人の精いっぱい、ギリギリの認識、最後の原子としての認識が、さりげなく、しかし、凜々しく正しく、あの岩波文庫の『読書子に寄す』の音吐朗々たる響きに迫って、語られていると、思うのである。

　敬愛する武田泰淳さん。いまあなたは、こんな古いことを言いだされて、いささか面映く、いささかテレくさく、おそらく人の多くいるところではたちまち手をふってはずかしさをかくしてしまわれるかも知れませんが、私はあなたのその瞬間の絶妙な修辞と表情に、体をゆだねることを、警戒したいと思います。自分自身何もできないのにこんなことを書くのは偽善、傲慢、じつに甚だしいものだと思いもするのですが、一人の愛好者の瞬間の慕いは、それ自体として、あってもいいのではないですか。いまあなたは疲れ、新しい社会情勢の中で混迷におちてくたびれていらっしゃるようですが、その休暇が終ったら、いつかもとにもどっていただけませんでしょうか。そうならないものでしょうか。一人の私は待っているのですが……。

どしどし出かけよう

１９６４年（昭和39年）３月21日［毎日新聞］

日本はまだ貧しい後進国だと思う。それなのに大国意識だけが先走っている。海外観光旅行に五百ドルポッキリの制限を設けて、大国の仲間入りしたと騒ぐのは、おかしなことではないだろうか。一人五百ドルではロクな旅もできないが、五百ドルでも日本の現実からみればたいへんな金である。あるところで聞いた話では、日本の主婦の小づかいは、平均して一ヵ月六百円くらいだということだ。これを忘れて政治家たちが、大国呼ばわりしているのはむなしいことだと思う。貧しいことは恥ずかしいことではない。へんに上ずった声で〝大国〟を振り回すことが恥ずかしい。

わたしは海外旅行は大賛成である。新婚旅行でも〝アメション〟でも、どんどん出かけるべきだと思う。外国に出かければ、どんな人でも日本をよくしたいという気持が、多少の差はあってもホロ苦く沈殿するものである。行ける余裕のある人は遠慮なく行くべきだ。ただ「オレは貧しい国から来たんだ」という気持だけを忘れなければよいのである。特権意識なぞ、もってのほかだと思う。

わたしは政治家に望みたい。国民にロクに海外旅行もさせられないで、大国ぶるのはおやめなさいと。観光旅行を無制限にしたところで、収入をはかれば問題はない。そのためには皇居の開放という妙手があるのをご存じだろうか。もう一つ注文したいのは、政治家のドル持ち出しだけを特別あつかいするなという点である。余分なドルを持ち出すから、日本の外務省の出先機関は、ポン引きに堕さざるをえないのである。（談）

山本周五郎さんの描く人間像

1964年（昭和39年）6月3日
「前進座」上演パンフレット

　ふつう新聞や週刊誌に発表される小説には社会を底から項上へと縦走する主人公を描いた強力譚が多い。裸一貫、両手でブラリで田舎に生まれ、都会へ攻めのぼり、さんざんな知恵と工夫を編みかさね、悪戦苦闘のあげく意志をとげる。百万人の夢を肩に支えて東西南北に出没する紙の英雄たちが主人公である。百万人の読者は彼らを頭からバカにしてかかりつつも慰めや楽しみをおぼえる。ときにはナンセンスであればあるほど評判がよいということもある。バカほどかわいいものはないというのも人間の性欲や権力欲とおなじくらいにつよい心情である。

しかし、山本周五郎さんの小説には、成功者や強力者が登場しない。彼の小説の魅力は、いつも私がうまいなァと思わせられるところでは、その文章のキメのこまかさ、襞の深さ、作者が文章を書きつつ息を深く吸いこんだり浅く吐いたりするのとおなじ深さ、浅さで私に息を吸いこんだり吐かせたりする。その芸の卓抜さである。人間心理の読みの深さである。あらわに声高く訴えたいことを潔癖から挫いたり、曲げたり、そっぽ向いたりしつつも訴えようとしている。その克服力と爆発力の強力さである。女を描くのがじつにうまいし、博識をおさえつけて言葉で人生を考えようとしない力がつよい。曲折に富んだ文章を書きつつ卒直さで読者の心を武装解除する芸はじつに微妙である。これぐらい貧乏人や失敗者ばかり書きながら、〝粋〟の本質を読者にさとらせる人はいない。

　そしてこの人は、いつも私に、文章の一行一行に、ああ、木戸銭を払ってる、と思いこませる。そういう安心感をあたえてくれる文章がこの時代には、皆無なのである。また、この人のように、いつも〝新手一生〟の工夫に心を砕いている人も皆無である。舞台の芸については私は一人のしろうとにすぎないけれど、荒野の果てに追いつめられた人びとのあげる鮮烈、陰微、切実、曲折した声をつたえることに心を砕いてきた山本さんの文章がどんなふうに変化して微妙な結晶を輝やかせてくれるか。招待日の客としてでなく私は遠い隅から眺めてみたいものだと思う。

体操

1964年（昭和39年）6月15日
「別冊文藝春秋」写真キャプション

インキと酒におぼれているはずの私ですがこんなに鋭く空間が切れます。十七年ぶりか十八年ぶりなのですが、じつに爽快な線でした。だから、なにもバカ銭使って血まなこになってオリンピックなどやる必要はないのではありませんか。

映画『証人の椅子』をみて

1965年（昭和40年）5月10日
掲載紙不明

山本薩夫さんの「証人の椅子」を見た。私が「毎日新聞」に連載小説（『片隅の迷路』）として書いた事件を描きだした映画である。

事件そのものにドキュメンタリー・タッチで正攻法で取組んだ映画で、私は原作者だから物語の展開を細部まで知っている不幸な観客だったが、ひとことでいって、いい映画だと思った。

見事な奈良岡さんの演技

奈良岡朋子さんの演技がみごとである。ハマリすぎるくらいハマっている。あまりピッタリなのでおどろいた。映画界のことはほとんどわからないけれど、何か演技賞をもらえるのではないかしらと思う。

これは〈徳島のラジオ商殺し〉として知られている事件だけれど、政治色は爪の垢ほどもない。そのため、ある意味では、悲惨な小事件となった。大きな組織力を動員して全国的なキャンペーンを展開したり、援護、補強があるというようなことが何一つとしてなかった。キメ手になる物的証拠が何もなくて、ただ証言だけをよりどころに判決主文が書かれた。

二人の少年の証言が事件の形式的な完了のあとで二転、三転して検事の脅迫による偽証であったという疑いにみたされたが、そのとき被告は上告をとりさげて和歌山の女囚刑務所に服役していた。無力な一市民がたどる典型的なケースである。裁判はあまりに時間と金がかかるので涙をのんで服役しやがて出獄後に一人で真犯人をさがしだして仇を討とうと自分にいいきかせるのだ。つまり、モンテ・クリスト伯である。ほかにもいろいろな事件を調べてみたが、きっとそうなる。〈松川事件〉は奇蹟中の奇蹟といってもよい。

無力な市民がたどる典型

日本には陪審制がないので裁判小説の白眉ともいうべき論戦を描くことができない。作者としては手足を縛られて川へほりこまれたようなものである。『錯乱』は知的白熱にみたされた傑作であったが、日本の現行の裁判制度ではとても不可能である。そこで私は日本の伝統の〝被害者文学〟に反抗して、せめて、力ある者の側からの文学にならないものかと努力してみた。つまり、検事側から事件を描いてみようとしたのだ。

けれど、力ある人びとは、私をうけつけなかった。検事の生活と意見を知ろうと思って友人の検事に接触もしてみたが、ピシャリと遮断された。この官僚機構の防衛体制は下劣な傲慢さにみたされている。白痴ではないかと思うような支離滅裂の判決文で市民の人生を粉砕しながら、そのおろかしいおごそかさと冷血動物ぶりは手のつけようがなかった。あらためてこの怪獣と取組んでねじふせた広津和郎氏の忍耐と敢闘精神に、つくづく頭がさがった。

私にとってはこの小説は思い出の深いものとなった。ちょうど連載中にアイヒマン事件が起ったのでイェルサレムへ傍聴にでかけたのである。ハイファの海岸やネゲブの砂漠を歩きまわりながら、白熱の日光にクラクラしつつ、よく私は二つの事件をくらべて考えてみた。極大と極小であった。

一人は第三帝国の孤独から逃れたいためのの情熱的な冷血動物として全ヨーロッパを数百万の血と肉で蔽い、一人は徳島の一隅にうずくまっていた。一人は山積する証拠物件のなかで命令でした、命令でしたとくりかえすだけ、一人は何一つとして証拠がなくてただ、知らない、知らないとつぶやくきりであった。

単純な恐怖をつたえたい

エロも〝明治〟も政治もないこのみじめな物語をよく「毎日新聞」はのせてくれたものだと思う。もう四年前のことだけれど、私は感謝している。あのとき私は弁護士から話を聞いて恐怖を感じたのだった。単純なその恐怖だけでも伝えられたら、それでいいのだった。抽象的な、ブンガク的な恐怖でなく、石や木に手でさわるときのような確実な感覚に文字が撫でられ、どこか一行で一呼吸したら、それでいいのだと考えていた。山本薩夫さんにはその意見だけを伝えた。

時代の空気を伝える計測器

1965年（昭和40年）
『河出ワールド・ブックス』（河出書房）
内容見本・推薦のことば

極右から極左、野獣から聖者、現代には何でもあるが、すべての言葉が指紋にべとべとまみれてしまっている。私たちは心の象皮病にかかっているのである。この荒れた厚い皮をやぶる何かの痛覚が求められている。時代の湿度、乾度をピリピリ伝えてくれる計測器がいるのである。このシリーズは時代の空気である。身うごきできないほど文字やスローガンで腹いっぱいになった読者の額に、切りだしたばかりの鉱石のような言葉が投げられることが望まれる。

活字が立ってくる

1966年（昭和41年）5月

『近代日本の名著15巻』（徳間書店）
内容見本・推薦のことば

めざましい文章に出会うと小説家は〝活字が立ってくる〟というのである。名著とは活字の立つ本のことをいうのである。活字が寝たままの名論だの、卓説だのはあり得ない。

数十冊、数百冊の愚著、駄著、誤著、悪著があってから一冊の名著が生まれるものなのであろう。このシリーズに納められた著作は、眼の澱んでいない人びとに選ばれた、活字の立ったものばかりである。したたかな歴史のヤスリにかけられてもまだ立っているものばかりである。歴史は消耗品を乱造しつつこのようなものも生んだのである。

生きたふりして死ぬような真似はしたくないと編者たちがいう。その苦闘に期待したい。

見ること

1966年（昭和41年）7月25日
『現代世界ノンフィクション全集18』
（筑摩書房）解説

国内が自由に歩けること

外国人が或る国へいってすぐれた記録を書きのこすためにはどういう条件が必要かと考え、いろいろな実例を思いだして、一つ一つ消去していったら、結局のところこれだけがのこった。外国語ができること、その国の歴史や習慣に通じていること、よい眼、長い足、体力、気力、そのほかさまざまな記録家の条件を考えたが、絶対条件としては、その国が思いつくまま自由に歩けるということがなければ、どうしようもあるまい。都から二十キロ外にでるときは申請書を提出せよというような規制があればマルコ・ポーロもスウェン・ヘディンも、手のだしようがあるまい。

スノーやスメドレーやベルデンのルポルタージュには二つの魅力がある。彼らは砂漠や大原生林を横断する魅力と、渦動状態にある一国家の創生をさぐる魅力、この二つの魅力を、あの史上最古の巨大な大陸において探究することができたのである。国共内戦が完了するまでの時期の中国大陸ほど知力と想像力あるジャーナリストを駆りたてるものは他に例がなかっただろうと思う。中国共産党は彼らにおどろくべき自由、風のような自由をあたえ、好むままに歩かせ、眺めさせ、たずねさせた。現在の北京にこの寛容がないことをつくづく私は嘆く。かつて創生期にはあれほどの危機にさらされながらも開いていたのにと思うと、ふと、ブルータス、おまえもか……とつぶやきたくなるのである。

ヴェトナムへゆくまえに私はバーチェットのルポを読んでいたが、自分の眼と足と耳でたしかめたい欲情をおぼえたので、ハノイの作家同盟に宛てて手紙を書いた。いまだからここへ書くのだけれど、私はハノイから民族解放戦線に従軍して南ヴェトナムへおりてゆく計画をたて、費用のすべて、病傷の責任のすべてを自分で負うから、何とか従軍を許可してもらえまいかと手紙を書いて、ハノイへいく松岡洋子さんに託したのである。バーチェットの報道したゲリラ戦のさまざまな創意工夫の実態は私の興味をひき、敬意を起させられたが、私の抱いているいくつかの点についての疑問に彼は何ひとつとしてふれていないし、むしろふれることを避けようとしているかのように私には思えたのである。そこで、サイゴン政府軍とアメリカ軍の実態については誰でも、いつでも、好むままに取材できるのだから、私は未知なるものへの情熱から、解放戦線にぜひ従軍したかったのだ。ひそかに私は延安へ赴いた若いスノーを自分に擬していた。しかし、松岡さんがハノイから持って帰ってきた返答は、バーチェットのときは準備に三か月もかかって、いまはそのゆとりがないから……ということであった。やむを得ず私はサイゴンへいき、やがてDゾーンのジャングルへもぐりこんだが、いつもポケットに日ノ丸の旗を入れておいたのは、生きて解放戦線の捕虜になれたらそのほうが好都合だという考えもどこかにあったからである。

スノーもスメドレーもベルデンも信条において自分がコミュニストであるとは一度も言明したことがない。むしろスノーは、どこかで、自分はコミュニストではないと書いたことがある。彼らは自由思想家《フリー・シンカー》であった。しいて背景を考えれば三〇年代のニュー・ディールの息子、

ا در یک جا برای حیله، و در جای دیگر برای
پنهان کردن است ؟

娘たちであって、アメリカのデモクラシーがもっとも敏活、率直な形で回生した、その時代の魂と感性の典型者なのだったということはいえるかもしれない。けれど、私たちは彼らの書きのこした記録を読んでみて、何もニュー・ディール時代の熱い雰囲気についての知識を持たなくても、あちらこちらの文脈に、まさしく正真正銘のアメリカ民主主義が生動しているのを感じて、うたれるのである。中国のコミュニストが中国共産党のこの創生期についていくつものルポを書いているけれど、けっして私はこれらアメリカ人の書いたものを読んだときほどの率直な感動はおぼえなかった。典型と類型を区別できない教条主義の悪しき国際的な典型的類型のルポしか私は読ませてもらえなかった。読後感をそのままここへ書かせていただくが、大革命後の中国の文学作品とルポには何もおもしろいものがない。訳者たちはいっしょうけんめいに

史的背景を解説して弁護に汗をしぼっていらっしゃるが、見ていて、いたいたしい気のしてくることがある。真の作品はそれ自体において自立するものであって、弁護や解説の支柱を求めてはならないのである。そんなことを知りぬきながら解説に骨を折らねばならない訳者たちは気の毒である。

大革命後の中国文学（フィクションもノン・フィクションも含めて）は啓蒙主義の情熱で書かれたパンフレットである。私はパンフレット文学を否定しない。ヴォルテールは『ミクロメガス』を書いて教会を罵倒し、スウィフトはウォルポール政権の腐敗をしゃにむに糾弾したい一心から個人的怨恨や特異体質の衝動をこめて『ガリヴァ旅行記』を書いたのである。オーウェルの分析によればスウィフトがあれだけ作品のなかで女を罵ったのはベッドのなかの汗や愛液の匂いに耐えられない異常心理からだそうである。けれど『ミクロメガス』は『ミクロメガス』であり、『ガリヴァ旅行記』は『ガリヴァ旅行記』となったのである。彼ら両名はパンフレットやアジ・ビラを書くつもりで書きはじめて古今の傑作を生んだのだ。アヒルの卵をかえすつもりで白鳥を生んでしまったアヒルの親の眼。それがペンをおいたときの彼ら両名の眼であろう。大文学をモノするつもりでパンフレットに終ってしまう大革命後の中国文学者は、白鳥をかえすつもりでアヒルを生んでしまった白鳥の親といった気配があるようだ。

作中人物が一人歩きをはじめたらその作品は成功だと、われわれ日本の小説家たちは業界独特の術語を使ってはげみあうのであるけれど、スノーたちの記録にもこれはそのまま使えそうに思う。書き手の感性なり想像力なり洞察なりの掌のなかで登場人物たちが踊っているあいだはダメなのである。そういうときは書き手は登場人物たちに対してせいぜい呼びだし役しか果していないのである。「必然の歯車」というたいくつな歯車しか回転していないのである。これは想像力においてペンをはこぶフィクション家も、実在したものの輪郭をなぞってペンをはこぶノン・フィクション家も、おなじなのである。

小説でも記録でも、もっとも衰えやすく風化しやすいのは形容詞である。そしてもっとも堅固で耐久力があるのは事物の背後にある本質をとらえた風俗（広い意味での）である。スノーたちの記録を読んでいてうける快感は、そこかしこに定着された固有なるもの、独立せるもの、中国的なるものにわれわれが出会うときの抵抗感から生じるのである。あくまでも冷静に自己を保持しながら己れを空しうして事物を眺め、愛惜する彼らの眼の精緻さ、広大さ、深さ、そこにまるで木や石にさわるのとおなじたしかさで据えられたイマージュの群れに私たちは出会う。彼らは自分の趣味や性格やイデェなどのベッドにあわせて現実の手足を切りおとすということをしない。必然性に屈服しない。偶然性を尊重する。このため、しばしば彼らの作品のなかでは、たった一回、二、三行にしか顔をださない人物たちもみごとに「一人歩き」するのである。しばしば思いがけぬ軽さが底知れぬ苦悩を暗示して私をうつ。

小説家は登場人物たちに自分の人格をわかちあたえ、自分の光を投射する。そこで武田泰淳好みの女だとか、ヘンリー・ミラー好みの男だとかが出現してわれわれを楽しませてくれるのであるけれど、記録家は「好み」にあわせて実在する事物の群れを切りわけたり交通整理したりすることを許されない。これがむつかしいのである。ここがむつかしいのである。すべての人は自分の考え、自分のイマージュ、自分の光、自分の眼鏡を持

नाजुक नारि पिया अंग सोती, संग सों अंग मिलाय।
पिय को बिछुरत जानि के, सँग सती हो जाय॥

っていて、それで現実を眺めるよりほかないのだが、少数のすぐれた人は眼鏡からハミだす事物に遭遇したとき眼鏡の枠の大きさの部分だけを眺めるということをしない。たいていの人が眼鏡をはずそうとしないのはそれが新しい力を使わなくてすむからであり、また、自分の明知をひそかに誇りたくて自尊心を侵されるのが不快だからである。文字で白いページにこう書きつけるのはじつにやさしいことだが、紛糾、錯雑をきわめた異国の町角の群集、その汗や息の匂いや声の海のなかでもまれながらこれを空しうすることは、じっさい、容易ならぬことなのである。ことに中国大陸という時間と空間の大怪物を徹底的に異文異種であるアメリカ人が料理しようというのだから、まったく大事業であった。

いまとなってみるとわれわれの手もとにはスノーたちの記録がのこるだけなので、そして現実は彼らの洞察のとおりに

変貌したので、あたりまえのことのように見えることが多いのだが、その時代にあってはけっしてそうではなかっただろうと推察される。ディエン・ビエン・フー陥落はいまとなっては歴史の必然であったとみんなはアッサリ言葉で片付けてしまうが、フランス遠征軍の司令官をも含めて「西方側」ではごく少数の人があの二年前に結果を予想していただけで、大半の専門家たちは確信をこめて誤認していたのである。徹底的な現実観察の結果として誤認していたのである。シオニズムは二千年放浪のユダヤ人の民族主義運動であったけれど、私がイスラエルで会った指導者の一人は、ユダヤ人が母なる国家を持てるなどということは幻想にすぎないと思っていたと語ったことがある。彼は熱烈に運動を導き、敢闘したのであったが、こころの半分ではけっして信じていなかったのである。この運動もまた、いまとなっては、歴史の必然であったと、明確あっけらかんと語られている。

スノーたちだけが当時の中国で活躍した外国人ジャーナリストではなかったはずで、むしろ彼らは少数の異端者と見られていた。大半のジャーナリストたちは上海や北京にいて延安の洞穴の毛沢東はせいぜい山賊の親玉ぐらいにしか眺められていなかったのである。彼らがよくよく「現実を観察」したところそれが正しい数値であろうと、これまたゆるがぬ確信をこめて信じられていたのである。いまやこの大半の人びとは消えてしまい、彼らの書いた記事や解説や電報の類もことごとく消えてしまった。もし当時それらの賢愚さまざまな人びとが書いた彪大な量の文章がこの集の末尾にでも収録されていたらスノーたちの仕事の意味がさらにクッキリと浮びあがってくるだろうと思う。そして私たちは「見る」ことがいかに至難の技であるか、いかに盲千人であるかということをよく教えてもらえるだろうと思うのである。われわれは国共内戦期のベルデンのルポを読んで、どうころんでも毛沢東が勝つとしか考えられないのであるけれど、その頃上海にいた武田泰淳氏はじつにたくさんの人びとが蔣介石が勝つと考えていたと私に語ったことがある。人は昨日に対するほど今日と明日に対してなかなか賢くなれないものであるらしい。

中国の農民は数千年間政府から見捨てられていて、国家と人民との関係は地主と小作農、つまり税金をとられることにおいてのみ農民は政府と関係があったにすぎないから、極言すれば国家というものは数千年間、存在しなかったのである。いかなる体制の国家であっても農民にはつねに国家というものは存在しなかったのである。だから毛沢東たちにとっては革命というものはヨーロッパ諸国における革命とまったく性質がちがっていた。

ヨーロッパ諸国においては農民、労働者、サラリーマンなど、すべての人民は「国民」である。上から下まで人びとは単一の中央政府の組織網のなかに組みこまれているから、コミュニストの革命ですら政権の交替、体制の変革と人びとは感ずることが多く、けっしてそのことによって国民の創生、国家の創生という感覚が生まれることはなかった。コミュニズムの哲学は「史上最初のプロレタリア国家」の創生を説くけれども、まがりなりにも代議制、選挙制による議会制度のある西欧諸国では今日にいたるまで一度もコミュニスト革命が成功していないという事実がこのことを語っていると思う。けれど中国においては税金をとりたてる地主家族が農民にとっての徹底的なすべてなのであって、上海や北京は、いわば外国の町なのであった。だからこそ人民委員が村にやってきて地代切下げや農地解放の運動をはじめたとき農民は数千年間爪のさきに感じたこともなかった「国家」なるものに異様にして新鮮な感覚で全神経をそよがせることとなった。土地改革についてのベルデンの精緻をきわめた踏査、目撃がこのことをあますことなく語っている。

　スノーは延安へいって親しく毛沢東から聞取り書をとって伝記を作った。スメドレーは紅軍に従軍して朱徳の伝記を書いた。毛沢東と朱徳についての伝記はこの二つがあるのみで、中国人自身もこれらを唯一の参考資料とするよりほかないありさまである。彼らの浸透の深さと正確さをまざまざ語ることである。

　ところでベルデンは「人民戦争」についてこう書いている。

「われわれは、ロシア革命、スペイン内乱、ユーゴスラヴィアの国民戦争、ギリシャの殺戮戦のときに、パルチザン戦闘が発生したのを見ている。こうした種類の戦闘がひろがりつつあるということは、

D

Delta

(माली चाहै बरसना, धोबी चाहै धूप।
साहु चाहै बोल्ना, चोर चाहै चूप॥)。

それが将来の国際紛争において決定的な役割を演ずる可能性が大きいということを示唆《しさ》している。」

「人民戦争は、ロマンチックな戦争ではない。うたがいもなく、人民戦争は、すでに野蛮な戦争というものの本質を、いっそう野蛮にするものである。民族的な侵略のまっただなかで戦われるときには、こうしたかたちの戦闘は文明的な戦争のいわゆる戦争法規をすべてじゅうりんしてしまう。ところが、内戦とむすびついて戦われるときには、人民戦争は、階級戦の様相をとらざるをえない。こうなると人民戦争は、いままでに知られているどんなかたちの戦争よりも熱情的、残酷、かつ個人的になる。人民戦争が人間の本性にとって益になるか害になるかは、戦争そのものの可否とおなじく、にわかには答えられない。このふたつの質問は、ここしばらくは哲学者にあずけておいてもよい。しかし、この点に関して教訓になるのは、そういう戦争がどのようにして起るかということである。」

　国共内戦の血で血を洗う形相《ぎょうそう》を親しく観察したベルデンは蔣介石と地主に殺される貧農の立場にたって彼らが銃にすがるよりほかないところまで追いつめられていったありさまに心からの同情をそそぎながら、なお、全体として、人民戦争について、このように冷静な言葉を書きのこしている。惨禍を深く知った人だからである。

　アルジェリアでおこなわれ、キューバでおこなわれ、ヴェトナムでおこなわれつつある戦争はこの言葉のとおりであって、つい今朝書かれたようにこの文章は新しい。ここでふれられている「戦争法規」はハーグ協約などのことをさしているかと思う。同協約第二十二条は国際的タブーであるが、「戦争当事者、戦争指導者ハ敵ヲ撃破スルタメノ手段ノ選択ニオイテ無制限ノ権利ヲ持ツコトハナラヌ」と規定しているのである。たとえば老人、女、子供などの非戦闘員を無差別に殺してはならぬとこの協約は叫びたがっているのである。しかし、アメリカはヒロシマをやった。RAF（英国空軍）は無防備都市ドレスデンを粉砕した。ところでヴェトナムのように子供が手榴弾を投げ、じいさんが地雷をしかけるという戦闘になってくると、殺サレナイタメニ殺スという正当防衛論を使うと全住民を根こそぎ殺してしまうよりほかなくなる。しかもそれは関ケ原とかワーテルローの戦闘ではなく、貧しい椰子の木かげの藁小屋の村でひっそりと個人的におこなわれるということになってくる。戦争をあらゆる意味で徹底的に個人に還元するのが人民戦争の本質である。

　第一次インドシナ戦争（ヴェトミンとフランス遠征軍の戦争）に従軍して人民戦争の現場を観察したグレアム・グリーンは、いまからおよそ十二、三年前に、

「……近頃の戦争には何とも卑劣、陰惨なシャドウ・ボクシングのようなところがある。」

と書きつけている。

　ヴェトナムの最前線で一人のアメリカの将校は、私に向って、この戦争は人をシニックにさせると苦しげにつぶやいたことがある。そしてこういう意見を述べた。これはあそこでたたかっているアメリカ人のなかによくおこなわれている意見である。

「ヴェトコンは藁の山にかくれた針なんだ。だからピンセットで一本一本ぬきとらなくちゃいけないものなんだ。これはライフル・マンの戦争で、砲兵や空軍の戦争じゃない。ところがわれわれはピンセットのかわりにブルドーザーを使う。」

　そして私に補足させれば、つぶされのこった藁はことごとく針となってしまう、ということなのである。いや、いまさらいうことはない。彼らはよくよくそういうことを知りぬいているのだ。家に床板もドアもないような貧しい農村において、どんなイデオロギーになろうがこれ以上どう悪くなりようもない貧しさのなかでそれがおこなわれる。毎日毎日おこなわれる。しかし、ゲリラ戦というものは、戦場を選ぶのはいつもゲリラであって、彼らが木蔭から射ってこなければ、どこまでいっても陽光あふれる平穏な水田風景があるばかりなのだ。土俵を選ぶのはつねにゲリラである。したがって、ゲリラ側からこの戦争を眺めると、準備万端ととのえてから火ぶたを切るので、最小《ミニマム》のロスで最大《マキシマム》の効果をあげる形式だということになるのである。アメリカはこれをたたくために何台となくジェット・ヘリコプターを動員してロケット、機関砲、ナパーム、何十万エン、何百万エンの浪費を一回の戦闘においておこない、しかも効果は、はなはだ薄い。ミニ・マックスとマックス・ミニの格闘で

कौन चाहे बरसना, कौन चाहे धूप।
कौन चाहे बोलना, कौन चाहे चूप॥

ある。

　おなじ条件ではおなじ反応が起るというのも人間の条件である。ベルデンが目撃した国共内戦と人民戦争の形相は今日そのままさらに凄惨に繰りかえされているし、今後もあちらこちらで繰りかえされていくことと思われる。彼はそれを地上最大の場で目撃し、歴史の回転音を全身にたたきこまれ、よくそれに耐えた。スノーもスメドレーも底知れぬ忍耐力において耐えた。彼らののこした記録は死者の書かしめたものである。羨望とともに讃嘆の気持ちを私は禁じ得ない。

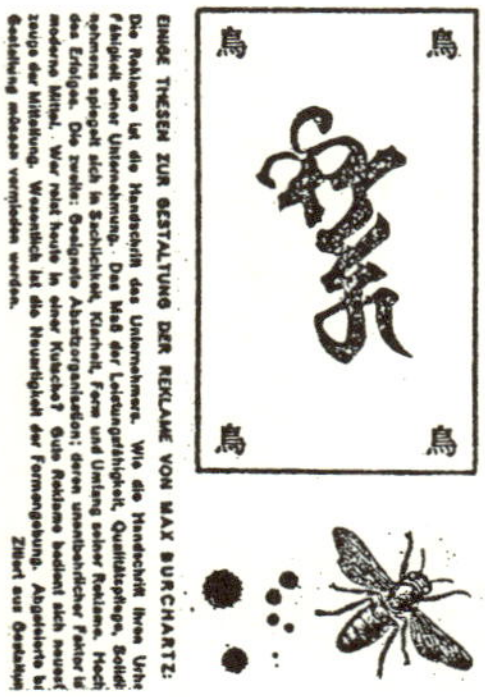

鏡と広場の人の群れ

1967年（昭和42年）9月
『二十世紀の大政治家全7巻』（紀伊國屋書店）内容見本・推薦のことば

　空気は酸素と窒素と政治でできている。アリもカバもヒトも空気を吸わずには一瞬も暮せない。地球の生物は二匹以上集って暮すとなると、かならず政治をする。政治から逃ることがすでに政治的行為となる。

　ヒトを酔わせるのも醒めさせるのも政治である。粉末にするのも、英雄にするのも政治である。昨夜、白であったことが、今朝、黒になるのも政治である。今朝の親友に夕方、短剣を突き刺すのも政治であり、明朝カンフル注射するのも政治である。

　指導者はヒトに選ばれ、ヒトに捨てられる。彼は集団の行方知れぬ意志を体現し、集約し、実践し、個性によって超え、またその個性ゆえに滅びる。悪も善も彼の手のなかにあり、彼の手のなかにない。どこにもいながらどこにもいない。深夜の鏡に投げかえされるよりほかなく、また、広場の鳴動する群集へ投げかえされるよりほかない、それら非凡の顔貌のうらにひそむ《何か》をこれらの著作はまさぐっている。広く深く渉り歩いた触手が私の瞼にふれ、渦動のなかで眼をひらかせてくれる。

失われた楽しみの回復

1968年（昭和43年）4月15日
小松左京著『模型の時代』（徳間書店）推薦文

小松左京は物知りである。その物知りぶりがキザに見えない理由の一つは〈人生〉というしたたかな奴に彼がたっぷりヤスリをかけられてから物を書きだしたことにあるのではないか。彼の突飛なSFはいわばしたたかに現実というものに木戸銭を払いこんだあとにできたものなのだ。彼の功績は西鶴や秋成や落語家、講釈師たちがふんだんに持ちあわせていて、現代作家たちがすっかり失ってしまった楽しみを回復してくれたことにある。

わが青春記 第二の青春

1969年（昭和44年）2月1日「アサヒ芸能問題小説」

理解できないコトバがいくつもある。たとえば《独身》というコトバである。どういう感覚の経験なのか。まさぐりようもない。知らないのだからどうしようもないのである。

結婚式をしなかったからいつを紀元節ときめてよいのか迷うことがときどきあり、しかしたちまちどうでもよくなってしまうのだが、事実としてのソレは十七歳か十八歳のときだった。大学生時代の某日某夜、大阪の某所にて挙行いたす。つづいて家出。同棲。出産。とくる。

それから以後、たえて独身であったことがないし、ふつうの男が独身時代にちびちびと、またはたっぷりと味わうはずのことを、まったく、ほんとにまったく味わっていない。知らないのである。経験というものが人の理性と感性に及ぼす影響には恐るべきものがあるから、物心がついたとたんに結婚して子供を持っていた私にはひどい空白と欠落があり、だから現在の私の理性と感性もそのうえに漂うものであるかぎり、はなはだ歪んだものにちがいないと想像されるのである。無意識は法の対象外だから何をしてもよろしいか、ということにならないでもない。

独身をたのしんでいるように見える青年や紳士を見ると、うらやましさで、ムカムカしてくることがある。もし、いま、オレが独身だったら何をしようと考えはじめると、ワクワクしてきて、しばらく時間がたつのを忘れてしまう。また、過去をふりかえってみて、アレをするのじゃなかった、コレをするのじゃなかったと指折りかぞえ、それを独身にむすびつけて、アレをしよう、コレをしようと考えはじめると、恍惚となってくるのである。

お金と機会さえあればペンをおいて外国へでかける習慣がここ数年つづいていて、ときには一年に二度、帰ってきたかと思うとでかけていくというようなこともある。おそらくそれは、古くなってしまったコトバでいえば第二の青春というものである。昔やれなかったことをいまになって、体型も神経もことごとく不可抗力的に変形しはじめた年齢になって、ポチポチやろうとしているのである。トッチャン小僧というか。早熟の勉学というか。真冬の雪どけというか。

アジア男は小柄で肌理《きめ》のこまかい膚《はだ》をし、かつ髪もふさふさあり、助平皺があまりないので、同年齢の白人とくらべると、ひどく若く読まれる。三十代後半でも、ほとんど青年、またはほとんど少年と見られることが多いのである。ことに私は童顔なので、それにふさわしいよう演技をしていると、ときどき思いもかけないことが発生するのである。しかし血族は匂いに鋭敏であるから、東京ではその種の善意の詐欺はほとんど意味がない。眼のなかの焔を見れば白や黄にかかわらず何事かはわかるのだから、そして鋭敏はどの都でも大差はないのだから、もっぱら正直が最上の策と思いこんで行動することにしているが、祖国でオジサマとか、オジチャマなどと声をかけられると、いきなり膝をうしろからたたかれたような気がする。

第二の青春には第一の青春のようなとめどない狂気がない。ずうずうしいくせに臆病である。たくましいくせに衰えやすい。達者だが持続しない。挑みながらどこか避けている。手のつけられない無智、愚昧、低能の熱にかわって、真の意味でのオブシニティが沈降しつつある地盤の泡からたちのぼってくる。このオブシニティは厚く、たくましく、鈍感で、恥じることを知らず、根深いのであり、選択に凝り、時間と争うという最低の悪習に陥没してしまう。これらの束縛をことごとく切断してコンクリの壁からぬけだしてしまうのなら、南の島でハンセン氏病にかかってとろけてしまうか、北の荒野の雪のなかでのたれ死をするか、である。ほのめかし、激情を閃めかし、決意を思わせる人は多いけれど、誰も実践しようとはしない。憑かれていながら誰も本気ではない。

文学は身持ちのわるい女に似ている。年をとるほど尊敬される。といったのは、いつも鋭くて広かったサマセット・モームである。警句の真髄の工夫はいつも前提にあって、結論は凡庸である。凡庸でしかあり得ない結論をひきしめ、鞭うち、ピリリとさせるために、前提のコトバを、たたきだす、という口調ですえつけねばならない。そういう呼吸をわきまえつくしていたのがモームであった。
　若いときは大いにめちゃくちゃをはげむがいい。年をとったらそれでちょうどよくなる。日本の昔の洞察家はそういったはずである。これもなかなかの洞察である。モームのコトバにぴたりと照応するであろう。そこでわれわれはここを先途とめちゃくちゃを志し、身持ちをわるくすることに没頭する。けれどいずれもそれがガラス箱のなかの唄であるようなのは、ほんとに肚にこたえるタブーを犯していないからである。または、タブーを発見していないからである。または、それを恐れているからである。これまで文学がよみがえった歴史をふりかえると、ことごとく同時代のタブーを犯してそのさきにあるまぎれもない現実と添寝する方法を新しく発見したときにだけ、文学はよみがえった。もし私が第二の過ちを犯すべき或る時期に没頭するのであるなら、タブーをいかに発見し、感じつづけるか。それしかない。

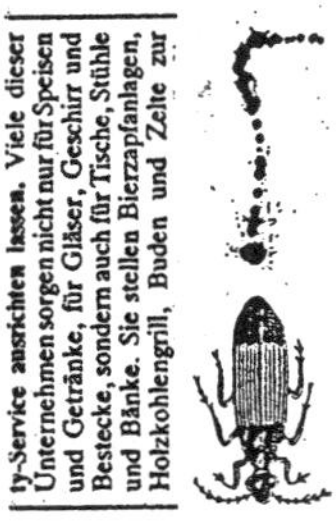

絹の豚

◉対談＝矢口　純（エッセイスト）
1969年（昭和44年）3月
「マイクック」

矢口　ベトナムを舞台にしたあなたの小説『輝ける闇』が、毎日出版文化賞になったんだけれど、いまや世をあげて——ベトナム、ベトナムということになっている。ところが、じゃあ、ベトナムって一体何だろうというと、怪しくなってくる。ちょっとベトナムの社会科を語ってください。

開高　ベトナムというのは、印度支那半島の東支那海寄りの半分ですよね。そして一七度線で切れて、一七度線から北が北ベトナム、一七度線から南が南ベトナムですね。それでベトナム人はよくそれを、一つの天秤の、ぶら下げられた二つの籠という表現をしているわけ。東は海、西北はラオスであり、そしてその南がカンボジア。

矢口　一七度線で区切られた北ベトナムと南ベトナムというのは民族としてはどうなんですか？

開高　民族としては、ベトナム民族というのはオーストロ・インドネシア族ということになっているんだけれどもね。漢民族もだいぶ入っているわけで、それで混血して、こまかくかぞえれば三〇何種類あるわけで、山岳民族まである。しかし文化的には中国文化圏ですよ。だから思想的には儒教が主流ですね。そしてつい一世紀まえまでは漢字を使っていたわけですし、いまでも農村へ行くと、村長の家に漢字で書いた額がかけてある。フランスが入る前までは、漢民族とベトナム人との闘争に明け暮れてるわけです。漢民族にいわせると、越の南というので越南人ですね。政治的に、その漢民族が消えて、入れ換ってフランスが入ってきたわけです。フランスの植民地治下が八〇年――そしてフランスの遠征軍と、ホーチミンの率いるベトミンとが戦争したのが八年間。ディエン・ビエン・フーが陥落して〝フランス敗れたり〟で、ジュネーブ協定ができて、南北ベトナムの形で二つに分かれることになったわけですね。

貧しいが、美食趣味の国

矢口 それで本題にいよいよ入るんですが、料理を語る人は、中国料理とフランス料理を、二つの峰としていますね。その料理の国が共に為政者であった……したがってベトナムはその影響で料理のうまい国ではなかろうか?

開高 ええこと言うでお兄さん(笑)。食いものはうまいものがいろいろあるんですよ。平均的には貧しい国です。しかし貧しいなりにベトナム人は美食趣味でね。たとえば、豚肉で作ったパテがありますけどね。かまぼこのような感じですけれども、絹の豚と、ベトナム語で呼んでいますけれど、うまいですね。それから「はるさめ」を使う。「はるさめ」にも日本式のほかに……田舎へ行くとよく見られますが、簀の子にうちわくらいの大きさに伸ばして干してある。その中へどくだみだとか、せりだとか、にんにくだとか、いろんな生の野菜と、えびだけで作った竹輪をのせて、くるくると巻くわけです。それにニョクマムなんかつけて食べてます。

矢口 うまいだろうな、それは。ニョクマムというのを説明してください。

開高 ニョクマムはしょっつると考えればいいんです。魚の上に塩をふって、魚をのせ、塩をふり、魚、塩、魚とおいて樽に詰めて重石をのせると汁がでてくる。秋田のしょっつるですよ。何年も貯えると澄んできてうまくなる。さきほどの「はるさめ」もこの汁をつける。この「はるさめ」は、はなはだうまいです。

手っとり早くいえば、中国料理の春巻――あれを油で揚げないやつを連想してもらえばいい。ベトナム料理というのはうどんが多いんですよ。これをフォという。サイゴンで朝早く響く音は、「フォ、フォ」といって、おばさんが竹籠にうどんを山盛りにして売って歩く声です。その上にニョクマムをかけたらすぐ食べられるようになっているので、道ばたで食べるわけですよ。ベトナム料理というのは、中国料理の一分派と考えてもいいと思いますね。中国料理から油気を抜いたやつ、そこに生野菜をたっぷり入れる、そういうふうに考えたらいい。

もう一つ、矢口さんの指摘するところのフランス植民地としての影響――これはすばらしいパンの製造技術を残したこと。サイゴンのパンはうまい。近ごろ日本でも四角い食パンのほかにフランス式のバケットがでてきましたが、ベトナムではパンといえばあれですね。だから田舎町へ行ってもあのパンです。そして、もう一つフランス植民地主義が残していったのはミルクコーヒーですね。フランス人は朝起きると、キャフェ・オ・レですね、ミルクを入れたコーヒー、それをベッドの中で飲む。ベトナムも、コーヒーの中にミルクをたっぷり入れる。そういう飲み方しますね、日本式のあの濃い強いコーヒーでなくて。

矢口　コーヒーを飲むのは、ややエリート？　それとも庶民にまでそれがゆきわたっているの？

開高　きたない、汚れた大衆食堂で、コーヒー飲んでいますね。それもバーの止り木みたいな小さなイスの上に、腰と両足をピョコンとのせて飲んでいる。

矢口　南北ベトナムに分かれて以来、南にはアメリカ軍が進駐してきた、それの影響というのは？

開高　コカ・コーラだけですね、いまのところは。

矢口　戦後、日本の食生活はたいへんに変りましたよね、衣食住、全部変ったけれども、いいほうに変った一応――食の面でも栄養のバランスシートがよくなった。その意味ではよろしいんだけれど、日本の食生活がアメリカナイズされたというか、スーパーマーケット化、あるいはインスタント化して、ある意味では日本の心というか、何かいいものを失って大いに堕落した？

開高　そうや。しかし、スナックがはやり、スーパーマーケットがはやりというのは、フランスでもそうで、議論がされてました。しかし、アメリカ化という言い方よりも、ぼくはむしろ機械文明化された、あるいは工業社会化された、そういうもんやないかと思うんですよ。日本だけの問題でなくモスコーでもワルシャワでも、スナックだとかキャフェテリアが大流行している。大量生産時代のこういう産業社会、工業社会では味気なく、そそくさとめしを食って、飛び出して行くという風習になった。

矢口　食べ物というより飼料ね、餌に近くなったという気もするんだけれどね。ところがあなたの話を伺っていると、ベトナムにはまだ、食べ物とか、食事というのが残っているという感じ……。

開高　そのとおり。ゆっくりとめしを食って、食事を楽しむという習慣があります。おそらくフランスが残していったものでしょうね。

矢口　もうひとつ前の主人である中国人も、長いものな。

開高　中国人もすごい。ベトナムは南の国で暑いから、必ず昼めし食ったあと一時から三時、あるいは四時ごろまで昼寝をします。シェスタという。これは戦争までシェスタしちゃうの。だから解放戦線も弾うたないし、政府も弾うたない。もちろん例外はありますよ。人が昼寝している最中にドンパチやってる部隊がないではないけれども、まずまずベトナムというのは昼になるとみんなコロッと横になって寝る。それで三時ごろ起きて、「ほんな戦争しょうか」こういうふうなところですな。だからサイゴンへ行ったらみんな太りますよ、日本人は。

矢口　あなたはベトナムから帰るたびに、逞しさと、それからやや――。

開高　やさしさと（笑）。ともかくサイゴンの生活は、外国人にとってはドルチェ・ビータですね。だってうまいもの食べて、昼寝をして――だって人が昼寝しているからその間取材に駆けまわったところで、しょうがないわね。強制的に昼寝するわけですよ。命令なき強制ですな。そうするとどうしても太る。

永久転回するエネルギー

開高　さきほど矢口さんが言われたように、彼らの美食趣味というのは中国人に近づいています。けたはずれのところがあって、何でも彼でも試してみずにはいられないんですよ。だからサイゴンにペット市場というのがありましてね、ペットを売ってるんです。それはこうもり、泥亀、大とかげ、猿、オウム、インコ、その他もろもろですけどね、これをベトナム人は買ってきて家で飼うんですけど、非常に可愛がりますけど同時にまた食べるんですね。

矢口　可愛がったあげくに――？

開高　ええ。愛は惜しみなく奪うというわけだ。同化せずにはいられないのね（笑）。ぼくがつきあいで食ったのは、そういう異物類の中では蛇、亀、それから鼠、犬、こういうもの食べましたけれどね。犬はおいしいといってもいいですね。鼠は田圃にいる大きなまるまる太った鼠ですね。食用の鼠といえるでしょうな。コレラ、チフスのばい菌はおらへんかときくと田圃の米ばっかり食うてるから、ばい菌はおらへんと言いますけれどね、とにかく市場へ行くと箱に詰めて売っていますよ。チューチューチュー鳴いていますよ。もともと田圃のあぜ道なんかに穴掘って、そこで暮らしているんですけれどね、兵隊なんかも作戦のさ中、すかさず鼠を捕まえて、ポンとたたきつけて、背のうの上においておくんです。行軍して、昼めしどきになるとそれをヨッコラさとおろして、食べるわけです。

矢口　いま兵隊の話がでましたが、ベトナム戦争は、いろんな連合軍ですね、まずベトナム兵から伺いましょうか。どういう携帯口糧で戦さするんですか？

開高　ベトナム兵は不思議な習慣があって、たとえば日本の軍隊だと沢庵に高《こう》梁《りゃん》めしというと、全軍隊の全兵隊がみな沢庵に高梁めしを食うわけでしょう。ベトナム兵というのは、菜っぱ食ってるやつがいるかと思うと、魚を食ってるやつがおり、絹の豚を食べてるのがいるかと思うと、ご飯の上にニョクマムだけぶっかけて食べておるというわけで、めいめいバラバラですね。そして食器は洗面器なのよ。洗面器というのを一切の道具に使ってる。顔を洗い、体を洗い、ご飯を炊き、天ぷら鍋にする。すべて万事これ洗面器——生誕から死に至るまでことごとく洗面器で賄うわけ。だから兵隊と一緒に作戦従軍するでしょう、そうすると犬やら九官鳥なんかつれてる兵隊いますけれども、大体みなどんぶり鉢と洗面器をくくりつけて、それでヨチヨッチと出かけて行くんですよ。

矢口　そのベトナム兵と、行動を共にするアメリカ軍はどうするの？

開高　アメリカ軍も、ベトナム兵について行くときは、ベトナム軍と同じものを食べてる。どんぶり鉢と洗面器です。ぼくも現にそうしていましたもの。ニワトリのもも肉食べてて「このニワトリはまっ黒な色している」とぼくが言うと、これは犬かもしれんで、というようなことをアメリカ兵は言うてましたけれど、おとなしく食べてましたよ。

矢口　アメリカ兵がねえ。

開高　黙々と食べてましたけれど……。それで兵隊と一緒にしゃがんでめし食べるんですが、洗面器をまず地面に置いて、その前に兵隊が集って、腰からやおら箸やらスプーン、肉を出して食べるわけ。ぼくもあっちの兵隊、こっちの兵隊をわたり歩いて、どれがいちばんうまいか——彼らは大いに歓迎してくれて自由行動を許してくれましたけれどね（笑）。彼らの食べ方みるとおもしろいのは、しゃがんでニワトリなんか食べるでしょう、われわれだと普通、骨がでてきたら目の前におきますわね、食べ残しの入ってるところへ。彼らは食べながら肩の後へポイポイ投げるのね。そのうちにそれが習慣になって、ニワトリというものは、食べるときは骨を、肩から後へほうらなければいけないという、そうでないと食べた気がしないという厄介な癖が身につきましたね。兵隊なんかの食ってるニョクマムというのは、もう黄色いドロドロの汁で、さしも食いしん坊のわたしも、これには辟易しましたね。魚の腐った汁ですからね。それから近ごろ、大型のヘリコプターがタンクでも、飛行機でも、大砲でも、ゆらゆらとぶらさげて行くんですが、その風景はしょっちゅう田舎を歩いていると見られるんですけれど、なかに大きな四畳半の小屋一つぐらいあるかと思う荷物をぶらさげて、ヨロヨロと行くヘリコプターがあるのね。「あれは何や?」ときいたら、あれは韓国軍の基地へ行くキムチだという。アメリカ兵はコカ・コーラで元気をつけ、ベトナム兵はニョクマムで元気をつけ、韓国兵はキムチで元気をつけるんですね。

矢口 「メコン河に韓国兵もアメリカ兵も、ベトナム兵も、ベトコンも、そしてわが従軍作家開高健も雲古をする。と、メコン河の魚はその雲古をつつきながら文明時評をする」――たしかそんなことをあなたは言ったんだけれど、たしかにウンチ違うわな、これ一つ一つ(笑)。

開高 だからそのうちにメコン河の魚に変種がでてくるかもしれないですよ(笑)。これはあなた、突っつくというような騒ぎじゃないですよ。ドターッと落とすでしょう、そうすると水面が盛り上って、割れるという感じね。そこに行くと必ずおいしいご馳走が落ちてくると――魚はよく知ってるわけよ。だから目をらんらんと光らせて、母なるメコン河の底で頑張ってるわけです。だからワワワワワワーとでてきて、お尻なんかにとびこみそうな勢い。この魚はカジャックという名前でしたかね。村の養魚池区へ行ってごらんなさい、池が掘ってあって水が溜ってて、その池の真ん中まで桟橋がついていて、桟橋の先きはニッパ椰子で囲ってあるんです。そこでゆるゆるとバクダン落とすわけ。だからその下に大魚、小魚、ワンワンひしめいている。

矢口 それを食うわけ?

開高 さすがにちょっと離れた地方に売りに行くそうです、自分たちは食べないと、言っていましたね(笑)。ぼくは、いつか東京湾を調査したことがあるがな、あのとき東京都民一千万が落とすウンコちゃんの六割から七割までが、海上投棄といって海へ棄てるんですよ。そして千葉の沖合い何マイルかに持って行って一斉に棄てるんですよ。そうすると、ヘリコプターからみたら、黄色い島が一つできたように見える。ものの十分もせぬうちに、これが黒潮の本流の中に溶けこんで、消えるんですよ。その黒潮がサンフランシスコへ行くんですね。だからサンフランシスコには、ゴールデンゲートブリッジというのが……（笑）。この黒潮に溶けたわれらのウンコちゃんは、プランクトンが食べる。プランクトンをえびが食べる。えびを――。

矢口　もう少し大きい魚が食べる……。

開高　それをもっと大きな魚が食べる。こういうことですから、メコン河を笑うことはできないですよ。エネルギーは、永久転回するんですから。

矢口　しかし、太平洋と小さな水溜りとでは、感じが違うな、これ……。

開高　輪廻が目の前で見えるところで行われているか、遠隔操作されているか、というだけの違いであってね、わたしのように澄みきった哲学者になると（笑）しょせん輪廻であると、大悟していますからね。アジア人が増えて困るというアメリカに長くむかしからある一つの考え方に黄禍論というのがあります。これは黒潮に乗って、ゴールデンゲートへ入ってきたやつのことを言ってるんじゃないかと、愚考してます（笑）。

生死の不思議な氾濫

矢口　ベトナムは、あれだけの大戦争をして、それも国内がたいへんな戦場なんだけれど、あの太平洋戦争の末期のころ、日本は食い物なくなってきたじゃないの。とくに都会ではね。そういうことはないの？

開高　全然反対でしょうね。だからいつまでも戦争が続けられる、ということになっているんです。それは戦争のためにナパームやなんかで焼かれて田圃はつぶされるし、畑は焼かれる、ひどいことになっているんですけれども、一方田舎町へ行っても、市場は食料品で足の踏み場もないですね。物価は上っていますけど――お米の値段も上っていることは事実です。戦争中の日本は、ぼくなんかは脱脂大豆なんか食べて、栄養失調になりましたけれども、栄養失調になっている人間は見たことないですね、生と死の不思議な氾濫がある。この間メコン河に魚釣りに行ったときに、漁師にきいてみたら、十年前にくらべたら、魚がどんどん少なくなったというの。どうして魚が少なくなったんだというと、人間が多くなったんだというのね（笑）。

矢口　ベトナムは大戦争をしながら、食いものも考え方も人口も変らない……宗教は仏教ですね？

開高　それからカトリックですね。

矢口　これはエリートですか？

開高　いや、食うや食わずの農民でも、カトリック信者は強烈ですね――はだしの農民でも。そしてこの人たちの中には、戦闘的な反共主義者がおりますね。はだしの農民がですよ。どんなに解放戦線がくどいても頑としてなびかない。だから解放戦線の文章を読んでみると、カトリックを改宗させるには、一世代かかる、というふうな言葉がでてくる。この人たちは信仰のために命をかけて戦いますよ。その意味では解放戦線と同じですね。それから、食いものの話にもどりますと、燕の巣の名産地なんです、サイゴンは。一ぱい五十円か百円ぐらいでしょうかな、日本円にすると——。燕の巣のスープなんて、そんな珍しいものじゃないですよ、いくらでも食える。海燕が海草を拾ってきて、自分のつばで固めた巣ですね。それをロープ一本で岸壁をおりて行って、採ってくるわけです。ベトナム人は、これを食べると元気になるとか、不老長寿、補精の薬だと考えてる人もいますね。あと珍しい食べ物といえば、ニワトリが卵の中でヒヨコになりますね、ピヨピヨといって出てくる寸前のやつをとってきまして、これをポンと割って食べるんですが、ぼくは、はじめのうちはなんともへんな臭い味だったんですけどもね、そのうち馴れてきて、ビールと一緒にこれはうまいもんだと思いだしてきた。もうおぼろげながら、眼や頭蓋骨なんか、やわらかいのができてんです。それをパリパリと噛み砕くわけ、そしてチュッとおつゆを吸って、その羽やら足やらモゾモゾしたものを、肩ごしに後へ、ものうげに投げるのが通とされている（笑）。それから、ビールがうまいんですよ。33ビールというやつ、バーメーバーというんですけれども、氷を入れて飲む。その氷はおが屑がついているんだ。

矢口　なぜ？

開高　だって冷蔵庫なんてないんだもの。それで「ああ、おが屑が入ってる」なんていうやつは「ベトナムから出て行け」だ。ベトナムにおる資格ない（笑）。

急急如律令 (Raiko) ☞ 鬼

娘と私

1969年（昭和44年）4月16日「毎日新聞」

〝浴室の女〟にうろたえ

わが家には娘が一人いる。慶応高校二年生だ。近ごろの少女の特質として、丈夫一式、栄養満点。肩も、胸も、腰も、モモも、ふくらみにふくらみ、プリプリとしていて、うっかりついたら、こちらのほうがツキユビしそうである。

　たまたま夕方おそく、テーブルにもたれて酒を飲んでいると、それが素ッ裸になってふろ場へかけだすのを見る。まるでボナールの〝浴室の女〟が走るようである。〝ドイタ、ドイタ〟と叫びつつそれが走り、すれちがいざまにちょいとひじでつかれると、

「……オッ」

　ぐらぐらとなり、目をみはるというよりは、グラスの酒がひっくりかえりそうになって、うろたえてしまう。

　ふつう私は昼ごろ、目をさまし、それからモゾモゾ、何となく時間をすごす。夕食を食べると眠くなって、夜の九時ごろまで、寝る。そして起きあがり、夜ふけ、夜あけをすごして、また寝床にもどる。それでなければ旅に出ているか、外国にいるかである。もうこういう形式が何年となくつづいている。

　娘の幼稚園のＰＴＡに出たり、小学校の運動会にいったり、入試の発表を見にいったり、ピクニック、花見、学芸会。こういうことを私はトンとしたことがない。まったく私は知らない。彼女の成績がどうであるか。ピアノのおけいこはさせなければいけないか。英語のレッスンはどうするか。ボーイフレンドはいるのか、いないのか。大学入試はどうするのか。ゲバ気があるの、ないの。何も知らない。私は何も知らない。ほとんど気にしたことがないし、気にしなければいけないと気にしたこともない。すべて、これ、〝ママ〟なる私の妻の仕事であった。

　彼女が現在の学校に入学したとき、私はずっとベトナムにいた。なぜその学校に入学するのか。その入学試験はどんなにむずかしいか。そのためにはどれだけ勉強しなければいけないか。私はサイゴンにいて、ときたまうけとる手紙で知らされるだけであり、すすんで知ろうとする努力もしなかった。Ｋ通信の小塙氏が独身なのに私のかわりに父親をつとめてくださり、たいへん心労してくださったのである。ほんとに申訳ないし、はずかしいと思った。

学生のとき生まれた娘

　私が学生のときに娘は生まれた。そのとき私は学生であって学生でなく、工員であって工員でなく、教師であって教師でないという奇怪な生活を大阪の南の郊外で送っていた。人間ぎらいの全的否定の衝動にとりつかれていたから、人目をはばかるようにして暮らし、その日その日のわが心身のざわめきをうっちゃるのに精いっぱいであった。餓死一歩手前であった。肉屋へいってブタのしっぽを一本十エンで買ってきて、毎日食べていたこともあった。ウシのしっぽは高級レストランへいくがブタのしっぽはクズなのである。それを暗い台所で鍋《なべ》でグツグツ

煮ていると、全身がゆるがされることがあった。

若い父親のはずかしさ

父があまりに若いときにできた娘は不幸であると思う。〝父〟なるものは若さのあまりはずかしさがさきにたってしまって、イライラするばかりである。彼はとうてい〝父〟になることができず、それを意識しすぎるためにふりかえるということができなくなる。おそらく彼はムスメを〝娘〟としてあつかうことができず、自分もまた〝父〟としてふるまうことができない。どだい自分を〝父〟と思うまいと必死になってさえいるのである。だから私はもうこれからさき娘も息子も持つことはあるまいが、〝父〟の意識も知らないで終わることになるだろうと思う。無責任。放任。なるようになれ。親はなくても子は育つ。私はソッポ向いたきりで、ときとしてふりかえり、娘と友人仲間のまなざしをかわしあう。近ごろはいくらかそれができるようになった。それでいいのである。私にはだれを〝教育〟、〝しつけ〟る資格もない。

ルアー釣りの面白さ

1970年（昭和45年）1月20日
「ルアー・フィッシング」

昨年の夏、ドイツで遊んでいるときに、バド・ゴーデスベルクの釣道具屋のおじさんにルアー釣りを教えられ、それから病みつきになり、今年はアフリカと中東の最前線を観察する旅の途上、アラスカをふりだしに、ずっと釣り歩きつつ旅程を追っていきました。

ルアーには見るからに精巧なのや、チャチで軽薄なのや、それこそ出来と種類はゴマンとあるのですが、効果は外見ではわかりません。いちいち試めしてみるよりほかないようです。

しかし、小生の経験では、その土地、その土地で作られたものはやっぱり一度は試めしてみなければいけないということがいえそうです。どれ程チャチで軽薄な外観であっても土地の釣師が使っていたなら、それは正しいのです。

アラスカの荒野の河に腰まで浸ってベーリング海から上ってくるキング・サーモンを釣ったのは生涯忘れられない経験でした。キングは数あるサケ属のなかでも一匹ずつ闘争のしかたが異なるのでアングラーはその瞬間瞬間に臨機応変の技術をフルに動員しなければならない。だから釣りのなかの釣り、王の王とされています。これは靴ベラぐらいもあるスプーンを投げ、ゆっくりゆっくりとひいて誘いこむのですが、悪魔のマークのついた《ダーデヴル》と、それを真似た《フラッシュ・ベイト》が最高でした。《ダーデヴル》はスプーン専門のメーカーと思われますが、塗りがしっかりし、泳ぎかたが精巧で、評判はたいへんいいようです。

スピンナーではメップスが王座でしょう。あるアメリカ人の釣師の論ずるところではメップスの模造品はゴマンとあるけれど、ついに本物には負ける。

こんな簡単なマスプロ品のくせにどうしてそうなるのか。わからないといって脱帽しています。プラグではフィンランドの手製のラパラに絶大な人気があります。これは静水でも激流でも決してひっくりかえることがなく完璧なバランスで泳ぎます。

ライフ誌が〝魚の見のがせないルア

ー〟といって三頁にわたって特集をしたことがあるらしく、また、アメリカの主な釣り雑誌が主催するコンテストの首位は軒なみこれでさらわれているようです。

スウェーデンのアブ社の山荘に招待されて私は水銀の光るような、淡く、かつ華麗な白夜の夏をたのしみましたが、同社の作品では、トビー、ドロッペン、ハイローなど、名作がたくさんあります。ことにトビーは河でも海でも、こと相手が肉食魚でありさえすれば、ほとんど万能といっていいのではないかと思われる逸品で、いろいろな場所で使ってみてそのことがよくわかりました。ついたその日に山荘のしたを流れるモラム川で私は七四センチのパイクを釣りましたが、これもトビーでした。するとアブ社の輸出部長が、わるくない、わるくない、いい腕だといったあと、ハムレットの“To be or not to be…”にひっかけ、「to buy or not to buy…」と一句とばしました。

ミミズや小魚などの自然餌はほっておいても魚が食べるのですから、それで魚を釣ってもあまり自慢にならない。釣れなければ不思議だ。しかし、釣りはやっぱり魚との知恵くらべ、だましあいでなければ、ほんとの面白さがでてこない。

芸術とは反自然的な行為なのだ。釣りが芸術なら、やっぱり反自然的でないと、イカン。というわけで、精巧、軽薄、珍奇華麗、じつにその工夫の妙においてとどまるところを知らないルアーの大群が出現しつつあるわけです。

ルアーを〝食いついたものかどうか〟とさいごまで疑いつつ追っかけてきて私の足もとあたりまで迫り、〝やっぱりニセモノだった、ガセだ、かかってたまるかい〟と、魚はくるりとひきかえしていく。

なかにはピシャリと尾で水をたたいていくのもいる。その横顔のニクイったらありません。河のなかで地団太踏みたくなります。思いぞ屈してこころがほぐれない夜は、机にルアーを並べ、この傷はあの河だった、あの傷はこの魚だったと、野生の宝石の追憶にひたる。

また、油砥石《といし》で、いつでかけるとも知れない日のために鈎《はり》を研ぎ、爪にあてて試めしてみる。

これは無益な純粋ともいうべき遊びでしょうが、現代のようにすべての物と言葉がベタベタと指紋がついてよごれはてしまった時代には、ふとした瞬間ルアーがオモチャだといえなくなってきます。私はたまたまドイツで教えられたのでしたが、日本へ帰ってきてみると、桐生の常見氏とか、藤沢の金子氏とか、もう何年も以前からこの釣りに凝っている名人がいると知らされておどろいてしまいました。ほかにもたくさんの鬼や亡者や、手製の名匠がいるというのです。

こういう会ができて、それら鬼、亡者、名人、上手、女房泣かせ、半ば子供衆の脳を持った大人衆と、半ば大人衆の脳を持った子供衆が、めいめいの経験とホラ話を持ちよって百家争鳴するのは、たまゆらこころほどけることだと思います。

人間嫌いの芸術家はみんな来い。

佐藤春夫の文学と私

1970年（昭和45年）6月15日
「ポリタイア」アンケート

――佐藤文学中もっとも愛読した作品

開高　どれといって一つをあげることはできません。

――愛読した時期
開高　少年時代。
――どんな影響を受けたか
開高　わからない。
――佐藤文学についての意見、批判
開高　〝新手一生〟で変貌また変貌をかさねていった多血の豊饒を尊敬する。それと、作家の書く文学論はあまりアテにならないものですが、「退屈読本」は秀抜なものと思います。

釣った魚の味

1971年（昭和46年）6月5日
「甘辛春秋」

近年釣りをするようになってから釣師の生態をしばしば目撃する機会を持つようになったが、釣った魚をどうするかと眺めていると、師もさまざまである。食べるために釣る師。釣るが食べない師。釣りはするが魚は逃してやる師。インドアでは魚を逃してやるのだといってるがいざアウトドアの現場ではビクにとりこんでしまう師。釣りも食べもせず、ただ道具だけ買い集め、インドアで時世を嘆いたり理論をブッたりしている師。（こういうのを〝アームチェア・フィッシャーマン〟という。罪のない、おぼろな眼をした師である）

私は釣りにいくときはたいてい玉網もビクも持たず、竿とルアー（擬餌鈎）だけだから、はなはだ身軽である。これまでに釣ったことのない新品種か記録破りのトロフィー・フィッシュに出会ったときだけは――めったに起らないことだが――一匹だけ頂いて帰ることにしている。魚はごぞんじのように小魚のときと大魚のときとでひどく味がちがうものだから、勉強になる。私の釣りは深山、幽谷、山上湖などのサケ科専門なので、どうしてもマス族、イワナ族の勉強となる。

ニジマスは日本では釣り味も食べ味もひたすらバカにされるだけであるが、それは養鱒場のトロ水でエビオスのような錠剤で育てられたやつのことである。これは過保護児みたいなもので、いたましいともアホくさいとも、いいようがない。けれど、おなじ児も旅をさせてみると、つまり野生にもどしてみると、いっさいが一変してしまうのでおどろかされる。顔がしまってたけだけしく鋭くなり、聡明で狡猾、もし鈎にかかったと知ると大

跳躍し、剛毅、徹底的にたたかう。さいごの一瞬まで、たたかう。なかにはあまり激しく跳ねすぎて失神してしまうのもいる。魔が顔を出す山上湖の蒼暗なたそがれの静寂を裂いての彼の跳躍は何度味わっても息を呑みたくなるような質のものである。

野生の小魚を追っかけて大きくなったこういうニジマスは塩焼き、照り焼、バター焼、ムニエール、何にしても、すばらしい味がする。エビオス育ちの過保護児のやりきれないようなのをよく山の温泉宿で食べさせられて眼をそむけたくなるが、そのときの味をよくおぼえていたら、その香ぐわしくてゆたかなあぶら味におどろくあまり、しばらく皿のふちで、自然、文明、人生、闘争、競走、輪廻といったことについて考えこみたくなることであろうと思われる。

オーストリアとの国境地帯ということになるドイツの高原の牧場を流れる溝みたいな小川には、ニジでもなく、ブラウンでもなく、ただ〝トラウト〟（ドイツ名は〝バッハフォレレ〟）と呼ぶマスがいるが、これは体側に、紺や白の環でかこまれた朱点があり、ソースのなかでルビーのように輝く。これを釣って牧場のウシのカウ・ベルのおだやかな音といっしょに宿に持って帰ると、おばさんがおなかに香草やバターやアンチョビなどをつめて蒸してくれる。ほかほかの湯気に鼻をつっこみ、よく眠ってよく冷やした白ぶどう酒といっしょにやると、まず、眼がうるんできますナ。このマスは大きくならないけれど肉のしまりかたが抜群なので、思わずくちびるがゆがんできますゾ。

日本産の淡水魚のサルモニッド（サケ科）の魚では、さきの野生のニジマスもさることながら、ヒメマスのとろけるような味わいが、どうにも忘れられない。これは北海道で〝チップ〟（アイヌ語の〝カバチェップ〟の転じ・〝薄い魚〟の意）と呼ばれ、内地では〝マス〟と名がついているけれど、正体はベニザケの陸封《ランドロック》されたものであるから、〝マス〟ではない。サケである。これは群れをなして回游するクセがあるのでそのタナ（泳層）にさえぶつかったらどんどんベニサシ（赤く染めたウジ）で釣れるのである。銀白が全身に輝くが婚姻期になるとそれに淡赤色がにじみだし、さながらオパールが閃めくようである。おちゃっぴいで、いきいきした、好奇心の旺盛な、小さい体にも似ずよくたたかう魚であるが、食べてみると、肉も骨も舌のうえでとけてしまい、どうにも名状に苦しむ柔媚である。失礼ながらアユの香気もこれにはゆずるであろうと思われる。姿鮨にでも仕立てたらたいへんなことになるのではあるまいかと思う。これをたたいて塩辛にしたらとか、うるかはどうだろうとか、じつにとめどなくむごいことを夢想したくなる魚である。

フィッシングは男の最後の牙城だ

●対談＝那須良輔（漫画家）

1971年（昭和46年）7月18日「朝日新聞」サントリー広告

開高　釣師はお互いに油断ならぬから、(笑)まずはお手柔らかに。

那須　私のはガキの頃から釣好きというだけの話で……熊本の人吉なんです。山ン中ですよ。小鳥を追っかけたり、川で魚釣りしたり、まあ、河童みたいなもんです。大根の青虫をとってシマハヤを釣る。足長バチの子もいい餌です。私は足長バチの巣をとるのは天才的にうまかった。一番使ったのはチョロですよ。

開高　チョロ、それに小砂利の家にいるクロ川虫ね。

那須　チョロは玄人でも使います。鬼チョロはだめ。かよわい格好をした柔らかい奴だとよく食う。せせらぎの石を裏返してピッピッと走るやつを、ケガさせないように、足を折らないように、捕える。あれは口で取るのが一番よい。口で吸いとるのが……。

開高　チョロッとキスやナ。(笑)

那須　チョロのときは半袖着ていって、左腕に口で吸いとったチョロを、腹を下の方にしてずらりと腕にならべるんです。釣るときは左腕からひとつずつ針に刺して釣ると具合がいいんだ。(笑)中ぐらいのものばかり揃えて、腹が外へ出るように針にかける。

開高　幼少にして名人技ですなァ。

那須　竿も全部、自分で作るんです。山にはえている布袋《ほてい》竹のいいのを探す。雄竹と雌竹がある。雄竹は根元の節がつまっていて握りいいんで、そういう雄竹を探すんです。何十本も切って、大切にして、調子のいいやつを使うんです。ミミズも掘るばかりでなく、養殖しましたナ。サシも自分で作る。テグスも楠蚕《くすさん》という大きな毛虫から酢に漬けて、自分で作るんですよ。馬のシッポも使いましたよ。自分チに馬がいたからシッポの毛を切って、カバリをやるときには先が重くなるように、先の方は何本かねじったやつを作る。これだけは大人に作ってもらったけど、子どものときから自給自足でしたから、いまでも餌釣りが好きです。そして仕掛けをつくっているときが一番たのしいですよ。

開高　68年にドイツの釣道具屋のおやじから、ルアー釣りを教えてもらったのがこの道に（笑）入った動機です。戦乱の地を歩きまわった直後なんですが、ドイツのおやじさんがスプーン鈎を何種類も持ちだしてきて、これは曇り日の濁った水のときにピカピカ光っていいんだとか、晴れた日にはちょっと鈍いこれがいいとか、いろいろ教えてくれた。それでは、という気になって、バイエルンの湖やチロルの川へ行ってみた。こんな摩訶不思議なピカピカ光った子ども臭いゲテモノで魚が釣れるんだろうかとおっかなびっくりやったが、釣れたんですよ。そのチロルの川で、ぼくは一日中マス釣りをして、大いに満足して、夕方宿へ帰ろうとしたら、おじいさんがヒョコヒョコやってきて、ひょいと毛針を投げた。糸がスルスルとのびて、毛針が水面に落ちるトタン、マスが2匹一ぺんにパシャッと食いついた。オーケストラの指揮者がタクトを振った瞬間に音がワッと出る、あれです。巨匠でしたなァ。（笑）「デキル」というところでしたね。

那須　名人というのはどの国にもいるもんですなあ。

開高　ルアーキャスティングというのは、はた目にも格好がいいし、スポーティーです。スポーツ・フィッシングというコトバは日本では誤解されてますね。あれは山登りの心境ですよ。山がそこにあるから登るので、高山植物をとるのが目的じゃないでしょう。魚がそこにいるから釣るんであって、あるいは、まだ魚がそこにいるから釣るんであって、釣りそのものが目的という心境になってほしいですな。何がなんでも釣ってやろう、釣ったら全部持ち帰って食べなきゃ気がすまない、という心境では、カッコがどんなによくてもスポーツじゃないです。ぼくのように志高く、諸国を武者修行をすると、もう釣ることが目的であって、釣った魚は全部逃がしてやります。

那須　見上げた精神です。どうも日本人のレジャーもスポーツも稼ぎすぎる。しかも魚に関しては祖先の血統というか、つい食べたがる。

開高　フィッシュ・イーターとしては血が騒ぐ。

那須　あなたのはフィッシングで、ぼくのは釣り。

開高　釣りがフィッシングになった転機はナイロンの出現でしょうね。

那須　そうです。そしてつぎにグラスロッドね。

開高　ナイロンが原爆で、グラスロッドが水爆や。

那須　いままでの竹竿時代では、ちょっと油断すると虫が食う。だから手入れも大変だ。いまのものはその点強くて、腐るということもない。それに糸が丈夫だから大物もかかる。

開高　ルアーが流行りだして女性がどん

どん山の湖へのりこんでくるようになりました。男の最後の牙城といいますか、聖域を犯されるという不安感を身にひしひしと感じますけどね。(笑)

那須　男の聖域か。(笑)

開高　たとえば、イワナは餌釣りでは大して大物はこないんですよ、エサには。ところがルアーだとくる。エサだと朝まずめ夕まずめしか釣れないけれど、ルアーだと日中でも釣れるんです。そういうイワナの世界に、女というしぶといのが喰い込んでくると、山のイワナはおちおちしていられなくなるんじゃないかと思うんだ。(笑)男の釣師はしぶといと言ったっていろいろ複雑な心境、衝動がありましてね。多情仏心とか、非情多感とかね。(笑)だけどオンナとなると、魚はつらいですよ。

那須　女性がこの世界に進出したのは、ナイロン、グラスロッド、かっこよさのほかに、ルアーがありますね。ルアーなら虫を持たないですむ。釣りはおもしろいけれど、ミミズがいやだというのが、かつて女の人を釣りから遠ざけていたんですよ。

開高　釣りの革命は生餌が手に入りにくくなったということもありますね。イソメも少なくなる。タマムシもいない。ミミズが高い。磯釣りの生餌は、四国九州から飛行機に乗ってやってくる。(笑)

那須　いまやサザエは済州島、つまり韓国からやってくるんです。しかし、みんながフィッシングをたのしむということは、いいことですよ。ただ、アメリカのフィッシングは、ライセンスがじつにうるさい。そこにいくと、日本はいい加減で、これは困ると思う。

開高　そのとおりです。つまりボウリングするのもゴルフするのも、あるいは盆栽いじりも、とにかくお金を投じなければならないわけでしょ。遊ぶためにはお金がいる。釣竿もリールも、その他もろもろ、お金をかけるのなら、もうひとつ、自然を保護し、釣り場を保護するためにも、お金を出さなければならない。ライセンス制は賛成です。昨年ぼくは新潟県の銀山湖のほとりで、6、7、8と3ヵ月、電気のつかない小屋で暮らしていたんですけれどね。そこでハヤ釣り、イワナ釣り、いろんなのがやってくるのを見て、人品骨柄、卑しからざるお年ごろの紳士ね、この人たちはもうダメね。根こそぎさらって行く。かえってけったいな格好してる若者は、ガツガツしませんよ。逃がしているのもいます。若者に訊くと、いま釣ったやつを逃がしてやると、また来年大きくなって釣れるだろうし、子供を生むし、ほかの人もたのしめる。キザな言い方すれば、逃がした魚は賢くなって釣りにくくなる。こっちもそれまでに腕あげて、釣ってみせる、なんて言っている。

那須　おもしろいね。釣りを完全にスポ

ーツとして受けとっているんだなァ。それにやはり、いまは何でも食べるものがある。ぼくたちのころは、柿でも栗でも……釣れた魚も食べたものだった。

開高　それもあるでしょう。しかし銀山湖などという深山幽谷の湖で釣っていると、夕闇が山の峰やら森やら林やら、浸み出してくると、一種壮厳の気配が漂ってきて、こんな美しい夕方には殺したくないという気になるんだなァ。そこで、釣った魚を力が回復するまでこう、胴体を持って水の中につけてやる、冷たいけれど……。そのうちに自分の力で泳ぎだそうとする。ぼくは、君は賢かった、しかし完全ではなかった、と言うと、魚がシッポを振りながら泳いで行くのです。

那須　大変けっこうです。(笑)

開高　キンキンピカピカのルアーは那須さんのような自然主義ではない、反自然主義ですね。(笑)

那須　餌釣りは自然主義、私小説ですか?

開高　小説といえば、小説の原稿に行詰まったとき、真鍮《しんちゅう》やらステンレスで磨いて、自分のルアーを作るんです。このルアーはフィクションだ。だまし合いです。魚はお猿さんや猫さんみたいに、前足がないでしょ。だから手にとってみることができないから、全部口でやっちゃうわけ。彼らが破滅への道を歩む所以《ゆえん》です。

那須　ルアーで釣れるのは、だいたいマス系統だからね。口が大きい。

開高　コイとかフナはきませんよ。ルアーにくるのは近代的な魚ということでしょうかね。

那須　極端にいうと、缶詰になる魚ばかり。

開高　かなり攻撃が激しくなりましたね。ちょっとシャツの袖をあげなくちゃ。(笑)　小生はアラスカの川で、朝から晩まで川の中で13時間もつかっていたことがある。じつに寒いのなんのって、腎臓結石か糖尿病でも出そうな川だったけどね。あんまり寒かったから、ときどき川原にあがって、ウイスキーを飲むけれど、ちっともあたたかくなりません。

那須　アラスカの河原でサントリー・オールド。

開高　また腰までつかってルアーを振り込む。私の腰のまわりをフカみたいな背ビレを立てて、キングサーモンがすぎてゆく。手で摑んでやりたいくらいだが、くわない日は振り向きもしないです。名人はつらい。

那須　いや、名人は13時間も立っていませんよ。

開高　恐れ入りました。虚仮《こけ》の一念です。(笑)　もう一杯、いかがです。

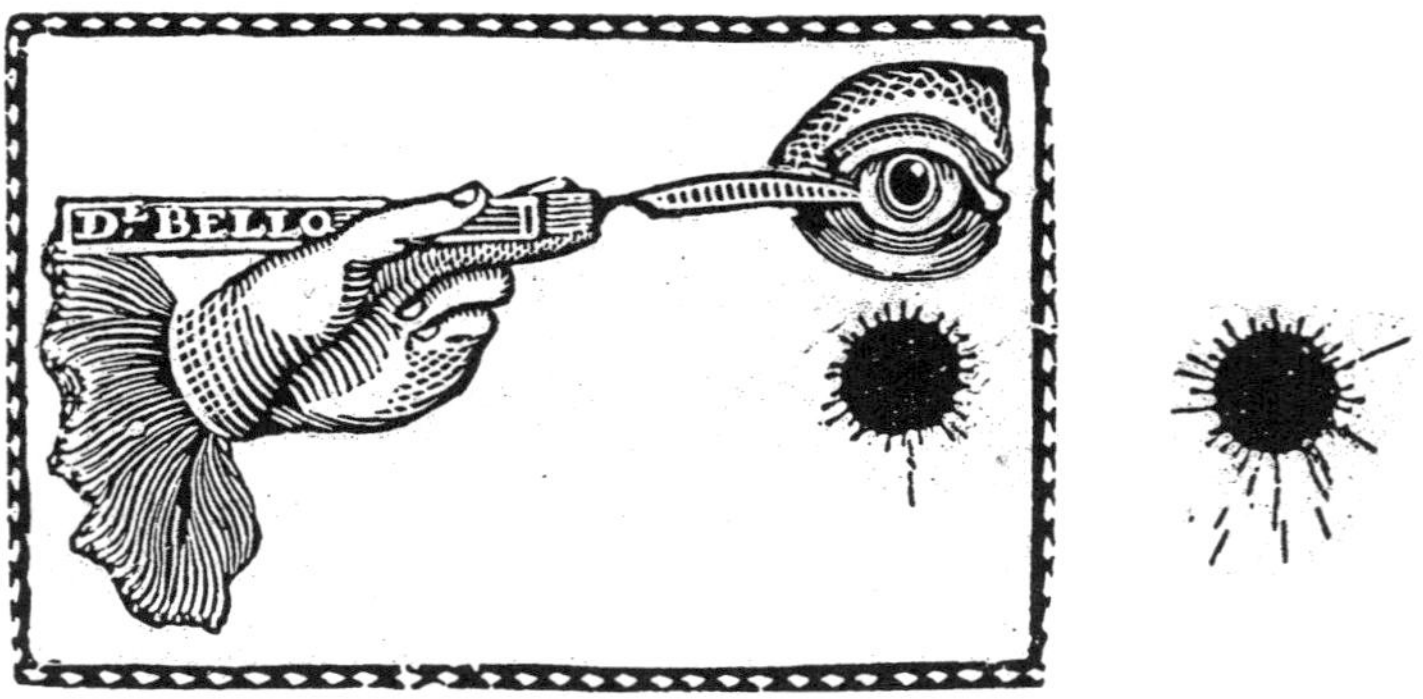

『情熱の生涯ゴヤ』をみて

●対談＝牧　羊子（詩人・開高健夫人）

1972年（昭和47年）8月31日
「毎日新聞」

俗物根性のオトコなのだ

開高　まず、人物像としてゴヤをながめてみると、ゴヤは大器晩成型なんだなあ。いまでこそ天才、天才といわれているが、当時の人々がそう思っていたかは疑問だ。私生活を見ると、偉大な人物にありがちな面がよく出ている。出世欲があって〝エゴセントリック〟で、大胆かと思うと臆病で、ハレンチかと思うとデリケート。まあ、オトコなんだ。オトコの矛盾を矛盾のまま持って生きていた人物だ。それと、彼自身の伝記に謎《なぞ》めいた部分が多いから、どのようにも解釈できる。その点が本になったり映画化されるおもしろさだろう。

牧　そうね。オトコ臭くて、大食らいで、女好きで――。芸術家であって、わがことのように思える（笑）。最初の印象からいうと、謎の多いゴヤの伝記を丹念に追っている。人間ゴヤと画家ゴヤを映画から知る、いわば〝入門の書〟として、あの短い時間によく整理されていたと思うの。ただ一般的には、ロマンチックなゴヤのイメージが先行しているでしょ、これまでの感じでは。何か超俗的で、瞑想的な画家という印象があった。まあ私の少女趣味かもしれないけど。それでゴヤを演じたドナタス・バニオニスが、はじめ下品にうつって戸惑った。

開高　いや、上品だよ。

牧　あれで上品?……。錯乱して女房の胸にとりすがって泣くところなど、天真らんまんではあるけれど上品とは思えなかった。

開高　いや、ゴヤはもっとあくどく、ギラギラした俗物で、その上、天真らんまんなんだ。むしろもっとアクのきついところがあってもいいんじゃないか。画家にとって宮廷画家になるのが最大の望みであり、個性など考えられない美学の時代だったときにああいう俗物根性のオトコがいたわけだから。

牧　ゴヤが体制の変化につれて彼自身も変わっていくわね。そこのところはどうかしら。

恐るべき直観家でもあった

開高　ゴヤも当時のスペインでは知識人に入るんだが、進んだ知識人には〝進んだフランス〟に対するコンプレックスがあり、一方で愚昧なカルロス王家、苛烈な宗教裁判があった。知識人の中には、攻め込んできた仏軍がカルロス王家すなわち封建制を打倒してくれるだろうという期待があったが、その反対に仏軍に対して棒切れを持って立向かった人民がある。そこに知識人と人民とのギャップがあり、ゴヤはギャップの間をさまよっていた。「カプリチョス」に「戦争の惨禍」を描いたころは、棒切れを持つ人民の側に立って満腔の賛意を表わしていた。ところが彼の絵、作品、洞察力はそこだけにとどまらない。やがて人民同士も殺し合いをすると見てとった。「黒い絵」にある農民同士の殺し合いがそれだ。だから、本にしろ映画にしろゴヤを特定な思想や立場から整理することはできない。一時期に限ってはいえるけれどね。彼はおそるべき直観家であり、洞察家だった。

牧　非常に感覚的だったということね。生まれながらの画家。

開高　そうそう。映画で、ゴヤに「ものごとの後ろにあるものを見なければならない」というセリフを吐かせている。それがゴヤの画家としての、洞察家としてのテーマなんだ。そこのところは映画でよく描けている。

カルロス四世もルイズ妃も

牧　さっきの話にもあったカルロス王家だけど、あそこに登場する人物ね、たとえば七面鳥のようなマリー・ルイズ王妃。絵の人物にあれだけ似てる俳優をよく見つけてきたわね。

開高　うん、あれはびっくりしたなあ。王妃ばかりでなくカルロス四世まで、ゴヤの描いた絵からそのまま抜け出してきたような人間になっている。あの映画の感覚にはびっくりしたなあ。

牧　理屈やイデオロギーはぬきにして、映像として十分おもしろいのね。映画のおもしろさがここにはあるわ。

開高　うーん。ソビエトは広大だぜ。あれだけそっくりの人間を集めて、それがまた役者になっているから不思議だよ。絵画の人物と役者がまったく一致していたのには、オレも心の中で手をたたいた。画家の映画ってのは、だいたい肖像画や作品を出してドラマチックでロマンチックなものにしたがる。画家の絵を出すことより、別に解釈して絵以外の他の面を出さなきゃいけないと思うんだが――。ゴヤの場合は、とくにカルロス王家の絵の場面は映画のおもしろさの中心になっている。どこで見つけてきたのかなあ。

牧　〝そっくり〟というのは映画づくりの初歩的な手法かもしれないけれど、楽しい場面ですよ。

開高　あれだけそっくりなのはむしろ、あっぱれだ。社会主義国の映画なのに、反動ＯＫというような感じがして……(笑)。しかし、あの王妃はバカでいて賢いんだよ。肖像画を除幕したときの戸惑いの表情や他のシーンで見ても、バカでは出ない複雑な顔をしている。

牧　〝裸のマハ〟のモデルといわれるアルバ公妃のウエイトは？

開高　不明な点が多いんだ、二人の関係は……。動機がくわしくわからないんだよ。〝マハ〟は男の理想画だ。絵を見てると女の体温が、あの足の指先からもほのぼのと伝わってくる。妻、ホセファにしても、映画では彼女が実にひっそりとつれそっているが、彼女の肖像画を見るとこの上ない、いつくしみを持って描いている。

牧　女性が豊満で、絹ものをまとっている〝マハ〟など、マチエールをみごとにこなしている表現に、むしろ強くそれを感じる。ゴヤがつんぼになり、幻覚にまどわされるころからの映画は？

開高　ゴヤは「黒い絵」に見られるように二十世紀を予言していた。怪物が自分の子を食べる、おびえながら自分の子を食べる。映画では「つんぼになると目がよく見えてくる」といわせているが、芸術家は何か拘束があると自由になってくる。前にいったように、ゴヤは矛盾を矛盾のまま持って生きたオトコだが、矛盾が現実の基本であると思っていたから、彼が狂いだしてからは迫力がある。まあゴヤについて知れば知るほどゴヤがわからなくなる。ゴヤとは何ぞやという疑問をだれもが持つ。彼がおそるべき作品を残したために、ゴヤに関する本が生まれ、映画ができる。ここで生きてくる言葉は、改めて〝芸術は永く、人生は短し〟ということだな。

牧　あるいは渾沌《こんとん》の叡知《えいち》、そういうゴヤという画家を知る手がかり、ゴヤの入門書としてはうってつけの映画ね。

井原西鶴

井原西鶴

1973年（昭和48年）10月5日
『日本史探訪第九集』

庶民の悲喜劇

庶民の町大阪――

昔から、大阪の独自の文化と伝統をつちかってきたのは、その名もなき庶民たちであった。

その庶民がはじめて文学の主人公として登場するのは、日本の長い文学の歴史から見れば、そう遠い昔のことではない。

十七世紀の末、元禄《げんろく》の浪花《なにわ》に、一人の天才的町人作家が活躍した。そして、浮世に生きる庶民たちの悲喜こもごもの営みはこの男の筆に託されて、あざやかな元禄模様に描き出されてゆくことになる。

開高　私は、大阪生まれの大阪育ちなんですけれども、たとえば、大阪人の性格を表わす言葉に、「いらち」という言葉があります。「いらち」とは、どこからくる言葉なのか。いらいらするとか、いらだつとかいう意味からくるのかもしれないんですけれども――。
これはどういうことかといいますと、大阪人はじっとしていられないんですね。世の中の普通のこと、凡庸なこと、定《じょう》石《せき》、陳腐《ちんぷ》、マンネリズム、ありきたり、というふうなことにがまんができない。

それで、絶え間なしに、なにかしら創意工夫《くふう》を凝らして、やっていかずにいられない。しまいには創意工夫のための創意工夫にもなってくるという傾向が、非常に濃厚なんですね。

たとえば将棋の名人で坂田三吉という人物がいたんですけれども、この人はある将棋の試合の時に、初手にいきなり角の頭の歩《ふ》をついたんですね。そんなことをすれば、負けることはわかりきっているわけなんです。そういう定石はないわけですね。定石に従えば勝つことが確実な場合でも、それに従わないで、負けるとわかりきったことをついやってしまう。それは自分に対する挑戦《ちょうせん》なのか、定石を破りたい挑戦なのか、いろんな情熱があると思われますが、ときどきそんな破天荒なことをやりたいんですわ。

西鶴《さいかく》の場合も、そういう「いらち」の性格の面から見ていくと非常に濃厚で、いらちだったというふうにあてはまるんじゃないかと思うんです。典型的な大阪人であったといえます。一度やったことは二度と繰り返さない。同じ場所にはじっとしていられない。何か新しいことをやる。絶え間なしに新手一生ということを追い続けていった人物じゃないかと思われるんですね。

西鶴とリアリズム

開高　大阪と東京の違いをあげていくとおもしろいんですが、たとえば、東京の山谷《さんや》と同じような場所で、大阪でいま愛《あい》隣《りん》地区と呼ばれていますけれども、そういう所があるんですね。

ここ数年は、静かになっているようですけれども、以前は、夏の不快指数が高まった晩なんかになると、必ず何かちょっとしたことから弾《はじ》けてですね、騒ぎが起こる。それで、警官隊がやって来る。そして、警官隊と群集が石を投げ合う、渡り合う。

その時、この騒ぎの中をですね、五十がらみのおばさんが、女の子の手を引いて走り回ってまして、「どうだ、どうだ、石どうだ、一個十円でっせ。ええ石でっせ」と言ってですね、なぐり合いしている最中に、石を売って歩いてたというんですが……。

これ、事実見たという人もかなりいるし、創作だろうという説もあるんですけれどね。まあ、創作にしても、東京の山谷では、こういうことは思いつきようもない。とにかくそれを十円出して買ったやつもいるということなんですがね。

だから、東京人の目から見れば、「がめつい奴《やつ》や」ということになるかもしれないんですけれども、食うや食わずのおばさんにしてみれば、その晩ええ石を一個十円で売ってですね、少なくとも「すうどん」の一杯か二杯は食えるお金は手に入れたんじゃないか。そうすると、がめついように見えているけれども、非常にやさしさがそこにこめられているんではないかとも思うのです。

　徹底的に自分が物事に徹しようと思うと、相手が徹底することも認めておかなければやれない。そうすると、おばさんがええ石を拾って一個十円で売るのを、買ってやろうじゃないかという気持が動いてくる。それはがめついように見えるけれども、けっしてがめつくはないんで、やさしさの一つの表現じゃないか、というふうに私は見るんです。

　だから、それは西鶴にもよく表われていて、西鶴も徹底したリアリズムで、「人間万事金の世の中」という気持もあって、お金のために人間がどれだけ悲喜劇を味わわねばならないかということを、つぶさに書いているんですけれども、どことなくやさしさがあるんですね。

　このおばさんのような話が江戸時代にあったら、すかさず西鶴は、『世間胸算《せけんむねさん》用《よう》』か、『日本永代蔵《にっぽんえいたいぐら》』か、そういうと

ころに、ちゃっと書き残したと思うんですよ。

西鶴の時代

金と愛欲と人殺しと――

西鶴が武家のモラルや伝統を超《こ》えて、うごめく人間の真実を描きまくった元禄太平の浪花。

「難波橋《なにわ》から西へ、数千軒の問屋が屋根を並べ、土蔵の壁が雪のように白い。俵を山のように積み上げ、馬が地響きをたてて走る。川には小舟が無数に浮かぶ。威勢のよい若者が、さしを俵に突きたてる。台帳が翻り、そろばんの音があられのようだ。天《てん》秤《びん》をたたく小槌《こづち》の音が響き、のれんが風に舞い、たいへんな繁盛ぶりだ」

西鶴が描く天下の台所のありさまである。

世は五代将軍綱吉《つなよし》の時代――家康以来九十年の太平に、空前の経済成長と消費ブームにわきたっていた。そしてこの機運に乗って、自分の知恵と才覚で、鴻池《こうのいけ》・住友《すみとも》・三井《みつい》といった、新興の商人が次々と誕生する。

だが、これにひきかえ、金銭の浪費しか能がない武家の権威は、落ちるに任せ、自然、文化も武士から町人の手へと移っていった。

西鶴の文学は、こうした経済と政治が頂点に達した、元禄という時代の繁栄とひずみを背景に登場してくるのである。

大阪市東区鎗屋町《やりや》、現在、問屋のビルが立ち並ぶこのあたりは、西鶴の時代も商店が軒を連ねひしめいていた。寛永《かんえい》十九年（一六四二）、浪花商人の家に生まれた西鶴が庵《いおり》を結んで、小説家としての晩年を過ごしたのがこのあたりだとされている。

ここから西鶴は、常にさめた目で浮世の現実を見つめながら、二十数編の著作を世に問うていったのである。

開高 彼は四十一歳から五十一歳までの十年間に、浮世草子《うきよぞうし》、今でいう小説を書き残したわけなんですけれども、男の働き盛りの年齢です。

「もののあわれ」とかいいますが、金を征服したつもりで、実は金に征服されていたり、それから金に振りまわされる、いろいろな人間の浮き沈みを、あわれみの目から見ています。

私は戦後、旧制高等学校というのがまだあって、そこに一年行っているんですけれども、行ったといってもそのころですから、あまり教室には出ないで、アルバイトをしたり、それからどぶろく、ばくだんというふうなものを飲んで騒いだりしたんですけれども、教室では犬養《いぬかい》先生が、テキストに『好色一代女』を使っ

福
3
4
5
7
6

てましてね。あの先生の授業は非常に情熱的な授業でして、頭から突き抜けるような、かん高い、黄色い声なんですけれども、非常におもしろいんです。そこで非常に興味を持たされて、西鶴を再確認したんですけれども……。

第二次大戦後、私が闇市《やみいち》でながめたり、焼け跡でながめたのは、戦争中から、戦後にかけてのドタバタ騒ぎ、そういうムチャクチャなドンデン返しの時代だったんですが、だから、よけいに人間の裸の姿が見られた、と言えば見られたんですね。

そういう世界と、西鶴が描いている世界とは、非常によく似ているんですね。他人をどうやって出し抜くかとか、出し抜いたつもりでどう出し抜かれたかとか、裏には裏の手があるとか、いろいろなことがあるんですけれども、そのリアリズムが非常に私にはぴったりきたんですね。文章の上からいくと、私は上田秋成《あきなり》なんかのほうが好きなんですけれども、西鶴の目の鋭さ、それからリズムね、つまり文体のリズム、特に『好色一代男』なんかにあるような、ああいうリズムはとても好きなんです。

『好色一代男』

色里を舞台に、愛欲に生涯をかける町人、世之介《よのすけ》の半生を描いた『好色一代男』——

西鶴四十一歳の時の処女作であった。

「桜もちるに歎《なげ》き、月はかぎりありて入佐山《いるさやま》、爰《ここ》に但馬《たじま》の国、かねほる里の辺《ほとり》に、浮世の事を外《ほか》になして、色道ふたつに寝ても覚《さ》めても夢介《ゆめすけ》と替名《かえな》よばれて……」

『好色一代男』冒頭の一節である。

出世作『一代男』が出版されたのは、年号が元禄に改まる前の天和《てんな》二年（一六八二）、綱吉が将軍の位についた二年後のことであった。

綱吉は就任早々、次々と儒教《じゅきょう》による倫理やモラルを強引に国民に押しつけようとする。一方、愛欲はことに罪悪とみなされていた当時の世相の中で、愛欲に奔放に生きる世之介の人間としての生き方に、人々は、武士に抑圧された町人の解放される姿を見た。

たちまちにベストセラーとなり、浮世草子の西鶴の名は、揺るぎないものとなったのである。

開高　世之介のある部分は、西鶴個人の経験とか記憶がだいぶはいっているんだろうと思います。彼があんなに女にもてたとは思えないんですけれども……。そんなにもててたら四十一歳から小説を書きにかかるということはなかっただろう、ひょっとしたらふられることのほうが多かったんじゃないか……と思います。その恨みつらみが凝って小説を書くということは、現代の作家にもしばしばありますのでね。

　それから、大作家になる条件は幾つもありますけれども、悪女を恋人に持つとか、悪妻を女房に持つとかした作家は、古今東西、えてして傑作を残しやすいんですね。

　そういうことからすると、西鶴は、初めの奥さんに先だたれ、二度めの奥さんにも先だたれ、三人の子供を残されて、やもめとして暮らしていた時期があるんですけれども、その時は、赤ん坊におかゆを作って食べさせてやりながら原稿を書いてたわけです。『世間胸算用』とか『西鶴置土産《おきみやげ》』などは、細部の正確さね、ディテールが非常に正確で、しっかりした小説ですよ。そういうものを見ると、やっぱりこれは経験しているか、恨みつらみがないことには、これだけ書けないんじゃないか、と邪推したくなるようなところが多いんですね。

　だから現実の生活では、かなり不幸なことが多かった人物ではないかと思います。ただ、西鶴はほんとに不思議な作家で、謎が多いというより、彼の周辺とか生涯というのは、謎そのものなんですね。あれだけたくさん書いていて、一時代をおおった作家だと思われるのに、それにしては身辺の様子がわからない。何でそんなふうにしたのか、西鶴がわざとそういうふうにしむけたのか。

　しかし、なかなか味なことだと思うんですよ。やっぱり作家も作品も謎がなければ——、読者の前にそう裸をさらけだしちゃいけませんよね。

大矢数俳諧

　寛永十九年大坂に生まれた井原西鶴こと平山藤五《ひらやまとうご》は、十五歳の時、当時町人階級を風靡《ふうび》していた談林俳諧《だんりんはいかい》に手を染め、二十一歳で早くも点者《てんじゃ》として立った。

　そして彼は、初の選集《せんしゅう》『生玉万《いくたままん》句《く》』を刊行した三十二歳の冬、「鶴《かく》永《えい》」改め「西鶴」と号した。

　延宝《えんぽう》三年（一六七五）、三十四歳の春のことである。西鶴は、突然年若い妻に先だたれた。幼子を残され、失意の中を、彼はその初七日に、ひとり明けがたから日暮れまで、ぶっ続けに千句もの哀悼《あいとう》と追憶の句を吐きながら、亡き妻への手向《たむ》けとしたのであった。

死にやろとは思はず花や惜しむらん
　子供三人少年の春

　その二年後——、西鶴は家業の商いを他人に任せると、自分は頭をまるめ、鎗屋町の西鶴庵《あん》と称する草庵にこもってしまった。香をたき、四季の草花を絶やさず、音楽を趣味と

して、もっぱら文学に明け暮れる孤独な生活にひたってしまうのである。

俳諧の息の根とめん大矢数《おほやかず》

西鶴が俳諧にあきたらず、散文の世界へ転向したその二年後。貞享《じょうきょう》元年（一六八四）、彼はその発句に、俳諧への決別と大願成就の気概をこめて、この住吉《すみよし》神社の境内で、数千人の観衆を前にその超人ぶりを示したのである。

西鶴の妻の追善に始まった句数を競う大矢数俳諧は、やがて上方《かみがた》にもてはやされ、その記録が競われていたが、西鶴は自分の手でその止《とど》めをさしたのであった。

開高　これは、西鶴がやった中の最大の事業の一つなんですけれども、二十四時間に二万三千五百の俳句を詠《よ》んだ。三・六秒ごとに一句ずつ口をついて出る。それは残されていないので、つまり記載する暇がなかったわけで、どういうのを詠んだかわからないんですけれども、形だけなんとか俳句の形にして、それをとっととっととやってたんじゃないかと思うんです。

おそらく作品として見れば、論ずるほどのものは何もなかったんじゃないかと思うんですよ。それで、弟子かおっさんかがぴたっと横について、西鶴が一句詠むたびにただ紙上に棒を引いていって、あとで句を数えてたわけです。ちょうど焼き鳥屋の串《くし》の数を数えるようなものなんです。

しかし、それだけのものすごいエクストラヴァガンツァ（狂態）っていいますか、知的浪費をやってのけることが、その事実そのものが、恐ろしいんじゃないでしょうか。

言葉を知っているということは、それに見合う現実なり観念なりを持たなければいけないわけで、どれだけ広く深く言語生活をやるか、どれだけの言葉を知っているか、ということがいい作家の条件の一つだろうと私は思うんですけれども、そういうところから見ると、この西鶴先生というのは、日本の長い文壇史、古今を通じての中で、傑出したたった一人の人物ですね。以後、こういうメチャクチャをやる試みもないし、やった人もいない。

いろんな解釈の方法があるでしょうけれども、やっぱり、この江戸時代の、元禄時代の中にある蓄積ね、その平和の間の、まあ封建時代だったわけですけれども、この時代の蓄積というものは、厖大《ぼうだい》なものだったんではないか。西鶴の出現はそれを物語る一つのエピソードになるんではないかという気がするんです。

現代の日本はGNP大国だとか、文運隆盛だとか、いろんなことを言われているんですけれども、こういうメチャクチャなことをやる試みは全然ない。むしろ、たくさんの作品は書かれているけれども、文章を見れば、どれもこれもカサカサに枯渇していて、言葉数といえばもうわずかなものだしね。言語生活の面から見ても、現代は、はなはだ貧弱ですね。

散文への転向

俳諧から小説へ——。西鶴は、その鍛え抜いた文体と心をうがつ題材で、たちまち元禄の民衆の心をとらえていった。

いま大阪で月に一度、西鶴の命日に続けられている、西鶴文学会。——金持ちから失業者まで、老若男女を問わず、あらゆる階層と職業の人々が西鶴を語り合う。この集《つど》いは、まさに西鶴の作品の登場人物を見る思いである。

元禄の心をつかんだ西鶴のリアリズムは、現代をもとらえて離さないのであろうか。

六年間出席している商店経営者　我々は町人でっしゃろ。しじゅう、あんた、方々に商いに行ってでんな、いろいろ接する時のいろんな情景がね、この本に出てくるとおりやもんな。ようもまあ西鶴さんがね、三百年も前にでんな、今日の世相とぴったり合うようなことをね、ようお作りになったと思ってね、感心しとるんや、実際——。ほんとうに読みかかったらね、夜のふけることを忘れますよ。はっと思い出すでしょ、三時ごろ、目さますでしょ。ほすと、三時から四時ごろまで読まなならんような気持になってきまんのや。

夜中にぱっと目をさますと、「あっそうだ、昼間のあすこの得意先の気持が、第何節に合うてるのだ」と思うたらね、そこをあけてでんな、読むってなもんだ。われわれ、大阪の商人としては、こんなに身にぴたっとくるこたありませんわ。

開高　現在書かれている作品を見ていると、はんこで押してるような小説ばかりなんですよね。それで、この間、平野謙さんと話をした時、どうしてこういつまでも、のけぞったの、失神したのと、芸のない小説ばかり氾濫《はんらん》して、しかもそれがいつまでも売れるんだろうと言ったのですが、平野さんの解釈では、受験参考書と同じだって言うんです。つまり、方程式が書かれてあって、そこへ違った文句を入れるだけなんでね。毎年、若者は大人になる。大人になる人口というものはかなりあるんで、その人たちが読むんだから、結局、受験参考書と同じで、昔の小野圭《けい》（戦前の受験参考書の著者小野圭一郎の書いた参考書）は五十版・百版重ねても、内容はちっとも変わらなかっ

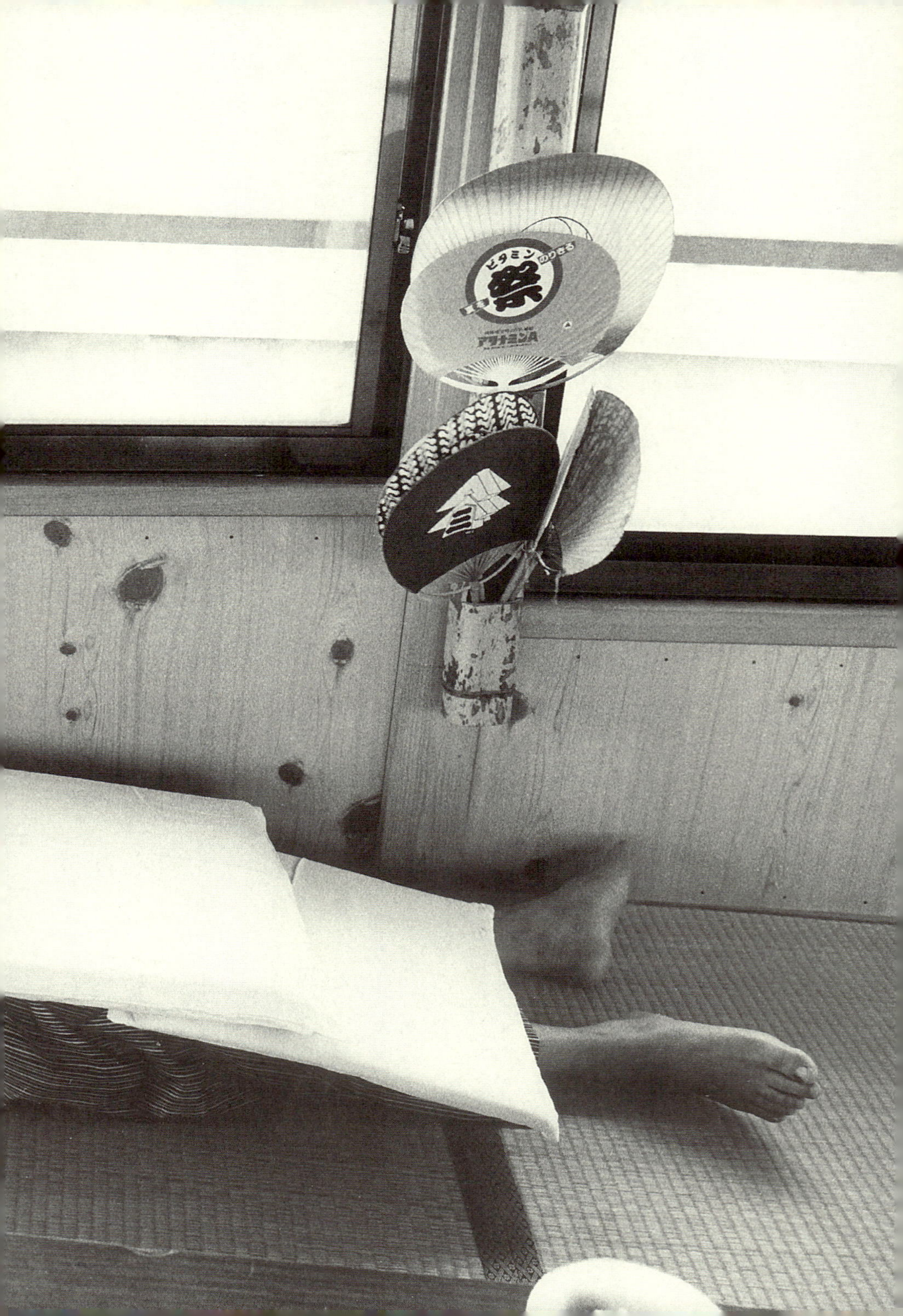
ビタミン
のりきる
祭
アリナミンA

たんじゃないか、それでも売れていた、それみたいなもんだよ、とおっしゃるんですね。これは真に卓見だと、ぼくは思うんです。

だから今の、エログロ小説は、エロでもなし、グロでもなし、何もない。パンフレット小説ですね。小説とも言えない。受験参考書ですね、試験官のいない受験参考書。そんなものじゃないかと思うんですよ。

で、そういう枯渇ぶりから見ますとね、西鶴は、一作ごとに発想法を変えて、背景も取材もガラッと変えていって、一冊ずつ新しいのを書いていった。たった十年しか、彼は小説家として活躍していないんですけれども、その十年間の作品は、一つ一つ見ていくと、良し悪《あ》しいろいろ言えますけれども、かためて一本として見た場合には、やっぱり実に潤沢《じゅんたく》なもの、豊富なものがあった、こう言えるんじゃないかと思うんです。

庶民文学の創始者

西鶴がその生涯を通して、最も濃厚に生きた、小説家としての十年間――。

華麗をきわめ、異常なまでに明るい世相とは裏腹に、彼は、そこに一《いち》抹《まつ》の時代の不安を鋭くかぎとっていた。

インフレ――。とどまるところのない綱吉の市民生活へのきびしい締めつけ――。西鶴は、それを巧みに皮肉りながら、『本朝二十不孝』『武家義理物語』を著わし、そして、『日本永代蔵』では、かつて町人が、その腕一つで自由に身を興すことができたよき時代も、西鶴の言う「銀《かね》が銀《かね》を産む」、資本がすべての世の中となりつつあることを見抜いていた。元禄五年（一六九二）、五十一歳の時、大晦日《おおみそか》、繁栄の陰で、極貧にあえぐ庶民の生態をコミックにとらえた、終生の名作『世間胸算用』によって、西鶴は、庶民文学の創始者としてのその名を決定的なものとしたのである。

開高　やっぱり、人間のはかなさ、むなしさ、それから、この世の移ろいやすさ、というものを書き出すのが、割合早いんですね。

あんなに逸《はや》りたつような、波頭から波頭へ跳《と》んでゆくような、豊饒《ほうじょう》な『好色一代男』を書いているんですけれども、その豊かさ、混沌《こんとん》とした豊かさから、この寂滅《じゃくめつ》のほうへたどりつくまでに、そんなに時間がかかっていないんですね。これがまたどういうわけか、その背景が、なにしろ生活のことが全然わからない人物ですから、類推のしようがなくて、作品を読むだけしか方法がないんですけれども。

それから文章も非常に早く、一作ごとに追っかけるように整理されていってね、むだな枝や葉のない、はみ出していない、逸脱していない、簡潔で透明な文章に、どんどんどんどん変わっていくんですね。そのためにこくや油味が抜けたというふうな批評のしかたもできるんですけれども。

何というか、やっぱり日本人なのかな。つまり、日本文学や日本の小説、日本人の精神風土の中にある、山川草木へ帰ってゆくという感じ方・考え方、つまり日本の虚無ね。この日本の虚無というものから、西鶴も逃げることができなかった。『好色一代男』なんかは、虚無の影もさしていないんですけれどね。でも、それから、たった十年後に、全般的に虚無の穴が足もとに開くというところへ来てますね。

西鶴が、病に伏して、大坂に死んだのは、元禄六年（一六九三）八月十日、五十二歳の時であった。

その前の年には、盲目の娘に先だたれ、彼もまた晩年には視力が落ち、しかも労咳《ろうがい》（肺結核）に臥《ふ》せる毎日であったという。

金や色恋に人間の真実を描き、そこにいつも、庶民へのいつくしみを捨てなかった西鶴も、ユーモアと悲哀に満ちた彼の作品の背後では絶えず人間的な苦しみや悲しみをかみしめつつ、その生涯を閉じたのであった。

この西鶴の墓のある大阪の上本町筋にある誓願寺には、昭和四十七年四月に世を去った川端康成《かわばたやすなり》氏も、時おり訪れていたという。

同じく大阪に生まれ、昭和元禄と呼ばれる現代に生きたこの文学者の手によって、その年の八月には西鶴の辞世文が刻まれる予定であった。

人間五十年の究《きはま》り、それさへ我にはあまりたるに、ましてや

浮世の月見過《すご》しにけり末二年

開高　死に臨んで、西鶴は、書くべきことは書いた、やるべきことはやった、という感覚はあったでしょうね。あれだけ題材を変え、発想を変えして、小説類も書いたし、談林俳諧では、一つのジャンルの巨匠になったし、当時は、芥川《あくたがわ》賞とかなんとか賞というものはないし、芸術院会員にもならなかったけれども、そういうものはもうどうでもいいじゃないか、おれは、もうやるべきことはやったというので、ああいう辞世の句を残したのかもしれませんね。最後まで人をオチャラカしたような、人をくったような辞世の句ですけれども。（構成・中田整一）

水に還る

1973年（昭和48年）頃
「天乳《にごりざけ》・月の桂」（増田徳兵衛商店）
推薦のことば

われは瓶の子にして、盃の親。あまたの国に旅し、都の黄昏《たそがれ》に飲み、田園の朝に飲んだ。笑って飲み、黙して飲み、集《つど》うて飲み、孤《ひと》りで飲んだ。酒の重さとおなじ重さだけの金を積んで王に購《あがな》われたと伝えられるハンガリアのトーカイも飲んだが、東南アジアの農民と畦道にしゃがんで道祖神を拝みつつドブロクを欠け茶碗で飲んだこともあった。

すべてよい酒は眼、耳、鼻、舌、歯ぐきなどにまわして噛みつくしてから、いよいよ咽喉《のど》へ落すというときに、最後の顔をあらわすのである。この瞬間、水のようにサラサラと流れるのがよい酒である。蒸溜酒であろうと醸造酒であろうと、最後には水のようでなければいけない。すべてを盡《つく》して水に達し、水から発して水に還る。

いまの日本酒は大半がベタベタと甘く、口いっぱいに蜜をぬられたようで、顔もなければ背骨もなく、われは大嫌いなんである。あれらはオトコの飲むものではないんである。ところがここに増田徳兵衛さんのにごり酒だけは顔の素朴さにも似ずよく磨かれてあり、強い性格なのにサラサラと水のように咽喉をいくので眼を瞠《みは》る。氷にのせてすすればその清淡。その剛直。イワナ釣りに深山をいくときに手酌ですする岩清水を思いだすほどである。小さな虹もふるえているようではないか。塵を擲《なげう》って飲もう。

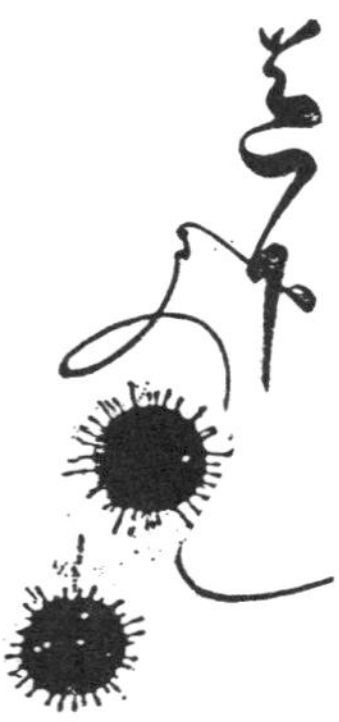

楽しきかな ルアー、素晴らしきかな 仲間たち

1975年（昭和50年）4月3日
「奥只見の魚を育てる会」
呼びかけのことば

釣り師はやたらと会をつくる癖《くせ》があり、それがまた分裂しやすいというのも特徴のようですが、こんど志ある人びとが集って、これだけはどんなことがあっても分裂させないぞという決意のもとに、つぎのような会を設立することになりました。

只見川は尾瀬を水源として出発し、たくさんの渓流を集めつつ流れて大きくな

小松屋

り、銀山湖（奥只見湖）、大鳥ダム、田子倉湖など、いくつも広大で深いダム群をつくり、今日までにおびただしい数の釣り師を全国からひきよせました。その神話時代にはサケぐらいもあるイワナやニジマスがよく釣れたものでした。

けれど神話は数年もたたないうちに衰えてしまいました。釣り師の数が急増し、みんながぶったくりで釣りまくった結果、いまではネコの朝飯のような小魚しか釣れなくなりましたし、数もひどい激減ぶりです。山も海も荒廃の一途をたどるわが国の顔がまざまざと見られます。

ここで行動に出なければ、と私たちは決心いたしました。湖と川をよく調査したうえで餌になる小魚を放流したり、毎年、イワナやマス類の稚魚を放流したり、匹数制限、体長制限をするなど、どこの国でもやっていることをやるまでのことなのですが、それを口さきでなく実践に移したいと思うのです。地元の奥只見の旅館組合や魚沼漁協銀山支部の人たちも声をそろえて賛同し、一つに大同団結して協力しようと申し出ておられます。「賢者は海を愛し、聖者は山を愛す」という言葉もあります。御理解と御協力が頂けたらと存じます。

これはとりあえずあいさつです。

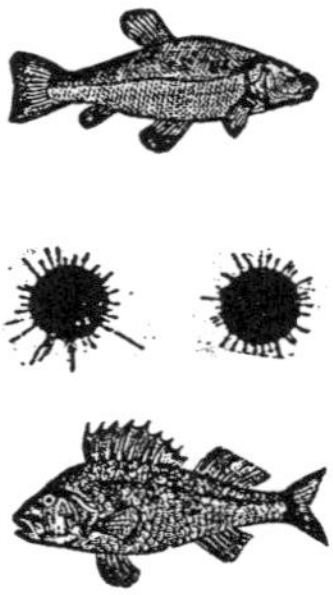

時代の唄

1977年（昭和52年）5月10日
向井 敏著『紋章だけの王国』
（日本実業出版社）推薦文

華やかに登場し、疫病のようにひろがり、けれどけっして唇より深くは滲透せず、後遺症を何も残さないで消える。それでいて思い出のなかでは、何よりもの「時代の唄」となる。

わが国でテレビ開局以来二十四年になるが、この期間に明滅した莫大な数のCMの声と色、その一つ一つに向井敏は肌で接し、分布線のあるような、ないような大平原の雑草を一本ずつ花として採集して分析し、名を与える仕事をした。それがこの本である。

雑草を軽蔑する人には牛が飼えない、という痛烈な古諺が西欧の某国にあるが、この言葉を理解できる人は、この本の読者である。

胃袋放談・ラブホテル考

◉対談＝小田 実(作家・評論家)

1977年(昭和52年)6月20日

『すばらしき仲間II』

日本人に共通する「隣は何をする人ぞ」という知的好奇心のなせる業であろうか、日本人ほど、東西を分かち、あちらとこちら、こちらとあちらを比べて論ずることに熱心な国民はいないらしい。

それはそれとして、一向に非難すべきことではないし、また非難されるべき筋合いのものでもない。ただ、往々にして、西ヨーロッパと日本を比較して事足れりとしている例が多く、これは、やはり、片寄った東西比較論であるという非難を免れるわけにはいかないであろう。

もちろん、世界のなかのヨーロッパとアジアを正当に位置づけ、アジアのなかの日本、日本を含めたアジアを正確にとらえたうえでの「東西比較文化論」も提示されている。そのなかでも、最も注目すべきは、開高健、小田実両氏の著作である。

巷間《こうかん》に分け入り、細部をもゆるがせにしない小説家としての分析力と描写力、世界を俯瞰《ふかん》し、論理を積み重ねていく思想家としての洞察力と構想力を併せもつ両氏に、欲張りな読者たちは、さらに細緻なかつスケールの大きな「東西比較文化論」の展開を期待しているのかもしれない。

大阪弁の快調なテンポにのって交わされたこの対話は、いわば、日本における東西比較考現学であり、「東西比較文化論序説」の序章の枕《まくら》といった趣であるが、それでも、問題の本質をズバリとついているのは、さすがである。

〝比較うどん学〟とは

開高 今日は、現代における東京と大阪、東と西の違いを森羅万象について語ると、そういうことになってるんだ。

小田 しかし、大阪についてあんまりこのごろ知らんちゅうことあるな。

開高 そういうことがある。おれも三年に一遍か五年に一遍帰って来ると……。

小田 さっぱりわからん。

開高 わからんなあ。昔の中国人は、桑畑が変じて海になると言ったんだけどな。ハイウェイが出来てる、地下街が出来てるなあ。町の名前が変わるねえ、どんどん変わっていくもんだから、もうさっぱりわからんねえ。ふるさとの中の異郷人だな。君はいつごろ大阪出たんや。

小田 十九くらいのときやから、ずいぶん前や。

開高 今、四十四やろ。それじゃ二十五年も変化を知らんということやな。

小田　あのころ、まだ日本は元の状態になってないだろ。こんな繁栄が来てないしね。戦争で荒廃して……敗戦の延長線上やからな。何もなかったよ。

開高　えらい時代やったで。

小田　そこへもってきて、こっちは金ないしね。子供やからね。大阪の社会人が体験することは知らんね。あなたは、二十三、四歳までいたんやろ？

開高　そうねえ。

小田　だからまあ、少しは知ってるわけよな。

開高　一切合財ゼロの焼け跡になっても、うどんだけは食えたけど、東京の焼け跡で食うたうどんと大阪の焼け跡で食うたうどんは、全く違うんだよ、そのころでも既に。おれ、初めて東京行ったときに、神田の焼け跡の近くでうどん食べてねえ、いちばん安いからね。びっくりしたなあ、ようこんなもの食べてると思うたね。

小田　おれもそう思うたな。

開高　うどんからいくとするか、東と西の違いは。

小田　大学のとき、食通になろうと思ってね……。

開高　君が食通にねえ。

小田　うん。だけど金がないからなれない。で、いちばんなれるのはうどん通……。

開高　安物の食通というのもいるでえ。

小田　そう、安物の食通になろうと思うた。うどんだったら、なんとか手におえると思ってね。で、東京のうどんっていうのは、すごい味をしているのを知ったから、それで、どうしてこうも違うのかと調べたんだけどね。当時おれは比較言語学の学生やったから、言葉を大別したら、日本の言葉は二つに分かれるわけ。東と西にね、東京と大阪の区別以外にな。それはどこで分かれるかと言ったら、だいたい天竜川の所で分かれるわけ。

開高　そやなあ。

小田　で、すべてがそこで分かれるに違いないとおれは仮説を立てて、そのころ、東京から大阪に帰る度に、その辺で降りて、あっちこっちのうどんを食ってみたんや。それで、〝比較うどん学〟ってのか、コンパラティブ・ウドノロジーっての。

開高　ウドノロジーねえ。

小田　やっぱり、天竜川辺りで違うね。それに飛び石になってるねえ。たとえば、岡崎ゆう所は、東京のうどんの味よ。それはなぜかと考えたら、あそこは、徳川の直轄領やね。だから東京のうどんの味がしたよ。そういうふうに、ごちゃごちゃになってるね。それから、いろんなもんがあるよね。たとえば、氷イチゴってのあるやろ。東京のは、下にイチゴがあってね、その上から氷かくのよ。で、大阪のは氷があって、上からイチゴかけるやろ。それを、だれかが新聞のなかでアホな論争を起こしとったよ。つまり、こ

交通安全
双葉
鳥Q
名物煮込
PORO

のごろの連中は、氷の上にイチゴをかける、どうも堕落したんじゃないかって、だれかが書いたんだなあ。それをだれかが怒ってね、そんなアホなことあるかって、それこそ合理的であって、関西では昔からやっとるやないかという大論争が起こってね。

開高　ああ、そう。

小田　おれ、吹き出したけどね。上からかけるか、下からかけるかとかいうような違いは、これだけ東と西が近くなっても残るね。かえって、残るような気がする。

開高　それに東京と大阪では食いものの名前も違うやろ?

小田　そうそう。糸コンニャクと白滝というふうに違ったりして、かえって、そういう小さなことは残るな。

開高　早く言えばだな、東京のうどんは昆布で出汁《だし》は取らないよ。近ごろいくらか取るようになったけどな、イリコから取るわ。もともと坂東太郎（利根川）で寒い風の吹く国やから、舌がちょっとやそっとのもので追っつかん、淡い昆布の微妙な味がわからん。だから、どぎつい味にしなけりゃいけないということもあったかもしれんわなあ。考えるのは、焼け跡時代から既に、東京でうどん食っても、大阪でうどん食っても、値段は同じなの。大阪のうどん、関西のうどんは昆布で出汁を取り、まったり、はんなり、やわらかいわ、そしてまるい。うどん食った後、お汁《つゆ》も最後の一滴まですすってしまうわ。つまりスープ・ヌードルや。東京のは、出汁の中にうどんが浸してあって、そのうどんを引き上げて、どんぶり鉢から釜揚げ式に食った後、お汁は残すのや。

小田　そやな。

開高　片っぽは、お汁も全部飲む、片っぽはお汁を残す。つまり、どんぶり鉢の中身のうちの片っぽは全部食べてんのに、片っぽは半分残すのよ。で、値段は同じや。そしたら、東京のうどん屋のほうが大阪のうどん屋より二倍もうかって福々しい顔しているかいうたら、同じような顔しとる。

小田　そりゃそうや。むこうは、残ったら捨てんやから同じこっちゃがな。残ったやつも、一遍返さなあかん。（笑い）

開高　だけど、昆布とイリコでは値段が違うわな。これは、未だに続いているよ。関西味が戦後三十年間、大阪、京都から東京へどんどん進出していって、今や東京の味でもなし、大阪の味でもなしという不思議な味になってるわけや。

　銀座でも、関西料理を名前にうたってる有名な日本料理屋があるやろ、入ってみて食っても、関東料理でもなく関西料理でもなしという味になる。関西から料理人を連れて来ても、日頃食うのが東京のうどんなんか食うてるわけで、舌がだんだんそれになれていくよね。だから、時々京都とか大阪へ国内留学させて、軌道修正せんと関西の味にならん。

小田　高級な料理ってのは、ごちゃごちゃになってると思うんだな。だけど、うどんとか、そんな高級でない料理ってのは、やっぱり断固として残るね。これだけワアワア行ったり来たりしても、金のない連中はそんなに行ったり来たりしないよ、そうやろ。だからその点は、ずっと残ってくという気がする。

開高　それから、それぞれが子供のときに覚えた味ってのは、もう神様がなんて言っても変えられない味なんだ。だから、東京の人が東京生まれ、東京育ちで子供のときからあの味やろ、こっちは戦争中には、よめな、はこべ、のびる食うた時代はあったけれども、大阪の味で子供のときからきてるわな。そこにえらい違いがあるやろ。

小田　こういう仮説があるんやけどね。つまり、大阪の味で食ってたほうが、あっちこっちの国のメシがうまく食えるんじゃないかって気がするね。

開高　ははあ、西日本の味になじむ……。

小田　うん、おれはそういう気がするな。少なくとも東南アジアについて、おれの仮説は当たっているという気がするね。

開高　東南アジアはな……。

小田　うん、なんとなく歩いてるやろ。

開高　金持も貧乏人も、食いしん坊の美食家やからな。

小田　その点は似てるやろ。それが、東京の場合は、いい所へ行ったらうまいよね。普通の所へ行ったらだめやろ。大阪は割と美食家よ。それに割と金かけるじゃない。この点は、イタリアと似てるよな。貧乏でも、とにかく食い物にはボカッと金かけるやろ。それから、雑食やと思う。つまり、たとえばうどん食っとるやろ、うどん食った後、大福餅食ったり、酒飲んだりなんかしとるやろ。

開高　ま、わたしは、大福はいやだけどね。

小田　おれは好きやねえ、一緒に食っとるよ。それから、うどん定食っちゅうのあるやろ。ご飯あって、うどんをおかずにして食っとる。そういうのあんまりないやろ。いろんなもの、ごったにして食う趣味ってのあるな。

開高　そう。うどんをおかずにするいうのは、東京にはないなあ。

小田　おれなんか、よううどん食うた後、大福食うけどなあ。

開高　ま、一人いるということは、何人かいるということだろな。

ラブホテルに見る関西人気質

開高　わたしは悪漢小説が好きだから、だいぶ前になんねんけども、詐欺師を主人公にして小説を書いてみようと思って取材したことがあるの。詐欺師いうのは、世の中に名乗って出ないからねえ、日陰の天才だ。それで、大阪の詐欺師と東京

の詐欺師とを比べたことがあった。やっぱり、ここでもえらい差が出てくる。

小田　詐欺師にも東と西の違いがあるわけ。

開高　どういうことかと言うと、詐欺師が腕振るえるのは、手形詐欺だわな。手形詐欺ができるのは、金づまりの不景気な時代よ。そのときに、仮に百万円なら百万円の手形を落とすとしようか。東京の詐欺師は、抱かせて飲ませて、食わせて、うまいこと、おいしいこと言って、その会社の会計関係のオッさんをたぶらかすわ。それで五十万円を取材費、供応に使おうと。それ以上に出ると損になると考えて、五十万円を限度にしてやって来るわ。大阪の詐欺師が同じ会社をねらうとやね、とことん食いつぶしよるわけ。飲んで食って、踊っていうのを一緒にやりよるわけ。そこまでは同じやが、百万円のうち、その手形を落としたとしても、取材費に九十九万九千円かかった。残ったのは千円や。そのとき、えらい思いをしたのに、千円しかもうからへんかったという考え方が東京なの。大阪の詐欺師に言わせると、「千円でももうかったら御《おん》の字やないか、その間飲んで食って、楽しんだぶんだけ自分の身についてるねんから、これは結局、おれの勝ちや」ということになる。

小田　なるほどね。そうすると、九十九万九千円まで使ったろかという考え方で来るのと、五十万円がチョボチョボやねというので来るのと、同じ詐欺でも気魄《きはく》が違うんだな。

開高　詐欺師のコンクールってなことは、公表されないけれども、もし仮に公表されることがあったら、東西の人のたぶらかし方、攻め方、弱点、強点、いちばんくっきり出るのんちゃうか。そのほう研究しようと思うてるうち、忙しゅうなってね。

こういうことは、いろんなところに表れとる。たとえば、たまに大阪に帰って来る。自動車で町を流してる。と、ラブホテルがある。

小田　今や、全日本にある。

開高　そうすると、〝帯結べます〟って な看板が出てる。それが一つだけやない。よく目につくんで、運転手さんに「あれはなんのこっちゃ」と聞くと、つまり、女の子が振袖で成人式かなんかやって、その後ホテルで愛を確認し合うわけ。それは東でも西でもやってる。で、脱いだはいいけれども、後で、帯が結べない。だからホテル出られへんわけ。そうすると、そのホテルで働いてる五十がらみ、六十がらみのおばさんが出て来て、帯を結んでやるわ。ここをどう考えるか……この〝帯結べます〟っていう看板を表に白昼堂々とさらけ出しているのを、どう見るか。あなたにちょっと、比較文明学で解説していただこうか。

小田　それは、はっきりしてんじゃないかな。すべてに、割とはっきりした上で、夢を見たほうがいいと思ってるんじゃないかな。

開高　だれが夢見るのや？

小田　ラブホテルの経営者も泊まるやつもな。さっきの話やが、詐欺師でもな、つまりリアリストとロマンチストが半分ずつ分かれて、カチッと一緒になってると思うね。さっき笑ったかと思えば泣いたりね。で、ものすごく感動したりするし、同時に計算高いわけよ。ある場合は矛盾してるし、ある場合は矛盾しないわけよ、ガチャッとくっついてるからね。たとえば、金の出し方を見てもね、おれは、ベ平連（「ベトナムに平和を！」市民連合）という運動を長いことやったろ。で、あっちこっち集会開いて募金運動をして感じることは、大阪式のユーモアを言うと、東京では怒るね。

開高　たとえば？

小田　大阪とか関西の人間の特徴っていうのは、自分を割と客観視して語りよるよ、三人称みたいにね。

開高　そういうとこはある。

小田　「やったってえなあ」って言うやろ。

開高　「おれにくれ」ということをね。

小田　そういう表現はないわね、東京には。自分を客観視して、笑いのめして、そこで割と真面目になるちゅうとこもあるな。

開高　直球を投げないでドロップをかけて、「飲ましたりいなあ」とか、自分のことを他人のことのように言うわな。

小田　そう。それから、もうちょっと金よこせっていうときに、「もうちょっと色つけたりいな」とか。

開高　それで、君が、町を恋人と一緒に歩いているとムラムラしてきた。と、〝帯結べます〟と書いてある。君の恋人は、日本趣味でお茶とか生け花が好きやから和服着てるわけや。それで、彼女も

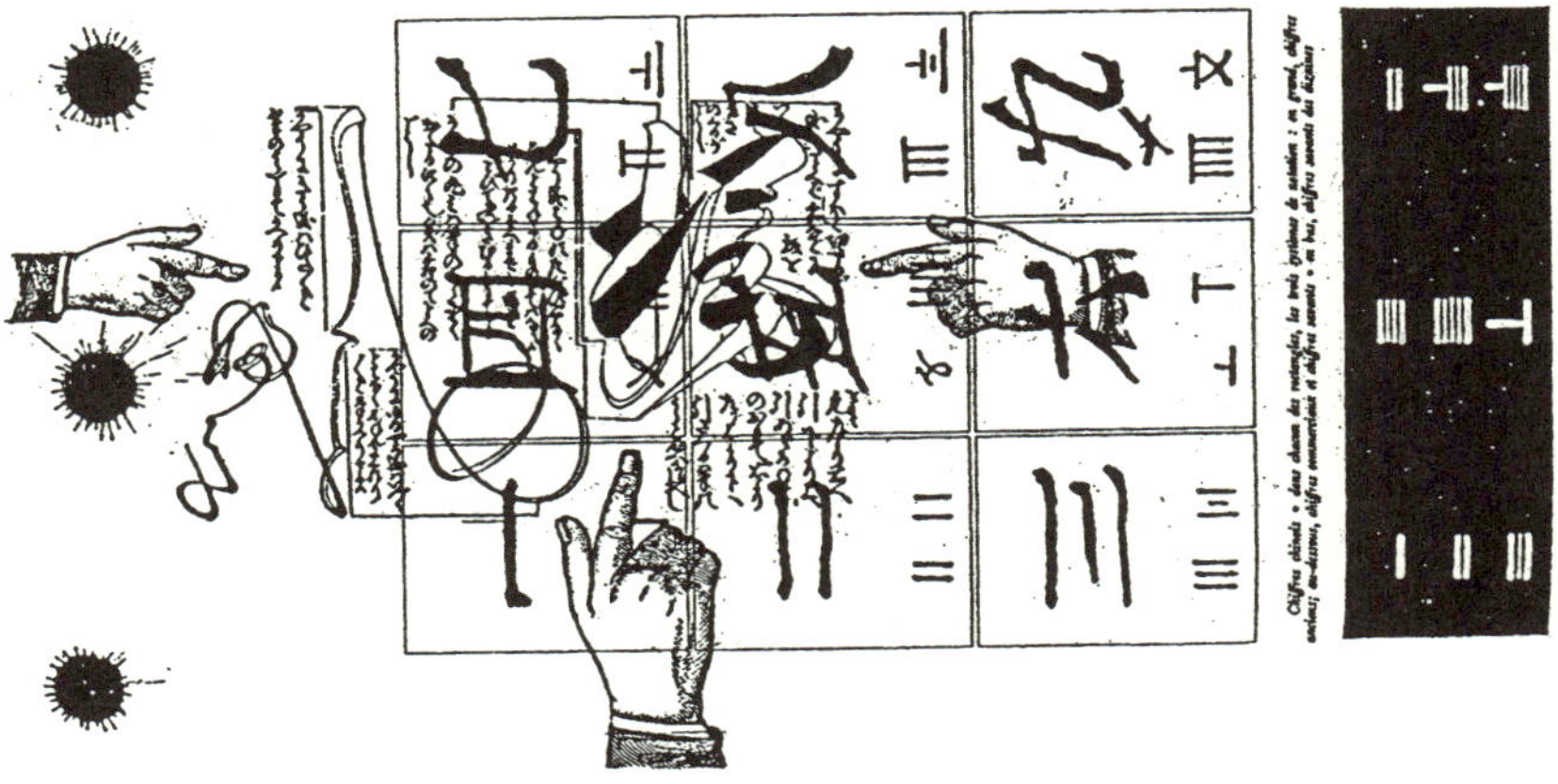

君の濃厚な愛にムラムラしてきたわけやな。入ろうかっていうときに、〝帯結べます〟って書いてあると、東京の彼女なら「あら、下品だわ」、こうくるわ。

小田　まあ、今やそうもなっとらんけどなあ。(笑い)

開高　君の教育が行きとどいとらん！

(笑い)

小田　わかった、わかった。そないこともあるやろ。

開高　一般論を話している。もちろん、露骨な商策からきてるんですよ。だけど、帰るときに帯結んで出て来られるんだから、安心して入れるわ。

小田　さっきの話を続けたら、金を集めるということであれば、東京の場合は、百円の金出すのに一晩議論したことあるよ。出す出さないってね。で、最後に腹立ってきてね、もうばかばかしいから、「おれが出す。あんたに出してもらわなくたっていいんだ」って。大阪で募金するとね、割とパッと出すよ、感激したらね。十万円の金出すんだったら一晩議論するだろうけど、百円だったらどうだっていいって感じや。百円は要するに、一晩の議論に値しないっていう計算はあるわな。

開高　金額に応じて、自分の責任を果たしたという、一種の免罪符みたいなところはあるわけや。だけど、限界がわかってええやないか。

小田　そう。だから、はっきりしているわけよ。アメリカに似てると思う。アメリカの場合、たとえばどこかへ行くやろ、そしたら看板に、「この橋は何百万ドルかかった橋です」と書いてあるわけよ。大阪のブルジョワジーとしゃべってると、自分の着物を指してね、「これ、何百万円かかりましてん」と威張るよ。そんなことを言ったらおしまいやろ。そういうところがちょっとあるね。

開高　うん。

小田　だから、さっき言った連れ込み宿を見てると、大阪の場合は、連れ込み宿と名前でまずわかるわ。ホテル・ニューヨークとかアルハンブラとか、すごい名前を付けとる。それから建物の形が違うわ。ローマ神殿みたいなすごいの建っとるわ。それはそれと、すぐわかるじゃない。はっきりしてるわけ。その上で夢を組み立てましょうかってなのあるね。そういうロマンチストなところがある。

開高　ま、帯にこだわっとるわけやないねんけど、帯の話にもどすと、ラブホテルの経営者の徹底的な計算、打算、人間の弱点をつかむ、しかもそれを優しく訴えようと。だから、銭勘定を徹底させていくと、かえってエレガンスが生まれるというのが、この〝帯結べます〟の一語じゃないかね。

文化と文明の定義——開高説

開高　知り合いにウィスキーやブドウ酒

やなんやらいろんなの作ったはる人がいるねんけども、この人とよく酒飲んだり、メシ食ったりするけどねえ、この人に今の〝帯結べます〟の話すると、三十億、四十億、何百億と、ものすごいけた外れの金を動かしたはる人だけど、それがやっぱり同じだって言うんだ。大阪の商法は、そういう大ビジネスになっても、基本的にその方式だ。さっきの詐欺師の方式な。

小田　なるほどな。だから時々大損するわけだ。

開高　まあ、大損したって、「損して元取れ」、「負けるが勝ち」っていう考え方もあるしな。

小田　うん。見てたら、だいたいそれはやっとるな。だから、ある場合は、「人生意気に感ず」みたいなとこあるね。で、ワーッとやってしまうとこあるな。

開高　そうそう。

小田　そういう意味では、権力とあんまり関係なしに暮らしていくようなところはあるわけよ。やっぱり、東南アジアの金持と似てるところがあるな。そういう感じするわ。

　バンコクなんか行くと、日本人がたくさんいるだろ。なかでいちばん幅をきかせてるのが関西弁やね。

開高　そやろなあ。

小田　全部そう。だから、おれの友だちで、東京から来たやつが、関西弁しゃべらんと肩身が狭いって言ってたね。そういう価値観とか、倫理観とか、論理観とかあるわな。それが横行してるって気がするわ。どっちにしたって、それはプラス、マイナスあるわけだから、まあいいも悪いもないよな。おれは、どっちがいいという気はしないわ。それは、いろんな価値があっておもしろいやないかな。

開高　ただ、これだけ交通が激しくなって、大阪から東京へ飛行機で来るのに四十五分、新幹線で三時間か。それでも大阪的なもの、東京的なものっていうのは、どこかに形を変えて、ガンとして生き延びていくというところがあるな。

小田　いや、おれは、かえって強くなっていくという気がするな。これだけワァーワァーやっててね、それで残ったものは、やっぱりガンとして残ると思うね。そりゃおれだって、日本民族は単一民族なんてのは信じていないわけよ。それは三島由紀夫の妄念であってな。だから、いろんなやつがあったほうがおもしろいんじゃないかねえ。おれは、そういう感じやな。いろんな価値観があったらええやないか。ワッサワッサといろんなやつがいてね。沖縄のやつがいてさ、東京のやつがいてさ、大阪のやつがいて、九州のやつがいて、東北のやつ、北海道のやつがいたらええんや。それに在日朝鮮人がいたりね、いろんな価値観がごちゃごちゃになっていたほうがいいよ。そのほうがおもしろいやないか。だから、さっきのうどん食って大福食ったりする話と同じよ。

開高　ああ、結構、結構。やんなさい。

小田　ちゃうか？

開高　文化という言葉と文明という言葉があって、どう違うかいうのが、いつまでたっても哲学者の間で尽きない。時代を追うにしたがって、定義はいろいろ変わっていくわけ。

小田　そうやな。

開高　まあ、いちばん原則的な定義は、文明というものはほかに伝えられるもの、たとえばテレビジョンとか、ラジオ、電気、機械、ダムといったいろんなものね、こういった、ほかの国に容易に伝わっていけるものが文明なのね。文化っていうのは、伝えにくいか、伝えられないか、そういうものを言うんで、さっきのうどんにしても〝帯結べます〟にしても、文化と文明の違いや。文明、つまり新幹線とか飛行機がどれだけ発達しても、伝わらないものは伝わらない。そういうところがあるわけだ。

小田　文化の多様性があるほうが文明が豊かになるよ、そやろ。

開高　うん。

小田　おれはそう思っとるな。だから、いろんな違いがあったほうがいいのよ。それが、こうワァーワァーやってたほうがいいのよ。ま、ごった煮みたいなのがいちばんいい。

開高　うん。だけどまあ、あんまり大きい話しないで……。おれたちは小説家でな、〝小さな説〟書いてメシ食ってるから小説家といわれるんで。おれは、今から小さな説だけしゃべろう。

東西ラブホテル考

開高　大阪のラブホテルと東京のラブホテルの違いがある。どちらも目的は同じなんだ。それで週末になるとムラムラしてくるのも同じ。そこで行く。そうすると、大阪の連れ込みは、あっけらかんなんだなあ、明朗快活。歯医者の待合室みたいに、二人組がザーッと並んで待ってんの。で、一組が終わったら、六十がらみのおばさんが出て来て、「ほならお次の方」っていうようなこと言うて、「ほな行こか」とか言って、ズーッと行くわけ。東京はこれをやらない。

小田　ああ、やらんね。

開高　どういうふうにやりよる？

小田　それは、オッさんのほうが知っとるやんか。(笑い)

開高　ま、他人《ひと》の言うところによるとだ……。

小田　他人の言うところによるとか。

開高　部屋出るときに、右見たり左見たり、廊下にだれも居《お》れへんか、顔合わせへんか、それでだれもいないとなれば、「ほならどうぞ」とか、低い声でな、それで出て行くわけ。だから入口がいくつもあるわけで、蜂の巣みたい、あるいは狐の穴みたいというか、だから、みんな顔合わせないでフラフラッと出て行く。恥ずかしいことやという考え方があるらしいな、まだ向こうには。

小田　おれは、あんまりないね。

開高　君はないやろな。

小田　あんたもないねえ。（笑い）そこが大阪の人間とちゃうかねえ。

開高　決定的な違いがあるな。こっちゃ明朗快活。向こうはまだ日陰でやってる。「密事《みそかごと》」という古い言葉で言えばな、密事は日陰でやるもんで、他人に知られたくないもんだいうふうな考え方がある。部屋ん中入ってやることは同じなんだ。向こうのほうがどぎついかもしれんで。

小田　だが、表面はね、こっちのほうがどぎつく見えるわね。いつか、ある作家としゃべったとき、大阪の作家には特徴があるゆうて、だれか言いよってな。なんやちゅうたら、これでもか、これでもかという具合に、形容詞を使うって言ったな。開高も最近そないやないか？　めちゃくちゃに形容詞が多いやろ。いろんな形容をするね。一つのことを形容するのに、あっちから見たり、こっちから見たり、一生懸命いろんなことを言うやろ。

開高　おれの作品の批評されたら、眼鏡折れてしもうたやないか。（笑い）

小田　なにも、ほめて言うとるやないか。

開高　どういう訳か、眼鏡がこわれた。

小田　だけど、ものすごいろんなもんが、重層的にくるっていうことあるんちゃうかな。

開高　空間衝動ってのが、われわれには強烈濃厚なんだ。一切の空間を埋め尽くさずんばやまずっていう調子になるの。

小田　反面、歴史衝動は少ないと思うな。

開高　それはわからん。やってみた結果だ。

小田　それはあるな。

開高　たとえば、井原西鶴というふうな、めちゃくちゃなのがいるわけよ。あの感性とか感じ方ゆうのが、彼一人が出て、後はプツンと切れたきりなんだ。だから、特異な、奇跡的な人物なんだけどね。住吉神社の境内に坐り込んで、二十四時間のうちに、のべつしゃべりまくって、万句興行だな。二万五千句書いたのか。

小田　うん、あれなかなかいいよ。

開高　ああいう言語駆使能力、それをまた試してみよかっていうふうなことは、あまり東京の人はやらないなあ。

小田　あのね、こういうのあるやろ。一つの言葉、一つのこれを表すのに、一つの形容詞っていうのあるやろ。だけど、一つのことを表すのに一つの形容詞で的確だっていうの、おれインチキやって言うの。そんなことありうるか。言葉なんて限界あるんだものな。ウァーッと並べたらいいんや。

開高　どれを選ぶかというので、迷い抜かなきゃいけないのよ。君は迷い抜いた？

小田　迷い抜いたあげく、一つっていうことはあり得ないのよ。

開高　だから、迷い抜けば、迷い抜かないのとえらい違いが出てくるわけや。小田さんはやってますね。

小田　先生のほうはどうやねん。（笑い）

開高　おれは、言葉の林の中で迷子になってしもうてなあ。

小田　もうちょっと迷子にならんほうがええのちゃうか。

〝行っちゃいけないこの百店〟

開高　小説家になる資格はいくつもあって、無限に数えられるんだけど、一つにはボキャブラリーをどれだけ知ってるかということがあるわな。今、君が言ったことを言い換えればな。

小田　あなたは良く知ってるじゃない。

開高　それは蓄積ということなんでねえ。しかし、今、蓄積を感じさせられる文章っていうの、どこにもないなあ。書かれてあることが何書かれてあるかは別として、その背後にあるもの、書かれていないものが問題になるわけや。これが、いわゆる文章の読解力ってやつやけどな。氷山の水面に出てる部分を見て、水面下のものを想像する。ここにまあ楽しみがあるわけだ。

小田　それでもやっぱり、氷山の上にもっと出したほうがいいんじゃないかね。

開高　だから、出してるんだけどね。

小田　いや、オッさんのこと言うてへんのよ。世の中の風潮っていうのはね。

開高　さっき〝先生〟言われて、今度は〝オッさん〟かあ。（笑い）

小田　上げたり下げたりや。

開高　ボキャブラリー豊富だねえ。そのうち、〝河内のオッさん〟って言われんのちゃうか。

小田　おれはもっと出したほうがいいと思うね。しゃべったほうがいいよ。オッさんこのごろ、寡黙《かもく》すぎるよ。もっとしゃべれ、しゃべれ。

開高　それがねえ、もう、やっぱり四十五、六になってくると……ま、年齢のこと言いたくないんやけどな。

小田　背中痛うなるかね。

開高　背中は痛い。ど忘れが激しくてなあ。昔はもの覚え過ぎて、のたうちまわって苦しんで、酒飲んでも忘れられないもんだから酔えなくてねえ。えらい精神的二日酔いに苦しんだけど、このごろなんだかハッピーになってきたぞ。

小田　ハッピーハッピーか。（笑い）

開高　だめだなあ。君は一年若いだけあって、まだまだ優秀だよ。

小田　そうかねえ。

開高　うん、顔は少しデフォルメしたけどな。眼は澄んでるよ。

小田　清い心がけしとるからね、澄んどるんや。

開高　時々ファナチックに光っとるけどなあ。でも、改めてよう見ると、顔はなんやけど、指はきれいやなあ。（笑い）魚はだいたい、鮭《さけ》とか鱒《ます》とか、ああいうきれいな顔した魚もうまいけど、どちらかというと、あんこうみたいおかしな顔した魚のほうがうまい。おれなんかどちらかというと、鮭や鱒に近いけど……君ももうちょっと苦労したら、良くなるでしょう。

小田　涙も出てね。

開高　涙の塩をしたたらせると良くなるな。

小田　でも、考えすぎたらあかんよ。あぁでもない、こうでもないと考えんのやないかねえ。

開高　うーん。要するに心の弾みがあってね、一度リズムに乗ればいけるんやけど。それを外すと自殺しよかっていうようなことになるな。しかし、このごろ大阪も東京も、安いもんでうまいもんなくなったと思わへんか。

小田　そうやな、まだ大阪のほうがましやろ。

開高　ラーメンの出汁があらかじめ作ってあって石油カンに入っていて、それを買《こ》うて来よるわけや。大阪のうどん屋も一升ビンに入った出汁の素を買うて来てる。で、いっぱしの味は出るのよ。結局、人件費節約やねん、両者ともにな。わが国も、人間の値段が高うなってるんや。

小田　そやな。

開高　凸凹、いびつ、矛盾、穴だらけ、むちゃくちゃではあるけれども、人間の値段は年々歳々上がってる、それはいいよ。だけど、安い物でうまいもの作ろうという気魄がなくなってんのちゃうかな。

小田　それは、あらゆるもんに言えるな。

開高　困ったこっちゃで。ガソリンスタンドでガソリンを入れてもらう。何やら満タンにしてんかいうようなこと言って、で、ブーッと出て行く。そういう調子の食事が多いな。社会主義国も、自由主義国も、いわゆる発達しつつある国も、発達した国も、この意味では一致してるな。

小田　だから熱意を込めて、ものを食わんようになったんちゃうか。

開高　そういうことや。農業国のほうが一生懸命になって作るな。

小田　食事はやっぱり、熱意を込めて食ったほうがいいんじゃないかねえ。

開高　工業ってのはいけないんだねえ。

小田　食通の書くもの読むとね、そういう感じするね。熱意を込めて食っとらんよ。ありゃ、うまいと思って食っとらんよ。

開高　そうね。食うてない人も多いな。それから、有名な店でも、有名な店の権威におぼれてるねえ。有名な店でも、まずいもの出してる店いっぱいあるの。だから、あそこの店はうまいというのはもういい加減書いたから、今度、この店は有名だけどまずいでえという店をですね、いちいち挙げていったらいいと思うの、名前入りでね。その店は営業妨害だってどなり込んで来るだろう。そうしたら君は、開き直って、「それなら、うまいもん出せや」って言えば一言ですむんでねえ。営業妨害でもなんでもないんだ。おれたちは、のべつ批評家にそんなことやられてるんだからね。だから君は怖《お》めず臆せず、銀座のあそこの店行ったら、一席で五万円取られたけど、アホなもんやから行きなさんなとか、そういうこと書けばいい。〃行っちゃいけないこの百店〃というふうな本書いてくれ。

うなずける値段と味であればいい

小田　おれはね、やっぱり合理的な値段というのあると思うんだ。たとえば、ビフテキを一枚、うまいやつ食おうと思ったら、ある程度の金払わないとだめよ、そやろ。それを五百円ですまそうと、これは無理よ。

開高　うん、無理や。

小田　だけど日本の場合、極端でね、五百円のやつですませようとする人が片一方いるわけやな。それで、五百円だからまずいって怒ってもしようがないわけよ、今の日本の値段から言えば。それから、片一方で、なんでもええから一万円かけるっていうやつがいるわけよ。

開高　それは、成り金趣味ちゅうんや。

小田　それが、横行してるって気がするね。ビフテキでうまいもん食おうと思ったら、二千円くらい払わなあかんやろ。

開高　いや、おれはもっと高い……。

小田　いや、家で焼いて食うのよ。

開高　いやいや、おれはもっと高く払うつもりやけどな。

小田　まあ、いいよ。ある程度のもの食おうと思ったら、そのくらい払わないかんやろ。それは合理的な値段よ。それを、一万円かけるってアホよ。そういう認識が足らんちゅう気がするな。片っぽで五百円でけしからんって怒ってるやつとね、一万円かけるやつと二人いるわけよ。それから、女の子の服を見てると……。

開高　君、女の子の服見ることあるのんか。

小田　あるある、社会学的に考察しているわけよ。（笑い）そうするとね、めちゃくちゃに高いわけよ。

開高　日本の女の服がか？

小田　いや、西洋から来る服があるやない。イタリアの服とか、みな輸入するやろ。

開高　つまり、イタリアのライセンスをとって日本で作った服か。

小田　それと、イタリアやフランスから直輸入したの。それはやたらに高いよ。輸入屋がもうけてる以外にないわけやな。

開高　そや。

小田　輸入屋がもうけることは必要なわけよ。それは認めるよ。ただ、それがあまりにもうけすぎてるわけよ。でも、イタリアから来た服でっせちゅうて、女の子、買うわけや。若い女の子、金あるわけや。つまり、親に養われててすむし、親を養わなくてすむやろ。要するに、自分の小遣い自由になるんや。

開高　ボーナスもろうたらパリ行こか、ローマ行こか、タヒチで正月過ごそうかいうて相談しとるわな。

小田　あるいは服買おかやろ。そしたらね、どんな値段でもバーッと買えるわけよ。まあ、ある一枚の服を買うとき、ある程度のお金を出さないと買えないよね。それを安う買えったって無理よ。しかし、そんなメチャな値段出すことはないだろうって気がする。それは食いものだって同じよ。合理的な値段って、どっか行ってしまった気がするね。やっぱり、こっちは大阪の人間やから、合理的な値段って考えたいなあ。そやないと、うまいもの食ったって……。

開高　まあ、合理的という、そんな乱雑な言葉使わんでも、うなずける値段っていうやつな。値段の安い高いにかかわらず、うなずける値段ね。

小田　そう、うなずけたらいいの。

開高　そういうこと。そういうアホなものをアホな値段で買うて、ひととおりやったら一応気がつくのちゃうんか。次からうなずける値段で、うなずけるもの買うようになるんとちゃうか。

小田　あんまり気がつかないんじゃないかなあ。日本の文学も、そういう気がするね。

開高　ほおー、今度は文学になったか。

小田　まあ、文学の話はやめるね。お互いややこしいからな。（笑い）お互いのことはカッコに入れてな。文学のこともカッコに入れてしゃべるよ。

開高　政治と宗教と文学の話はやめよう。

小田　そうしよう。

開高　詐欺師と帯の話とうどんの話な。しかし、東南アジアは安くてうまいものがある。

小田　あるなあ。

開高　ただし、ピンからキリまでだけどねえ。うまい店捜してごらん、まっとうに作ってるよ。シュウマイ、ワンタンでもね。おれは日本のシュウマイ、ワンタンをずいぶん食って回ったんだ。店の構えで、汚れてたらうまそうやなと思って飛び込んでみる。上品にすましているように見えるけれど、意外に真面目なんじゃないかと思った店もあって、そこに飛び込んでみる。で、シュウマイ、ワンタンのたぐいを試してみたけどねえ、あかんなあ。

小田　あかんかあ。

開高　全然だめだ。あんな最下等のものが、あんなにまずくしか作れないというのは、まちごうとるね。〝文明〟は伝わってるが、料理の、中国料理の〝文化〟は伝わっとらんねえ。

小田　うーん。

開高　日本のワンタンいうのあるやろ。

ワンタンというのは、雲を呑むと書くんや。日本のワンタンは、ラーメン鉢の中で浮いてんの、雲だけや。衣だけがベロベロ浮いているやろ。ようこんなもの作って恥ずかしくないかって言いたくなる。かなりの名声のある店でもそれや。鯛焼《たいやき》やないけど、すみずみまで詰まってないといけないの。で、縁にベロベロと雲が漂ってるようでないといけないの。あかんなあ。

小田　日本の料理はどうやねん。

開高　日本の料理といっても、ピンからキリやけど……。

小田　ピンじゃなくて、キリのほうや。

開高　だから、うどんがまずなった言うてんのや。まっとうに作ってないって言うのよ。人間の値段が上がったんやから、その上がったぶんに対して値段をこっちが払おうじゃないか。うどんが千円になってもかまわん。千円の値打ちがあるんやったら払おうと。それだけのものを食わせろと言いたいだけなんだ。うなずける味をな……。

小田　うなずける味を、うなずける値段でな。

開高　ところが値段がうなずけなくって、味もうなずけないと、今はこういう状態だな。その点では、東西ともに、この文明は交流しているようだな。

小田　それはそうやな。

開高　困ったこっちゃで。

小田　まあ、困ったことばかり言うてもしょうがないから、ちょっとはええことも言うたらどうや。

開高　ええことなあ……適応力のものすごさか。これはすごいぜ、日本は。

小田　さえずりっちゅうの食おうや。

開高　君、食わんでもさえずってるやないか。でも、これうまいよ。大きな鯨《くじら》のベロのことを、さえずりと小さく名乗ってるあたりな……。

小田　なかなかいいじゃない。

開高　鯨のベロいうのはぶ厚いねん。上の部分と端っこの部分と芯の部分で、それぞれ味やらなんやらが違うのね。それをここのオッちゃん五十年研究してはんの。

小田　ええものも、まだ残ってんのや。

開高　そや。オッちゃん、一本つけて。

（一九七七年一月十六日放映）

ロシアの冬の舌の愉しみ

1977年（昭和52年）10月15日
『素顔のソ連邦』

初雪が降った日に、雪の中でアイスク

リームを食べる。これがモスクワっ子だ。長い、酷寒の冬の始まりを、ロシア人はこうして迎えるそうです。

　秋の終り頃、モスクワを訪ねたことがありました。その時、初雪が降ってきました。「それっ、アイスクリームだ」と街に飛び出した。ところが、あっちにも、こっちにも人の行列ができている。一体どの行列に並べば、アイスクリームにありつけるのか見分けがつかない。そこで通訳氏に、〈この行列はアイスクリームの行列ですか〉と聞くには、ロシア語で何と言うのか教えを乞うた。彼氏ニタッと笑って、「それよりも〈この行列の最後は誰ですか〉と聞きなさい」とおっしゃる。

　なるほど、なるほど。モスクワでは何を買うにも列を作っていたし、列とみれば並べというのが生活の知恵であるらしい。

　霏霏《ひひ》と降る初雪の中、行列の一員となってアイスクリームを買った。ロシアの冬の訪れが、舌から胃の腑に冷え冷えと伝わってきました。この国の酷烈さが文字通り身にしみました。

　さて、ロシアと言えば、みなさんはキャビアを思い浮かべるでしょう。日本では宝石のように高価な代物です。ロシア人は、このキャビアを黒パンと共に食べる。たっぷりぬったバターの上にキャビアをのせ、レモンをちゅっと搾る。キャビアの脂肪にレモンの酸が混ざり、表面がうっすらと乳白色に濁る。これを物憂い顔付きをして口に入れる。珍しがって、ガツガツ食いつくようでは素人ですよ。

　キャビアの本物は、灰色がかった緑色をしており、大粒です。少し粘り気もあり、舌の上でにちょっとした味がする。東京のパーティなどで出る、黒光りの、仁丹の墨染めのようなデーニッシュ・キャビアはまがいものですぞ。私は人に奨めても自分では食べません。

　私の感じでは、ロシア人はなかなか味覚に鋭い。料理の幅もあります。記憶に残っているものを二つ、三つ挙げてみましょう。

　グルジア風のニワトリ料理「タバカ」は、あっさりして日本人の味覚によく合います。そば粉を捏《こ》ねた「ブリイ」という揚げものは、上品で口あたりがやわらかです。秋が食べ頃のきのこ「グリブイ」の料理も見落せません。ロシアの森の贈り物です。

　そうそう、探究せねばならないのは「ボルシチ」です。温かく、そのバラエティの豊かさは、寒い冬の何よりの舌の愉しみです。あっさりした味、こってりした味。グルジア風、アルメニア風、モスクワ風。無限の変化があり、どれも捨て難い。地方によって、家庭によって、レストランによって微妙な味の差があります。ボルシチの探究はシベリアの森のように奥深い。今度ロシアに行ったらボルシチを数多く試してみるつもりです。
尤《もっと》も、「この行列の最後は誰ですか」と言わないですむことを願っていますがね。（談）

追悼文 平野謙氏・逝く

1978年（昭和53年）4月4日
「毎日新聞」

平野さんは昭和三十二年、私の小説「パニック」を毎日新聞紙上で激賞し、私を文壇に出して下さった方だ。平野さんは根っからの文学好きで、そのことの故に、その批評は、たとえ間違ったとしても、読者を納得させていたのだと思う。しかも平野さんは一貫して権威にこびず、また、わからない作品に対しては、たとえば三島由紀夫についてのように「私はわからない」といって一言もふれないという、出処進退の確かさがあった。

始源の視界

1978年（昭和53年）8月10日
「ROKKOR」

アマゾン河の流域の全面積はUSA全土の面積に匹敵する。その流程のどこにも土堤、ダム、橋がないという点で、ヒトに屈服しない世界唯一の巨人である。唯一、最大、そして最後の巨人である。

釣竿を持って、この黄濁した、悠々たる、甘い海をさまよっていると、徹底的に無化されてゼロと化す快感と驚嘆を味わされる。文明に略奪されて地球は萎縮するばかりだが、ここにはまだ始源の視界がある。

明けても暮れてもビールばかり飲む旅や、ナチス戦犯の裁判や、ジャングル戦に従軍するなど、これまでにさまざまの旅を私はしたけれど、この旅の特異と貴重は類がなかった。高橋曻君も抜群の仕事ぶりであった。

無慈悲で苛酷な白昼の光

1978年（昭和53年）11月1日
「小説新潮」〈いつものコース〉欄

若いときからの習慣で、仕事ができるのは夜ふけときまっていて、これはもう変えようがない。夕方になるとそわそわしてくるのでその圧力を散らすために酒を飲み、食事をするが、そのあと万年床に這いこんで眠りこむ。そうやって逢魔ケ時をうっちゃり、夜ふけになってもぞもぞと這いだす。夜明けのしらしら明けにも一種のそわそわした不安と焦燥をおぼえるけれど、ふたたび万年床にもぐりこんでうっちゃる。

そんな暮しかたで二十二年間やってきたので、隣近所の人びとの顔と名前もよくおぼえられないままですごしてしまった。白昼の光は私には無慈悲で苛酷なものに感じられることがしばしばである。この光の強力な拡散力には屈服してしまい、映画館に入ると、ホッとする。映画はワン・カット見れば丹念につくったかどうか、一瞥《いちべつ》してわかるので、そこで席につくかどうかをきめる。きめるまでに三軒も四軒も映画館を出たり入ったりしてハシゴする。そうこうしているうちにくたびれて余力が消費され、黄昏《たそがれ》と酒を迎えるのにちょうどいい状態になる。

映画を見にいかない白昼はシエスタ（昼寝）でうっちゃる。これは東南アジアの習慣が骨のなかにまでしみついてしまったのである。夜の眠りは〝仕事〟という苦汁に浸されているので胸苦しいことがしばしばで、寝ているのかいないのか、自分でもよくわからないが、シエスタはありがたい。これは土曜の夕方に似たところがある。

こうして書きだしてみると私は寝てばかりいるようである。旅にでていないときは、事実、そうである。しかし、睡眠にも駄作、凡作、傑作といろいろあって、銘記できるほどのそれはごくわずかしかない。

肉なる眼の経験

1978年（昭和53年）「一九七九年のパイオニアカレンダーをおすすめします」内容見本・推薦のことば

写真を撮るということは、カメラのレンズを通してものを見ることではない。肉なる眼の経験である。レンズと眼の間に距離があってはならないのである。

ハースの写真には、徹底的な瞬間と徹

底的な永遠とが定着されてある。太陽と雲、水、虹、花、鳥、枯葉……眼にふれることごとくを彼はすて、ひろいあげる。数千枚をすて、一枚を残す。こうして定着されたものは、彼の眼の背後にあるおびただしい無言の貴重なものを伴って立ち現れてくる。

　今日、レンズ芸術はとめどなく氾濫しているが、これほどの確かな眼、これほどの造型と色彩の感覚を示す才能は稀である。その才能の頂点を人はこの六葉に見るだろう。

そこに百年の今日がある

1979年（昭和54年）5月
『筑摩現代文学大系全97巻』
内容見本・推薦のことば

　ときどき、日本語は滅びつつあるとか、もう文学の時代ではないのではないかとか、現代は「文章」のない時代であるとかの意見を聞かされる。それぞれたしかな根拠や徴候を踏まえての論だから、考えこまされる。

　けれど、文学はこれまで生きのびてきたし、おそらく今後も生きのびていくであろう。穴居時代の焚火のまわりでの夜話からはじまったこれはいつまでも新陳代謝して書きつがれ、語りつがれていくことであろう。ある国で『すでに本はたくさん書かれすぎている』という諺《ことわざ》がつくられ、ある詩人が『なべての書《ふみ》は読まれたり、肉は悲し』と訴えても、新しい書は書かれつづけるであろう。

　作家はつねに時代の微震計であり、作品はいつまでも「現在」である。人は昨日にたいしては賢くなれるが、今日については迷う。迷わせられない、毒のない作品は生きていない。そして、毒でない薬というものもない。文学全集はわが国独自の出版慣習だけれど、そういう様式が編みだされなければならなかった理由はこの九十七巻のなかにまざまざと読みとれるのである。指をのばせばそこに百年の今日がある。

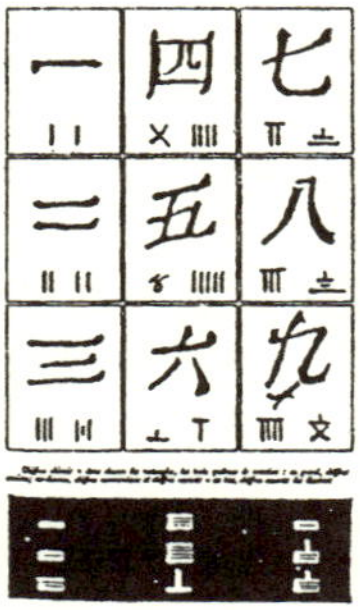

開高健のノンフィクションライター読本
〝精液・時間・金……〟をたっぷりかけろ!

1979年(昭和54年)5月8日「週刊プレイボーイ」

どうすればキラッと光る悪魔の瞬間を手に入れられるか

うん、たしかにノンフィクションの本、ちょっとしたブームやね。なぜ、ノンフィクションなのか、これは考えさせるテーマやなぁ。

けど、ノンフィクションといっても、それはやはりフィクションやないか思う。たとえば、ここにひとりの男がいてパリへ女修業に出かけ、帰って来ていろいろ書こうと思うのだが、なにもかも全部書くことはできない。やはり、なにかを選んで書く。

テーマを選び、エピソード、イメージを選び、それから言葉を選んで書き綴《つづ》っていく。選択という行為が行なわれるわけやから、厳密にいえば、その段階ではもうノンフィクションとは言えないわけ。

ただ、フィクションの場合はなにを書いても許されるが、ノンフィクションの場合はそうはいかない。選択した事実のまえにはひざまずかなきゃならない。パリのピガール広場で買った女に、

「おまえのモノはカタイ、値段がつけられないぐらい底知れずカタクて、立派だ」

とほめられたら、それは事実であって、これをゆるがせにはできないわけで、ノンフィクションにはそういう約束事がある。

秀《すぐ》れたノンフィクションの場合に、しばしば成功するのは、無意識で書いた部分なんですね。

文章を書くということは本来、間断なき意識の連続行為なんだが、それが一種、無意識で書いたようなときがある。このときに文章がキラッと光るんですね。

アンドレ・ジイドが〝芸術には悪魔との握手が必要である〟といってます。つまり文学って奴は、悪魔に助けてもらわなければコクが出ないという意味ですが、私に言わせると、この悪魔というのが、今いった無意識の瞬間のことなんだね。

ところが、モノを書くとき、なかなか無意識になれない。名文家であればあるほど、ピリオドひとつまで徹底的に意識す

る。でなければ名文家になれませんが、同時に、一方で無意識になるという離れわざを演じなきゃならない。

ここが、ライターのむずかしいとこや。むずかしく言えば、必然の歯車ばかりが展開していたのでは、最初の3行読んだだけで結末がわかっちゃう、そういうことであっては困るわけね。

では、どうすればキラッと光る悪魔の瞬間を、われわれは手に入れることができるかということになる。

三面記事、タクシーの運転手、市場、女のうわさ……

それには、いつも自分の意識を完全に開いておかなければいけない。

もっと普通の話ですると、ルポ先ではタクシーの運ちゃん、市場、それから、外国の場合など、その国の二流の文学、それに女のうわさ話、こういうものに気をつけなきゃいけないということや。

エリートとか、一流人とかでは、その場所場所の特質が出て来ないからね。

新聞でもそうでしょう、論説なんていう一流記事は、モノ書きにはほとんど役に立たない。それより三面記事やね。キッタ、ハッタ、ヤッタ、盗んだ、だました、だまされた、これを読む。その場所場所で、人間ちゅうのは、どのように人をだますのか、だまされるのか、どのように物を盗むのか盗まれるのか、そこに人生が赤裸々《せきらら》に出てくる。

だから、三面記事を読め、タクシーの運ちゃんに話を聞け、市場へ行け、ですね。それから二流の小説を読めとなるわけ。

もうひとつ、これはオレの趣味だけど、より多くのトイレに入ることだな（笑）。トイレというもんは、ずい分、いろんなことを教えてくれる。さまざまな人生のディテールをね。

そんなとこ不潔だなんていってたんでは、ルポ・ライターにはなれない。

ボクがベトナムへ行ったときや。バーやレストランはトイレでブタ飼ってる。人間のウンコをそこで食って太ってるわけやね、そのブタが、そのレストランでトンカツなんかになるわけ。クソたれてるとき、となりにいるブタと視線が合うやろ。このブタの目は、そりゃ一生忘れられんよ。ブタ食うたびに想い出すんやけど、それでブルブルッと悪寒《おかん》するようじゃだめネ。

食う→トイレ→ウンコ→ブタ→食う→トイレ→ウンコ→ブタ。これで、その土地のエネルギーの永久回帰が行なわれてることを知り、その土地の風土、風俗がはじめて判るのとちがうやろか。

そういうディテールが、生きてる文章には必要だと思うな。

そりゃ、題材選び、テーマ選びも重要だろうけど、それを生かすのはディテー

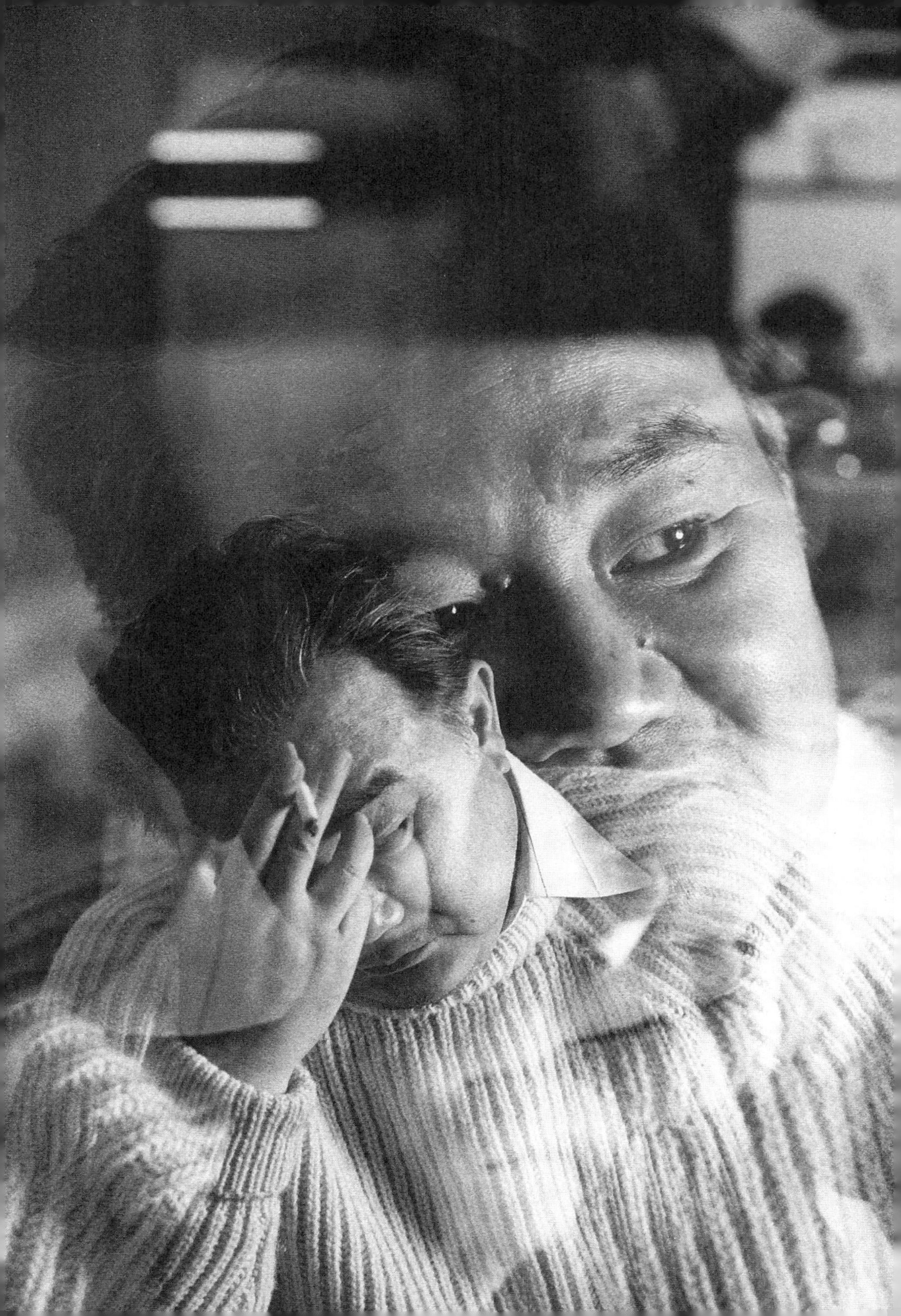

ルなんだから。小さいもん、二流のもんを馬鹿にしてたらイカん。

そうや、もうひとつ馬鹿にしちゃイカんものがある。それは臆病な人間や。臆病な人間は、大胆な人間より細かなことに気を配り、ディテールを見逃がさんしな。ライターには、大胆な奴より臆病な人間の方が向いとるかもしらんよ。

その点、いまの若者は非常にいい経験してますよ。事実だけ見ていくと、みんな素晴らしい体験をしてる。体験としては、みんなノンフィクション・ライターになれる土壌に生きている。ところが、表現能力がない、ボキャブラリーがない。惜しいなぁ。

ボク、いろんな賞の選考委員してるけど、とてもいい経験してるのに、表現能力がないばっかしに落としちゃう作品に出会うことがしょっちゅうですよ。惜しくてしょうがないんだけど、しょうがない。あかんなぁ、惜しいなぁ。

メモは取るな、竜の絵は目が入っていれば竜になるのだ

ボキャブラリーを豊富にするには、どうすればいいかって？　そりゃ、もう乱読、乱読、また乱読するしかないね。作家などいちいち選ばずに、手当り次第活字を乱読する。これ以外にない。

若い人たちは、いつも何かに飢えている、何に飢えてるかは本人も知らない。だから、あっちへさまよい、こっちへさまよいするのですが、これをムダだなんてバカにしちゃいけない。たとえ、いますぐには表現できないけど、本モノかどうかを見抜く目は持ってるからねぇ。だから、とにかく、あっちの本、こっちの本とさまようのはいいことだと思いますよ。

それから、私の方式からいえば、メモを取らないほうがいい。人名、日付、固有名詞、こういうのは仕方ないからマッチ箱のウラに書きとめといて、あとはやね、書くとき自分の頭に残った分だけを書くようにしたほうがいい。

ボクの『オーパ！』のときも、そうだよ。そりゃ魚の名前が、アッパッパとかピラララとか奇抜《きばつ》でややこしいんがおるから、これは間違っちゃいけないというのでメモ取ったけど、あとはナシやね。

たしかに、メモ取れば正確にはなる。だが、イザ書くときになるとその正確さにもたれかかってしまって、逆に〝仏つくって魂入れず〟ということになるんや。竜の絵は目が入ってれば竜になるのだから、まず目を大事にしなきゃいけないという考え方だからメッタにメモを取らない、頼らない。自分の頭にもっぱら残ったところだけを書いていくという方式なんです。

だけど年とってくると、頭がザルみたいにザーザー漏《も》れてくる不安があって

『オーパ!』のときは特別にメモ・ブック持って行ったんだけど、たいして役立たずでね。帰国してこのメモ・ブックに目を通したら、実にクダランことメモしてる(笑)。

〝アマゾンでモテる法〟なんてところに1・焼け、2・マメ、3・アンタ〟って書いてある。そんなアホな(笑)、アマゾンで女にモテルには、色の白い男であってはいけない、次にやっぱりマメでないといけない、そして3番めにお道具だと(笑)。こんなことマメマメしくメモしても『オーパ!』の世界を正確に表現する助けにはならんわけでね。

また、ノンフィクションには思想性が必要だとかなんとかいうけど、そんなもの、かえって目障《めざわ》りになる場合が多いね。そんなもんより問題は何を書くかということなんで、その人の思想とか気質や感性などは書いてれば、もうおのずから現われるものとちがう? 融通無碍《ゆうずうむげ》に自由に意識を開いておくほうが先決やないか、そう思いますね。

第一やね、クーデターの現場をルポしようするやろ。そのとき、政府側につくとかデモ隊側につくとかいっとったら、あとで書けへんやろ。両者の中間にいて、じっと見てなならんしな。

もっと即物的にいうたら、下手についとったら催涙弾かなにかにドカンといかれて、ノドはゴンゴン、目はジリジリで取材どころじゃないからね。

心のバネを持っていないと〝落ちた犬〟になっちゃうぞ

PB編集部に持ち込まれる作品にも多いと思うけど、書いた人が自分でエラク感動して書いてるんだが、それが全然読むこっち側に伝わってこないケースがありますね。

ハンティングの世界でいう〝犬が落ちた〟という状態やね、これ。どういうことかというと、ハンティングに行くやろ。鉄砲で鴨を撃つでしょ、鴨がポチャーンと落ちる、犬がそれを獲《と》りに行く、若い犬は、その鴨を主人のところに持って帰ってくるが、犬も年とったりボケてくると、途中でその鴨の血の臭いに誘われて、自分で鴨を食ってしまう場合がある。これがハンティングでいう〝犬が落ちた〟なんだが、文章書きのひとりよがりって奴が、これと同じでね、感動を読者のところへ持って来てくれてないんだな。自分だけ食って「これはウマイ、ウマイ、感動した」ってホザイてるが、これはいけない。

一種のオナニーにふけってるわけだ。精神的マスタベーションにふけっちゃって、みずからを慰めておる。自慰行為とはうまいことを言ったもんだよ。読者にしてみれば、バカバカしくってね。プロの文章書きにもそういう手合いはけっこう多いからねえ。

むかし、菊池寛が「電車に乗ってひとりの男を見たら、30分以内にその男についての短編が書けなければいけない」というふうなことを言ってるけど、男、女、子どもを見て、人々はどんな育ち方をして来たんだろう、どんな生き方をしてるんだろうと、そこから、どんな物語が書けるだろうと、たえずそういう目で人間やいろんなことを見ていく必要が文章書きにはある。

そして、話し合ってみると、自分のたてた予想とガラッと違ってたりしてね。だから、常にヤジ馬精神というか好奇心、探求心、そういったもの、要するに心のバネね、こいつを持っていないと〝落ちた犬〟になってしまう。

心にバネがないと、第一、物事に対して「あっ!」といった驚きがないようになる。せっかくの素材に出会うても、当り前や、と思うようになる。もう、こうなったら書けませんな。書く必要もないしね。書いたところで、日本の新聞記事みたいなものになってしまう。説得力は何もない。事実だけが書いてあるじゃないか、あるいはマスタベーションしてるか、のどっちかになってしまうんだな。事実を自分だけが先に食っちゃうわけだ。こんなの面白くもなんともありませんよ。

〝事実はひとつ、だが解釈は無数〟、これですよ。芥川龍之介の『藪の中』をお読みになればわかることですがね。ひとつの事実をめぐって、どれだけ解釈を打ち出せるか、ああも、こうも考えられると、ワンパターンで食っちゃいけない。要するに、前にも言ったけど、ボケてない心の自由が開かれていなきゃいけませんん。

そのためには、いつも、自分に徹《てっ》し、自分を捨ててなきゃならない。そうでないと、物をながめる、観察するなんてことができない。だから、そういうことになってくるとノンフィクションもフィクションも、批評という活動も同じじゃやね。「私に徹しつつ、私を捨てること」。ほんとうの文章書きになるためには、これしかない。なに、そのことをもっと具体的にだって!? そら、アカン。そんなこと話してると、とめどなくなって千夜一夜あっても足りないし、きょうは二日酔いやから、これ以上は頭のチューブひねっても、よう言葉が出てこんのや。

一言半句、鮮烈な文句があればデビューは充分可能だ

他人さまの作品を判断するボクの基準は、実に簡単です。とくに新人賞、芥川賞の選考のときもそうだけど、ボクは作品中に一言半句、鮮烈な文句があればもう充分だというのが私の説やね。一言半句でいいんだ。ところが、これが実にない。数万語費して一言半句でいいんだ。その人の将来性、賞をもらって修練すれ

ば、獲得されるだろう魅力、あるいは修練してなくても、それ以前のもう手のつけようのない才能の鉱脈、こういうものはその一言半句に現われているものです。

だけど、さまざまな作品をよーく気をつけて読んでごらん。この一言半句のある鮮烈さを持つ文章には、メッタに出食わせないから。いまどきの特徴は、器用なヤツが多い、才能のあるヤツはほとんどいない。

才能というのは、むずかしいんですよ。うっかり、そんなもん持って生まれてきたら、世の中が非常に苦く、むずかしく、生きづらくなってくると思う。その苦々しさ、生きづらさと、その才能の格闘やな。そこにキラキラした部分、一言半句が蒸留《じょうりゅう》されて出てくるわけだからね。

そんな人、7年にひとりかな、10年に1作かいなぁ。才能って、そんなもんじゃないですか。現代日本語でいうカタカナのタレントはいっぱいおるけど、あれは才能とは言えないね。

だからね、いまほんとうの才能持ってる人があれば、ノンフィクションの分野でも、フィクションの分野も同じだけど、かつてなくデビューしやすいですよ。みんなが考えているよりは審査の目は細かい。だから、皮袋の中へ鋭くキリが入れば、必ずスッと先っちょが袋の外へ飛び出す。これを「嚢中《のうちゅう》の錐《きり》」と言いますけど、それがあれば、かならずわかる。どっかにひっかかる。パッとデビューできるはずや。だけど、どうも見当らんなぁ。

器用な人にはゴロゴロ出会うし、みんなもまたワイワイ議論するけど、これは才能だ、と言えるものにはメッタにお目にかかれないな。

ひとつには、近ごろの人はムダを嫌いよるからね。なんでも合理的にいこうとする。損したり間尺《ましゃく》に合わんことを必死に避けよるからね。これじゃ、せっかくの才能を秘めてたとしても、スーッとしぼんでしまいますわね。

ことに、ノンフィクションはそうや。時間、金、精力、なんでも構わない、精液でもいい、生命だってそう、なんでも構わないからタップリかけなければ、いいものはできやしない。ムダ金をつかえばつかうほど、いいものになる。これは確実にいえるね。帳尻の合った人生送りたい人は文章書きには向かんし、決しておすすめできないよ。

要は事実と自分との精神の綱渡り

アメリカのノンフィクションと、日本のノンフィクションには決定的な差がひとつある。それは、日本のノンフィクションものは、単に事実を書くだけでヘタばってしまってる。自分の文体との格闘というのがないのや。アメリカのやつは自分の文体との格闘があって、そこからにじみ出てきたもので書いてる。格闘してるから、キラキラッと火花が散ってるわけなんだ。

　これがないから、日本のノンフィクションは味気《あじけ》ない。浅い。

　人間には、それぞれ自分の文体ってヤツがある。その文体からして、事実にも書きやすいのと書きにくいのがあるやろ。書きやすい事実のときは、それにおぼれることを警戒しなければならない。

　書きにくい事実のときは、闘争が始まるわけ。鍛えられるのは、書きにくい事実を選択したときだね。だから、どちらかと言えば、若い人は自分にとってより書きにくい事実にぶち当ったほうがいいと思うね。キラキラッと光る真実は、事実じゃなくてね、これは格闘からしか生まれてこないからねぇ。挑戦しなきゃ。

　易《やす》きに落ちてはアカンですよ。足で書く場合もあるし、目で書く場合もあるやろし、皮膚で書く人、肝臓で書く人もいるやろが、要は事実と自分とが即《つ》かず離れず、不即不離というふうなドロドロした関係でいかなきゃいけない。いってみれば精神の綱渡り。こいつがむずかしいんだということが、意外に気がつかれてないですよ。

　元気のいい若い人の場合は特にそうだけど、いざ書こうとするとき、いろんな事に頭の方が先ばしって、よう進まんことがあるわな。そういうときはマスかいたらエエと思うよ。エネルギーが一段階トーンダウンして頭が冷えるからね。これ、悪くない作法のひとつだと思うよ。

　まあ、乱読の途中で、一度有名なノンフィクションものを読んでみたらいい。ベスト5を挙げるとすれば、ジョン・リードの『世界をゆるがした十日間』、それからT・ヘイエルダールの『コン・ティキ号探検記』とかS・ヘディンの旅行記『さまよえる湖』。あと2つは何がいいかなあ。そうクリストファー・イシャウッドのベルリン物語（邦題『ベルリンよ、さらば』）、映画の『キャバレー』の原作ね。もうひとつは、そうだな、最近のものからT・カポーティの『冷血』。これなんか、彼自身の自分の文体との闘争そのもの。非常にいいねぇ。

　日本のもので？　そうだね、明治のころのもので桜井忠温って人の『肉弾』はいいですよ。ええと、そのほかっていうと……。なに、オレの作品はどうかだって!?　オイオイ、そんな恥ずかしいこと言わせるなよ。他人さまに言われる分にはいいけど、オレからまさか自分の作品がというようなことはちょっと（笑）。

もし、私がリッチな助平だったら…

1979年（昭和54年）7月7日「BOW」

　もし、私が〝リッチな助平〟だったら、何をするかとの御質問だが、やっぱり独身貴族をやるだろうね。

　一室こっきりのステュディオ、ドイツ語でいえばアインツェルツィンマーという部屋に住む。そこは壁の中にトイレ、バスがついていて、部屋の片隅にベッドがおいてある。それもフランス式ベッドで一人前半《セミ・ダブル》のものや。机の抽出しには日本製のコンドームをたっぷり入れておく（外国製はダメ）。オードコロンはランヴァンのアルページュ。石鹸はマダム・ロシャ。爪切りはゾリンゲンかヘンケル。お風呂は大きいほどいいね。二人でカバの泥浴びみたいな恰好でドンドチャップ、キューピーちゃんして遊ぶ。

　だけど、食事は外で会ってする。おたがい室内でパジャマを着たままでドロドロしていると、オシャレを忘れてしまうからね。オシャレをしてる間は男女共にまだ緊張感がある。どう相手の気をひくか、どう自分をひきたたせるかとか。緊張感がなくなると、ナマズかドンゴロスの袋になってしまう。そうならないためにはおたがいに行ったり来たりして干渉しない。そして料理を作らない。作ってもママゴトの域を出ないでおく。皿を洗うぐらいはかまわないからどんどんやってください。

　最近は飛行機のチケットを格安で手に入れることができるから、常時そういうエージェントをつかまえておいて、今月は香港、来月はニース、さ来月はモナコ……という具合にふざけちらす。同じ所には二度と行かない。

　自分の行く時間になると自分の場所を空けておいてくれる小さなビストロ風レストランをもっておく。そしてメニューにないものを作らす。お金をかけて酒と料理についてコックをきたえあげる。けれどもその店のことは絶対に言いふらさず何にも書かない。

　しかし、リッチだからお金はあるけれども精神の緊張を欠くと困るんでね。精神の緊張を欠かないようにするためにはどうしたらいいかというと、絶え間なく、少しずつお金が流れていく、ゼニにならない道楽をひとつもつことやね。男も女も。働かないと男の眼からハリが抜けてブタになってしまうんや。眠り込まず、ナマズにならないためには、金にならぬ道楽をもつことです。

　したがって、たとえば語学の勉強を道楽にするなら、英語、フランス語、中国語、スペイン語など、こういう金になりそうな、ものの役に立ちそうな語学は勉強しない。リッチな助平におすすめできる語学としましては、ギリシャ語かラテン語がいいナ。それからエジプトのヒエログリフの解読とかね。一文のゼニにもならんようなことに打ち込むだけの情熱をもっていたら、他の分野でもずい分立派なことができるでしょう。

　リッチな助平として大事なことは、彼女をベッドに残さないことや。必ず帰らせる。残るとそこに根がはえてきよる。菌糸が生えてくる。鏡とかパイプの位置を変えよる。だからパイプにほこりがついていてもふかせない。それを最初からしんねりと言っておく。しぶとく、しんねりと。

　女のことをポカッと考えながら、パイプの煙がたれこめた黄昏の中で、男の夢を紡いでみると、そういうことかしらね。

（談）

食はピピ・カカ・ポポタンで

●対談＝川又良一（「週刊文春」編集長）

1980年（昭和55年）12月
「SABATiNi」

エスプリ・ゴロワ

開高　この間私は南北両アメリカ大陸を縦断する旅行をしたんですが、ヨーロッパでもそうだし、中近東もそうだし、あのいかめしい中国ですらそうだけれども、食時中はワイワイ、ガヤガヤと賑やかにやる。特に彼らは下《しも》がかった話が大好きでね、いわゆる日本語でいう下ネタですな。この話が出て、みんながワッと笑い出すと、宴会が大成功だった、とこういう。その点から比べますと、日本人は神妙ですな。

川又　家庭ではわりあい賑やかですけどね。有名なレストランなんかに行くと、借りてきた猫みたいで。

開高　借りてきた猫というか、お通夜の席でめし食ってるみたいよ。

川又　そう、陰々滅々と食べてますね。あれはどういう訳でしょうね。その点彼らはゴロワ精神というか、野卑で陽気なゴール人気質を受けついでいるようですが、かろうじて日本人でそのかけらが見られるのは……。

開高　まあ、西日本ね。

川又　それに社用でない一杯飲み屋。

開高　赤ちょうちんね。あそこでは一挙に全面開放ですな。

川又　たいていは上役の悪口ですが。

開高　フランス語で、おならというのはピピ、雲古というのがカカ、お尻というのがポポタン。なんとなく感じがわかる言葉ですが、このピピ・カカ・ポポタンの話が出てくると大成功。南米でもそうですね。人を招いた時、招かれた時、招く方も招かれる方も、こういう話でひとつみんなを笑わせてやろうと。義務づけられている訳ではないんですが、それを義務のように感じて、みんなやって来まして、やるんですなあ。

川又　中国の宴もそうですね。例の3日間食べ続ける満漢全席にしても大変賑やかだと聞きます。

開高　そう、それに酔って乱れずというところがありますね。アルゼンチンの牧場主ともなりますと、想像もつかないほどの土地と牛を持っていて、英語にドイツ語フランス語と3カ国語をベラベラといった人々がいっぱいいます。招かれて行くと、日本人で小説家で釣師でというのが珍しいせいか、近郷近在のそういう大インテリの大ボスがジープで乗りつけて来る。牛のあばらを岩塩だけつけて炭火で焼くアサードという雄壮な焼肉パーティーをやるんですが、ある時行ったら地面にグサッと串が刺してあって、大きなあばら肉を焼いている。おっ、やってるやってると思っていたら、いきなり挨拶もなしでその牧場主が、「御芽子なめるの好きですか」。それで相手をへこましたつもりでニヤニヤしている。私は南米に5カ月もいたから、さあ来たなってなもんで、慌てず騒がず、「私の鼻の頭がなぜ丸いのかご存知」というと「アミーゴ!」と抱きつかれ、ペチャッとキスされ、それからはあれを食え、これを食え、冷めたからこの新しいのをと、じつに懇切丁寧親切にやってくれましてね。昼頃から始まって8時頃まで、ピピ・カカ・ポポタンの話をしながらビールを飲んで。これがやっぱり食する態度ではないかな。食事の間ぐらいは大いに楽しむべしという彼らの態度の方が、正しいと思いますね。とにかくエスプリ・ゴロワですから、そのテの話を無限に聞かされましたよ。

豆腐と割箸

開高　ところで川又氏、あんたの作ってくれたとも和えとあん肝は絶品やったね。最近、家では何を飲んでますか。

川又　夏はだいたい透明な強い酒でしたが、冬になると日本酒ですね。

開高　日本酒か。年齢を感じさせられる話やねえ。

川又　日本酒で、また非常に淡泊なものを食べております。プレーン湯豆腐とかね、つまり何も入っていない湯豆腐ですね。

開高　湯豆腐は葛《くず》でまくの。

川又　何もしません。ただ買い付けの豆腐屋から木綿を買ってこさせて、それにいい昆布を敷きまして、あとはぐらりとやって、それだけですよ。

開高　ほほお、なるほど。

川又　湯豆腐の食べ頃というのはよくいわれているように、お湯の中で豆腐がぐらりと動いた瞬間。その頃を見はからって……。

開高　私が今まで食った湯豆腐で一番うまかったのは京都の湯豆腐。炭酸温泉の水を一升壜に一杯もらってきて、それを土鍋にとっとっとっとあけまして、湯豆腐をするんですね。

川又　それはおいしそうだ。

開高　豆腐も中国から東南アジア一帯に広がり、日本に入り、そこで止まってしまった訳だけど、日本人は食わずにいられないのね。豆腐と塩鮭が。どこの国へ行っても。

川又　わかりますね。

開高　南米のペルーのリマでね、あそこには6万か7万人の日本人がいます。そこで豆腐を出してきましてね。おかしな豆腐なんですが、いじらしさに打たれてよく食べた。それからリオデジャネイロ。ここではとうとう、豆腐と割箸の小さな工場まで作りましてね。やらずにはいられないらしい。

川又　割箸をねえ。開高さんはいつか、割箸恐怖論を書かれたことがあるでしょう。

開高　そう。『ニューヨーク・タイムズ』の日曜版がぶ厚い電話帳ぐらいもある。これと、日本の割箸を見るにつけ私はぞっとする。これでアラスカとカナダの針葉樹林が裸になる。食器を捨てるのは日本人だけとちがいますか。

川又　そうでしょう。それにお箸の歴史というのは、えらく古いんですよね。向こうでナイフ、フォークができたのは18世紀頃でしょう。お箸は万葉時代からありましたからね。

開高　ほんとに、西洋料理って歴史は浅いよ。浅いわりには一生懸命勉強したというところかな。社会に大動乱があると、必ず料理が発達する。フランスでレストランが発達したのは大革命のあとから。革命で貴族のお抱えコックが全部街へ流れて、そこで一挙にフランス料理が発達した。それまではチョボチョボしたもんなのよ。イタリア料理が先だったけど。

川又　そうですね。イタリア人は威張ってますね。フランス料理何するものぞ、こっちが先だと。

開高　本家ですからね。しかし、得てして分家が発達して本家が無視されることは世の中にしょっ中あります。ルイ何世か忘れましたが、人生にいくつかの楽しみがあって、食べるのは温かく、飲むのは冷たく、寝るのは柔らかく、立つのは固くとありますが、最後のあたり、編集長、近頃いかがでございましょう。

川又　まったく自信ありませんな。そのへんについては（笑）。

カラスミ伝説

川又　以前開高さんは、世界で一番うまいものは、フォア・グラとキャビアのいいやつ、ふぐの白子、それとフィヨルド・シュリンプ、北欧の小海老のことですが、この4つだとおっしゃいましたけど。

開高　その後修業を積みまして、目下考慮中であるから、それは取消し。

川又　じゃあ、中からひとつぐらいをあげてくださいよ。

開高　ふぐの白子の王座は、やっぱりゆるぎませんな。

川又　賛成ですね。白子を餅焼き網で焼くと、こんがり焼き色がついて、それをポン酢と紅葉おろしとあさつきで食べて、辛口の酒ね。

開高　共食いだけどね、我々のは。しかしイクラとキャビア以外の魚卵を食べるのは日本人だけだったのに、ノルウェイかな、鱈《たら》の白子の罐詰がもう出てきましたよ。ああ、もうあかん。今のうちやで、菊子食べるのも。

川又　ブラジルでとれる大きなボラで、日本の商社の奥さんがカラスミを作ってから、サンパウロの魚市場のボラが暴騰しましてね。旅行者の僕の顔を見るなり、ブラジル人が日本語で、「ボラ！ボラ！タマゴ！タマゴ！」と叫んだのには驚きました。

開高　しかしカラスミは、クレオパトラの時から食べていたんですから。

川又　ナイル川のボラで作ったカラスミですね。

開高　そう。クレオパトラはお酢に真珠溶かして飲んでいた。カラスミ食って、真珠を飲んで。

川又　ところが丸谷才一氏の『男のポケット』によると、真珠というものは酢に溶けないというんです。あれはアントニウスの気に入られようと、丸飲みしたらしい。たしかにカラスミはヨーロッパには伝わらなかったですね。

開高　カラスミ伝説もあそこだけ。

川又　伝説といえば、マルコ・ポーロのスパゲッティの中国伝来説、あれはほんとうですか。

開高　嘘やという説が多い。

川又　まあ、どこでも考えますよね。グルテンの多い小麦をどうしたらいいか。細長くして食べようとか。

開高　しかしスパゲッティもピンからキリやね。

川又　シコシコと茹で上がった瞬間だけですね、おいしいのは。

開高　私が一番好きなのは、茹でたての熱いところへ、胡椒とバターをポトンと落としてかきまぜる。大阪の素うどんやね。ただ問題は、いいスパゲッティを選ばなきゃいけない。

川又　いいスパゲッティをアルデンテに茹でる。だから僕は、茹でている間中、ちぎって食べてる訳です。だんだん白いところが細くなって、しまいに絹糸ぐらいになる。その瞬間にあげないとうまくない。説明書にあるように何分というのではだめですね。

開高　卵を入れたのはどうですか。

川又　カルボナーラね。でもやっぱり僕も素うどん派ですね。一番好きなのは、オリーブ油をたっぷり沸かして、にんにくのスライスと赤唐辛子を入れて、それを茹で上がったスパゲッティにザァーッとかけて、熱いところを食べる。

開高　熱々のところへ、その今のゲテモノをジャーッとかける訳？

川又　アリオ・オリオ・エ・ペペロンチーノ。にんにくと唐辛子だけのが一番です。鮒《ふな》に始まって鮒に終ると釣師はいいますね。単純素朴がよくなってくるんです。

食べる地球——開高健の快食紀行

1981年（昭和56年）1月23日「スチュワーデスの旅情報」

ピラニアは旬のヒラメ

この間、南米へ行って、私初めての経験。コロンビアのボゴタからDC3に乗って奥地へ行くわけです。このDC3というのは、私の予備知識では一九三〇年代ぐらいに開発された非常に優秀な飛行機で、第二次大戦中の輸送機は全部これですよ。北米で使いまくって南米の政府に渡す。南米の政府が使いまくる。ジェット機時代が来る。民間へ払い下げる。もうパーツがない。そういう古いのを三人ぐらいで金出し合って一台買って、あぶれているパイロットを一人雇ってきて、それで飛び歩く。滑走路も何もない草むらに降りるわけです。

そこまでは私、アフリカでも中近東でも、戦場へ行くので慣れていましたけどね。この間やったのは非凡でしたなァ。飛び立つときにプロペラが回らないというのでロープを手で捲きつけて、乗客が二十人、三十人集まって、スペイン語だから「一《ウノ》、二《ドス》、三《トレス》!」と引っぱるわけ。彼らが「ウーノ!」という。こっちは日本人でありますから「せェーのォ!」という。本当ですよ、これ(笑)。

そういう物凄い飛行機でアマゾン上流のジャングルへ行った。釣竿持って。川をずうっと遡っていると、ときどきインディオの小屋がポツン、ポツン……あとはホエザルがクワクワクワと鳴いているだけなの。ところがそのインディオの丸木舟を見ると、昔通りの刳舟《くりふね》なんだけど、ついている船外モーターがみんなヤマハなの。そしてインディオのオバサンの履いているのがアディダスのジョギングシューズときた(笑)。どういうことだろうかと思って聞いたら、これはここ二、三年の現象で、この辺はドラッグ・ラッシュだという。コカインね。

ジャングルでの食事はね。まず野生化した豚。これは猪ではないんだけれども、一代でほとんど猪に近い状態になっちゃうんです。牙が生えて、猛獣ですよ。人間も襲われるしね。豚のくせに猪突猛進(笑)、ドォーッとジャングルを駆けぬけて行くんですよ。この野豚をドォーンと撃って、ガウチョ(牧童)のオッサンが料理してくれるんですが、非常にうまいんです。普通の豚みたいにベチャベチャしてない。固いけれども、芳しい。

それからピラニア。おいしいですよ、ピラニアは。川にもよりますけどね。それを釣って刺身にして、ブラジルの日本人がつくった醤油で食べる。サンパウロで売っている醤油なんだけれども「破天荒」という、物凄い名前がついていましてね。これは面白いというんで、その「破天荒醤油」を持って行って、それをピラニアにぶっかけて、手づかみで食べる。現地人の船頭と助手が棒呑んだような顔をしますね(笑)。

ピラニアというのは日ごろはおとなしい。だけど油断も隙もない。川底の一番下にいるのはナマズの類です。これがああいう眼でヒゲ生やして川底にはりついている。日本人の小説家が来てナマズを釣るわけです。ナマズが引っかけられて川底から上がる瞬間、いままで仲よかったピラニアがガブリッとひとくち抉って行く。食べかたはサメと同じ。咬みついて、抉りとって、体ごとグリグリッとやって引っぱり抜くんですがね。

刺身で味わうピラニアは、まあ、旬のヒラメ。うまいですよ、これは。現地人はピラニアの頭ばっかりを大きな鍋に入れて、いろんなもの抛り込んで、トウガラシ抛り込んで、何時間もかかって煮るんです。鍋の中をのぞくと、頭が骸骨になって目玉も全部溶けてなくなっている。牙ばっかりが底に何十個とひしめいているの(笑)。

いまやネズミでも何でも来い

ヨーロッパからシベリアへかけての淡水魚類は、大体一五〇種類かな。ところがアマゾンは広大無辺。現在わかっているだけでも一、五〇〇種類。私が虚栄心があれば今度奥の方へ入って行って、網を引いて片っ端から獲れる熱帯魚を、図鑑に載っているのは全部捨てちゃって、残ったやつに全部「シクリッド・カイコウ・アマゾネス」とかいうような名前を付けて（笑）……せめて魚釣りした最後の花道ぐらいは自分の名前を魚の名前に付けてやろうかと思うんですがね。

アマゾンではナマズもうまいです。五〇キロ、六〇キロ、一〇〇キロ、二〇〇キロぐらいなのが……ま、一〇〇キロ、二〇〇キロのはあんまり釣れませんけどね。この肉がおいしいの、ちょっと脂がありますけど淡白で、白身でね。味はあんまり大きいのはだめ。パンサイズというってフライパンに入るぐらいのが一番うまい。

アマゾンの中流にマナウスという大都会がありますが、ここへ日本の漁船団の加工船が来ているというのよ、一説に。アラスカやカナダで沖合二〇〇海里でしめ出されちゃってタラが獲れる海が少なくなっちゃった。白身の魚なら何でもエエと、かまぼこの材料は。だからアマゾンのマナウスに船着けてナマズを集める。それをすり身にして日本へ持って帰って来るわけ。そのすり身で、さつま揚げだとか竹輪《ちくわ》だとか、ひょっとするともう、小田原のかまぼこはアマゾンのナマズかも……うーむ、その方がうまいかもしれん。

私も以前は選り好みがあったんですけれども、開発途上国を旅行するようになってから、選り好みなんかした日には生きて行けないとわかりましてね。どこでも寝られる、何でも食べられるという習慣を身につけて、自己克服をした結果、いまやネズミでも何でも来い。

世界には何千種類という卵料理があるでしょう。だけど、アヒルの卵、鶏の卵の中でヒナドリがかえって、くちばしで突《つ》ついて出て来る前の状態のをゆで卵にして食べるというのはベトナムだけね。ピロンといったかな。それを売りに来るのよ。それで、通は、一週間目がいいとか、十日目がいいとかいって争ってンの。ゆで立てのをポンと割る。そうすると、くちばしはできているが、まだ目があいてないとか、頭はできているけれど、下半身はまだ黄身だとか、いろんな状態が出てくるの。そこへトウガラシと岩塩と入れて、スプーンでしゃくってツルッと口へ……そして、もぐもぐやっていると、くちばしとか手とかいうのが口の中に残るでしょう。それを物憂い目つきで取り出して、チラッとながめて捨てるわけ（笑）。これをやれるようになると、もうあんまりスリに狙われないと教えられたんで、やりましたけどね。

一番驚いたのは、ベトナムの戦場で食べた野ネズミ。兵隊はめいめい自分で飯をつくるんです。洗面器もしくは鉄かぶとで、キャベツと豚肉煮《た》いているやつもおればそこらの雷魚《ライギョ》を釣ってきて食べているのもいる。二、三人集まって盛大にやっているのを見たんで、「何食べているんだ」と聞いたら、「おまえも食べろ」というから食べたら、なかなかおいしい白い肉なんだ。食べ終わってからうしろを見ると、こーんなネコほどもあるネズミの半ちぎれが置いてあってね。

これはえらいことになった、ベトコンさんの弾丸《たま》にやられる先にチフス、ペストでやられると思って真っ青。サイゴンへ帰ってから、サイゴン大学の先生なんかと話して「実は私、ネズミを食べましてねェ……」といったら、向こうはうらやましそうな顔をしていた（笑）。本当のご馳走で、名だたるレストランに一週間前から予約しておかないと味わえない。

ロートレック大伯爵の食卓

これと同属なのがモルモットね。「ペルーのモルモットを食べなきゃ、ペルーに来たとはいえませんぞ」と、向こうにいる日本人にいわれてね。ところが、あれはどういうものか平地にはいない。アンデスの山の中で飼っている。アンデス山中のアレキパという、ちょっと古いいい町ですよ。そこで食べました。モルモットのことはインディオ語でクイという。聞けば、インカ帝国時代からの伝統の美食で、牧場で育てているのね。ブラックアンガスという牛がいるでしょう、牛肉として最高だという。それと同じものを食べさせているわけね。

それで、「セニョール。一匹か、半分か、四分の一か」というから、「まるまる一匹」。「揚げるか、焼くか、煮るか」というから、「揚げる」。そうすると、つるつるとシャツを脱がして、臓物《はらわた》抜いて、トウモロコシの粉か何かちょっとつけて、ジョオーッ。しばらくしたらブクブクと浮いてくる。つまんで皿へ載せる。それをモグモグモグ（笑）。ネズミですからね。私は悪食家じゃないの。おいしいものは食べる。ロートレック大伯爵と同じです（笑）。ついに私はロートレック大伯爵と同じ食卓につきましたわけで、皆様がたは無知の暗黒に沈んでおられる。しかしながら、南方の大コウモリのスープとヤシガニ、これが世界最高だというけど、まだ、これは私やってないんですね。うまいんだそうですねェ。

キャビア、フォアグラの類は、もう私は三十代に卒業しました。キャビアよりトンブリですよ。東北の秋田、山形、福島のあたりで穫れる山菜で、ホウキ草の実。これは仁丹粒ぐらいの大きさで、灰褐色で、中に水が入っているの。脂っ気は何もありません。これを大根おろしに混ぜて、熱い御飯の上へかけて、醤油ちょっとたらして、ハフハフといって食べてごらん（笑）。

　プツプツしていて、歯当たりだけを楽しむの、これ。機会があったらそれは絶対お食べなさい。日本の山の料理の最高に素朴なもの。キャビアなんていうのは、あなた、品が悪いよ。あれ、胸がやけるしね。

　私は三十歳になったころ、ルーマニアの作家同盟に招かれて、黒海の沿岸へ行きましてね。パパヤというところ。そこでメニューを見ると、キャビアと書いてある。作家同盟がくれた休暇切符というのを持っていたから、ホテルの勘定もレストランも全部、その切符で払えばいいわけ。で、朝昼晩、朝昼晩とキャビアを食べ尽くして、それで一ヵ月ぐらい。もう一回生まれ変わってきても、もはやキャビアを食べる必要はありません（笑）。いわゆるデニッシュ・キャビアというのはチョウザメの卵ではなくて、あれはボラかタラか、何か別の魚の卵なんです。日本でホテルのパーティーに出てくるのは大体このデニッシュ・キャビアね。黒いキャビア。あっさりしていて、糸引かない。本当にいいキャビアというのは灰褐色で、大粒で、ちょっと糸引くような感じ。ねっとりとしている。それを食べ続けまして、胸やけしましてね、もうキャビアはええという心境です。

　フォアグラも私は随分試しましてね。生《なま》がいい。フォアグラ・フレ・ナチュレルというのが。パリの凱旋門からとろとろと降りて来まして、日本航空の前あたりをちょっと左に入ったところにラマゼーロという店があります。これはフォアグラで有名な店で、いいフォアグラはできてから一年間、素焼きのかめに入れて熟成させるんだというんです。それを何もかけないで、生のまま食べる。不思議なのは、ツルッパゲのおじいさんのソムリエが出て来まして、「当店のフォアグラにはソーテルヌが合いますゆえ、お試しあれ」とおっしゃる。ご存知のように甘ーい、飲み助から見るとこんなカッタルイ酒飲めるかというようなもんでしょう。ところが、合うの、これが。

　フォアグラに大きなトリュフを載せてくる。トリュフも悪くないけれども、日本の丹波の松茸に比べたらどうってことないとぼくは思うなァ。そして、フォアグラよりもフグの白子ですな、私にいわせれば。ちょっと焼いて、柚子をしぼりかけて……ああ、たまらない（笑）。

ぶっとおし十二時間の食のシンフォニー

　ところで「おいしい」というのは、そもそも何のことか、そこで無限の議論が分れるんだけれども、子どものときに食べた味は、もう絶対の味ですね。この味

をしのげるものはないでしょうね。プレスリーが最後までドーナツを食べていたとか、ハワード・ヒューズが億万長者のくせにハンバーガーばかり食べて栄養失調になって死んだとかね（笑）。こういうバカ話がいっぱいありますけど、切実なんでしょうね。ご当人にとっては。

だから、子どものときに食べたものを味覚の議論の対象にしてよいかどうか。これはもう、自分が知らないときに食べている味で、天の神様がくれた味だと考えるしかないんじゃないか。母の味というのを含めてね。

それから次に、成長してきて、高校生ぐらいに、ラグビーの選手で、カレーライス五杯ぐらい一ぺんにたいらげてしまう……モリモリという、これの味覚があるでしょう、あんなものは味覚じゃない、量だけ食べているんだというのは、衰えたおじさんがいうことであってね、「量は質に転化する」ということばもあるんです。それゆえに、あれだけ食べることの中に質の楽しさもあるわけですよ。いまや私はオッサンになってしまいましたからだめですが（笑）。

それから今度はくたびれ果てて、舌もザラザラ、胃袋もカサカサになっているときに、それでもやっぱり手の込んだ、しかも、その手の込んだことを感じさせないでツルツルと食べさせる料理を、また、ご馳走ともいえるでしょう。

さらに、アーいいご馳走を食べた、眠くなったといって、睡眠薬もお酒も飲まなくても眠り込めるようなのは、これもやっぱりご馳走でしょうね。

最後にもう一つ、ゴッツイご馳走があって、食べれば食べるだけいよいよ食べられるという、食べる後から消化されて行くというのが本当のご馳走ではないか。ということをあるとき思いついて、辻静雄さんに相談したら、「その通りだ！　やってみましょう」といい出しましてね。私一人じゃない、十何人で、朝の十一時から夜の十二時まで、坐りっ放しで、食べっ放し、飲みっ放し……

ときどき合《あい》の手にムソルグスキーの「展覧会の絵」なんていうピアノのソロは聴きましたけどね、あと運動といったらトイレへ行くだけ。ただ、みんなトイレへ行って胃散を飲んでいる気配はあった（笑）。それでも十二時間以上、ぶっ続けにやりましてね。

後で辻静雄さんが説明しましたけれども、昔のある有名なフランスのコック長が、月曜から日曜まで七日間ぶっ続けの宴会の献立を立ててたというの。一週間も続いたんだね。昔の宴会というのは。その第一日目の、月曜日の分をやっただけだとおっしゃるの。われわれ全員が年齢《とし》も年齢《とし》だし、日ごろ体を鍛えてない胃弱の物書きばかりだったけれども、一人も脱落しなかった。もちろん、リヨン風にごってり盛ってきたんでは、一皿食べただけでのけぞってしまいますから、懐石風にね、チョボチョボ盛ってくる。チョボチョボといいましても、鴨の胸の肉というようなことになれば、小さい切れ端をとろうと思っても、大きな鴨を一羽やっつけなきゃいけないわけなんですが。

それで、甘、辛、ピン、いろんな段階を考えて、舌をくたびれさせないように、胃袋をくたびれさせないように、飲み込んだ、消化する、こなれて空ッポになるころに次のを出す……その間合い、呼吸をはかりまして、早くいえば、十二時間続くシンフォニーみたいなものですね。それをやってみて、結局食べられましたし、だれも脱落しなかったし、眠くならなかったしね。だから、本当のご馳走というのは人をくたびれさせないもの、なんですね。ご馳走食べて眠くなったというのは、まァまァ普通のご馳走。できることなら、そういう偉大な友人を持って、毎年一回とはいわない、三年に一ぺんぐらい目をさめさしてくれといいたくなるんですがね（笑）。

眠くならない、くたびれない女を歓ばせはするけれど……

お酒というものもね、日本酒、どぶろく、焼酎、スコッチ、バーボン、サントリー、ウオッカ、葡萄酒……無限にありますけどね、やっぱり同じことがいえるんだ。この酒はこういうふうにつくるのが真《ま》っ当《とう》である、この酒はつくってから何年間寝かせるのが真っ当であるということがわかっている酒ならば、その真っ当なとおりにつくって行ったとして、その酒を飲むときなんですが、日本酒や葡萄酒のような醸造酒ね、それからウオッカだとか、焼酎とか、ウイスキーとかいうような蒸留酒、製法も、工程も、原料もみんな違うのに「結局みんなのどを越すときは水のような……」当たりになる。人知の限りを尽くして、きわめるところは「水」。そうなっちゃうの。これが科学で説明ができないの、いまだに。何でそうなるのか、のどの当たり具合がね。

もう一つ、本当のいい酒には共通の特徴があって、そういう真っ当な酒を飲んでいると、眠くならない、くたびれない、それから女を歓ばせはするけど決して乱暴はしない、宿酔にならない、心気いよいよ冴えわたりますな。もう、いいこと尽くし。水のような酒を飲むとね。ただし、滅多に飲めない。

私がいま飲んでいるこの酒はペルノといって、ペルノにはパスティス、ペルノ……いろんなのがありますがね、これはアニゼットです。地中海南岸からトルコ、中近東にかけてのお酒。ウイキョウがたっぷり入っている。元来は車夫馬丁の飲む酒なんですけどね、いまはエライ作家も飲むようになりましてね（笑）。

皆さんが一番よく知っているのはペルノ・フィスね。アブサント。本当のアブサントは、飲むとレロレロになってしまう。アル中になるわけ。だから「緑の悪魔」と呼ばれていた。ヴェルレーヌはこれを飲み過ぎて、レロレロの悪魔になって、最後は施療院で死ぬんですけれども、しかし世界最高の詩人になる。醜い男、ソクラテスみたいなハゲ頭で。このレロレロの先生に向かって弟子が「先生、人生で一番悩まれたのは何でしょうか」と、こう尋《き》いたら、そのヴェルレーヌ先生は黙って自分の股の間を指差してみせたというんですな。ナントカカントカアブシンチウムという中毒になる成分がいけないというので、フランス政府は、アブシンチウムを抜いたのをつくれと。これは簡単にできるの。で、アブシンチウムは抜いてあるけれども、アブサントの匂いはそのままであるというのが、いまのペルノ。

　アクアビットも似ています。同系列の酒です。アクアビット、シュタインヘーガー、シンケンヘーガー、シュナップス、ペルノ、リキャール、パスティス、それからトルコへ行ったらアラック、ギリシャへ行ったらウーゾ、この広大な地帯を占めているウイキョウ入りの焼酎ともジンとでもいっておきますか。この種の酒は、水で割ると白く濁ってくるでしょう。あれ、日本人は嫌うんです。ツンツンした匂いがするからね。

　日本人はウイキョウとかハッカとかは好まないけれども、夏の暑い晩に水で割って飲むとうまいですな。昔の外人部隊をテーマにした映画なら必ず出てくる。「地の果てを行く」という映画がジャン・ギャバンのにありましてね。長いコップの上にスプーンを置いて、角砂糖をのせ、アニゼットをコップに入れ、上からたらたらと水を流して、それをニヒリスティックにながめている、と。

口中が輝く水、はんなりと甘い水

　中近東とか、ああいうところで酒を飲む際の大問題は「水」ですなァ。エライ問題です。これは。水がうまい国というのは、日本列島は稀有の例外なんですね。日本の水は素晴しくうまいんです。特に灘の宮水がうまいからというので、外国船は必ず神戸に寄って、水を積んで行ったと。それがうまいのは、すぐ後ろに山があってそこから来る水だから。平野の水はだめなんです。結局。やっぱり山の岩の中を通過してきた水でないとおいしくないみたい。岩をくぐりぬけて濾過されるんでしょうね。

　この間、私はアラスカから南米大陸の最南端まで行って来ましたけれども、水を飲んで、一杯目で「うまい！」と感心したのはたった一カ所、バンクーバー。バンクーバーの水はうまいですなァ。普通のホテルの、水道のランニング・ウォーターでもうまいですね。だから、これをもっときれいに濾過して、簡単にできますからね、ミネラルウォーターとして売り出せばゼッタイです。

それで感心しちゃってねェ……口の中が輝くみたいだから（笑）。何日かたってから、日本人の三世ぐらいの漁師をしている人に会って、「バンクーバーの水はうまいですなァ」といったら、いきなり黙って握手しましたね。バンクーバーと神戸だそうです、後で聞くと。どっちもすぐ後ろに山が来ている。

アラスカも水は悪くないです。川下りをしていて、ゴムボートで十日ほどずうっと釣っちゃ食べ、釣っちゃ食べというようなキャンプの旅行をするんですけど、それで、なくなれば、そこらの水を飲めばいいんです。まずまず……いいですね。

いけないのはアマゾンね。あの黄色い泥水。これを飲むと諸病万病、急性肝炎からビールス性ナントカいうのがドドドドーッと。これがあそこの自然陶汰をするんです。マルサスの人口論じゃないけどね。アマゾンでは、暑い国だし、まァまァとにかく食物が豊富だから、女性は成熟が早い。十歳ぐらいから子どもを産みだす。二十五歳のおばあさんというのがいくらでもいるの。そこで水が自然陶汰の働きをする。

ところがアマゾンの水はどういうものか、京都で「はんなり」というでしょう。あれなんです。ほのかに甘くてうまい。だけど、これ飲んだら死ぬと思うから、私は濾過に濾過をして、もう大丈夫と見きわめのついたのだけ飲むんだけれども、うまい。その甘さの原因が説明できないの。

あの巨大な海のような河が、はんなりと甘い。だからスペイン人のコンキスタドール（征服者）が来たときに、あそこら辺のアマゾンのことを「マール・ドゥセ」即ち「甘い海」と呼んだんですよね。それは確かにうまい呼びかたです。なぜか知らないけど、非常に上品な味がする。不思議ですよ。

コップに極上な河の中流のを汲みまして、舟の先に立てておいて、舟はゴトゴト走るでしょう。どれだけ走っても海ばかりですけど、一日も終わりに近づいたころに見ると、コップの水はいまだにやっぱり曇っているんです。微粒子ね。ご婦人がたの白粉《おしろい》より細かいんじゃないの、アマゾンの泥は。

結論的にいうなら、平原にある町の水はまずいと。アメリカもユタ、アイダホ、あんなところはまずいですな。ニューヨークも水は感心できない。

ところで、ニューヨークについては昨今、日本人はやっと目ざめて、ニューヨークで、ハドソン川で魚が釣れると。ドキュメンタリー映画であり、芸術映画であり、科学映画であり、ニュース映画であるようなコマーシャル映画によってね(笑)。

ニューヨークの鬼と巨匠

だけど、アメリカ人に聞いてみると、アメリカ人ですら知らない。ニューヨークに生まれ育っていても、釣りをしたことのない人は、「ハドソン川で魚釣りなんて、オジサン嘘いっちゃだめ」っていうの。だけど釣れる。ブルーフィッシュ。ストライプドバス。キャビアも釣れるのよ。チョウザメ。ワールド・トレード・センタービルの前あたりで一〇〇キロぐらいのが獲れた。立派に獲れるんです。あの古代の魚が。カブトガニがうろうろしているしね。

それからもう一つ説明しますと、ニューヨークはマンハッタン島、スタテン島、ロングアイランド、この三つでできているでしょう。ロングアイランドというのは幅が四〇キロで長さが二〇〇キロぐらいの長い島で、一番向こうがモントークというところなの。このモントークがニューヨークの裏口ですね、早くいえば。爛熟しきったニューヨークの裏口。そこが世界三大釣場の一つで、「ハワイ、オーストラリア、モントーク」といわれるぐらいなの。

「ジョーズ」という大きな化けもののサメが出てくる映画があったでしょう。サメというのはのべつ美女を食べているわけではないんで、あんなのはときたまの「吉兆」料理であって(笑)、日ごろはやっぱり魚を食べているのよ。あんな大きなジョーズが育つぐらいの魚がたくさんいるということで、あれは舞台がロングアイランドなの。ぼくも行って見るまではマサカと思っていたんだけれどもね。本当にニューヨークというのは大変に魚が釣れる。ところが魚のごきげんはその日その日で違う。

釣りなら日本人を訪ねて行けば、まず間違いがない。アマゾンでも、ニューヨークでも、三人に一人は釣りキチガイがいます。日本人は。ニューヨークにもいたいた、巨匠、名人、鬼(笑)。それで一緒に釣りに行って三日間ぶっ通しでやったけれども全然だめ。私はニューヨークのホテルへ帰って来て、お酒飲んで考えているうちにあることを思い出しました。

戦争中に、私まだ子どもでしたけれども、戦線へ駆り出されて行く兵隊がお守りに女性の大事なところの毛を、それも水商売の女の、それを自分で抜かないで人に抜いてもらえと、それをお守りに入れて行ったというのを思い出して、そうだ、ここでやってみよう(笑)。

夜中にホテル抜け出して、レキシントン・アベニューをちょっと入ったところのセックスバーへ行った。ミネソタの田舎から出て来たような気のいい女の子が裸で踊っているの。ひまそうなのを一人見つけて、ヨタヨタと、文法的にはきわめて正しいけれども少し時間のかかる英語で（笑）、「アナタノアソコノケヲイタダキタイ、ホンノ二、三本」といったら怪しまれて、痴漢かと思われて、「いや、これは日本の伝承である。女の毛には魔力があるのだ。私はあなたに護られたいのだ」と説明したら、途端にパッとトイレへ行きましてね。ティッシュペーパーに包んで持って来てくれた。彼女の出演料は五ドルなの。ぼくは一〇ドル出して「おつりはいらない。サンキュウ」といって帰って来たわけ。

その「お守り」をポケットに入れてモントークへ出かけ、やってみたら二時間で二十五匹釣れました。ブルーフィッシュが。同行した「ニューヨークの鬼」がもう驚嘆しましてねェ。それで翌日もまた鬼と一緒に出かけて行ったの。同じところへ、同じ「毛」を持って。だけど、この日は一匹も釣れない。ナーンニモ釣れない。アメリカ娘っていうのはヒステリー体質で、ちょっとバラツキが激し過ぎると、こう八つ当たりしたい気分（笑）。これはおかしな体験でしたね。

ハンティングは、もう禁止になるでしょう、アフリカでもね。鳥もバード・ウォッチングだけでしょう。いまや男に残されたワイルド・ライフというのは、フイッシングあるのみ。だから年々歳々、世界中で魚釣りが盛んになって行くんですね。それで次第に魚が小さくなる。みんな日本人のある小説家のように逃がしてやるとは限りませんからね。私は大体、魚を釣ったら全部逃がしてやる方式です。自分の食べるものが何もないときだけ、必要な分は一匹ぐらい川からもらうんですがね。

ぼくが釣りを始めたのは、家にこもったきりでしょう、それにたばこと酒と夜ふかしで運動不足。だけどゴルフはいやだと。三十代に入って体力がどんどん目減りする一方で、たまに東京へ出て来て、地下鉄の階段上がると足がヘロヘロする。こりゃいかんというので、それで魚釣りを始めた。始めたといっても、子どものときはずっとやっていたんですけどね。それで焼けぼっくいに火がついちゃった。

失なわれつつあるものを求めて

旅というものは、これからは専門化して行くでしょうね。テーマで分裂して行って、どんどん細かくなって行くと思いますね。

これは、ぼくが聞かされて感心した話ですけれども、教会へ行くと必ずラテン語で何か書いてあるでしょう。たとえば「最善最大至尊至高の神に捧ぐ」「デオ・オプテモ・マクシモ・ドム」とか、こんなことは書いてないけれども「酒を飲めば本当のことをいう」「イン・ビノ・ベリタス」とか……あるいは「人生は短く、芸術は長し」とかね。あれは「芸術」ではなくて「技術」だという説もありますが。

とにかくラテン語で全部書いてあるでしょう。それが若いときはなんにもわからなかった。しかし、年齢《とし》をとって、いくらか時間ができたので、知恵もついたから、ラテン語を勉強して、もう一ぺん全ヨーロッパの有名なお寺参りをして、そこに書いてある格言を読んで回るのが楽しみなんだと、そういうことをいったおじいさんに出くわしたことがありましたけどね。

日本人だって一応はみんなパリへオシッコに行く、ニューヨークへオシッコに行く。一ぺんオシッコしたら、また何度もしたいという人もいるでしょうよ。中には特異体質の人もいるだろうし（笑）。だけど、やっぱり変化を求めるのが人類なんだから、想像力なんだから、次はニューヨークで魚釣りしてみるとか、だれもやってなかったような。あるいはパリでも、トイレだけを見て歩くとか（笑）。マジョルカで焼きものづくりの現場を見るとか、いろんなふうに細分化されて行くんじゃないかしらね。それはもうどんどん細分化される一方になると思いますよ、今後は。

ジャルパック旅行計画課というのは、百科全書のような知識と感性を持った人が計画を編み出すことになるでしょうね。そのうちに、朝日はノルウェーのどこで、夕日はエーゲ海のどこでとか……それから、ギラギラに暑くて、食べるものもなくて、ピラニアを食べて、マラリアの蚊に刺されて、それでもホエザルの声を聞きたいという人はDC3でコロンビアへ行くとかね。ただ、ロープ引っぱってプロペラ回すだけの体力だけは持っておけとか（笑）……そういう手の込んだ旅行プランが要るんじゃないですか。

だから、ごらんなさい。北極、南極の基地へ船が着いて、そこへアメリカのバアサマやら若いのやらがうんと乗って行くでしょう。もうベニスや何かは飽きたからというんで。

映画もだんだん変わって行くでしょうね。つまり、マス・ツーリズムというものが始まった初期のころは、アメリカで女の先生が一所懸命働いてお金を貯めて、夏休みにベニス。そうしたら何やらロマンス・グレーのロッサノ・ブラッツィというのが出て来て、一夏限りの恋をして、女は執着があるから、「あなたにとって私は何だったの？」というと、ブラッツィ氏は「いつもスパゲティばかり食べていると、たまにはビフテキを食べたくなるものさ」というふうな、男から見れば胸のスッとするような台詞《せりふ》をいうて、そういわれたキャサリン・ヘップバーンの眼尻がゆがむとか（笑）……かつてはそういうことがありましたが、だんだんそれが南極とか、北極とか、あるいは南米コロンビアのジャングルの奥になって行く。そうして、ヒーローとヒロインが蚊に刺されて、ポリポリかきながら（笑）ということになって行くと思う。

　原則は一つです。

「失なわれて行くものを求めよう……」

という、このこと一つになりますね、旅は。

　歴史もの、ジャングルもの、あるいはアラスカもの、とかいうふうに細かくジャンルが分裂して行く傾向が年々歳々出てきているでしょう。たとえば六五年にぼくは、ビアフラなんかの戦争を見に行くために旅行したけれども、時間があったからアラスカで降りて釣りをした。日本人が魚釣りのためにアラスカへ行くなんて、当時は破天荒のことのように思われていたのだけど、それから一年も二年もしないうちに、ドオーッと日本人の釣師がアラスカへ行くようになった。いまはラッシュになっちゃった。アラスカ州政府は何年かたって、何でこんなことになったんやろと探って行くと、ある日本人の小説家という巨大な名前に行き当たった（笑）。この人の銅像は建てないまでも、好ましき外人というので、改めて招待状が私のところへ来たことがありましたけどね。どんどんそうなって行きます。もちろん、いつまでもパリやローマは繁盛し続けるでしょうけれども、もっと多くの人口が分散して、あちこちへ行くでしょう。失なわれつつあるものを求めて、ね。以上、終わり。

アマゾンへの情熱が甦ってくる

1981年（昭和56年）2月16日
醍醐麻沙夫著『原生林に猛魚を追う』（講談社）推薦文

　アラスカやカナダへサケ釣りにでかけることが日本の釣師たちにとってさほどゼイタクとは感じられなくなってから約十年。

　してみればアマゾンまでは、あと一歩であろう。ただし、釣れるときには釣れる、釣れないときは釣れないという鉄則はこの原始林地帯でも作動している。

　原始を釣りたい人はこの本をよくよく読んで季節と場所を選ぶこと。ついで、猛暑、ダニ、マラリア蚊、悪水、粗食などについて、ちょっとした底なしの忍耐力を準備しておくこと。

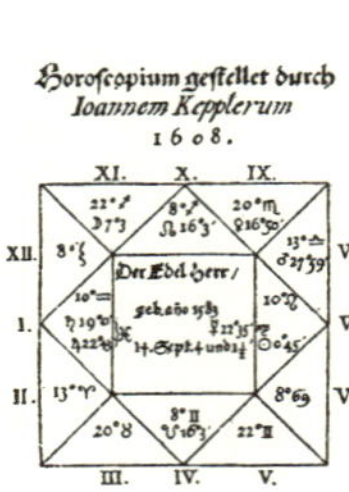

放射能を持った文章を書こう

1981年（昭和56年）6月25日
「青春と読書」

いまやノンフィクションというジャンルは、日本のみならず、世界的に非常に盛んな分野になっています。自由主義国でも社会主義国でも、ノンフィクションがなければ、雑誌や新聞が経営的に成り立たなくなっているとさえ、言っていいんじゃないかと思います。

私は、「PLAYBOYドキュメント・ファイル大賞」を初めとして、いくつかの出版社のノンフィクション賞の選考委員を、何年かにわたって務めておりますけれども、その体験を通して、どうも一つの共通な現象がノンフィクションのジャンルにあるように思えてならないわけなんです。これは、特定の出版社の賞の候補作品に限ったことではないので、共通の現象だと言ってもまちがいではないと思う。そこで、そのことをちょっとお話ししてみたいと思います。

共通な現象の第一は、世界的にノンフィクションが盛んだと初めに申しましたが、それほど盛んであるにもかかわらず、いいものが非常に少ない。もちろん、いまはどの分野にもいいものは少ないんですが、ノンフィクションの分野も御多分に洩れないわけです。

第二は、私などは若い人の書いたものに対して点が甘い——というより、あえて甘くなろうという姿勢を持っているんですが、実際に若い人たちの書いたものを見ますと、どれも実に見事なことをやっているんです。筆者の見たもの聞いたもの、あるいはその行動は非常に面白い。ところが、内容の面白さに対して、その内容を描き出す文章のほうを見るというと、反比例している。はっきり言うと、文章はまるでダメなんです。これだけ面白いことをやっているのに、それを面白く書けないというのはどういうことだろうといつも思わざるを得ない。これは、その年なり主催の出版社や新聞社による特有の現象ではありません。

結局、若い人の文章力が落ちているということが一般によく言われているけれども、ノンフィクションを書こうとする若い人たちについても、同じことが言えるということなんです。

しかし、「PLAYBOYドキュメン

ト・ファイル大賞」などは、文章だけで応募してもいいし、文章と写真を組み合わせて一篇の作品としてもいい。写真だけを応募作品としてもいいという、非常に幅のある性格の賞ですから、せっかくこういうものがあるなら、それを有効に使わない手はないはずなんです。

　ですから、こういう賞があることを一つの刺激にして、今後若い人の文章力が向上し、シャープになることを望みたい。二十世紀後半の言葉で言えば、「放射能を持った」文章を書こうとする気運が高まってくれば、これ以上のことはないだろうと私は思っています。

おいしいものをたくさん食べることが文章のデッサンの勉強だった

1981年（昭和56年）8月1日
「Pink Puff」

——まず、食前酒のお話から伺いましょうか。どんなものをお飲みになるんですか。

開高　何でも飲むんですけどね。夏の暑い時に飲むんでしたら、カンパリソーダか、ペルノーね。パスティス、リキャールといった茴香《ういきょう》の入った酒ね。これは東南アジア、中近東、アフリカ、地中海岸のヨーロッパ一帯に広がっているお酒ですけどね。うまいですよ。コップに¼位入れて、氷を入れて、水で割るだけ。つまり水割りやね。白く濁ったり、黄色く濁ったりするわけ。風邪薬のような匂いのするやつよ。

——ワインもお好きだとか。

開高　ワイン、飲みますよ。たくさん。

——どんな種類のワインがお好きなのですか。

開高　どんなワイン？　難しいことを聞くね（笑）。まあ大別していえば、フランスにはボルドーとブルゴーニュがあるでしょう。ブルゴーニュの方はデリケートだし、ボルドーは腰が強くてうまいとそれぞれ一長一短があるんですがね。日本のように産地から遠い国では、保存に耐えられるようなヤツでないといかんわけだ。ブルゴーニュは熱と移動に弱いのね。箱入り娘というか、お姫様っていうもので、ソッとしておかなきゃダメ。昔は船でゴトゴト運んで来てて、インド洋を越えているうちに波と熱でやられてしまってた。それで日本ではブルゴーニュは飲まない方がいいといわれていたんですけど、現在飛行機で運ぶようになっても、永年保存しておくとなるとブルゴーニュは弱いね。まだボルドーは20年は持ちますから、持ちのいい酒というとボルドーということになりますね。

——国産のワインはどうですか。最近は良くなってきたように思うのですが…。

開高　日本のも悪くないという所までこぎつけたけど、圧倒的なこの湿気。これが敵なんですよ。ブドウはやっぱりカンカン照りの乾燥した所じゃないとダメ!!

——他に食事の前に飲むお酒は?

開高　そうねえ。ビール、ウォッカ、飲みますね。

——ビールはどんなビールを。

開高　うまいビールを飲みますね(笑)。日本のビールも良くなってきたけど、まだまだドイツには負けますね。ドイツには重いどっしりとしたビールがあります。今はチェコ領になっているけど、ピルゼンビールね。あれは、金色をした重いどっしりとした酒でね。これは永持ちもするし、ゆっくりチビチビと飲むタイプ。日本のビールは早く飲ませようとして、のどごしの良さばっかり訴えて、グビリ、ゴクッゴクッという宣伝にみんないかれているけど、チビチビと飲むビールというのもあるんですよ。これはうまいね。本当にうまい(笑)。日本の夏のビールがおいしくないのは、よく寝かしてないからですね。売れるので、やれ出せ、やれ出せでよく眠らせきっていない。寝ている途中で起こされてむずかっている子供みたいなもんや。

——わたしたちにはあまりその違いがわからないのですが。

開高　それは日本にいる時はわからない。たまに外国に行ってビールを飲み歩いたとするか。それで成田の空港に着いた時に、バスに乗らないでビールを一杯ひっかけてごらん。一遍に違いがわかるから。独得のいやな臭いがするんですね。でも3日もたてばわからなくなってしまう。人間の鼻というのは、15分の1秒しか耐久力がないというからね。

——ハチミツのお酒なんていうのも飲んだそうですね。

開高　ハチミツはミードっていうお酒。これはポーランドで飲みましたね。ヨーロッパのブドウはハンガリーまでが限度です。ポーランドに入ると寒くてブドウは出来ないのでその代わりにハチミツを発酵させて造るんです。それからスカンジナビア諸国にもハチミツ酒はある。バイキングはハチミツ酒を飲んで暴れ回わっていたのよ。糖分を持っているものは何でも酒になるので、ハチミツも酒になるんですな。

——ハチミツ酒はどんな味がするんです

か。

開高　甘いトローンとした酒や、金色のね。大さじに一杯、夜寝る前に飲んで、それからフレンチキッスなどしたらいいんじゃない（笑）。あんなもの悪酔いする位飲んでも面白くないでしょうな。ネバネバしていて……。

——さて、食前酒の後は食事となるわけですが、和洋中となるとどれが一番お好きですか。

開高　わたしはですねェ。やっぱり中華料理が一番好きですね。それもごちそう店の中華料理じゃなくて、町の大衆食堂式だけれども本格的に作っている料理というのが好きです。パリにいた時も中華料理だと1週間でも2週間でも続いても平気なんですけれど、フランス料理というのは3日も続くと胃がもたれてきてね（笑）。次は中華料理店とかベトナム料理店とかに行きたくなるんですね。だけどサイゴンにいた時は、50日、100日、150日、

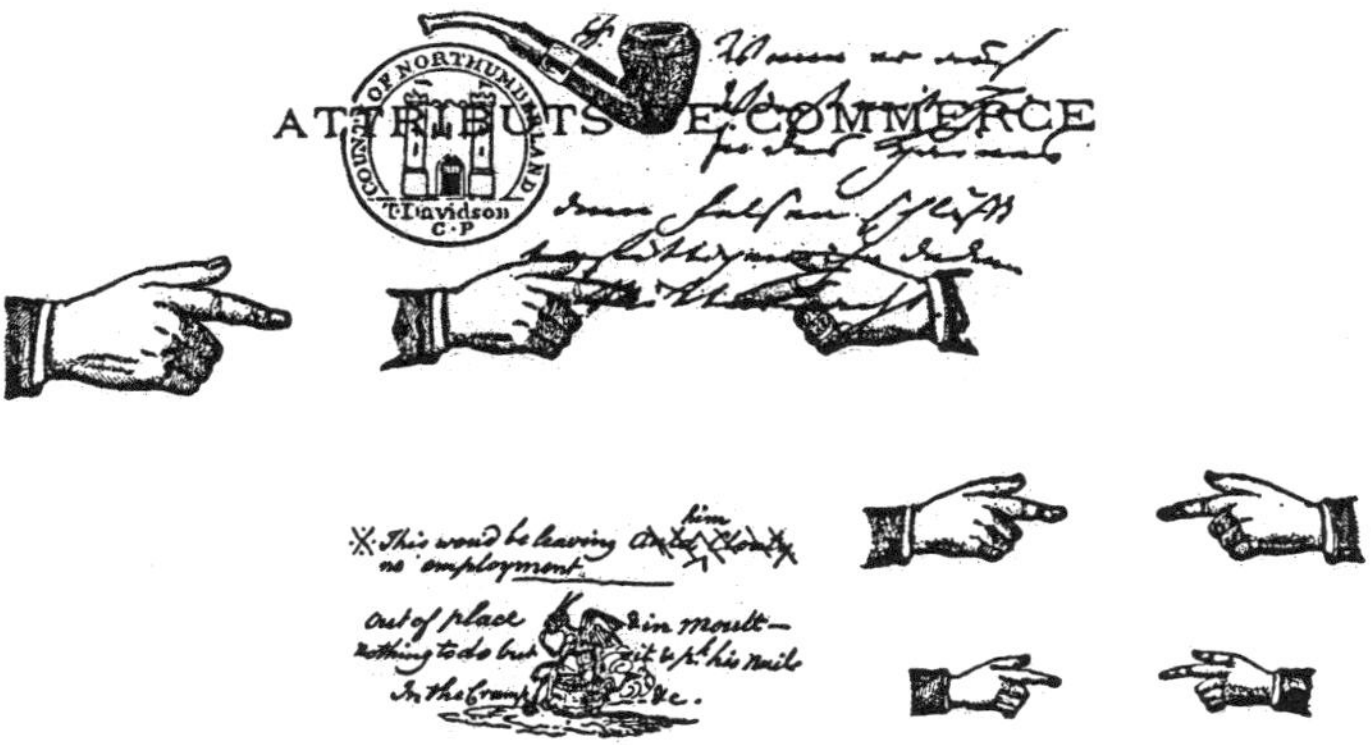

中華料理が続いても、まったく平気だったね。

——今は和食が中心とか聞いていますが。

開高　今はほとんど和食です。外で食べる時も和食が多いですが、和食のうまい店でざっくばらんに入れる所って少ないでしょう。

——食欲も以前より減りましたか。

開高　僕は胆のうを取られちゃったからね。医者から飲むのも食べるのもちょっぴりにしろと押さえられたんです。それで一生懸命努力して、人並みに落としてきたんですよ。以前のような食べ方は出来なくなってしまいましたね。医者がいうにはいいものをちょっぴりという風に切り換えなさい。たとえばワインなら、あなたがボルドー・バルザックを片手に、ロマネ・コンティをもう一方の手に差し出してくれたら、僕はロマネ・コンティを雀の涙くらいすすります。そういうやり方をしないと、胆のうがないからキリ

キリ舞いする（笑）。消化液が出てこないから……。

――開高さんの小説やエッセイの中には、食べ物の話がたくさん出てきますけど、食べ物に興味をお持ちになったのは、いつの頃からですか。

開高　僕は生まれが大阪で、元々が喰い倒れの町でしょう。それに育ち盛りの頃に、あなたたちみたいにハンバーガーやバターやチーズなどをふんだんに食べて育っていないでしょう。ヨメナ、ノビル、ハコベ、マメカスなどカナリヤのエサみたいなものばかり喰っていましたからね。その恨みつらみがあるんじゃないですかね（笑）。

今は食べ物の話はあまり書かなくなったんですが、日本の文学では、食べ物について書いた本というのが歴史的にあまりなかったんですね。わたしが書く以前、書く人があまりにいなかったものですから、書き始めたんですよ。小説家同士の間で、食べ物と女が書ければ一人前ということになっているんですが、わたしにいわせればもうひとつ、魚釣りの時に魚の跳ねた水しぶき。これがなかなか書けないのね。難かしいねェ。

――食べ物の描写はどんな所が難しいのですか。

開高　食べ物というのは味覚でしょう。だから書きにくいわね。その周辺にあるもので攻めていって、ああうまそうだなァという雰囲気を作っていくしかないの。もし、食べ物の味が活字に変えられるものとしたら、何もレストランに行く必要もない。いい食べ物小説を読んでいればいいということになる。こういう書きにくいものをしょっちゅう書きつけて勉強することが大切なんですね。絵描きはしょっちゅうデッサンの練習をしている。チャンピオンは試合があろうがなかろうが、縄飛びをしてぜい肉を落としていなければならない。それと同じ。

――食べ物の味をいかに表現するかを、絶えずトレーニングしているんですね。

開高　わたしは小説家でしょう。ことばの職人であり、ことばのプロでなくてはいかんわけですよね。だから、筆舌に尽しがたいとか、言語に絶するとか、書きようがないとか、こういうことを書いたら、もう敗北なんです。だから、ものすごくおいしいごちそうが出てくると脂汗がタラタラと出てくるわけです。このすばらしい味を何とかしてことばででっちあげなければいけない。だから、食べ物専門に書いている人が、あそこの食べ物は筆舌に尽しがたいとか書いているようだったら、こいつは心がけのないやっちゃね。宮本村のタケゾウやね。武蔵とはいえない、プロとはいえないと思いなさい。ここら辺に我々のしんどさがあるわけです。それでデッサンの勉強をしてたわけ。そのうちに世の中の雰囲気がどれもこれも食べることに関わり出してきたので、もうわたしはやめた。

　わたしも魚釣りに出かけ、食べ物を書き、出来ればもうひとつの方の探求も……と思ってるんですがね（笑）。

——よく食べ、よく書いたというのはいつ頃ですか。

開高　15、16年前まではだれも料理について書いていなかった。10年前でもあまりやっていなかった。昨今でしょ。やたら何が何でも食べるというようになってきたのは。でもうまいもの屋が少なくなってきたのと同じで、食べ物随筆もおかしいのが多いね。それから、店の名前に圧倒されて書いているのが多い。みんながほめるからほめるとか、店の主人と仲がいいからほめるとか。

——今まで食べた中でこれは絶品だというものはありますか。

開高　いろいろありますよ。いい出したらきりがないよ。

——以前、豚の鼻がおいしかったとか書

いてありましたが、普通の人があまり食べられないようなもので、いわゆるゲテモノじゃなくておいしいものは……。
開高　東南アジアの田んぼの中にいるネズミ。野ネズミ、ドブネズミじゃないよ。それから、アンデス山脈の牧場で飼っているモルモットね。これはインカ帝国時代からのごちそうらしいけど、このモルモットもうまい。総じてネズミ族というのはうまい。アメリカで聞いた話だけど、リスが増えすぎると松の芽やらを荒らすので、ある程度までは捕っていいんだってね。リスのパイはうまいっていうよ。リスもネズミの一族だからきっとうまいと思うよ。トカゲ類だってうまい。ヘビは骨からいいスープがとれる。中国人のいい伝えによると、ヘビは女性の眼をきれいにする。化け物をいよいよ化け物にする（笑）。だから香港を秋に歩いてごらん。「菊花香龍肥頃」って書いてあるよ。菊の花が香って、龍（ヘビ）が肥え

るって意味なんだね。

——アマゾンでは釣った魚はほとんど刺身で食べてみたようですね。

開高　ジャングルなどで他に食べるものがない時には大体食べてみるね。食べるものがある時は全部逃がしてやる。

——アマゾンでは醬油やワサビを持っていって……。

開高　粉ワサビを日本から持っていってネ。醬油はサンパウロの日本人が造っているんです。日本人は大体、「大和」とか「桜」とかの名前をつけるんですが、その醬油だけは「破天荒」と付いている。醬油ぐらいそんなに力まなくてもいいと思うんだけど、その心根がいじらしくてね、ピラニアを刺身にして、「破天荒」をたっぷりつけて食べましたよ。

——向こうの醬油の味はどんなものなのですか。

開高　ちょっと荒っぽいですね。だけど醬油です。

——ピラニアの味はどうですか。

開高　ピラニア、うまいですよ。煮てもよし、焼いてもよし、われわれは煮たのと、刺身と、揚げものと食べたけどいずれもうまい。旬の季節の平目というとほめすぎになるかな。

——アマゾンあたりの魚はほとんど食べられるんですか。

開高　多いです。それに川魚臭さがない。泥臭さがない。ナマズもうまい。ナマズはぶっこみで煮たり揚げたり。アマゾンの魚はうまいのが多い。サンマの腹わたそっくりの味がする腹わたを持っている魚もいます。他の人は食べないんだけど、日本人だけが食べる。

——肉もおいしいんでしょうね。

開高　日本人は肉そのものはうまいものを作ります。でも、日本の肉はあちらのうまい肉と喰いあわせてみると、違いがはっきりわかりますネ。霜降り肉を日本人は開発しましたね。で、あれは見た目に美しいということもあるし、脂肪分が他にとれなかった時代に牛肉がごちそうだったんで脂の多い肉を作ったんでしょうけどね。でも1週間に3、4日、肉を食べるとか、しょっちゅう肉を食べるとなるともたれてくるね。

むしろ、もっと赤身のジュースの多い、サクサクとした肉の方が飽きがこない。アルゼンチンに行って驚いたのは、あそこもインフレが激しくて生活がつらいんですが、国民ひとり当りに牛が2頭とか。だから、道路人夫のおっさんが、昼飯の時に肉を焼くグリルを持ってきて、道ばたでローストビーフを作って食べてんの。これにはさすがと思わされましたね。

——向こうの人は肉の量もたくさん食べるようですね。

開高　ティーボーン・ステーキというのがあるでしょう。骨がTの字になっていて、その骨についている肉が3ヵ所それぞれ違っているっていうのが売り物なんですが、アルゼンチンの「ラ・カバーニャ」という店で、ティーボーン・ステーキを注文したら、こんな大きさ（開高氏、両手で輪を作る）。それを見ただけでのけぞりそうだったね。

——それは女性も食べるんですか。

開高 淑女も食べているね。だから、25歳をすぎるとブクブクやねェ。エレファント・ウーマンやねェ（笑）。

——アマゾンではカニをたくさん食べていましたね。やっぱりおいしいですか。

開高 うまいよォ。ああいう大きな河には沖積土があるから、そこにゴカイがいる。そのゴカイを食べているカニですから、マッドクラブっていうんですよ。メコン川のも、メナム川のも、揚子江のもうまい。河口のカニっていうのはうまいですね。これもやっぱり現地にいって食べないと。

——たとえば、メコンではどんな食べ方

をしますか。

開高 メコンでは中華料理だと油で炒めるね。タマネギやコショーやら入れて、まっ黒になるまで炒める。見た目は悪いけど、喰うと眼がとろけそうやね。

——ニューヨークのカニはどうですか。

開高 ニューヨークもうまい。6、7、8月ね。ソフトシェルクラブっていうのがいるんです。日本でいうヒシガニ。泳ぐ青いカニね。あれの子ですよ。その子が脱皮して、フワフワフニャフニャのヤツを捕ってくるのね。これは絶品やねェ。三杯酢や土佐酢で食べてごらん。

——世界中を回ってらして、おいしい水だなと思ったものはありますか。

開高 アマゾンの水はおいしいね。ほんのりと甘くて……。

——濁っていないんですか。

開高 泥水ですよ。ドロドロの泥水。おいしい水だなと思ったのはねェ。くっきりと覚えているのはバンクーバーね。バンクーバーの水はうまかったな。水のうまい国というのは少ないです。日本は世界でも珍しい水のうまい国ですね。水道の水にカルキなんか放り込んで、まずくして飲んでいるんですけどね。これでもろ過してカルキ分を濾して飲んでみるとうまいですよ。

――バンクーバーは川の水ですか。

開高 川の水。結局山がすぐ近くまで迫っていて、山の岩が水をろ過するんですがね。やっぱり山の岩の中をくぐってきた水でないとうまくならないみたい。だから、バンクーバーの水道の水もうまかった。それで日本に帰ってきて調べてみたら、その通りですっていわれたな。海運業者に。日本の神戸の水とバンクーバーの水は世界中の船がチャンスさえあれば、寄って持って行くそうですよ。そうなると、わたしの味覚もそう雑駁《ざっぱく》なものでもなさそうだと、いくらか自信を持ちましたけどね。

――バンクーバーではキングサーモンを釣っていたのですか。

開高 そうです。

――キングサーモンは大きいから、釣るにも労力がいるでしょう。

開高 わたしが釣った一番大きいのは今までのところ35ポンドぐらいかしらね。キングでは普通よりちょっと大きいという位。あれは50ポンドぐらいにもなりますからね。また、あれは老獪《ろうかい》な魚で1匹ずつ闘争方針が違うといわれているんですがね。シルバーサーモンは豪快な魚ですが、かかれば必ず跳ぶとわかっているから、それに対応する釣り方をすればいい。キングは跳ぶのもあれば跳ばないのもある。駆け回るのもあれば、1ヵ所に座わり込んだきりというのもあるので、どういうふうに出てくるのかわからない。

――サーモンがピンク色なのは、エビをいっぱい食べているからとか。

開高 そう、エビ、カニね。ヨーロッパの市場で時々ホワイトサーモンとか売っていますよ。何かもうひとつコクがないように思いますね。

――日本の渓流とかで釣った魚は食べるんですか。

開高 日本の場合は大小かまわず逃がしてやってるな。日本の魚はすれっからしで知恵が発達しちゃってて……。こういうのを学士様っていうの（笑）。日本のは学士、博士、教授様。そりゃまあ気の毒に。知恵の悲しみやねェ。素人の釣り師が行って、にっこり出来るようでなくてはいけないですね。日本ではプロがのたうち回っても、1日1匹も釣れないってこともざらですからね。

――最後に、料理人が料理を作る時に真心を込めて作っているのですから、食べる側もそれなりの心がまえというのがあると思うのですが。

開高 最近は全般的にまずくなったね。でも、中には真心のこもった店というのもありますよ。でも食べる側は、うまけりゃいいんでね。王様なんだから、ふん反り返っていればいいんですよ。まずけりゃ「まずい」って口に出していうんですよね。

有名な中国料理店の経営者に聞いてみると、中国人はいちいち文句をいう。お勘定を払う時に、このエビは値段が高いとか安いとかいってくる。「このエビは近海もので、生きたまま運んだものだから高いんです」とか説明すると、納得してお金を払っていく。日本人は請求書を出すと、何もいわないでそのままポンと払って出て行ってくれる。誠に有難いんだが、まずいと今度は何もいわないで来なくなってしまう。どちらが恐いのかよくわからない。自分たちとしては、無言の批評をしていく日本人の方が恐いとかいっていました。

——開高さんご自身はどうなのですか。

開高　わたしはやっぱり無言の批評家の方ですよ（笑）。銭は払うけれども、その後二度と行かない。日本人ですから（笑）。

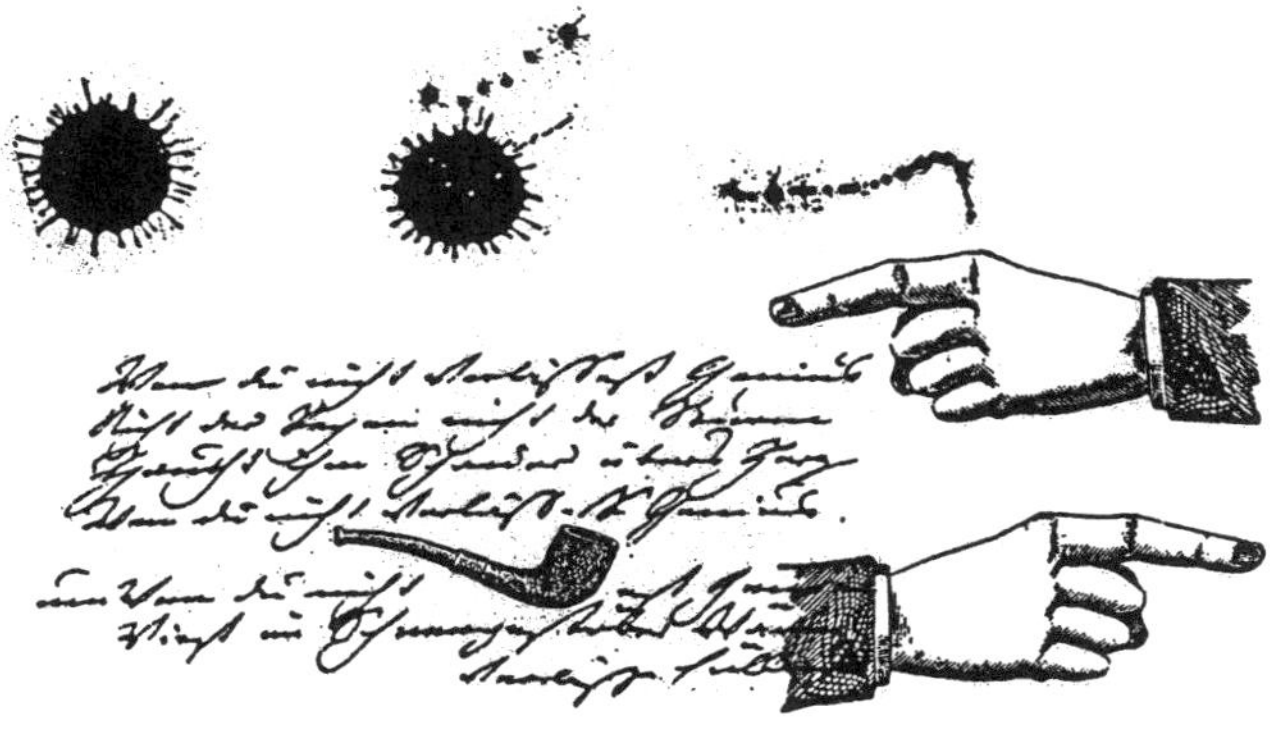

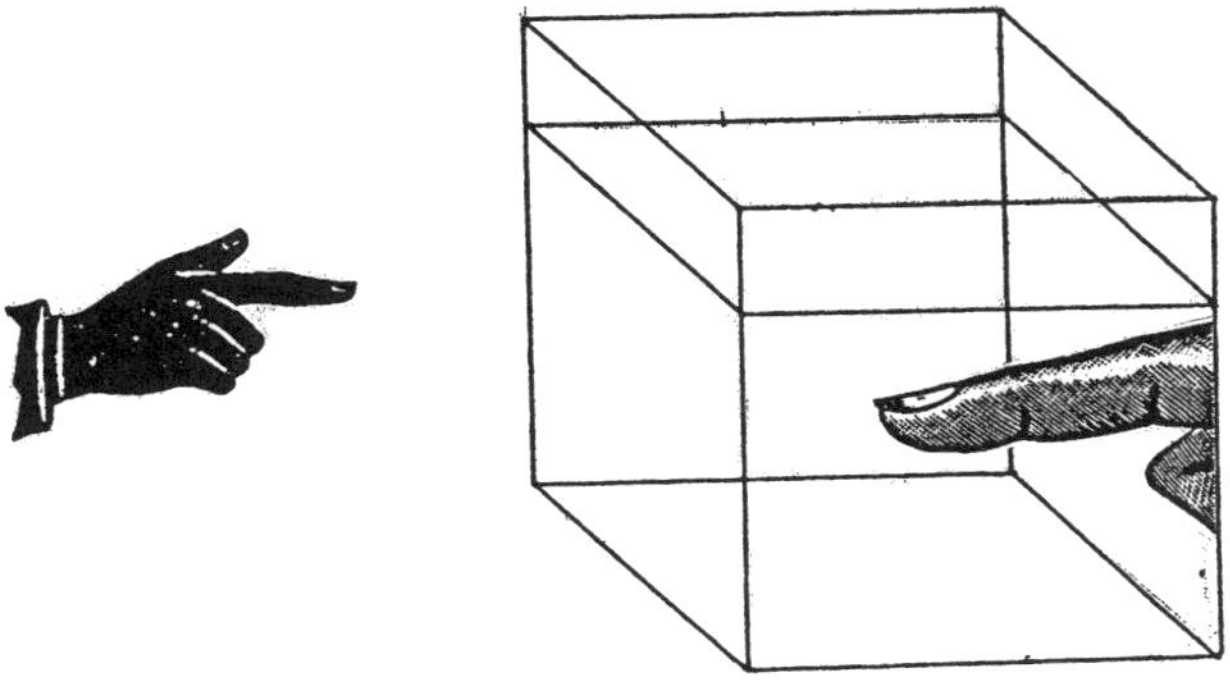

人間は歩く魚だ。水に帰れ。河に帰れ。

●対談＝杉浦 宏（東京都井の頭自然文化園水生物館長）

1981年（昭和56年）8月20日「朝日新聞」
アマゾン冒険紀行オーパ！展広告

アマゾンには橋も土手もない。人類に屈服しなかった唯一最後の河です——開高

杉浦　やあ、どうもお久しぶり。

開高　どうもごぶさたいたしまして。アラスカに釣りに行ってたもので……。

杉浦　しかし、最近のアマゾン熱はすごいですよ。特に、開高さんの「オーパ！」が出てからというものは。

開高　アマゾンから帰ってきて、日本の熱帯魚雑誌を見たんです。もうあらゆる魚が網羅されてますね。俺は何のためにアマゾンくんだりまで行って、一所懸命に勉強してきたんだろう。ダニに血吸われながら（笑）。熱帯魚界における日本人の熱心さ、知識の正確さ、応用の冴え、世界一の先進国ではないでしょうか（笑）。

杉浦　そういえるでしょうね。

開高　ニューヨークと比べてどうでしょう。

杉浦　日本の方がはるかにすごい。グッピーからナマズまで、飼う魚も雑多なら、飼う人の階層もさまざま。

開高　飼い方も上手だわ。私には、そういう人たちをしのぐ知識なんて何もない。あるのは経験。たとえばアマゾン河の岸辺でオシッコするでしょ。私のオシッコの、か細いピチャピチャっていう音が聞こえるか、聞こえない間に、キラキラきらめきながらネオンテトラが寄ってくる。エンジェルフィッシュもオシッコ大好きよ（笑）。そのうち、ひらひらとチョウチョが舞い出す。それが習性によるのか、それともにおいか。ピンガ（焼酎）混じりでよろしいから、「おっ、夕べ、ちょっと快適にやりやがったな」って寄ってくるのか、魚に聞いてみるしかない（笑）。

杉浦　オシッコしたら、美しい熱帯魚が見られますね（笑）。

開高　人間社会の歴史からいえば、大きな河の沿岸には、必ず文明と天才が発生しているんです。ナイル河、インダス河、チグリス・ユーフラテス河、そして黄河しかり。しかし、アマゾン河には発生していない。何故か？　これを考えながらピラニア釣ってたんやね、私は（笑）。規模がでかすぎるんと違うか。一人の天才も生み出さなかった唯一の河。さらに、

OLD TOO
KONA

河口から何千キロという源流まで、世界で唯一、橋が無い、土手が無い、最後の河です。石ころもないんです。これをみても人類に屈服しなかった河であると言いたいんです。

杉浦　だからアマゾンは、今の子供達にとって夢であり続けるでしょうね。いつまでかはわからないけど。

人類の欲望が、ジャングルをカサカサの砂漠なみにしてしまうんです――開高

開高　アマゾン河は、膨大な大陸が海底から盛り上がってできたと言われています。そこがたまたま砂地だった。だから河底にも、河岸にも、石ころ一つない。これが驚異でしたね。ジャングルも同じ、石ころ一つない。

杉浦　なるほどねえ。

開高　ジャングルでウンチをしますね。一晩たつと一片も残ってない。虫が全部食っていく。それくらい渇き、飢えている。ピラニアもガツガツしているわけです。水族館のピラニアみたいにお腹ムチムチとはいかない（笑）。だから、アマゾン河は豊かなのか、貧困なのか、目のつけどころ一つでどうにでも印象は変わります。

杉浦　なるほど。

開高　問題は、人類というういやらしい奴。人口爆発だ、農業開発だといって乱伐するけれど、二次植林が成功しないままなんです。ジャングルは切り倒されたきりで、あとに雑草と灌木が生えるだけ。土は日光にさらされるまま、たちまち砂漠なみに。そこへ毎年の氾濫《はんらん》。またもや、水が土を、栄養分を、かっさらっていく。カサカサなんです。

杉浦　アマゾン河が文明を拒んでいるとすればね、あえてそこに文明をもちこまないような努力というものをね、今の人間だったらやれないことはないと思う。私はここで改めて勉強させられましたね。

開高　いやいや、お恥ずかしい。

魚を通して、釣りを通して“自然”をじっくりみつめてほしいですね――杉浦

杉浦　私は、すばらしい「オーパ！」の世界を今度の展覧会で、もっと子供達に知ってもらえればと思うんです。魚を通して自然の奥深さみたいなものを、子供達に理解してほしいのね。井の頭公園に行ってごらんなさい。クチボソ釣るのに、リール持って来てる。僕も、たまに子供を連れて、近所の和田堀公園に釣りに行くけど、そこいらの竹を切ってやるんですよ。うどん粉練ってエサと混ぜてね。それで釣っていると、クチボソがボソッと食いつくでしょ。他の子が「おじさん、ウメエなあ」って寄ってくる。その子はっていうと、リール付きですよ（笑）。「これはクチボソだろ。こんな小さいの

釣るのにリールじゃどうしようもないよ」って話すわけ。で、針もエサも取り替えてやって、「そうっと投げろよ」というのに、ピーンとやるから、エサだけツーンと飛んで落っこっちゃう（笑）。僕ら、子供の時には、ガキ大将のお兄ちゃんに頭こづかれながらも、側で見ているうちに、自分なりの釣りをクリエイトしたでしょ。それが、今の子供達は他が先行しちゃってるもんだから、ちょっとおかしくなってるのね。

開高　日本の魚釣りの雑誌で〝スポーツフィッシング〟という言葉が使われているけど、ちょっと誤解があるんじゃないかと思いますね。魚を釣って勝利を味わったら、またその子孫を釣る楽しみのために魚を逃がしてやる。そうして自然と親しむことが〝スポーツフィッシング〟だと、私は解釈しているんです。ところが、日本ではスポーティなカッコいい服装してやれば〝スポーツフィッシング〟だと思われているみたいですね（笑）。

杉浦　釣りの精神においては、魚は〝媒介〟にすぎないという考え方がまだまだ定着していない。

開高　そうですね。アメリカには〝ミートフィッシャーマン〟といって、魚を食べるために釣りをする人間の他に、見事な魚を釣ってトロフィーさえもらえば、釣ってもどんどん逃がしてやるという奴が多いんですけどね。

日本の釣りは、万事静寂をよしとする。南半球では、バシャバシャ……――開高

開高　日本の釣りは静寂をよしとする。南半球のは違います。まず竿でチャポチャポと水をかき回す。すると魚が寄ってくる。それからエサを降ろす。音のたて方に上手、下手があるらしいんですけどね。要するに、その音が魚にとってのディナー・ミュージックなんですね。

杉浦　ほう、それは面白いですね。

開高　それから、子供や初心者ほど釣りがうまいというのは万国共通の現象です。子供をみてると、裸のニワトリからピッピッと二、三枚、毛をむしりまして、サビサビの針にくくりつけ、それを手で回してちょちょっと……実にうまいです（笑）。見事にいろいろ釣り上げていきますね。ハンド・フライフィッシング（笑）。何とかのリールがどうだ、竿がどうだって言ってる私が恥ずかしいようなもんです。

杉浦　なるほど（笑）。

開高　インディオは、カノアに乗って魚釣りをしています。コロンビアのアマゾン源点に近い所でみてましたらね、インディオのおじいさんが、ピシャリ、ピシャリと水面をたたいてる。ただの木の枝にごつい糸をくくりつけ、サビた針には小魚一匹。それでたたくんです。水面の下には、藻がいっせいにはびこっていて、あちら、こちらに天井が抜けたみたいな穴がある。穴のこちらをピシャピシャやると、バスが小魚めがけて飛びついてくる。そおら見事なもんです。で、彼らは食っていくのに十分なだけは、釣り上げる。魚は絶えることがない。明日のこと、何を思いわずろうや、という風な生活態度。そりゃ水準は低いかもしれない。しかし満足の度合いは……。

杉浦　われわれより深いでしょうね（笑）。

泥水の中を、ドラドがまるで金の矢のように右に左に走り回るんですよ――開高

杉浦　ところで開高さん、ドラドを釣り上げた時の話をきかせてください。

開高　見事な魚ですよ、ドラドは。金色に輝いていているんです。コロンビアに行くと、ドラド・ブランコっていうのがいて、これはプラチナ色に輝いていているんです。淡水産魚類の中で、人工交配したとか偶然の混血などを除いて、生まれつき金色というのは、非常にまれですね。私は世界でも最後のめざましい魚だと思っています。ぜひこの機会にドラドを見てほしい。見ないは末代の恥です（笑）。

杉浦　ドラドはルアーで釣ったんでしょ。

開高　ええ。ともかく私は生きているうちに、どうしてもドラドを釣ってみたかった。その念願をやっと果たしたわけ（笑）。他の魚は動かないで、鼻先をルアーがかすめると、好奇心でガブッとかみついてくるんですが、ドラドはルアーを見つけると、はるか遠方から追いかけてきて、食いつくんです。ジャンプして、エラ洗いをして、針のささったまま水面に落ちる。それをめがけて他のドラドが二、三匹やってきて、泥水の中を金の矢のように右に左に走り回って見えるんです。

杉浦　ハァー、すごいですね。

開高　その光景を見ると、もうオシッコが漏れそうになる（笑）。だいたいドラド級の大魚は、もぐったり、泳ぎまくったりは機関銃並みの勢いですが、ジャンプはあまりしない。ところが、このドラドとパボン（トクナレ）は、成魚となっても二度、三度と、あっぱれなジャンプをするんです。その様子は、まさに豪壮華麗。南米みたいに緯度の低い国では黄昏《たそがれ》が非常に短いんですが、その一瞬に、ドラドがルアーに引っかかって大ジャンプをして、黄金の水しぶきをあげるという燦爛《さんらん》たる光景に出会って、私はこの一瞬のために地球を半周してきたのだなあという感じに襲われました（笑）。わが貧困なる生涯の中での幸せな一瞬のひとつです（笑）。

杉浦　ドラドは、世界中の釣師から今やねらわれる一方ですね。

開高　サケが釣れなくなったせいか、ヨーロッパからドラドめがけて南米にたく

さんやってくるんですね。
杉浦　いゃー、だからね、僕は今回の展覧会でドラドのことを知らせて良いものか、そっとしておいた方が良いものかと……。
開高　でも、釣り師がうぬぼれるほど簡単に侵食されないですよ。というのは、ドラドの生態がほとんどわかっていないんです。地元の釣り師はある程度知っているけど、何せアマゾンは広大だから、自分の住んでいる地域から何十km程度の情報しかわからない。ところが、ドラドは河を何百kmも移動する魚でしょ。だから、産卵の時期、場所、育て方、どんな移動をするかなどは全然といっていいほどわかっていないんです。

多くの頭と牙をもつ一匹の怪獣という感じで襲う、ピラニア大集団――開高

開高　私は魚の現物を見ながら杉浦さんに講義を受けて、旅行に出かけたでしょ。ところが、現場で釣りをしてみると、これまた驚くことばかりでね。例えばピラニア。歯の力がすごい。あごの力がすごい。どんなに小さいヤツでも油断はできない。とりわけ恐ろしいのは、大集団をなして襲ってくる時ね。何十匹のピラニアと解釈していいのか、それとも一つの意志を持ち、たくさんの頭と牙を持つ一匹の怪獣と考えたらいいのか。とにかく三本針を、三本束ねて溶接してある釣針をですね、根元から、音もなく、ぶっつりかみ切ったヤツがいる。人間の私が、極めて強力なペンチを持ってウーンと力んだって、そうは簡単にパチンとはいかないですよ。
杉浦　恐ろしい。
開高　アマゾン河の底にはナマズの先生達がはりついていて、小さな目を光らせて、「ウマイもん落ちてけえへんか」って待ってるわけ。そこに日本の小説家が肉片ポトンと落とす。「こりゃ珍しい。現金封筒が落ちてきた」っていうのでナマズが食いつく。ナマズはクソ力があるから、はがすのになかなか苦労がいるんです。もだえにもだえているのを巻き上げていくでしょ。ふいに軽くなる。どうしたことだろうと思って寄せてみると、脇腹を一発えぐり取られている。つまり、川底のナマズのちょっと上をピラニアが泳いでいるわけです。ナマズが元気な時には、ピラニアは襲わない。長屋の住人みたいに〝八っつあん、熊さん〟といった調子で暮らしているんじゃないかと思いたいところです。ところが、日本の小説家に引っかけられてナマズがよろめく。すかさず八っつあんが、熊さんの腹をえぐりとるってわけです。
杉浦　僕が上野の水族館にいた時、日本で最初にピラニアを飼いだしたんですが、とにかく、エサを十分食わしていれば普通の魚と変わりない。水槽の上から何か

やろうとすると逃げまどうしね。ところが立て続けに電話が入って、「ピラニアにかまれたけど、どうしたらいいか」。聞いてみたら、みんな子供なのね。エサをやるために手でバチャバチャやってたら、ガボッと指先をとられちゃった。音なんですね。

開高　魚の感覚の中で一番鋭いのは耳、側線ですからね。だから、川底にいるべきナマズが引っかかったその震動音をワーッと感じて、ピラニアがすっとんできちゃうんでしょうね。

杉浦　水族館の中でいろんな魚と一緒にサメを泳がしても、すぐには襲わないんです。ところが、ボラなんかの群れから具合の悪いのが一匹脱落するでしょ。すかさずパーッとサメが行く。

開高　日本の山の中で、しょっちゅうみかけるんですが、春の産卵期になると、ハヤが上流に上って来てイワナのいる流域にまで入ってくることがあります。ハヤが何百匹と縦隊を組んでやってくる。そのうちの一匹が、病気か怪我でヨロヨロと脱落する。瞬間、こちらの石から、とんでもなくでかいイワナが、よろめいたハヤを一匹くわえる。よろめいたら最後です。

杉浦　（笑）。

開高　それを見て以来、私はですね。下界へ降りてから、相手がどんな人であれ、「開高さん元気ですか」と聞かれたら、大声で「ハイッ、元気です！」（笑）と答えることにした。その時、声がしゃがれていたり、せきをしては絶対にいけない。よろめいたっと見えたら、もうダメね。これ日本の政財界みな同じ（笑）。出版界も芸能界もみな同じでしょうね（笑）。

「オーパ！展」で、開高さんの自然の精神を受けとめてもらいたいですね――杉浦

開高　熱帯魚の飼育は優雅で美しいんですが、問題が一つあるんです。それは、熱帯魚に飽いた人が、無邪気にどこかの川に捨てちゃうんですね。フロリダでピラニアが増えて大問題になっていますよ。日本でも、家庭のアクアリウムで飼っていたピラニアを、飽いたからって捨てちゃったら、えらいことになりますよ。

杉浦　井の頭にライギョやワカサギなんかがいるんです。池にですよ。

開高　飽いた人が放したからや。

杉浦　あの池は湧水だから、冬になっても水温が十五度あるんです。もしピラニアが十五度に耐えられたら、ピラニアの大群になりますよ。

開高　生物は、かなり対応能力がありますからね。

杉浦　あの池に、外来種が増えるのはいいことだと言う人がいる。しかし、あの池の生態系を破壊し、もしかしたら我々を襲ってくることだってあると思う。

開高　やはり、〝自然とは何か〟ということを、魚を通して、あるいは釣りを通して、正しくみつめる目を育てる方向にいってもらいたいですね。

杉浦　魚を通して、われわれは何をし、何をみなくてはならないか、ということですね。井の頭水族館の、四メートルもある大きな水槽の中を、魚がツッと泳ぎまわっているのを見て、子供の中の一人が、「あ、この水槽は自然だな」って言ったんです。その子は自然の本当の意味がわからないのかもしれない。でも、水族館の中に自然を感じてくれたことに対して、何か救われる気がしたんですね。日本には自然がなくなったって言うけれど、僕は決してそうは思わない。子供の世界には、まだまだ自然があるんです。

開高　それを子供に気づかせてやるのは、やっぱりまわりにいる大人です。

杉浦　今回の「オーパ！展」にしても、例えばドラドを、ただ見るだけでなく、何かひとつでいい、ドラドを媒介として開高さんの言う自然の精神を受けとめてもらえたらと思いますね。

秋の奇蹟

1981年（昭和56年）10月2日
「高知新聞」他

　ベトナムの戦場へいくとか、アマゾンのジャングルにもぐりこむとか、そういう激しくてつらい旅行をおわって日本に帰ってくると、おおむね私は、毎日、書斎にたれこめたきりの暮らしである。散歩もせず、ジョギングもせず、パーティーにでかけることもない。昼のうちはウトウト眠るか、スパイ小説を読むかで、夜、それも深夜になってムックリ起きて机に向かって頬杖《ほおづえ》をつく。あれこれよしなしごとに思いふけり、気がつくと朝である。

　かれこれ、もう二十五年間もこういうことを繰り返しつづけている。ときどき、コレデハイカンと思って発作的に海岸へ散歩にいったり、東京へ映画を見にでかけたりするが、ヘトヘトにくたびれて拠点にもどってくると、やっぱりトロトロ眠りと深夜の妄想に沈降（または昂揚《こうよう》）していくしかないのである。善き市民にとっても近年のわが国には季節らしい季節があると感じにくい暮らしかと察したいが、こういう隠者めいた暮らしをしている男には、とりわけ季節は遠い。春のサクラも秋のモミジも知らないで居眠りするか、内的独白にふけるかだけなのだから、たとえば〝秋向きの随筆を一つ〟などとたのまれてうっかりひきうけると、何を書いていいものやら、ボンヤリして

ANCHOR

しまう。

　しかし、覗《のぞ》き見屋としての旅人の、覗き見屋にしか見えない、眼《め》を洗われた経験のいくつかを書くことはできる。たとえばカナダのオタワである。この国の首都はしばしば誤解されているように、トロントでもなければモントリオールでもなく、オタワなのである。ここはハイウェイが交錯し、白色セメントとガラスと鋼鉄の高層ビルが林立する、おきまりの現代都市であって、帰国してからはほとんど何も思いだせないのである。しかし、この市のシェラトン・ホテルからカーで十分もいくかいかないかという場所にリドー川という運河が流れている。

　これはかれこれ一〇〇年前に掘られた運河であるが、何日かかけて観察すると、野生のミンク、野生のハクチョウ、野生のリスなどが、草、水、木のなかに明滅、出没するのがよく見えてくる。川には藻がぎっしりと茂っているが、秋になると枯れはじめる。この運河にマスキーという怪物が棲息《せいそく》している。これは淡水棲のカマスであって、湖のトラとか、河の大強盗などと呼ばれる。魚、ネズミ、小鳥、カエル、うごくものなら何でも林立する白い牙《きば》でとらえて呑《の》みこむ。

　巨大な怪物であるくせに女のように気まぐれなので、釣り師たちは夢中になって追っかけるが、近年、少なくなり小さくなるばかりである。千回キャスティングして一回姿を見られたら、釣れなくてもそれだけでクラブへかけこんで乾杯したらいいなどといわれたりしている。こういう怪物がトロフィー・サイズに育つということは、その川がよほど栄養でゆたかであるという証拠なのである。狂気のように朝からその川にかよって二日間、だまってキャスティングを何百回かやったところ、一米《メートル》をこえる怪物が食いついてきて、ジャンプし、バケツで浴びせるようなしぶきを頭から浴びせてきた。

　大学生がジョギングをし、橋の上にはたえまなくカーが走り、ときにはせかったらしい救急車の声もひびく。そんな場所で足のないワニといいたいくらいの古怪の魚が釣れるのだった。その年の夏は暑熱つづきで、魚が闘志と食欲を失い、いたるところでシケ、不毛、天候異変、災厄がいいかわされていたけれど、これは〝秋〟のはじまり、豊饒《ほうじょう》の〝秋〟の前兆であった。いい釣りができるときは、えてして雨の直前だが、このあとで猛烈な氷雨が音たてて落下しはじめ、歩道に白いしぶきがたつほどであった。私は骨まで冷えこんだけれど、心はあてどない発揚で、湯気をたてそうになっていた。

　そういう秋もある。

　どこかには。

男の顔

1982年（昭和57年）1月1日「朝日新聞」

牧場で牛を追うカウ・ボーイのことをブラジルではバケイロ、アルゼンチンではガウチョと呼ぶ。さすらい歩く、孤独だがたくましい男というイメージは西部劇とおなじだが、南米でも牧場の経営が近代化されるにつれて、彼らの暮らしもかわり、今では自由労働者、日雇い労働者といったところであるらしい。

しかし、地平線の両端が少したわんで見える海のような草原で馬を乗りまわして牛を追う生活そのものはかわらない。血は熱く、心は淋しく、財布は軽く、たまに町に出ると酒と女とバクチでスッテンテンになり、鞍《くら》まで質に入れて飲みつぶれる。牧場主は町の質屋を一軒ずつ歩きまわって鞍をうけだし、それから酒場へいってガウチョを見つけ、水をぶっかけて牧場へつれてもどる。

もともと彼らはインディオと白人の混血児であるため、どちらの社会にもなじみにくく、そのため牧場に住みつくようになったのだという説明を聞かされるが、ときどき男前のいいのがいる。アマゾン河畔で一人、アルゼンチンのパンパス地帯で一人、みごとな美貌の持ち主を見かけた。ヨーロッパの顔にアジアの黒い髪と眼を持ち、よく日に焼け、辛酸できざまれた皺《しわ》がホロにがい深さをただよわせ、ゲーリー・クーパーもたじたじとなりそうないい男で、しばらく私は見とれたものだった。一人は釣った魚をデンブにしてくれ、もう一人は牛の肋肉《あばら》を焼いてアサードにしてくれた。

美しい女が自分の美しさにまったく気がついていないか、まったく意識しないでいるらしいそぶりで佇《たたず》んでいるのを見ると、ああ、いいものを見たという気持ちにならされる。しかし、そういうことはオトナになった女ではめったに見かけられないことで、少女期のごく短い期間にかいま見られる朝露の煌《きら》めきであるらしい。男の顔もこれと同じで、オレはいい男だと思ってるらしいヤツはバカかゲスに見えてくる。少なくともそのそぶりが顔のどこかに出てるヤツは目をそむけたくなるのである。（以下に書こうとするのは私が自分の顔について抱いている日頃の意識と見解を一切捨ててかかってのことであることをおことわりしておきます）

男の顔は履歴書で女の顔は勘定書だという名言は大宅壮一だったと思う。たしかにこれは真言なのだが、しばしば履歴書を読みまちがうためにしくじった例もなかなかに多い。あとになって自分の眼力のなさをひたすら後悔するのだが、旧約聖書が指摘するように人の心はたえまなく偽りつづけるというやっかいきわまりない性質を持っているため、ついつい、ダマされてしまう。第一、私が私自身をダマしにかかっているのだから、いよいよやっかいである。

　さきのアマゾン河畔のバケイロといい、パンパスのガウチョといい、その他いろいろ、心にのこっているいい男の顔は、指折りかぞえてみると、たいてい途上国の男であることに気がつく。それも草深い田舎で、名もなく、貧にまみれ、大家族を抱えて酸っぱい汗をかき、手なり足なり、肉体を使って生きている男のそれであることに気がつく。ニューヨークやパリでもいい顔に何度も出会っているのにおぼえていられないのは、森や大河や草原のなかほど顔がきわだたないせいかと思われる。

　近年は大学生を見ても学校がわからないし、私鉄にのってもけじめがつかないし、パーティーにでても職種がわからず、善悪、上下、貴卑、何のけじめもつけられない。しばしばヤングは前から見ても後ろから見ても男女の区別すらつきかねる。川のなかにとびだしている岩、草のなかの一本の花、晴れた日の雨、そういう異物としてのいい男の顔というものを目撃したことがない。さきの名言をひくならどれもこれも似たような履歴書ばかりで十人分読んでも百人分読んでも変わりがないということなのだろうか。

　貧、大家族、肉体労働、責任、負担、こういうものだけが男の顔をいいものにするとはかぎらない。苦悩がなければいい顔をつくれないというものでもあるまい。時代、時代によってそれぞれの顔があるという事実を考えあわせると個人的履歴だけではすまないものも要因として働くらしい。あれを思い、これを考えていると、たいていの他のこととおなじように、何もわからなくなってくる。しかし口をひらけば個性、個性と叫ぶ時代にそれが顔にまったく出てこないというのは、何やら、不吉なことのように感じられる。異物がないとは無物であるということなのだろうか。

　今年。

　一つぐらいは見つかるだろうか。

ウニとカニの深遠な話

●座談会＝円地文子（作家）、吉行淳之介（作家）、小田島雄志（英文学者・演劇評論家）

1982年（昭和57年）1月1日「銀座百点」

ニューヨークの魚釣り

吉行　きょうは、ずいぶん早くみなさん揃いましたねえ。

円地　開高さんがいちばん早かったんですよ。

吉行　貴君はいつも異常に早いのね。趣味なんだね、きっと。

開高　戦争中の軍人教育のせいでしょうかね。

吉行　軍人教育はパンクチュアルといって、もうちょっときっちりっていう意味だ。早すぎる、きみは。

開高　貧乏根性でしょうか？

吉行　早く来てもいいことない。昔は早いと、いいことあった。国民酒場で、早く来ると、もう一回列の後ろに並んでまた飲める。

開高　アルミの弁当箱持って、ビールもらって帰ってた（笑い）。

小田島　吉行さん、芸術院会員おめでとうございます。

吉行　年金も出ることだし、目も悪いから、当分隠居スタイルでいこうと思って（笑い）。

円地　まだ早すぎますよ。

吉行　（開高氏に向かって）そういえば、あなたも、菊池寛賞ですね。よかったですね。

円地　**小田島**　おめでとうございます。

開高　中年過ぎの妊娠みたいなもんで。

吉行　あれはいいね、粋な賞で。山口瞳の受賞のときにも、そう言ったんだけど。

開高　四、五人もらうでしょ。紛れちゃうのよ。

吉行　あなたはもう何ヵ国行った？

開高　いや、まだアフリカ、インド、アラブ、いろいろ残ってますよ。まだまだ道は遥けく、ティッペラリは遠し。

吉行　べつに全部行こうという気持ちもないんでしょう。

開高　それもありません。いい場所といい魚を選んで歩いているんです。その日その日ご機嫌が違いますからね、魚釣りは。おんなじような積乱雲が立って、私の皮膚にくるお日様の暑さ、なにか全部前の日とおんなじなの。前の日はパンパンパンパン困るぐらい釣れたのに同じ場所へ行って、一匹も来ない。あれがどういうわけかわからない。

小田島　麻雀に似てますね。

開高　似てますなあ。

小田島　同じ場所に座っても、突然まるきりつかなくなる。

開高　ニューヨークで魚釣りに行ったとき、ブルーフィッシュという魚を狙って行ったんですが、何日かかっても釣れない。あるとき、子供のときに防空壕の中で古伍長に教えてもらったことを思いついて。大陸前線に行くときにお守りに女の大事な毛を持っていく。それを思い出しましてね。ぼくは夜中にホテル抜け出して、レキシントンアベニューのセックスバーの暇そうな女の子の一人に、ヨチヨチとした英語で、実はあした魚釣りたい、あなたの毛をいただきたいと切り出したら、変質者かと思われた（笑い）。いや違うの、これはアジアの偉大な言い伝えなのと言ったわけ。

吉行　偉大なってとこがいいね（笑い）。

開高　それを持って、ロングアイランドの先っちょのモントークというとこへ行って釣り出したの。パンパン釣れた（笑い）。それで気をよくして、次の日もう一ぺん繰り出したの。一匹も釣れない。きのうとおんなじ方法、おんなじ……。結局、あの女の子はヒステリー気質なんじゃないかということにしたんだけどね。わからんね、魚釣りは。

吉行　呪術的な要素が全部吸いとられたんだ。前の日に。

コロンビアのスリ学校

開高　この間行った南米のコロンビアという国の、ボゴタという町なんですが、海抜が二千八百メートルくらいかな。ときどき酸素不足でフラッとなるんですけどね。酒一杯で、五、六杯ぐらいにきいたりする。

吉行　ああいうとこはそうだね。

開高　ここがまたえらい貧しいもんだから、スリの学校があるっていうんです。

小田島　いま？　ほう。

開高　それで親玉がいて、貧しい子供を教えていくわけ。町が人生の大学、私の大学というわけ、町へ行って実習してこい。それで子供が持って帰ったのを故買屋へまわす。それの何パーセントかを子供にやるわけです。

円地　おもしろい学校ね。

開高　ところが、どっかのテレビのスタッフがやってきて、お節介に、その親玉の家を山の上から写したのね。そしたら蜂の巣みたいに、子供が一日中出たり入ったりしてる。それがまた、国営放送で流れたもんだから、親玉びっくらこいちゃって、その日のうちに逐電してしまったというんですがね（笑い）。

吉行　かわいそうになあ。

開高　それで、「どういうふうにしてやるの」と言ったら、「それじゃ、レッスン・ワンぐらいのところをちょっと教えましょうか」とか言ってね。

円地　教えてくれるの？

開高　ええ、だいたい三人組で行動するというんです。クリスマスシーズンになりますと、おかみさんなんかがデパートに行きまして……。ついでに申し上げておくと、スペイン語ではデパートのこと「アルマセン」というんだ。どんだけ物が積んであっても、「アルマセン」。

小田島　ハハハ、こりゃいい。

開高　アルマセンで、おばさんがしこた

ま買い込んで出てくるわね。そうすると小賢しいのが寄ってきて、いきなりスカートへ手を入れて、パンティをパッと下まで降ろしてしまう。「あららら」と言ったはずみに物がパッと散らばる。それをまあ……。これはかなり有名な学校らしくて、この間もニューヨークについて書かれた本を読んでますと、このコロンビアのスリ学校の出身のやつが、ブロンクスに出稼ぎに来てたという話が……(笑い)。

吉行 学校っていうより、人集めという感じだな。

開高 サイゴンもそうでしたけど、サイゴンのやり方は「カウボーイ」といってました。一人が後ろから犠牲者の両脇を羽交い締めにするわけです。前へもう一人がまわって、膝の上をギュッとおさえる。そうするとどうにもこうにも身動きができないんだって。で、三番目のが時計なりカメラなりをひったくる。三つの方向に分かれて逃げるもんだから、犠牲者のほうは、どれを追っかけていいのかわからなくなる。これが「サイゴン・カウボーイ」方式。

吉行 それはわれわれのイメージでいうスリではなくて、強盗だよ(笑い)。

開高 それに近い。

小田島 いや、やっぱり三人いればスリじゃないかな。

吉行 なるほど、たしかにスリーだ(笑い)。

円地 日本のスリはもう少しこう……。

吉行 芸がありますね。

円地 そうそう、仕立屋銀次とかなんとかのね。

吉行 さっきのもレッスンというほどのことはない。指先をこう、しょっちゅう動かすとかさ。

開高 ま、そういう正規の授業もやってるんだと思いますけどね。

吉行 思いたいわけね。

開高 親玉が逃げたもんだから、ぼくは一ぺん尋ねてみようと思ってね。百年前のロンドンの「三文オペラ」の時代そっくりですからね。

吉行 スリっていうのは、かなり牧歌的だね。

チリのオムレツ

円地 このお料理なにかしら。

吉行 これはですね、おそらく何か白身の魚かイカの上に、ウニがのっているんですね。

円地 目が悪くなると、よくわからないんですよね。

開高 チリにはウニのオムレツというのがあります。

円地 どんなもの?

開高 オムレツに生ウニが入ってまして。ところが向こうのウニは日本のウニとそっくりですけれども、中に一匹ずつカニが入ってるんです。

吉行　ハァ、カニを食っとるわけ？

開高　何をしてるのかねえ、あのカニは。あの固いウニの殻の中に袋が一つありまして、必ずカニが一匹入ってるんです。大きなウニには大きなカニ、小さなウニには小さなカニ。

吉行　袋の中に？　アパートメントか。

開高　うん、カプセル。その袋こうやったら、ポロンと出てくるんです。

円地　生きてるの。

開高　生きてます。それで目も足も退化して、コロコロに肥ってるんだけど、よく動けないんです。あのカプセルの中に入ったきりで、ウニの栄養分吸うてるんでしょうかね。

吉行　それはおもしろい話だね。共存共栄しとるんかなあ。

開高　その生ウニをとってきましてね、スプーンでしゃくい出して、それをオムレツにするんです。これはうまかったなあ。

吉行　もちろん卵が外側にあるわけでしょう。

開高　卵でクルクルッと巻くわけ。オムレツも、中がグジュグジュで、あったかいという、あの方式です。

円地　それでカニは入ってないの。

開高　カニは排除するんです。

吉行　オムレツよりカニのほうが問題だね。

円地　日本にはそういう作法がないわよね。

開高　この間、辻静雄さんにその話してたら、フランスのノルマンジーのほうでも、ウニでオムレツつくるとこありますと言ってたなあ。

吉行　カニは何しとるのかなあ。

開高　わからんねえ。目が退化してて、何してるんだろうね、あの袋の中で。

吉行　すごいいい気持ちでいるのかもしれないね（笑い）。

開高　まあ、年金生活もええとこやね（笑い）。

吉行　目なんか関係ない（笑い）。

開高　目も足もいらない。

円地　芸術院の年金じゃ無理ね。

吉行　ウニもきっと何かメリットがあるんじゃないかな。

開高　と思いたいんだけど、袋の中にカニが入ってるからね。

吉行　袋の中でゴソゴソ動いてもらって、いい気持ちとかさ（笑い）。

開高　これはちょっとばかり……。吉行学説ですな。

円地　カニの身の上を考えないとね。

吉行　両方の気持ちね、ウニの気持ちとカニの気持ち。

開高　それから、いつどこから入ったのかっていうことね。

吉行　おそらく合意の上だと思うね（笑い）。

ブラジルのステーキ

小田島 だいたいおいしいものというのは、海のほうが多いわけですか。
開高 やっぱりわたしら日本人は、フィッシュイーターだから、魚のあるとこへ行くと、興奮しますなあ。もっともアルゼンチンは、国民二人に牛一頭か、国民一人に牛二頭か、そのぐらいの割合で牛がいるんですよね。だから、ブエノスアイレスの道路人夫が昼めしのときに、道ばたでコークスでローストビーフ焼いてます。しかも骨付きですからな。
吉行 日本の道路工夫がタニシを食ってるようなもんだね。
開高 道路工夫がタニシ食うなんて、あまり聞いたことない（笑い）。
吉行 いやいや、田んぼの畦道を修理してる人がさ。
開高 まあ、そんなこってしょう。
吉行 要するに、そんな安直なことだね。
開高 日本人が一人食うのが、だいたい三百五十グラムなんですって。それで、ブラジルで百五十キロの二歳半の牛一頭買いましてね、たったの十五万円でした。それを五百キロ向こうの牧場から持ってきて、電信柱を金串のかわりにしてお尻から突っ込んで野焼きをして、食べてみたんですがね。
吉行 それはおもしろいなあ。電信柱突っ込んで焼いたんか。
開高 ブラジルの首府のブラジリアというところでは、一年間にぶつかって折れる電信柱を三百六十五で割ってみたら、一日に二本半折れてる計算だっていうの。
吉行 何がぶつかるの。
開高 自動車がぶつかんのよ。東名高速なんかの横についてんのがあるでしょうがね、モヤシのお化けみたいなやつ。あれにパーンとぶつかんの。そのグニャッと曲がった電信柱を長い長い金串にして、牛のお尻から突っ込んでいくわけ。
円地 いやぁね。
吉行 そんなにたくさん折れるってことも、大ざっぱなのね、彼らは。
開高 猪突猛進のラテン気質ってやつです。それでぼくはナイフを前の晩にギラギラに研ぎあげて、さあ食ってやるぞと思って、勇み肌で出ていったんだけども、いや、食えないな。三百五十グラムを牛の腰からひったくったところで、ひったくったと見えないね。
吉行 カスリ傷か（笑い）。
開高 そう。はかないもんだと思ったなあ（笑い）。

南米のピコロコ

開高 南米あたりへ行くといろいろおもしろいことがあって。日本で、磯にカメノテというのがいるの知ってますか。
円地 知りません。
開高 貝でもなし、イソメでもなし。モゾモゾしたやつですけどね。

小田島　結局、動物ですか。
開高　そうです。きわめて下等な動物です。
円地　フジツボみたいなのね。
開高　このカメノテにそっくりなやつで大きいので、貝の一種なんですけど。食べると、カニのような、エビのような味がして上品なんです。名前を「ピコロコ」というの。直訳すると、狂ったオチンチンという意味なの。
吉行　円地さんの前で、むちゃくちゃ言い出した（笑い）。
円地　スペイン語？
開高　うん。女の狂ったやつが「ロキータ」、男の狂ったのが「ロキート」。
吉行　それは人間のこと言ってるの。
開高　そうです。
小田島　日本人の狂ったのが「ロッキード」（笑い）。
開高　それはいい。この間、アラスカで暮らしてるときに、シアトルから来た詩人というのと知り合いになってね。学生の卒論を英語の隠語でなんと言うんだと聞いたら、言下に答えたですね。「ニッケル」。
小田島　ああ、五セント玉ね。
開高　キラキラしてるけど、安物だということだと思いますがね。
小田島　なるほど、わかるなあ。
開高　あの五セント玉、新しいのは確かにキラキラ光ってるわ。
円地　ここでいろんなおもしろい話聞くでしょう。帰るともう忘れてるの。カニがウニの中に住んでるのなんか、しっかり覚えとかなきゃ。
小田島　カニがまだ生きてるっていうのがすごいね。
開高　モゾモゾ、モゾモゾとね。
吉行　だから、ウニの気持ちだよなあ。
円地　ウニの気持ちの短編ぐらいできるんじゃない。
吉行　昔、下宿さして、居候ゴロゴロさしてる気持ちなのか、もっと実用につながっているのか。
開高　若旦那、たまには何かしたらどうですか、と宿主が階下《した》から声をかける。落語ですな（笑い）。でも、双利共生なのか、片利寄生なのか、やっぱりわからんなあ。
吉行　やっぱりそういうときは、オムレツがうまいなんて言ってる場合じゃないのよ（笑い）。

城門と城内

1982年（昭和57年）1月6日
「東京新聞」

正月。

めでたくもあり、
めでたくもなし。

ときどき海外へいくと、ヴェトナムの最前線だとか、アマゾン河のジャングルだとか、お守りだけがたよりの暮らしをするが、帰国すると家にこもったきりである。昼はスパイ小説を読んだり、老化防止にきくといわれたのでものすごくむつかしい哲学書を読みにかかって三頁といかないうちにウトウトしてみたり。夕食をすませると寝床に入り、十二時頃に起きだして文字をなぶりにかかる。極端な運動不足がたたって、首、肩、背、腰のあたりにキリキリと疼痛《とうつう》がくる。

　ごろり寝のまま年が暮れ、年が明け、正月になるけれど、訪れる人もなく、酒宴も張らず、年賀状も書かず。何となく心の点鬼簿を繰って、あの人、この人、あちら岸へわたっておしまいになった人びとのことを、半ばうらやましく、半ばなつかしく感じながら、うつらうつらと思い出にふける。白玉楼中というコトバを撫でたりさすったりしながら、渡辺一夫、金子光晴、武田泰淳、平野謙といった人びとの笑顔と歯を呼び起こすのである。

　アラスカからフエゴ島まで一気通貫、九カ月の旅行を終わって帰国してみると、本の値段が上がったことと新雑誌がむやみにたくさん出版されていることにおどろかされたが、この流行病はまだやみそうに見えない。ヤング雑誌、アダルト雑誌、つぎからつぎへ、とめどない。なかには雑誌の名をおぼえないうちに消えてしまうのや、おぼえた頃に蒸発してしまうのや。故人諸氏の追憶をやめて寝床から這いだしてみると、玄関にはちょっとした雑誌と本の山ができている。書店の店頭のようである。一冊、一冊が、オレが、オレがと声あげて叫びたてているようで、たじたじとなりそう。

　昨年もそうだったし、一昨年もそうだったが、家にやってくるジャーナリストたちは、ヤングもアダルトも口をそろえて出版界の不況を訴えた。いくつか例外的にホットでヒットしているのもあるが、全般的には底冷え、低空飛行、火薬がしめった、全戦線にわたって砲声が消えたなど、戦争用語をまじえて説明された。文明とは想像力の戦争だというヴァレリーの言葉がある。スウィフトには『書物の戦争』という著作がある。人の想像力を刺激することを至上目的とする出版界を解説するのに戦無派世代がにわかに戦争用語を動員するのは、見ていて、おかしな光景であった。

　ためしに何冊かぬきだして読んでみる。雑誌である。週刊誌もあれば月刊誌もある。企画、レイアウト、表題、テーマ、執筆者とその文体、その素養、いろいろの点を、いろいろな点から私なりに批評してみる。たちまちマイナスがゴキブリの大群のようにぞろぞろ這いだしてくる。

それを一つ一つ論じている枚数もないし、気力もないが、すべての雑誌についていえることは広告頁が多すぎることである。読者はふつう頭のなかで広告頁と本文頁を知らず知らずに仕分けて読むものと思われるが、こんなに広告頁がたくさんで、そして、こんなに本文がつまらないと、線路の切り換えができなくなる。

　広告頁はおおむねよくできている。紙もいいし、印刷もいいし、商品は内外の一流品が目白押しである。その優雅と気品は酷烈をきわめた実業の自由競争から分泌されたもので、いわば汗の煌《きら》めきである。ところが、そのつぎの頁にある本文、これがモンダイ。創作、手記、座談会、対談、随筆、ルポ、人生相談、内容は何であってもよろしいが、酷烈な批評を切りぬけ、はねかえして生きぬいてきた一流品と肩を並べてみると、何ともそのオソマツ、インスタント、安出来、城と掘立小屋ぐらいのちがいがある。どれも、これも。いくら読者が城は城、掘立小屋は掘立小屋として仕分けて眺める心の用意と訓練があったところで、こうもつぎつぎとおびただしく並列して見せつけられたら、どうなるか。

　だから大半の雑誌は、雑誌というよりは商品カタログに近いものである。いや、しばしば商品カタログそのものである。ソレ以外の何物でもないといってよろしい。城門と城壁だけが掛値なしに一流なのに一歩、中へ入ってみるとこわれた椅子やグラグラのテーブルがあるだけの城といったものが想像できるのなら、いまのニッポンの雑誌はそんなもんである。だから私はふたたび寝床にもどり、うつらうつらと、渡辺一夫、金子光晴、武田泰淳といった諸先輩を追憶することにふける。諸氏の分泌した一言半句を思いかえし、そこから射してくる放射能に浸って目をつむることにする。

　南無、森羅万象。

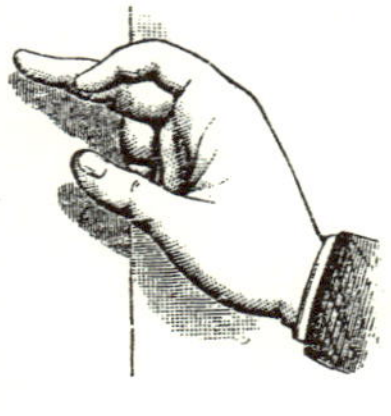

冒険、男、ダンディズム

1982年（昭和57年）3月5日
「MR.ハイファッション」

冒険の定義はね、昔は、テラ・インコグニタすなわち未知の土地を見つけ出すために、気力、体力一切を動員して挑んでいくことだった。冒険家にイギリス人が多いのは、イギリスでいちばんスポーツの観念が発達するのが早かったからだ。男を鍛えるものとしてのスポーツがね。山登りが男の一大事業であり、スポーツであると評価するようになったのも、イ

ギリス人だ。
それから騎士道精神。チャンバラの時代が終わったので、それが行方を探したところ、スポーツというところに行ったわけね。同時に産業革命、技術文明の時代に入って、人間は便利になったが、人間の肉体が忘れられるという危機感があったわけね。だからグラウンドなんか作って、ラグビーで取組み合いやって、負けた相手を手をたたいてほめて、お互いにフェアプレーをたたえ合うというところに持っていったわけでしょ。これは騎士道精神の流れで、あくまでも無償の行為でなければいけなかった。

戦争にも、スポーツの要素がたくさんありますよ。昔はヘラクレイトスが、「戦争は万物創造の母」なんてことおっしゃるし、近くは北ヴェトナムのボーゲンジャップ将軍は、戦争を芸術にたとえていらっしゃる。そりゃ戦争した後、国民は背骨がしゃっきりするし、若者は生きがいを覚えるし、それから医学、科学、交通、何から何まで発達して、第二次大戦後はペニシリンまで発明、発達したでしょ。

ところがもう地上にテラ・インコグニタがなくなってきた。これが今の時代の問題やね。冒険をしたいという男の心は、石器時代と同じように残っているのに、その行き場所がないわけ。

それで僕なんかも、なんであんなえらい思いをして、危険を冒して行くのか、と言われるけど、これは説明するの難しい。冒険、浮気、酒、博打《ばくち》なんていうのも、これやってないとイマジナシオンの火が消えるんです。冒険とは男のイマジナシオンから生まれるわけだ。

男にイマジナシオンがあるかぎり、家庭に風波が絶えることがないね。浮気一つとっても、バルザックに名言がある。「もし男に想像力がなかったならば、街の娼婦も、伯爵夫人も変わることないじゃないか？」こういうわけですな。

ま、その情熱をたとえて言えば、虫はランプの火を目がけて飛んでいって、ジューと羽を焼いて死んでしまうが、男は、自分の発する火で、自分を焼いて死んでいくんですね。ここに情熱の二律背反がある。

ま、つまり地球は三角なのか、丸なのか、アメリカ大陸は一つなのか、二つなのか、パナマ運河が掘れたらどうなるか――こう考えていくのが想像力や。もちろん現実の高揚や利益を目指して行なわれるものもありますよ。それで男は失敗して、どんどん死んでいくわけですわ。一九世紀にナイルの源流を発見するために、どれだけの男が死んでいったか、行方不明になったか、マラリアに倒れたか、ワニに食われたか。それでも男は、乗り越え、乗り越え、やっていったわけです。こういう冒険が、ま、私に言わせれば、冒険の中にある一つの衝動なのですな。

私が釣りに行くのも私なりに言わせれば、メルロ・ポンティの哲学で言えば、裸の瞬間の知覚を求めること。完璧の瞬間と言うべきですかな。指紋のついていない、解釈が下されていない、批評もできていない、本人だけ、それも一瞬だけしかわからない瞬間を求めて行く。この衝動は、つらいですな。私のような詩人肌の男は特に。その衝動はきついですな。

セックスやってても、博打やってて、特に負けがこんでくると、これも裸の知覚に違いはなかろうが、それも要するに、自分の発する火で自分を焼いて、よみがえるか、滅びるか、そりゃやってみなきゃわからない。

ただ一つ、冒険家の心得を体得しておくこと。私に言わせれば、「胆大心小」この一言に尽きるな。大胆にやれ、しかし用心深くやれという。

僕は九か月かかって、ずいぶんいろいろな所を釣って歩いたが、ほとんど釣れないときも、釣れるときもある。釣ってる時は、ふられたことやら、うまくいかなかった仕事やら、いやなことばっかり思い出して、もう煮えくり返る思いなんですわ。それが魚がかかった瞬間、全部、傷跡なしに消えてくれるわけ。そういうものはほかにないね。こうすれっからしの年齢になると、もうほかにないな。だからそれを追い求めていくわけ。

釣りの時、想像力がかき立てられるなあ。こんなに大きいのがかかるだろうか？　こんな美しいのがかかるだろうか？　すばらしい魚を釣ったとき、女にたとえたら、どんなものだろうか？　さぞや迷うだろうな？　なんて思ってみたり……釣りの時は、いちばん想像力がかき立てられるな。そこで彼らが思いついたのが麻薬だ。アメリカではね。でもこれはだめだね。過去のスポーツとか、開拓期に向かって建てたようなああいうものではないね。アメリカだけじゃないな。僕がパリにいた間に何度も聞かされたけどね。ニューヨークとかモスクワとか東京とかは「犬の都だ」って。でパリだけが「猫の都だ」って。だけどそれも、ドゴールがフランス人をけしかけ、セルヴァン・シュレヴェールが日本に追いつき追い越せと叫ぶまでの話であって、なんやらフランス人も犬がかってきましたな。ドギー・キャットというところでしょうか。とにかく現代は犬の時代ですよ。主人が機械やなんやわからん奴隷の犬の時代ね。

男にとって、じっとしていると、スイフトじゃないけど、立ったまま頭から枯れていくような気がするわけや。それで運動のエネルギーなどに行くわけや。だから止まった時は倒れる時だと、こう感じているわけでしょ。

芸術家なら、純粋ならば、そうあるべきもんでしょうね。といっても、近ごろは芸術家というイメージは、はなはだ希薄になってしまったけど。

ま、女にだって想像力はある。ただ、その質と方角が違うんだ。女というものは、絶え間なく、少しずつ、エゴを指先を通じてこぼし続けずにはいられない。それが猫であれ、夫であれ、恋人であれ、編み物であれ、シューマイであれ、指先を通じて物に触れていないと、生きていられない。それを女は愛と名づけていらっしゃるんだがね。それは女のエゴの特質なんじゃないの？　というふうに私は見ているんですがね。そして男を指先で操作したいんじゃないかとね。ここでフランスの男が作ったことわざを差し上げる。「水は酒をだめにする。な。車は道をだめにする。な。女は男をだめにする」

ダンディズムについては、マルセル・プルーストだけ、イメージが浮かぶが。今ちょっと読返しにかかってね。今、私ちょっと小説のモチーフが動きかかって、いわゆる発熱の段階なので、他人のもの読まないようにしているんだが。あれ読みかかってね、ああいけない、こういうのをほんとうのデカダンスと言うんだと思ったな。動物だか植物だかわからない、あのプルーストの旦那は。こりゃいかん、こりゃもう人間の領域を超えかかってる。こういうの今読んだら、引きずり込まれて、圧倒されて、自分のものが出てこなくなる。のみ込まれてしまうしかない。くもの糸に捕らえられた昆虫みたいになってしまう。あれは危険だ。プルーストについては、もうしばらくたってから何か名言を吐くよ。

というわけで、ダンディズムというのも、根は騎士道精神にあるような気がするんですがね。この騎士道精神は、かなり長い間続きますからね。日常生活の常識になっていたらしい。つまり男のルーティーンであったわけです。

日本で言えば侍でしたが、江戸三〇〇年間、侍が侍であることを実証できなかった。ただ一人、大石内蔵助だけを例外として。あの幡随院長兵衛とか、ああいう男伊達《だて》は国定忠次と区別がつかなくなってしまった。

ま、ダンディズムは、現代残っているとすれば、消え去っていくしかないな。一九世紀ならともかく、現代は無理だな。自分はダンディと思い込むのは自由だが、しかし現代は手段が伴わない。本質だけでは、情念が成り立たない。

現代は、スポーツは古すぎる。冒険する場所もない。今、そこで男の情念の決算が、書けないでいるわけ。グランドトータル、最後のしめが出せない時代。先進諸国の男たちは、これが出せなくて、そのくせ出さなきゃならないという欲求だけを持っている時代だ。それで世界中の男たちが犬の生活を強いられ、主人のいない奴隷の生活をしていらいらしている時代なのですわ。

私のファッション？　私はね、もう二五、六年ネクタイを締めたことがない。するのは葬式の時だけ。私が好きなのは、シンプルライフ。強いて言うなら、深みのある単純さが欲しいですな。無味の味ってのは、なかなかできない。爛熟を通過しなければ出てこない。日本の男の服の装いは、まだまだ爛熟を通過していない。その一方、男の和服は、さすがみごとに爛熟を通過している。縹《はなだ》色ってのはいい色だね。イギリスのネービーブルーもいい色と思う。

　この間、菊池寛賞をもらった時、友達のサントリーの社長が、「おい、好きなものプレゼントしてやる。三〇万円くらいの」と言うが、好きなものに値つけんのはなんや――と思ったが、結局欲しいものないと返事すると、服はどうや、と言うんで、丸ビルの米田屋で上下作らせることになった。ま、七、八〇万かかったけど、なあんや、男の服はそれくらいか……とはかなくなったね。女の着物のほうが、ずっとかかっているやないか……とね。

香る記憶

1982年（昭和57年）3月19日
「朝日新聞」夕刊
しんさい橋特集広告

大阪で生まれて育って25年。東京で暮らして働いて25年。ちょうど、今、〝西〟と〝東〟が半分ずつ私の体内にある。

　家が北田辺だったし、中学校は天王寺中学（今の同高校）だったから、遊ぶのも学ぶのもミナミであった。一日に一度は心ブラをしないことには落着いた気持になれず、飢え、孤独、あてどない希望、うつろいやすい歓び、さまざまな心を無数の名店のウィンドーに反射させて歩きまわったものだった。

　香ばしい焙《い》りたてのお茶の匂《にお》いが大丸の地下鉄の穴から出たとたんにおしかけてくる。このお茶屋は無料で香水のサービスをしてるようなものだが、この、熱い、わきたつような、豊麗なのに清純な香りの音楽に出会うと、眼も心も洗われるようであった。いつ。どんな日でも。

　この香煙のなかから半生の記憶がたちのぼる。傷の、歓びの、午後の、黄昏《たそがれ》の、荒寥《こうりょう》の、優情の、記憶がたちのぼる。

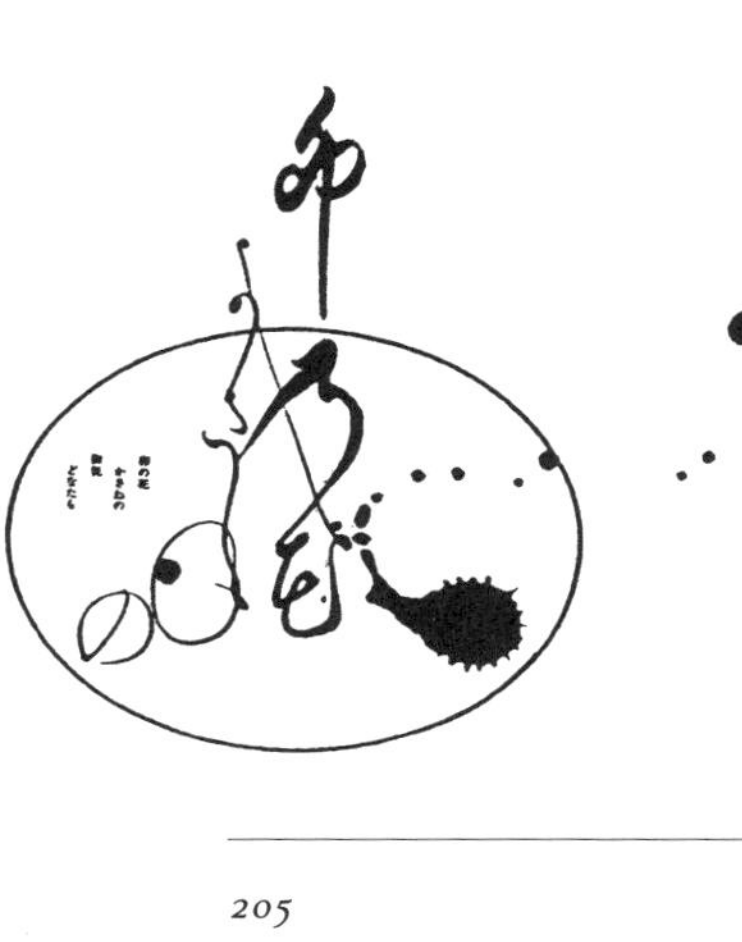

首から上の時代

1982年（昭和57年）4月10日
「西武のクリエイティブワーク」

今からかれこれ15年ほども昔のことになるが、某月某日、久しぶりに古なじみの友人2、3人が集るチャンスがあった。酒を飲みつつ、よしなしごとを語りあい、書物、旅、女、政治、思想など、森羅万象について美しい夕陽のなかで、うだうだと論じあう。そのとき、これから以後の70年代、さらに80年代には何が流行するだろうか、どんな時代になるだろうかということが話題になり、めいめい所見を述べあった。私もいっぱし酒にそそのかされて予言者気取りになって、いろいろとしゃべったが、そのうち2つのことを今でもおぼえている。おぼえているのはその2つのことが実現したからである。もっとたくさんのことも予言したはずだけれど、それらはたいてい的中しなかったから、おぼえていないのである。心というものの甘いトリックである。

私の予言の1つは、美食趣味が流行するようになるだろうということ。もう1つは、軽い心には気晴し、重い心には文化の時代がくるだろうということであった。現今のニッポンの状況をごらんになればこの2つはあきらかに到来し、実現し、列島全体を蔽う現象となっていることを理解して頂けるであろう。そのとき私が酒にそそのかされてうだうだと述べた推論の根拠は、おおざっぱに要約すると、つぎのようなものである。

文化と文明をどう定義するかについてはさまざまな説があり、どれも少しずつ必要条件をみたしているけれど、完全ではない。しかし、このところずっと私が気に入ってる定義があって、それによると、文化とはその国以外の他の地圏に容易に伝達することが不可能であるか、もしくは、きわめて困難なもののことをさす。言語、宗教、風俗、文学、芸術のようなものである。文明とはその国以外の他の地圏に容易に伝達することが可能であるもののことである。たとえば自動車、タイプライター、水道、核爆弾などである。この2つを日本人の家庭について眺めると、すでに日本人は文明についてはテレビ、電話、クーラー、電気洗濯機、電気冷蔵庫など、ことごとく持っている。都市の巨大ビルディングの窓は夏も冬も快適にすごせるものだから固定式になっていて、開閉することができない。個人の家庭の窓は自由に開閉できるようになっているけれど昔のようにしげしげと開閉されることはない。冷・暖房兼用のクーラーのせいである。日本人の家庭は人間の基本的な欲求についてはまずまず文明的な事物でもって大半を克服してしまった。皮膚と胃は満足させられてしまったのである。足はジョッギング・シュー

ズをはいて朝食前に一走りすればよいということになり、スポーツ品店が大繁昌である。くたびれた中年男たちは酒場での乱酔と口論をやめてさっさと家に帰って早朝の一走りに爽やかな愉しみをおぼえるようになった。

こうなると日本人は首から下を文明にゆだねるようになり、残るのは首から上である。この部分には口と舌と眼と鼻と耳、そして脳がある。これらをみたす探求に70年代と80年代の日本人は没頭するようになるだろう。それは文化である。舌をみたす御馳走、耳をみたす音楽や話芸、眼をみたす絵画や彫刻や風景、脳という想像力をみたすすべて。これらひっくるめて文化と呼ばれるもの。形のあるもの、ないもの。具象。非具象を問わず文化と呼ばれるもの。これらの探求、開発、導入、蓄積、開示、展開に70年代と80年代の日本人の頭と心は没頭することであろう。首から上の時代となる。ただし、大地震と戦争がないとしての話であるが……。

おおむね私はそういうことを述べたのであったが、それを、〝軽い心には気晴し、重い心には文化〟と呼んだと思う。これはさほどこみいった思考からきたものではなく、誰でもが考えつきそうなことであった。一夜明けて酒からさめると、いつとなく、忘れるともなく忘れてしまった。しかし、60年代が終り、70年代に入り、それも終って80年代に入る。この15年間にトーキョーは華麗の混沌をいたるところに体現していった。味覚についていって眺めるとこの都市には南シナ海のウミツバメの巣からカスピ海のキャヴィアまで、世界中のありとあらゆる精選食品がはこびこまれ、それらを演出するありとあらゆる種類のレストランが氾濫した。同時に名店案内と名菜指導の食経がかぞえきれないくらい氾濫した。自由競走は多大の犠牲を払いつつもかならず質の向上をもたらすので、たとえばそれまでの中華料理の酢豚は日本人向きにまるで水飴で煮たようにネバネバと甘ったるかったのが、いつ頃からともなく爽やかで淡白な本場の広東風に近いものへと変っていった。中華料理のコックさんたちが大量に香港や大陸へ見学と勉強にでかけたせいでもある。秋になると上海のカニが生きたまま大陸からジェット機で空輸され、牛のアキレス腱やイシモチの浮袋の干物などという山奥の四川料理の名物も食べられるようになった。噂さと伝説を聞かされるだけで現在のトーキョーの中華料理店でお目にかかれないものといえば重慶の蚊の目玉ぐらいだろうか。

ティファニー、グッチ、エルメス、フェラガモ、ヴァレクストラなど、アメリカとヨーロッパの名品の老舗はことごとくトーキョー、キョート、オーサカなどに支店を開設し、音楽ではロックからバロック音楽までの一流演奏家や指揮者たちが招かれ、法外なギャラで年中どこかで誰かが音を流し、どの会場もつねに満員である。ときには老衰死直前のベームが車椅子にすわってモーツァルトの指揮をするというような、直視しかねる光景が出現することもあった。ビッグ・ビジネスはさきを争って文化財団を設立したり、美術館をつくったりして知性と感性の社会還元に努めはじめ、ちょっとした地方都市にはかならず美術館か博物館か郷土民芸館が建設され、しばしば陳列品が少なすぎるわりには建物が立派すぎてコンクリートが夜泣きするという現象が見られるようになった。家庭の主婦たちはあちらこちらのカルチャー・センターにでかけ、フライパンとオムレツから解放されて『源氏物語』やスペイン語の講座に出席し、しばしば小説の書き方の教室は超満員になる。妻がそうやって耳学問にもせよ飛翔しはじめると、夫はそれまでのように退社後、赤提灯やバーでウダウダと上役や女房の悪口をサカナにオダをあげるのではすまなくなり、大会社はいっせいに〝文化課〟なるものを設け、経営学から英会話まで、各界の講師を社に招いて終業後の一時間を〝教養〟の水準向上にあてることとなった。

こういう〝文化ラッシュ〟が社会にどれくらい底深い影響と変化をあたえるものであるか。どんな形と質でそれは出現してくるものであるか。今のところそれは誰にもわからない。しかし、好奇心の鬼であって慢性・終生の刺激飢渴患者である日本人は、いつでも、どこにいても、ジッとしていることができないのだ。働くことでも遊ぶことでも、どちらでもいいのだ。日本人をかりたてるのは運動のエネルギーであって位置のエネルギーではない。100年間、明治以来、われらは一貫して追いつき追いこせ、結論と実践を求めるに急なる心にせきたてられ、そそのかされるままに、無数の誤ちと惨害を分泌しつつ、そうして天賦の同化と応用の才を閃めかせつつ、今日ある状況にたどりついた。われらは独楽《こま》に似ていて、回転しているあいだだけ立っていられる。安堵が得られる。しかし、遅緩と沈澱がはじまると、不安をおぼえる。焦燥をおぼえるのだ。仕事であれ、文明であれ、文化であれ、われらの何かを回転させてくれるものであれば、その日、その場でわれらは心身をゆだねることができる、しかし、静止にはわれらは耐えることができない。それは心のガンなのだ。致命傷なのである。現在の平均的ニッポン人の生活を支える文明を獲得するために祖父、父、われら、三代にわたって莫大、深甚なものを民族は失ってきたはずだが、その収支決算表は誰にも書くことができないまま、今日を生きることに没頭している。昨今の優雅、洗練、華麗、細密、奔放、〝文化〟ラッシュの諸相の背後にはよほどの空白と荒涼がひそんでいるのではあるまいかと思いたいが、その質、量、形を、これもまた誰も明確にできないで、あせっている。広大なアジア地域のなかで唯一無二の冠たるものをわれらは汗と血でつくりだしたが、その冠の内に果して何があるのやら。ないのやら。誰も知らないでいる。こうして、いつものように、Howは知覚できるが、Whyは触知できないままである。

限りある身の力をためさん

1982年（昭和57年）4月20日「BROCHURE」

小説家になっていいと思うことはないのよ、あんまり。諸病万病の製造元だからね。ただ一ついい点があるとすれば服装にかまわなくてもよいという点かな。わたしはカジュアル派でね。もうここ20年くらいネクタイしめたことがない。フォーマルは葬式用が1着あるきり。あとはみんなそこいらの学生が着て歩いているようなものばかり、ジーパンだとか。30代から45、46までの間に何枚はきつぶしたかわからない。あれは言うことないんだけども、汗がたまる。特に熱い国に行ってジーパンをはいてると、オシリが水虫になりそう。コーデュロイの方がまだ発散する。しかもなかなかタフである。夏でもあまり熱くない、ムレない。いまはコーデュロイが一番気に入っている。わたしは2年か3年に一ぺん、大きな旅行をするの、タフでハードなね。それでヘビーデューティの、ホントに野外で耐えられるものは一応あるんです。イージーな生活、イージーな金、これは男をダメにする。日本でイージーに生きないためには各自が解決するしかない。誰も行ったことのないところへ行きましょう、誰もやったことのないことをやりましょう。私自身が謎と思っているところへ行きましょう。完璧の瞬間、裸の知覚を求めて。だけど辛いぞ、これは。アラスカときいたら「エスキモーと白くまとマッキンレーの山」と、こういうことを考えるやろ。ところが、蚊がいるんだ。ヤブの中から、ワーッと出てきて何百匹と寄ってくる。ジーパンでも上から刺す。ただの蚊やのに、金属をつっこまれたみたいに痛い。モスクィート・ジュース、ベトナムではジャングル・ジュースと呼んでたけど、それをつけると大丈夫。なんだけども、2日目3日目ぐらいからイグアナのお腹みたいになってくるの、肌が荒れてザラザラになって。

アマゾンへ行けば行ったで今度はダニ

だわ。ムクインっていうの。草の上にしがみついて待ってんのよ、ひたすら空腹をこらえながら。それで日本の小説家でも通りかかるとワッとのりかかるの。1時間ほどすると全身もう火ぶくれやね。かゆくてかゆくて、気が狂いそうになる。アマゾン。たいへんだぜ。話できいている分には面白いけどね、のたうちまわるわ。「好きで行ってるんだからいいじゃないですか」と言われればそれまで。苦しいところを選んで「憂きことのなお、この上につもれかし」という心境でお出かけなさるわけだ。(笑)

したがって、アウトフィールドウェアについては、わたしはなみなみならぬ経験の、持主やね。極熱地は裸になればいいというものの、服を着てるほうがかえって痛くなくていいんですよ、日光が。だいたいアメリカ製が多い。アメリカ製品はフィールドテスト、フィールドテストして、まことによろしい。それから伝統も長いです。野外生活ぶりがですね、我々よりも激しい。すぐにピクニックだ、バーベキュー・パーティだ、ほらジャングルだ……客の批評眼が発達してるからうかつなものは作れないということになってくるわけやね。長もちするし、飽きがこないしね。アラスカでも砂漠のまん中でもいいから連中のつくったものを着てるでしょ、完全に保護されてるという感覚がでてくる、体に。ほのぼのと、どこからか。

日本にいるときは、アウトフィールド用の使い古しをふだんお気に召しているわけですよ。だから今でもアメリカ軍の野戦ズボンはいてるときがある。ただね、あちらは空気が乾燥してんの、日本のような湿気のことを考えて設計してないの。だからアメリカ製を日本で着るとですね、ジメジメベトベトしてくる。

向こうがいかに空気が乾燥してるか――。アラスカの荒野のまっただ中のロッジに泊まったとき、酒を飲みすぎてラリパッパになっちゃった。それで、夜中に目を覚ましたら、まっ暗。重油節約のため9時で電気は消しちゃうから。膀胱がパンパン。手さぐりでトイレ捜すんだけど、わからない。酔っぱらってるもんだから、足をとられてひっくり返って、ぶらさがっている服やなんか落っことしてしまった。途端にもうどうしようもなくなって、一挙に全面開放。またベッドにもぐりこんで寝たのよ。あくる朝パッと目が覚めてまわりを見たら、カメラマンや記者は寝てるわけ。今のうちに洗たくするか何かしとこうと思うて、ソーッとベッドをぬけだして見ると、カラッカラのサラッサラ。みんなは全然知らないの。で、わたしは黙ってた。そいで1ヶ月もたってから「実はきみらの着てるシャツの上へ全部ぶちまけたんだ」って。(笑)だから、向こうの生地をもってきて、日本の湿度を考えて設計したものでいいものがあればと思うんだけどね。

　わたしのウェアの中で一貫性をもっていて長年にわたっているのはバーバリーしかない。親父が中学校1年生のときに死んだの、だからネクタイの結び方もオーバーの着方もなんにも教わっていない。親父の感覚、わたしにないの。その親父が残していったものがバーバリーのレインコートだった。それで、レインコートはバーバリーと。シャツも大好き。最近になって、一ぺん全部、トータル・ファッションというの？　固めてやろうかと思って、スカーフ、レインコートそれからバッグ、バッグの中に入れる化粧バッグ、全部バーバリーでそろえた。それで、あるとき、新幹線に乗ったの。レインコート、マフラーと網棚にのせて、これ見やがれと思いながら。そうしたらずっと向こうの方に親子づれの若いのがいてね、フッと目みかわしたら、同じバッグ、同じスカーフだ。いけませんね、どうも。さあ、それから財布は誰それにやる、マフラーは誰それにやると、少し分散をはかりましたけどね、すぐもらい手がついたよ。レインコートとバッグだけはさすがに残してある。でも、しばしば網棚にのせようと思ってフッと見ると、こういるの。伝統が長いから、これは恐しいネ。(笑)　(談)

蛇の足

1982年（昭和57年）10月25日
辻 静雄著『パリの料亭』
（新潮文庫）解説

　この本の著者は「大阪あべの辻調理師専門学校」の経営者であり、校長先生でもあります。フランス料理についての著書がたくさんあり、ハウツー・ブックから歴史研究まで、なかには学位論文になりそうな浩瀚《こうかん》の作業もあります。この学校はアマチュアにキッチン芸術のABCを教える花嫁学校の要素もないではないけれど、主としてプロのコックさんを養成する学校で、キャッチ・フレーズを見ると、「僕は料理界の東大へ行くんだ」とあります。だから辻氏は知人のあいだでは、総長、総長と呼ばれています。

　もともとこの人は和菓子屋さんの生まれなんですが、東京の大学を出てから大阪の読売新聞社の記者になり、たまたま某日、取材で阿倍野《あべの》の料理学校へ行き、そこでお嬢さんの辻勝子さんと知りあってスパーク、熱烈恋愛、辻と辻ならほんとにツジツマがあうじゃないかというようなことを喫茶店のすみっこでささやきあうようになって結婚し、以後今日に至るのですが、それからは刻苦精励。新聞記者が鉛筆を包丁に持ちかえて味噌汁のダシのとりかたから飯の焚《た》きかた、魚のおろしかた、すべてイロハから勉強にかかったというのですからユニークです。立派です。

近年、総長はアメリカで入手できる材料で日本料理をつくる理論と実践のAからZまでの部厚い本を数年がかりで完成し、英語にして出版しましたが、これがニューヨークで評判になり、ヒットしました。その序文にガストロノミーの大家のフィッシャー女史がいい一文を寄せ、若い頃のシズオはヴンダーキント（神童）であったと、たいへんな讃辞《さんじ》を書いています。だから、一人の新聞記者が男を見る眼のある妻にそそのかされてしぶしぶ鉛筆を包丁に持ちかえただけというようなことではなかったわけだと、推察されます。一つの波瀾《はらん》であり、劇であったと、いいたくなるじゃありませんか。（その頃、会ってみたかったね！……）

さて。

工業化だ、都市化だ、汚染だ、インスタント食品だとギクシャクはとめどないけれど、アフリカや中東や東欧などにくらべればわが国はまずまず天下泰平。マンザイバンザイ。おかげで料理界は和、漢、洋を問わず百花斉放、百家争鳴、繚《りよう》乱《らん》の繁栄ぶりです。また、料理番組、名店案内、ハウツー・ブックの氾濫《はんらん》も史上空前です。フランス料理もレストラン、ビストロ、メェゾン、キュイジーヌ、シェ、無数の看板が秒きざみでまばたいています。しかし、辻総長の百戦錬磨の本場感覚でいくと、ロクな店がないし、マアマアといえる店もないし、わるくないといえる店もないとのことです。いっそあざやかといいたくなるくらいの全否定です。値と味に開きがありすぎるということかしらと、おそるおそる低音でたずねてみるのですが、総長はソッポ向いたきりで、話題にもなさいませぬ。ウヌボレのない奴に芸術ができるかと小林秀雄が喝破したことがあります。料理はまぎれもなく芸術であり、辻氏はその総帥の一人ですから、当然、ウヌボレがなければなりませんが、これはみごとな自負ぶりでした。

この本は辻氏が一軒ずつ身銭を切って何度となく訪れたパリのレストランの探訪記です。近過去の時代のものだから、今では衰微した店や消えた店もあるかもしれません。値段も当時とは変ったでしょうし、メニュも変ったでしょう。しかし文庫化に際して新しい電話番号やアドレスに変えられ、しかも充分な追記、訂正が加えられています。したがって、雨の降るけだるい午後に想像力を刺激され、かきたてられ、ああでもあろうか、こうでもあろうかと、無邪気に愉しむことのできる本です。現代は気晴しと遊びにはまるでお花畑のような時代で、本もまた無限に百家争鳴ですが、ほんとにおだやかに、無邪気に愉しむことのできるものとなると、やっぱり、〝いいものは稀《まれ》である〟の古今の原則通りです。ことにスープのことを考えてみると、皿に入って出てくるときは深さが一センチか二センチなのに、裏方のキッチンではギョッとなるような大鍋《おおなべ》で骨、肉、野菜、スパイスなど莫大な多種多彩ぶり。それをたっぷり時間をかけてコトコトぐつぐつ。そのあげくにやっと出てきた一センチか二センチなんですが、それぐらい何もかもをかけた結果としての文章だといえるものが、なかなか見当らない。

　だからわれら精神の美食家は年中、空腹なのであり、イライラしているわけです。豪奢《ごうしゃ》は惜しまないけれど歌を歌としないという心得のある人物の書いたこういう紀行文は稀です。この本を読んでいてどこかの頁の一言半句でピリッと胃が動く。食べてみたい。行ってみたい。チカッとでもそう感じることがあれば、もう、それで……。

パリの「食」

1982年（昭和57年）11月10日「Trèfle」


　私がパリに行かなくなったのは、アラスカでサケ釣りを覚えたのとほぼ前後している。およそ十三年前、アラスカの荒野でキングサーモンを釣ることを覚えてからは、パリが華麗なる肥溜というふうに思えるようになっちゃって……そう言ったらえらいおこられましたけどね。

　その頃、マルローが大臣になっていて、パリの街を白く洗いたてることにかかっていて、国民議会からノートルダムその他を一所懸命職人が洗ってた時代だったの。だけどその後、パリもニューヨーク化しつつあり、これは時代の当然の勢いで避けられないことなんだけれども、ニューヨーク並みの高層建築が立つようになって、古い街がどんどんこわされていくということになってきた。その高くなったパリは私はよく知らない。

　フランス人は食べることが大好きだね。ただ戦前に比べると、やっぱりフランス人も食べる時間は半分になった。コース付きで食べるやつが少なくなった、ぶどう酒付きで食事するフランス人は少なくなったと嘆くフランス人は多いです。

　しかし、日本人も中国人も食べることには並々ならぬ関心を持っているけれども、フランス人のはちょっと性質が違う。桁はずれで底深い。朝飯を食いながら昼飯のことを考え、昼飯を食いながら晩飯のことを考えというふうなところがある。ご先祖さまの墓場へ行って、右の目でお祈りしながら左の目でカタツムリを見つけて、すかさずポケットへ入れて持って帰るというふうなことなんだけどね。

それからコックが尊重されているし、うまい料理を作ることは芸術なんだということがはっきり社会的に隅々まで認識されている。この点日本では料理を芸術だといいながら、何となく軽く見ているところがある。それではいけません。

フランスの家庭料理のことはあんまりよく知らないんだけれども、ただ、肉が安い。フランス人が日本へ来て何年か滞在する。肉料理をしたいんだが、肉がベラボーに高くって閉口する。しかしモツは非常に安いんでこれは助かるという。ところがアメリカ人なんかはモツを食わないから、高いビーフばかりを食ってえらいめに会わされてるわけや。われわれはビーフを食いたいんだけれども、もともとビーフを食う習慣がないもんだからさほどこたえてない。それでもビーフは高いね。

で、フランスはトリップという臓物料理が盛んで、ア・ラ・モード・ド・カンカン風という胃袋料理があります。壺などに入れて牛の胃袋をコトコト煮る。酒で煮たりいろいろ流儀は違うんだけど、これはなかなかにうまい。フランス料理はやっぱり一つは煮込み、一つはスープ。これが二大宗である。だからフランスへ行ったら煮込み料理を食べなさい。

それからぶどう酒が安い。うまい。学生街の一杯飲み屋のぶどう酒でもうまい。無銘の「正宗」という気配がある。水準が高いです。飲み食いの安いものであれ、それの水準が高いということをみると、かなりの民度があると考えたくなる。

朝から酒を飲んで遊んでいても誰もふりむかない。朝から喜んで酒を出してくれる。その点まことに小さいことに喜びを見い出すことに芸術を感じている国民であります。パリで朝から毎日、フラフラ、酒を飲んでいたんですが、これはよかったですね。どうもドイツとかロンドンではそうする気になれない。みんながとがめているような気がしてしようがない。日本でもそうです。

ところがそんなフランスも、いつまでもボヤボヤしてたらあかんでと、セルバン・シュレベールなどが日本に追いつき追い越せというふうな本を書いてたたきあげたもんだから、フランス人がシコシコ働き出した。シャンゼリゼの朝、サラリーマンの靴音が軍団のように響いてると、そうなってきてるらしいんで、まことに嘆かわしい。

フランス人が働くようになり、アメリカ人が政治の議論をやめ、イタリア人が嘘をつかなくなったら、そろそろこの世はお手あげというふうなことになるんやないかな。

自殺したくないから釣りに行く

1983年（昭和58年）3月23日
「朝日新聞」特集広告

――釣りを始めたきっかけは？

開高　「輝ける闇」という小説を書き下ろして、私の場合のろいから、二年ぐらい家にこもったきりになるんやね。そうすると、家の中に座ったきりでトイレと万年床の間を行ったり来たりするだけで、一日に三百歩も歩かない生活よ。これが、一年も一年半も続いたら足がヘロヘロになる。それで、これはいかんというので、

――医者はゴルフをすすめるんだけど、私はゴルフは気持ち合わないから――それじゃ魚釣りしようかということになって始めたわけよね。

――もっぱらルアーフィッシングですね。

開高　釣りを始めると私の癖で、一度やりだすととことんやらないと気が済まないという性癖が手伝って、ルアーにのめりこんだ。当時、ようやくルアーフィッシングが日本でも行われるようになったが、私はドイツのボンの釣り道具屋のおっさんに教えられて、山の中でやり出すようになった。ドイツで一人でやったから、これを本当の〝独学〟というのだけど、ルアーを覚えて日本へ帰ってきた。

もっとも、日本はルアーで釣れる魚が少なくて、イワナ、ヤマメ、ニジマス、（最近ではブラック・バス）、ライギョぐらいしかいない。どうしても、外国の方がたくさんいるし、大きいし、それから自然が手厚く保護されている。こんなことから、外国で魚を釣りだすようになった。

――魚釣りの楽しさは？

開高　ご存知のように小説家は夜中に起きて、朝、鳥の鳴くころ、四時ごろまで仕事をして、後は寝てと……。昼間はどんよりぼんやり、朝から晩まで言葉ばっかりいじっている。夢の中まで文章が出てきたりするんだけど、そういう生活ばかりしていると男はだめになる。

言葉の甘い、酸っぱいということも分からなくなる。一つ一つの言葉のボリュームとか、質、臭い、味、そういうものも分からなくなる。要するに、原稿用紙の上で、すべてが分解してしまう。これじゃ、私は自殺するしかないんで、それで、魚釣りに出掛けるわけね。

ルアーフィッシングは、大人の釣りといわれ、魚と人間の知恵くらべなんだけど、釣れない時は、本当にさびしいね。（談）

力アレバ力ヲ銭アレバ銭ヲ!

1983年(昭和58年)4月
「奥只見の魚を育てる会」会報

さて、

われらが銀山湖は一時ひどい不振に陥ちこみ、名物のジャイアント・イワナはことごとく小人となりました。数も減ってしまって、水に映るのは釣師の歪んだ顔だけというありさまでした。これではいけないと、釣師や村民が協力しあって孵化場を設けて稚魚を放流するやら、禁漁期と禁漁区を設定するやら、監視をきびしくするなど、この九年間、思いつけるかぎりの努力を払ってきました。おかげで秋の産卵期には昔のようにみごとなイワナが北之岐川をのぼってくるようになり、その数も着実に増えつつあります。

しかしこのあたりも新幹線が走り、高速道路が開かれるなど、たいへん便利になり、釣師の数もまた季節を問わずめっきり増えました。ここで手をゆるめるとふたたび乱獲、不振、不毛に陥ちこみます。それは火を見るより明らかなことです。眼に見えることです。人間が一歩進むと自然は音もなく二歩後退します。この立派な水面を守るために、みなさんの御協力を仰ぎ、もう一度、力アレバ力ヲ、銭アレバ銭ヲ、と申上げたいのです。

お願いします。

冒険小説こそ、唯一残された大人の童話だ

◉対談=内藤陳(コメディアン・日本冒険小説協会会長)

1983年(昭和58年)11月25日
「週刊プレイボーイ」

ボクは〝芸能界のイリオモテヤマネコ〟——内藤

内藤 じつは今日、われらが神たる先生にお目にかかれるっていうんで、礼服を着てこようかと思ったんですけど。(笑)

開高 タキシードなんて、あなた……私は南米のコーヒー袋の帽子だっていうのに。

内藤　「PLAYBOY」に約5年ほど書いてきた書評を柱にまとめまして、『読まずに死ねるか！』というタイトルの本を、今度……。

開高　〝ナポリを見て死ね〟をもじって。(笑)いいじゃないですか。あなたはいまでも舞台に出るんですか？

内藤　ええ、やってます。

開高　どのへんで……？

内藤　日劇ミュージックホールとか……。

開高　むかし私は毎週、日劇ミュージックホールへ通うてましてね。いまでもいろんな客が来てるんでしょうけど、シャレは通じますか？

内藤　通じます。あそこが一番……。ハードボイルド・ミステリーとか、冒険小説の名セリフを言っても、あそこは受けるんですよ。たとえば、ビル・プロンジーニのやつで「エレクトしたペニスに良心はない」。

開高　なるほど。

内藤　つづいてすぐ——「濡れたヴァギナに抵抗はない」って。(笑)ドーンと受ける……。

開高　そこで民度がわかるわけですな。

内藤　そうなんですが、そういうのばっかりやってるから、一般には売れない。ぼくは幻のコメディアンって言われてるんです。〝芸能界のイリオモテヤマネコ〟。(笑)

007、あれこそは大人の童話よ——開高

開高　フランスの誰か……ポアンカレだったか、春本は大人の童話だと言ったことがあります。じっさい、いま読んでもムズムズしてくる傑作がある。ただし、デンマークでポルノが解禁される前の、禁圧時代のものね。

　ところが、いまは何を書いてもいい。堂々と大手が振れる。それで読んでみるんだけど、ぜんぜんつまらない。ソフト・オープン・リッチの時代になると、もはや春本は大人の童話たりえないんでね。たったひとつ残っている大人の童話というのは、冒険小説だけじゃないか——。それについて話しましょう。

内藤　いえいえ、もう拝聴するだけで……。ぼくたちの会は、すごいアマチュア軍団で、乱暴でしてね。本筋はハードボイルドと冒険小説が好きですけども、いいものはいい、面白いものは面白いと言い切っちゃってるんです。

開高　それしかないのよ。

内藤　だとしたら、ぼくは『三国志』が一番好きなんですね。

開高　ああ、これは最高。じつによく考えぬいてある、人間をね。善玉あり、悪玉あり、おかしいのあり、美女あり、ブスあり……。

内藤　だから、何が好きだっていろいろ訊かれるときがあって、ぼく、困るんです。『鷲は舞い降りた』も好きだし、『深

夜＋1《プラス》』も好きだし。でも、どうしてもって言われたら『三国志』なんですよね。

開高　『三国志』はいいね。しかし、ジャック・ヒギンズやギャビン・ライアルというんなら、その前にやっぱり007の功績をあげなくてはいけないんじゃないのかな。

内藤　ええ、大エンタテインメント。

開高　あれこそは大人の童話よ。紙芝居の要素も入れて、見事だな。ああいうバカバカしい話をああまじめに、全身のサービスでこれつとめている……。

内藤　007というのは、ぼくたちが冒険小説好きに改めてさせられた本ですね。あんなにワクワクした本って……あれまで、そんなに海外の新しい冒険小説ってあまり出てなかったの。だから、初めてトリオ・ザ・パンチをこしらえたきっかけも、セリフはチャンドラー、動きは007、それから想いはフォード西

冒険小説こそ、唯一残された大人の童話だ

◉対談＝内藤陳（コメディアン・日本冒険小説協会会長）
1983年（昭和58年）11月25日
「週刊プレイボーイ」

部劇……。

開高　ああ、なるほど。わかりますな。むかし、アンドレ・ジイドがアメリカのハードボイルドを読んで、もう夜の眠るのも惜しいと、興奮しきってた。すこし遅れて、サルトルが若い時代でもそうなんだ。ハードボイルドに夢中になる。それは無理もないんで、フランスは心理小説とサロン小説の伝統が長々とつづいてきて、煩《わずら》わしくってしょうがなかったわけ。そこへ障子をげんこつで突き破るようなハードボイルド。それでジイドが無我夢中になって読む。みんなに教える。それでフランス中に広がっていったんです。

内藤　なるほど。

開高　それでね、フランスの作家もアメリカに負けてられへんデというので(笑)、いろいろ書いてはみたけれども、題名だけつけるのうまくて、やっぱりダメ。フランス人に、ハードボイルドというのは合わない。ブドウ酒とバーボンが違うみたいにね。

内藤　ジョゼ・ジョバンニなんかはどうでしょう。

開高　うーん、悪くはないけども、何というのか、両性具有という感じですな。オス・メス一緒にもってるという。やっぱり曳きずって歩いているフランス的な過去のものがあってね。

内藤　スパイスがきかないんですかね。

開高　暴力表現ができないんだな。洗練へヴィオランスを入れようとすると、ヴィオランスが香水にまぶされてしまうんやな。だから、アメリカとフランスの中間――っていうとイギリス人に怒られるけれども、やっぱりこれはイギリス人のお家芸でしょう。

スパイ小説はデモクラシーのある国でしか生産されないんです――開高

内藤　中国もそうじゃないんですか。『水滸伝』も面白いし……。

開高　うん、そう。ただ、中国は近代がなさすぎた。冒険小説というのは『三国志』にあるわけだけれども、スパイ小説となると、これは近代の産物なのよ。それともうひとつ、まがりなりにもデモクラシーのある国でしか、あれは生産されないんです。ロシア、中国、それ以下の開発途上国で、かってスパイ小説のいいものが出てきたことがない。

内藤　そういわれてみると、読んだこともないです。

開高　日本は江戸川乱歩以来、推理小説は急速に――いつもの調子で――えらい段階に達するわけ。それで横溝正史などという悪種・変種が早く出てくるぐらいに、本筋が発達しちゃったんです。ところが、スパイ小説はどうです？　本郷義昭ひとり。『大東の鉄人』あれだけ。

内藤　『敵中横断……』

開高　そう、『敵中横断三百里』。スパイ小説はあれだけなの。でも、あれは明石元二郎大佐でしょう、日露戦争当時のね。それ以後、第2次大戦前はダメだったし、戦後は戦後でこれまたダメ。何でかというと、要するに仮想敵をつくることができなかったわけ。いちおう仮想敵となると、自由主義国と社会主義国の対立だから……。

内藤　ははあ、思想がからんじゃって……。

開高　うん、そうなの。それであいつは反動やとか、保守だとかいわれるのがいやさに、みんな書かなかった。結城昌治君の『ゴメスの名はゴメス』も、自分はイデオロギーと関係なしにこの小説を書いたんだというのを、百ぺんくらい繰りかえしてからじゃないとあかんようなレッテルをつけて出してるわけよね。

内藤　ええ、たとえばアメリカやイギリスの作家が、ソ連をテーマにして大スパ

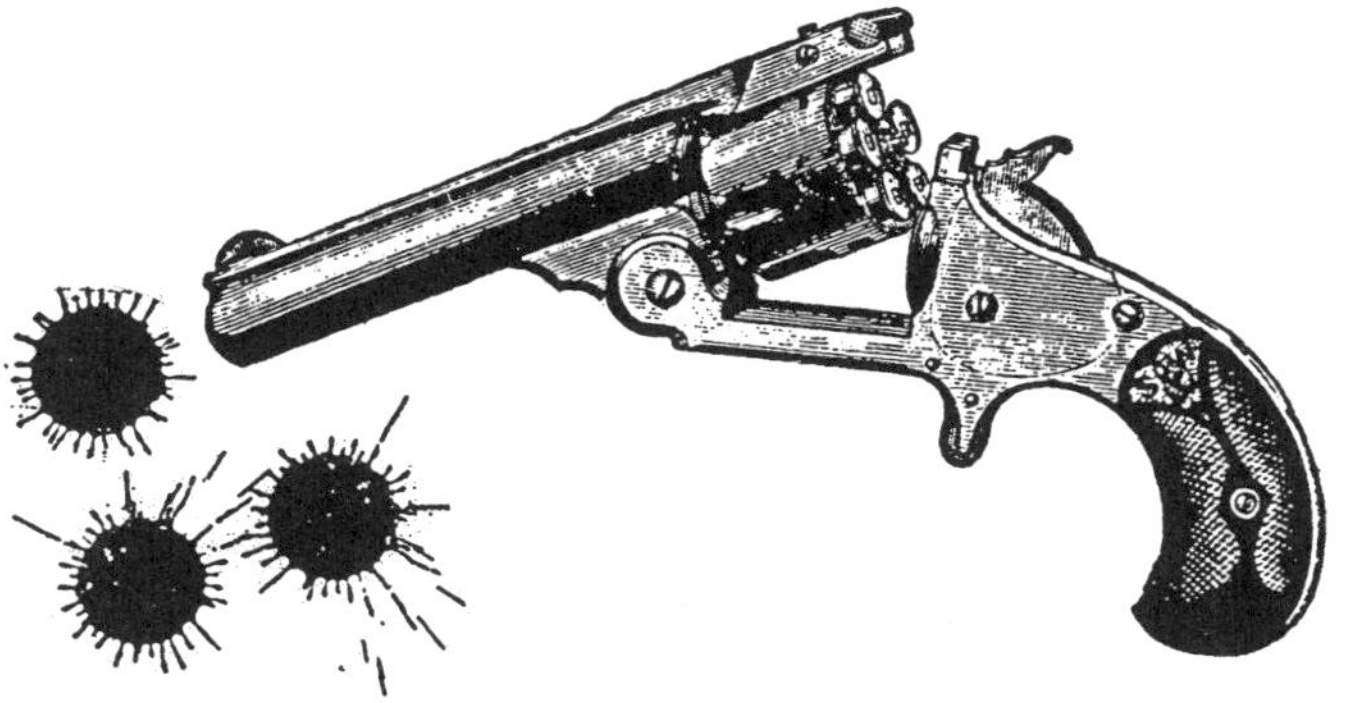

イ小説を書くでしょう。逆にソ連の作家もやり返せばいいと言って……。

開高　やりゃいいんだけどね。読んでみたことあるけど、とてもじゃないが読めたもんじゃないのよ、これが。その未熟、幼稚さ……。

内藤　やっぱりね。

開高　これはもう話にならない。さながら自由主義国における19世紀の推理小説ね。シャーロック・ホームズ以前。1世紀前なんだ、早くいえば。唯一の例外は、イリフ・ペトロフの『十二の椅子』、あれだけ。あれはいいです。

内藤　仮想敵ははっきりしていても、やっぱり体制の枠があって、書けないものは書けないってことなんでしょうかね。

良い作品は、ワンシーンも登場のやつでもしっかり描かれているんです——内藤

開高　しかし、西側の作家にとってみて

も、スパイ小説は難しくなってるのよ、第2次大戦以後はね。東ヨーロッパ圏が広がったでしょう。そうすると、チェコ人ならチェコ人を敵役に登場させる場合に、何を食って、どんなものの言い方をして、どんな慣用語句があってと、これを全部いちおう押さえていかなきゃいけない。

内藤　しっかりしたものを書くには、ですね。

開高　そうです。スパイ小説というのは、新聞の欄外余白に書かれたニュース、解説なんだな。だから母体である新聞そのものの成熟度と、スパイ小説の成長は密接な関係があるんで、スパイ小説のいい、悪いでその国の新聞の程度がわかるといっても過言ではないんです。

わが国のように長く、社会主義にいちゃもんつけたらあかんデ、そういう原稿はボツにするデというふうなエセ進歩主義がはびこっていたら、欄外余白なんてとてもあるわけない。昨今、ようやくボロボロになって破産しましたけどね、エセ進歩主義も。

内藤　そうでしょうね。戦後の——ぼく、深いことはわからないけど、感覚でもってそういうものを信じないようにしてる。嘘つきはわかるんです。

開高　おっしゃるとおりや。だから、ル・カレにしても誰にしても、じつによく調べてある。

内藤　ええ、ええ。本当にディテールがしっかり書いてある。だから、本格とかトリックとかあったけど、やっぱりぼくたちが冒険小説とかハードボイルドが好きなのは、人間が好きなんですね。事件もカギも、そんなことは付随した条件にすぎない。ぼく、町のバーテンだとか、ショッピングバッグ・レディとか、脇役が好きだったりするんです。いい作品てのは、たとえワンシーン登場のやつでもしっかり描かれているんです、人間が。

それで、どうも謎解き、本格というのはもういいやと思ってるんですけど、乱暴でしょうかね？

開高　それなら、小説ではないけれども、あなたの欲求をみたしてくれるものが、すくなくとも最近2冊あります。

内藤　おお神様、教えてください。

開高　1つはジョン・リードの『反乱するメキシコ』というの。パンチョ・ビラが出てくるんだ。

内藤　ワー！　ぼく、単純なんです。パンチョ・ビラって、言葉の響きだけでも憧れるんですよね。

開高　それから、もうひとつはウィリアム・シャイラーの『ベルリン日記』。彼には『第三帝国の興亡』って見事な作品もあるけれども、その前に現場、現場でベルリンの毎日を書いてる。まめな男がいるなあ。やっぱりユダヤ系や。（笑）こういうのが日本にはないなあ……。

われわれは、あなたの紹介文で読もうか読むまいか決定する——開高

内藤　日本のある部分の作家先生さまのが、どうして物足りないかというと、やっぱり主人公一本槍なんですよね、冒険小説においては。敵役に魅力、迫力がないとハラハラ、ドキドキがない。そのへんがドーモ。

開高　それに、不勉強なんじゃない、基本的に……。

内藤　ええ、それもあります。街を書いていても、匂いがしないんですよ。

開高　それならそれとはっきり、「お前、マッチはすっているが、硫黄の匂いがせんぞ」と、陳メはそういう文体で、あなたのバーにくる仲のよい作家のものも、バンバンやっつけてほしいね。

内藤　それ、やってるんです。ぼくはお薦め屋でして、いいものはいい……。

開高　悪いものは悪い……。

内藤　いえ、悪いものは無視しちゃう。だから、悪いというよりもっとひどい。(笑)

開高　近ごろは、結婚式のスピーチみたいな批評が多すぎるでしょ。口ごもって、友情でほめないでください。

内藤　それだけはお約束します。

開高　われわれは、出るもの全部読んでるわけにもいかないので、あなたの紹介文で読もうか、読むまいかを決定する。(笑)　間違った道に導かないでちょうだいネ。(笑)

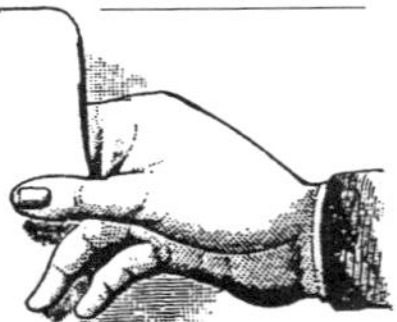

二三歳はどん底だった

1984年（昭和59年）1月1日
「リクルートNEWS北陸」

食い物がないっていうのはつらかったな。ずい分長い間、明日の食物におびえ、夜中に眼がさめたよ。

一七歳のときかな。たまたま見かけた大阪市立大学の募集ビラをキッカケに、この大学に籍を置くことになった。文学部で教えるようなことは、自分で自分に教えられる、そんな考えがあったもんだから、大学にでもいかない限り、接触するチャンスのない法学部を選んだ。

でも、そんなとき日本が敗戦。ひっくり返ったものだから、一切がっさいを否定するというか、若者はつねに全否定の情熱に取りつかれ始めた。戦後の焼跡・闇市時代の幕開けですわ。

どこの大学に通おうが同じ。大学へいく価値はホントに感じられなかった。しょせん学校とは、ラテン語で〝暇つぶし〟という意味。私など大学も授業も頭から軽蔑し、ろくに顔を出さんかった。せいぜい出席したのは、試験のときぐらい。

とにかく、そんなことよりは食うことに大変。大人と子供、学生と社会人のけじめがつかない時代やからね。みんな働かないとやっていけない。私もアルバイトからアルバイトを転々とした。

製鋼工場の旋盤工やパン工場のパン焼工、ときには大阪港の築港工事現場で、防波堤の礎石をあげおろししたり、インチキくさい漢方薬工場で働いたり……。

むろん知恵で勝負したこともある。いい加減な語学力ながら英会話の講師もやったし、翻訳の仕事もこなした。

これは、日本の少年少女が世界中のペン・フレンドと文通しやすいよう、日本語の手紙を外国語に、外国からくる手紙を日本語に翻訳するというもの。一通につき、いくらかの翻訳料をもらっていたわけだ。でも意味のわからない文章も多く、適当に好き勝手に訳したりもしてた。

こうなってくると、何が本業だかわからなくなってくる。何に体をゆだねていいのか、お先まっ暗だし、というより夢や希望なんて、まったくなかったね。将来はこうしたいとか、生きがいとは何ぞや、なんて考えたこともなかったよ。働かなくては食えない。食えないからまた

働く。英語でいう〈hand to mouth〉よ。手から口へのその日暮らしがやっと。

とくに都会がしんどかった。その点、地方は農村というのが確固としてあった時代やからね。学校でも農村出身者は強かった。食い物の話をしても、きょとんとしていたし。今のように日本全国どこにいても、同じインスタント・ラーメンを食ってる時代じゃ、信じられないだろうけど。

旧制高等学校に通ってた頃も、状況はいっしょ。のべつアルバイトに追われて、たとえば春、夏、冬の休暇のほかに、食糧休暇を学校がくれる。生徒に、イモでも、ムギでも調達してこい、というわけ。このときも力を発揮したのはきまって農村出身者だ。リュックいっぱいにおコメをつめて、闇屋まがいの格好で学校にもどってくる。こうして持ち帰った食糧を、よく闇市に売って、ドブロクや焼酎に換えた。しばらくは毎夜のごとく飲んで、暴れてね。

ま、明治以降、学生という人口層が日本にできて、それが最低の生活に追い込まれた時代だったことは確か。学生は試験の夢をみて、飛び起きるというのが相場だったけど、私はその手の夢はみたことがない。試験はどういうわけかいつもパスしちゃう。

それよりか、明日食う物がないっていうので、夜中に眼がさめたよ。イヤな夢をみてね。汗ビッショリ。ホントに食物がないっていうのはつらかったな。社会人になってからも、この手の夢をみ、何度、真夜中に飛び起きたことか。

当時、いつも空腹を抱えて闇市をさまよっていた。

おちこぼれ〝青春無頼派〟は就職難、おまけに子供ができて、結婚して……先がまったくみえなくなった

そんな大変な時代に、大学生でありながら、女ができて、子供ができて、というていたらくぶり。二二歳でお父さんになっちまった。こんなはずではなかった。やがて結婚。自分一人の食事さえままならないのに、いったい、どうするんや。語るに落ちたもんですわ。

とにかく食っていかなくちゃならない。明日の食事を確保しなければ……と、また、アルバイトに精を出す。せっかく、毎月一〇日頃にはもらっていた育英資金も、以来、すぐにドライミルクに化けた。

やがて四年生になり、みんな就職。まともに大学にいってた者は、それなりにいい成績をあげ、官公庁や銀行など安定したところにいく。

当時、就職先で人気が高かったのは、当たっている会社より、しっかりした企業。官庁や銀行を除けば、みんな横一線だったね。戦後の復興期にやっと頭を上げ、これからという会社がほとんどだっ

たのだ。が、私のような、子持ちの青春無頼派はどこへもいくところがない。就職口がないわけよ。

そういう連中を救済したのが、企業の宣伝畑である。戦中戦後の何年間か、宣伝活動というものは存在しなかった。また、それをやる人間もいなかった。だから、このフィールドは空白だったわけで、落ちこぼれも、子持ちも、青ビョウタンも、大いに歓迎された。

後に私は寿屋（現在のサントリー）の宣伝部に入社することになるが、その頃はコピーライターという言葉もなかった。アメリカのいろんな雑誌を取り寄せて調べているうちに、日本でいう文案家は、コピーライターにあたることを知った。

でも、一時、私は同じような文章を書いている様子から、複写屋という意味でコピーライターと呼ぶのだと思い込んでいた。当時、それすら教えてくれる者はいなかったのだ。

寿屋の宣伝部にしても、私のほかには戦前からやっていたお年寄りが一人。だから、ほとんど二人でやるしかなかった。

が、やがてトリス全盛の時代がきた。焼酎ばかりじゃ物足りない。そこへ電気冷蔵庫や電気掃除機がでてくる。一方、パチンコ屋は連発式が禁止されたことから、手っ取り早く現金が入る新商売に乗り出した。それがトリス・バーである。日本全国に、ものすごい勢いで増えた。と同時に、日本は本格的な復興のレールに乗り始めていた。私が二三〜二五歳の頃だね。

もう、子供も誕生していたし、人間嫌いの私も、必死で働いた。もともと女房が、寿屋の研究室で働いていたことから、そのツテで就職したわけだが、最初、社長のところに四〇〇字詰め原稿用紙に「うまい、やすい、トリスを飲みましょう」というようなことを書いてもっていった。一枚五〇〇円。考えてみると、生涯、私が初めて手にした原稿料だったわけだ。

当時、民放のラジオは始まったばかりで、私のコピーも時代の流れに乗った。一枚五〇〇円のコピーを書き、何回か通う。そのうち、社員にならないかと誘われ、いつのまにか宣伝部に勤めるようになったのだ。

それにしても、三〇年のちに、コピーライターという職業が時代の花形職種になろうとは……。

やり出したら止まらない トコトンまでやっちまいたい 盃のフチをなめたら、底まで飲みほしたい

何とか経済的に、いくらかゆとりができてきたのは、二〇代の末、三〇代の初めだな。日本経済の離陸と同じ時期。その頃、すでに私は小説家になっていたが、まだ、外国へ旅行するのに、五〇〇ドル

しか持ち出せなかった。その中で、すべてやりくりしなくちゃいけない。海外にいっても、はなはだ窮屈だったね。毎晩、ゼニカネ勘定しないことには、不安で落ち着けなかった。

ただ、少年時代の夢が一つあるとしたら、それは〝国外逃亡〟。おそらく、これからもずっと求めていくんだろう。たとえ、永久に無理な相談だとしても……。

海外に出るときはいつも一人である。小説を書くためじゃなくても、とにかく出たい、出たいの第二の青春なんだよ。ボードレールの詩にもある。〝ここ以外の場所なら、どこへでも〟という一行が……。これがすべてよ。

初めての渡航は中国へ。三〇歳のときに、日本文学代表団の一員として、毛沢東らを訪問した。それで、拍車がかかっちゃって、以来、二、三年おきに、何としてでもという気持ち。年に何日もというわけじゃないけど、出るとアマゾンとか、しだいに激しいところになってきた。

やり出したら止まらない。トコトンやっちまいたい。盃のフチをなめたら、底まで飲みほしたい。この気持ちが、やまないのよ。これは昔から変わらないね。

ただ、かつてはそれをやりたくても、押さえられてほとんどできなかった。子供をつくるのだけは別だったけど。やりたいことをやったばかりに、他のやりたいことがやれなくなったわけだ。

ミカン箱を机代わりに使うような家に住み、親子三人、ブタのシッポばかり食べていた。肉屋にいけば、一本五円で売ってくれる。これをブツ切りにして、ゴボウやショウガといっしょに、タップリ煮こむ。脂肪がある、肉がある、軟骨がある、で、なかなかにおいしい。ウシのシッポはオックス・テイルといって高級料理だが、ブタのシッポも、負けずにうまい。これを食べては働きに出てた。

でも、子供一人誕生したおかげで、いてもたってもいられない焦燥にまみれ、これでさらに家族が増えるともっと稼がなくてはならなくなる。たくさん仕事をしなければいけない。乱作すれば、やがて作家も作品も荒れてしまう。だから、子供は一人にしておいた。正直いって、二〇代前半のどん底にもどることが、恐かった。

ただ、おもしろい時代ではあった。同じ感受性で、もう一度やれというなら、一言もなく逃げるだろうけど別の感受性を与えてくれるなら、もう一ぺん、あの時代をくぐってもいい。

父を疑え、母を疑え
師を疑え、人を疑え
しかし、疑う己れを疑うな

いま、何をみても全部、フィクションだ、という感じはあるね。たとえば東京のイカしたレストランで、キャビアを食ってるとか、シャンパンを飲んでるとか、

ANCHOR

仮にあったとしよう。すると、どこか、こんなのはフィクションだ、ウソだ、という気がしてくる。

　だから、ある意味では今は強い。どこまで落ちられるか、わかっているから。というより、あの程度までできるなら、おそらくもっとやれるんだと思う。臆病だった青年が、二〇代に自信とクソ度胸をつけた。

　ベトナムへいっても平然とし、アフリカでは何でも食べた。地べたにも寝た。自己改造の上で、あの時代は大いにプラスになったろう。

　だけど、タフとハードだけでは文学はできない。する必要もない。あと反面、何かを持ち続けてきたから、当時おびえ切ってた私が残っているんだろう。でも、人間というのは、意外に変わらないからね。日頃気がつかないが、ときたま、フッと立ち止まりたくなるくらい、アッ、変わってないな、と考えさせられる。本当に思い込んでいるほど、変われないのかもしれない。

　確かに目にふれるものすべてに影響されてはきた。それだけにいつも、自我が拡散しちゃって、とらえようがなくなり、随分苦しみもした。といって、今はどうか。とても捉えているとは思えないな。

　ギリシアの神殿に〝自分を知るには一生かかる〟という、名文が彫り込まれているというが、一生かかってもわかんないのじゃないの。

　ただ、ときには自分に追いついたり、自分を追い越したり……やっと自分をつかまえる。が、途端にどっかへ消えていっちゃう。指の間からもれてね。

　だから、今だって矛盾だらけ。これを〝愚行の連鎖〟という。人間の一生はどこまでいっても、輪がつながっているわけ。チエの輪みたいに。案外、死ぬときも輪はつながったままかもしれないね。

　けっきょく、私の場合、まだまだお尻の青いとこが残っているんよ。若い人のように、さんざんいろんなことやって、遊んで、不満もあるだろうけど、それから結婚して、という成熟した人生を送ってないからね。いまだに、あっちゃこっちゃ、ほっつき歩いているのもそのせい。

　だからこそ、若いときが大事でっせ。頭ぶっつけて、どんなふうに悟っていくのか。最後にインドの古い言葉を紹介しておこう。

　父を疑え、母を疑え。師を疑え、人を疑え。しかし疑う己れを疑うな。（談）

野生は好きだ。だが、私はそこに住みつくことはできない。

1984年（昭和59年）2月10日
「BE-PAL」

——最近、なにか特に感じてらっしゃることがありますか。

開高 現代文明というのは、これまでの歴史上、人類史上空前の、垂れ流し文明であるということね。ものすごい貪欲でしょう。

——すべての面で浪費ですね。

開高 昔は畑で稲、小麦を作って、その実を食べて、一部を保存して、そのわらで熱をとって、それでまた油を作ってと、ひとつのエネルギーからすべてのエネルギーを作り、補っていたわけでしょう。今はどうだろう。

小麦は依然として大地にまいて、はやしてという。農薬とかカルチベータ、機械とかいう大農耕法という事の変化はあるけど手段の変化に過ぎないんであって、本質的には大地に種をまいてそれをとり入れてるだけなんだ。石器時代と同じや。ところが、光はどうだ。今、アトムから採るじゃない。熱はどうだ。エネルギーが全部分散したわけでしょう。

——資源というものに。

開高 そうです。それで資源を無限に食い漁っているわけでしょう。これぐらいの垂れ流しの貪欲な、大めしぐらいの文明っていうのはなかったね。そのアンバランスが、今、帳尻がまわりかかってきているわけでしょう。

身近で極端な例で私が一番おびえているのが、割り箸。

——すごいそうですね。ぼくらの使っている割り箸に使われる木材の量は。

開高 東南アジア、中国、朝鮮、日本とお箸を使う、チャップ・スティック文化があるわけ。その中でよ、家で使うお箸を除けば、一歩外へ出てラーメン食おうが、寿司食おうが、1回食事したっきりで、その食器を捨ててしまう民族ってのは、いないよ。そうすると、全日本で1日にどれだけの割合の量の割り箸が消費されておるんだ？ これは全部木材よ。それも一年生草木じゃないの。エジプトの時代の紙はパピルスで、あれは一年生草木ですからとってとって紙をいくら作っても、来年になったら、またナイルのデルタに生えてきたわけね。だけど今の割り箸どうや？ どんな雑木を使うにしたって、5年、10年かかった木材でしょう。ヒノキなんてのはもう、芸術箸なんていうのがあるけども、もうおそろしいような……。それだってピンと割ってポイだよ。これを世界資源会議というものが、もう少しまじめになって強制力を持つようになり極東裁判のような戦犯裁判を開いてごらんなさい。我々はA級戦犯。割り箸で首吊り、デス・バイ・ハンギングを宣言されますな。いずれ、だれか、これをついてくるやつが出てくると私は思うの。

——世界の各国をまわられてると思いますが、どの国も森林問題はクローズ・アップされていますか？

開高　アマゾンの話をしましょう。アマゾン河は世界の真水の5分の1といわれているわけ。それから、あの大ジャングル、あれがごぞんじのように酸素を発生しているわけです。アマゾンは海底から隆起した大陸だから石ころがひとつもない、アマゾンは橋もないあれもないのないないづくしの人類に屈伏していない唯一の河だけど、ここは石ころがなくジャングルも砂泥だけ。ということは、森林を切り倒すと、あくる日何が出現するかというとサハラ砂漠ですよ。第2次植林というが、あわてて木を植えるよりも伐採の速度のほうが速い。それで直射日光を浴びる。わずかにたまった栄養、窒素がたちまち蒸発する。ないような水分も蒸発する。アマゾンは今、砂漠化しつつあります。そうすると、どうなんの？酸素はなくなる、真水は氾濫する、エライこっちゃで。

——世界中で「緑を！」という声があがっているわけですね。

開高　そう、緑をと呼ぶ声はいっぱいある。ラーメン屋のおっさんだって割り箸割りながら、「緑を！」って言うわけだ。だけど、にもかかわらずだ。諸君がアマゾンに行って、ブラジルの森林庁かどっかへ行って「ブラジルのジャングルを伐っちゃいかん」と言うわけよ。そうすると向こうはペンを置いて「セニョール、ひとつお尋ねしたい。あなたがたは祖国の森林をメチャメチャにしましたなあ」って言うんでにわかに真っ青になって「ハハハ、まだ少しは残ってます」「けっこう。ダムをあんだけ作って、君たちの家は電灯がつきクーラーがついている。我々だけアマゾンの森林を守り、地球上の酸素を守るため、褌一本の生活をしなけりゃあならないんですか」って聞かれたら、どう答えますか？

地上の草木を食い荒らす最大の草食動物は、日本人だよ

——実際にそうでしょうね。こうやって事実が目の前にぶらさげられても何にもできないんですからね……。

開高　そう、そのとおり。世界は核兵器で破滅するっていうわけだ。もうこれ広島の時から叫び続けよ。ところがラーメ

ン食ってる時にはだれもそれを言わんな。もし、本気で世界が破滅するって思っているんだったら、ラーメン食えないはずだけどね。ということは、ラーメン1杯と世界の破滅とが同じレベルか、それ以下なわけだ。これが、この時代の最大のパラドックスよ。

――しかし、こうやって進んでいく度合の方が速いから、どの時点で、我々はふみとどまるか……。

開高　私は人類が滅びたって、おかしくないと思いますよ、基本的にね。つまりね、我々の人類が出て来た以前に人類史よりもはるかに長く恐竜の時代があったわけでしょう。彼らは今、石油になっちゃったけど。それが何で滅びたかいろんな説があるけれども。

恐竜の場合は理解しやすいのは、1個の個体の中に、巨大な体重を支えるにしては小さ過ぎるお脳だとか、有効な栄養分をとるには発達しすぎた牙だとか。それぞれがひとつの個体の中におさまっているから理解しやすいの。

ところが、今や核兵器はあちこちに分散されている。森林の問題も同じね。どこか、あっち、こっちに離れているので、我々自身のそれが発達しすぎた牙だという認識が全然ない。人ごとになっちゃって。

――そうですね。さまざまな危機が自分の問題としてとらえられないんですね。

開高　だから、草食動物の最大の草食動物は割り箸を毎日捨てる日本人だとこう言われているのに、自分で割り箸割ってすら自覚することがないんだからいいよい よ遠い核兵器についてはもうだめだろうね。

――それと進化のスピードが速すぎますからね。

開高　ちょっとね。2本の手が自由になったという、異様なまでのエネルギー解放があったわけですな。このために速すぎたわけだ、進化が。

――進化の単位というのは千万年ぐらいで、少しずつ環境に順応していく。それなのに、今は破壊による環境の変化の方が速いですからね。こう考えると、魚釣りというのも最後のゲームかもしれませんね。

開高　現にそうだろう。だってもうハンティングの時代は終わっちゃったでしょう。

――あとは絶滅を目前にしてやるしかないような……。

開高　はい、はい。それで、あとはカメラ・ハンティング、望遠鏡ハンティング、バード・ウォッチング、カメラ・シューティング、これがあるだけですよね。ところが湖と川だけは、これ、にわかに埋めるわけにはいかないので残っているんで、それから川原にはえている木ぐらいはお目こぼしを願っているので、まあいくらかの虫が川に落ちて鱒《ます》の餌になると……。だから、全地球で、先進国・後進国を問わず魚釣り人口は年々歳々伸びる一方や。

——そうですね。開高さんがお書きになるものも、アジテーション（笑）になっているんじゃないですか？

開高　私の書く文章がアジテーターになってどっかの魚がいなくなったと？　だけど私の書くものをお読みくださると、まあこういうのは（壁のマスキーの剝製）例外として、大体逃がしとるですなあ。

——本の中で、釣った魚を持って帰ろうとする人に「あなたは漁師ですか」と聞くところがありますけど、聞かれても「はい、漁師じゃありません」と言いながら魚持って帰る人もいるんじゃないですかね。

開高　実際にリリースしている人は少ないかもしれないな。

——（カメラ）しかし、先生の本の読者は釣り人以外の人が多いんじゃないですか。

開高　あるいは戸外へ行けない人ね。そうだ、この面をちょっと強調しておいてくれない？　なるほど、アジったかもしれない、結果としては。しかし戸外へ行けない悶々とした人をなぐさめているという、このねえ、砂漠で水を飲むような感じ、これも私やってるよ（笑）。生きる希望を与えてるでしょう。

——開高さんが釣り始めたのっていうのは、ずいぶん古いんですか？

開高　子供の時は毎日やってたんですけどねえ。

——フナみたいなものですか？

開高　フナ釣り。それから大阪ですからモロコとかハス。東京・関東方面で早く言えばハヤ釣りよ。

——遊びで？

開高　遊び。戦争が始まると、食うや食わずの時代になる。いつ空襲が来るかわからないので、ハヤ釣りのような細かいことはやってられないから1匹釣ったらたくさんの肉があるというライギョ釣り、それから食用蛙。これはやりましたぜ。買い出しの合い間に。戦後になって知ったんだけど、ライギョには顎口《がっこう》虫という寄生虫がいるんですがね。そんなことかまっちゃいられない。今日食うものがなければというので必死になって釣って食ったけどね。脂があってね、あれは。

——ライギョは蒲焼きですか？

開高　七輪で焼いているとジュウ、ジュウ、ポタポタ盛大なものがたちのぼってねえ。もう女やらもんぺやらわからんような母親と一緒に、うまいうまいと言って食いましたがね（笑）。

——その後はピッタリもう釣りはやめですか？

開高　焼け跡、ヤミ市。手から口への生活、貧乏暇なし。

釣り竿の先に糸があり その端にバカがついているのが、釣りだ

――精神的な部分で釣りをするようになったのは、いつ頃ですか？

開高　小説家になって、35か36ぐらいかな。ちょっと体力の衰えが目立ってくる年頃ですね。それでしかも年中すわったきりでしょ、外国旅行以外は。といって私はゴルフをする気持は全然ないし、軽蔑の対象でしかないから。だから自分ではなかなか行かない。魚釣りに行って、そのことを原稿に書くから、毎月1週間から10日間ひっぱり出してくれと『旅』という雑誌に頼んでひっぱり出しに来てもらったわけ。そうすると、焼けぼっくいに火がついちゃって、昔から悪いくせで、盃をなめたら底までやらずにいられないという、破滅癖が手伝いましてな。

――釣り以外にも体を使うものありますよね。釣りを選んだのは……？

開高　ヨーロッパにしばしば出かけていた頃、釣り竿持って行くといろんないい事が起こったのよね。それからベトナム戦争のまっ最中、１９６８年頃、私が37か38の時ね、あのまっ最中に、私は釣り竿持って最前線行ったの。それでもうはっきり釣りだとわかっているわけよ。人が生きるの死ぬのと殺し合ってる最中に、魚釣りとは何ごとだと言って横っつらぶんなぐられたら「はい、すみませんでした。やっぱりいけませんか」と言って帰るつもりだったの。ところが最前線の村へ行ったら、あなた、農民がやってきて、ソコノ所、穴場マズイカラ、コチラヘ来イとか、明日何時ニ、潮ガサシテクルカラ、ソノ時ニ釣ッタライイとか、ミミズヨリモバナナノホウガイイとかね。一宿一飯、水は飲ませてくれる、と実に手厚くもてなしてくれてなあ、それでむしろ愛されちゃってね。

――釣り人に対するベトナム人たちの考え方って、なにかあるんですか？

開高　少なくとも自分らを殺すやつではないと、敵ではないと。ぬけているかもしれないけれども、罪はない人物だとみられたんじゃない。64年に私が初めてベトナムに行った時、あそこの坊さんに、日の丸に「私ハ日本人ノ新聞記者デス。ド～ゾ助ケテ下サイ」と書いてもらった。これを見せたら、いろんな表情のやつがいる――だけど、釣り竿は全員歓迎だった。

――そうした反応って何ですかね。

開高　やっぱり人間は自分より下の人間を愛したいんじゃない。サムエル・ジョンソン博士が言うように「釣りとは、竿の先端に糸があって魚がくっついていて、竿の端っこにバカがついている状態だ」ということなんですよ。

――ベトナムでは釣れましたか？

開高　その時はあのう……率直に言うと

釣れなかったんだ（笑）。

——外国のロッドはどうですか？

開高　いいですよ。非常にいいのが出てます。だけど、竹竿が理想ですね。やっぱり、我々は竹を知ってるから。彼ら（欧州人）の場合は、釣り竿はこうであらねばならぬというイデーが頭の中にあって、それを目指して竿を作っている。我々にもイデーはありますが、その前に竹がある。日本人は竹竿に似せよう、似せようとする。例えばグラスで作っても竹を頭においた竿づくりをする。だから、日本製の振り出し竿持ってセーヌ河へ行くでしょ。フランス人の釣り師が卒倒しそうなぐらい感心するね。芸術だと。彼らの竿持ってみるとゴワゴワ。

——具体物の竹と、イデーとしての釣りで作りあげた竿ではどちらに軍配があがりますか？

開高　大物釣りの竿は向こうに負けるけど、小物釣りの竿はもう、日本のものが精巧を極めてます。

　あなたがたが、そこらで買える振り出し竿持って、セーヌ河行く。グージョンというハヤみたいな魚がいるんですよ。そこで、フッと竿を出してごらん。「オー・ワンダフル」と言って感動します。そんだけ違います。

——釣りへの思い入れはどうですか。

開高　そのファナチックぶりは同じ。それで向こうを軽蔑しちゃいけない。おおむね不器用にできてるけどねえ。サンダルはくのに、指の股いちいち開いてから、こう突っ込んでるわ、彼ら。その種の不器用さはあるけどねえ、ファナチック、しぶとさ、それからこらえ性、こういうことは万国みんな同じ。むしろやつらのほうがスタミナがあるだけしぶとい。負ける。日本人は器用です。小器用です。だから、初めてルアー操る人でも、サケ釣りマス釣りに行ったらいっぱい釣ります。最初日本人勝ちますねえ、だけど、スタミナから押し出してくるファイトになると向こうに負けます。人格として、向こうのスタミナの底の厚さを感じさせるな。

この点を突かれたら一言もありませんな

——釣りのことを書くことが多いようですが、釣りは職業のためということですか、それとも趣味のままですか。

開高　これが私の堕落ね。自分の趣味とスポーツのつもりでやってたのに、いちいち原稿を書くようになった。これは堕落ですわ。ただし、ひとつだけ弁解しますと、釣らねばならぬ、写真を撮らねばならぬとなりますと目が三角になってきましてね。釣りの腕がいくらかあがったんじゃないかと思いたいですね（笑）。

——最終的には達人の領域をめざすことになりますか、開高さんの釣りは。

開高　スローガンひとつさしあげましょ

うか。「心はアマチュア、腕はプロ」というんです。心もプロになるとおもしろくないでしょうね。だから、私は釣り雑誌などには一切書かない。

――仕事のなかでは、釣りのエッセイと小説は分けられているんですか？

開高　ダブる部分もありますよ。女と食事が書けたら一人前の小説家だという通り言葉があるんですが、両方とも極めてむつかしいもんですわ。釣りもそれありますよ。魚がポチャンとはねたこの波紋の音と色を書き出すことができるだろうか。自分が受けたこの皮膚の感動を。これはむつかしいですね。絵描きは展覧会があろうとなかろうと絶えずデッサンをしていなきゃいけない、チャンピオンはテニスだろうとボクシングだろうと試合のあるなしにかかわらず縄とびをしてなきゃいけない。そういう意味からすると、私が魚釣りの文章を書いて、女や食事と同じくらいむつかしいなと思わせられつつやっているのは、縄とびのような日頃の労働になっているんでしょうね。

――先日、文春から文庫本で出た、『もっと遠く！』『もっと広く！』を読みましたけれど、本当に釣りが好きだという気がしますね。

開高　破滅型であることは確かですね。盃の底まで。警戒してるんですけどねえ。とにかく釣りには底がない。

　まあ、少し美しく激しく表現すれば虫はランプの火に飛び込んで、ジュウと焦げて死ぬんだが、男はまあ、自分の発する情熱の火で身を焼く寸前まで行って引っ返してくる、でしょうな。

――引き返せそうですか？

開高　わからん、この道で失敗した人はいっぱいいますからね（笑）。

――南北アメリカをはじめ各国を釣って歩かれたわけですが、一番好きな魚っていうのはなんですか？

開高　サケ属。それから次がマス属。サケ、マスね、これはおもしろい。それからバスですね。ジャンプです。

――これはどうですか（壁のマスキー。ずっとマスキーをこれと言う）

開高　これがねえ、もっと釣れてくれるなら、これも攻めたいけど一生かかっても釣れないっていうんでしょう。これ奇跡なんで。それで、これいただいちゃったんだけどねえ（注、リリースしなかったということ）。これ追いかけまわすやつの人口が増える一方。だから、今、磯釣り師が石鯛1匹5万円？　10万円？　20万円？　エサ代入れたら釣るまでに。そんなこといってるけどこれだって、たいへんだよ。

――たいへんでしょうね。まともにマスキーだけを釣ろうとしたら。

開高　このあいだ、ハワイで聞いたけどカジキ1匹2万ドルかかるって。ホテル代から船代まで入れたら、それぐらいになるよ。

――こういう巨大な魚っていうのはどういうひきをするんですか？

開高　パイク（川カマス）と似とるけど、パイクよりこいつは、はるかにつっ走る。ジャンプする。潜る。それから力が強い。こんなに大きくなっても、バンバン、ジャンプする。

――体全部が出るほど、とび出すんですか？

開高　はい、もう全身ですね、姿が抜けるというジャンプの仕方です。ブラックバスを見てごらん。ジャンプするけどね、ジャンプするのは小物から中物の間です。大物になるとジャンプしない。ところが、これは大物になってもジャンプする。だもんで、みんな夢中になるわけです。タライで水を浴びせられたような感じね。

――一本鉤でしたね。

開高　そうよ。

――よくはずれませんねえ。

開高　口のまわりは全部骨だから、グサッと刺さると離れないのよね。そのかわり前の晩によっぽど研ぎあげなきゃだめね。で、合わせをパシッと合わせないと。

――この鉤《ルアー》（サラマンダーの一本鉤ルアーで、剝製に刺してある）なら、相当のロッド・アクションがいるでしょうね。

開高　そうです。それでバック・ボーンの強いしっかりとした竿ね。だから糸が太いですね。

――何号ぐらいですか？

開高　かかると思っていなかったので7号だったけどね。それでもワイヤーが魚の首に巻きついたの、ジャンプしているうちに。そうすると、呼吸ができなくなるわけ、エラで。それで、ちょっと弱ったのね、ところが、カヌーの下をくぐって向こう側からワッーと浮かび上がるのね。それを、こっちへ寄せる時の苦心。アマゾンで鍛えてあったので助かりましたね。竿を水の中へ、全部突っ込むの、腕まで。それでがんばるの。そうしないと、糸とボートがこすれて、バーンだから。突っ込んで、糸がボートの底へ触れないようにするわけ。ここまで腕突っ込んで、ここがんばっといて、それから段々カヌーをずらすんですよ、もう夢中でしたよ。

――しかし、これほどのものはめったに釣れそうもないでしょうね。

開高　だから二度とやろうとは思わないの、私は。

我々日本人の体には川が流れている

――アメリカ大陸を北から南まで釣り下ってきたわけですが、選んだ魚や場所は何か根拠があるんですか？

開高　雑誌や知り合いやいろいろね。一番困ったのは南米でね。資料がないの。旅行社や大使館に問い合わせたり地元に聞き合わせたりしたんだけどわかんないの。それで結論は、アマゾンでの知恵なんだけど、「日本人のいる国なら、日本人を訪ねて行け」ですね。3人に1人は釣りをする。

――そんなに。

開高　はい。それで必ず上手です。そしてマニアです。

――何ですか？　民族の血みたいなものがあるんですか。

開高　我々日本人は、体の中へ川が流れてんのかねえ。だから、日本人を訪ねるのが一番だね。

――釣りに行かれるまでの前の苦労ってのは、けっこう楽しみでもあるんでしょう。

開高　ええ、それと、予想は的中しないね。

――だめですか（笑）。

開高　日本みたいに釣りの情報が「あの川の、あの橋の、右側の岸の3個目の石のあたり」というぐらい情報が氾濫している所でも、良い日どりを選んで行っても、スカくらうことはしょっちゅうでしょう。

――ええ。

開高　ミサイルのほうがまだ確率が高いんじゃない、的中率は。それからおかしいのは、「今、釣れてます」、という所へ行って「今、釣れた」ためしがないなあ。だから釣り師の文体は、過去形か未来形。それしかない。2週間後によくなるだろう。3年前よかったとか。それから読者にサディズムがあります。「釣れなかったからくやしい、つらい」という話書くでしょ。「イヒヒヒヒ」っと言って「それ見たことか」と言って喜んでるむきがあるね。私自身が読者になって読んだ場合を考えてみると。だから3回に1回はふられるのが義務みたいなもんや。

――釣りで初めてアメリカに行かれたわけですが、アメリカの自然はどうですか？

開高　いいですね。すばらしい。へんに手つかずのまま放り出してある自然よりも、あそこのような管理の仕方であるならば、管理を感じさせない。

――管理はしてあるんですか？

開高　やってます。やっている所が多い。それでみごとです。おかしな所も多いですけどね。だけど、みごとさは群を抜いてます。やっぱり国土が広大なんや。それから早くから国立公園を指定したこと。それからもうひとつ、国民。税金を納められるやつの人口、その収入、100ドルのやつも50ドルのやつも、頭から天引きし1ドル取る。これが野生鳥獣保護の金に使われている。

――それは知恵ですね。

開高　これはもうかなり前から、何の疑惑もなしにやられている。彼らも野獣を絶滅させたり減らしたり、いろんな悪をやりましたが、気がつくのが早かったね。だから手厚い。キャンプ場なんかでも、砂漠と広野ばかりの所でも、水洗便所から水がピャーッと出てくるし、洗面所の蛇口をひねったら、なんと熱湯がほとばしるの。舌を巻いたな。それで3ドルから5ドルだった。

——富める国というのと、自然で遊ぶという精神があるんですねえ。アラスカ、アマゾンとずいぶんワイルドな所へ出かけられますが、開高さんにとって、ウイルダネスとは何ですか?

開高　クリスチャンが教会行くようなもんですか、善良なクリスチャンが。あるいは仏教徒が善光寺参りするような、回教徒がメッカ行くようなもんね。

——日本にも教会に匹敵する野生はありますか?

開高　ないね。キャシドラル、大伽藍といえる森がないね。グランドキャニオンで魚釣りしたけど、あそこの風にさらされた岩ね。あれを見てると本当に宮殿か教会かお寺そのままというのが次から次へ出てきて、なるほどこれは信者が教会行くのと同じだと思わされたね。それとアリゾナとネバダにまたがっているフーバーダム。30年代の大恐慌時代にできたんだけど、ここへ行ったら両岸が全く砂漠なんだけれどもね。ガイドが、ここは野獣の天国だって言うの。昼はシーンと静まりかえってお月さまの表面みたい。陽炎《かげろう》だけがゆらめいている。それが夜になるとコヨーテ、野性のロバ、ヤギ、羊、ボブキャット、それからマウンテン・ライオン、ガラガラヘビ、ネズミ類たくさん。それからブラック・ウィドウ・スパイダーいうタランチュラなんて顔負けのものすごい猛毒のクモなんての出て来る。

朝早く起きて、湖の岸の砂地に足跡が点々とついている。しかし、隠れる岩もない砂漠に、ロバやコヨーテはどこに隠れているんだろうね。先生方は。わかんないね。

——やっぱり釣りをするのは、そうした大自然のほうがおもしろいですか。

開高　2種類あると思いますね。工場の裏のヘラブナ釣り。箱師というあれね。あれもいいんじゃないですか。あれもまたむつかしいですからなあ。1メートル隔ったら、釣れるやつと釣れないやつとでは大きな開きがありますからねえ。

——ヘラブナ釣りもやりますか?

開高　いや、まだ私はだめ。いつでも行けるという感じがあるでしょう。それなら今でないと行けない所へ先に行っておこうと思うじゃない。それにしても、やっぱり釣りは同じだと思うね。

——同じですか?

開高　自分がたてた戦術、戦略・構想などが、みごとに適中した、はずれたというのは同じじゃない。大自然の中でも線路わきの水路でも。

自然の中では栄太楼のミツ豆に勝る物はない

——ヒルに喰われたり、虫に刺されたり、もうイヤだというような野性に自分を置くには、わざと体を痛めつけたいというような意識もあるんですか。

開高　ええ、もちろんそうです。それが楽しくて行くんです。

——それは都会の生活なり、通常の書斎での生活があるからですか？

開高　それから、どこまで自分がやれるか試してみたい。自己超越ですな。

——そういう自然の中にひたり切って、都会に戻るのはよそうとは思いませんか？

開高　暮らしていけないことがわかっているから。

——どうしてですか？

開高　私はやっぱりシティ・ボーイだし都会人だし。魚釣りに行って10日、2週間、野宿することはできる。だけどそこに住みつくことはできないだろうな。私は本がないと暮していけない人種だし、ランプのない所で暮すのはつらいんです。私は自然に対してトランジット・パッセンジャーですな。

——キャンプなんかでは、どんなものを食べられますか？

開高　固形フードね。申し上げておきますけど固形食品、極めて良くなってるよ。そこらで安く買えるんです。特にスープの素なんかいいね。それと野外へ行くとおいしいのがアレ、栄太楼のミツ豆。栄太楼のミツ豆を何かで冷やす。あのヒヤッと冷えたのを開けるでしょう。白ミツと黒ミツの別が……。

——ふたつにわけてあるあれですか。

開高　そうです。それをポクンと上から突くとですね。下からミツがモクモクッとあがってきてくれる。寒天のあのシャープな切り方の誠実さ。必ず大納言小豆が1粒、2粒入っているあの精妙さ(笑)。たったひとつ私、異論を申したい。あのピンクの桜んぼ。あれだけはよしておくれといいたいんだ。あそこまでみごとな栄ちゃんがどうして？　ただし、都会へ帰るとだめ。もう見向きもしない。都会で飲むのはやっぱりマティーニですな。これはふしぎなぐらいはっきりしておるね。

——外国ではどうですか？

開高　ミツ豆がないから、アメリカではヌガー・チョコレート。ねっとりとしていやったらしい甘いのがある。歯がとけそうな、あれをドッサリ仕込んで砂漠へ行くの。3日でなくなるね。体が求めちゃう。やっぱり肉体の疲労は糖分。精神の疲労はアルコールです。

読みたい。書きたい。

1984年（昭和59年）2月21日
「毎日新聞」岩波書店広告

待ちつづけた人がやっと来たときの、ドアの、最初の一打。これはと思うぶどう酒をあけたときの、最初の一口。冬から春になった最初の日の、日光。その一触れ。これらの〝最初〟にはあとにつづくもののすべてが含まれている。（しじゅう裏切られるけれど……）。

文字も最初の一瞥である。そこに何かがあればよい。どんなにかすかで、どんなにとらえようがなくても、それが鍵である。たとえあとにつづくものが予想外であっても、その一瞥の記憶だけはのこる。これはちょっとした出来事なのである。その一瞬にすべてをつかんで眼をそらさなければいけない。凝視すると押花のように崩れることがある。

漢字は表意文字である。それは木や山の素朴なデッサンから出発し、気の遠くなるような時間をかけて修正して、抽象に達したものである。どんな一行の文も抽象画の画廊である。読んで飽きないが眺めても飽きないような文を、読みたい。書きたい。

生涯かかって三行を。

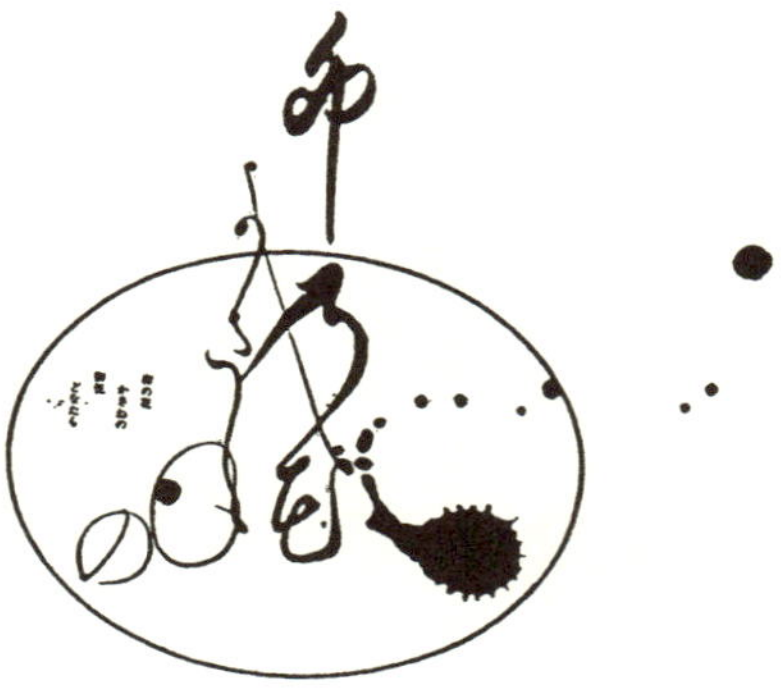

夜も眠れん話ばかりになりましたな

●対談＝桑原武夫（京都大学名誉教授・京都市社会教育総合センター所長）

1984年（昭和59年）4月1日「創造的市民」

食物は、腐敗や発酵を経ておとなの味になる

開高　パリでもドイツでもベルギーでも、サバを私はよく食べたんですけど、マリネーしたやつは白ブドウ酒によくあうでしょう。しかし、どうもヨーロッパのサバは——北海やらバルト海のサバですが、なにかもうひとつコクがないように思うのです。

フランスブドウ酒の白の辛口をよく冷やしておいて、日本のとれとれの秋のいいサバを酢をほんの軽く打つ程度でしめまして、切り口がにじ色に光ってるやつでやったら絶好でした。日本のサバはうまいですね。コクがあって。

桑原　ぼくもフランスでサバを食ったけど、もうひとつですな。コクがないと言ったけれど、フランス語でどういうのかしらん。

開高　リシェスとちがいますか。

桑原　フランスにはちょっとあるけれど、とろっとしたような、にちゃっとしたような、そういううまいものが日本にはありますね。コノワタ、コノコ、それから白子とかイクラなど、つまりぬめりがあるようなものです。ところが近頃、うちの家族とか、私の知っている若い人を見てると、そうしたものを別に拒否はしないけれども、特に食べたいというのが減ってますね。こういうものにアペタイトを持たないで日本文化の伝統というようなことを言うてるのは、ぼくはおかしいと思うな。味とか、もっと広げて暮らしというものと、頭で考えていることがちょっと離れすぎているような感じがしますね。

開高　私なんかが外国へ魚釣りに行って、釣り師とつきあいますね。こいつらなかなか美食家が多い。真空パックでヒネたくわんやら、梅干しやら、クサヤやら持っていきますが、全部食いますし、これのどこがうまいと突いてくる点がみごとです。これはアウトドア・マンの話で、ふつうにはやはり、クサヤとか、ヒネたくわんはだめですね。リンバーガーとかゴルゴンゾラだとかいうチーズなんかと共通の味だと説明すると、食いにかかるのはいますけど。

桑原　アメリカ人が比較的気さんじとち

がいますか、ヨーロッパ人より。ただしレヴイ・ストロースというおっさんは、ぼくは二、三度会っただけでそんなに深いつきあいはないけれども、何でも食いますよ。

ぼくのひとつの仮説はユダヤ系の人はそういう細かいことにアペタイトがあるし、やってみようという気がある。

開高　何をいちばん歓迎しましたか。

桑原　レヴイ・ストロースは、この店でおつゆに入ってた白子でした。

アメリカの社会学者のデーヴイド・リースマンはスッポン料理に連れて行ったらとても喜んでいた。そのとき鮒ずしが出たんです。そうしたら、「これは礼儀に背くだろうか。おかわりを言うたら笑われるだろうか」と言うので、そんなに好きならといって、また大きいのを出したら、舌鼓を打ってましたよ。

開高　なかなかのものですね。やはり西洋のでも日本のでも、いっぺん腐敗とか発酵をくぐらんとおとなの味にならんようなところがありますね。リンバーガーのチーズをお食べになったことがありますか。これはひどいですよ。堆肥に首を突っ込んだみたいなにおいがします。クサヤなんてまだまだなまやさしいです。

桑原　だから人間というものは健全な面と同時に裏というかな、そういうものがあるのでしょうね。それをどういうふうにない合せていくかが大切なところでしょう。ビフテキとテンプラだけで、ウニには全く興味がないという人の日本文化論というのは、どうもぐあい悪いような気がする。

開高　南米の太平洋岸の村や町のレストランへ入るとウニのオムレツというのがあります。これはうまいですね。これがまた乱獲でかなり深いところまで行っても獲れなくなったといってぼやいていましたけど。

桑原　金持ちだけが食うのとちがいますか。

開高　貧乏人も食います。高くないです。

それで万国共通の漁村の現象があります。女の子が多いのです。戦前の日本では魚のたんぱくかなんか栄養の関係じゃないかと思うのですが、漁村は圧倒的に女の子、農山村は男の子とくっきり分かれていたそうですね。いまは交通が発達して、どいつもこいつもインスタントを食っていますから、もうわからないでしょうけども、南米あたりへ行くとそれがくっきり出てます。やたら女の子が多い。

緑を守るのなら割りばしや新聞用紙も言及すべきだ

開高　きょうはひとつ、小さいような遠大なようなことをルルと述べ、かつお尋ねしてみようと思って来たことがあるのです。

ニューヨーク・タイムズの日曜版を読んでたんです。そうしたら隅っこに、このニューヨーク・タイムズの日曜版を作るのに、何エーカーの森林が裸になったと書いてある。タジタジとなるような数字でした。これでいくと全世界の毎日の新聞のため裸になる森林はというのがまずあります。次にわが国のデパートやらいっさいの商店の包装紙に使われるかなり高級な木材ということを考えていきます。

それから次に私が歩いてきたアマゾンのことを考えますね。アマゾンはものすごい森林がいまだにありますけれども、あれは広大な面積が海底から隆起したものです。その海底が岩もなければ石ころもなかったんですね。だからジャングルの基盤は砂泥です。木の根は、私のような素人が入ってもわかりますが、日本の松の木のほうがまだ根が深い。木がもたれあって暮らしているわけです。このアマゾンのジャングルを、しきりにはいでおるわけです。牧場にするときは四分の

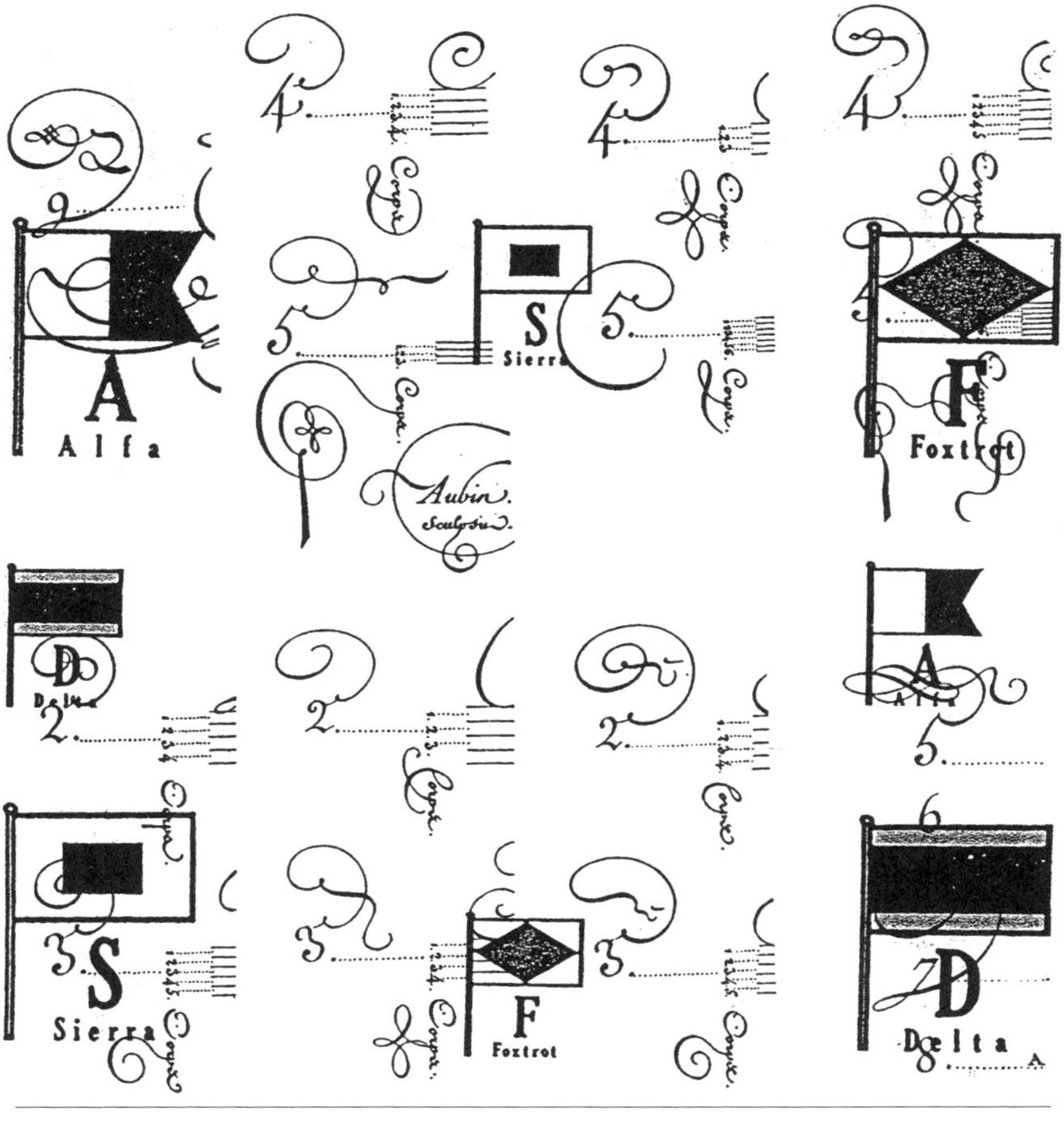

一だったか五分の二だったか、ジャングルのまま残しておけというお触れがあるのですけれども、いちいち回って取締れないわけですわ、広大無辺在で。それがどんどん裸にされていく。第二次植林をやることはやりますけれども、育つまえにやられてしまう。やがて地中の有機窒素が分解して空中へ逃げてしまう。水気はない。すると砂のままならまだしもレンガみたいに、かちんかちんのラテライトになっちゃうわけです。世界中にこういう現象があります。インドネシアもタイランドも裸になりました。

桑原 だいたい東南アジアはそうですね。

開高 そうです。それで本題に入りますと、われわれの新聞と包装紙、ものすごい分量です。どこの木をはいでいるのか知りませんが。もう一つあります。割りばしです。

桑原 それは私も言おうと思っていた。

開高 全世界で毎回食事のたびに食器を捨てている民族というのはいませんわね。

こうした木材が地上に生えていて炭酸ガス呼吸をしていたならば、どれだけの酸素が出るかということを考えあわせて、もしローマ会議のようなものが強制執行権をもって戦犯裁判みたいなことになったら、日本はまず第一に超A級でやられるのとちがうかと。

桑原 日本のジャーナリズムは、森林を守れ緑を守れということをさかんにやっているわけで、その命題だけを取り出してくればけっこうな説で、何の反対する理由もない。

しかしどれだけ現実的効果ということが考えられているのか。みんな平気で割りばしを使ってますけど、もし真剣に緑を守れということを国民運動的にやろうというのだったら割りばしや新聞に言及しなければおかしいと思う。もっとも、割りばしを使わんという運動があるんだよ。新聞の小さい記事にあった。慶応大学だったかと思う。

開高 そうですか。東京に先覚者がいますか。

桑原 先覚者というか、若い学生が集ってね。

開高 賛成ですね。

桑原 この対談が出たらあなたのところへ言って来るかもしれない。応援してやって下さい。なり行きまかせの天下の大勢は食いとめられないだろうけれど。

役に立たんといったら立たんですよ。しかし、論理的に緑を守れと言うのだったらそのへんまで考えないとね。

話をもとに戻して、アマゾンがどんどん拓かれていることは、ぼくも聞いているけど、そのあとが……。

開高 さきほど言ったように、第二次植林をするようにしていますが、そんなもの追っつきません。破壊のほうが激しいのですから。それでブラジルの森林局かどこかに行って、「セニョール、ほどほどにやってもらえませんか。地球上の酸素はおたくの森林で五分の一ぐらいはできている。バンバンおたくで伐ったら冬東京でも空気が吸えなくなるんですが」とこう言ったとします。すると局長から「いや、よくわかりました。ところでお尋ねしますが、アメリカも日本もみんななにがしか国土の資源を犠牲にして近代化してきている。道路はペーブメントした。電気もくる。夏にはクーラーを入れる。われわれだけがアマゾンの緑を守るために、インディオ並みの暮しをしろというのですか」と言われたら、どう答えられますか。

桑原 そこがたいへんむつかしい。いま世界中で問題になっているのは開発ですね。このごろ日本の社会学者も使っているけれどもいわゆる〝開発独裁〟という問題があります。低開発国の特権階層が先進国の援助を求めて開発をするのが独裁的になりやすくて、さっぱり一般農民の利益にならないということです。しかし開発はやめられない。

たとえばインドネシアなりタイでは昔風の低い生活をしてきた。そのままでいいじゃないかということは本人たちが言うなら別ですけど、それは外の人間からは言えない。

日本でも、その問題をぼくがいちばん感じたのは、遠野へ何十年ぶりかで行ったときです。初めて遠野へ入ったのは昭和十一年ですが、こんど行ってみたら、わらぶきの家が減って、建具はサッシがはやっている。それをぼくらは伝統破壊だ、美的でないなどと非難できないんです。サッシは空気が逃げなくて温いもの。懐古主義者は曲り屋がなくなって、人間とウマが一緒に住んどらんやないかというけど、ウマと一緒に住めというのはもう無理な話ですね。

開高 昔はやむをえずやったのでね。

桑原 風雅というものは、もう守れんものではないか。そこらがむつかしくて、たいへんつらいところへ追い込まれていますね。

戦争中に家族を疎開させた宮城県と秋田県の県境の村も、三十年たって懐かしくて行ってみましたが生活様式は全く変っていました。イロリがなくなってテーブルに変ったといって文句は言われませんね。むこうの人は自分たちも近代国家の日本人だ。先生方と同じ暮らしをして何が悪いかと、そんな理屈は言わなかったけど、そういうものですね。

開高 当然ですわなあ。

桑原 人間は太古から欲望をもっているにちがいないけど、制度的にいろんな欲望を制限して、偏在させていたわけですね。それが自由、平等、友愛ということになれば……。

開高 結果はかなりいかがわしいものになりましたけども。

桑原 しかし平等、そして一生は一度しかないということは疑えませんからね。

開高　それからもう一つあります。いっぺんぜいたくを覚えたら、あと戻りがきかん。これです。

桑原　アダムとイブが知恵の実を食うたんですから、あるところまで進むのはしかたがない。

木喰い虫の日本人

開高　海外に旅行しているというのは、身軽な根なし草になりたくて行くということがあります。ところが、逆にベーシック（基本的）なことばかりを考えるということになりますね。私はアマゾンの牧場やらジャングルのなかで、明けても暮れてもマラリアの蚊に刺されて、こんなぐあいに森林を、インドネシアもアフリカもどんどん引っぱいでいたらやがて森がなくなる。もうあかんというところへきたら、パルプ繊維をもっているパピルスとか綿の茎というようなものからつくっていくしかないやろ。紙以外のものも求めるようになるかもしれないと、こう考えたんです。

それで、いまにだれか外国人がこれに気がついて、食器を毎回捨てている民族がいると叫びだしたら、えらいことになるがなと、ひやひやしたんです。そうしたら、とうとうこのあいだ、『ナショナル・ジオグラフィック・マガジン』がインドネシアの森林がはがれているというのを特集しまして、写真に割りばしが出てきた。〝木喰い虫の日本人〟というわけです。

桑原　日本は戦争に負けたにもかかわらず、木曾の御岳さんにはちゃんと木がある。それは、東南アジアとかアマゾンとか、そういう所の犠牲において美しい東山の木も残っているのです。

開高　北山杉もね。地球大的に見ればそうだと思います。

外国の犠牲の上に成り立つ日本の幸福

桑原　われわれが、きょうは日本的に盛りそばでいこうやというとき、ソバの八十パーセントが輸入だといいますね。

開高　もうちょっといってるでしょう。

桑原　おしょうゆも外国の大豆からですね。国産は刻みネギぐらいのものとちがうかな。

そういうことばかり考えていたら、うっとうしくて楽しくなくなるけれども、日本は世界と結びつけられていて、論理的に考えたら、もちろんアメリカもフランスも同じですけど、私たちは外国の犠牲において仕合せになっているということは知っておかんといかんですね。知ったあとの始末の問題、これは大変ですが。

開高　大量で急速すぎますわ、この近代化というのは。

桑原　しかし、それを見て世界の国が自分たちもと思っても、それは、簡単にいかんのです。むかし貧乏な日本が裕福になったんだから、おれたちもと思うところまでは当然なのだが、成功するかどうかは、たいへん確率が低いですね。日本には徳川時代というものがあって、準備ができてたんだから。

アレンジに没頭してきた日本

開高　現代生活、近代生活というやつは、人類史上かつてない大めし食らいの、大くそたれのひどい消費文明ですよね。昔は大地にイネなりムギの種をまく。刈り取って食べる。残ったのを倉に入れておく。ムギのわらで火を燃やして光と熱はそこから得る。一枚の畑がすべてを提供してくれてました。

　今は栽培の方はカルティヴェーターで耕して、何やらで刈り取ってと、手段は変ったかもしれないけれども、大地に種まいて、収穫してというのは、石器時代、農耕時代の初期とほとんど同じですよね。

　一方、光と熱のほうはどうかといえば、ムギわらから出発して木になり、石炭から石油になり、アトムまできてます。

　食生活の根源は石器時代のまま、光と熱のほうは原子力時代と、このめちゃくちゃな倒錯を何とかせんとあかんのとちがうかと、だれしも思うのでしょうが、そのままずるずるやってますね。

　昔、大宅賞で二つの作品が争ったんです。一つは、中村浩先生です。このままほっといたら地球はえらいことになると、敢然、身を挺して先生はうんこまみれになってクロレラをつくられた。これでごく小さい面積で、栄養源だけは確保できます。そして、世界じゅうのうんこ学者を訪ね歩くルポを書いたんです。私はこれを大宅賞の審査委員会で激賞し支持したわけなんです。

　そのとき対抗馬になったのが、桐島洋子さんの『淋しいアメリカ人』という、スワッピングなんかのルポなんです。池島信平さんがこれを推す急先鋒になりまして、なかなか決着がつかない。そのうちに池島さんが、うまいことを言われて、みなゲラッと笑ったはずみに一票そっちに流れまして、一敗地にまみれちゃったんですが、この先生の紀行文なんか読んでいると、世界中で毎日大量に無限に再生産される資源といえば、おしっことうんこだけですからね。

　おしっこはいま、三〇〇種類ぐらいの有効成分が発見され、日本の製薬会社が中国の軍隊へ行っておしっこを汲み取ってというようなことをやりだしましたけれども、うんこの方は捨てたきりなんですね。

　だから、どうしてもこれを表彰しないといけないと言うたんです。それから、二、三年したら、新聞の第一面に資源枯渇、地球をどうするのやという見出しが出だして、中村先生の言われた通りになっちゃった。

桑原　それはどこの先生？

開高　独立人です。大宅賞審査のあと、しばらくたって先生と会ったら、「このあいだは援護射撃してくれてありがとう。百万の援軍を得たような気がするぜ」「先生、いま何していられるのですか」「実はうんこを人工的に作ったらどないなるかというので、やっているところや」と言うのです。実験室で人工の胃袋を作ってラーメンだペプトンだといろいろ入れてカチャポン、カチャポンやっている。しかしどうしても、コクのあるねっとりしたいいのが出てこない。天工の妙には負けるという。（笑い）ナンバーツウぐらいの作品はできたんですかというと、ナンバースリーかナンバーフォーぐらいなんだけど、とにかくそれらしきものはできた。それがいまから七、八年前かな。ところが原材料費が二万五千円かかった。「三〇〇円のラーメン食べて、二万五千円のうんこを出しているんだ。この経済学はマルサスもマルクスも考えてないが、開高君これはどうなるんだ」「ちょっと考えましょう。しかし、そんなこと考えてると大説家になっちゃって小説書けなくなるから、私の営業妨害になるかもしれない」といって笑って別れたのですが、すぐに亡くなっちゃいましたて、向こう岸へ引っ越してしまわれたんですが、こういういい先生は大事にしないといけないと思うのです。

桑原　京大に牛のうんこをやってる人がいましたが、その先生ももうひとつ人気がつきませんね。

開高　先生が嘆いていたのが、もう一つあります。助手が雇えないというんです。やってくるやつに、ジェンナーなど、医学上の科学者の悲痛なる英雄談をいろいろ話して、それと負けないぐらいの大事業なんだ。うんこに勇猛邁進しろと言うと、みんなしらけちゃってその場で帰ってしまいよる。こんな科学精神の不足ではだめだと言って先生、悲フン慷慨《こうがい》してましたけど。

桑原　そういう基本問題は考えなければならない。相当日本人は良識があると思うのに、どうしてそういうところに乗ってこないのか。

開高　だいたいわれわれ、根本的考えというものは作りませんからね。とくに近代化してからは、アレンジメントばかりに没頭してきましたから。日本国にいてラーメン食ってると、それがあまりこないんです。しかし、アマゾンへ行って、レンガ質になってしまった荒漠とした大地を見せられると胸にくるんです。

民族の独立と近代化

桑原　ぼくは南米へ行ったことがなくて、いっぺん行きたいと思って、この前のペンクラブの大会でリオへ行って、その途中でペルーへ寄りました。南米というところへ行くと、ぼくらが観念的に考えていたことが足場がとられたように成立しないんですね。それを知って大変ためになりました。

民族の独立ということをぼくらは簡単に言うけれども、ペルーへ行ったらもうぐあい悪いんですね。ペルー原住の民族はインディオで、いまもアンデス山中でピサロが侵入したときと同じ生活をしている。国民の大部分はインディオとスペイン人の混血で、もう一つ上の階級は不在地主のスペイン人……。

開高 そうです。封建領主と副王および王様の係属です。

桑原 そんなところで民族自立とか革命ということは、いったいどんなことになるのか。

開高 それと同じことを私も考えちゃったんです。自動車で次から次と国を渡っていきますね。同じスペイン語で、同じ顔です。それがそれぞれ一つ一つプラスチック工場を持つ、自動車工場を持つ。そんなむだなことをしないで、全南米が一つの合衆国になって、繊維製品はどこの国、何はどこの国というふうに分業できないのかというと、それはあかんという。

桑原 それはあかんのです。

開高 属地主義という言葉がありますが、土地に住みついた独立とおっしゃる。何も変わってないのに。

桑原 みんなが協調してやっていこうというのが国連とかユネスコでしょう。これも、アメリカが脱退したように中々うまくいっていない。

開高 このあいだ、ニューヨークの市長が国連をののしってましたね。偽善者の、実力のない、何にもやる気のないやつらの集まりだと、アメリカ流のあの率直さでうまいこと言ってましたけど。

桑原 ラテン・アメリカが結束して、シャツはチリがやる、なべはペルーでつくる。

開高 自動車はブラジル、ウシはアルゼンチンと、こういうふうにしてしもたらどないなるねん、うまいこといくのとちがうかと言いたくなるのですがね。

桑原 結局、自動車は日本やアメリカのものを買うのが早幕やということになる。

開高 早幕は結構です。しかしそれでペルー人の汗がしぼられて、その汗の果実は全部、日本やアメリカやフランスやドイツやというところへ行っちゃうわけですな。

桑原 スペインでいい生活をしている若干の大地主、これには手が出ませんね。

開高 その地主の問題をちょっと調べてみたんです。すると、中国や東南アジアなど、あっちこっちで起こった流血革命は土地解放をめぐる問題である。地主が土地を手放すのはつらいことかもしれないけれども、革命が起こって一文なしで亡命するよりはまだましじゃないかという説得力がだいぶはたらいて、ボリビアのような貧乏国でも、ペルーのような国でももうだいぶ前から農地解放をやっているんです。

ところが、一つ問題がある。農民の質なんです。日本の農民は小作農で、昔の封建時代からえらい目に遭ってきたけれども、自分で田畑を耕して、どの季節にどの種をまいて、溝を掘って水はけしてと、独立自営の精神があった。そういう意味では近代化されている。

南米のは小作農じゃなくて農奴だったんです。ここへ溝を掘れと命令されたから溝を掘る。そのゴムの木に傷をつけてラテックスを採れといわれたからやる、サトウキビを伐れ、コーヒーの実をとれといわれたからそれをやるだけだった。強制による工場労働者みたいなものだったといいます。それがボリビアでもどこでも土地を与えられたわけですが、そうなると、どうしていいのかわからない。

桑原　それで転売するの？

開高　それをまた地主が買い集められないように表面的にはしてあるけれども、とにかく大地が荒廃しちゃった。一歩前進するつもりが二歩後退になっちゃったという嘆きを聞かされましたけど、どんなものでしょう。

桑原　それをやりだすと、日本がなぜ近代化に成功したのかという大議論になるわけです。中国でもいまの場合と似たようなことがある。

開高　農村で問題と流血の惨を引き起こさなかった社会主義国はないんです。要するに農民が働かない。それで自由市場をつくったら大繁盛。

桑原　人間というものは、それぞれの個体が――それが組んだファミリーでも、欲望をもっている。それをちゃんと認めて、それの組織ということを考えんとあかんですね。それが日本では為政者の知力というより歴史的ならわしによってうまくいってたように思われる。このごろヨーロッパなんかでも、日本企業の成功ということにものすごく注目しています。しかし彼らは日本へ学びに来ても、当分は効果がないでしょう。

開高　その問題もちょっと考えさせられたんですわ。私は六十年代と七十年代初めまで戦争ばかり追いかけて歩いてたんです。よう命がもったなと思うのですけど、アフリカのビアフラ戦争のときですが、ナイジェリアの首府のラゴスは西洋のデモクラシーと近代化のアフリカにおける最高の窓口とされている所なんですが、これがひどいんです。攻められてるほうの子供と、攻めてるほうの子供の両方とも食うや食わずで栄養失調で腹がふくれているのは同じなんです。

インテリの方はソルボンヌ大学やオックスフォードへ行っている。だから英語をしゃべるやつはクィーンズ・イングリッシュのすばらしいのをしゃべるんです。

情報局の役人で、やはりロンドンのどこかの大学を出たとか言ってましたけど、それが「日本はあれだけの近代化をやってのけたが、学校の教科書は日本語なのか英語なのか」「いや全部日本語だ。英語は子供のときから教えているけれども、教育方針がまちがっているからだれも英語がしゃべれないが、とにかく教科書は日本語だ」「そうか。おれもそう聞かされた。しかし、われわれアフリカ人の目からみると、英語以外の国語で国民を教育して、あれだけの巨大近代化ができるというのが夢のようなことに思えるんだ」と言うんです。

　ここでですな、蒸し暑いラゴスからわが祖国を振り返ると、えらいことやっとる国やで、というふうににわかに見えてきましてね。それからいろんな国を経巡り歩いてずいぶん考えたんですが、西洋のパターンにそいながら、西洋に追いつき追い越した日本の近代化、これを遅れた諸外国に適応できるかできないのかということを考え合わしてみたら、私のもうろうとした感覚なんですが、日本は唯一独自の例外だという結論に達しました。

桑原　ぼくもだいたい、そうだな。ただしかし中国という問題があります。

開高　中国は人口が多すぎる。ちょっと社会に原始蓄積をすると、それを分配しなきゃいけない。人口が多すぎて機動力がなくなります。地球の上で四人に一人は中国人でしょう。

桑原　政府が少し政策を緩めたら、またどれだけ人口が増えるかわからない。

開高　それはもう、えらいことになりまっせ。徹底的な国民ですから。その中国が毛沢東以後、イデオロギー過多のためのロスのものすごさに気がついて近代化ということを言いだしましたね。

桑原　鄧小平さんがやりだした。

開高　今後このラインは推進せずにいられないでしょう。近代化というのは、一つには機械化、工業化、自動化、人力節約そして品質がいいこと、それを大量に安くと、これですね。これを中国がやりだしたら、人手が余る。この人口はどう養いますのや。

桑原　だから大工業化を少し手控えにしてまず農村の充実。農村が比較的フリーマーケットになっているでしょう。

開高　ごく限定された段階で。

桑原　あれでさぐりを入れているのかと思うけれども。

開高　近代化というものをもし徹底的にやりだしたら、膨大な失業人口です。

桑原　つらい世界ということですな。

開高　夜も眠れんという話ばかりになりましたな。

しごとの周辺

1984年（昭和59年）4月2〜14日
「朝日新聞」

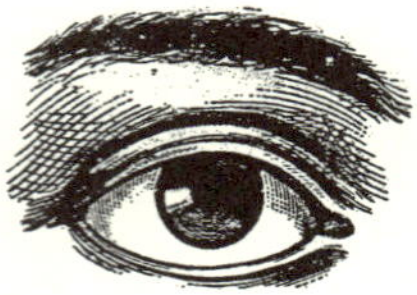

◎クリスタルで乾杯

ぶどう酒は栓を抜いてからいきなり飲まないで、しばらく空気にさらしておくと、味が変わってよくなる。二〇分か三〇分くらいでみごとな熟女になるのがある。このプロセスをフランス語では〝デカンタージュ〟、英語では〝レット・ワイン・ブリーズ（ワインに息をつかせる）〟という。

ぶどう酒を女にたとえて品評するのが国際的慣習の一つになっているようである。そのデンでいくと、栓を抜くまでの処女と、抜いてからの熟女と、一本の酒瓶には二人の女が入っていることになるのである。

ツッパッてる処女をコナレた熟女にするのにはデカンターやカラフを使うが、小生はもっぱらシビンを使う。外見は異様だけれど、機能は立派。（目盛りもついてるしネ……）

あるところで実物を見せて一席のオソマツ（講演）をし、シビンからワインを飲んでみせたところ、一人の紳士が感動し、偏見にとらわれない点がいいと、おほめ下さった。聞けばこの人は佐々木硝子という有名な会社の社長さんであった。そしてこの人はワイン通でもある。

しばらくしてこの人から特製のクリスタルのシビンを頂いた。ちょっとユーモラスな線を出しているのが心憎い。それ以来、ボルドーもブルゴーニュもすべてこのシビンでデカンタージュして来客に試供することとなった。好評。また、好評である。一度、お試しを。

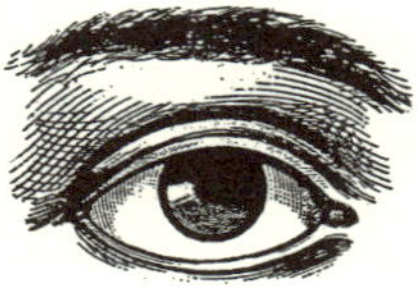

◎こんな応用例

ぶどう酒の話をもう一つ。

この酒は飲んで、酔って、おしゃべりになって、タハ、オモチロイと口走るほかに、いろいろな用法がある。牛肉をおいとくとやがて自家分解を起こしてトロリとなり、色が何やら経験深く紫ばんでくる。腐敗のその一歩手前を赤ぶどう酒でことこと煮こむと、ブルギニョンヌになる。

ガチョウにトーモロコシを食べさせて肝を太らせ、それをすりつぶしてぶどう酒やスパイス類といっしょにまぜあわせると、ごぞんじフォア・グラになる。つぶさないで素焼きの壺《つぼ》で寝かせるのもあり、それが一年以内のものならフォア・グラ・フレ（新鮮な――）と呼ばれる。

つぎのような応用例もある。

ヴァン・キュイ……赤を熱カンしたもの。冬の風邪薬代わり。好みによってはハチミツを入れたり、丁子を浮かべたり。

貧乏人のシャンパン……カリフォルニアで釣り師に教えられた。安物の白ぶどう酒をよく冷やしてからソーダ水でのばす。泡がたってシャンパンにそっくりの味がする。

ロゼ……赤を半分、白を半分。食卓にありあわせのをまぜると、それでよろしい。誰にでもできる。その場で。

いいぶどう酒を飲むときにはタバコを吸わないこと。また、宗教、イデオロギー、仕事の話も避けることである。

⦿ミスター・イエスノー

梅崎春生氏が亡くなってからかなりの年月になる。この人の作品は陰気だけれど辛辣《しんらつ》な針を含むのが特長の一つだった。ある作品に一人のしけたおばさんが登場するが、このおばさんは何かいわれるたびにハイと答え、すぐそのあとにイイエとつけたす癖がある。一度にハイ・イイエと答えるのが癖だというのであった。

去年の夏。カナダ。オンタリオ湖の北部の大森林地帯の小屋でインディアンの老ハンターと釣りをして暮らした。この老人はオジブウェイ・インディアンであるが、森と湖のことなら何でも知っていた。英語名前を持っていて、アレックスというのである。そして、コミュニティのチーフの名前は、Mr. Yesnoというのだった。

冗談かと思ったが、そうではない。もう四代か五代、ずっとこの名でやってきたとのことである。チーフはまだ若くて大学生みたいな顔つきの青年だけれど、さすが首長だけあってシッカリした物腰である。おそらく御先祖は白人にたいしてけっして心底まで屈服したわけではないぞといいたくてそんな名前をつくったのではあるまいかと思いたいのだが、はじめて耳にしたときは痛烈と簡潔にたじたじとなった。嘲《あざけ》りの赤い笑いも、同時に感じさせられた。

以来、何かせっぱつまることがあると、反射的にこの名前を思い浮かべるようになった。

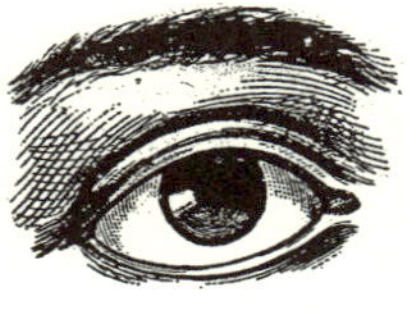

⦿トップ争い

アマゾン流域とパンタナル（大湿原）ではしじゅう水鳥を見かける。カワセミ、ウ、サギ、ツルなど、それぞれ何種類もいて、いちいちおぼえていられない。場所によっては一つの森すべてがサギの団地になっているような光景も見られる。河はオシルコのような泥水であって、イルカの背のほかには何も見えないけれど、そんなおびただしい数の鳥を養うだけの小魚がひしめいているのだなと、一瞥《いちべつ》して見当がつく。

あるとき、川岸にすわってテコテコ（小型飛行機）がくるのを待ちつつ、見るともなく二羽のサギが地位争いをやっているのを見た。川漁師の高床式の腐ったような小屋に腐ったような階段がつけられ、その一段に一羽ずつサギがとまっている。二番めの階段にいるのがトップになろうとして足を上の階段にかけると、すかさずトップのボスが長いくちばしで頭をつつく。ナンバー・ツーはあきらめてひっこむが、しばらくするとまた足をかけ、またつつかれる。

あきることなく、あきらめることなく、いつまでもおなじことを二羽は繰りかえしつづける。ナンバー・ツーの頭は毛がすっかり抜けて赤むけになっているが、それでもやめようとしない。無辺際のアマゾン河なのに、腐った階段一つを争って、無言のまま、二羽のサギがそんなことを繰りかえしつづけるのだった。

南無、森羅万象。

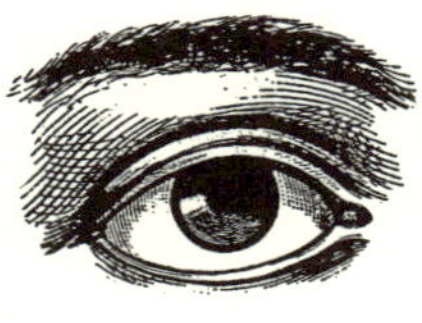

⦿目のさめる本

『ダーウィンに消された男』。

最近読んだなかでは抜群の一冊。ちょうど文学雑誌の締め切り日が肉迫しているときだったので、うろうろハラハラさせられた。この本を読みだすとやめられなくなり、『新潮』から火のつきそうな電話があるたび遅滞の弁解に腐心し、ウオツカは頭にくるし、背中は痛むしで、キリキリ舞いだった。

　私は自然科学史に暗い。まったくのアマチュアである。知識は朦朧《もうろう》、散漫、非定形そのもの。しかし、貴族の科学者のダーウィンが下層階級出身でしかも独学のウォレスの業績を評価してフェアプレイ精神から対等もしくはそれ以上に好遇したという美談そのものはいつ頃かに読んでおぼえていた。ところがそれに火がつき、この本の著者によると、ダーウィンは生涯でたった一回盗作をしたという。種の分岐の理論をウォレスから頂きで自分の論文を書き、証拠をことごとく消してしまい、そのやましさからウォレスと握手をしたのだというのである。そういう重大な疑いがあるという。

　これが読みだしたらやめられない。こんな地味な物語なのにどうしてこんなに面白いのかと、いぶかりいぶかり、進んでいける。大した腕である。ノンフィクションはこう書くのだというみごとな一例である。訳文もよくこなれている。

　不眠症でない人にも推薦したい。

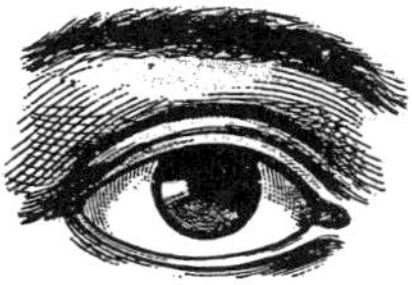

⦿三十五歳と五十三歳

『ブッシュマン』

〝おとなしい人びと〟と訳すか、〝無害な人びと〟と訳すか、〝ハームレス・ピープル〟というのが原題。

　ダーウィンの『種の起源』がウォレスの論文を盗むことで成立したのではあるまいかということを追及した本を読んだあとで、後口をなおそうというわけでもないがこの本をとりあげ、いい気持ちになれた。著者はアメリカ女性だが、冷徹な観察をつづけながらもフェミニテ（女らしさ）を忘れていないので、繊細と優しさのふくらみがあって、砂漠のフィールド・ノートとは思えないほどである。カラハリ砂漠のブッシュマンたちがすぐとなりの家に住む人のように親しく感じられる。

　目下、純文学の連載に取り組んでいるので、こういう発熱状態にあるときは感染しやすいので、文学書は読まないほうがいい。まちがって名作を読むと、一言半句を盗みたくなるか、オレはダメだと反省に犯されたりする。自分で自分を追いつめたり、煮たてたりに没頭しなければならないのだから、心の衛生と管理に気を使う。

しかし、ワグナーのような生き方もある。彼は恋人ができるたびに新作を一つ完成し、それがほぼ一生つづき、身辺はつねに風雲急であったと伝えられている。生涯を通じて三十五歳であった。しかし私はそれをあべこべにした五十三歳なのだ。だから……

◉無筆の恐れ

大宅賞の審査員を十五年間やってきたが、今期を最後にメンバーが変わることになり、『蛍の光』ぬきで去ることとなった。この賞では厚い単行本を六冊も八冊も読まなければならないので、楽ではなかった。好きで読むのではなく、義務として、仕事として読むのだから、しばしば苦痛であった。

石を投げれば賞にあたる時代といわれる。誰がどんな賞を何という作品でもらったのか、いちいちおぼえていられない。三カ月もたたないうちに忘れてしまう。この賞が設定された頃は他に類似の賞がなかったけれど、いまではめぼしい出版社ならほとんどみんなノンフィクション賞を持っているので、いよいよまぎらわしくなる。

他の文学賞のときもそうだが、この賞でも、若い人の表現力がひどく低下していることを感じさせられた。いい体験をしているし、いい眼もときにはあるのだが、表現の裏打ちがないので、いつも奇妙な読後感がのこされる。このギャップの感覚は何だろうと考えるうちに経験と表現の差だと、しばらくしてから、さとらされる。

しかし、写真、映画、音楽などではおなじ世代がなかなかの冴《さ》えを見せているので、感受性はいいのである。ただそれが国語を媒体として何かを表現しようとなると、とたんにダメになるのである。文字を持たない民族は亡《ほろ》びるという法則があるが、どうなるんだ、これからさき。

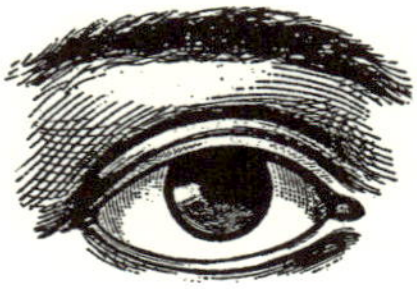

◉文庫の目録

旅先であれ、書斎であれ、今夜読む本がないとわかるとうろたえる。心と手をどこにおいていいのかわからなくて、ソワソワする。酒がなくても何とかガマンできるように自己改造したが、タバコと本については昔のままである。タバコは近年、それまでにくらべてぐっと減量できるようになったけれど、一本もないとわかるとキョトキョトする。しかし、本となると、まったく。頭にウロがきそうになる。

昔はそんなときにはよく文庫本の目録をとりだして読んだものである。どの出版社でも目録だけで文庫本を一冊出している。これを読みくらべるのが愉《たの》しみの一つだった。一冊ずつの本を一〇〇字あるやなしの字数で解説すると同時に宣伝のお色気もつけなければならないのだから力作、奇作（大半は凡作）が目白押しになる。それで各社の社員の民度なり力量がわかる。ということもあった。

毎年この目録だけがやたらに売れる時期があるので某社が調べてみると、受験生がアンチョコがわりに使っているのだと判明した。つまり入試に名著の題が出て三〇〇字以内デ解説セヨという問題が出たときにズバリ、使えるわけである。いいところに目をつけたもんだと、事情を聞いて感心したもんだった。しかし、これはムカシの話。今日この頃の文庫本の目録など、いっそマンガ本の背表紙でも眺めるほうが気がきいてる。

⦿忘れたいことがあると…

仕事をはじめるとシビれたみたいになる。何日も部屋にこもったきりで、水泳にも出かけられない。すると右の肩から腰にかけてのどこかに低気圧のマークのようなペイン（痛み）が顔を出し、じわじわとひろがりはじめる。警戒信号である。ほっておくと赤になる。立つことも座ることもできなくなる。

この二年間、週二日、月曜と木曜の夜、雨が降ろうが槍《やり》が降ろうが、水泳しつづけてきた。赤信号と追いぬきあいの競走だった。規則正しく定期的にやりだしてしばらくすると水の中毒になる。アル中が酒瓶を求めるように体が水を求め、泳がずにはいられなくなるのである。また、忘れたいことがあると水泳が好きにもなれば上手にもなるとわかった。

去年の十二月頃、ふいに体が何かの壁をやぶり、一週間ごとにそれまでの記録をこえることができた。どうにかこうにか一二五メートルしか泳げなかったのが、のんのんズイズイとのびはじめ、この三月には五〇分ほどかかったけれど、一五〇〇メートル泳いだ。ゆっくりゆっくりと、二五メートルを六〇回、黙々と往復するのである。あせらず、あわてず、喘《あえ》がず、ただ黙々。

ペインはけっして消えようとしないし、忘れたいことはいくらでもある。年とともにふえるばかりと感ずることもある。だから、私は泳ぎつづけるしかない。そのうち、ひょっとしたら、ドーバー海峡を……。

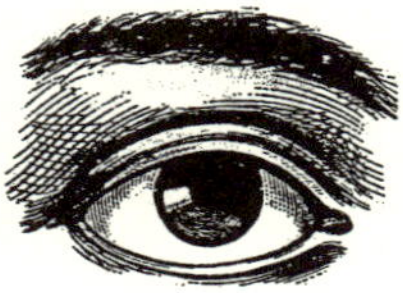

⊙紳士諸君、御注意を！

カナダの釣り師のボブ・ジョーンズが新聞の切り抜きを送ってきた。老化現象の個条書きである。こういうことが起こったらあなたに老化が始まったと知るべキダ、というのである。その若干を訳して、左に。

●将棋をさすと息切れがする。
●自分の子供が中年者に見えてくる。
●やっとの思いでハシゴのてっぺんにたどりついたら、まちがった壁にハシゴをかけていたとわかる。
●あなたはすべての質問にたいする答えを知ってるつもりなのに誰も質問してくれない。
●ヘルスクラブに入会はするが行かない。
●新聞の愛読欄は『25年前の今日』。
●スタンドの灯を消すのは経済的理由からで、ロマンチックなそれではござらぬ。
●つぎの誕生日がくるのを待ち望まなくなる。
●家には空間がありすぎるのに薬箱はいっぱいすぎる。
●ステーキに歯を沈ませたら、肉に歯がのこっちゃう。
●小柄な白髪の老女が道をわたるので手助けしてあげたら、何とそれは女房だった。
●それでも女は追いかけずにいられないけど、理由がおぼえていられない。

ト、ホ、ホ。

⊙タマと戦争

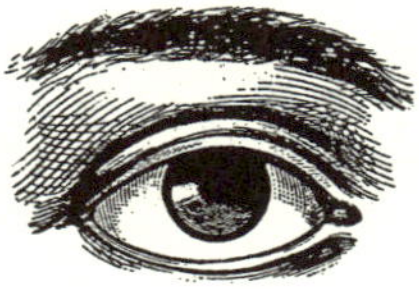

つい昨日の第二次大戦。ナチス・ドイツは海ではUボート、空からはVロケット、あの手この手でイギリスとロンドンを攻めたてたが、ジョン・ブルは持ち前の頑張りを発揮して官民こぞって耐えぬ

き、音《ね》をあげようとしない。ナチスはヤケになったあげく、ウィンストン・チャーチルのことを頭文字をとって〝ＷＣ〟とののしった。

　これに対し、イギリス人はこんな歌をうたってやりかえしたもんだよ。Ｃ・Ｗ・ニコルはそういって、ピアニストで作曲家でもある奥さんのピアノの伴奏で、ホロにがい、いい声でうたってくれた。

“Hitler has only got one ball.
Rommel has two but very small.
Himmler is rather similar.
And poor old Göbbels has no ball at all.”

（ヒトラーは片キンだった。ロンメルは二つだけれど小っちゃいよ。ヒムラーも似たよなもんよ。哀れなゲッベルスときたら玉なしさ）

　個人も国家もせっぱつまったらきっとオヘソから下でののしりあうのは、古今東西の習癖だけれど、あらためて笑わせられた。頭からロケットを浴びて大火災のさなかにこんな歌を大声で合唱する。どんなドン底でも笑いを忘れないこのタフ・ガイぶりはなかなかのもんである。

⊙出版人マグナカルタ九章

　今度わが社では新規に事業をはじめることとなりました。ビッグ・リープ（大躍進）をやりたい。本も雑誌も。そこで社員に活を入れ、気風を一新したいのです。ついては何か有益な一言を頂きたいと、某日、某社の某氏にせがまれたので、半ばたわむれに思いつくままを書いてみた。（ただし原稿料ヌキ）。

　題して、『出版人マグナカルタ九章』。

①読め。
②耳をたてろ。
③夜寝るときも眼を開いたままで眠れ。
④右足で一歩一歩歩きながら左足で跳べ。
⑤トラブルを歓迎しろ。
⑥遊べ。
⑦飲め。
⑧抱け。抱かれろ。
⑨森羅万象に多情多恨たれ。

（⑧は、女に泣かされろ、としてもよろし）

　あばれたような字でこれを書いてトイレというトイレに貼《は》りつけては、と申しあげる。

　どれほどの効果があるかは疑わしきかぎりであるが、たとえその社と社員の気風が変わったとしても、現代は拡散と乱費の時代であるから、社会の全分野で執筆者の〝人材払底〟が嘆かれている。その不毛をこの社がどれだけ克服できるのだろうか。

　成功を祈るや、切。

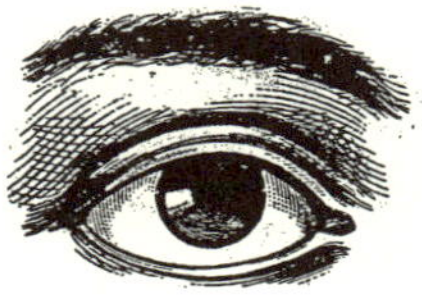

かなりの人生を暗闇の中で暮らしてきましたネ

◉対談＝淀川長治（映画評論家）
1984年（昭和59年）4月15日「キネマ旬報」

淀川　今日、私、楽しみにしてました。この映画の選択が開高さんだと聞きまして、甘いなァと思って喜んでたんです。それから、開高さんが私を呼んでくれたので、どうしても来たくなったのね。どうしてか言うと、私は非常に淫乱な性分で誰でも見たら好きになっちゃうんですね。一緒にお風呂に入りたくなっちゃう。
開高　ウハッ。
淀川　その中で一番好きなのがこういう顔なんです。まあるい顔でいかにも地蔵さんのような顔。こういう顔の人は優しくて、大好き。初めてお目にかかったのは、文藝春秋かどこかの受賞式でその時あなたは、「年増の女が今ごろになって妊娠したみたいだ」とおっしゃった。思わず私は初対面なのに開高さんにこうやって……（ほっぺをチョンチョンと突っつく真似をして）いやらしいと思ったでしょうね（笑）。そしたら奥さんが、「淀川さん、私の主人とらないで」って。そういう訳で、今日はまいりました。
開高　今まで押さえていた酒、いっぺんに頭に来てしまったようです……。
淀川　いい顔ね、あんた。
開高　いやいや……（笑）。アノゥ、今日の話は淀川さん一人で充分じゃないですか？
淀川　それはダメ。あなたとおしゃべりすることで、私の人生の歴史にひとつの輝きができるんですから。開高さんは、いつもアラスカかどこかへ行ってらして魚を抱っこして転がっていらっしゃるのね。この人、いつ原稿書くのか思うぐらいタフな人で、私は日本の男性でこのぐらいタフで、このぐらいサッパリしていて、このぐらいキザじゃなくて、このぐらい好色的なくせに好色的でなくて、こんなん珍しいと思います。(拍手)

開高　圧倒されますなあ。

淀川　嘘ばっかり。はい、それではお話しましょ。

開高　今日は映画と酒のレッスンですからね。映画に出てくる酒の名場面ですが、シュトロハイムの「大いなる幻影」これ、私、子供の頃見ましてね。

淀川　子供の頃……まあ。

開高　まだ私がサクランボのような唇をしていた頃です。

淀川　今でもサクランボのようにきれいですよ。

開高　いえいえ、ちょっと黒ずんできました、近頃は（笑）。

淀川　いやいや、黒ずんでません。きれいだ。はい、それで……。

開高　あの中のシュトロハイムの美事な酒の呑みっぷりを、当時焼酎か何かで一回やってみたくてね。だいたい映画の物真似をしたくなるような映画はいい映画なんでしょうね。

淀川　そうなんですよ。映画の物真似をしたくなるという事は、非常にその人が楽しい最中なんですね。だから子供の頃、開高さんの中に「大いなる幻影」を見た時にそういう気持が生じてらっしゃったという事が、しみじみ嬉しいですね。

開高　あの中で、フランス貴族がおもちゃのピッコロを収容所の城壁に上って吹きまして、撃たれちゃうんですが、その間に、ジャン・ギャバンともう一人が逃げる、あのピッコロで吹く歌、フランスの民謡なんですがご存知ですか？

淀川　いいえ、知りません、歌って下さい。

開高　あの歌には二重の意味があるんです。「大いなる幻影」はフランスの貴族とドイツの貴族、それからフランスの市民階級とドイツの市民階級、それらが交互に勃興し、斜陽になっていく。歌の方にも二重の意味がありまして、初めて船出した船の旅を歌で綴っていく。嵐にあって難破して、どうなって、こうなって、ああなって、こうなってと、二十何番ぐらいまで話がつづいて、それで一番最後に、この話が面白かったらもういっぺん初めから歌いましょうという歌なんです。それがあの脱走した捕虜二人の運命とそっくりだということを暗示しているんですね。

淀川　なるほど、そうですか。あんたがおっしゃったようにお酒をクッと呑むシーンがいいのと、このルノワールの映画

Smirnoff
100
SMIRNOFF
GILBEY'S
London Dry
GIN
TEQUILA
Mariachi
TEQUILA AÑEJO
Mariachi
茅台酒
MOUTAI DISTILLERY

Schlichte
Munch King
GORDON'S
DRY GIN
LONDON

は初め昭和十四年頃に日本で封切ることになったんだけど、ズタズタに切られた。敵同士が愛し合うというような事は許されなかったんですね。それでつい最近になって、全巻きれいなフィルムで通して映された時、ルノワールが挨拶しました。「この映画を、皆さんに無傷でやっと見ていただけました」って。いわば感激の映画ですね。

開高　そうです。ヨーロッパ騎士道最後の精神を描いた映画ですね。

淀川　男らしい映画です。

開高　収容所ものでは、戦後、「第十七捕虜収容所」が来ましたね。これでホールデンが出て来て、暇つぶしにいろんな事をやりますが、残飯を発酵させて蒸溜させて、バクダンみたいな焼酎を作る。「あー、目がつぶれる」というような事を言いながら、みんな争って呑んでいる場面がありましたね。

淀川　そういう収容所ものを話題にするとすぐ「第十七捕虜収容所」が出てくるところが、映画ファンのあなたらしいところです。

開高　しかし、戦争映画には潜水艦もの、飛行機もの、密室もの、いろいろありますが「第十七捕虜収容所」は全部そういった要素を描いてますね。

淀川　そうね、やりましたなあ、あれは。ホールデンがアカデミー賞をとりました。という訳で、あんたは懐かしい懐かしい映画、選びましたが、「凱旋門」、あれも懐かしいけど出来は今ひと息だったなあ。

「凱旋門」、シュトロハイム「サンセット大通り」

開高　あの映画の中で呑む酒は、カルヴァドスですが、スーパーではリンゴ酒と呼んでましたけど、ちょっと違いますね。リンゴ酒はフランス語で言いますとシードルです。それを蒸溜したのがカルヴァドス。

淀川　「カルヴァドスありますか?」「ここにはありません」……わりに大衆酒なんですか?

開高　しかし、カルヴァドスの何年も樽に寝かせて出してきたのは、ちょっと土っぽい田舎美人という感じのブランデーになるんですけどね。なかなかうまいですよ。パリのキャフェで少しキザにやろうと思えば、「アン・クー・ド・カルヴァ」（カルヴァドスを一発）と言えば出してくれます。

淀川　まあ、それは知らなかった。けど今のあなたの発音、やっぱり関西の方やね。どこですのん?

開高　大阪です。

淀川　大阪でんな。だから大阪の匂いがしてね。もうまたいっそう好きになりました。そういう訳で、あなたのニュアンスがよく分かりましたけど、あの「凱旋門」はバーグマンが同じ幅の芸しか出来なくて……「ジキルとハイド」の時、酒場女をやったけどダメだった、粋な女はできないんですね。それで、上品な女ばかりやっているうちに「凱旋門」でちょっと鼻についてきた。それでもうこれはあかん、あんまり芸が出来ない、一所懸命やっているけど甘い甘い言われて困り果てて、今度は舞台で有名な「ジャンヌ・ダルク」の映画化の主役を演った。けれど、これも良くなかった。

　役者というのは、非常にデリケートな感覚を持っているから、評判悪かったらイジけるんですね。「凱旋門」のあとはイジけて、「ジャンヌ・ダルク」の時は下手になっちゃったわけ。それでみんなにもうバーグマンはダメだ言われて、泣いて泣いて泣いてイタリアのロッセリーニ監督に泣きついて、「私は〃ボンジョルノ〃しかイタリー語は知りませんけど、雇って下さい」という手紙出してイタリーへ行ったのね。

開高　そうですか。

淀川　そうですかって、知ってるくせに（笑）。

開高　いえいえ、教えられる事ばかりですよ。

淀川　またまた（笑）。この人、アメリカでもどこへ行ってもジャック・ロンドンかヘミングウェイみたいだけど、きっと女の人にもてたでしょう。

開高　いやいや、たいした事ありません（笑）。

淀川　なかなか色気があるのね。

開高　もう何をしゃべってたのか分からなくなったわ。

　さっきのエリッヒ・フォン・シュトロハイムですけど、あの旦那が出てくる映画、何本も見ましたけど、何と言うか、キザに言えば出てくるだけで画面にモヤモヤと雰囲気が漂いますね。「存在自体が芸術」という感じの。彼が「サンセット大通り」に出て来た時は良かったですなァ、あの怪物ぶりが。近頃、ああいう、存在自体が芸術という役者はどうしていなくなってしまったんですか？

淀川　それはね、ビリー・ワイルダーのように、本当の映画ファンがいなくなったからですね。ワイルダーはもうアメリカ映画が好きで好きで仕方ない。シュトロハイムに夢中、そして、いっぺんはあのサイレントの女王のグロリア・スワンソンを使いたくて夢中でね。しかし、シュトロハイムとグロリア・スワンソンは大喧嘩しているんです。シュトロハイムがスワンソンのプロダクションの作品の監督に呼ばれて、二人で「クイーン・ケリー」というのをやることになった。もちろん、スワンソンが大主役です。ところが途中でこれが大喧嘩になって、シュトロハイムが「おまえみたいな大根役者使えるか！」、まあスワンソンがびっくりして、「私がプロデューサーです」と大喧嘩になってしまった。七巻まで撮り上げたのに、やめてしまったのね。そういう過去があったから、そんな二人を会わすというのはアメリカでもフランスでも大騒ぎ。ところがワイルダーは「サンセット大通り」で二人をきれいな形で共演させたんですね。スワンソンが演ったノーマ・デズモンド、あのかつての大女優が気が違って階段から降りてくるところ、ニュース・カメラが回っている。みんなはあれは気が違っていると言うけど、本人はそのカメラの前で演技しているつもり。その時、召使いのシュトロハイムが「アクション・スタート！　キャメラ・スタート！」と言うでしょ。あれは凄いシーンでね、「サンセット大通り」はそういう裏の話がよろしいな。

開高　ハア、なるほど。それから……。

淀川　なるほどって、知っているくせに（笑）、この人、大変な映画ファンなんですから。

開高　まあ、映画にはずいぶんお金と時間を注ぎ込みましたね、本当に。

それから、「お熱いのがお好き」なんですが、冒頭の場面で霊柩車が走りましてパトカーにガンガン撃ちまくられ霊柩車の中の棺桶からウイスキーが流れてくる。それが映画の始まりでしたね。禁酒法時代ですから、もぐりの酒場、スピーク・イージーですね。そこでみんな酒呑んでいるんですが、「バーボン印の紅酒《ママ》」とか「スコッチ印のジンジャーエール」とか言って呑んでいる。私、四年ほど前にニューヨークへ行って、秘密セックスクラブというのに入りまして……。

淀川　何クラブ？

開高　秘密セックスクラブ。

淀川　いやらしい。どんなことしますの、そこは？

開高　大したことないです。そういうクラブなんですけど、なぜか酒を売るライセンスを持ってないんです。そうすると、紅茶だとかミルクだとかを持って来る。その時、「お熱いのがお好き」を思い出してスコッチ印の紅茶を頼んだんです。

淀川　はあ、おもしろいね。昭和の初め頃まで禁酒でしたね。だから、スピーク・イージー、気楽にしゃべれの意味ですけど、酒を呑ませるナイトクラブの事なんですね。ギャング映画にそれが出てくると、全部コーヒー茶碗、中はウイスキーでね。それでドアの窓からこう顔を見て、知り合いだったらＯＫなのね。でも酒が好きな人、酒を止められたら、困るわね。

開高　それはあきませんな。テレビからＣＭを抜いたみたいになりますね。

淀川　だから、ホモも止められたら困るね（笑）。今のは冗談ですけど、とにかく、好きなものを止めるのはいけませんな。

開高　だいたい人間というのは矛盾の束ですから、美徳を強制すると、悪徳がはびこりますな。

淀川　やっぱり文学的だね（笑）。もうちょっとビリー・ワイルダーの事、しゃべっていいですか？

開高　はい、どうぞ。

ワイルダー、ルビッチ、「虎の尾を踏む男達」

淀川　ビリー・ワイルダーはドイツでちょっといいシナリオ・ライターになって、二、三本、監督もしているのね。そこにヒットラーが出て来て、いやになって逃げ出してフランスで一旗挙げようと思ったんだけどダメで、もう無一文でアメリカに渡った。貨物船でロスに着いた。でも泊るところがなくて、とうとうグリニッジ公園の公衆便所の、柵があって人が入れないところを見つけて、そのお便所の中で寝てたのね。

それで、腹は減るし、仕事はないしでしょうがなく歩いていたら、向うの方から「カサブランカ」に出た事のあるピーター・ローレとばったり会った。ローレはドイツ人、ビリー・ワイルダーもドイツ人、「おまえ何してんねん」「仕事なくて困ってんねん」「そんなら俺についてこいよ」、という訳でパラマウント撮影所に連れて行った。それで、パラマウントの宣伝部室へ行って、「こいつは偉いんだ」と紹介しているところへ二階で騒ぎが起こった。上で、エルンスト・ルビッチという監督が「青髯八人目の妻」を撮っていたんだけど、そのシナリオを読んで怒って怒って……。もうちょっと話しててていい？

開高　どうぞどうぞ。止める事できないでしょう（笑）。

淀川　あんた、笑ったら可愛らしいな。それで、シナリオ・ライターたちが上からドカドカ降りて来たので、「どうしたんだ」と言ったら、ルビッチが「このシナリオ・ライターたちは馬鹿だ」と怒っているという。クローデット・コルベールとゲーリー・クーパーを会わすシーン。クーパーが上がって来る。デパートの七階。そこへコルベールがやって来た。箱を持って、ちょうどエレベーターの前で二人はかち合って箱が落ちる。クーパーが拾って、「どうぞ」と言う。これで二人は仲良くなった。そういうシナリオを見て、「何だ、これは！　最低じゃないか、こんなシナリオ」。さあ大騒ぎになっている。ワイルダーがそれを知って、「簡単じゃないか」、ルビッチもドイツ人ですからドイツ語でワイルダーが説明を始めた。「そんなの簡単ですよ。クーパーとコルベールはデパートの七階にパジャマを買いに行った。クーパーはパジャマの下なんかいらない、フルチンの方が気持いいから。向こうの方でコルベールが『私は下のズボン、あの長いズボンが欲しい。上なんていらない』。あちらは下が欲しい、こちらは上が欲しい、でもデパートは、『ワンセットですから、そんな売り方はできません』と言う。そこで支配人が二人を集めて、『お二人で一着買われたらいかがですか?』、それがいいという事で二人は結ばれる」。ルビッチはこのワイルダーのアイデアを大いに気に入って、ワイルダーはパラマウントと契約するんですね。

開高　なるほど。

淀川　なるほどって、知ってるくせに……。そういうふうに、ビリー・ワイルダーは頭がよかった。

開高　それでは、スポンサーの手前もありますので、酒に話を戻しましょうか……（笑）。

淀川　はいはい分かりました。私、酒の話で泣いた事があるの。黒沢明の「虎の尾を踏む男達」、あなたもご存知の弁慶。弁慶が義経をかばうところ、義経の関所越えね。富樫《とがし》は怪しい怪しい思うけど、勧進帳を一所懸命読む弁慶を見てホロリとくる。でも怪しい。それで義経を指して「あいつは義経そっくりじゃないか」と言う。すると弁慶は「あいつのためにいつもエライ目にあう、ちょっとこっちへ来い!」言うてみんなの前でバーンと殴った。これを見てさすがの富樫も、ああ弁慶はこんなにも主人思いなのか、と心を打たれて「さあ、もういいから行きなさい。その前に一献お召しになったらいかがか」と言って酒を勧めるのね。弁慶もこれでここから逃げられると思うから安心して、大きなタライみたいな盃でガーッと呑む。あれ見ておって、はあーっと思うなァ。呑んだあと、富樫がじっと見送るところは、ジョン・フォードの映画の世界。いつもは泣かぬ弁慶がポロポロ泣くところが、何とも良くてなあァ、ぼくはあの弁慶と義経、ホモだと思いますよ。

開高　えっ?

淀川　嘘ですよ、今のは冗談です（笑）。

開高　そういう事もあるかと思います。あらわに描いてないけど、あれはホモなんじゃないかと思われるような場面はよくありますね。

淀川　話変えましょう。違う話しましょう。

開高　どうもそちらの方に趣味がおありなのかと思っちゃったんですよ。私の偏見でした。

淀川　いや、あなたの顔を見ていたら、そんな気になってきたの（笑）。はい、違う話をしましょう。

禁酒法時代、レイ・ミランド、「失われた週末」

開高　あのね、このイベントのスポンサーは酒屋なんです。それで、どんな場であろうとアル中の話は厳禁なんです。だから映画を選ぶ時、私、「失われた週末」を入れろと言ったんです。

淀川　そうだろうと思った。

開高　ところが、「あれはアル中の話やからあかん」、とこうきた訳です。

淀川　それはあたりまえでしょう。
開高　ぼくはそこで、理解が浅いって言った。あれ、レイ・ミランドがもの凄い名演技をやるでしょ。禁断症状に落ち込んでから、一杯ありついた時、ホウッとなるあの表情を見てみろ、アル中を描いているのに酒呑みたくなるやないか、と。
淀川　そうだねぇ、けどやらんわ。
開高　でもね、喉が鳴りますよ、あの呑み方見ていますと。だから、アル中の映画をスポンサーに怒られんように、しかも、その映画の魅力と酒の魅力をどう語ったらええか、ちょっとタブーを冒してみたろかという気になって、話してみたんです。うまい事、いったようですね。
淀川　ええ、うまい事いきました。それで、「失われた週末」の主人公は呑みたくて呑みたくてウズウズしている。女に一ドル恵んでもらって、それで一杯呑むのね。酒の気が切れた時、ウイスキー入りのコップが来た、でも手をつけない、嬉しくて嬉しくて。まず、コップの、ウイスキーで濡れた部分を舐めたなァ。ああ、あんなにも酒がおいしいもんか、まあおもしろかったなあ。
開高　アル中のレイ・ミランドが酒瓶を窓の外に吊るしてますわなぁ。私、モスコーでもワルシャワでもあれと同じ光景、見ました。これは別の意味でです。映画では、酒を隠すために窓からぶら下げているんですけど、ワルシャワの小説家、モスコーの小説家、世界中どこでも小説家は酒呑みですけど、彼らは酒を冷やすために書斎の窓の外へぶら下げているんです。ウォッカを。
淀川　凍るでしょ。
開高　いや、凍らない。それで、私らが入っていくと窓を開けてたぐり寄せて、グラスに注いでグッと呑む。冷蔵庫ですよ、自然の。

　この間、久しぶりに「失われた週末」を見て、そやそやモスコーでもこれやったたと思い出した。しかし彼らはアル中じゃない、ロゴス・エトス・パトスのしっかりした小説家どもでしたけどね。
淀川　今のあなたのお話は上品で、スポンサーの痛いところにさわらないようにお話になったから、聞いている人には窓の外に酒瓶が下がっていたという事の意味がよく分からない。しょうがない、私はクビになってもいいから一言いいますけど、酒で人生をダメにしつつある作家がおりまして、その男が兄貴に、酒を絶つために田舎に行ってろ言われる。その前の一番最初の場面は、その町、キャメラがどんどんアパートに寄ってくる。どんどん寄ってくると、一軒のアパートの三階の窓のところに一本ぶらさがっておるの、瓶が。あら、何であんなところにぶら下がっておるのかと思ううち、キャメラ、寄って寄っていった時に今度は部屋の内の場面になって、先ほどの兄貴のお説教になるのね。ハイと言いながら兄貴がちょっといない間にサッと瓶を引き上げる、このあたりのビリー・ワイルダーの映画演出のうまい事。これだけ言わないと分からないでしょ、あんた。でもそしたらクビになるね。

開高　いや、私は二十七年前に独立してますから、どうぞご心配なく（笑）。

淀川　そうでしたか。しかし、あんたがサントリーをクビにしても、あんたがサントリーからクビになるなんて事はないですね。この人のスケール、日本一だもんね。だから私、こういう人好きなの。サントリーさん、大事にしてあげなさいよ。

開高　ハッハッハッ。佐治社長、聞いといて下さいよ（笑）。

それじゃ、西部劇の話しましょうか。酒の場面がよく出てくる。それでバーボンをガッとひっかけますな、一発で。あと水も呑まない。そのあとで乱闘騒ぎ決闘騒ぎになります。これはまぁ歳時記みたいなもので、定石通りですけど、あれはまずい酒なのでチビチビと味わえない。嚙んで味わう事が出来ない。だいたいあいうのをレッド・アイ、赤目玉ウイスキーと言うんです。目が赤くなるから。

淀川　赤玉？

開高　赤目玉ウイスキー。赤玉というのはごく上等な甘い酒の事です（笑）。それで私は密かに考えたんですけど、赤目玉ウイスキーを売り出すのに、リー・マービンをCMタレントに使ったらいいんじゃないかと思った。年がら年中、二日酔いみたいな顔をしているあの役者に、赤目玉ウイスキーを吞ませるとうまそうに見えますよ。喉がゴクッと鳴る。たとえば「プロフェッショナル」という映画の中で、ポケット瓶を呑みます。小指を一本立ててカーッと呑むんですが、そのさり気ない呑み方がなかなかよろしい。

淀川　よく知っていらっしゃる。でも今の若い人に、「お熱いのがお好き」を見せても、マリリン・モンローがここ（スカートの下）から酒を出すという意味が分からない。禁酒法時代はそれだけ、もう遠くなっているんですね。

シーツのシワ、「現金に手を出すな」、「甘い生活」

淀川　私は酒の事は全然知らないんだけど、西部劇にはテキーラとかいろいろ出てくるな。レモンつけて呑んだりする……。

開高　よくご存知で。

淀川　そのくらいは知ってますよ、私だって。

開高　そうですか。それじゃテキーラの話をしますか。

淀川　はい、どうぞ。あんたテキーラも呑んだんでしょ？

開高　はい、メキシコで。

淀川　へーえ、メキシコへも行ったんですか？

開高　はい、行きました。
淀川　メキシコではもてたでしょうな。こういう顔だもの。
開高　あのー、私はいろいろ対談やってきましたけど、こういう異能者のレトリックと対抗した事ないので、何を話していいのか分からなくなってしまう……。ちょっと待って下さいね。確かテキーラの話でしたね（笑）。
淀川　アノネ、私、愛情が燃え上がっているから何でも言いたくなっちゃうの。ハイ、テキーラの話をして下さい。
開高　テキーラはメキシコの焼酎と思って下さっていい。竜舌蘭の根からとるんです。
淀川　サボテン？
開高　似ているけど、ちょっと違うんです。普通、西部劇に出てくるのは安物のテキーラですからカッとひっかけるわけですね。それで、日本でも昔は手塩で呑んでいて、大井川や街道の雲助は全部、手の上に塩を乗せてそれを舐めながら一杯やる。塩は酒の最高の肴ですからね、これは万国共通なんですよ。
淀川　あ、そうですか。塩っておいしいの？
開高　塩で舌を引き締める。で、酒が生きる。
淀川　そうですか。それじゃあ、下のあそこも引き締まる？
開高　……！（笑）
淀川　ハイハイ、冗談です。元へ戻しましょうね。
開高　それは私、まだやった事ないですなァ（笑）。小説家は何でも一度はやらなきゃいけませんけど、あそこに塩をつけたら、えらい事になるでしょうなァ。ペルーではコカインを塗るという話は聞きましたけど（笑）。まァ、それはどうでもよろしい。
それで、向こうはレモン、ライムがよく採れますから、ライムの上に塩をこんもり盛って、ペロッと舐めてカッとひっかける。
淀川　きついでしょう。
開高　きついです。昔はきつかった。しかし今、世界中どこでもそうですが、ウォッカでも何でもどんどん度数が落ちています。隊長タラス・ブーリバなんて頃のウォッカはドーンと呑むと爆発するような酒ですけど、今はそういうのはないです。
それで、メキシコは暑い国ですから、サボテンに毛虫がたかる。その毛虫がオシッコとウンチをする。するとたちまちお日様が照って塩分だけが残るんです。それをヘラで掻き取って、その塩で呑むというのが、古典的なメキシコのいい男の呑み方です。
淀川　オシッコとウンコ？
開高　その中の塩分ね。
淀川　それで呑むの、へーえ、オシッコとウンコねえ、やっとあんたらしい話になって来たな（笑）。
開高　ところが、そういう毛虫がだんだんいなくなりまして……何が原因か分かりませんが。それで今は化学で作ったような塩とコショウを混ぜたようなものをビニール袋に入れて、テキーラの瓶にくっつけているのもあります。
淀川　あなたは、それをお呑みになったら騒がれるか、眠られるのか、いやらしくなるのか、どうなるんですか？
開高　旧約聖書を読んで寝るだけです。
淀川　まあ、またまたそういう事を言って。最悪の男やなァ（笑）。
開高　クリスチャンじゃないですよ、私は。神も仏もありません。ただ文学としてあれを読んでいて、飽きない。
　テキーラに話を戻しますと、あれをそのまま樽に入れましてね、何年も寝かしますと、琥珀色になってくる。〝クエルナバカ〟というところで作ってます。
淀川　え？　何？
開高　ク・エ・ル・ナ・バ・カ。
淀川　いい名前やね。
開高　いや、からかっているんじゃないんですよ。本当に〝クエルナバカ〟というところがあるんです。そこが、長年貯えた琥珀色のテキーラの名産地です。これはなかなかの風格ですが、しかしやっぱり田舎焼酎で、コニャックとかアルマニャックという調子じゃないんです。
淀川　あなたは洋酒党ですか？
開高　いや、アルコールなら何でも。
淀川　なるほどねえ。でも、そんなに顔は荒れていらっしゃらない。
開高　イヤー、アノ……。
淀川　きれいな肌だものね。よく酒で鼻が赤くなってる人がいるけど、あんた、きれいな顔やね。
開高　愛されるのは楽しい事ですけどねえ（笑）。まあ、映画と酒に話を戻しましょう。
「現金に手を出すな」という映画がありましたね、ジャン・ギャバンの。ギャングの手下がギャバンのところにやって来て「一発大仕事をやろやないか」と誘うと、ギャバンが「俺はもう引退してるんだ、この首のダブダブを見ろ」と言ってみせますね。その手下が殺されたので彼が出ていく場面がありますが、あそこでフォアグラでシャンパンをやっておるんですな。
淀川　ああ思い出した。ギャバンがそれをビスケットか何かにつけて口に入れるでしょう。あれがフォアグラですね。バターみたいだけど。
開高　はい、フォアグラです。
淀川　デュビビエの「我等の仲間」か何か忘れたけど、同じような場面があったな。口を動かして食べながらしゃべるところ、うまくてなあ。フランス映画は、食べるところ、呑むところ、実に美事ですねェ。
開高　それから、ベッドのシーツのシワを芸術に仕立てるのは、フランス映画ですね。

淀川　はあ。また始まりかけた。

開高　アメリカ映画の監督にベッドのシーツのシワを撮らしてもダメね。

淀川　あなたのおっしゃるような感じの映画があった。フェデリコ・フェリーニの「甘い生活」。ローマで生活しているマルチェロ・マストロヤンニのところに田舎から父親がやってくるのね。それを日本の話に置きかえるとこんなふうになる。上京して来た親父は自分も顔の広いところを見せようとして、「おい、上野の蔦家へ行こう」と言った。息子はあんな田舎くさいところと思うけどお父っつぁんが行こうと言うので仕方なく、ついていった。さあ、そこへ行ったらつまらん芸者がついて何もおもしろくないんだけど、お父っつぁんは一円玉をおでこにつけて芸者とフッフッ吹いて、どっちが落ちないかを競争する。息子はばかばかしいと思ってるけど親父は依怙地《いこじ》になって、「オイ、俺、この女とおまえの部屋行くわ」と言いだして連れて行く。息子はしょうがないのでオートバイで外を走り回って一時間ほどして戻ってくる。すると女はボーッと煙草吸っていて、お父っつぁんはベッドのシーツのシワを直してたの。出来なかったらしいの、年寄りで。商売女が直さないで、年寄りのお父っつぁんが自分で直してる。やっぱりあれは習性で、毎朝毎朝そんな事やってる、そういうところが出てて良かったなぁ。

開高　なるほど。ジャン・ギャバンが、「殺意の瞬間」という映画でレストランの経営者かコック長になりましたな。そして肉ダンゴを煮る場面、彼は料理の天才だという事になっていて、味見のためにモグモグやる。するとコブがゴクゴク動く、これを見ているとビーフシチュー食いたくなりますね。

淀川　フランス映画は、コック長がのぞきに行って味をみる、そんな場面をよく撮る。アメリカ映画にはないねぇ。そういうところに出てくるシチュー、あの食べ方、色がついていたらたまらないねぇ。

開高　はい。

ジン、批評、「アフリカの女王」「スティング」

淀川　という訳で、お話が酒から食べ物に移ってきましたけど、もう時間ないでしょ。

開高　あれ、もう時間ですか？　淀川さんと話していると時のたつのを忘れてしまう……ああ、もう少しあるそうです。それで……。

淀川　じゃ、もっと話しましょう、あなたのプライベートな事でも何でも……。いつもバーでは私はジュース、あなたはウイスキーだから、そばに寄れないのね。まあ、それが今日は役得でこんな近くで

ESTD
1797
GLENGARIOCH
OVER 10 YEARS OLD
PRODUCE
OF
ESTD
1779
PRODUCE
OF
SCOTLAND
ESTD

話す事が出来て、長生きして良かった。あなたの文章はもの凄くうまくて、ノーベル賞間違いなしやね。

開高　いえいえ。宣伝になると申し訳ないんですけど、ノーベル賞はスウェーデンですがその隣りのフィンランドで賞をもらったんです。ウンコの事ばかり書いた小説で、文部大臣賞というのをもらった。フィンランドはいい国ですなあ。それはヘルシンキで受賞式があったんだけど、スウェーデンのストックホルムに行くまではもう少し時間がかかる（笑）。淀川さんも長生きなされて、もうちょっとお待ち願えませんかなァ。

淀川　ええ、ええ、待ちますとも。それで話は変わるけど、この会場に来る前、大阪にいて新幹線で来たの。その新幹線で僕が座った隣りの席に西欧人が乗っていて、グオッーと寝ているんです。静岡に来て富士山が白くてあんまりきれいだから、やっぱり見たかろう思って起こしてやったら、「オー、フジサン、キレイ」言う。知っているのか聞いたらもう四回目だと言うのね。自分はスウェーデン人だと言うので、カール・ドライヤー知っとるかと聞いたら、「ドライヤーはわしの誇りだ」と言った。もう全然映画に関係ない顔した普通のオッサンなんだけど、それがカール・ドライヤーを知ってる、偉いもんですねえ。

開高　彼らは映画をよくみますからね。それでジャン・ギャバンの話に戻すと、昔フランスの映画雑誌を読んでましたら、ジュリアン・デュビビエがインタビューされている記事があった。そこで、ジャン・ギャバンとルイ・ジューベを較べてどう思うかと聞かれて、デュビビエはこう答えている。

　私の記憶に間違いなければの話ですけど、「ルイ・ジューベは偉大なる芸術だ、ジャン・ギャバンは偉大なる自然だ」、こう言っているんです。

淀川　うまいなあ！　うまいねェ！

開高　こういうのを批評と言うんですな。一瞬のうちに、分析と総合をやってのけている。私も、できたらそういう文章を書きたいと、日頃念願しているんですが。

淀川　あなた、そんな謙遜してキザな事を言う（笑）。あなたの顔見たら八百屋のオッサンみたいだけど、文章は最高だもの。そうですか、デュビビエはそう言ってますか。

開高　これは今でも忘れられないです。こういうのを批評と言うんだと思いましたね、モミジのような唇をしていた頃。

淀川　これは批評じゃないけど表現としてうまいと思ったのは「にんじん」のルナールの言葉、チョウチョウとは何ですか？「チョウチョウとは二つ折りのラブレターが愛のアドレス（花）をさがしている」……うまいなあ。

開高　そうそう。岸田国士さんの訳でしたね。

淀川　あんた、知り過ぎてるわ（笑）。

開高　いえいえ。あと七分ぐらいありますから、今まで出てこなかったジンの話をしましょう。これは頭に来ますでぇ。昔、私、ジンをサイダー割りで呑んでえらいめにあいましてなあ。まあ、その話はどうでもよろしいけど、「アフリカの女王」、ボギーがジンを呑んでましたね。

淀川　あ、そうですか。キャサリン・ヘップバーンと……。

開高　はい。それから「スティング」、あの中でポール・ニューマンが、氷で二日酔いを治すために顔を洗ってましたがジンをガブ呑みしてましてね。ジンをガブ呑みするというのは、なかなかの酒豪じゃないとちょっとやれないんですが、あの場面は良かったですなあ。

淀川　僕は酒に関心ないから、ただ見てしまうんだねぇ。どっちか言ったら、甘酒とおしるこばっかり見ていたい方だから。

開高　確かコンゴだったですか、今は名前も変わりましたけど、緑の中でオンボロ運搬船とドイツの砲艦が戦う話ですね。だから氷なんてありません。ジンというのは普通、ジントニックとかジンフィーズとか、氷を入れて呑むものと考えられているでしょう。それをストレートでガブ呑みしているんですね。

淀川　僕がそういうのでびっくりしたのはJ・リー・トンプソン監督の「恐怖の砂」、兵隊が砂漠をずっと横断してもう唇は干あがってザラザラ、やっとアレキサンドリアに着いたの。それでみんな転がるようにしてバーに入って、冷たいビールをうまそうに呑むのね。

開高　うまそうなのではいろいろありますけど、もうひとつ、日本人にあまり知られていない酒で、アニゼットという酒がある。ウイキョウの酒ね。

淀川　ウイキョウって何？

開高　呑んだ事のない人に説明するのは難しいんですけど、ペルーのアブサン、リチャール、タスプ、こういうのを全部アニゼットと言うんです。「地の果てを行く」の中でジャン・ギャバンがスプーンに氷砂糖を置いて、上からタラタラとたらして、それから水をやって呑んでましたでしょう。横にフランソワーズ・ロゼーが控えていて、「セラビー……」（それが人生よ）というような事をつぶやくんですが。あの女優はセラビー女優などと言われた時期がありましたけど、あのアニゼットの感覚は良く出てましたね。天上に二枚羽根の扇風機がプルンプルンプルンと回ってましてね。

淀川　あんた、あの頃、まだモミジの唇でしょ。

開高　そうです。モミジになりかけの頃。

淀川　まァ、やらしいね（笑）。そういう訳で話は尽きないけど、あなたはとっても映画好きですね。

開高　かなりの人生を暗闇の中で暮らし

てきましたね。

淀川　何だかエライ、何だか不潔、何だかいやらしいね（笑）。

開高　しかし、淀川さんは人生の大半を暗闇の中で暮らしてきて、しかも今日は酒も呑まずよくこの長丁場を持たれたと思います。さすがは話術の達人、当代、稀れな人、尊敬申し上げます。（拍手）

淀川　これ、録音しといて下さいね。

開高　酒一滴も呑まないで、こんなにしゃべれるというだけでも大変な事だと思いますよ（笑）。

淀川　そんな事はどうでもいいんだけど、この録音テープは大切にして僕の棺桶に入れてもらおう。

開高　いや、本当にどうもありがとうございました。

（文責・植草信和）

情熱を素手でつかみつづけた男

1984年（昭和59年）6月10日
「文藝春秋」臨時増刊
〈植村直己　夢と冒険〉

彼はおそらく微笑していただろう

昔、ゲーテが『西東詩集』の中で、こんなことをいっている。

――死を媒介にして初めて生を味わうことができる。この秘術をわれわれは体得しなければならない。

とね。ゲーテはおそらくペルシャの詩を読んで、そういうアジアの死生観のようなものに目をひらかれたんじゃないか。ペルシャはアジアの内だからね。

人によっては、こういう発想を〝死の崇拝〟ととるけれども、そういう人は生を十全に生きたことがない、書斎のかしこげな学者でしょう。これを、さかしら、という。

――男が人生を渡って生きていく、そのときに男を熱中させてくれるのは、危機と遊びだけだ。

といったのは、これまたドイツ人のニーチェだ。ニーチェが人間性に通じているとはあまり思えないけれども、この言葉はまさにその通りです。

ゲーテがいい、ニーチェが指摘し、ほかにもいろいろな人が言及しているように、まさに死を媒介にして生はその全貌を現わす。体の中にドスンと入る。その瞬間を、完璧な瞬間といってもいいんですが、そういうと、またこれを刹那《せつな》主義だなどと評するモラリストが出てくる。このモラリストは半分困ったことだね。

しか男でないんだ、といいたいね。

植村君はかねがね、ニーチェやゲーテが指摘したように自分の生を生きてきた男なんだ。だから、いつか必ずそういうことが起るだろうと私は思っていました。

彼と二回対談したことがあって、速記が終ったあと例によって一杯飲むのだけれども、彼の人柄に惚れたものだから、それが二杯、三杯になった。そのとき、「いつか君は畳の上で死ねなくなるときが来るのではないか」と半分冗談にいったことがあるけれども、やっぱりそれは避けられなかった。どういう死に方をしたのかは分らないけれども、おそらく彼はその瞬間、微笑していただろうと思います。

自分で自分の身を灼く情熱

少し比喩が低くなるけれども、夏の虫がランプの火を目がけて飛び込み、羽と体を焦して死んでしまう。そのように、男には自分から発する情熱という火があって、自分のために自分を灼いてしまうんだね。植村君はこのケースなんだ。

昨今、日本人は、とくにヤング・ジェネレーションは、この危険を冒すという気力を失いつつあると聞きます。困ったことです。男が危険を冒す気力を失ったらどうなるのだ。生きた心地もせず、死んだ真似をして生きている、ということになるじゃないか。

近頃の若者は、二言目には「やさしさ」ということをいいたがる。やさしさの大安売りだね、これは。大安売りのもとはといえば、某社がテレビのコマーシャルにフィリップ・マーロウの言葉を使ったことあたりにあるのかも知れません。「タフでなければ生きていられない、やさしくなければ生きている資格がない」というような言葉だった。

タフでなければ……という前半分をはずして、やさしさだけを売り物にしているヤングが多いのは、たいへん困ったことです。このタフということの中に、自分の内から出てくる情熱の火というものがある。人間は、というより、あえて男は、といいたいが、男は根元的に情熱的な存在なのだ。それが善か悪かなどという前に、とにかくそういう存在なのだ、といいたい。

植村君は、この情熱なるもの、もっとも扱いにくいもの、男の手と体を灼いてしまうもの、それを素手でつかみつづけてきた。火の中の栗を拾いつづけてきた男なのだ。

しかも、ご存知のように、彼はいつも単身でことに当った。非常に古典的な探検家だった。まっとうすぎるぐらいまっとうなアドヴェンチャラーだった。ところが日本人は、西洋人、それに他のアジア人にくらべて、どういうわけか冒険家を高く評価しない傾向があるんだね。

四方海に囲まれているから、地理的に

はイギリスと同じ条件と考えてもいいわけだが、冒険への関心となるともう雲泥の差がある。文学でいえば、海洋小説とか冒険小説が生れなかったし、またそれを正しく評価する批評精神というものもない。

こういう冒険オンチの男たちに日本の女性が惚れているんだから、民族の未来は暗いぞ。いや、外国人に日本の女が惚れたがるのも無理はない、といったほうがいいのかな。

それにしても、なぜ日本人があの精神を評価しないのかなあ、冷淡でしょ。ロスのミウラさんとかその他怪しげなる幾多の人物の陰口をきくことには無我夢中だが、冒険家の消息となると、記事はとたんにその百分の一になってしまうんだからね。精神がダラーッと弛緩《しかん》している証拠です。井戸端会議趣味だけが残る。

アムンゼンやスコットの系譜の中へ

植村君は対談のためにここに訪ねて来てくれました。彼には、実際に物事を行う人に特有の、自信満々の謙虚さがあった。実際行動を起す人は謙虚ですよ。イバルのがバカバカしくなるんですね。そして話をしているうちに、内に秘めた力がだんだん滲み出てくる、という感じでした。

彼は冒険家に必要な条件をしっかりと持っていた。その必要な条件とは、胆大心小ということです。ガッツは大きくなければならない。しかしまた、用心深くなければならない。心小というのは、用心を指している。あの人はけっして無茶をやったことはない。一見したところ無茶のように見えるけれど、非常に綿密に計算し、自分をトレーニングし、あらゆることに対応する準備をして出かけて行った。

いそいで付け加えておきたいのだが、ヤングの中には無茶をすることが冒険だと思っている人が多い。私はアルピニストじゃないけれど、アメリカ人やドイツ人で日本人と一緒に山登りしたことがある人に会うと、口を揃えて、日本人と山登りするのはコリゴリだ、というんです。いずれも肝っ玉の太い、用心深い男たちがそういう。日本人のは無茶というもので、あれは冒険ではない。おっかなくて、あんなのと一緒に山登りできたもんじゃないよ。そういう批評をしょっちゅう聞かされる。日本の若者の一部は、無茶をすることが冒険だ、ガッツだと思い違いしているところがあるんじゃないかね。こういう無茶で死ぬ男は、私としてはあまり歓迎できません。無茶をやって死んでしまうのは、アドベンチャーでも何でもない。

用心しぬいていって、なお一点張りの

大賭けをする。そして向う岸に去って行くのは致し方ないことだ。むしろ、あらまほしき姿だ、と私としては思っていますね。

植村君は、いつも死の顎が迫ってくるのを見ながら、そこで体を翻し、戻ってくることができた。しかし、今回はどうやらそれがかなわなかったようだ。アムンゼン、スコット、クックという人間たちの系譜の中に植村君は入ったのだ。

男が危険を冒す気力を失ったら、いったいどないなるねン

◉対談＝C・W・ニコル（作家・ナチュラリスト）
司会＝竹村 淳（音楽ジャーナリスト）

1984年（昭和59年）6月20日
「ライトアップ」

開高　対談ということやけど、集英社（『野性の呼び声』）でやっちゃったんだわな、この人とは。

ニコル　三日間。

開高　朝から晩までぶっ続けで飲んだ。もうほんまに並大抵やないで、この人物と対談するのは。口が喋ってるんやない、肝臓が喋ってるというようなもんで（笑）。

ニコル　朝、九時頃に起きて、真理子（ニコル氏夫人）がね、「開高さん、コーヒーですか、紅茶ですか、それとも延命茶ですか」。すると、開高さんは「ウイスキー！」（笑）。

開高　ここのウイスキーはうまかった。

竹村　ニコルさんのお宅の？

開高　ああ。ストレート・モルトや。音楽でいえば、室内楽のソロだよ。

竹村　なるほど。

開高　ブレンデッドじゃないんだから。うまかったよ。それはいいけれど、ベロベロいい気になって喋ったのを、そのまま録《と》られちゃって。今度の本はな、“Call of the wild（野性の呼び声）”じゃなく“Call of the booze（酒の呼び声)”てなもんや(笑)。

竹村　その本の中で、ニコルさんが、「開高さんは、犬、好き?」ときくと開高さんは、「好き。うまいよ」と。この部分が広告に載ってましたが。

開高　ほんと(笑)。

ニコル　あいつ(ニコル氏の愛犬モーガス)、パパになったよ。

開高　ほう、サノバビッチが! ひどい名前をつけてるんや。夫妻でson of a bitchと呼ぶんだ。確かにその通りだよ。すべての犬は雌犬(bitch)の子なんだから、サノバビッチだわな。

ニコル　うちの隣に養殖場があるんですよ。

開高　なんの?

ニコル　マスとヤマメと……。それでね、アオサギとトンビが、食事いただきにきますから、犬がしばってあるんですよ、あっちこっちに。

開高　ホ、ほう。

ニコル　その中に、雌犬がいたんですよ。で、うちのサノバビッチがそこへ行って、ほかの強そうな犬がワウワウ吠えているのに、ゆっくり行って、ゆっくり話をつけて、のってるんですよね。

開高　あっ、のったわけね。あなたの家で飼われてたら、ませるでしょう。

ニコル　(笑)それで、その雌犬が二カ月ほど前かな、自分の鎖をこわしてうちに来て、地下に住みついてね。それで六匹生まれました。

竹村　押しかけ女房が来たわけですね。

ニコル　そうそう。

開高　どうするの、そんなに沢山。

ニコル　だから一匹ね、今晩のために持ってこようかなと(笑)。

開高　(笑)犬はおいしいよ、ほんと。

竹村　赤犬がうまいとかいいますね。

開高　そこまで細かいことは、私知らないけど、ベトナムにいるときは、犬、よく食べに行った。おいちい。猫はくどい。それで、猫はね、二度も三度も煮なきゃだめ。

ニコル　ふうん。

開高　妙な味がするんだな、猫は。だけど、犬はね、すなおです。

竹村　チャウチャウというのは、もともと食用犬だったそうですね。

開高　あのね、中国で犬を飼いだすんですが、中国人にはもともとペットという感覚がないの。だから、もともとから食べるもんだ。どんどん育てていって、「お、ええころ加減に肉に脂がのってきたでぇ。いったろか」ってんで、ポン。これが中国人のペットの考え方や。骨まで愛しちゃう、ということになる。あの、エスキモーには、ペットという観念はありますか。

ニコル　ちょっとあります。子どもたちはときどき水鳥を飼う。冬は飼わないけどね、秋まで飼う。それから……。

開高　それから、骨まで愛しちゃう。私

は、それ、当然だと思うね。愛は愛。自分たちの生存のための食糧であることは、それ自体。あたり前だと思う。そういう酷烈な条件に置かれたことのない人が、文句をいうだけであって、そんなことは、靴を隔ててノミをかくような議論だな。

開高 ちょっと。私の自意識がツー・マッチ・シャープなんで、酒で弱めたいと思う。（ニコル氏を指して）この人もたいへんに感じやすいモーツァルトのような心を持っているんで。赤ん坊の指が触れただけで鳴り出す。しかし、そのピアノ線で人の首も切り落とせる。こういう性格なんで……。ちょっと、お酒、くれや。

竹村 はい、いま。

ニコル カナダでいま、日本と同じように年寄りが増えているでしょう。

開高 ああ。

ニコル だから、スーパーに入って買物をしてると、よく見かけるんですよ。年寄りの人たちが犬や猫の餌を買ってる。犬とかを自分で飼ってる人もいるけれど、そうでない人が多いんです。それを持って帰って、自分のために料理をしてるんですね。

竹村 そんな……。

開高 だけどニック、現代のキャッツ・フード、ドッグ・フードは……。

ニコル もう、最高！

開高 そりゃ素晴らしい出来ですよ。焼き飯にも入れられるし、焼きそばにも使える。

ニコル ほう。

開高 たいへんにおいしいです。それを、キャッツだとかドッグだとか名前をつけるから、みな「あら、猫のごはんね」なんてことをいってるけども、あれはとってもおいしい。アフリカのマサイ族に食べさせてごらんなさい。ひっくり返って感動します。

ニコル ぼくもそう思うけどね。

開高 ニューヨークで残飯が出る。東京やパリでも残飯が出る。この残飯だけで、カロリーの数字だけからいえば、アフリカの国を四つも五つも完全に養ってゆける。

ニコル そうね。

開高 だけど、誰もそれをやろうとしない。貧乏人の味方だという社会主義国はもちろんやろうとしない。彼等自身、食うものがない。なぜかしら。

ニコル ぼくもこないだ大きな旅館に行って、宴会のあとの残飯を見たら、ほとんど手がつけられてない。

開高 その通りや。

ニコル 「どうして豚の餌に売らないんですか」というと、「誰も買わない」というんですよね。バンクーバーの漁港で、そこにオヒョウ（カレイ科の海水魚）の首が捨てられたのね。それで、中国のおじいさんとおばあさんが……。

開高　とってくる。

ニコル　はい。ぼくもとりたいな、と。

開高　まったくその通り。だって、オヒョウの頭にはチーク・ミート、ほっぺたの肉がある。これはひじょうにおいしいですよ。私もベーリング海のセント・ジョージ島で試してみたけども、とてもおいしい。あれを捨ててしまう。しかも、オヒョウというのは気の毒なことに、畳一畳もある。で、内臓は、首の下のこのぐらい（赤ん坊の頭ぐらいの大きさを示して）の部分に全部入っている。あとはミート。

竹村　そんなですか。

開高　はい。鮭はちがう。（両手を広げて）鮭はこれだけあるでしょ。背骨にそってお尻の穴まで内臓がある。腹腔という。鮭の場合には、これが首の下から尾っぽの付け根に近いところまであるわけ。そこに内臓がつまってるの。ところが、オヒョウの場合には首の下にちょびっとあるだけ。中華ラーメンの丼ばち一杯ぐらいや。あとは全部ミート。だから狙われる。経済効率がいい、というわけや。おわかりかな。

ニコル　鯨を撃つときとカリブー（北米産トナカイ）を撃つときのちがいは、その苦労もあります。鯨の内臓はすごく小さいところに入ってる。狙いとしてはテッパ（手羽。前足のこと）のあたりにモリが入らないとだめですけど、カリブーはこのあたり（わき腹）を狙ったら、三〇・〇六（の弾丸）でも相手が倒れるまで一日かかるのをがまんすれば、獲れるんです。

開高　なるほど。それから、滅びていった動物には原則がある。グループで暮らす動物は、滅ぼされていくの。

竹村　そのようですね。日本でもオオカミが……。

開高　とっくに滅びてしまったでしょ。グループで暮らしとるから、一網打尽というやつや。人間にやられるねん。ところが、インディビデュアルで、一匹ずつ孤立して暮らしていく動物は滅びない。

竹村　クマなんかそうですね。

開高　海でも陸でも。日本はこんだけ工業国だけれども、北海道でクマが生きていかれるのは、一匹ずつ暮らしてるからや。人間のことをいえば、今後のことはわからんが、これまでのところでは、文字をもたない民族は滅びていってる。これやで、諸君。国語を勉強しなおしなさい。もっと細かくいえば、アステカとか、インカとか、もうたいへんに天文学やら数学やら医学が発達してたの。だけど、彼らのつくった文字は、絵文字を出なかった。漢字ほどにまで抽象化されなかった。これが彼らの悲劇の原因や。ユダヤ人は二千年前に国家を失った。さまようた。だけども、文字は伝えられた。かくて、彼らは生きのびた。イスラエルという国をつくった。文字を持たなかった民族、それも、かなり発達した表音文字か表意文字を持たなかった民族は滅びていった。ということが、ひとつの原則に数えられる、かのように思われる、ようである。

ニコル うん。つじつま、合います。

開高 サバイバル。これや。日教組と文部省の両方の悪影響を受けて、日本語をないがしろにしてきた奴らは、滅びていくぞ、これから（笑）。

竹村 さっき開高さんのおっしゃったグループ、つまり群れる動物は滅びるということですが、日本人もなにかと群れをなしますね。あれもやっぱり、滅びますか。

開高 いや、人間はもともとグループで暮らしていくしかない種族であるから……。

ニコル うん。

開高 だから、グループとして暮らしているから、それが滅ぼされるという原因にはならない。もし、滅ぼされるとすれば、軍事力、科学力、それから民族の志、アンビション、いろいろありますが、やっぱり文字を忘れたらあかんでぇ。外国に留学するのもええけれども、横文字の勉強、おおいにやらなきゃいけないが、日本語の勉強もしなければいけないよ、という教訓やな。

竹村 なるほどね。

開高 （突如、奇声を発して）アッアッ、アッ！ テン・コマンドメント。

ニコル あ、はい。

開高 今のは十戒、十戒のナンバー・ワンです。

竹村 開高さんとニコルさんは、どういうことで出会われたんですか。

開高 集英社が引き合わせてくれたんや。「合うやろ」といって。

竹村 で、合いました？

開高 それで、彼に会う前に、私は『ティキシィ』（角川書店刊）という、彼の書いたものを読んだ。とってもいい。ひじょうにいい。とくに、西洋人が書いていないトランサンダス・スピリチュエールというかな。フランス語で、魂の交感、照合。これをこの人がみごとに描いている。シンプルで、しかも深く。この点にたいへん感動しまして、「よし、行きましょう。会いましょう」ということになった。

ニコル ぼくは開高さんのことは、日本に来たときから意識してたんです。釣りキチガイということで、ぼくにもよくわかるような『オーパ！』も書くし。ぼくは、難しい日本語は読めないんですよ。しかし、開高さんのふたつの小説を翻訳で読んで、ものすごく感動しました。

竹村 それは何だったんですか。

開高 『輝ける闇』と『夏の闇』や。

ニコル この二冊、読んで。だいたい翻訳もの読むと、感動しないんですね。

開高　そう、私たちだってそう。

ニコル　でも、ものすごく感動した。ま、目の前でいうと、すごく、なんか……。

開高　お世辞になるから、よしましょうよ。第一、はずかしいじゃないの、面と向かって。

ニコル　でも、ぼくはみんなにいってる。開高健は偉大な作家である、と。

竹村　このあいだ黒姫にお邪魔したときも、いろんな作家が日本にいるけれども、後世にのこるのは、まず開高さんだ。だから対談したい、とおっしゃってましたね。

ニコル　いや、対談したいよりもね、できるだけこの人と……。

竹村　一緒の時間を過ごしたい。

ニコル　たまに、過ごしたいですね。

開高　そう、たまに過ごすのがいいと思います。しょっちゅう暮らしているとね、なぐり合いになると思うよ、どうしたって（笑）。

ニコル　でも、なぐり合いになっても、あとは仲直りするよ（笑）。

開高　そう。酒一杯のめば、解決できることだと思う。だけど、私にいわせれば、いい外人が日本に来てくれた、と思います。この人は、捕鯨問題について、日本側に立って、たいへんな孤立無援の闘いを挑んでらっしゃる。世界的に。鯨をとるなという問題に対して、日本人の鯨のとり方と、その他の外国人のとり方や処理の仕方に全然ちがいがある、という立場から、われわれをたいへんに理解して下さって、書いてらっしゃる。感動しました。

ニコル　開高さんは、ヨーロッパ人のこともアメリカ人のことも、ものすごく理解して書いてますね。しかし、日本人には、それがわかってるかなと思うけども（笑）。

開高　そや、お兄さん。そこの問題や。あなたが一生懸命になってるのに、当の日本人が、あなたが一生懸命になってることを理解してくれてるかどうか、という問題があります。

ニコル　いや、そうじゃなくて……。

開高　いやいや、鯨のことについて、そうだと思うんですよ。あの和歌山とか八戸、鯨基地の人々は、この人が神様に見えると思うの。だけど、その他の日本人が、この人をジーザス・クライストと見て下さってるかどうか、はなはだその点は疑問だと思う。

竹村　そうでしょうね。

開高　というのは、日本人はアメリカから輸入した牛肉やオーストラリアから輸入した羊の肉やらで、楽しく暮らしてるんだから、鯨の肉で暮らさなくてもよいという事情があるからそうなんだが。昔からの伝統ということを考えた場合、われわれの先祖が鯨をどういうふうに待遇してきたか。黒潮に乗ってやってきたものは、殺した。われわれの先祖が生きるために。そして、徹底的に利用した。アメリカ人やヨーロッパ人のように、女の腰を飾るための骨を得るためとか、そんな理由のために鯨を殺したんではない。エスキモーやインディアンと同じ理由で、生存の必要のためにやったわけだ。

ニコル　バイキングも。

開高　うん、バイキングもいるな。

ニコル　アイスランドでは、いまでもゴンドウクジラとか、とっています。でも、ああいう小さな島は、あまり叩かれないんです。なぜかというと、反捕鯨のヒッピーたちが来たとしても、歓迎されないから。

開高　そうでしょう、当然。だから、問題はインドネシア人が同じように鯨をとってるとしたら、どのように拒否されるだろうか。それから、ヨーロッパ人でいえば、切手で食ってるリヒテンシュタイン人が鯨をとりに行って、日本人と同じようなことをやったとしてもですよ、排撃されるかどうかというと、この人は「ノーだ」と。日本人だから叩かれるんだ、出る杭は打たれる、この論理だと、こうおっしゃるわけ。

ニコル　そうですね。それから、開高さんは小説の中でヨーロッパ人の退廃的な部分をすごく嫌ってる。けれども、ヨーロッパ人のいいところをすごく愛してる。ヨーロッパの文化を、ものすごく、冗談ができるぐらいに、まじめに書いている。こんな作家は、日本人には他にいない。いたら、読みたいですね。

開高　ありがとう。

ニコル　えらそうに書いてる人もいるけど。それから、ナイーブに書いてる人もいるけど。開高さんのまじめに書いてる文章のなかで、ぼく笑っちゃうんです。アッ、アッ、アッて。

開高　そうでしょう。

ニコル　それで感動しました。それから、戦争のおそろしさ。ぼくは小さいときから戦争を見たことはないけど。

開高　だけど、エチオピアでプライベートに、あなたは死ぬか生きるかということをやってるでしょう。問題はそこだよ。

ニコル　そのなかで、人間の小さなユーモアと小さなペーソスが、必ず出るんですよね。

開高　その通りです。

ニコル　みんな旗を振ってやってないって。

開高　その通り。

ニコル　それを読んでて、ベトナム戦争をはじめて味わったと思う。ぼくはいま四三だから……。

開高　若いで。それにしてはヒネタ顔してる。日本語にはね、賢い人はふけた顔する、という諺があるの。これやで(笑)。あのね、この人と一緒に話し合って、酒のんで、話がとってもうまくいくのよ。

竹村　ええ。

開高　それで、私は五三よ。で、「ニック、いまいくつやねん」ときいたら、四三やて。いやになっちゃって、俺はもう。
ニコル　すみません。
開高　若いのに、マセた生活してるもんだから、こういうことになっちゃう。十年の差があるのに、俺よりもっと偉い人に見えちゃって。ひげだけではないよ、それは。
開高　そや、ひげの話、しよう。
ニコル　まず、ぼくにいわせて。絵はよくないと、額縁が必要なの。
開高　なるほど、おもしろい。ちょっとフランスの諺でいこう。ひげのないキッスは、ぶどう酒のないテーブルである。
竹村　なるほど。
開高　で、どこへするキッスか、な？
ニコル　どこへするかって、こういう謎はね、ちょっと……。
開高　ひげは大事ですよ。
ニコル　あのね、ぼくの場合はひげは単なる無精ひげ。
開高　（声を大にして）というてるけれども、それは外交官辞令というものでありまして。
ニコル　そう、だな……。
開高　そら、やっぱりひげだ。ところで、この雑誌はエロ話はいいの？
竹村　いいんですよ。今回のタイトルは英語でいえば“Be enthusiastic!”《ビー・エンスージアスティック》ですから。なんなりと。
ニコル　熱意をもて！
竹村　短くいえば「熱くなれ！」とか、「きみは思い入れがあるか」とか……。
開高　熱くなれ！　Be hot!　なるほど。そら、この人の専売特許やで。
竹村　ぴったりでしょう。
開高　ああ、ぴったんこや。それで今回はこの人が編集長？
竹村　そうです。
開高　いいね。
竹村　だからこれも、エンスージアスティック対談。
ニコル　なにするにしても、エンスージアスティックに、という。たとえば、“Enthusiastically I hate it”とか。ぼくは友だちでも食べものでも、灰色というか、白でも黒でもないものは好まないんです。
開高　なるほど。
ニコル　熱意が入ってるか、入ってないか……。
開高　だいたい男というものは、女と違うように生まれついているの。男が熱中できるのは、エンスージアスティックになれるのは、危機と遊びだけである。クライシスとプレイだけなの。よく考えてごらん。ニックがいちばん燃えたとき。あなたのなかの生命《いのち》が。クライシス、それからプレイ、エチオピア。
ニコル　そう。
開高　それから、アンタークティック・

ゾーン（南極圏）。
ニコル　アンド・黒姫。アジスアベバ。どっちにしようか（笑）。
開高　声がちょっと弱くなったぜ。
竹村　開高さんがいちばん燃えたのはいつですか。
開高　やっぱり、私の少年時代でいえば、アメリカの艦載機に、毎日毎日機銃掃射をやられて、そんななかで最も濃厚だったときですね。それから、ベトナムのジャングル戦争。あれはひどかった。それから、ナイジェリアへ行ったときとか、危機はいくらでもありました。
竹村　開高さんは、一九六五年二月の一三日だか一四日かを、自分の命日だとおっしゃってますね。
開高　一四日。おぼえて下さってますか。
竹村　はい。
開高　それは私の命日なんや。むかしはカメラマンが私に付いてたんで、そのカメラマンとふたりで、二月一四日がやってくると、必ずそのときのポケットマネーで買える最高のスカッチ・ウイスキーを買って、朝からふたりでへべれけに酔っ払っちゃって、それで命日を祝ってたんだ。ところが、そいつが癌で死んでしもたんや。
竹村　そうでしたか。
開高　あとは、私はひとりで命日を祝うわけ。ことしも二月一四日はひとりで大酒のんで、朝から足腰立たないほどのんで、あんなこともあった、こんなこともあったな、と。ひとりでやってたんですけどね。
竹村　具体的には、あのときは南ベトナム解放民族戦線に捕まったわけですか。
開高　いや、完全に包囲されて、それで集中的に撃たれた。何時間となく、たて続けにね。
ニコル　ふうん。
開高　南ベトナム政府軍があのとき二〇〇人いたの。それが、いちばん激しい戦闘のあとで数えてみると、ジャングルの中で生き残ったのは一七人。
竹村　二〇〇人が一七人に！
開高　はい。それは、逃げたのもいるかもしれない。あれは地上最低の軍隊といわれたんやから。それで、一七人のなかのひとりで生き残って、そのあともまたえらいめに会ってね。あの日は私の歴史上いちばん長い日、ロンゲスト・デーですけれども。それに負傷した兵隊がいっぱいいるわけ。それをジャングルへ残していくわけだ。東南アジアのレイン・フォレストですから、熱くて、ムシムシしていて、ばい菌がいっぱいいる、ガングリンというのになる。壊疽《えそ》。これはこわい。日本人はしらないけれど。
ニコル　（病状の進行が）早いですね。
開高　たとえば、肩を弾丸でかすめられたとするでしょ。薬つけないでそのまま放っておくと、ひと晩たつと、そこから全身にはびこって、死んでしまう。それがガングリン。ジャングルはもう、ばい菌の巣だよ。みんな、死んでいった。われわれだけは生き延びられたけれども、それは偶然にすぎないの。私は偶然の子だよ。ところでニック、あたり前に写真撮られてごらん。あなたは私のお父さんのような顔してるよ。

ニコル いやあ、そうですか?

開高 俺はかなり苦労してきているにもかかわらず、童顔だからね。ベビーフェイスだから。頭の中は別として、外見だけは(笑)。ニックはたいへんな哲学者に見えるでしょ。

竹村 実際、哲学者的な部分もありますよ。

開高 ああ、その通りです。この人の書くものを読んでると、よくわかります。

竹村 ところで、おふたりに伺いたいんですが、どうしたらエンスージアスティックになれるでしょうね。

ニコル それ、教えられないよ。

竹村 難しいでしょうけれど、あえていえば……。

開高 八〇パーセントで生きること。

ニコル そうですね。それからもうひとつ。ぼくね、むかしものすごく憂鬱なときがあったんですね、女のことで。

開高 そらあったやろね、いっぱい(笑)。

ニコル そしたら、ある年寄りがね、「朝起きて、一回ウンコできる?」。で、ぼくは「できる」。そしたらね、「気持いいだろ!」「うん」「いいじゃないか、人生って」。

開高 それはおそらく、エスキモーかなんか、プリミティブな人でしょう。

ニコル いや、カナダの木こり。

開高 それはベーシックな人間性についての英知です。

ニコル でも、エンスージアスティック、それ見せかけだったら、すごくいやらしい。

開高 そう、その通り。

竹村 気持わるいですね。

ニコル ぼくね、飛行機に乗ってて、いつもスチュアーデスのひとりかふたり、いいなと思うんだけれども、あのニヤッという笑いの薄っぺらさに、いやになるね。

開高 エスキモーの、あのこってりとした底深い、にっこりとする、あの淡い微笑。底の入った淡い微笑。それであなた、迷いに迷ったでしょう。

ニコル さあ……。

開高 カナダ北極圏には……。

ニコル いまにぼく、泣き出すよ。

開高 カナダの北極圏には、あなたの顔にそっくりの、少年やら少女がたくさんいるんでねえすか?

ニコル いない、いない。

開高 そうかな。いや、いや、わからんぞ(笑)。「おっ、ニック!」といいたくなるようなのが、出てくるんじゃないか？

ニコル　Be enthusiastic!

開高　あのね、日本人は田中角栄とか、三浦なにがしとか、悪口とかかげ口には熱中する。しかし、植村さんがマッキンレーで死んだということについて、全マスコミがこぞって哀悼のページを捧げたか。全然そうじゃない。ここに、日本に男性文化がない、とこういいたい。

竹村　なるほど。

ニコル　その通りです。

開高　馬鹿にするな！　といいたい。植村さんはね、いつでもたったひとりでやってゆくという、古典的なアドベンチュリストよ。そのやり方については、いろんな議論があるだろう。しかし、それは全部、彼がやりとげた。これは、日本の人民全部がこぞって評価しなけりゃいけないの。イギリス人でも、アメリカ人でも、フランス人でも、もし植村さんが同国人であるならば、彼がマッキンレーで死んだとすれば、国民的偉業として騒ぎたてるだろうと思う。

ニコル　その通りです。

竹村　でも、国民栄誉賞だかを受けられたでしょう。

開高　そんなことをいってるけれども、それは細々とした現象にすぎないんであって、全国民が熱狂しないだろう。

竹村　しないですね。

開高　日本のヤングにも責任がある。キンタマのしわがのびてるんちゃうか、おまえらは！　といいたい。男が危険を冒す気力を失なったら、どないなるねん。男でなくなるじゃないか！　オカマじゃないの。オカマでも危険をおかす……かどうか、これは俺、わからない（笑）。この議論はやめよう。しかし、男が危険をおかす気力を失なったら、どないなるねん。馬鹿もん、といいたい。

ニコル　当然、当然！

開高　当然ですよ。私がいいたいのは、田中角栄とか三浦和義とか、こういうのはいくらかげ口をいってもええ、と見きわめがついたところで、マスコミも日本人民も、こぞってかげ口をきくのに夢中になる。

ニコル　いい話だ。

開高　井戸端会議のオバハンにすぎないんだ、早くいえば。自分は完璧なのに、なんでこのような過ちのような人物が日本にいるのか、というふうな全く無反省の議論が横行することに、私はがまんがならない。てめえのこと振り返ってみろ！　というの。悪口いってええとわかった人物についてなら、「ええねんな」というので、いい気になってののしる。自分の身のほどもわきまえずに。この精神の貧困。田中角栄がどうのこうのといってるんじゃない。日本人の態度をいってるんだ、私は。

竹村　さっき、日本に男性文化がない、とおっしゃいましたが……。
開高　男性文化は、江戸時代にもあったし、明治初期にもあったの。それがぶっ切れちゃった。なぜ、たったひとりで、ヨットで太平洋を横切って、サンフランシスコへ着いた堀江さんを、国民栄誉賞として表彰しないのか。くだらないかげ口ばかりブツブツいって、海に乗り出す気力もないやつばかりが、おごそかなもののいい方をして。
竹村　ええ。
開高　植村さんのことでも、自分たちの生み出した偉大な英才を見抜くすべを持っていない。この雑誌はやってくれるな?
それで、年の順からいうと、俺がどっかで、アフリカで死ぬ。ニックはどっか、アフガニスタンで死ぬ。そのたんびに「ああ、偉い人やったな」とやったってくれよ。ね、ニック。
ニコル　ぼくのおじさんがいったんだけど、"I want to fuck to death in a barrel of rum. (ラムの樽と心中さ)"
開高　オッケー。その言葉はな、この人がアフガニスタンで死んだときにな、出してこの人を表彰してあげて下さい。なんで日本人はアドベンチュリストを尊敬しないんだ。馬鹿じゃないのか。少し酒がアタマに来てるな。
竹村　このあいだニコルさんがいってたでしょう。アドベントとは、「アド・ベント」。つまり、風が起こるんだと。
ニコル　うん。
竹村　アドベントがないと、結局なにも起こらない、と。
開高　この雑誌、『ライトアップ』だろ。それなら、植村君をライトアップしていただきたい。それから、やがて俺もどっかで。ベッドでは死なないと思ってるの。ニコル、きみも。
ニコル　ええ。
開高　将軍はベッドで死ぬという、あれがあるが、俺たちは歩兵だよ。だから、私もこの人も、どっかで孤独にひとりで、馬鹿馬鹿しい死に方をすると思うの。そのとき『ライトアップ』マガジンにおいては、表彰していただきたいな。これで、きょうの対談は終わり。
おい、ニック、これから飲みに行こうや。な、ストレート・モルト飲みにつれてってくれや。そしてまた、ウェールズ語でうたってくれや。

ああ、こんな男と一パイやれたら！

1984年（昭和59年）7月
「PHOTO JAPAN」

キャパは写真のほかに『ちょっとピンぼけ』という本を書いている。第2次大戦従軍記であるが、弾丸とシャッターの合い間合い間で下手なバクチをしてスッたり、ヘミングウェイと大酒飲んで二日酔いになったり、気ぜわしい恋をしたりという生活が描かれていた。それは、簡潔で、かわいて、透明な、とてもいい文章だった。生きるか死ぬかの瀬戸ぎわに自分を追いつめたり、追いつめられたりしながら、いつもたのしむことを忘れず、笑うことを知っていた。

「ああ、こんな男と一パイやれたら！」読み終わると、だれでも小さなため息をついて、そうつぶやきたくなるのである。

マスコミはあっても、ジャーナリズムはない

◉対談＝椎名 誠（作家・「本の雑誌」編集長）

1984年（昭和59年）7月
「Rack Ace」

なぜ日本人は冒険家に冷たいか

開高 どうでしょう、椎名さんは若い人と接触する機会が多いと思いますが、彼らは、たとえば植村直己さんが遭難した事件について、どう見てるんですか。

椎名 なんか冷たいですね。ガックリするくらい。

開高 どんなふうにですか？

椎名 まず無関心ですね。それに、どの道コマーシャルベースにのった上での行動なんだから……、といったどこか達観したような、ひややかな目で見ている。

開高 つまり、スポンサーがついて、その資金で行ったと。

椎名 ええ、そういったことも含めてでしょうけど。しかし、僕は植村さんがすごく好きです。彼は、日本が誇れる代表的人間のひとりとして堂々世界に送りだせる人だと思うんですが。

開高　掛値なしにね。世界に誇れるごく少数の日本人でしょうね。彼は古典的なアドベンチャーで、パーティで出かけることはあっても、決め手の所はいつも単独で行くという主義で、私はそれに感心していたんですが。そうですか、若い人は冷たいんですか……。もっとも、それは若者に限らず日本人全体についてもいえますね。冒険家とかいわれる人に対して理解がない。

椎名　世界的に見ると、日本は国家そのものも冷たいんじゃないですか。

開高　そうですね。たとえば、植村さんや三浦雄一郎さんが、アメリカやイギリスで出ていたら、社会全体からどういう待遇を受けるかを考えると、日本は勃起不全というか（笑い）、とにかく冷淡ですね。まァ、別に彼らはその待遇を求めてないでしょうけど。

椎名　みんながうなるような仕事には見えないんでしょうか。ああいう行動に対する価値基準というのが、日本にはないんじゃないでしょうか。単純な見方かもしれないけど、16、17世紀に漂流していた民族に対しても、日本人は冷たかった。それが、ヨーロッパでは、同じ時期に国をあげて受け入れた。植民地政策の関係もあるんでしょうけど、そのあたりで差が出た。そんな気がします。

開高　山田長政以来絶えてしまいましたなあ。天草の少年たちがローマへ行ったり、宗教関係ではずいぶんあったんですけど、それでも諸外国ほどではない。華やかさという点から見てもグッと少ないですね。日本人は、本来、位置的にいっても海洋民族で、いわばすべて漂着民族ですからね。モンゴルから漂着したのかシベリアあたりから出てきたのか、それともインドネシアあたりからイカダで上ってきたのか、いろいろあると思うんですが、いずれにせよ、ご先祖さまは流れ者ですよ。それを、いつのまにか全然賞揚しなくなってしまった。

椎名　それは、日本人だけじゃなくて、アジア系モンゴル民族共通の意識のような気がします。何やっても、うすら淋しいというか……。ところで、このあいだ、チリの先端のパタゴニアへ行ってきたんですが、そこにヤーガン族というのがいましてね。それが、まだベーリング海峡がつながっている頃、アジアから2万年くらいかかって歩いて渡って来たというんです。考えてみたら、それはすばらしい冒険ですよね。ところが、その彼らは、いま息も絶えだえで、なんでここまで押しこまれたかっていう状態でいるんです。アジア系の顔をして、あんな所でどんづまりになっているのを見ると、「やっぱり、ワシらの民族はダメなのかな」って気がするんですが。

開高　歩いて渡ったのか、それとも当時のハイウェイである海流に乗って漂着したのか、とにかくそんなご先祖の血が、どこかでプツンと切れてしまいましたね。文学では『ジョン万次郎漂流記』というのがありますが、近代、明治以後の漂流文学といっても寥々《りょうりょう》たるものですね。チベットへ大蔵経をてくてく足で歩くだけで取りに行ったというものすごい人物もたまにはいますが、ただ、社会がそれに絶大な拍手を送って、自ら精神の鑑《かがみ》にするといった気風はないですね。

椎名 その点、アメリカはどうなんですか。アポロなんかですごく熱狂しますけど、あれは全国民的に熱狂してるんですか。

開高 ええ、全国民的です、ほとんど。

椎名 明るいですね。明るい熱狂ですね。

開高 歴史そのものが開拓の歴史だったということがあり、その精神が代々受けつがれていったんでしょうね。建国二百年という若さもあるし。もろ手をあげて、「えらいやっちゃ、よくやった」ということになりますな（笑い）。

椎名 日本の場合は、喜ぶときはまずブロックごとですね。高校野球にしても選挙にしても、まず地区予選で勝つことが前提で、全国大会で優勝することは、それはできるにこしたことはないくらいの感じ。それと同じで、世界的なことをやっても、あまり認められないっていうところがあるような気がしますね。

開高 男のやることで、何がその価値なのかってことがわかってないんじゃないかな。女のくさったような、という言葉がありますが、その程度の背骨しかないんじゃないかしら。

椎名 郷土意識が強すぎるんでしょうね。日本の国民それぞれが全部出身県で勝負しているような感じがしますね。ただ、作家はどうなんですか。

開高 今の作家の場合、「アウト（サイダー）」という意識はあまりないんでしょうね。アウトぶりたがりはたくさんいますが、ただぶってるだけでね。もっとも、それは、今日先進国の作家全体にいえることで、日本だけではないと思いますが……。明治・大正・昭和前期時代の作家は、それこそアウトになることに無我夢中だったんですけどね。しかし、それでも欧米諸国の作家を見ると、外国に亡命して、その国の言葉を覚えて、自分の母国語でない言葉で小説を書く。たとえば、コンラッドはポーランド人ですけど、イギリスに帰化して英語で小説を書いた。そういう例は、ざらにあるし、小説家はそういうもんだと社会的にも認められていた。けど、明治以降、日本人の作家で、英語なりフランス語で作品を書いたっていう人物はひとりもいない。ましてや亡命したなんてひとりもいない。これは稀有な例外でしょうね。

椎名 なぜなんでしょう。

開高 やっぱり、アウトだなんだといっても、どこかあたたかく救われてたんじゃないかしらね。それは、外国はいまと比較にならないほど遠かった。それがいまやあまりに近い国になってしまって、それでもせっせと行っているのは辻邦生ひとりくらいですよ。で、いっぱし外遊して帰ってくると、やっぱり家でタタミイワシでもむしりながらビール飲んでる方が気が楽でいいやってことになる。私なんかは、例外くらいですね（笑い）。堀田善衞さんが、いまスペインにいますけど、ことほど左様におとなしい。近代国家の中で、小説家、広く芸術家といってもいいですが、その亡命者がこんなに少ない国というのも稀有でしょうな。

椎名　なにか欠陥があるんじゃないですか。

開高　どっかおかしいんじゃないかと思いますが（笑い）。

椎名　なんだかんだいっても、日本はいちばんぬくぬくしてて、勝手なことといってられますから。

開高　それで、核家族化して、「みんなあとはむなしく漂える」っていう時代になっているらしいんだけど、ほんとうにその意識が背骨まで染みこんでいるかどうかになると、はなはだしく疑問ですな（笑い）。

文化は伝達不可能なもの⁉

開高　パタゴニアは、どのあたりへ行かれたんですか。

椎名　ケープホーンの先、ディエゴラミレスというところへ4ヵ月間、チリの兵隊が岩場にいたりして、軍艦にも乗って……。

開高　あそこは、しかし平べったいですな。ブエノスアイレスの郊外から450㎞くらいかな。飛行機で行くと、滑走路が1本あって、スーッと着陸すると、その地点からそのまま進行方向に飛びだせる。いや、これは広いわって実感しますね。

椎名　風が強くなると、滑走路に止まった飛行機がとんじゃうんだそうです（笑い）。係員が、それでロープで足をしばったりする。あの広さ、大きな空には、まいっちゃいますね。

開高　ところで、私があのパンパの平原でベートーベンをカーラジオで聴いたりすると、音がクルマの中にこもってるような感じなんです。ところが、マゼラン海峡を越えてフエゴ島を走ると、山と渓谷が続き、そこで第五や第九をかけると、がぜん音がよみがえりますな。まるで香水ビンの栓をとったみたいな感じでね。音が、車窓から外へ飛びだしていく。が、平原に入るとまた縮んでしまう。結局、それで私が勝手につけた理屈というのは、ベートーベンにしろモーツァルト、ワーグナーにしろ、こういう音を出せばこんなふうに響くんじゃないかって肉体で知っていたんじゃないか。で、彼らが演奏した場所というのは、大宮殿とか大教会といった大建築物ですが、あの深い渓谷は、まさにそれと同じ状態じゃないか。それで音楽が生き返ったんじゃないかしらと。

椎名 なるほど、ありますね。音楽と風景の合致点。

開高 それはもう絶大な影響がありますね。

椎名 僕も、シルクロードへ行ったとき、やはり1巻NHKの喜多郎の音楽を持っていったんですよ。それでゴビ砂漠を走りながら聴いたところ、あまりに安易に映像と結びついちゃって、おかしくなっちゃいましてね、クスクス笑っちゃいました。で、ほかに合うものがないかといろいろ試してみたんですが、それまでの固定観念をぬぐわなくちゃならないわけですから、むずかしくてね。

開高 出会いというのがありますな。一期一会、思いもかけないやつが飛びだしてくる。

椎名 どんな組み合わせがありますか。

開高 たとえば、南米のペルーからチリへ入るあたりの浸蝕された岩がそびえ立つ急な渓谷が続く海岸へ行くと、モーツァルトのジュピター交響曲が、ものすごい勢いでよみがえってくるんです。CMや何かでうんざりするくらい聴いているはずなんですが、生まれてはじめて聴いたような感動がありましたね。

椎名 食べものでも同じことがいえないでしょうか。たとえば、八丈島の焼酎を東京にもってきて飲んでも、うまくないですね。野沢菜も東京で食うとまったく違う。

開高 やっぱり、食いもの、飲みもの、音楽などというものは文化ですな。まア、文化と文明はどう違うかというのは、いろいろ定義の仕方があるんですけど、私は、文化というのはその土地に固有なものであって、他の文化圏にもっていってもも容易に伝達することができないか、もしくは伝達不可能なものを指すんじゃないかと思うんです。だからでかけていくんですが（笑い）。その意味では酒も文化ですね。モスクワで小説家ともつれあうようにしてウォッカを飲んだんですけど、その同じウォッカを買って日本で飲んでもその半分も飲めない。しんどくてね。で、要するにそれは向こうは空気が乾燥している。だから、皮膚呼吸の量がまったく違う。日本は湿気が多いので、皮膚が水分で押さえつけられてしまって、それで酒が発散できずにこもってしまうんや、と理屈をつけたんですが（笑い）。ブドウ酒も、そうですよ。これは生きものですから、同じ酒でもフランスと日本で飲むのとではまるで違う。音楽や絵画なども、皮膚感覚に直接訴えるものだから、万国共通のようなものだけど、音楽家は音楽家、画家は画家で〝民族にはそれぞれ好む音、色があるんだ。それを乗り越えるのはむずかしい〟といいますね。

君が使う文字ほどには通訳は必要としないかもしれないけど自由であるがゆえにかえってむずかしいと。たとえば、ある民族にとって神聖な色が他民族についても同じかといえばまったく疑問で、その色を神聖と感じて塗ったある民族の画家の想いというものは、他民族にはまったく別にとられるだろうとね。

椎名　僕は、翻訳ミステリーが好きで、サイエンスフィクションもずいぶん昔から読んでいて、いつも感動してわかったような気でいるんです。でも、文化が違うわけで、ほんとうに100パーセントその本を理解したかといえば、すごく不安な気持ちになるんですが。

開高　いや、あのジャンルのものは、人間の情念を最大公約数的に書いていますから。

椎名　民族なんかは乗り越えられますか。

開高　はい。

椎名　なるほど、では大丈夫ですね（笑い）。

開高　むしろトリックとか、どんでん返しとかいうことに重点を置いていますしね。

椎名　詩などはどうですかね。

開高　もちろん、これはむずかしいです。

椎名　いちばんむずかしそうですね。

開高　なぜこの詩がいいのか、っていう問題は、ナショナリスティックな詩人であればあるほどわからなくなるでしょうね。〝て・に・を・は〟の違いだけで、まったく意味が違ってきますからね。そんなのは、外国人にはなかなか通用しないというと怒られるんですが、そう思いたいですね（笑い）。

いま、書評は結婚式のスピーチだ

開高　ビアフラ戦争があったとき、私、当時戦争を書いてまして、ナイジェリアへ行ったんです。そこには、ヨルバ族、ハウサ族、イボ族など30数種族いて、そのうちイボ族が独立宣言したところ、それを他の部族が認めないってことで内戦になった。そこで、政府の情報局、といっても机ひとつあるだけですが、その役人にラゴスで会ってね。彼は、ロンドンに留学してきて非常にキレイな英語を喋る人なんですが、その彼が、「日本はものすごい工業国だけど、国民が読む教科書はいったい何語で印刷されてあるんだ」ときくんです。それで日本語だと答えると、「上から下まで日本語か」と。それでもちろん英語は勉強するけど、教科書は英語ではなく、日本語で印刷されているというと、そのオックスフォード帰りの黒人のインテリは、「我々の感覚からすると、英語以外の国語で教科書を印刷して、国家があれだけ巨大化できるのが信じられない」という。というのも、彼らには、ひとつ国にいろんな部族がいて、ひとつ大きな勢力をもつ部族の言葉を国語にしようとすると、すぐ戦争になる。しょうがないから、旧植民地時代の宗主国の英語を第二国語みたいにして使っているんだが、悲しいこっちゃという。私はあんまり黒い人が悲しんでるから、いや言語っていうのは、あくまでコミュニケーションの手段にすぎないんだから、英語だろうと何だろうと気にすることもないんじゃないの、なんてなぐさめたんですが、あとでつらつら考えてみると、わが祖国はえらい国やって感じに襲われましてね（笑い）。開発途上国も内戦やってる国も近代化に血まなこですが、どうも日本のようにはいかんのです。そのうち、漠然とではあるけれど、日本のような国ごとひっくるめての近代化パターンは唯一の例外で、他の国にはできないんじゃないかと思うようになりました。あの膨大な中国ですら、植民地主義にやられてからは、社会主義があるだけでしょ。社会主義は近代化の異名だったわけですが、それも次から次へと失敗して、その失敗も認めないようなていたらくでいる。

椎名　日本は、あらゆる意味で例外なんですね。

開高　それに、教育勅語のような、国民をひとつにまとめて教育しようとする一種のマグナカルタをつくったことも世界に例がない。そして、それがいまだに浸透している。

椎名　基本的に背骨をいじくられたような感じですね。

開高　若者が読書好きでしょ。工業が発達し中産階級がいて外貨蓄積がありテレビがある中で、ヤングゼネレーションがこれだけ本を読む国は日本だけですよ。内容は別としても活字から離れていない。

椎名　それはどうなんでしょうね。

開高　アメリカやフランス、ドイツなど、いろんな出版社の社長や編集長と話しあったんですけど、彼らは口をそろえて、アメリカ人、フランス人、ドイツ人は本を読まなくなった、というんです。そんなことばかり口にする。それが、日本には机ひとつのところから大出版社に至るまで、いったいどれだけの出版社があります？　ヤングが本を読まなければ、これだけ膨大な出版社の数は養えないはずです。ただ、それだけ知的好奇心があるのに、なんで冒険家を優遇せえへんのや、尊敬せんのかと、ここがまたおかしい。

椎名　やっぱり日本は四畳半文化で、そこからはみでるようなことは理解できないのかもしれませんね。

開高　若者を見てると、二極分解しているような気がしますね。たとえば、着るものでは、ふだんジーパンのよれよれをはいていても、いざとなると三つ揃いのすばらしいスーツを着てくる。食べるものでも、マクドナルドの立ち食いやってるかと思えば、超高級料理店を知ってて、いざというときはそこへ行って満足している。ただ、読むものはどうでしょうね。われわれはその点を心配するんですが。

椎名　やっぱり、尺度が完全にないわけですから、みんなが読んでるものについていく。だれかが旗をパッとあげるとみんなドタドタそっちへ行く。そして、その旗があがるのを待っている。逆に旗をあげる方はヘッピリ腰で……（笑い）。

開高　いま旗をあげる人で、あいつのいうことなら信用したろかという人、いるんですか。

椎名　ちょっと前まではいたんですけど、いまはいませんね。昔は、いわゆる神格化された人がいて、それが是か非かいいあったものですが、いまはそれが拡散して、光る座標軸がなくなってしまった。

開高　票が散らばってしまったわけですね。

椎名　すべてが浮動票という感じ（笑い）。ですから、テレビでベストセラーのベストテンをやって、ずいぶんひんしゅくを買ったことがあるけど、僕はむしろあれで正解のような気がするんです。ベストセラーっていうのは、所詮あんなものでいいわけです。しかし、それを完全に本を購読する指標にしてしまうから、おかしくなる。

開高　ひとつの指標にすぎないのにね。

椎名　しかし、逆にマスコミが本について語るときは、かならずベストセラーをひきあいに出してくる。そこからしか入っていけないようなところがありますね。ほんとうは、そうではないところでリーダーシップをとらなきゃいけないのに、ジャーナリズムそのものも弱腰で……。

開高　同感です。どの新聞社、出版社と特に名指ししなくても、その裏側から見てきた者として、まったくそのご意見は賛成です。

椎名　裏はまったく知りませんけど（笑い）。

開高　まァ、活字になっているものを見れば、だいたいの見当つくと思いますが、ほんとうに弱腰ですな。マスコミはあっても、ジャーナリズムはない。

椎名　書評にも疑問がありますね。

開高　結婚式のスピーチみたいな書評が多すぎる。

椎名　八分ほめて二分けなすという。

開高　だれも信用していない。けど必要だという点ではスピーチにそっくりだ。しかし、それにしても、いまの書評はほんとにひどい。衣食足りて文学忘れちゃったのか。

椎名　書評裁判みたいなことがあって、一審では負けたけど最高裁では勝つなんて、そんな確執があればいいんですが、それもない。

開高　読みもしないで書評が書ける異様な才能の持主もおりますからな。

椎名　でも、それは面倒だからでしょうか。

開高　バカバカしくて読めないという、

そういう気持ちはわかりますが、それならはっきりそういえばいいじゃないのといいたくなる。
椎名　未知の世界に挑むことが冒険なら、文学はさしずめ精神の冒険で、植村さんとまったく同じ作業のはずです。前人未到の領域を前にして、のるかそるか……。
開高　〝VAYA《バイヤ》 CON《コン》 DIOS《ディオス》〟神とともにいけ！　ですね。

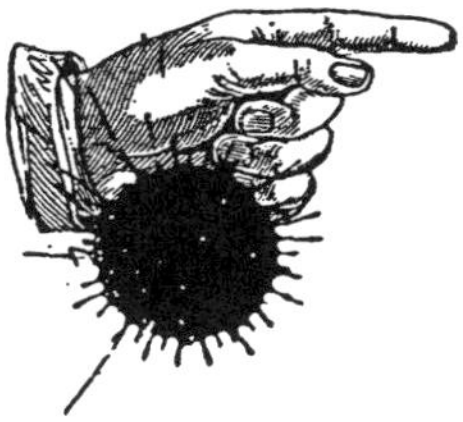

私は最高級のディレッタントでありたい

1984年（昭和59年）7月15日
「スイングジャーナル」臨時増刊
〈最新オーディオプラン〉

——音楽、オーディオといった世界の雑誌なんですが、開高さんの料理、釣、音といった幅広い活躍の中から、人間と趣味、趣味の本質といったお話しをいただければ大変ありがたいのです。近著「もっと遠く！」の巻末で、ニューオリンズはプリザベイション・ホールでの感動の2夜で、彼らの生き様をハッ！とさせられる言葉で綴られていましたが、こちらもすっかり感銘を受けまして、何が何んでも一言でもお話しを聞かせていただきたいと……。
開高　私はね、いろいろ旅行するし、それから奥地へ入りますよね。もう二度と来れない、もう二度と行きたくないというような所へ行くことが多いんですよ。それで魚釣りに出かけるわけですが、いつもですね。何本かテープは持っていくんです。それで必ずですね、ワルキューレ、ワグナーの、これ持って行くの。それで魚釣りに出かける前にこれをかけるとですね、どんどんどんどんとはずみがついてですね……。
——大笑い。

突然自動車の窓からジュピター交響楽が溢れだしてね、香水のビンの栓をとったみたいに鳴り響くんです……

開高　お笑いになるけれども、こんな所で聴いたんでは駄目。去年、グランドキャニオンでやったの。素晴らしかったねー。私、ワグナーきらいなの、ぎょうぎょうしくってね……。天才のひらめきは感じます。だけどとにかく最後まで聴きとれない。体力、気力がないという感じになってくる。だけどワルキューレだけを聴くんです。むしろどちらかというと音楽になったユンケル黄帝液と思って朝夕、一発ずつ聴くんですがね。それでね、あれは今度から映画を気をつけてご覧になっているといいんです。西部劇であろうが、地獄の黙示録であろうが、「やれ行け、それ突っ込め！ Here We Go!」という場面には必ずあれが鳴り出す。こないだ、ジーグフェルドというニューヨークの大きな映画館で「地獄の黙示録」を公開した時に見に行ったんですが、ヘリコプターでベトコン村へ攻めて行ったところで、イザという時にドンガラドンガラとあれを鳴らし出すのね。まああまりにも類型的なので、大声出して笑ってしまいましたけどね。でも私はどこへ行くにもあのワルキューレを持って行って、ユンケル黄帝液として聴くんです。だけどもそれも場所によるんで、グランドキャニオンでかけた時は、ユンケル黄帝液というような失礼なことはいえなかったですね。ハウスボートというのがありましてな、ジュラルミンでフロート作るの。その上にアルミで家を作るの。この家の中に、冷房に、キッチンに、ベッドルームに、シャワールーム、全部完備しているの。それでヨチヨチヨチヨチと行くわけです。結局、湖が大き過ぎるわけなの。あたりは砂漠と空しかないの。それでグランドキャニオンに入っていくわけです。それであのそそりたつ岩壁。「そや、ここで一発あのユンケルかけてみたろ」ということでフルボリュームでかけてみたら、良かったな……。これはここ10年続いている習慣です。いま自動車のコマーシャルでも、あのワルキューレやってるしね、古典音楽でコマーシャルに使われるのはいくつかだいたい決まっているんで、「ああまたやってるな」と、スポンサーが変るだけの話でおかしみがありますけどね。

このあいだアラスカからフエゴ島まで行った時にね、自動車で行ったわけです。それでね、カーステレオっていうの、これがまたなかなかいいですよ。日本の車は、前と後にスピーカーがありますからね。ああいう所では素晴らしく響いてきます。それで南米の太平洋岸はエクアドルからチリーまで数千キロにわたって砂漠なんです。アタカマ砂漠。そのアタカマ砂漠の海岸を洗っているのが南極から上ってきているフンボルト寒流なんです。けったいな所なんです。それでその砂漠もただ平べったいだけじゃなくて、平べったい所もありますが、昔は海底でしたから山あり谷ありという所があるんです。はじめは気がつかなかったの。で、加藤登紀子や何かと東京出る時にそこらのテープ屋でテープを十把一からげで買って来て、自動車の中にほうり込んで出て来てるでしょ、その中にね、モーツアルトのジュピター交響楽が入っていたの。カラヤン指揮・41番っていうやつね。これがいいんだわ、素晴らしくいいの。それでペルーの細長い国の下半身からチリーの頭へかけてくらいの所がこんなんなってんの（手で図形を描いている）そこへくるとですね、カーステレオでかけてるんだけれどもジュピター交響楽がなんというのかな……、突然自動車の窓から溢れだしてね、香水のビンの栓をとったみたいに鳴り響くんです。それでフラットな所へ来ると自動車の中だけで鳴っているという感じ。それで日本国に帰ってテープ屋へ行って、もう一ぺんカラヤン指揮を買うて来まして、カーステレオでかけたんだからというのでこの程度のもので（愛用のラジカセやヘッドフォンステレオを指さしながら）、あるいはこの程度のもので原音に忠実になるべくやってみたの。ダメ。ホンコン・フラワー。

——やはりその音楽に合うイメージ。

開高　場所がありますね。それでね、次にアンデスを越えてアルゼンチン側へ入って、それでブエノスアイレスへ入ってから国際電話で週刊朝日の編集部に、なるべく構築的な音楽を送ってくれと、電話なんでこまかいこと説明できませんからね、それで大至急航空便で送ってきたのをみたら、〝ベートーベン〟、〝ビバルディーの四季〟とかこういうことになっちゃう。それで、パタゴニア平原というのがありましてな、これはブエノスの郊外から始まるのでありますがパンパス、これはほんとにペタンコよ！　まったく何もない。4000キロぐらい。途中にジェット機の飛行場があるんですが、エアー・ストリップが1本あるの。ブゥ……と降りて来て止まるわけね。それでそのままブゥ……と行っちゃうの。エプロンという所に入らないの、それで小屋がひとつあってそれが待合室。完全に平べったいの。ここでベートーベンや何かをかけたけどぜんぜんやっぱりダメ。音楽が自動車の中にこもっちゃって。香水の栓をつけたままという感じ。ところがマゼラン海峡を越えましてフエゴ島に渡りますと山、川、谷がでてくるんです。かなり厳しいね。そうするとベートーベン様がよみがえります、みごとです。

——それは、その時の開高さんのまわりの景色を見た心理状態と音楽とがぴったりと一致したというか……。

開高　私の幼稚なしろうと考えを申し述べますと、つまりモーツアルトにしてもベートーベンにしても、音楽というもの、音というものが彼らの呼吸になり肉になっている。それで彼らが当時、どの楽器をどう演奏すればどう響くかということは知り抜いていたわけです。彼らの演奏する場所はオペラハウス、大教会、宮殿、こういう所です。それで作った音楽だと思うんです。人はどうしたって同時代とその環境からぬけ出せませんからね、どんな天才も。それで私が考えたのは、そのフエゴ島への山、川、谷が、その凸凹の入り組んだ天井のない教会であり、宮殿であり、オペラハウスである。そのためにその音がそれとレゾナンスし合うんじゃないかと感じたんです。

耳の記憶だけで人の一生を書き綴ってもおかしくないいんじゃないか、ある男の生涯のさまざまな時期に聞いて忘れられない音、音楽、響き、何んでもいい「耳の物語」としてね。

開高　それでいま「耳の物語」という小説を連載しておりまして、純文学に。セックスの記憶だけで一生を書き綴るというのはいっぱいあるわね。それでオチンチンだけの記憶だけで書くならば耳だけ

toasting-fork,

の記憶だけで人の一生を書き綴ってもおかしくないいんじゃないかと。考えてみるとこれは世界にあんまりないのね。それでいま「耳の物語」を連載しているところなの。ある男の生涯のさまざまな時期に聞いて忘れられない音、声、音楽、響き、何んでもいい。時には音のない音というのもありますが、それをいま書き綴っているところなんです。いま連載中。もうちょっとお待ちください。そのうちにいまの41番とかあれが出てくる。しかし一概にそう言い切れないということもあるという。これはちょっとずれるけれど、アマゾン川へ行ったの。その時に我々はアマゾンの河口のベレンという町で漁船を1隻チャーターして、行く先々、自由勝手に寝泊まりしていこうかと思って漁船を探しに出かけたの。ベレンは近代的な都市ですけどね。それで、町はずれはとたんにアマゾンの原野で、インディオの漁師の村があって、昔ながらの舟

を作っているわけです。チョウナでトントン……。そこらへんは海のような川が流れていて、ジャングルがあって、吠え猿というのが鳴いている、ホウリング・モンキーというのがけたたましい声で。そしたらある1軒の漁師の庭でアパショナータが聞こえてきたの。どう聞いてもこれはアパショナータで……。ちょっと俺もサトウキビ焼酎を飲み過ぎたんじゃないか……（笑）、この国はサンバだと聞いているのに、あれはどう聞いてもサンバじゃない（笑）。ピアノ1台でアパショナータだと思うとですね、こんな腐ったような携帯ラジオがありまして、おそらくベレンの放送局から流しているのが入ったんでしょうかね……。この時のアパショナータはすごかったですな。ピアノ1台きりの音楽ですが、あの空とアマゾン河とジャングルを全部征覇しているという感じで、巨大な音の噴水という感じなんです。最初の一瞬は。それで、

これはえらいこっちゃということで日本に帰って来てアパショナータを買って来て、腐ったラジオがないのでこういうもので、原音に忠実に（笑）かけてみるのですが、やはりホンコン・フラワー（笑）。アパショナータとか、パテティークだとかいうのはもう無限に聴かされますよネ、スーパーのBGMとかコマーシャルやらね。とめどないです。だから我々の耳は汚されきっちゃってるわけ。名曲の破片で。手榴弾を全身に浴びちゃってるみたいになってんの。だからいま申し上げたのは1例であって、アパショナータだ、ジュピター交響楽だ、ワルキューレだと3つ上げましたけどね、どれもこれもテレビのコマーシャルとかどっかから流れて来ますぜ。あるいは青山、六本木界隈歩いたらいつもどっかから流れてきます。中には、ひどいのになるとモーツアルトの40番の「白鳥」という交響楽があるでしょう、あれに日本人の女

の子が歌つけて唱っているのがありますぜ。

——ありますねェ（笑）。

開高　それも飲み屋の有線放送で。ところが場所を変えると全然違う。時々我々は俗に申す耳を洗いに行かなければあかんと。一期一会やね、どこでどんなものに出くわすかわからないし、それは1回こっきり、一瞬きりだと思うんです。まあこれは言い古されてることだけれども、言い古されてることと、それを自分が実感することとは別のものですからね。あなた様などは破片のかたまりになっている……違う!?

——いや何んともお言葉の返しようがない（笑）。

開高　ガウディーの教会の床のモザイクみたいになってんの、タイルの破片の貼りつめ。気の毒だけど……。でもね、どこかとんでもない場所に行って、思いもよらないものを時々聞いてごらん、これは異様なる感動です。ただどうしてもそれは再現できないですな……。それで日本に帰ってきてからも、音楽会に行ってみたりするけどね、バチャバチャ皆んな拍手しているけど、あれは払った分のお銭だけ元を取り返そうという魂胆でバチャバチャバチャバチャ無感動に拍手しているだけなんで、偽善もええところなんだと思うんですけどね。音楽会でカラヤン先生指揮だとかなんだとかいったって感動するとは限らないんだし、むしろ感動しない方が多い。音楽会へ行って感動するのはかつて自分が感動したことについて感動しているんです。

——なるほどね、そういうことですね。

開高　つまり、アルバムを見ているわけです。シュード（pseud）、擬似の感動だと私は思いたいんです。

——しかし先程の本にも書かれてありましたキッド・トーマスを見られた時に……。

開高　あれは凄かった、良かったですよ。雰囲気もいいし、あのみすぼらしい小屋で、日本のどこかの公民館でももうないくらいにみすぼらしい小屋で、アメリカ人が皆んな座ぶとんでへたくそなあぐらをかいて聴いている。それで窓は破れほうだい。トーマス爺さんの背広を掛けるのも、針金みたいなもので壁に引っ掛けてある。それでミュート（弱音器）がボロンボロンよ。それで彼らにしてみれば善光寺参りみたいなつもりでニューオリンズへやって来るというところがある。

——そうですね、歴史の始まりというところがある。

道具ってのはねェ、
ペットじゃないですか。
自分と対等のペット、
見下したペット、見上げた
ペット、いろいろある！

——それから開高さんも趣味で釣をおやりになられるわけですが、道具というものに対して、いくつか……たとえば月刊PLAYBOYなどでライターのことについてですとか書いていらっしゃいましたが、開高さんとご自分の好きな道具とのかかわりあい方というのは？

開高 やっぱりペットじゃないですか？

——ペット!?

開高 あるいは、普通ペットというのは上から下へ見る目で接する生き物、「おおポチや」とか「おおタマチャンや」とか。私が歩いてきた国では、ベトナム人がちょっと違いましたね。ベトナム人はペットが大好きなんです。戦争に行くのにも兵隊がペットを連れて行く。犬。九官鳥。オーム。肩へ止まらして行く。ボーンと撃たれたらそれっきり。次の兵隊がそれを拾ってまた肩にのせて行く。私の作戦の時もそうでしたけど、ポチを連れて戦場へ行くわけ。ジャングル戦に。それで主人公が撃たれちゃった。死んだの。そしたらポンチョにくるんでちまきみたいにまいて、そこらのツルを切ってきて、こうして木を通してエッサホッサとかついで逃げるわけ。そうすると後からパンパンパンとベトコンが撃ってくるわけ。そうすると犬が臭いはするが主人の姿がないので追っかけてくる。それがジャングル・パスといって細い道を犬と人間が踏みつぶしあいつつ逃げていく。そして、その犬を次の誰かが抱いてかわいがってやる。それで、ハムギーという通りがサイゴンにあって、ここはペット市場の通りなんです。大通りの片側半分が全部ペット屋。ただし我々のペット概念とは異様にはずれたものまで売っている。ぶらんと木にぶら下がったコウモリ、果物のジュースを吸うフルーツ・バットというコウモリです。それからパイソンという大蛇。亀。カメレオン。とにかく全部売っている。それを坊さんから小僧にいたるまでが何か買いに行く。兵隊は友達が死んだらまたそのペットを持って行く。彼らがペットを見る目はペットの目と人間の目とほぼ同じ高さで見てるという感じ。日本人や西洋人のペットの愛し方は上から下への目。もうひとつ同じように見ているのはジャングルのインディオです。あの連中はオームが大好き。それでオームの持っている病気が口からうつるの。キスするから。だけど必ずどこかにオームをとまらせている、家のどこかに。それでかわいがっている。それでオームを見ている目を見てると、自分達と本当に対等という扱い方をしている。余談になりましたが、人と道具は目が同じ水準にあるペット、上から下への目で見るペット、下から上への目で見るペット。そういうものじゃないですか。

——趣味をやってますと、人生が変ったり人生観が変ったりすると思うんですけど、昔、書かれておられたアイザック・ウォルトンのことなどもありますけど、だんだんひとつの趣味に傾倒していきますと、達人の境地になるものなんですかね。

開高　自分のフィールド内だけではね。

――なるほど。

開高　はい。他流試合を経ない自分のフィールド内での達人になるでしょうね。他人がそれを達人と認めてくれるかどうかわかりませんが。それで他人が認めてくれるように武者修行をして歩くと、今度は趣味でなくなる要素が入ってくるんじゃない？　アマチュアでなくなってプロになってくるんじゃない？　私は最高級のディレッタント（dilettante）でありたいとは思いますけどね。プロになるといかんのじゃないかな。これはもうプロにまかせた方がいいと。プロ以上のディレッタントにならなければいけないんじゃないかと。これがディレッタンティズムの心境じゃないかと思いますよ。

「音楽でもオーディオでもいい、絶え間なしにお金が少しずつ流れていく。そして戻ってこない。そして飽きない。そういう趣味をひとつ持ちなさい」と。そしてその趣味のために働こうという意欲が起る。銀行の利息だけでは済まなくなって、語学でいえば英語やフランス語ではなく、ラテン語、古代ギリシャ語。こういった何の役にもたたない言葉の勉強。お金が絶え間なく流れていってこっちへ戻って来ない。その趣味を愛しているからどこかでは戻って来ているのですが、その趣味を愛するために一生懸命働く。そういう趣味を何かひとつ持つこと。

私が一番失敗したと思っているのは魚釣りが仕事になってしまったこと。これは堕落でしたな。こういう所に籠って極端な運動不足、極端なストレスでしょ。だから雑誌とタイアップして誘い出しに来てくれないと自分から出て行けない。それで釣りに行くから君ん所の雑誌に書くよということで、健康法として始めた。ところがそれが病になっちゃって、それで極端な愛好癖があるもんですから、ついついこれがメチエ（métier）になっちゃった。これが私の最大の失敗のひとつ。音楽もそういうふうにしまいと思っていたのに君がやって来て、ああだこうだとぬかせとおっしゃるので、またこれが突破口になって、テレビやら何やらまたつまらないのがやってくると、今度はマゼラン海峡を渡る時にエロイカかけてみろとか、キザなことをいいちらかしたくなるかもよ……。

――（笑）。

開高　君は私をまたも堕落させようとしているので……。趣味をつぶしちゃいかんよ。ディレッタンティズムを。だからモーツアルトの41番の話も、いままでひたすらおさえてきたんだが、ついこのウォッカと君のお世辞の連発にいなされてしもうてやね、洩らしてしもうたんだが。

それから、やっぱりその受け手がどこかにいると。それでその出し手と受け手が出逢うか出逢わないかの問題なんだけど、それはいますで、不遇の天才というのもいますけど。カーク・ダグラスが昔やったでしょう。「ラプソディー・イン・ブルー」で。「絶対音が出せない！」とかいって、「バチャーン！」って地面へたたきつける場面がありましたな。自分の耳の中に鳴っている音楽を発揮できないということがありますけれども……。

――いろいろなお話しありがとうございました。

開高　なに！　それじゃ前戯だけで終らせるようなもんだぞ……。

アマゾン、アンデスのインディオたち

◉対談＝梅棹忠夫（国立民族学博物館館長）

1984年（昭和59年）8月5日「月刊みんぱく」

イルカの名器とブラジル美人

開高　ブラジルに日系の新聞が三つぐらいありますが、その一紙にインタビューされたことがあるんです。「これからアマゾンへいくねん」といったら、「うらやましいですね」いうようなことをいっている。「君ら、知らんのか」といったら、「アマゾンなんてぜんぜん知らん」と。だいたい、サンパウロとアマゾンじゃ、東京とシンガポールぐらいはなれとるんです。アマゾンを知らないで死んでいくアマゾン流域以外のブラジル人が九割ぐらい。ゼニかかるんです。

梅棹　それはそうですわ。わたしはアマゾンはベレンとマナウスまでゆきましたが、それもブラジル訪問二回目のときです。川を見にいっただけですけど。マナウスからちょっと上流で、ぜんぜん色のちがう川が、ふたつ合流するところがあるでしょう。その、合流点のところまで見にいきました。マナウスで飛行機から見ていると、黒い川と白い川がはいってきて、しばらく争いながら流れていって、やがて両方とも黄色うなってしまうんですわ。

開高　そうです。

梅棹　あっちこっちで、渦まいて。

開高　そうです。わたしが釣りをしていたマナウスの手前サンタレンでは、それが青と黄色の戦争なんです。青い色をした支流が流れこんできているんです。魚はおなじですよ、川は青いけど。

梅棹 そうですか。マナウスの近所には淡水イルカというのがいますね。

開高 ピンク色のと灰色のんと、二種類いるんです。いたるところにいます。

梅棹 ピョーンととんででる、ピンク色のはきれいな色のもんですな。

開高 はい、われわれが丸木舟にのって釣りをしていると、ひとなつっこいからよってくるんです。身のまわり、ガボーン、ガボーンとはねたり、プーッと息をふいたりします。原住民にいわせると、ピンク色のに気をつけろといっていますね。灰色のはおとなしいんだけど、ピンク色のは気があらいから、小さな舟やとひっくりかえされたりするから、気をつけろ。

梅棹 体は小さいものなのにね。

開高 コロコロに太ったのもいますよ。例の海牛マナティ、あれがベーツなんかの一〇〇年ぐらい前のドキュメントを読んでると、繁殖期になると、アマゾンの河口ベレンの川面がうずまるかとおもえるぐらい、その背中をわたっていけるかとおもうぐらいに、たくさんひしめいている、と書いているんです。食うたらうまいらしいんですが、いま絶滅にひんしているんです。マナティはごぞんじのように、川底の草を食べて生きている、おとなしい水のなかの牛ですからな。

梅棹 そう、草食動物です。インド洋、太平洋にいるジュゴンの親類です。

開高 この数が減ってくると、川底の草がものすごくふえた。それで、除草剤をまいた。それでも草はおとろえない。かつ、除草剤をまいたんで、水がよごれた。人間のやることは、こういうことなんですわ。

ところがイルカだけは野放し。いっぱいいます。「なんで海牛だけがやられてイルカがやられへんのや」と聞いたら、民話があるという。イルカは魔神だと恐れられているからで、オスのイルカは夕方になると、全身白ずくめのトロピカル・タキシードにきがえ、白いキャプテン帽なんかかぶって、村へはいってきて、みんながサトウキビ焼酎を飲んで宴会さわぎしてると、処女だけをさがしあてて、川へもっていきよると。

いっぽう、メスのイルカは名器らしい。

梅棹 そういいますな。マナティもそうだという。

開高 それで、独身者の漁師がふっと気を起こして、イルカにだきつくと、忘れられない。それで、死んでしまう、すいとられて。このメスのイルカは執着がはげしいんで、どんどん、どんどんあとをおっかけてきよる（笑）。メスのイルカから逃げる方法は、たったひとつしかない。丸木舟のおしりにニンニクを塗っとけというんです。これしかほかに、逃げ

道がないらしい。

あんな、水道もない、電気もない、ろうそくもあるような、ないようなというところでも、名器や鈍器やというて争うてるんですね、男は（笑）。金やなんかは、そのつぎや。人類は普遍ですな（笑）。

それで、サンパウロ大学の教授におうて飯食ったときに、一杯、酒飲んででたんで、「ひとつ聞くが、ブラジル美人というものはいるのんか」と聞いたんです。だいぶかんがえこんでましたけどね、「……いない」と。定着してないと。まだあと一〇〇年ぐらいかかると、そんなことをいうてました。

梅棹　ブラジルには、諸民族の統合であたらしい民族をつくろう、あたらしいブラジル民族をつくろうという幻想がありましてな。なかなかそうはいかんのですけどな……。

開高　そう。だからドイツ系の美人、ラテン系、スペイン系の美人、ときたまアングロサクソン系、ときたまジャパニーズ系、こういう美人はどんどんでてくる、美人コンテストに入賞もする。しかし、ブラジル美人というものはかんがえることができないと、いうていましたね。

梅棹　わたしがちょうどサンパウロにいたとき、日系のミス・ブラジルのコンテストをやっとった。日系人としての美人、それはいます。

貪欲でエチケット深いマラリア

開高　源流地帯にもはいって魚釣りをやったんですわ。コロンビア領で、バウペス川。源流地帯の支流といっても、力づよい川が流れてますからね。そのバウペス川にはいって魚釣りをしたんですが、このあたりには、まだ猛毒の真性マラリア蚊がいる。マナウスのあたりは、ガソリンばらまいてもう根絶されちゃっている。だからあのへんは蚊がいることはいますけど、毒がありません。だから蚊の毒のあるなしで、文明と未開地区と、いくらか分けられるんです。だからバウペス川にはいるには、抗マラリア剤キニーネを飲まんといかんのですわ。これを飲みつけると、こんどはマラリアにやられるまえに、肝臓をやられてしもうて黄疸《おうだん》みたいになってきて、蚊にやられたような状態になる。

この蚊がおもしろい習性がありまして、体内時計がしっかりしている。夕方の六時から七時にかぎり出現する。あそこはごぞんじのように、黄昏《たそがれ》がないですから、「あ、あ、あ」というまに日がおちてしまいますわな。それで、サルも鳥もなきやむ。それから蚊がでてきます。

ものすごい分量です。ハンモックを木の間につって、そのハンモックにこっぽりと蚊帳をかぶせて、という方式でねるんです。で、なかでサトウキビ焼酎を飲みながら、「ここぞ」とおもうあたりに

懐中電灯をてらすでしょう。そうすると、蚊帳の目にぜんぶくちばしつっこんで、「吸うたろか」という……(笑)。七時になると、一匹もいないんです。それが、ふしぎとしかいいようがないです。その猛烈さと、その静寂。その貪欲とそのエチケットぶかさ(笑)。毎日実験しましたけどね、時計なんかいらないですよ。ワーンといって、むずがゆうなってきたら、六時。それで、バタバタいなくなったら七時。蚊は、なに食うて生きてますんや?

梅棹 蚊は温血動物の血を吸うて生きてるのんと、ちがうんです。

開高 樹液ですか。

梅棹 なんか、水みたいなものをすって生きとるのでね。

開高 で、突然温血動物がくると、ハウザー食から肉食にかわるわけですか。

梅棹 血を吸うのは、肉食だからじゃなくて、卵を生むための準備行動です。だからオスは吸わない。メスだけです。卵を産むまえに血を吸いよるのです。

開高 アラスカでムースがものすごい蚊の大軍にやられて死によった、という話を聞いたことがありますが、民族絶滅を憂えたやつが、戦争なみのことをやったわけですな。

梅棹 蚊というのはそういうものです。中国の大興安嶺で、わたしはトナカイを飼って生活するエベンキ族と、いっしょに動いたことがあるんですが、彼らはサルノコシカケを木の枝の先につきさすんです。それに火をつけると、サルノコシカケがブスブスとくすぶって煙がでる。トナカイをひっぱりながら、これを蚊よけにして、みんなかざしてあるいているんです。こうしないとトナカイはものすごい数の蚊とブユにやられる。北方森林というのは、えらいとこでっせ。

開高 去年(一九八三年)ね、カナダ・インディアンの領域で、オンタリオ湖の北部、見渡す限り森と湖だけしかないという、道もなにもないところへはいりこんで、インディアンといっしょに魚釣りしてくらしたことがあるんです。

酋長ではなかったですけど、ハンターでフィッシャーマンであるじいさんがつくづく、ブツブツと素朴な英語でなげくんですわ。むかしは、インディアンは風呂にはいらなんだ。垢だらけにしていた。それには理由があるんだ。蚊よけのためだというわけです。

梅棹 なるほど。

開高 ところがちかごろ、インディアンは石鹸をつかいよる。だから、インディアンが蚊に食われるようになってしもうた(笑)。

もうひとつ、アマゾンでおもしろかったのはサギです。川岸にある廃屋の階段にサギがとまっている。見ていると、上から二段目にいるのが、最上段に足をかけようとする。そうすると、上にいるの

が、くちばしで二段目のとさかをつつく。そしたら足をひっこめる。しばらくすると、また足をかける。つつかれる。これのくりかえしです。二段目のサギのとさかの部分がはげて赤くなっている。最上段と三段目からのとさかはきれいなもんです。

梅棹　広大なアマゾンでですか（笑）。

開高　そう、あの広大なアマゾンで、サギがボスの座をめぐって争っている。サギもパンのみにて生きているのではない（笑）、そう痛感しました。これをとやかく議論してもしようがない。

南極からアマゾンまでワン・セット

開高　それで、南米をさまよっていて、わたしなりにみて、とってもおもしろい国がひとつある。世界でこんな国、あんまりほかに例がないとおもうた国がひとつありましたな。

ペルーですわ。これはね、わたしもおろかな話なんですが、南米大陸の太平洋岸は、数千キロメートルにわたって砂漠やいうことに、気がつかなかったんです。頭ではちょっと知ってたけどね。

梅棹　アタカマ砂漠ですね。大きな砂漠ですわ。

開高　そうです。そりゃ、すごい砂漠。幅が二〇〇キロメートルから三〇〇キロメートルぐらい。これはフンボルト寒流のせいですわな。

梅棹　ん……そうではないですけれども。あそこは当然砂漠がでてくる地域なんです。

開高　地域？

梅棹　北半球の砂漠というのはね、南西から北東にのびるようになっているんです。ところが、南半球の砂漠は逆に北西から南東にのびるんです。北半球では、サハラから中央アジアのゴビ砂漠につづいて、モンゴルまでのびる。北米大陸ではカリフォルニアからロッキーをこえて中西部まで乾燥地帯です。

開高　あ、なるほど。

梅棹　それに対して、南半球では南アフリカのカラハリ砂漠も、オーストラリアの砂漠も、ぜんぶ北西から南東にはいっとるわけです。南米の砂漠もおなじで、北西から南東にのびてアンデスにぶつかる。すべて対応しとるんです。だからあそこに砂漠がでてるのは、あたりまえのことです。どうしてこうなるかというと、かんたんにいうと地球の自転の影響です。

開高　あ、そうか、そうか。失礼しました。教えられました。その砂漠をこえて海岸までいって、魚釣りしていたんです。それでね、海のなかへはいるでしょう。夏なお寒き……なんてもんじゃない。五分もつかってられないんです、つめたくて。しもやけで足がパンパンにふくれあがる。

それで、波打ちぎわの砂浜の、波がなめにやってくる一〇センチメートル先へ

ビール瓶をうずめると、これは砂漠の熱砂ですから、バチッとはじけて、ビールがはぜるんですわ、シャンパンみたいに。これがまた、あつくてあつくて、ふんでられない。南極の海があって、サハラ砂漠があるようなものです。それを二〇〇キロメートルこえると、こんどは数千メートルのアンデスの壁ですわ。チベットですわ。

それをこえてむこう側にはいると、アマゾンの森ですわ。だからペルーをクリスマス・ケーキかバウム・クーヘンみたいにポンとわってみると、小さな国のなかにぜんぶワン・セットではいっている。しかもアンデスの高いところへいったら、チベットなみですからな、生活は。そういうわけで、海、山、川、大陸、砂漠、ぜんぶワン・セットあって、一日のうちに、南極からサハラ、チベットこえて、アマゾンまで体験できる。

梅棹 そういうことですな。いま民博で、アンデス・ヒマラヤ・アルプスの高度差利用の比較研究をやっとるんです。

開高 あ、おもしろいですね、それは。

梅棹 かなりの並行現象があるんです。アンデスの研究班がやっとるのは、垂直分布の問題ですわ。人間の生活は上から下までいろいろあって、みなタテの関係でやっとる。上はチベットなみ、下はサハラ砂漠なみ。えらいところですわ。で、上の方にすんどるのが、アイマラ族です。もとのインカ帝国をつくったのが、ケチュア族とアイマラ族。

開高 ケチュアとアイマラですが、「われらの祖先はインカである。インカへもどろう」という文化運動があって、インディオの標準語をケチュア語でやろうとこころみたことがあったけども、アフリカのアフリカーンス語のようなぐあいにまでいかないうちに、インディオがそれぞれ無言のうちに抵抗しちゃって、ケチュア語がひろがらなくてだめになった、というのを下界で聞きましたけどね。

梅棹 そうかもしれません。インカ帝国の言語はケチュア語ですが、やっぱりアイマラの勢力も大きいですから。だからなかなか一本化できんでしょうね。ボリビアからチリ北部は、だいたいアイマラなんです。ケチュアはアイマラの北側です。ケチュア語で統一ということになると、ちょっとしんどいとおもいますね。

純情娼婦にほだされて

開高 三〇〇〇メートル、四〇〇〇メートルといいますが、森林線をこえてますわな。だから、ポソポソポソッとした雑草がはえる程度です。そこに生まれてそだったインディオですら、山酔いをときには起こすことがあるぐらい、酸素がない。それで、空気が乾燥しきっているということなのかどうか、生まれてから死ぬまで一度もお風呂にはいらない。

梅棹 そんなん、乾燥地帯にはたくさん

いますわ。モンゴル人もそうですよ。

開高　彼らが、やっぱり食べていけないので、ちょっとした村になりますと、カサ・デ・プタというのがあります。娼婦の家で、赤線。下界で「ハコ」とよんでるやつです。そこへいって、女となかよくなって、いたす。一件が終わってでようとすると、主人がよってきて、ニコニコ笑いながら、女を上にのせたかどうかと聞く。上にのせたというと、料金を二倍とられる。

梅棹　なんでや、また。

開高　重労働やと。酸素がないし（笑）。

梅棹　ちょっと高いというわけか（笑）。海抜が一メートルほど高いから（笑）。

開高　彼女らは背が低いから、五〇センチメートルぐらいかな（笑）。それで、その女性たちが、なにしろ生まれてからお風呂にはいってない。それが発火して火がついてぬれてくると、ものすごいにおいになる。ところがクサヤの干物とおなじで、そういうにおいと味というものは、美味、珍味、奇味、怪味とありますが、魔味というものじゃなかろうかと、小生は推察するんです（笑）。

これをいっぺん味わうと、脳の芯がクラクラしてきまして、また四〇〇〇メートルの山を登ってかよおうかという気になる。下界へおりてくると、ものたりなくてしようがない。クサヤの原液の樽に首つっこんだような状態なんですが（笑）、いっぺんこれを味わうと、もうアカン（笑）。

かつ、純情である。お金を渡して「アディオス（さようなら）」というんですが、一所懸命ニコニコ、ニコニコ笑いながら、女があとをつけてくる。また、それにもほだされて、下界からかよう。

こういう話を、何人もの日本青年から聞かされましたけどね（笑）。「先生、どうですか」といわれたんですが、当時わたしは、週刊誌におくる原稿を書くのにいそがしくて、コカインばっかり吸うてたんで、気力がなかったですけどね（笑）。

ペルーにいるあいだ、ずいぶんいろんな種類のトウモロコシを食べましたけど、種類が豊富ですなあ。色も、大小もいろいろで、紫色のトウモロコシというのがあります。これは下界へおりると、チチャ・モラーダという飲み物になるんです。チチャというのは、トウモロコシでつくったアンデスの地酒のことです。トウモロコシをグツグツと煮まして、そこへいろんなハーブをほうりこみまして、ひやしといて飲むと、グレープ・ジュースにちょっと似たような色であり、味であり、腎臓を洗うてくれるという伝説がありまして、とてもさわやかな飲み物なんです。

ただしこれをちょっといいまちがって、チュチャ・モラーダというと、「紫色の御芽子」ということになる（笑）。つぎからおいでになるときは、気をつけてく

ださい（笑）。一回ぐらいパーティでまちがって、愛嬌を得るというのも手ぇだとおもいますが（笑）。

南と北ではえらい倒錯現象

開高　ペルーからでてくる土器が、ものすごいですな、砂ですから、完全無欠のままででてくる。繊維製品も、完全無欠のままででてきますね。

梅棹　わたしは、いっぺん現場にいったことがある。えらいものですよ。一面の墓で、「ワッケーロ」とよばれる墓掘り人夫がおるんですよ。

棒をもってね、砂のなかにつきさしている。そうすると棒の先にコーンとあたるんです。ひとつぐらいは土器はこわれるんですが、そのへんを掘ったら完成品がでてくる。こわれたやつはホカしよる。

開高　それはわたし、素直にうなずけますね。多少の誇張があるとしても、全国土ことごとく博物館というような国ですからね。

梅棹　われわれの国とちがうのは、ぜんぶ個人墓になっていて、地下で先史時代から現代まで文明がつづいとるんやね。

開高　そうらしいです、えらい国ですわ。

梅棹　それがね、死骸はみな布にくるまっとるでしょ、それで布もいっしょにでてくる。

開高　それがまた、しっかりしてますわ、むかしの人のやった仕事は。

梅棹　それがね、ぜんぜんくさらずにあるんです、乾燥してるから。

開高　乱れているのは、インカ時代に砂漠の地表に描かれたナスカの地上絵だけですわ。

梅棹　乱れてますか。

開高　ソナ・アルケオロヒカ（考古学地帯）と銘うって、鉄条網でかこうんですが、地上で走ったって見えやしない。上から見てはじめてわかるのに、自動車ではいっちゃうんです。だからセスナをやとうて上空から見ると、ずいぶん乱れてしまっている。

地面の上をほうきではいてつくった一センチメートルぐらいの高さの線ですから、自動車がとおったら、たちまちだめになる。雨がふらないから、温存されてきたんです、流されないで。

梅棹　ほんとに、メキシコのアステカからアンデスにかけてのインディアンは、たいへんなものですよ。これは巨大文明です。そんなものに匹敵するものは、北にはありまへん。

開高　いわゆるメキシコから南は巨石文化で、そしてあまりにもみごとに発達しすぎている。かたっぽう、北はあまりにもなにもない。いまのインディアンをアマゾンのジャングルから連れだしてきて、ニューヨークに連れてく。エンパイア・ステート・ビルやワールド・トレード・センター・ビルを見せる、もういっぺん南米へ連れもどす。北米と南米の地つづ

きの大陸で、「なんで、こんな短時間のあいだにくるうてしもうたんや」いうでしょう。しかし、むかしのインディアンを北米から連れてきてメキシコの古代宗教都市テオティワカンをみたら、「えらいこっちゃ、これは」こうなるでしょう。

梅棹　段ちがい。

開高　えらい倒錯現象が、この大陸のあいだでおこってるんですよね。

それをメキシコで、かなり高級インテリと飯食ってるときに「なんでや」というた。そしたら、「メキシコは天国に一歩ちかいからや（笑）。ただし、もう一歩アメリカにちかすぎたから、いまはこんなえらいことになっとるねん。むかしはアメリカがなかったから、それであんなんつくれたんや」と。民族主義的な説明を、ジョークまじりでやってましたけどね。

スカトロジーで復讐を

梅棹　アステカやインカは、一六世紀にコルテス、ピサロによってものすごい征服のされかたをした。そうでなくて、徐々に西欧文明の波をうけつつ、インディアンの文明というものが五〇〇年のあいだに変貌をとげることができたら、文明としては、そうとうのところまできてたはずです。じっさいは悲劇的なことになってしまいましたけど。あの文明をぶちこわしたというのは、人類史における最大の汚点でしょうね。

開高　それから宣教師が、文書類を一切合財燃やしてしまった。カトリック坊主が先になってやっちゃったんですが、おしみてあまりある焚書坑儒破壊事業でしたなあ。あれで、征服者側の記録しかなくなってしまいました。あれはひどい。

梅棹　まあ、ぼつぼつと復元がはじまってますけどね、でけへんですわ。

開高　インディオはだいたいディバイド・アンド・ルール（分断と支配）でやられているんですわ。アステカも、インカも、内部抗争と分裂のために、白人にやられているんです、乗じられちゃって。

梅棹　コルテスがアステカを征服するときに、まっさきに王さまのモクテスマをつかまえてるんです。その後、ピサロがインカを征服にゆくときに、コルテスのところにたちよって秘訣を聞くんです。そしたら、コルテスいわく、「王をつかまえろ、そしたら勝ちや」。それで、ピサロは策略をつかってインカの王さまアタワルパをつかまえてしまった。それでおしまい。ふしぎな征服ですね。

開高　そうです。それで高地のメキシコシティにはいって、八時間もたたんうちに、ものすごい下痢におそわれる。たいてい外国人はこれにやられる。こみいった説明をすると、空気中の雑菌を吸う、体内にはいる。そうするとわれわれの体

内にいる微生物が絶滅させられてしまう。それで、関所がきれたみたいになって、食べるもん、ぜんぶ下痢になってでてしまう。そこで、メキシコ人はこれを「モクテスマの復讐」と名づけた（笑）。メキシコシティにはいってくる外国人種ぜんぶを、モクテスマの魂魄この世にさまようて、下痢でたたって歩いておると（笑）。

スカトロジー（糞尿譚）で、先史民族の怨念を説明したものとしては、最高のできばえですよ。

梅棹 そのへんが、しかしメキシコ人ですな。

アナキストと単孔類

開高 サンパウロ大学で、酒飲みながら飯食いながら講義されたんですが、ブラジルへきた最初のヨーロッパ人、これが北米大陸へきた最初の白人と、ちょっとちごうた。北米大陸へきた移民の最初の船に乗ってたのは、夫婦ですわ。ところがブラジルへきたのは、独身者ばっかりやった。独身者やから、もうアナキストです。アナならなんでもええ。

梅棹 えらいアナキストやな（笑）。

開高 これがブラジルの民族融和の発端であり、原則である。北米は、アナキストやないんですわ。単孔類ですからな。

梅棹 そのとおり、ブラジルにはいってきた白人は、やたらに混血をやった。

開高 北米はちがう。きびしいで。タバコも酒もない国をつくろうというふうなことをかんがえて、やってきた人たちですからな。

梅棹 これはまた、狂信的です。

開高 これはきびしいで。逸脱したら、胸に赤い十字があらわれるようなことをいうてるんですからな。あかんわ。アメリカ文学の主人公、ヒーローをいっぺんかんがえてごらんになるといいんです。みんな逃亡者、フュジティブです。

たとえばアメリカの作家はみんな、「オレたちはマーク・トウェンからでてきたんだ」と、ヘミングウェイもフォークナーもいう。で、マーク・トウェンを読むか……。ミシシッピー川へ逃げていく浮浪児の子どもなんや。これを「偉大なる逃亡」とみるか、「開拓者」とみるかは人によってわかれますけど、建国当時の状況がそのまま、れっきと、脈々と反映されてますわ。二〇〇年ぐらいの短いあいだですけど。「文は人なり」ですわ。ヘミングウェイもそうです。みんなフュジティブです。

梅棹 なるほど、おもしろいな。どうもしかし、結末からいうと、狂信者のほうがうまくいくのかな。

開高 これ、まだわたし……。

梅棹 結論はでえへんか。

開高 うん、うん。まよいつづけとるんですわ。いっぺんはそれを通過せんと、あきまへんか。

梅棹　やっぱりいっぺんね……（笑）。いっぺん狂信をとおったところのほうが、すくなくとも現在はうまいことといっている。まだ最後のバランス・シートはどうなるかわかりまへんけどね、われわれがもってるような精神、狂信からはなれたひじょうにさめた精神は、どっかやっぱり力がたらんのかな、という気がしますね。

多少の手掛りで「国際相互理解」を

開高　それと、宗教とか信仰心とかそういうことになってくると、日本人が理解できる世界地図というのは、ごくせまいですな。

梅棹　それはせまいです。

開高　一神教の強烈なやつのはいったところでは、宗教の時間と話題になると、われわれぜんぜん理解できない。ビジネスの話やなんかはできます。酒飲んでも、話はできる。しかし宗教の時間はじまると、ねえ、空港でもあなた、毛布をひろげて「アッラー……」とやりだすじゃない、アッラーの神さま。メッカ、メジナのほうをむいて。それをみてると、「あ、これはあかん。オレは異邦人や」とおもうでしょう。そんな目で見ていってごらんなさい。日本人の理解できる、はいれる世界地図というのはごくせまいですよ。

梅棹　ほんま、せまい。

開高　宗教は、わからん。だから、せいぜいのところ、貿易立国でいくしかないですな。

梅棹　そうですな。

開高　「なんでそんなもん、いりまんねん」といいたくなるけど、頭を地につけて祈っている人が、カメラだとか、カセットとかを買ってくださるんで（笑）。一歩はいって、「なんのために、こんな祈ってはりまんね、空港で」といったら、最後。わからないですね。

梅棹　そんなことはいわんことや。

開高　そうそう。という目で、世界地図をもういっぺん再編成して整理してくださいや。そうしたら、われわれのはいっていけるところいうたら、ごくわずかだとひと目でわかりますよ。

梅棹　それはしかし、むりにはいっていかんでもよろしいのであって（笑）、しょせん心のなかの問題は、はいれませんからね。多少の手掛りをならべて、いわゆる「国際相互理解」と称しているところです。

瞑目合掌

1984年（昭和59年）12月22日
「鎮魂曲―貝島明夫遺稿・追悼文集」

アラスカへ行かなければならないので、何やかやと仕事が立てこみ、ニッチもサッチもならず、ゆっくりと原稿を書いていられないのが残念です。

しかし、貝島君とは私が芥川賞をもらった頃からのおつき合いで、かれこれ断続しながら二十四年位続いたと思います。

彼は酒が好きで、人の言葉の裏をよく読み取ることが出来、言葉の連想に飛躍があり、心楽しい友人でした。文学や美術についてずいぶん教えられることがあったと思います。不幸にして天絶されたのですが、その最期が剛健かつ沈着、日頃からの微笑の背後にある端正さがそのまま寝姿になったと思われます。

瞑目合掌《めいもくがっしょう》。

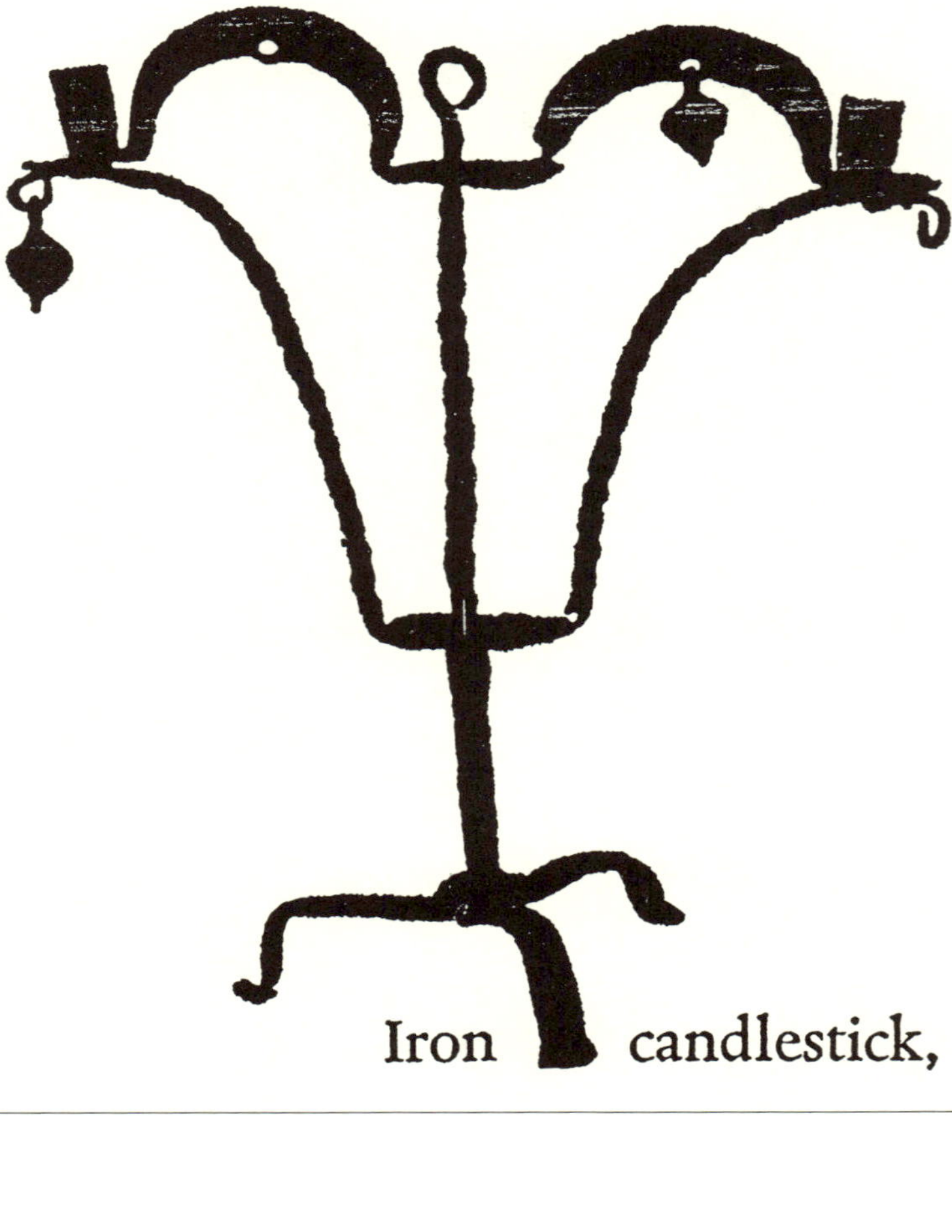

Iron candlestick,

女の頭と心は指先にある

●対談＝冨士真奈美（文筆業・女優）

1985年（昭和60年）1月1日「SOPHIA」

冨士　やっぱり逃がした魚というのはいつまでも忘れられません？

開高　もちろん。それからね、逃がした魚、それが大きいか、激しく逃げたか、みごとに戦ったか、悔しいというのと、そのうちにあれはオレだっていう感じになるの。

冨士　あ、自分自身と格闘して、自分自身が逃げちゃうんですか。

開高　うん。それで尊敬するの。早くいえば何ていうのかな。精神分析学的にいえば自我の転移というのかしらね。たいていのやつそうですよ。獣や魚追っかけて、あれはおれだと思い詰めてるのね。自分に出会いたい。自分に出会ういうことがなかなかないでしょう、チャンスが。

冨士　それは全く男の人のものですね。このお部屋ですか。ひねもすウトウトしてらっしゃるのは。

開高　（うなずく）日本にいるときは、週に二回水泳学校にいくために外出するだけ。

冨士　水泳は効果がありますか。

開高　ああ、もちろん。私たちの職業は極端な運動不足でね、板を張ったみたいに痛くなるの、背中が。ひどいときには、もうズボン脱ぐこともできない。それで医者に診てもらったら、要するにどこも悪くない。オツムを除いては。

女は太っているほうが最高 ポワポワ、ふっくらしてて マシュマロの上に寝る感じね

冨士　アハハ……。

開高　それでスイミングをやんなさいと。ジョギングは、大地が固いから膝にショックがきてよくない。で、一念発起して、バタバタから始めて今や二千《メートル》ですよ。

冨士　バタバタから上達なさって、二千《メートル》！

開高　ノンストップで二千《メートル》。二十五《メートル》を八十回。チンタラチンタラとこけの一念。

冨士　最初は準備体操して……。

開高　そう、三十分。これがね、おれたちの世代はだめなの、ジャズ体操。

冨士　あ、リズムがとれないんだ。

開高　御明察です（笑）。だいたい我々は若いときから赤ちょうちん屋か縄のれんで鍛えてるけども、ディスコなんて知

らない。こんなこと（腰を振る）、できないじゃない。

冨士　楽しいですよ、いらっしゃると。

開高　右足で左足踏んづけてひっくり返ったりして笑われてます（笑）。

冨士　そのお方が二千メートルもねえ。

開高　アホウな野望で。オトコの虚栄の一種かもしれませんね。

冨士　アハハ……虚栄ですか。

開高　とにかく一時間汗水たらして泳ぐ。それで帰ってくる。飲まず食わずでバタンキュー。

冨士　お腹すきません？

開高　すきますよ。でも水泳の日は酒も飲まないの。週二日。これは一滴も飲まない。

冨士　すごい克己心。普通の日のお食事は？

開高　お食事は女房が持ってくる。

冨士　あ、ご飯は作っていただけるんですか。

開高　粗餐です（笑）。

冨士　どんなおかずで？

開高　体重を減らすようにしなきゃいけないからご飯はこのくらい（片方の掌をすぼめる）。それから開きの魚、干し魚。あと野菜。

冨士　煮野菜？

開高　煮野菜も生野菜も入れて。だから病気ではないけども、糖尿病の患者が食べるような食事。

冨士　それを朝、昼、晩？

開高　一日二回。

冨士　夜はお一人で酒盛り？

開高　以前は毎日、夕方ごろになると酒を飲んでたんですけど、水泳をするようになってから酒をピタッとやめちゃった。

冨士　週に二日だけじゃなくて？

開高　仕事するときだけは飲むんですけどね。

冨士　逆みたい（笑）。

開高　ウオッカを。五十度。ストレートで。

冨士　カンカンに冷やして。

開高　そうです。うまいねえ。いっくら飲んでも酔わない。一時期落ち込んでたんですけども、水泳してスポーツやるようになってから、またカムバックしましたね。一番私が飲んだときというのは、ロシア人で私の小説を翻訳してくれてるのがいまして、これがモスコーから来た。で、昼の三時ごろから飲みにかかって、ウオッカでしょう、ジン、それからマオタイ酒、この三つだけ。

冨士　アブサンは？

開高　アブサンは入らなかったけども。朝の二時までだから何時間だ？　十一時間か、ぶっ続けに飲んだことがあった。これが最高。私のウオーターローでしたね、決戦場（笑）。最後に目ェ見えなくなってね。

冨士　すっごい。ウオッカはおいしいもの。

開高　ウオッカでおいしいのはポーランドのズブロヴカ。その中に草が一本入ってるの。昔、ヨーロッパにもアメリカと同じ野牛がいた。バイソンというやつ。それが食べた草。

冨士　一本？　何かのおまじないですか。

開高　いや、ビンの中に……これを冷蔵庫で冷やして飲む。爽やかでうまいですよ。オシッコが大草原の匂いがします。

冨士　ほんとにィ？（笑）。

開高　ホント。それからハマグリの生のジュース、そこにウオッカを入れて飲んでごらん。うまいよ。今アメリカで、はやりつつある。

冨士　ハマグリをお水の中に入れておくわけ？

開高　いや、ジュース売ってます、缶詰で。そこの中にウオッカ入れる。あとコショウだ塩だ、ブラディメリーと同じ。カクテルとして飲む。

冨士　へえ、面白い。ちょっと体によさそう。

開高　でもカロリーは高い。太るよ。

冨士　太るかあ。ヤバイなあ。カクテルは飲みたし、太りたくはなし（笑）。

開高　だけどね、ラテン系の国、フランス、イタリア、スペイン、ポルトガル、全南米、これは女が太ってるのが最高とされてるんです。映画では痩せたの出てきますよ。でもそれは映画であって、町では太ったタイプ、コロコロがいいんです。だから私、南米に行ってる間に、あなたにお世辞いうわけじゃないんですが、すっかり美学が変わっちゃった。

冨士　素直に喜んでいいものか……（笑）。

開高　そばへ寄ってると、ほんのりふくよかな気持ちになれるじゃない。痩せてるとツンツンチカチカ小骨が刺さるような気がしてきて。

冨士　太った読者も、喜ぶでしょう（笑）。でも殿方はたいてい細身の女の人好きですよ。

開高　知らないのね、女の味を。

冨士　日本では太ってると、知性と反比例すると思われてるから……。

開高　いや太ってるほうが、ポワポワしててね、ふっくらして、マシュマロの上に寝るような感じじゃないかとか、いろいろ頭をかきたてられるけどなあ（笑）。

冨士　一週間に二回しかお出かけにならないとおっしゃいますが、女性はどうなんですか、日本における女性問題は。ここにこもりっきりだったら、事件は何にも起きないでしょうね（笑）。

開高　男が女にもてるためには、その女にまめにまめにまめに……。

冨士　そんなことありませんよお。

開高　ここで寝転んでスパイ小説読んでたんじゃだめでしょう（笑）。

冨士　まあ、まめになさったほうがより収穫はあると思いますけど（笑）。

開高　ねえ。女ってのは、のべつ触ってたいんだから。女の頭と心は指先にある、と思うんですがいかがですか。

冨士　フフフ、何か、エッセイに書いてらしたでしょう、子宮の上に夜がくるって（笑）。

開高　あれは人口爆発のことをいってるんです。

冨士　そうです、そうですけど、そういうキャッチフレーズ作るの、とってもお上手。あたしは、『夏の闇』っていう小説、大好き。のべつ女の人と裸でいる……。食べては寝、寝ては食べ、ああいうの理想的ね。あれはホント小説ですか。

開高　小説、小説（笑）。文学。あれはヘルシンキで文部大臣賞もらったの。あの小説がフィンランド語に翻訳されて。文部大臣賞。いやもう小説の話はやめよう（笑）。仕事の話は胸苦しくなっていけません。

冨士　じゃ再び釣りの話にもどしまして……（笑）（魚を抱えた写真を見て）ハトヤのコマーシャルみたい。ご存じありません？

開高　熱海の？

冨士　いえ、伊東です。〽イトウにいくならハ・ト・ヤァ……（笑）。この魚は何ですか。

開高　キング・サーモン。

冨士　あ、これが、あたし、切り身しか知らないから。これで何キロですか。

開高　あなたがお感じになるキロ数ですな。三十キロと思えば三十キロ。宝石と同じなの。

冨士　四十二キロぐらいですか。

開高　（吹き出す）細かく刻みましたな。

冨士　私の理想体重です（笑）。

開高　だいたいまあ、三十キロぐらいですかね。カジキだったら四百キロなんてのもある。

冨士　やっぱりこういうものを釣るのは、さんざんご苦労なさって、体力と技術の限りを尽くして。

開高　そうです、運と勘と根。世間の人は軽う見ましてね、アマゾンに行きゃ簡単に釣れると思ってる。

冨士　このお魚も大変な日数を費やして？

開高　さよう。ロッジやガイドの予約など五ヵ月や六ヵ月も前からやっとかないととれない。

冨士　世界各地から殺到するんですか。

開高　（うなずく）誇大妄想狂がくる（笑）。それでその魚にめぐりあうまで三十四時間かかった。初日、朝六時から夕方まで全然何もなし。翌日、これも十二時間空費。あのへん（カメラの高橋氏）が待ちくたびれてブクブク、やかんみたいに音たてだす（笑）。三日目の午後四時半、やっと一回あたりがあって、それをグーッと釣りあげたのよ。

冨士　大変な快感でしょうね。今度はどちらへ？

開高　来年の二月にコスタリカ、中南米。

あなたのようなタイプの美女の国。

冨士　エヘヘへ……また熱烈歓迎されますね。

開高　このごろはロウソクの最後の炎で(笑)。もう一合戦やってから引退したいと思ってます。

（構成・長尾三郎）

曠野のペットたち

1985年（昭和60年）2月1日「Winds」日本航空機内誌

釣人にとって、その小道具は無口だけど表情ゆたかな親友である

フィッシング、それもとりわけルアー・フィッシングをやるようになってから十五年以上になる。アラスカだ、カナダだ、アマゾンだと、寒い国や暑い国を、あちらこちら歩いてきた。この間に使ったり、着たり、もらったり、人にプレゼントしたり、あべこべに人にごっそり盗まれたりした事物がずいぶんたくさんある。こういう小道具たちはペットみたいなものである。愛犬、愛猫、愛鳥といいたい、無口だけれど表情ゆたかな親友である。一瞥《いちべつ》して好きになってそのまま関係が長年月にわたって持続したり、文句のつけようがない出来栄えなのに何となくイヤになって別れたり、ガマンしているうちに好きになったり、そのあべこべになったり、じつにさまざまである。はたから他人が見て理解できるよりはむしろしばしば黙って眺めてるだけしかないという点でもペットたちとまったくおなじである。血統書つきのペルシャ猫より道ばたでひろった野良猫の仔のほうが可愛いというようなことがしじゅうである。

そこで今日はその話を。

少し。

竿とリール……長年月にわたってひたすらアブ社の製品だけを使ってきた。竿はディプロマット類、リールはアンバサダー類。ほかに浮気をしたことがなかった。この会社のスウェーデンにある本社と工場を視察したことがあって、それ以来である。竿はグラスロッドであり、二、三のマイナスがあって、不平をいいたいことはしばしばあったけれど、手放したことは一度もなかった。しかし、リールのほうはバックラッシュが起って雨の中で泣きたくなっても黙々と糸をほぐすのにふけり、まったく愛着のほかなかった。今でもそうである。しかし、ある年、九ヵ月がかりでアラスカから南米の最先端のフェゴ島まで旅行したことがあり、いよいよ帰国となってアルゼンチンのブエノス・アイレスの空港から別便で荷物を送ることになった。これがいけなかった。

釣道具一切の荷物をしっかり梱包して空港へはこび、C・P・エアーに受付けてもらい、確認のインヴォイスをもらったのだが、空港の倉庫においてあるうちにヤラれたらしい。竿もリールもタックル・ボックスも、一品のこらず盗まれてしまった。東京に到着したのは竿入れのケースだけで、なかはきれいにカラッポ。一本のこらず、一箇のこらず、蒸発してしまった。アラスカ鉄道の荒野の線路わきにころがっていた犬釘が一本のこされていただけである。空港の倉庫でヤラれたのだから誰かそこで働らくか出入りするヤツがヤッたにちがいないと思われるのだが、このあっぱれな揮発性は全南米各国の空気の特性なのである。ヤラずにはいられないのである。盗む気を起させるヤツが悪いのだという口実で、日夜、お励みになる。ツイツイうっかり信用したこちらに責任があるのだということになる。全南米人の指は長くて器用で敏感で勤勉であり、一瞬もジッとしていられず、本人の頭や心から独立して働らく生物なのである。彼らにできないのはあなたの影を盗むことだけといってよろしい。よくよく御用心を！……

これで一挙に気落ちしてしまったので、さっそく新品を一揃い買い集めたが、竿やリールについた無数の傷、そこにこめられた経験と記憶を失った痛恨はどうしようもない。そこでこれをチャンスに竿はすべてフェンウィックにかえ、リールはやっぱりアンバサダーでいくことにした。この竿はみごとである。有望そのものの新人歓迎ということになった。つぎにブエノス・アイレス（よい空気、の意）へいくときには、食前食後、きっと一度はマロス・アイレス（わるい空気）と口にだして呟やき、あたりをそっと眺めやることにする。

タックル・ボックス……ルアー、鉤、オモリ、プライヤー、何やかやを入れる道具箱だが、何度も買いかえた。はじめのうちは無数のルアーをつめこんだ特大のをウンウンいいつつ現場に運んでいたのだが、なじみで得意のルアーができるにつれて、どんどん小さくなり、少なっていった。好きで得意のルアーができると、それで釣れるモノだけ釣ろう、釣れなければ釣れないでかまわないや、という気持になってくる。

近年はどういうものかスピンナーのメップスに凝《こ》っている。これはルアーの初心者が使うモノとされているし、げんに私もバイエルンの湖でこれでパイクを釣ったのがこの道の入口であった。久しくこれを忘れていたところ、近頃になってにわかに思いだして関係を回復し、せっせと励んでいる。使いこんでみるとこれだってスプーンやジグのように微妙に操作ができて、オヤといいたい〝味〟があるとわかる。とくにリスの尾の形のついたのには卓効がある。

　こないだアラスカでシルヴァー・サーモンとレッド・サーモンを狙ったときは、タックル・ボックスは使わず、何かのキャンディーの空箱に何種類かのメップスを入れ、それをポケットにほうりこんだきりで、河原へ出ていった。レッドは大群で河をのぼってくるスクール・フィッシュ（集団魚）であるけれど、奇癖がある。ルアーやフライに関心を見せることでは他のサケとおなじだけれど、口で食いつこうとはしないで、体でハタきにかかるのである。だから、たいていはスナッグ（スレ）でかかる。アラスカ州政府の規程ではこれは反則行為とされているのだ。レッドにルアーを口で食いつかせるのはなかなかにむつかしいことである。しかし、私はメップスで成功し、一日に三匹あげることができたので、それを吹《ふい》聴《ちょう》したくて内心ウズウズしているのだけれど、河原に射すのは自身の淡い影だけ。

ホカロン……釣師にとっては、とくに寒い国では、バンド・エイドとならんで、車輪の発明以来の大発明といいたい。たださくしゃくしゃと二、三度、手で揉んで、シャツの間に入れておけば、一日中ホカホカとあたたかい。氷雨の地獄のなかでもうとうと居眠りしたくなるくらいである。これは必携品である。肌にじかにつけると火傷《やけど》のオソレがあるから、そんなときは大型ハンカチのバンダナでくるんで使えばよろしい。これは文字通りに熱烈歓迎である。何度助けられたかしれない。ここではるかにメーカー各位に尊敬と感謝を送っておきたい。

レイン・ギア（雨具類）……これがむつかしい。じつにむつかしい。外側で雨もはじくけれど内側で発生する汗も外へ出してくれなければならないので、この二律背反をどう克服するかである。そこでゴア・テックスが開発されたのだが、これだって難をつけようと思えばつけられないではない。これまでのどの製品よりも雨と汗という内外の二つの敵をおさえたという点は大いに評価できるのであるが、何しろ素材が膜であって、吸湿性がないから、ズブ濡れになるとそのままでロッジへ帰ってくることになる。ポタポタと水滴が落ちるから入口でぬいで、どこか濡れてもかまわない場所をさがしてつるしておかねばならない。これは、マ、いたしかたないが、ズブ濡れの二人がゴアを着こんだままで船に乗るなり、水上飛行機に乗るなりすると、シートも床《ゆか》もびしょびしょになる。この点を改良した新品が登場するまで、当分、ビーヴァーのイトコにでもなったつもりで、ガマンするこってす。

ウェイダー……ゴム長のこと。膝までの。腰までの。胸までの。いろいろある。ゴム製が多いが、ケミカル製のもある。胸までのは〝チェスト・ハイ〟と呼ばれる。河のかなり深いところまで入っていけるのは有利だが、胸のところであきっぱなしになっているのは危険である。ぬるぬるした石にすべって倒れたとき、そこから水がドッと流れこみ、河の流れがはげしいと、立てなくなる。ところが、胸のところでぴったりしめつける方式のにすると、今度は内側で発生した大量の汗がたちこめて、ひどいことになる。汗は乾かないでいるとたちまち腐ってやりきれない匂いになるものである。一言でいえば自分の少し古くなった御叱呼に全身を浸すのとおなじ結果になるのである。そんなことしたことないとおっしゃるのなら、簡単だ。一度やってごらんなさいナ。

いろいろなウェイダーからウェイダーへわたり歩いてきたが、近年はすっかりズボラになって、これをはくことを一切やめてしまった。河というものはちょっとていねいにさがすと、きっとそう遠くない地点に水へ立ちこまなくてもやれるポイントがあるものである。どうしても見のがしたくないポイントがあってどうしても立ちこまねばならないのなら、かまうこっちゃない、ズボンのままでじゃぼじゃぼ入っていけばいいのですサ。濡れるのをイヤがっていては魚は釣れない。魚と釣師は濡れたがるものなんだ。そうと知り、そうとわきまえ、そうと覚悟しておくことです。

たった一つの教訓。

安物を買うな……安くてもいいモノならばそれにこしたことはないが、そんなことはめったにこの世にない。安物買いの銭《ぜに》失いとは古今の鉄則である。信用できる先輩や友人にそのモノについての百戦練磨の経験のあげくの意見をよくよくたずねたうえで、いいモノを買いなさい。銭を惜しんではいけない。取材費を惜しむといい仕事はできない。広告に釣られてはいけない。あなたは釣られるのではなくて、釣るほうなのである。

たった一つの挨拶。

Keep tip high!

(竿先をピンと高く、という意味。イザ出撃の朝早く、釣師が別れあうときにかけあう挨拶。魚が釣れることを祈るという気味をこめて。なおこれには背後にもう一つの意味がかくされている。〝竿先〟から連想されよ。オトコならピンとわかるはず)。

では。

Here we go!

この本は食える

1985年(昭和60年)2月25日
黒田礼二著『地球がMENUだ!』
(筑摩書房)推薦文

地球の下半身を放浪した人の食誌。思いもよらない異味や奇味の物語である。これほどの切実が軽妙に書けるのはよほどの資質と素養の人物であろう。その長い足と鋭い舌に脱帽したい。この本は食える。

蛇の足として

1985年(昭和60年)3月25日
青木冨貴子著『ライカでグッドバイ』
(文春文庫)解説

著者の青木冨貴子さんに解説をとたのまれてから、あらためて一読したけれど、〝解説〟がなければ一本立ちできないような本ではない。それ自体が立派に独立できる一つの追跡記録であって、誰にも素直に理解できる作品である。いろいろな本の末尾に〝解説〟をつけたがるこの時代の出版人の気風が私にはバカバカしいものに映ってならないし、しばしば著者と著作を高めるどころか、あべこべに足を持ってひきずりおろすような効果のものになっている。そこで私としては蛇足にすぎないような短文をつけることで退場し、この本の読後の〝後味〟を損わないようにしたいと思う。

1964年から翌65年にかけて第一回、3年後の68年に第二回、その5年後の73年に第三回と、私は三回にわたってヴェトナムへいった。戦場へ行ったり、田舎まわりをしているときのほかはサイゴンのホテルやアパートで起居し、各社の記者たちと毎夜コニャック・ソーダをすすっておしゃべりをして時間を殺したものだった。何しろ毎夜、カーフュー(外出禁止令)があり、クー(デター)や何かがあると、それが夜の11時、12時から8時、9時頃まで繰上げられることがあるので、うっかり外出することもできず、アパートにこもってヤモリの鳴声を聞きつつ酒にふけるよりほか、どうしようもない。

記者のほかに、よくカメラマンも遊びに来た。新聞社員であるカメラマンもいたが、フリーのカメラマンもたくさんいた。おかげで私はこの若い、こわいものしらずの、いい若者たちをつぶさに観察することができた。当時すでに日本は石を投げたらカメラマンにあたるくらい過飽和になっていたので、彼らは日本にいても仕事口がないか、あっても気に入らないかで、とびだしてくるのだった。なかにはヒッピーとしてやってきてそのままサイゴンにイカリをおろしてしまうのもいた。米軍情報部はオープン体制であるから、カメラマンであることを証明するカードを窓口で提示しさえすればどこの戦場でもその場でつれていってくれた。カードがなければないでサイゴンを一歩出たら何かに出会えたし、しばしばサイゴン市内でも何かに出会うことはできるので、ここはカメラマンにとってはキャパのいう〝ピクトリアル・パラダイス〟であった。

新聞社の写真部で働いているカメラマンは毎月の給料をサイゴンの東京銀行経由でうけとればいいのでいうことはないけれど、独立の、フリーのカメラマンは、そうはいかない。最前線から泥まみれになって帰ってくるとネガを持ってその足でAPやUPIの支局へ出かけ、一枚、二枚を買いとってもらい、その金でその夜のメシや酒を買うという暮しかたであった。APのホルスト・ファース（ピュリッツァー賞受賞）が薄暗くて汚れたオフィスのなかでネガを窓の日光で透かし見てはハサミで一枚、二枚を切りとり、ついでズボンのポケットから皺くちゃのドルをとりだしてカメラマンに手渡すのを何度となく見かけたものだった。当時で一枚が10ドルから20ドルぐらいが相場だったと思う。それは電送機で空中へ発射されてトーキョーやニューヨークにとどくが、かりに新聞に発表されたところで、AP電、UPI電として発表され、カメラマンの名は発表されないのである。命がけの作品がたったの10ドルとは……しばしばそのよこでさりげなく横眼でやりとりを見ていて、ひそかに舌を巻いたものだが、金を渡すほうも受取るほうもどうやらそれをふつうのことと感じ、満足しきっているらしき気配であった。

本書を通読されると当時の傑作となった作品がその後どういう待遇なり命運なりを辿ることになるかを発見して、あなたは万感こもごもの混沌に陥ちこまれるかもしれない。もしそうであれば、本書と著者の功績はあきらかであり、意図は成就されたのだといっても過言ではあるまい。サワダの卓抜な眼と行動力は時代の心や事物の力と手をとりあって死の舞踏をつづけ、しばしばそれをしのいで瞬間を狩りとったのであり、その後の命運は氏の知るところではなかった。読者は氏の長くない生と作品に閃光を感じられるもよろしいし、徒労の泡玉を感じられるもよろしい。しかし、しばしば〝時代〟は自身の発する火で自身を焼いてしまう男女によって導かれるものであることを知っておく必要がある。男が危険をおかす気力を日々に喪《うしな》いつつあるかのように見られる近年の時潮を思いあわせると、この本が一冊でも多く読まれることを望まないではいられない。

フィールドで酒を楽しむ

1985年（昭和60年）6月10日「BE-PAL」

開講一番

フィールドに出て何ごとかをやりとげる。私の場合だったら、魚を釣る。あと、乾杯ということになるから、酒はやっぱり必需品だね。アウトドアの、第二次必需品。

第一講　出撃前夜

山、湖、平野の川、いずれの場合でも、釣りに出る前の晩、大酒飲むとえらいことになる。特に渓流に行くときは、岩から岩へ猿のようにとびまわらなければならないんだから、二日酔いでは川に落ちる。

だから、前の晩から祝杯をあげるのはほどほどにしておくこと。そして、後ぐされのある酒を飲んではいかん。

しかし、いくら前夜祭だって、渋茶すすって乾杯というわけには、男としてはいかないから、キックのある酒を少し飲む、ということかな。

カナダの〝偉大なる〟フレーザー川で、チョウザメ釣りをした。5日間、ノーヒット、ノーフィッシュ。快晴つづきでどうにもならん。つくづくバテてしまって、ついに、白ブドウ酒、赤ブドウ酒、ビール、カナディアン・スコッチ、ラム、ブイヤベースに入れようと思ってとっておいたペルノ、台所にあるもの全部、ヤケ酒飲んでドンチャン騒ぎをしたの。

あくる日、ものすごい二日酔いの頭をよろよろとあげて窓の外を見たら、空が曇っているじゃない。これは釣れるかもしれないというんで、這い出したはいいが、一歩ごとに、ウーッ、ゲロゲロ。それで舟に乗って、急流あり早瀬ありでゲロゲロパプッと苦しみながら、へとへとになってポイントにたどりついた。クラクラする頭かかえて狭い岩場の動きがとれないようなところに立って、サイド・キャストやら、アンダー・キャストやらするうちに、チョウザメが食いついた。バンとかかってジャンプした。ジャンプしたのを見ながら、また、ウッ。

足場が狭すぎて闘えないから、沖からボートがやってきてくれた。片手で竿を突っ張ったまま、ボートによじのぼって、そろそろと沖に出て、やったとったの戦争やっているうちに、また、ウッとくる。えらい目に会うたなァ。二日酔いは何百回やったかしらんが、あれは最低の二日酔いでしたね。

だから、前の晩はほどほどに。二日酔いでは戦争できない。

キックの強い酒いうのは、スコッチ、ウォッカ、ブランデー、ラム、テキラ、その手の蒸留酒やね。

第二講　フィールドにて

フィールドに出ているとき、魚釣りをしている最中は、まあ飲まん方がいいね。眠くなる。眠くなって集中力がおろそかになる。

アラスカの川で、骨身にしみる冷たい雨に降られて、あまり冷たいものだから川岸にカティサークを一本立てておいて、30分に1回くらい、あがってきちゃガブッと一口飲んで、また川に戻る、ということがあった。ちょっと風が吹いてくると酔いが散ってしまって、秋元カメラマンと二人で、まるまる一本あけてしまったけれど、ビクッともしない。あの酒どこへ行ったんだろ、と思いながら、全身ずぶ濡れになって旅館に戻った。裏口から入って、暖かい台所を通り抜けた瞬間、こもっていたウィスキーがいっきょに全部頭に来て、アラアラ、ヨロヨロと二階にたどりついたことがあったよ。ああいうことがあるんだねえ。

というぐあいで、フィールドでは飲むというより、体の筋肉をほぐすため、暖をとるために、ポトンポトンとマッチの火を飲みこむような感じで体の中に落とす。そういうことはあったけれど、昨今は、強力なるホカロンが登場しましたんでねえ。(笑)

ホカロンとバンドエイドいうのは、釣り師にとってはリールの発明以来の大発明よ。ホカロンをお腹と背中にあてるの。氷雨がジャバジャバ降っていて、体がブルブル震えても、お腹だけは暖かいからね。ホカロンに乾杯！　だね。

誰もが気がついているだろうけど、一つの原則があるの。肉体の疲労のときは、酒よりも甘いものが欲しくなる。オツムとかココロとかがくたびれてくると、酒が欲しくなる。

だから山や川や海で体を動かしているときは、酒はあってもなくてもいいようなもの。むしろ、チョコレートとか……栄太楼のミツ豆とかのほうがありがたい。

ミツ豆は、栄太楼に限りますよ。あのカンテンのシャープに切ってあること。大納言小豆が必ず三粒ほど入っているあの精密さ。プツンと突くと、白ミツと黒ミツと二種類あるのよ。それが下からムクムクとわいてくる。もう言うことなしよ。それはもう、暑い所でも寒い所でも、あれに気がついてからは〝栄ちゃん〟を持って歩くことにしたけど。ただ、美学上、決定的に反対したいのが、あのサクランボね。サクランボのあの浅はかな色、やめてほしいねえ。やっぱり、完全なもの、この地上にはないということを悟らされるよ。

　ただし、魚釣って陸へ帰って、旅館でシャワー浴びると、もう食えない、悪いけど。やっぱり酒に手が伸びる。

　それから忘れちゃいけないのがチューインガムね。去年アラスカでハンティングをやったとき、水筒も何も持たされない、弾丸だけポケットに入れて、銃を持ってカリブーを追いかけて、えらい思いをしました。酒もタバコも全部禁止よね。たったひとつあったのがチューインガム。かんでいるとツバがわくでしょ。これはありがたかったね。男の中の男がやるスポーツに、あの軽薄短小の権化であるチューインガムが救いの神サマ。(笑)

第三講　ホラ話の楽しい夜には――

　ロッジに帰ってきて、仲間と飲む。酒一杯飲むたびに、逃がした魚が10センチぐらいずつ、伸びていくからなァ。スキーなんかで戻ってきたときでも、同じだろ、ロッジへ引きあげてからの、ホラ話。トール・テール・テリング、ホラの吹きっこ。

　これが想像力をかきたててまた楽しいですよね。リアリズムをよそおった文体で語られるけれど、特徴としては、だあれもキミの話すことを聞いていない。(笑) だいたいが、わずらわしい。わずらわしいけれど、フンフン、ハアハアと聞いたふりをしているだけ。そうしないと、次に自分のホラを聞いてもらえないからね。このときは、やっぱり酒は不可欠です。

　ドイツのバイエルンの高原の宿屋に泊って、鱒釣りをしたときのことなんですけどね。二人が、竿を持つときみたいに腕を立てて、立てた腕を絡ませるように組む。腕を組んだまま、手に持ったグラスを飲むという飲み方ね。チロルでもそうします。

　そして飲むとき、ペトリ・ハイル、ペトリ様、万才っていうの。ペトリというのは、ピーター、つまりペテロのこと。キリスト教の12人の使徒の一人で、天国の門の鍵を預っている人だけれど、もともとガリラヤ湖で魚とってはった漁師なんや。ペテロ様がとってた魚は、テラピアだといいますけど。で、ペテロ様は漁師や釣り師の守護聖人というわけで、それでペトリ・ハイル！　になる。そして乾杯して、おもむろにその日のホラ話が始まるわけね。

　気持よく何杯でも飲める。で、どうして魚を釣ってくると酒が飲みたくなるんだろうかと、バカな質問をした。そしたら答がよかったな。〝魚と釣り師は濡れたがる〟、名文句だね。

　ということで、やっぱり酒がいる。山奥に入っていくんだから、何を持っていくかとなると、当然さっきいったような蒸留酒になりますね。

　ビールもいい、ブドウ酒もうまい。だけど、分量が足りないわ。車なんかで入れる所で、たくさん持っていけるんなら、ビールもブドウ酒もいいけれどもね。

　そうそう、カリフォルニアの釣り師に教えられたことがある。貧乏人のシャンパンというんだ。安物の白ブドウ酒、ガロンびんぐらいの、大きなびんで買って持っていく。これを冷たい流れにひたして冷やしておくんだ。一緒にプレーンソーダを買ってこれを冷やしておく。冷えた白ブドウ酒を冷えたプレーンソーダでジャボジャボ割って飲む。これを貧乏人のシャンパンいうんやけど、これ、いけます。

　持っていけるんなら、ブドウ酒もいいだろうね。団らん、談笑、ホラ話には。

　白ブドウ酒は冷やして飲め、赤ブドウ酒は室温で飲め、ただしボージョレーだけは井戸水のように冷やして飲め、ということになってるでしょう。こだわることはないんだよ、そんなことは。赤ブドウ酒だって、冷やして飲んでいいんだ。どんどん冷やしちゃっていいんだよ。冷やして飲むとうまいしね。

　それから、だいじなことをひとつ。栓抜きなしで、ブドウ酒の栓をあける方法。フィールドへ出て、栓抜きがないといってみんながウロウロ、オロオロしているとき、待て、そんな物はいらないと制して、タオル一枚であけるんだ。簡単なことだから、憶えときなさい。びんの底にタオルを厚く巻きつける。そしてびんを水平に持つ。木が立っているんなら木に、岩なら岩でもかまわない。規則正しく、トントンと当てる。中の酒がピストンになって、栓をグイッと押して、気持よいぐらい、ヌヌヌ、トスッと栓が飛び出すから、飛び出す一歩手前でとめておく。

　ひとつ注意しなきゃならんのは、びんの底の滓がもわもわっと散ってしまうから、しばらくは静かに立てて、滓が落ち着くのを待つんだね。

　以上、コルク栓のあけ方の講義、おわり。

第四講　野外に持っていく酒

一人で山の中入っていってテント張ってというようなときは、やっぱり、スコッチ、ウォッカ、ブランデー、ラム、テキラ、そういう蒸留酒になるね、さっきもいったように。

私はこのごろウォッカをよく飲む。50度のウォッカ。お勧めできるのは、スミノフ、フィンランディア。それから最近アメリカでできたニコライというのがあるね。これはブドウ酒のしぼり滓の、カストリ・ブランディのようなタイプのウォッカや。焼酎、テキラ、ラム、ジン、アクアビット、それにウォッカなど、こういうもの全部を白物っていう。白物がいいのはですね、キッチン・ドリンクといって、ライム・ジュース、グレープ・ジュース、トマト・ジュース、何ででも割って飲めることね。それにタバスコとかウースター・ソース放りこんだりしても、ピタッと合うのよ。ブラディ・マリーが証明してるみたいにね。

だから白物というのはありがたいんだね。恐妻家の発明とちやうかと思うのよ。仮りにだよ、サイモン・ミューラーという名前の男がいるとしようか、恐妻家でね。

台所の隅でコハク色の液体をコップの中に入れてウロウロしていると、カトリックのお母ちゃんが、サイモン、何飲んでるの！　サイモンはおびえながら、いやいや、ジンジャエールだよ。ちょっと貸してごらんなさい。匂いをかいで、こんなジンジャエールありますか。女房は酒も飲まないのに匂いだけでわかっちゃう。

それでサイモンはおびえすくんで、あかんなァ、バレないようなものないかなァいうんで、ウォッカをトマト・ジュースに放りこんでみた。カトリックのお母ちゃんの好きな、こしょう、塩、ウースター・ソースなんかも入れてみた。これがつまりブラディ・マリー。

恐妻家のサイモン・ミューラー、いや、三浦朱門じゃないよ、(笑)サイモン・ミューラーという仮名の恐妻家がですよ。台所をはいまわって思いついたのが、ブラディー・マリー。そう思いたいんだけど。

ブラッドレス・マリーというのもある。ハマグリの生のジュースをよく冷やしておいてね、そこへウォッカをバタバタと入れてね。こしょうとかタバスコとかウースター・ソースとか塩とかを入れて、これもキッチン・ドリンク。ピリッとしてうまいね。

ま、そういうわけで、北半球で野外に持ち歩いていくのは、ウォッカ、その他の白物。南米に行ったら、ピンガ、それからピスコだね。

ピンガというのは、サトウキビ焼酎ラムの一歩手前ね。サトウキビから砂糖を取ったときに残る糖蜜がある。その糖蜜を発酵させて作ったのがラム。フリオ・イグレシアスの歌に、ラムとコカコーラ、ルム・イ・コカコーラというのがあるけど、ラムとコークはよく合いますよ。

ピンガというのは糖蜜までいかない、サトウキビそのものを発酵させて蒸留したもの。

ピスコというのは、ブドウ酒をしぼった後のブドウをもう一度発酵させたもの、カストリ・ブランデーだね。

で、このピンガね、雑貨屋で買うときは、なるべく雑貨屋の薄暗い隅にころがっていて、ハエのクソにまみれた古いびんの方がうまい、といわれた。それでアマゾンの奥地に入って、雑貨屋を見つけると、キョロキョロと目を走らせるんだけど、どれもこれも同じようにハエにまみれているか、どれもこれも同じようにハエにまみれていないかであって、選ぶのに迷ったね。


バレントン船といって、インディオの村から村へと渡り歩く、物々交換船がやってくる。これも必ずピンガを持ってくる。このときに買うコツは、船のいちばん底にあるのを買え、という。揺られていてうまい、というの。

昔、関西の灘から、遠州灘を越えて品川沖へ酒樽を運んできたでしょ。遠州灘で嵐に遭った酒は、ゆさぶられていてうまいからといって、値段が高かった。まァ、それと一緒かもしれません。

私は、そういうふうに、外国で魚釣りをするときなどは、現地で蒸留酒を調達する、その場調達主義。日本から持っていくなんてことはないね。だいたいそんなことしたら、到着祝い、前祝いと称して、釣り場へ着く前にみんな飲んでしまうものね。（笑）

第五講　水について

飲むのは酒ばかりではなく、水という問題がある。ウィスキーをストレートに飲んだあと、谷川の水を一杯飲むという場合があるね。その谷川の水が問題なんです。世間の人との評価とは反対に、私はよほど内臓に自信のある人を除いては、谷川の水は飲まないほうがいい、といいたいんですね。

人間の目と喉と舌には清潔な水のように思われても、はたしてどうか。魚が棲む場所の水は、魚が棲める程度に清潔なんであって、水清ければ魚棲まずなのだから、ほんとうに清潔であれば魚は棲めない。魚がいる水というのは、そのような汚れ方をしていると考えてからにしろといいたいんです。

飲みたいならば、岩壁を走り落ちている水、走っている岩清水、これの方をむしろお勧めしたい。選ぶコツは、岩壁が長ければ長いほどいい。長大な断崖絶壁を駆け落ちてきた水ほど、清潔でいい。シダやらが茂っていて、そのあたりに小さな虹ができて、ふるえているようなことがあるね。その虹を飲むというぐらいの感覚でいきたい。これは気分としても最高のぜいたくでもある。

それから、花崗岩《かこうがん》の岩肌をすべり落ちている水を発見したら、喜んでいいな。花崗岩の上を走った水、これはうまい。私はウィスキーはだいたいストレートだけれど、割り水としたらこれは最高だろうね。

ボコボコ湧いている水、これはむろんいい。うまい。ただし、山を歩いていて、水が湧いている、なんてことはよく文章などに書いてあるけど、その頻度ほどには実際にはそうないものだよ。

見つけたかったら、ゼンマイ採りの小屋を見つけて、立ち寄って、水を一杯下さいといえばいいの。ゼンマイ採りは、必ず湧き水のある所に小屋をかけるからね。一杯飲ませてもらい、ああ、いい水飲んでいて幸せですね、と申し上げればよろしい。そしてタバコを二、三本置くなりすれば、なおよろしい。

淵の水はいけません。走っている水を飲め、これでしょうな。

アマゾン川の水は、泥水だけど、どういうわけか知らないが、うまいんだ。京都弁でいう、はんなりというやつなんだ。あの泥水に、言うべからざるはんなりとした甘さがあるの。ろ過器で何度も何度もフィルターを通して、冷やして飲んでみると、最高にいい。くどくはない甘さがあって。どこからくる甘さなのか、誰に聞いても知らんというんだけれども。信じられないでしょうけど、あの厖大な海のような水が全部甘いんです。

ところがサンパウロに帰ってから、開高さん、そんなこと言ってるけど、これ見てごらんと言われて、任意に汲んできたアマゾン川の水の一滴の、顕微鏡写真見たとたん、まっさおになったなア。無数の原虫がうごめいているのね。名前はわからないんだけど、ブドウ酒の栓抜きみたいなかっこうのヤツ、ギラギラした爪やら牙やらを持っているヤツ、そういうのが何種類となくうごめいている。

私は水の味がわかる程度に飲んでそう何度もやらなかったので事なきを得たけど、こんなん飲んでたらえらいことになるわ。絶対、飲んじゃいけません。

私はこれまで、ベトナムからアフリカまで、いわゆる開発途上国のあちこちを、地べタ這いずりまわってきたんだけれど、絶対生水は飲まなかった。かくて生きながらえているんですけどね。いちばんかかりやすいのはご存知のビールス性肝炎だが、その他万病の素ですぞ、生水は。

北半球の国の、たとえばアラスカなどでさえも、水はきれいに見えるけれどもそれは魚が棲める程度にきれいなんであって、よくよく用心しなさいよ。ま、飲むならば、断崖絶壁を走り落ちる水にしなさい。

奥只見の湖にこもっていた頃、雪代《ゆきしろ》水が出るようになると、私は2里も3里も歩いて穴場に通った。あれはダム湖だから、両岸は断崖絶壁で、その壁のいたるところに水が走っているんだ。それで水のハシゴ、小さな虹のハシゴをやって、次から次へと飲んでいったことがあるけれど、日を追うごとにまずくなるね。水の分量も少なくなり、泥の入ってくる量が多くなる。味も悪くなる。やっぱり雪代が始まった頃がよかったね。しかし、そういう水でも、できれば飲まない方がいいのかもしれない、と思いますよ。

第六講　酒の器のこと

底なしに飲んでいた頃は、野外に出るときでも、例のポケット・ウィスキーを持って歩いたりしたけど、とても分量が足りないんで、びんごと持ったり、水筒の中に入れて持っていったねえ。スキットルなんかも使ってみたことはあるけれども、これもやっぱり分量が不足する。

酒を入れて行くんなら、やっぱり水筒がいいですな。ガラスは割れるし、重いし。プラスチックは、酒を飲む気がしなくなるし。

携帯するときの容器だけじゃなく、何で飲むかということもあるね。器であれば何でもいいというもんじゃない。

プラスチックは、酒を飲むのにまだ適していない、熟していないね。ガラスはいい、瀬戸物もかろうじていい、けれども割れるということがある。ブリキはよろしい。ちょっとニヒリスティックな感じはするけれども、ブリキのコップで酒を飲むのはよろしい。しかし事情が許せば——つまりびんごと持っていけるんなら、びんからじかに飲むのがいちばんよろしい。

木製のコップというものもあって、これはよほど寒いところで、金属のコップだと唇がぴたっとコップのふちにくっついてしまうようなときに使うものなんだろうけれども、私はどうも感心しない。酒の味がこわされるような気がしてダメだなア。

ま、水筒からじかに、びんからじかに飲むのがいいですね。

第七講　酒にＴＰＯがあるか

酒じたいに厳密なＴＰＯ（時、場所、場合）があるわけじゃない、キミの方にＴＰＯがあるだけのことさ。酒はすべてに合わせてくれるのであって、たとえばキミがキーナイ川でキングのトロフィーを釣ったとしたら、その日は何飲んだっていいんじゃない。

ただし、どんな酒がいいのか、うまいかまずいか、ということになると、問題はあるだろうと思うよ。

黙っていても二杯目が飲みたくなる、二杯目のグラスをそっと差し出したくなる酒がいい酒やね。みんなに酒をついでまわって、みんなが二杯目のコップを差し出すかどうか、それを見れば、いい酒かどうかわかるよ。だから、ホラの吹きっこにいちばんいい酒は何か、と訊ねられたとしても、それは飲んでみなきゃわからない、というしかないね。

だけど、山の恋は実らない、というがみんな美人に見えちゃう。こっちがムラムラしてるもんだから、女なら誰でもいいみたいになっている。それでついついアルプスで、ヤッホー、ランランラン、というようなことになっちゃうわけ。里へ下りてくると、たちまちげっそりするのね、男は。それと同じで、山での酒はもう何でもええいうことは、あると思うね。こちらが飲みたい状態になっているからだろうね。

採れたての、掘りたての山菜。山のウド、アケビのツル、いろいろあるわね。ウドに田舎味噌つけて、パクリと食べる。ほろ苦さと辛さが舌にのっている。それを、度数の高い、よく冷えた焼酎でグビグビッと流す。無限に飲めるような気がするな。

味には、甘い辛いその他、無限の味があり、そのなかで自分にとって好みの味があるだけで、上下はない、と思う。こういう味だから上等、こうだから下等という議論は成立しないように思うんだけれども、あの山菜のほろ苦さというのは、ノーブルといってもいいのではないかしら。舌を清め、ひきしめてくれるでしょ。それに焼酎というのは、やっぱりいいですな。

第八講　酒とサカナ

その国の魚と、その国の酒は合う。これは鉄則だと思うね。魚はそこに棲んでいるもの、酒は人間が作るものだけれども、万事が絡みあっているような気がするな。

日本のヤマメやイワナは、やっぱり日本酒か、焼酎。焼酎の度数が高いやつ。よくよくなければ、クマの乳、つまりドブロク。外国の蒸留酒は、あの魚にはちょっと強すぎる気がするね。

たとえばバイエルンで釣った鱒となると、酒はビール、もしくはドイツ・ワインの辛口だったな。

酒に合う魚の料理ねえ。

酒を使う魚の料理で、一も二もなくいいのがあるよ。ブイヤベース。魚、貝、カニ、こういうものがたくさん獲れると思われる時には、ペルノを一本持っていくの。ウイキョウの香りがついている酒だ。ブイヤベースには、サフランを入れる。色と香りをつけるのに、最後にペルノをポタン、ポタンと入れると、フワッと香りが高くなるのね。

いつだったか、魚が釣れなくて、持っていった一本を、グビグビグビッと飲んじゃって、えらい目に遭うたけど。

釣った魚をうまく食べるひとつの方法は、魚を干物にすることがあるね。わたしにする。こうすればたいていの魚が、うまい酒のサカナになる。

ひらいた一夜干しというのは、日本人の特技ですね。アマゾンのピラニアの干物なんか、じつにうまかったよ。まあ、ピラニアという魚はだいたいが非常にうまい魚で、焼いてよし、煮てよし、揚げてよしで、旬のヒラメのような感じがする。

しかし、まれには一夜干しでもダメという魚もあるね。この前釣りに行ってきた、ターポン。これはひどかったね。灰色がかった、よどんだ、妙な肉なのよ。グズグズで、握りしめるとその場で、つくねになっちゃう。脂っぽくて、臭くて。これは一夜干しというわけにはいかず、スパイスをいっぱい放りこんで、すって、ダンゴにして、油で揚げて、さんざん手を加えてから食ったけど、やっぱりダメだったな。

釣った魚はたいてい刺身にして食べてみることにしているんですが、川魚の場合は、ご存知のように寄生虫がいる恐れがあるので、刺身もよくよく警戒してつくらないとね。

ブラック・バスのチンジョン、清く蒸すと書きますが、中国料理の蒸し方をしたもの、これは最高やね。ブラック・バスあるいはスモールマウス・バスの、30から40センチのフライパン・サイズを清蒸にする、うまいよ。

それから、アメリカのサンフィッシュの一族で、クラッピーという魚がいる。これもうまい。小さい魚でね、三枚におろすと、まるで若狭名物の小鯛の笹漬けみたいだね。これを御飯の上にのせて、海苔をのせて、醤油をちょっとたらして、上からザァーッと熱いお茶かけて食べてごらん。

この間、ロスアンゼルスで、中国人の経営しているスーパー・マーケットへ行ったの。魚を売っているコーナーで、ほほう小さな魚食べるんだなァと思って見たら、クラッピーだった。さすが中国人は目が高いと脱帽したよ。

ま、焼く、煮る、蒸す、揚げる、いろいろあるけれど、ひらいて塩をふって一夜干し、これですべての魚は上等な酒のサカナになると思ってよろしい。

特別課外授業
レッスン1　高度と酒

キミたちは冒険心あふれるピープル読者であるから、標高4千メートルのチチカカ湖にカヌーを浮かべたいとか、標高2千メートルのメキシコの湖に魚釣りに行きたいということになるであろう。そして、ウィスキーなりウォッカなり携帯することになるであろう。

　気をつけて飲みなさい。酸素が薄いから、ほんのわずかな酒で、ベロベロに酔っぱらうからね。ほんとにオレは何でこんなに酒に弱くなったんだろうと思うくらいに、まわって、足とられるからね。飲む量に注意するんだね。

レッスン2　蚊と酒

　キミたちはまた、南米アマゾンへ、蚊《か》帳《や》をもって魚釣りに行くということもあるであろう。

　アマゾンの蚊は、体内時計がしっかりしていて、夕方6時から7時まで、きっかり1時間に限って出現する。ウィーンと耳元で音がしだすので時計を見ると必ず6時。目も口も開けてられないほど殺到してくる。中には真性マラリアを持ってるやつがたくさんいるわけだから、こわいよ。パタッとそれが止まる。時計を見るとジャスト7時。

　まるで毛沢東語録を読んでるような蚊でね、天安門の群衆が一度に現われ、一度に消えるみたいなんだ。

　その間は蚊帳の中に入っていないことには、たまらない。バァーンと自分の手で叩いて、蚊をなめてサカナにしたことがあるけど、蚊は酒のサカナにはよろしくない。自分の血の味を知るのはいいけどね。とにかく、グラスの中に、ポッポポッポ飛び込んでくるからね。

　蚊帳の中に入って、あぐらをかいて、それから飲み出す。酒の匂いを嗅ぎつけて、蚊がウィーンと集まってくるから、頃はよし、懐中電灯で、蚊帳をパッと照らしてごらん。蚊帳の目のひとつずつに、蚊が刺したろか、という顔して口ばし突っこんでいます。

　いっぽうカナダの蚊は、体内時計がないのか、狂いっぱなしなのか、朝昼晩を問わず、のべつまくなしに出現する。ウンチしている暇もない。

　彼らが出てこないのは、雨の日か、霧の濃い日。湖のほとりにテントを張りたいなら、キンチョウの蚊取り線香がいるね。これはききます。

　それにモスキート・ジュースなどと呼ばれる、インセクト・リペレント、あの防虫液、あれを塗っておくと絶対寄ってこない。ただし、汗かくと、汗が防虫液を流すから、その流れた筋に蚊がぴたっと寄ってくる。キミは蚊の食欲の精密さに驚くだろうね。

　ところが、北半球できくインセクト・リペレントは、南半球ではあまり効果がない。南半球の蚊には南半球用の防虫液

firm who moved in from printing was Hudson Scott of Carlisle: Barringers of Mansfield, on the other hand, were boxmakers who later became tin-printers.

Hudson Scott could trace their origins, in paper-printing, back to 1799. They began transfer-printing tin about 1876, and replaced this process by direct tin-printing when Barclay's patent lapsed: there is a story that they had bought machines on the Continent and run them in well *before* it lapsed, so that they could burst into the new business, with full confidence in their own ability, the moment the law allowed them to print by methods formerly forbidden to them. After

Advertisement illustration of a boot-polish tin, 1910

some years of supplying printed sheets to customers to make up into boxes, they opened a metal-box works of their own, installing tools for the manufac[illegible] [illegible]-lid[illegible] [illegible]ten, tobacco and Carr's biscuits. Their finest hour was yet to come: [illegible] [illegible]inted most of the 100,000 tin boxes in which Queen Victoria sent [illegible] [illegible]rving in the South African war (plate 132). This brought Hudson Sc[illegible] [illegible] [illegible]e tins enjoyed a lasting popularity; a considerable number were reported [illegible] [illegible]istence [illegible] the early 1960s, some of them handed down through two generations with the chocolate st[illegible]t.

Barringers' story is more involved. O[illegible]ally, Barringer & Brown we[illegible] [illegible] of various commodities including mustard; in the 1[illegible] [illegible]y were selling mustard in [illegible] which were hand-made by their own workpeople and decorated [illegible]er with printed paper l[illegible] or with transfer-printing by the Tin Plate Decorating Co. Occ[illegible]ally both forms of de[illegible]tion were used on the same tin (plate 133). One partner in the firm, Charles Mansergh, was [illegible]cially interested in the metal-boxmaking side of their activities, and [illegible]ed it so successfully that Barringers found themselves able to sell tins to other manufacturers. Soon they were transfer-printing tins both for their own mustard and for customers' products (plate 1[illegible]) and in the 1890s a

75

を作らなければダメのようだけれども、それはまだ作られていない。

そんなふうに、南と北で蚊の性質が違うようだけれども、両方に共通するのは、酒の匂いをはなはだ好むということであって、蚊のいる所で飲むときは気をつけろ。

レッスン3　ガイドと酒

それからキミたちは、奥地僻地に行くだろう。そして北半球ではエスキモーやインディアン、南半球ではインディオと出会い、彼らにガイドを頼んだりすることも多かろう。

絶対に酒を飲ませてはいけない。インディオのいる所で、キミひとりで飲んでいると、インディオが寄ってくることがあるかもしれないが、飲ませてはいけない。あの人たちは、どういうわけか、すぐフックがはずれるのね。そして酒の訓練をしてないから、抑制が利かなくなり、狂暴になり、危い。本当にトコトン飲むから、アル中になる。

アンカレッジの街角でも、インディアンやエスキモーのアル中、多いです。白人のアル中も多いけれど、エスキモーの人たちは、アルコールに対して耐性を持っていないので、よりアル中になりやすい。悲惨な風景ですが、それを肝に銘じて、考えもなく酒をふるまってはいけないよ。

人生は煙とともに

1985年（昭和60年）9月1日
「たばこコミュニティ」

無人島へ流される時は必ずたばこを持っていく

未開、先進を問わず全世界の人間が、だれに何をいわれたわけでもないのに共通して行っているもの。たばこはそういうものなんだ。全世界、どこへ行ってもたばこ、もしくはたばこの類似物を吸っている。

　僕にいわせれば、たばこは第二次必需品やね。第一次必需品とは空気、水、食べもの。つまり、生物として生きていくうえでどうしても必要なものを指す。たばこはそれに次ぐ存在。人間として生きていくうえでどうしても必要なものの一つといえる。

　ふと夜中に、たばこが一本もないことに気付くと、僕はそれだけでオロオロしてしまう。手元にたばこと読む本が一冊もない状態は、僕にとっては地獄に近い。たばこと本のないところでは僕は生きてはいかれないから、無人島へ流されることになったら、荷物の中にはまず大量のたばこを詰めこむことにきめている。

　たばこを吸い始めたのは敗戦後間もないころで、食うや食わずの栄養失調の体には、本当に煙が目にしみた。それでもたばこを吸いたくてたまらず、シケモクを拾ってはほぐし、手巻き器で巻いては吸い、拾ってほぐしてはまた吸ったものだ。

　一九六〇年（昭和三十五年）、初めてパリに行ったとき、ふと入った一軒のたばこ屋で手巻き器を売っているのを見つけ、ほとんど茫然としてしまった。もちろん早速買い込んで、夜ふけにホテルの部屋で巻いて吸った。煙の中に次々とさまざまな声や顔が流れていって、涙が出そうになったね。

　たばこの効用ってのは、煙にあるんじゃないだろうか。ユラユラ、モクモクと動く煙を見ているうちに、無意識的に心が解放されていくんやね。僕は実際に験《ため》したことがあるんだ。暗闇の中でたばこを吸ってごらんなさい。味も何もしやしない。第一、吸う気にもならない。

　心が解放を求めるとき、反対にいえば心が極限状態にあるときほどたばこに手が伸びていくんやね。だから小説家なんて酒とたばこと妄想の日々よ。

　僕も森鷗外と同じ。たばこだけは贅沢しようと思うてる。

　たばこ＝肺がん説からいうなら、とっくに死んでいなければならないくらい吸い続けてきたけれど、これからもだれが何といおうと、断固としてたばこを吸い続ける。女房と灰皿を残して死ぬ、これが小説家の運命なんやね。

死を直前にしたベトナム兵に、無意識にたばこを差し出していた

　一九六五年（昭和四十年）。僕はベトナムの戦場にいた。深夜。真暗闇。そんな中でも敵は到るところで目を光らせている。ちょっとでも音を立てたら弾が飛んでくる。

　そんな中で、僕はそおうっと音を立てないようにたばこの箱を取り出し、そお

うっとたばこを一本取り出し、大きく息をつくと、次にジッポのライターをそろそろと、静かに、注意深く取り出し、音を殺しながら指先でふたを開け、最小の音で点火し、たばこを吸いつけた。

目の前に、傷ついたベトナム兵が倒れていたんだ。ジャングルの中では、弾はまず木に当たって変則回転となるから、弾が横になって体を貫いていく。内臓など骨のないところに当たると、傷口はおどろくほど大きくなるんだ。ところがベトナムの兵士というのは、それでもうめきもわめきも泣きもせず、傷口をおさえてじっと僕のほうを見ているのね。ようやく吸いつけたたばこを差し出してやったんだが、もうそのときはいけなかった。目が白く乾いて、死んでしまっていた。

瀕死の兵士に、水でもなく、食べものでもなくなぜたばこを一服、と思ったのか、僕は今でも分からない。たばこのみの共通の心理だったんだろうか。こんな極限状態で無意識的に選ぶものはたばこなんやね。

たばこって、つまりはそういうものなんだ。

ビジネスの紙巻、書斎のパイプ

外国へ行くとまず最初に買うのが紙巻たばこ。シガリロ、葉巻、パイプ、嗅ぎたばこ、かみたばこ。ずい分いろいろやってきたけど、最近は紙巻とパイプの二つに落着いてきた。

紙巻とパイプの最大の違いは、紙巻たばこはビジネス社会のもの。パイプは自分だけの時間の、夜、書斎での時間のためのものだ、ということやろね。

パイプを上手に吸うのはあれでなかなか修業がいる。パイプ歴と人生歴の両方が必要ということなんだ。

吸い終わってトンと叩いたとき、一度に灰がポロッと出ると、何か大きな事業を成し遂げたみたいな満足感があって、これが何ともいえない。

パイプをくゆらせながら沈思の世界に自分を追い込んでいく時間は、男の世界そのものといえるんじゃないだろうか。

たばこもいろいろ吸ってみると、お米のご飯みたいに普段吸うたばこと、たまに吸いたいビフテキみたいなご馳走のたばこがあるね。めったに吸わないし、しょっちゅう吸いたいわけではないけど、吸うことが楽しみなたばこを発見しておくこと、これが大事。

たばこでゲンをかつぐこともありますよ。

大物が釣れると、そのとき吸っていた銘柄でしばらくは通すことにしているんだ。

釣糸を垂れ、ヒットを待つ間はいくらたばこを吸ってもよろしい。全身全霊を鋭ぎすましていなければならないのだけれど、たばこを吸うくらいの余裕はなければダメ。悠々として、かつ急げ。これが釣師の心境ですからな。

第一、えんえんとねばってもノーフィッシュ、ノーヒット、ノーストライキなんてとき。あれはつらいものですよ。たばこでもなければどうにもならない。

カラッポの頭は たばこを求めない

最近はイヤらしい時代になってきたゼ。ノースモーキング運動とかいって、汽車でも飛行機でもスモーキングシートをさがすのがひと苦労になってきてるでしょう。

たばこ追放は魔女狩りである。これが僕の説。たばこは健康に悪いという。しかしや、他の食べものの中にだってどれだけいらんものが入っているか分かりゃしない。水にだって入っているでしょう。たばこだけに目クジラ立てるのは、まったくおかしいよ。

たばこは要らん、という人はストレスを感じないで生きている人でしょう。ということはものを考えん、感じんということや。

僕は体の健康よりも魂の健康や。

この四十年間、煙にしてしまった金額はちょっとしたものになると思うが惜しくはない。

たばこを吸いながら、人をケムに巻き、自分自身もケムに巻いて死ねたら最高ですよ。

人生は煙とともに、サ。

（インタビュー構成・菅原佳子）

佐々木さんの絵——現実を知り抜いた芸術家

1985年（昭和60年）10月
『湿原の画家　佐々木栄松作品集』（四海書房）推薦文

佐々木さんは一生釧路に住みつき、ひたすら根釧原野に通って、その絵だけを描いてきた。

現実を知りぬいた芸術家だけが真のファンタジーを描ける。

佐々木さんの作品の不思議は、北方の酷烈から分泌されたものである。

たんちょう鶴の棲むこの原野は、年々、変貌し、縮小しつつある。

私たちは、これらの絵によって天与を味わうしかない。
この澄明で豊饒な陶酔を尊びたい。

都ホテル210号室から——若者よ、身銭を切れ

1985年（昭和60年）10月20日「サムアップ」

最初に「ワルキューレ」を聴いて

「これまで人生相談は全部断ってきたんだが、わたしの知人が『週刊プレイボーイ』と深い関係があってドウシテモやってくれというてきた。小説家は家の中に閉じこもりがちだから、何もしないよりは何でもちょっとはやったほうがいい。かつ近頃のヤングの気持ち、何考えてんのか覗いてみようという好奇心、猟奇心《りょうきしん》ではないね、好奇心が働いた。小説家いうのはいつでも好奇心の塊《かたまり》でないといけない。それで引き受けたわけ」

「芝白金の都ホテル、そこの210号室を借りてもらって、ひと月のうち4、5日泊りこむ。そして専門の編集者とワグナーの『ワルキューレ』を聴いてドンガラガッタと勢いをつけて始めるの。最初はウォッカを飲んでたけど、だんだん飲まなくても調子が出せるようになった。これは全部口述筆記です。あとでわたしが手を入れますが、この口述筆記というのも初めてのことね」

若者の悩みは共通している

「近頃の若者についていろいろなことがいわれてますがね、そりゃいわれてもしようがないことはたくさんあると思います。経験してないんだからね。ハッピーな時代で、食べるものはあるし仕事はあるし。だけど孤独とか不安とかね、悩み、自己省察《じこせいさつ》からくる疑い、遅疑逡巡《ちぎしゅんじゅん》、そういうことではこれまでのあらゆる若い世代と同じだと思う。風俗は変わるけど本質は変わらないという原則は貫かれているね」

熟女からの浮気の誘い

「時々、濃厚烈々なる浮気の誘いがあったね。独身の熟女、それから倦怠期にさしかかった一児の母というのがですね、

船の科学館行

ちゃんとそう書いてきて、なかには写真まで同封してわたしをお誘いくださる。先生をモノモチとお見受けしたとも書いてある。モノモチというのはアレが立派ということなんですけど、大小でなくて。いや大小ということもあるかもしれないが……」

「こういうのは丁寧に、読者と著作者はあわないほうがいいという、ゲーテの言葉を引用してご辞退して色紙を送ったんです。但し、わたしが町を歩いている時に見かけて、後ろからぽんと肩をたたいてくださるお誘いに対してはお応えしたいね」

金のためにやったこと

「質問の中に、金のためにやったこととやらなかったこととどちらが多くありますかというのがあった。これは難問でね。わたしは少年時代の後半からずっとパン焼きをやったり、旋盤工をやったり、英会話の教師まがいのこと、それからサラリーマンをやった。そういうのは全部金のためやね。だけど金のためといいながら、やってるうちにその動機は別のものになっちゃうね。旋盤工自体、自分が一日、頭と心と手を働かせた物が形になって床の上に置かれている、それに触る喜びがありましたよね。文章を書く喜びとは別の」

「だから動機は金のためかもしれないけど、それはあまり問題にならない。動機が問題になるのは結果がまずい時だけなの。田中角栄にしてもヨ、ニクソンにしてもヨ、あれ結果が良かってごらん、動機なんてあまり人は問わないと思うの」

作家の収入はトランジット

「ただ金の話はわたしには無理です。昔の小説家だったら答えられたと思う。税金の制度が違うからね。わたしの貯金通帳見たらわかるけど、小説家の収入はトランジットみたいなもんヤ、税金払うのは毎年3月です。2月いっぱいはわたしの通帳に出版社及び新聞社の払いこみが入ってて、時々なかなかフクヨカな数字になってんのよ。アタタカイ。だけど4月に見に来てごらん、もう何もない。だからトランジットなの」

「今の小説家は税金の面で考えるとレントゲンの下で暮らしているようなもんヤ、一銭の収入も全部税務署に報告されているわけだもの。だから自分の自由になるお金がないの。これで男、芸術家は駄目になる」

「そのいちばんいい証拠は、銀座や新宿のバーへ行けばいい。上役と新入社員が、会社の金でいっしょに酒飲んでるけど、同じ顔ヤ、どれもこれも。小説家が飲んでてもサラリーマンが飲んででても、どんぐりの背比べの顔しかないわ。サムシングのある顔ってのがない」

金もうけより身銭を切れ

「それは、ひとつには遊びが足りない。身銭を切らないから、あるいは切れないから、そこから出てくる。しかしやっぱり一方では、そうでなくしようということもやらないといけない。そこのバランスが難しいんでしょ。給料も、ボーナスも、年金も、退職金も決まってるから、冒険しようにもしようがないってのは口実だよ。やる心が初めからないんだ」

「将来の、晩年の生活設計のために、若い時からコツコツ貯めるというのもいいです。一方で足は地べたにつけとかなくちゃいけない。ただそればっかりやってるとね、人間が駄目になる、とくに男は駄目になる」

金には魔力がある

「すべてに対して、近道というのはないんでね、そして金には魔力があってね、身銭を切れば切っただけのことはあるんです。わたしは映画も試写会に久しく行ってない。読むのも食うのも身銭を切るし、出版社から派遣されて外国旅行する時でも、自分の金を持っていって使うようにしてるわけ」

「ひとつには使った金の元《もと》をとり返そうという気迫が出てくるということもある。が、それより以前にもっと金の魔力ということを考えたほうがいいね。使った金はやっぱりそれだけのことがどっかにあるんでね、えらい身銭切ってるのに、あいつ何も身につけてないなというやつがいたとすれば、それはもうちょっと後になって出てくるのかもしれない」

開口先生には閉口しました

「それから気がついたことだが、多くの諸君は甚《はなは》しく素養がない、無学で文字知らずで、語学力が落ちています。質問の文章に誤字、脱字、あて字が多い。いちばんひどいのは開高先生と書いてくるのに、開く口と書いてくる。ほんとうに閉口しちゃう。こういうの」

「だけどね、いいのはこれまた極端に素養がいい。『アミエルの日記』なんて読んでたり、トルストイの『戦争と平和』から引用してきたりね。流行の漫画とか『プレイボーイ』というような雑誌を読んだ上で、そんな本をお読みになっているらしい。そういう点では、しばしばふうんと感心させられることもありました」

「いささか、わたしは点数が甘いかもし

れないけれども、総体として今の若者はなかなかに良きである。悪い点があるとすれば、それは経験しないことからくることであって、経験のチャンスを与えてやれば、それを受けとめて発展させる素質はあるとわたしは見たね」

小説家はピアノ線

「小説家になるにはどうしたらいいですかという質問があったんで、ピアノ線のようでないといけないと答えた。ピアノ線というのは、赤ん坊の小指が触れてもピンピンその場で鳴り出すくらい感じやすくなってるの。しかし、ベトナム戦線で訊いたけれども、ピアノ線はあれで人間の首を切って落とせるくらいタフな凶器にもなる。一方でそういうタフさも持ってないといけない」

「そして、わたしの『風に訊け』は、そのピアノ線の赤ん坊の指の部分と、その首を切って落とせる部分の両方を相響かせたつもりなんだけど」

5.

大理石のなかに女が……

1985年（昭和60年）10月25日
立木義浩著『花気色』（集英社文庫）解説

すべての文庫本の末尾に〝あとがき〟をつけるのはわが国の出版界の奇習の一つです。その目的は察するところ読者をその本の作者と本そのものに一歩近づかせることにあると思われます。しかし、しばしば何かの〝義理〟に迫られていやいや書かれたものが多くあり、結果としては読者を近寄らせるどころか、あべこべに遠ざけてしまうことになるのは皮肉な話です。そういう事実をあまりにもしきりに見かけますので、私としてはこの本の〝解説〟を書くことを避け、むしろ立木義浩氏その人の横顔を簡単にスケッチすることで読者に親近感を抱いてもらえるように努力してみたいと思います。逆効果にならねばよいがと恐れつつ、むつかしい一歩を……

ふとしたことからあるヤング向け週刊誌のライフ・スタイル・アドバイスという欄を受持たされるようになってからこの人物と知りあいになり、もう三年になります。誌面では毎週私の顔がこの人の写真で掲載されており、おかげで〝メンが割れ〟、顔をおぼえられてしまい、気楽に町を歩けなくなってしまいました。しかし、私の経験によると、この人と二人でいると、東京都内でも田舎でも、き

っと、〝あれは立木さんね!?〟と女がささやいたり、微笑したり、指さしたりします。写される私より写すこの人のほうがはるかにメンが割れていて、知られていて、それがきまって女であることを発見するのは皮肉な愉快さを感じさせられることです。何しろこの人は写真界ナンバーワンのベストドレッサーと噂されていて、スラリと背が高く、服の趣味がよく、何の苦労のせいか、若白髪がいぶし銀として輝やき、エクボがかわいいのですから、山のなかだろうと、京都だろうと、よく目立つのです。

わざと粗暴な口のききかたをしたり、
関西ヤクザの口真似をしたり、
私がおかしなことを口走るとすかさず〝殿、御乱心を〟などとはさんだりするのは、
関西知識人に特有の含羞《はにかみ》からくるものと察しられますが、感じやすさや傷つきやすさを防衛するためのものかも知れません。
また被写体になる人物をほぐし、
くつろがせ、
自由に泳がせていい瞬間を分泌させるための心の工夫であるのかも知れません。
この人はたいていのカメラマンのように被写体に向って、
笑えの、
泣けの、
あっち向けの、
こっち向けのなどは、
ほとんど口にしません。
被写体を勝手にうごきまわらせ、
それにつれて自分がうごくという自然体の構えがこの人の写態であるようです。
正面からカメラを向けておきながら微妙に盗写するのです。
だから被写体はのびのびしていて、
トラレタと感じないですむのですが、
あとでガックリと疲労をおぼえます。
いつのまにか魂の何かを盗みとられているのですから当然です。
スリのことをアメリカ英語では〝ピッカー(つまみ屋)〟と呼ぶそうですが、
この人は瞬間の名狩人であり、魂の名ピッカーであるようです。

いつかカリフォーニアへいったとき、FBIの武器教官について、半日みっちりとピストル射撃の練習をしたことがあります。砂漠の丘のかげにワイヤーを張り、それに円形の鉄板をいくつかぶらさげ、三メートル、五メートル、一〇メートルとはなれてピストルを射つのですが、なかなか命中しません。レボルヴァー、オートマチック、スナブ・ノーズ、いろいろと銃があって、選りどり見どりで自分の好みで選ぶのですが、近眼・乱視・老眼、それに二日酔いをプラスされているので、私は何発射っても当りません。しかし、この人は射つたびにカンカンと

鉄板に命中させ、みごとな腕を見せました。ポーズを見れば一瞥で何事かがわかるものですが、腕、肩、腰、足、あらゆるパーツがみごとにキマっていて、いい姿勢なのです。おそらくそれは日頃から〝狙う〟ことに没頭し、習熟しているため、シャッターをおす指が引金をひく指にかわっただけのことなのでしょう。さすがだなと、つくづく感じ入らせられました。

ミケランジェロはあるとき大理石のかたまりを指さして、
このなかに一人の美しい女が入っていて
外へ出してくれと叫んでいると、
いったと。
そういういい話が伝えられている。
私はそれを借りて、
いい女に向って、
あなたのなかにいるもっといい女を外へ
出したいのです、
おねがいしますと、
たのみこむ。
まごころこめてたのみこむ。
それだけのことですよ。

あるとき冗談半分に女をどう口説いてヌがせるのかとたずねたら立ッちゃんはキッと鋭いまなざしになり、口早にそう答えたことがあります。それ以後、私はこの人のことを〝ミケランジェロ・立木〟と呼ぶようになりましたが、これが事実であるかどうか、一度、彼がオンナを口説いている現場に立会ってみたいと思っています。しかし、それは事実であってもよろしいし、なくてもよろしい。比喩の卓抜さと引用の妙と見識ぶりに感服させられるエピソードだと私は思っています。

これまで何人ものカメラマンと接触し、
寝食をともにしてきましたけれど、
こういうことを口にしたのはこの人だけです。
もう一歩踏みこんでいわせてもらうなら、
この人のそういうエピソードも、
知ってもよろしいし、
知らなくてもよろしい。
ただ彼がレンズへ転位させた女のよさだけを見れば、
感じられれば、
ふとだまりこみたくなれば、
それで事は成就したのです。

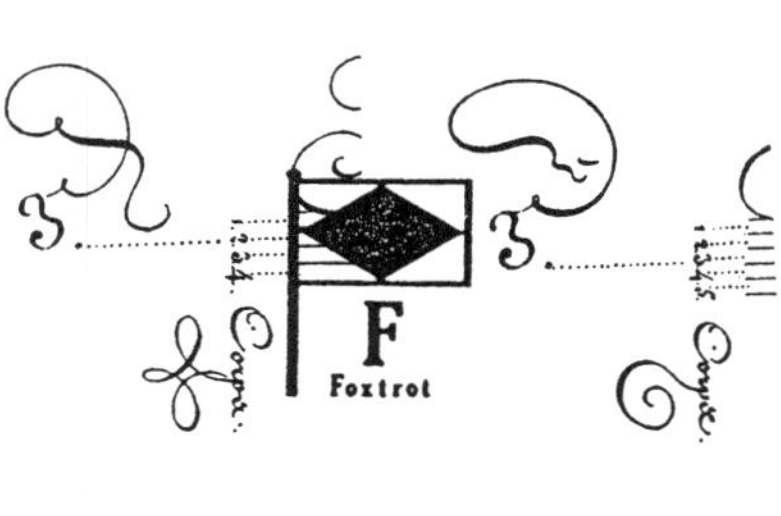

人が増えた魚が減った

1986年（昭和61年）3月31日
「21世紀へ向けて今　海・魚・暮らし」

人間が増えた

私は書斎に籠って由無《よしな》し事を書きつらねているんですが、部屋に籠ったきりでおりますとどうも苔むしてくるんです。言葉の中に隠されたものがわからなくなってしまう。それで時々外へ出かけ、熱い国や寒い国、戦争している国やら揉めている国いろんな所へ行って、自分を鍛えて生き残った言葉でものを書いていこうと、言葉をヤスリにかけているような生活を送っています。

昨今一番よく聞かされるのはどこへ行っても、人間が増えたという話です。これは今世紀後半の最大の問題ではないかと思います。どうしていいかわからない。地球上の資源をどう利用したらよいか、どれだけの資源でどれだけの人口を養っていくのが適切なのか誰にもわかっていない。昔は間引き、姥捨《うばす》て山などという村落単位の人口調整がありましたが、それが国家単位となるのは戦争という行為です。ナポレオン戦争に関してある人物がトルストイにこの戦争の意味を尋ねたら、トルストイは「春になると蜂の巣が大きくなる。お互い殺し合いをして死ぬ。もとに戻ってまた小さな巣が増えて大きくなる。またやる」と答えました。おそらくそういった見方も大方正しいかと思います。

アフリカでも昔は見渡す限りの大平原で動物がお互い食いつ食われつして栄えてきました。人類が登場し予防医学が発達し、長生きするようになり人間が増えてゆく。人間を養うために大平原を潰して畑にする。動物がどんどん減るようになって動物愛護という言葉が叫ばれだしたのも、動物が絶滅するかもしれないということからです。これはヒューマニズムではあるかもしれませんが、人間のエゴイズムの表れではないかと思います。人間がそんなに増えなければ、動物も暮らしていけたんで、適切に獲って食べていた時は言われなかったことです。

ハンティングはもうアフリカでは禁じられましたが、フィッシングは辛うじて残されたスポーツです。

都会生活者は土曜日、日曜日になると竿を担いで海へ山へ出て行きたがる、これは人間を甦《よみがえ》らせるために必要なものです。ところが魚よりも釣師の方が多い。大体はうなだれて帰ってくるというのが世界中の現象です。1匹も魚が釣れないとき日本ではボウズとかオデコといいますが、アルゼンチンでは古靴とか蛙とか言うんだそうです。どこでも昔は良かった、たくさん獲れた、こんなものではなかったと聞かされます。

　私は魚が海、山、川を問わず減っているような気がします。特に開発途上国の方がそうです。先進国の方がかえってたくさんいるという現象がある。私はアラスカへよく出かけますが、アンカレッジという街は、一歩外へ出るともう原生林で、熊や鹿がウロウロしている。川には鮭がたくさんいますが、ここでも問題があります。鮭が海から帰ってくるのを待ちかまえて、漁業船が刺し網で、どんどん獲る、それで釣師が騒ぎだします。漁業者の方は「俺たちは生活がかかっているんだ。」と言うし、釣師の方は「俺たちもアメリカ国民で税金を払ってるんだから、川の鮭を楽しむ権利がある。」とのべつ喧嘩している。両方とも制限しないことには、根絶やしにするほど獲ってしまう。と、翌年からは駄目になってしまう。リバーパトロールという巡視員もいます。私の行った川は特に大きいのが上ってくる川です。そこに1シーズンに20万人の釣師が押しかける。そのうち釣師の竿とリールで上る魚が7千から8千匹。1人1匹だとすると、19万3千人というのがオデコや古靴で泣く泣く帰っていって、くやしい、ちくしょう、ガッデムと叫んでいるわけです。ここでは雄か雌かは問わない、とにかく1シーズンに2匹、1日に1匹しか釣ってはいけない。卵をもったのもいる。小さな1匹が釣れた場合、逃がしてやったとすると次に釣れない確率の方が高い。ボートの生簀《いけす》に小さな魚を入れておいて、大きい魚を釣り上げたら取り込んで、小さな魚を逃がしてしまい「俺はやっぱり賢かったんだ」とこう思いたい。ところがそれは禁じられている。魚を川から上げること自体反自然行為だというのです。それをやっちゃいかん。毎年厳しく取締っている。そのために増えもせず減りもせず栄えている。おもしろいことにその日釣れるか釣れないかは、河口の漁業組合が前の晩刺し網を入れたか入れないかを聞いた方が、天気を見るよりも確実な方法です。

大自然が危ない

　文明国、先進国の方が自然が豊かである場合もある。アメリカやカナダのような大きな国では面積に対して人口が少ない。アマゾンのような大自然と思われているところよりも自然が豊富です。アマゾンでも魚が小さくなっている。獲れなくなっている。ベトナムのメコン河で機関銃の音や大砲の音が響く中、河漁師に鮭を食べながら聞いたのには、やはり人間が増えたと言う。毎日、戦争でたくさんの人が死んでいる。軍用墓地は墓場の列、死体置場は山積み、コミュニスト軍の方もナショナリスト軍の方もそうなんです。このまま続けていたら民族絶滅戦争になるのと違いますか。政府軍の方も兵隊は子供、ベトコンの方も地雷を仕掛けるのは子供がやっているんです。そこまで人口が窮迫したのではないかと言うと、河漁師はそれでも人間が増えたんだと言いました。北ベトナムが南ベトナムをとりましたが、そのときの新しい政策の2番目が人口の抑制です。アマゾンもひどいところですが、人口が爆発的に増えても、都会や街では暮らしていけない。インフレで、職業がない。世界中今この病気にかかっています。そこで皆荒地開拓。ジャングルを焼いて切り開いています。あそこのジャングルには石ころがない。砂だけです。海底の盆地が隆起してできたところで、栄養分がない。植物は根を深く張るよりも広く張っている。根元が板根といって大きくなっています。ジャングルでは、腐葉土となっても、毎年大水が奔流となっておしよせ大西洋に流されてしまう。植林をやってもおっつかない。それよりも切り開いた方が早い。それで土地が痩せる、大水が出る、これの繰り返しです。アマゾンは大西洋に真水を提供する貴重な源です。地球上で海に注ぐ真水の5分の3がアマゾン河からだったと思う。この水がどんどん枯れる。森が消える。砂漠になる。

　もうひとつ大事なのは酸素。あのジャングルでできた酸素は、流れ流れて日本にもやってきます。そうすると、酸素もなくなるということになる。地球の他の国もえらいことになる。日本人の我々もおちおちしていられない。政府のアマゾンを開発する省の大臣がいます。見事なボストンイングリッシュで「先進国は祖国の自然を犠牲にして近代化をおやりになった。山を切り開き森を乱伐してダムを造った。川を干した。海も埋めたてた。それであなた方は便利で快適な生活をしている。我々だけは自然を守るために、褌《ふんどし》一本で暮らせとおっしゃるんですか。」と言う。声が出ない。結局そうかもしれない。ほどほどにやってくださいといって帰ってくるしかない。問題はこれです。困ったことにほどほどというのが、どれくらいのことをいうのか、人類はまだわかっていないようです。

文明からは逃れられない

　手つかずの自然というものが一体この地球上のどこかにあるのか、そう思ってコロンビアという国で、どこまで逃げたら文明から逃れられるかためしてみました。アマゾンの源流へ行きました。しかしまたそこまで行くのは大変で、3人くらいでやっている飛行機会社のDC3という50年前の飛行機で行きます。離陸する時は乗客がプロペラの前にロープを巻いて引っぱる。そういう名作です。

　旅行から帰ってきて何げなく新聞を開げて読んでいると、またDC3が墜落したと出ている。よく日付を調べてみると、我々の出発したその日に飛んだ別の会社の同じＤＣ３の飛行機なのです。その会社の名前がいいんです。〝サテナ〟という。

それくらいのジャングルで、私の行ったところは一番近くの道路まで出るのに５００キロ。川を行くしかない。両側とも緑の壁です。ところどころにインディオの家があって、そこの丸木舟に付いている船外モーターが全部ヤマハです。ブラジルで「日本人と蟻はどこにでもいる。」ということわざを聞かされました。そこでインディオのおばさんは泥んこの足の爪にマニキュアを塗っています。女だからそうするんですね。ここではコカインを密栽培しています。コロンビアではコカの葉を摘んで口で噛むのが数千年のインディオの祭りの儀式です。文明人が入ってきて酸で処理すると覚醒剤になる。その金で船外機を買う。マニキュアを買う。私が緑の館だと思っていたジャングルは、白い粉の館、文明の最先端だったわけです。

それから私はもう文明から逃げるというのは時代遅れで傲慢《ごうまん》なのではないか、濃いか薄いかの違いだけだ、文明がはびこらないところはないと感ずるにいたり、以後一切文明から逃げるとは書くまいと思っています。現実にどこかで海を汚すと、それが潮流に乗って地球を一周する。全て関係し合っています。酸素もそうです。それで人口が増大して、インフレ、食糧がない、それで牛肉を食する国民も魚を食べずにはいられない。

魚を育てる

ペルーの沖はヒコイワシの宝庫でして、朝起きると何万羽というペリカンやら鵜《う》が群れなしています。地球上にこれだけの鳥とそれが生きていくための魚がいるんですかと言ったら笑われて、これでも昔の10分の１に減った数だと言う。イワシが獲れなくなった。これも乱獲のため。フィッシュミールにして世界中のブロイラーの鶏の餌にした。イワシの億万長者ができた。魚が減ってあわてて増やそうとやっているけれど、いっぺん減りだした魚はなかなか増えない。ペルーという国は魚を抜きにすると翌年からドルが入ってこない。インフレ、テロ、ゲリラ戦、過激派、爆弾が屋外スポーツになってきている。今少しずつ良くなりつつあるというのですが、20年前はひとつの鰹《かつお》の群れを追って１隻の船が一晩中走り続けることができた。海が鰹の群れでいっぱいだった。夕方走り出して夜明けになってもまだ鰹の上を走っていた。網を入れると獲れ過ぎて、船が沈没したという豪勢な話を聞かされました。昔は良かったという話はどこにでもありますが、現実にそうなんです。

私が日頃考えていることがふたつほどあります。ひとつはちりめんじゃことというものです。タタミイワシ、シラス、あれを獲るのをやめたらどうか。魚は食物連鎖の第一の環です。あれはイワシの子ですけれども、それを他の魚がたくさん食べて育っている。その魚はまた別な魚が食べる。シラスを袋網で獲ってしまうと海中の餌がなくなるのではないか。日本全国ではかなりな数になるのではないかと思いますが、このへんで止めようじゃないか、シラスはおいしいけれど他の魚を育てるために、海というのは畑と同じだと考えなくてはならないのですから、獲らないことでプールしておくことができる。牧場に草を生やしておくようなものです。イワシは海という牧場の草なのですから、その子供であるシラスをとるということは、牧場から草をとるというのとおなじことです。草のない牧場で牛が飼えるでしょうか。

その次に、素人の釣師・サンデーフィッシャーマンがいます。海へ行くと漁船代は払うけれども入漁料は払わない。ところが河川では入川料を払う。これを誰も怪しまない、常識だと思っている。昔のように魚が豊富だったときは、それでも良かったですが、魚がいなくなって獲る技術が優秀になって、釣師の数が増える一方です。野球をするのにグランド料は皆払う。それならば、海へ出かけるのにその魚を育てるために金を払ったらどうか。世界中の国で少なくても先進国というのは、今開発途上国もやっておりますが、保護するのに必死になっています。日本でもライセンス制度を採用なさってはいかがでしょうか。ライセンス制にしてそれを漁業組合に払い込んで、その溜ったお金で護岸工事をするとか、魚礁を造るとかいろんなふうに使ったらいいでしょう。これを必ずやっていただきたい。日本全国でやってもらいたい。漁船代を払うのといっしょに常識となるべきです。アメリカでは国民が1人1ドル税金をとられます。日本人は獲り過ぎ食い過ぎですから、1人100円くらい税金を取って、魚の保護、育成、研究のために使った方がいい。やらずぶったくりの時代はもうとっくに終わっています。

秋月君のこと

1986年（昭和61年）6月19日
『釣人心象　秋月岩魚作品集』
（日本テレビ放送網）序文

一昔半も昔のこと。新潟県の山奥の湖で秋月君と出会った。その頃この人は水浸しになったり、ヤブにもぐりこんだりして瞬間の狩りにうちこんでいた。峻烈で純潔なその作品は見たい心を持つ人だけに見えた。今ではそれに澄明な照りや艶《つや》があらわれ、タナゴからマリーンまで、極小から極大まで、どの瞬間にも不屈で困難なるものの全容が出現するようになった。港に陸揚げされたばかりのどこか遠い国の果実の匂いのようにこれらの作品集を歓迎したい。

耳の穴から日本をのぞく

●対談＝木村尚三郎（東京大学教授）

1987年（昭和62年）1月1日
「新潟日報」他

お化けも視覚型

開高　文学だけでなしに、いろんな分野で日本人は耳に弱いんとちゃうかとよくいわれる。なんでやろうということを考えるんですが。漢字という表意文字で子供の時からものの感じ方、考え方をたたき込まれる、それが一番大きな要因ではないか。私自身もあんまり耳が得意じゃないので、三年前に一念発起して耳に挑んだわけ。やってみると甚だ難しい。音を独立させてとらえるよりも、やっぱりその意味とかの方へ走っていく。視覚型で聴覚をとらえようとする。これがしょっちゅうペン先に出てきます。

木村　「閑《しずか》さや岩にしみ入《いる》蟬の声」。開高さんの本を読んでこの句がパッと浮かびました。開高さんの原風景の中で普通の音は消えて、肝心な音だけがぽっと出てくる。そこでの音というのは、目とは違って年をとらないんですね。

開高　それは名言だ。そこまでは考えなかった。

木村　それともうひとつ。開高さんはハンターですね。最初に猟犬とともに嗅覚で獲物のだいたいの方向をつかむ。近寄ってくるとざわざわ音がして耳で獲物の大小が分かる。最後に出てきたところを目で仕留める。ハンターは獲物をとるのに全五感を総動員します。

開高　そうです。

木村　一般的に日本人の場合、耳があまり働いていないかもしれないのは、例えばお化けをみても日本のは視覚型で、手を下げて空気抵抗を避け、足はもともとないから、音はしない。ところがヨーロッパの幽霊はピアノをパンパン鳴らしてみたり、天井をのしのし歩いてみたり、ドアをパタンパタンやってみたり、耳に訴えますよね。耳幽霊です。

開高　訴える訴える。

木村　なかには鼻幽霊もあって、生前その人がつけていた香水のにおいがすっとくる。

開高　日本語の中には擬音語が非常に多い。擬音語は自然描写なのに、われわれは抽象の世界まで持ち込んで表現してしまう。これは日本人でないと通じません。

木村　外国へ行くと一番困るのは、歯がズキンズキン痛いとか、シクシク痛いとかそういうことを表現できない。外国では強く痛いか弱く痛いかですよね。

開高　日本人は確かに音に弱いんだが、ネバネバとかヨチヨチとかギンギラギンにさりげなくとか、これだけ日常会話から抽象世界にまで擬音語が入ってくる。これはプリミティブでそれゆえの強力さがあって精神が健康なのか。それとも植物化しちゃっているのか。そこのところがよく分からないのよね。ある時は大変強力だと思う。しかし、いかにも幼稚ではないか、自然に対して自分を反措定《はんそてい》として立てる姿勢がないのとちゃうやろかとも考えたりする。

木村　欧米の場合、自然というのは人間が使うべきもので、共存したり、お互いに遊んだりしたりする相手ではないわけです。日本人は自然と人間とが調整し合って、お互いに微細な感覚を働かせる能力は非常に優れていると思う。しかし、虫とも親しみ、機械とも親しみ、あらゆるものと親しんでくるから従ってこれはアニミズムだと外国の人は言うようだ。

開高　擬音語の問題もここにかかわってくる。アニミズムです。

木村　そこからロボットが発達してくるんですね。

開高　そうなんだ。ヨーロッパ人はロボットを恐れる。恐らく彼らは神の影の中にいるから。われわれは神がないからロボットに流行歌手の名前を付けて、愛してきた。

機械さえ友達に

木村　日本では歩いていくとドアが自然に開く。これがうれしくてしょうがない。いらっしゃいませと言われたような感じでドアに心をみます。欧米では命令もしないのに勝手にドアが開くなんてけしからんこと。パリの地下鉄のドアはレバーから最新式のプッシュボタンになりましたけど、それでもボタンを押さないと開かない。人間がドアを開ける姿勢をはっきりさせています。だから、日本に長く住んでいたアメリカ人が帰国すると、ドアにぶつかってばかりいる。ロボットに対する違和感が日本人にはないんですね。

開高 そうです。

木村 これが自動機械を発達させているゆえんなんですが、これが裏目に出るとパンダになっちゃう。パンダやコアラはなぜ死ぬか、欧米では死なないか。欧米ではパンダもコアラも人間が支配すべき存在なんだから特性をよく知って飼うわけです。しかし、僕らは友達になって人間扱いして冷暖房完備でテレビカメラも備え付ける。従って死んでしまうわけです。欧米人は木の名前なんかよく知ってますよ。支配すべきものなんだから名前も特性もよく知っている。自然観が基本的に違います。

開高 その通りだが、一方では雨ということをとらえてみても、日本語には雨を表現する言葉がいったい幾つあるかといったら。夕立ちやら嵐《あらし》やら、五月雨《さみだれ》、霧雨、戯《そばえ》……。

木村 涙雨なんていうのも…。

開高 こういう言語習慣はヨーロッパにも中国にもない。ここまで分類化する分析精神はあるんやな。流行歌に出てくるだけでも雨は随分多い。これだけ雨を歌っているシャンソンは世界にないよ。

木村 それで「巷《ちまた》に雨が降るごとく…」がうけるわけですね。

開高 こういう点を見るとえらい音に敏感とも思うんだが、その場合、音よりも雰囲気。五月雨の雰囲気、暴風雨の雰囲気によって分類しているのかもしれない。

木村 一方でちり紙交換の音がうるさいですよね。個人が音を受け取るときは非常に繊細なんだが、自分が発している音には気が付かない。外からみる目がないですね。

開高 いつか、池袋の泡盛屋で飲んでいたら、有線放送からモーツァルトの四十番の交響曲が聞こえてきて、それに合わせて日本の女の子が歌っているのよ。あれっ、四十番が流行歌になっちゃったのかとがく然とした。それとこの間、週二回通っている水泳教室で自動販売機からウーロン茶を買ったら、またまた四十番がチンコロカンコロ聞こえてくるのよ。こんなふうに日本人の耳はいま、名曲、駄曲、凡曲、ど演歌、モーツァルトの甘美な暴力にさらされている。過食過飽和もいいとこやね。食事に例えれば、高校生のラグビー選手が試合の後、うどん玉を五個も十個も食べるあの野蛮人の食欲を都会人は失っていて、都会人のくたびれ果てた胃に合わせて調整してくる食事が、いま「グルメ」と呼ばれている。音楽も同じ状況で再生装置の見事さは人類史始まって以来ですが、局部発達で、それは心を失っていると思う。

飢えた心をつかめ

木村　「幸福の黄色いハンカチ」という映画で印象的な言葉があって、一人が「なに食いたいかなぁ」というと「一番食いたいものはカツライスにビールかなぁ」という。これが新鮮だった。腹減っているときは、カツライスにビールが最高にうまい。飽食であったらなにを食べてもうまいわけない。すべてセンスが鈍ってくる。そういう意味では、戦後、腹減っているとき聞いた「青い山脈」とか……。

開高　「銀座カンカン娘」のニヒルな朗らかさ。

木村　一方でカンカン娘、青い山脈、そしてバッハの「マタイ受難曲」。じぃんと身にしみるわけよ。クラシックもポピュラーもないんよ。飢えた腹がないと音楽というのはだめだと思うんですよね。

開高　肉体の方でダイエットだエアロビクスだというのであれば、精神の方にもダイエットをやらなければいけないんじゃないか。

木村　そういう意味では今の若い人を強制的に発達途上国へ送る。いままでの奨学金は先進国へ行って学問や芸術を勉強するためだったが、これからは発展途上国へ。

開高　ジャングルや砂漠へ行って、飢えた心をつかむ。大賛成。

木村　精神を空っぽにすることほどいま求められていることはない。そこから初めて、五感がよみがえってくる。闇《やみ》の中から無言の音が聞こえてくる。知的な活力が生まれてくるんじゃないかと思う。

開高　フランス語でいうオム・トタール、全的人間という言葉がある。五感をすべて備え、それを生かして生きていく人間だ。テクノロジーの発達やらで局部発達ばっかりに追い込まれていくから、心は貧寒になる一方やね。だから全的な人間を回復しなければならない。事実、みんなそれを求めているのだろう。日常身辺にきっかけがないのね。それには精神のダイエット。それをまず耳から始めましょうか。

序の序——同時代性ということ

1987年（昭和62年）2月28日
『創造力と知恵―広告王デビッド・オグルビー語録』序文

私は小説書きになる前の四年間か五年間ほどは、ある関西の洋酒会社のコピーライターをしていました。最後の二年ほどは東京支店です。当時は、コピーライターという言葉すらない時代で、文案家と呼んでいましたね。

私は、内向派で神経質で人見知りしやすくて、社交下手で、対人恐怖症の青ざめて痩せた青年でしたから、同じ業界の人とほとんど接触したことがありません。しかも、当時コピーはどう書くかというようなことを教えるような塾も、学校も、ゼミナールもなんにもなかった。みんなてんでんばらばら、見よう見まねでやっていたんです。

電通や博報堂が機関誌を出していましたけれども、だいたいそういう業界誌をまともにまじめに読むような人は、いいコピーライターにはなれないものです。私もだれからも教えられたことがありません。毎日のように新聞や雑誌にあふれる広告の文案を読んだりはしましたが、すべて私の感覚でやっていただけなんです。人間と人生そのものが教科書でした。

「文案家」であった私はウィスキー、ポートワイン、ジン、新聞広告、雑誌広告、ポスター、バーの開店挨拶状、酒の問屋の結婚挨拶状、社長のパーティーの案内状、一切合切、引き受けてやっていたんです。私の宣伝するのは、「トリス」という二級ウィスキーですが、そのほかのグレードのウィスキーは机のまわりに転がっています。外国のウィスキーも転がっています。六時以後は、そういうものを飲めば、自分の宣伝するウィスキーがいかにどんなものであるかということは、ひと滴《しずく》飲んだだけでわかります。つまり、私は、その酒に本来ならば酔えない立場にあった。ところが、家へ帰るのには、これはいまのサラリーマンも同じですが、ちょっと一杯飲んで元気をつけないことには、緊張をほぐさないことには帰れないんです。悲しい男の生理です。だから、東京駅前で一杯、銀座で二杯、新宿へ流れて何杯、渋谷で何杯。

当時のハイボールというものは、コップを二十個も三十個も並べて氷をガチガチにつめ、そこへ「トリス」の壜の栓を切って、タタターッと走らせる。そこへソーダをじゃぶじゃぶじゃぶっ。当時われわれは、これを〝目薬ウィスキー〟と呼んでいたんです。〝目薬ハイボール〟とも呼んでいました。それを十杯飲んで、やっとカックラ、ちょっとキックがあるかなという程度の酔い方。二十杯も三十杯も飲んでいくうちに、やっとベロベロになって酔うた気分になれる。終電車で家へ帰る。必ず乗り過ごしてしまう。タクシーで家までもどってくる。それで、明くる朝は二日酔い。熱い番茶に梅干しをすりつぶして飲んで、会社へ出てきて、またエッサエッサと信じてもいないウィスキーの広告文を書く。

ふつうのサラリーマンと六時以後は全く同じですけれども、私の場合は、自分が信じていないで自分が宣伝しているウィスキーに、自分が酔っぱらって、毎晩ていねいに二日酔いになって、一カ月後にバーからツケが回ってきて、自分の給料で払わねばならぬという愚行の連鎖でした。これを四、五年やったんです。悲しみよ、今日は。

私の書いた広告文のせいかどうかわかりませんけれども、このウィスキーはものすごく売れた。トリスバー・ブームというものも、稚内から沖縄まで燎原烈火、枯草でいっぱいの荒野に火を放ったようなものでした。ちょうど電気洗濯機、電気冷蔵庫、電気掃除機、これが三種の神器といわれたころです。それまでの飲み助は、氷をいちいち氷屋まで買いにいって、家に蓄えておかなければならなかった。ところが、電気冷蔵庫が登場してきたので、氷がいつでも二十四時間、家庭で手に入ることになった。これが大いに手伝っているので、この洋酒会社は電気製品会社に表彰状を差しあげなければならないのじゃないかと、当時、私は考えたものです。

私はただもう無我夢中で、見よう見まねでキャッチフレーズ、コピーを書いていたんですけれども、いまから考えると、私のからだの中に同時代があった、もしくは同時代人が住んでいたのです。つまり、私と同じぐらいの年配のいじらしい、若いサラリーマンで、給料が少ないから、その種のウィスキーを飲むしかないという人間が何十万人か、何百万人かいたわけです。だから、その人たちと私のあいだにパイプが通じ合っていた。私は自分を納得させるコピーを書けば、それがそのまま同時代人の何十万人か何百万人かにそのまま通じるという、幸せな状態にあったわけです。それは、二十年も三十年もあとになってからわかったことです。

コピーを書くのに何よりかより必要なのは、自分でもよく言葉にうまく表現できない本能、勘、直感、フィーリング、サムシング、このあたりです。言葉で説明できないものです。言葉になりにくいものです。言葉にすると、ずり落ちていって、何がずり落ちたのかわからない、そういう性質のものが必要なんです。その後、小説を書くようになって、三十年間、新聞記者、出版社員、編集長、編集員、出版企画者、いろいろな人と付き合って、あれを教えられ、これを学ばせられしてやってきたのですが、出版人にしても、からだの中に同時代人があり、その同時代人に通ずる言葉を自分の文体でつかんでいる人は、必ずヒットしていました。ただし、悲しいかな、その同時代人がその人の中にいつまで住んでいるか、これが全く予想がつかないし、自分のなかから同時代人が消えたということを知覚することができない。そのために、失

敗したという例は枚挙に暇《いとま》がありません。もちろん、当たったという例もないではありません。これを「不易」と「流行」という言葉で昔の人は説明していました。つまり、人の心のなかの変わる部分（「流行」）と変わらない部分（「不易」）です。変わる部分のことを「流行」といいます。変わらない部分を「不易」といいます。それでは、「不易」と「流行」とどちらが大きいのか、どちらが水面上の氷山で、どちらが水面下の氷山であるか、これまたけじめがつかない。だから、面白いんです。

一歩抜いた、飛躍した企画というものには、言葉で説明できない何ものかが必要です。悪魔の助けか天使の助けか、にわかに定義はできませんけれども。

刺激にあふれ、変化が非常に激しい時代に、これを一歩か半歩か先へでて、先取りする形でコピーを書いていかなければならない。そのときには勘、直感、本能、サムシング、ケルクショーズ、エトバス、何語でどう呼ぼうが、そういうものが必要なんです。

とはいえ、いくつかの原則がないわけではない。そのひとつ、コピーを書く人は、梅雨時の満員電車に乗って、おならの匂いにむせながら、キャデラックに乗った気分がありありと皮膚でわかる人、もしくはキャデラックに乗って悠々と東名高速を走りながら、満員電車の梅雨時のタクアンの、おならのむれるような臭い、あれがありありと喉元までこみあげて知覚できる人、こういう特異な才能を持たなければなりません。それは入社試験では発揮できない性質のものです。だから、広告人にシャープな人材がほしいと思うならば、大学出のぼんくら秀才やら、金太郎飴秀才（月並み、常識、定石どおり、誰も彼も同じという程度の意味）、鯛焼きのような人物たち（上の括弧の内容と全く同じ）、こういう学校出の秀才しか採ろうとしない重役に人事をまかせているようじゃ、社長、夜中に泣くことになりますゼ。

学歴、年齢、そういうものは一切、必要ではない。必要ではあっても肝心要《かなめ》のものを学歴が阻害していないという人物を捜しだす必要がある。しばしば人間は教育すればするだけアホになるという原則もありますからナ。

コピーライターたるもの、短く、鋭く、シャープに、ときにはユーモアも必要。しかし、下品にならず、口に出せる、流行語にはなるが流行語になりすぎない、こういうキャッチフレーズをつぎつぎと編み出していかなければならない。

本来考えるならば、ノイローゼかストレスか精神分裂にかかるような職業ですが、現在、日本国に氾濫している無数のキャッチフレーズ、コピーは、凡庸、陳腐、金太郎飴、鯛焼き、定石どおり、新しき戦慄《せんりつ》などどこにもない。学もなけれ

ば素養もない、ばかばかしきものの氾濫。どうやら、テレビの芸能番組と似ているのではないでしょうか。

　次に、梅雨時の満員電車も嫌だが、キャデラックも嫌だ、いや、キャデラックを持てないから、キャデラックが嫌だというコピーライター志願者には、映画を観ることをおすすめする。君は、すでに莫大な数の古典から現代文学、重文学から軽文学、宝石小説からパルプ小説まで読みこなして、世の中がけだるく見えているぐらい感受性の鋭い人物です。しかし、キャデラックには乗れないし、満員電車にも乗りたくない。といって、自分の感覚をシャープにいつも磨いておきたいと希望している。そういう人には映画を観ることをおすすめします。

　日本産、外国産、香港産、インド産、一切問わない。映画であればよい。なぜかというと、映画のシナリオに登場する言葉は会話の形をなしているけれども、素晴らしいキャッチフレーズを蒸留しぬいたものです。ですから、映画のシナリオの言葉には、よくよく注意しておくがよろしい。

　たやすく手に入るものは、たやすく逃げていく。日本語では「悪銭身につかず」といいます。英語では、“easy to come, easy to go”といいます。ですから、特に映画館を出るときには気をつけなさい。映画を観ているときには、つくづく感服して膝を打ちたくなるような名文句に出食わすんだが、電気がついて明るくなって外へ出て、餃子《ぎょうざ》を一皿食べると、けろりと忘れている。あの感動のシャープさとこの忘れっぽさの早さ、これは見事なコントラストであります。

　以上、申し述べたことは、ごくわずかな入門程度のことでしょうが、アルファにしてオメガであります。大事です。

　もう一つ、文案家の当時の私が感服したことを、ヒトラーの『わが闘争《マイン・カンプ》』から引用することにします。ヒトラーの『わが闘争』は、いうまでもなく、半自叙伝兼ナチス思想の宣伝書なのですが、その政治プロパガンダについての解説の部分が、宣伝の本質をついているのです。

　こういう言葉があります。

「大きな嘘のなかには人をして真実と信じ込ませる何かがある」

「大衆は女に似たところがある。あれかこれかと選ばせてはいけない。どれか一つをとりあげて、これだと徹底的に叩きこむことである」

　これをこのまま別の形で、コマーシャル宣伝に置き換えても十分当てはまるし、その実行の仕方によっては見事な成功をおさめるでしょう。ただし、どんな文章でやるか、どんな文体でやるか、どんな発想でやるかは、『わが闘争』には書いてありません。君の独創に任せられている。

さて、そろそろこの本の著者にふれなければなりません。私は、著者、デビッド・オグルビーについては、世界の十指に入る広告代理店オグルビー&メーザー社の創設者にして、会長をつとめた人、しかも自ら数々のコピーの名作を書いた人という以上のことは知りません。

広告は、歴史、哲学、経済といった、まじめな議論の対象にはなりませんけれども、同時代感覚はここにある。新聞から、雑誌から、週刊誌から一切広告ページを抜いたものを、いま手にとったと考えてごらん。君は広告をどこかで潜在的に憎んだり、軽蔑したり、「広告の言うことサ」と思っているかしれないけれども、意外にその根の深さを悟るだろうと思うよ。軽視してる分だけ支配されてるんだ。

この人は、経験が豊富である。たくさんの商品を売っている。失敗もあったが大ヒットさせている。桁外れの大ヒットを国際的にやっている。そういう演出をやってきた人物です。

日本人のメンタリティーからみて合わないなと思える面もある。しかし、日本人のメンタリティーに深く突きささって、さらに何歩も先へすすんでから振り返っている点もある。その分だけは、君の感覚において読みとりなさい。ここが大事なんだ。どこが大事かは君が言い当てることだ。何しろ言葉にならないものを君は持っているんだから。それが大事なんだから。

得たものも、にわかには言葉では説明できるまい。説明できるようなら、君は二流か三流だ。給料を二割か三割ひいてもらいなさい。昔の中国のエライ人は言うたね。知ル者言ワズ。言ウ者ハ知ラズ、と。

異なれるものを求めよ

◉対談=阿川佐和子(文筆家)

1987年(昭和62年)5月1日「Voice」

男は自殺しても、女はしない

開高 テレビ屋やってて、慣れましたか。

阿川 よれよれでございます。(笑)

開高 君がよれよれになるとは思えないが、夜更けの仕事いうの、大変だろうな。医者にいわせると、いくら昼間寝たって、夜寝るのとは違うんだって。

阿川 そうですってね。お日様と同じに……。

開高　やっぱり農民の生活が一番自然なんだね。仕事は面白いですか。目移りしていいでしょう。

阿川　くるくる、本当によく変ります。

開高　ノイローゼにならない？

阿川　おかしくなりますね。

開高　テレビ以前のことだけど、私の友達で自殺したのがいる。ニュース映画撮っていて、トピックになるような極端なのばかり追っかけるから、そのうちおかしくなって、いっちゃった。

阿川　はあ……。

開高　でも、君は心配しなくてもいいの。

阿川　女は、ですか？（笑）

開高　明治以後、女にも小説家や雑誌記者がたくさん出たわね。しかし、自殺したやつ、一人もいない。ご安心あれ。

それに対して、男は、一流に限って自殺する。俺なんかべんべんと生きているから、三流の作家ではないかと思うんだ。

阿川　自殺したいと思われたこと、ありますか。

開高　のべつ。

阿川　のべつ？

開高　うん。

阿川　でも、しない……。

開高　何度もそういうことがあると、そのうちに自分の心のメカニズムがわかってきて、「死んだらそれまでだ」と、自分を浄化するんだな。つまり、嫌なことがあるから自殺しようという気になるんだが、そう考えることで自分を浄化しているわけよ。ほかに浄化の方法を知らないもんだから、自殺を考える。こういうのが意外に免疫をつくっていって、一病息災と同じことで、長生きしちゃうらしい。嫌だね……。女は自殺しない。

阿川　女で自殺したというのは……。

開高　男と一緒にやったのはいますよ。有島武郎が死んだときに、波多野という『婦人公論』か何かに勤めていた女性が一緒に。しかしこれは抱き合い心中であって、それ以外には断固として自殺した女なんか、いないな。タフですぜ、尊敬しますわ。

阿川　きょうのお話、はじめっからそういう方向に向っちゃうんですか。（笑）

どうしてでしょうね、やっぱり男の人のほうが繊細なんでしょうか。

開高　繊細というか、鋼《はがね》と同じで折れやすいのよ。そして、折れたらもとに戻らない。よく見かけるでしょう、身の回りに。君が仕事をしている、あの猥雑《わいざつ》きわまりないテレビ局においてすら、男って脆《もろ》いんだなあって思うことあるじゃない。

女はエゴを指先で注ぎ込む

開高　これは俺の理屈なんだけど、こう思うんだ。男と女のことを考える場合、特に第二次大戦後は、男がやれることは女もやれるというのが大原則、事実そのとおりです。それから、男の中にも男と女が棲み、女の中にも男と女が棲んでいる、つまり男も女も共に雌雄同棲体であるというのも、そのとおり。

が、ここに決定的に違う点がいくつかある。小説家だから小さなことに目をつけて見ていきますが、一例として、女の指の使い方と男の指の使い方、これ、全然違う。

女は、指で触るでしょう。指を通じて、自分のエゴを、絶え間なく少しずつ注ぎ込めるもの――子供であれ、身にまとっているものであれ何であれ、そういうものを身の回りに必要としている。だから、触れるものがある限り、女は孤独になることができない。

特価品売場に行って、女のものの触り方を見てごらん。自分では気づいていないけれども、瞬間瞬間に、瞬発力で自分を注ぎ込んでいる。

阿川 自分とものとの関係をどんどんつくっていくということですか。

開高 要するに、女にとってすべてがペットなんです。だから逞しい、孤独になれない。もちろん、女の孤独いうのはありますよ。女でも自殺する人はいます。一般論をいうておるんだ、いま私は。

ところが、男はものを利用するためにいじる。そしていっぺん何かでくじけると、そのものからすらも疎外されてしまって、本当に孤独になっちゃうの。自分を注ぎ込むものがないわけ、意識的にも無意識的にも。だから自殺する、しやすい。フックがかかりにくく、はずれやすい。

男でも、たとえばピアニストとか彫刻家とか、ああ、女の指使いにそっくりだ、と思うような、絶妙な「ものの触り方」をする人がいます。だけれども、そういうのは少ない。

阿川 男は関わり方が薄いんでしょうか。女の場合は、最初の関わりをつくっておくと、そのしがらみのなかで救われるというか……。

開高 「しがらみ」というような品の悪いいい方ではなくて（笑）、山川草木ことごとく霊あってうたいだす、とでもいいますか、女はアニムなの。「アニム」はギリシア語だかラテン語だかから来ているんだけれども、「命」ということで、アニメーターというのは、だから「命を吹き込む人」という意味。それにしちゃ近ごろの漫画はお粗末だけれども。

一神教のキリスト教国であろうと、輪廻転生の仏教国であろうと、女は女なんだ。その女という共通分母をなしているもの、それがたとえばいま話した事物との関係に見られるのだということ。おわかりかな。

今度、そういうことをこってりと小説に書いてやろうと思っているんだけれども。だれか賛成するヤツがいないかと思って、ときどきこの理屈を振りまわしているの。

阿川 でも、男の場合には、たとえば玩具みたいなものを集めたり、どこかへ出かけていったり……。

開高　やってます。

阿川　執着が強いですよね。

開高　ええ、自分の分身のようにね。そうではあるけれど、やっぱり触り方が違う。その質が女とは違う。どちらがいいとか悪いとか、そんなことといってないの、質の違いなの。

今度、その眼で見てごらん。自分のエゴを注入しているなという感じのものの触り方をしているのは、あんまりいないわ。妻が夫のほっぺたなりどこやらをなでるのと、夫が妻のどこやらをなでるのと、なで方が全然違う。神は細部に宿りたもう。小説神髄ですね。

光り方が違いますぜ、お姫様

阿川　じゃあ男には独占欲というものは……。

開高　ありますけれども、男には征服欲かな、やっぱり。熊を撃ったりするのと同じような……。狩猟洞穴時代の遺伝子が働くのかな。

最近、私の『王様と私』という本が出たんですが、これには、とんでもない運命に私が巻き込まれる話が書いてあります。

アラスカの喫茶店で、ある金持ちと知り合いになる。その金持ちと私がヨタヨタの英語で話をしているうちに、「お前、フィッシャーマンなら、ハンティングをやったことあるか」、「いや、ない」といったら、「俺はハンティングのための別荘を建ててあるんだ。そこへ行こう」ということになった。詳しいことは本を読んでいただくとして（笑）、このハンティングがまたすごいの。

野を越え山を越え、また野を越え山を越え、それだけでもフーフーいうのに、勢子《せこ》を使っちゃいけない、犬を使っちゃいけない、罠かけちゃいけない、寄せ餌をしちゃいけない、呼び子を吹いちゃいけない、女を撃っちゃいけない、子供を撃っちゃいけない……、ないないづくしの規則。要するに障害物競走よ。

その男は、金持ちに「ド」が三つぐらいつくような大金持ちなんだけれども、アメリカではそれでも大金持ちの中の中の下くらいらしい。

一つだけいっておきたいのは、そういう大金持ちの男の食生活が極端に貧しいということ。食べない、太らない。痩せていて、筋肉質で、日焼けしている。要するに、スパルタ式の生活をしているわけ。金を楽しむ生活をしていたら、金は楽しめないということです。今後、金持ちのイメージは、痩せていて筋肉質で目が鋭くて、ということになるだろうな。

その男にいわせると、俺はいくつもの会社の社長であるが、自分の欲望や肉体もコントロールできないやつが、何百、何千人もの人間を使えるか、とこうくる。

あなたも夫を選ぶなら……。
阿川　出ました、男の値打ち……。
開高　いろいろあるけれども、異なれるものを求めている人、そういう男を探しなさい。何であれ、自分の現在ある状態から反対のものを求めて、それに挑んでいるヤツ。こういう男がいたら、ちょっと目をつけたほうがいい。それから指の使い方ね。自殺されたくないでしょ、そんないい男に。
阿川　じゃ、指の使い方がちょっと女っぽいところのある人のほうがいいのかな。
開高　ただし、外から見たら男っぽい触り方をしていますけれどもね。彫刻家でも陶芸家でも、大工、樵《きこり》、ピアニスト……。
阿川　職人……。
開高　職人には、えてして多い。そうでなければつとまらないから。外観は男のなかの男という感じの手で触っているでしょうけれど、ものに自分を注ぎ込んでいる。
「異なれるものを求めよ」というスローガンで、自分と反対のものに挑んで、それを吸収合併しようとしている男……。光り方が違いますぜ、お姫様。（笑）
阿川　最近は、若い男の人がどんどん中性化し、女の人は男性化していって、性の区別がつきにくくなっているとよくいわれますね。
開高　いまは、男のなかの男という感じの生き方をめざさないからね。人間やっぱり、イージーなほうが楽だから。だけど、そうなるとだめになるのよ。反対のものを求めて格闘しているやつ……。
阿川　すごく疲れますね。
開高　疲れる、疲れる。そして無意味だしね。形になって現われてこないし……。実は形になってどこかに出ているんだけれども、自分には見えない。そういう気風が日本にはないからな。先進国では失われる一方やね。

男の中の男になるには?

開高　このあいだフランスの、パリから一時間ほど行ったところにあるロワイヨーモンで、日仏の科学者がこもって、コミュニケーションの発達と文化とか何とかいってシンポジウムがあったのよ。俺も、何でか知らん、歯のあいだにはさまった石ころ一つというような感じで参加したんだけれど、会場になった修道院の近くにシャトーやら美術館やらがたくさんあって、ある日、それを見にいった。
　すると、昔美女いま妖怪という感じのおばあさんが出てきて（笑）説明してくれたの。この館の持ち主は何とかいう貴族だった、この男は女を愛することを知っていた、と、こういうのよ。そして、彼の愛はいまの愛とは違う、いまの愛は無関心と冷淡から来ている。アンディフェラーヌス……、うまいこといいよった。いざとなれば、自分の血を流すことも厭《いと》わなかった時代の男である、というようなことをいってね。

　いまのは冷たいのよ。やさしさというけれども、ハードの裏打ちがない。錆の出かかったメッキよ。

阿川　ずっとこういうふうに行っちゃうんでしょうか。

開高　ますます行くだろう。やがては反動が来ますけれどもね。社会と個人はでたらめに動いているみたいだけど、カウンターバランスを求める癖があるの。もとのところまでは振り子は戻らないけれど。それと螺旋《らせん》ですな。

　いずれは反省期が来て、男のなかの男になるには……といっても、そのころ俺はもう世の中にいないからな。「昔こういう小説家がいた。何もせんでいいのに、アラスカにえらいめして熊を撃ちに行った。蒙古へ行って、断崖絶壁をヒーヒーいいながら、リュウマチにかかったピノキオみたいな恰好で上り下りしていた。自分にないものを求めて歩いていた。『異なれるものを求めよ』といっていた。いい男だったわ」と昔美女いま妖怪という感じのおばあさんが、痩せた指を振りまわしたりして……。（笑）

阿川　そんな、こっちを見ないでください……。（笑）このあいだ、パリ－ダカール・ラリーに参加した夏木陽介さんに伺ったのですが、あれに参加する人たち皆が皆、来年は絶対来ないぞ、と本気でいうんですって。ところが翌年になると、必ず同じ顔が集まってくる。

開高　日本人はスポーツがそんなに好きでないから、その精神性についてはあまりいわれない。ど根性とかいうけれど、まあこれも一番目につきやすい自己克服の途ではあるけれど、本当の意味でのスポーツの精神性を、日本人は勉強する必要があるんじゃないの。

阿川　それはやっぱり、自分で経験して蓄積していかなければわからないでしょうね。

開高　そうでしょうな。「なぜ山に登るの」というような質問ばっかりしているようじゃだめですな。自分で汗してやってみれば、もう少し、男の心、女の心、男女共通の心、男の中にある男の心と女の心、女の中にある男の心と女の心、いろいろわかってくるんじゃないかな。

　大体において、われわれは言語生活が貧困です。雑誌社もテレビ屋も、やってきては、なぜベトナム戦争なんかに、なぜアラスカに、なぜアマゾンに、と「なぜ」ばっかり。さほど悩んでいるように見えないけれど、なぜ旅に出るんだ、と訊く。そんなこと訊いたってしょうがないじゃないの。あなたもときどきやっておられるようですが、お気をつけあそばせ。

阿川　はい、じゅうじゅう心しておきます。

開高　ときどき俺なんかとフレンチ・ワ

インつきの食事してごらん、大分変ってくるから。

阿川　近々期待しております。（笑）

心に通ずる道は胃を通る

1987年（昭和62年）5月25日
谷口博之著『日本料理のコツ　関西風おかず』（新潮文庫）解説

何年か前にアマゾンへ行ってそのことを、『オーパ！』という本にしました。「オーパ！」というのは、ブラジル人が、驚ろいたり感激したりする時に、何であれ口をついて出る言葉が「オーパ！」なのです。日本語でいえば「おや！」とか「まあ！」とか「あれ！」。感嘆符です。感嘆語です。讃辞《さんじ》です。

この本がとてもよく売れたので、出版社は気持をよくして、続いて第二弾をやろうということになりました。柳の下にドジョウが二匹いるというわけ。『オーパ！』の第二弾だから、「オーパ、オーパ!!」というのではじめたわけです。数年間、これを続けていますから、お読みの読者もいるかもしれません。

それで「料理」で行ったらどうだろうかということを考えたのです。私が釣《つ》った魚を、少なくとも一匹はその場で料理して食べたらどうだろうか？

私は原則として、見知らぬ魚を釣ったら一匹はキープしておきますが、二匹め以後は全部逃がしてやるという「キャッチ&リリース」という方式をとっております。

（私の妻もそういう精神を持ってくれていたらよかったのにと思うのですが、もう四十年も前の話を今さら繰り返しても仕様がありますまい！）

キャッチ・アンド・リリース catch and release ね。

古い文体で申せば「放生会《ほうじようえ》」といいます。

そこで、大阪あべの辻《つじ》調理師専門学校の校長である辻静雄氏と話をしたところ、「大賛成」といって、学校《うち》に若いのがいるから、是非これを錬《きた》えてやってくれといって、差し向けられたのが、あべの辻調の日本料理の教授である谷口博之さんです。

彼は、辻静雄校長の紹介するところでは、胴長足短《ママ》――胴が長くて足が短かいというのです。（その上私の発見したところでは、彼は扁平足《へんぺいそく》でもあります。）

谷口教授は、私の前に登場したのを見ると、髪を七・三にぺたっとなでつけて、香港《ホンコン》の床屋さんみたいな感じがありました。しかし、鼻の頭がちびて丸くなっているところを見ると、これは相当な助平やな、したがって、かなり料理がうまいに違いない、この若さでとこう思いました。

私の直感は時々あたるのです。

最初に行ったのが、セント・ジョージ島でした（一九八二年六月）。これはベーリング海峡のまっただ中にある火山の噴火でできた孤島で、木が一本もない、山がない、草がない、川もない、あるのは岩ゴロゴロ、その上にかぶさっているツンドラと苔《こけ》だけである。

日本海の海流の最末端がここで息絶える。北極からベーリング海峡を越えて下りてきた冷たい冷たい海流とそれがぶつかって、のべつ濃い霧を生む。激しい雨を生む。一年に三日も晴れたことがないという。

教授は、二十日近くこの島に滞在したのですが、私達の食事のメニュをしゃかりき作ってくれて、その間一度もメニュがダブルこともなかった。この点、私達が、はじめて接触する扁平足の人物（彼は自分のことをいびつな完璧《かんぺき》主義者と呼んでいます）にしては見事でした。

それから、カリフォルニアの奥に行ったりサンフランシスコのはずれに行ってみたり、コスタリカのジャングルのほとりへ行ったり蒙古《もうこ》へ行ったり、こうして私達といっしょに流れ歩いています。「女」も「酒」もない、何にもない、ただ、「ダニ」と「魚」がいるだけとか、「マラリア」と「魚」がいるだけとか、「毒グモ」と「魚」がいるだけとかいう奥地に入って、十日も二週間も暮らします。その間、教授は、私達にダブルことのない食事を作ります。

…………

あらゆる状況と彼は戦いました。

たとえば、彼は「女」には強いが「蛇《へび》」はこわいというくせがある。蛇を見るとキャッといって飛びあがって、尻尾《しっぽ》をまいて逃げだすというくせがあるのですが、コスタリカの山の中で、食うものがなくて毒蛇三種を持ってこられた。それがニョロニョロ地面を這《は》っている。

さあ、教授、これの皮を剝《は》いで、骨からはスープを作ってくれ、身は白身の鶏の極上以上にうまいから、唐揚げにするなり何なりやってくれと私がいいますと、彼は庖丁《ほうちょう》を握ったままで、震えだしました。

しかし、ヤレ！ヤレ！と皆にけしかけられるし、やらなきゃならないし、切羽詰って追いつめられて、とうとう彼は、おっかなびっくり、蛇に手をだしその皮を剝ぎ、身を削《そ》ぎ、骨からスープをとり、そして三時間程すると、台所ともいえぬ台所から出てきて、感嘆した顔で、

「先生、すばらしいスープですわ。すばらしい白身ですわ。やっぱり、人間は汝《なんじ》の敵を愛せよという言葉の通りですね。

僕《ぼく》はこれで、蛇がこわいという病気を克服できました。ありがとうございます。今度から、蛇を見たら必ず、食べます」ということを口ばしりました。

　彼の料理した蛇のスープをすすってみると見事でした。蛇の骨からとったスープは、クリヤ・スープ（澄んだスープ）、淡くてうららかでしかもリシェッス（こく）がありました。

　彼は、美味求真の日本古式の伝統の懐《かい》石割烹《せきかっぽう》に通じているかもしれませんけれども、かくて、西洋料理、中国料理の真髄にも迫りつつあります。何よりも彼の貴重な財産は、世界の名だたる淡水魚をとれたその場で料理した、たったひとりの、稀有《けう》な、グラン・グラン・シェフに今なりつつあるということでしょう。

＊

「文は人なり」という言葉があります。

　格言というものは、一面そうであり、一面そうでないという特殊性をもちます。その一面にあたる事実を経験した時には、その格言は見事に的中しますけれども、それからしばらくたって、ショックから立ち直った時に考え直してみると、必ずしも格言はあたっていないなと思わされます。半欠けの道端の道しるべみたいなものが、格言の特徴であります。私は文を商売にしていますから、特にそう感じるので、今まで、文章と人を読み誤ってまいりました。だから近頃《ちかごろ》「ことわざ」をつぶやく時、三度考えてからでないとつぶやくことができなくなりました。

　しかし、同じことを言えば「味も人なり」であって、料理もその人その人の「でき」「ふでき」があります。料理人の心に何か切羽詰ったものがあるとか、窮迫しているものがあるとか、身辺風雲急を告げるとか、いろんなことがあると、その作るおすましなりスープは塩からくなってきます。意識的無意識的にそうなってしまうのです。そしてそれを止《とど》めることができない……

　私は、教授が出してくれるスープをジャングルの淵《ふち》やら、アラスカの岩の陰ですすりながら「ははあー、教授は、夕べどんな夢をみたな」と考えたりするくせができてしまいました。いつも窮迫した状況の中での彼の手品のようなマジック・アートをみてきたのです。しかし、この本の中にあるのは、教授が、冷静公平な心を持っている時に作れる料理のすべてだろうと思います。彼が、平常心で完璧なキッチンで作ればこうなるであろう料理だろうと思います。

　読者の皆さんに完璧なキッチンがあるとは思いませんけれども、何らかのマイナス条件というものは、必ずプラス条件を生みだすいい条件なのですから、この本からいろいろヒントを得られることだと思います。

　扁平足のまねをする必要は強《し》いてありませんけれども、一遍、ここに書かれて

ある処方箋《しょほうせん》通りにお作りになってはどうかしら？　これらはすべて足が地についた料理であり、作品であります。ひとりものの男なら、単身赴任の先で作ってみてはどうかしら？　ただし鼻の頭が尖《とが》りすぎてると思った時は少しすりへらしてから、お作りになったら、もっとうまくなると思いますヨ。

文明より文化を

1988年（昭和63年）2月1日
「サントリー文化財団地域文化ニュース」

文明と文化がしょっちゅう議論される時代になってきました。しかし、誰にでもわかるピタッとした定義というのはなかなか見当りません。

私は次のように考えています。

「文明は、他の文化圏に容易に伝達できるか、もしくは伝達が不可能でないもの」、つまり輸出できる位に、通有性・普遍性を持っている。これに比べて、「文化は、他の文化圏に伝えることが不可能か、あるいは伝達が困難なもの」即ち、土と血から生まれた固有性がその特徴である。

この二つの定義からもれ落ちるものもあります。たとえばコカ・コーラ。まぎれもなくアメリカ固有の味覚から生まれたものと言えるが、地球上どこにでも広く伝わっている。さすが、テクノロジー時代の飲みものやなあと思わせられる。

まあ、こうした例外もありますが、大きくは通有性（文明）と固有性（文化）とに分けて考えることができます。

大昔には、中国古代文明のように文明と文化は一体化していましたが、その後次第に離れていき、一九世紀以降には通有性が独走をはじめました。イギリス、ドイツ、フランスなどのキリスト教圏に源を発するヨーロッパ文明はアメリカにひきつがれ、〝便利・安全・節約〟を旗印としながらも、史上空前の資源濫費文明を築きあげるに至りました。

普遍性がはびこって、日に週に月に年にガン細胞のように固有性を食いあらしつつある。ところが固有の文化というものは、無名の人間の膨大なエネルギーと時間を吸収して育ってきた大木のようなものですから、一度失われると再生するには何百年もの時間がかかることになります。

今や人びとは通有性の自己増殖の下で、とらえようのない不安にさいなまれて暮しています。これを抑える薬はありません。唯一あるとすれば、やはり固有性でしょう。そういう意味で、土地・土地、地域・地域に根づいた固有の文化を育てることが、大へん重要な時代になってきているわけです。

もちろん文化も他の文化に対して影響を与えます。ヴァレリーは文化という現象を、「イマジネーションの戦争だ」と表現しているが、ゲルマン化したラテン、あるいはその逆というように目に見えない形で浸蝕が起る。しかし、文化は血と土の重さをひきずっており、文明のようには独走しません。

人間は根源的に情熱的な存在であり、絶えず何かを求め続ける。文明が一方的に肥大化することには決して耐えられない。従って今後、文化は伸びるし、また伸ばしていかなければなりません。

考えてみれば日本の近代化は、それまで持っていた伝統文化＝固有のおもりを切り離し、文明の通有性の中に浮び上ることによって実現した。その結果、文明の海にただよい出てしまったのが現状だと言えます。

日本の各地に新しい地域文化の芽を育てることは、私たちの心におもりをとりもどす大切な仕事であると信じて疑いません。（談）

奥が深い

1988年（昭和63年）3月25日
パキラハウス著『おしゃべり用心理ゲーム』推薦文

あそびである。

が……

奥が深い。

この本から生ずる愛すべき小さな変化を大切にして下さい

氷が張る前に

1988年（昭和63年）3月25日
同前書序文

二五年も前になりますか。

最近では私のフランス語も全く赤サビで、正体もしれなくなり、思い出すこともできなくなっていますが、当時まだ私は真面目にフランス語を勉強しようという気があって、なんやかんや口実を設けてはパリで浮き沈みをやっていました。主として、酒に溺れて昼間は寝て、夜這い出していく。そして、カフェでグラスの中で浮き沈みする。コップの中の嵐のような、第二、第三の青春を過ごしていたのです。その時、片言でフランス人の男女と、話し合ったり、酒を飲んだり、食事をしたりしていたんですが、時々、会話が途切れると、「天使が通った」というようなことをつぶやくのです。なかなかよい言いかたがあると思って、当時、感心しました。場が白けた時に使うセリフですが、古くからのこういった習慣は、会話を大切にするフランス人の間では、今もきっとつづいていることでしょう。

日本人は、子供の時から、他人とどう付き合うか、どう話すかということについて、特別に教育を受けていません。その結果、どの世代にも共通して、対話の精神が根を下ろさず、まるで会話は下手くそです。日本人のパーティーでは、仲間同士のダンゴの固まりが点々とちらばるばかりで、みんな、なかなか未知との出会いを求める行動に出ようとしません。特に、会話が途切れた時の話題の展開の仕方など、ほとんど手つかずの状態です。氷が張ったままなんです。

この一冊の本を作ったお嬢さんも、ためしにパーティーに呼んでみると、ダンゴの一つになっていました。氷を溶いて、他人と交わって話をしようよ、という気持ちからこの本を作っているのに、ご本人の下半身はまだまだ、氷の中のようです。しかし、猛反省して上半身でがんばって作ったこの本をお読みになれば、私の言いたいことはおわかりになるでしょう。全部覚える必要はないのです。一つ、二つだけ用意して、二人以上の集まる所に出かけてごらんなさい。

氷が溶けたら

1988年（昭和63年）3月25日
同前書あとがき

私は、アメリカ、ヨーロッパ、南米をさまよい歩きましたが、どこへ行ってもジョークが必要になりました。パーティーに招待されると、招かれた方は、こんなおもしろい話をしてやろう、とパーティーで披露するおもしろい話を一つ、二つ、頭に仕込んで出かけます。招いた方も、よし、あいつが来たら、こんな話をかましてやろう、と待ち構えています。これは、なかなかに楽しいものです。ブラジルやペルーでは、小話だけが発達しすぎて、小話のために後進国になりつつあるというセリフがあるくらい、みんなよくジョークを交わしています。

トルストイはお世辞のことを潤滑油と呼んでいます。人間に摩擦を起こさせない潤滑油として、お世辞は歓迎すべきと考えていたのですが、我々はどうも、潤滑油を欠いた、ギスギスの機械であることが多いようです。だから、食事であれ、パーティーであれ、国会であれ、何であれ、二人以上の人間が集まる所では、小話、ジョークの類が欠かせません。それが見事な潤滑油となるからです。エスプリというものです。心のシックでもあります。

生まれた時から、パーティー慣れしているアメリカ人のようにはなかなかうまくいかないでしょうが、そろそろ日本人の心の中にも、対話の精神を生みだしてもいいころです。

ちょっとした会話のつぎ穂ができれば、そこから、花も咲き、種も落ち、新しい空気が生じてくるものです。人生は小さな変化が、えてして大きな変化につながるものです。だから、この本から生ずる、愛すべき小さな変化を大切にしてください。もう一度申し上げます。全部覚える必要はありません。覚えやすいものを一つか、二つだけ覚えて二人以上人の集まる所に出かければいいのです。

黄山、琥珀色。

1988年（昭和63年）12月2日
「週刊朝日」サントリー広告

聞けば七十有八歳。
若かりし日、京劇の舞台に立つ。
演じたのは悪役ばかりと述懐する。
日はいまだ高く、風はあたたかく、
老人は初めてのウイスキーに
細い眼をますます細くして笑う。

黄山の峯々は峻厳として空を切り
雲はまさに雲形をして西に流れる。
私は東京を出てすでに三十余日、
今日、閑を得てこの山に遊ぶ。
ホテルは山腹にあり徒歩数分。
何も思わず、元悪役の宋おじさんと
グラスを交わす。
「両人対酌《りょうにんたいしゃく》すれば山花開《やまはなひら》く
一盃一盃《いっぱいいっぱい》　復《ま》た一盃《いっぱい》」
世界に友あり、
ローヤルの友あり。

ウイスキーを勧める歌。

1988年（昭和63年）12月23日「週刊朝日」サントリー広告

古来、中国には
さまざまな酒があると
うんちくを傾ける老友に
ローヤルを勧めれば
破顔一笑、悠々一杯。
もうすぐ老友の古里は
五穀豊饒のお祭りで
酒はなんぼあってもいいいと。
それならと、東京よりの
ローヤルのボトル数本、
みやげにと差しあげる。
山が笑う、雲が笑う。
「両人対酌《りょうにんたいしゃく》すれば山花開《やまはなひら》く
一盃一盃《いっぱいいっぱい》　復《ま》た一盃《いっぱい》」
世界に友あり、
ローヤルの友あり。

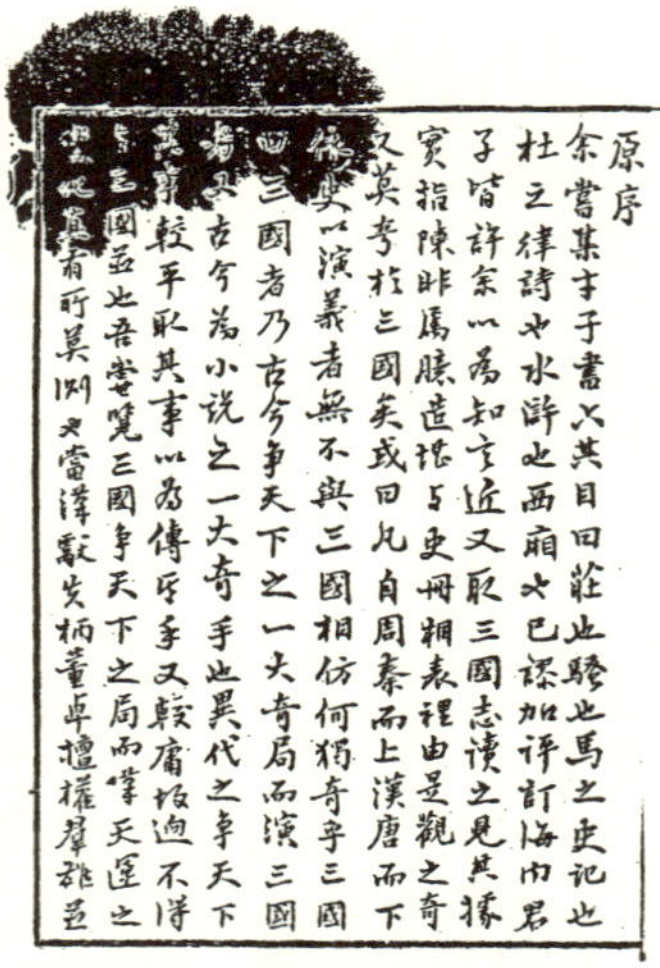
原序
余嘗集才子書六其目曰莊也騷也馬之史記也
杜之律詩也水滸也西廂也已諦加評訂海内君
子皆許余以為知言近又取三國志讀之見其據
實指陳非屬臆造堪与史冊相表裏由是觀之奇
又莫奇於三國矣或曰凡自周秦而上漢唐而下
依史以演義者無不與三國相仿何獨奇乎三國
曰三國者乃古今爭天下之一大奇局而演三國
者又古今為小說之一大奇手也異代之爭天下
其事較平取其事以為傳其手又較庸殆迴不得
其三國並也吾嘗覧三國爭天下之局而嘆天運之
變化真有所莫測者當漢獻失柄董卓擅權羣雄並

心のシャワー

1988年（昭和63年）「新潮文庫の100冊」〈作家との対話　開高健vs.ヘミングウェイ〉

昔、神田の古本屋にはアメリカ兵の読み捨てた〝兵隊文庫〟のよれよれブックが選り取り見取りで売られていたが、そこではじめて彼の短篇集と出会ったのだった。いわば彼は皺と垢と混沌のなかから登場した。

不屈の貪婪《どんらん》さで虚無とたたかいつつ彼は生の諸相を狩って歩いたけれど、短篇を書くときには言葉を徹底的に節約し、切りつめ、煮つめた。〝聞《オーディブル》ける・見《ヴィジブル》える・触《タンジブル》れる〟と深夜にモットーを呟やきつづけて、その実現に没頭した。

簡潔で深い彼の諸作にある非情多感は、今ではあまりにもなじまれすぎ、真似されすぎ、安売り版や水割り版の氾濫で、姿が見えなくなってしまった。だからこそもう一度オリジナルを読み返すのは時代遅れでも季節はずれでもない。汗まみれの体をアルプスの川のように冷たいシャワーにうたせるようなものである。心のシャワーである。

耳と、眼と、指で読むことである。

幻の魚〝イトウ〟を求めて

●聞き手＝常見 忠（奥只見の魚を育てる会代表・spoon club会長）

1989年（平成元年）1月「spoon club」会報

――開高さんは日本では幻の魚になりつつあるイトウを求めて、1986年の8月と87年の6月、都合2度にわたってモンゴルを訪れているわけですが、イトウに対する「憧憬」というか思い入れが強く感じられるわけです。そもそもの動機はなんでしょうか？

開高　かれこれ20年以上昔やったかな、西ドイツの釣具屋を訪ねたとき、いきなりルアーを勧められたんや。そのとき見せられたルアーもおもしろかったが、セピア色の一枚の写真、これはいまでも、ワシの脳のヒダに強烈に焼きついて離れない。それがダニューブ河のフーヒェン（学名 Hucho Hucho）や。大男のドイツ人が後ろ向きにかついでいる写真で、尾っぽが地面を引きずっていて、とにかくどでかいヤツやった。とたんにカッーと頭に血がのぼってしもうた（笑）。

――2《メートル》はあったわけですね。

開高　北海道の釧路湿原の川で70《センチ》のイトウを釣ったことがあるが、このクラスは中学生や。いや幼稚園かな（笑）。魚類学者の話しだと、1《メートル》で15年は生きているらしいから、およそ想像がつくだろう。呼び方は、ドイツ人はフーヒェン、フランス人はユション、ロシア人はタイメン、蒙古人はトルや。

――詳しいですね。

開高　そうや、ワシはプロの腕前を持つ魚類学者だ。揚子江上流にいるのが、Hucho Bleekeri　ソビエト領ではアムール河系のものだが、これは黒竜江と同種のタイメンやと思う。

ダニューブ河のものは、さっきもいったように、Hucho Hucho　サハリンと北海道は Hucho Perryi　一応、以上の4種のようやな。

――ブラウン・トラウトやレインボー・トラウトより古い魚のようですね。

開高　どの程度の年数かは不明だが、ブラウンやレインボーより以前から、この地球に生きていたのは間違いないと思う。

――それだけに現代の世の中のように乱開発、あるいはさまざまな汚染に対して抵抗力の弱い魚みたいですね。

開高　その通りや。蒙古で聞いた話しやけど、トルは剽悍《ひょうかん》な魚で、ほかの魚やネズミでも動くものなら何でも丸呑みにしてしまうが、環境の変化と水には極めて敏感な魚らしい。だから水を選ぶ癖《くせ》があって、どの川にもこの川にもいるというもんじゃないのである、と村の長老に繰りかえし叩《たた》き込まれた。

——ところで、中国人もロシア人も魚好きな民族だそうですから、大昔は別として、いまの時代に果たしてメーターを超えるヤツがいるかどうか、少々、疑問ではありますね。

開高 それや。中国やロシアもさることながら、世界中どこの政府も、肉食より魚食のほうが体にいいのだと、あらゆる機会を通じて宣伝している。したがって釣り師はいよいよ釣りの穴場が遠くなり、ますます長く歩かねばならなくなってきた。これは心臓にこたえるし、釣り師にとっては受難の時代やな。

——開高さんの〝情報源〟はある意味で国際的ですが、最後にとうとうその穴場を探したというわけですか。

開高 ウン、そうや。でも初めに狙いをつけたのは中国やった。ところが日本人がいちばん近づき易い松花江の場合、『ニューヨーク・タイムズ』の北京支局長の書いたレポートを読んでみると、近頃の工業化政策による汚染のために魚が激減し、おまけに上流の大興安嶺の森林を乱開発したため雨量が減って、川の水も減ったと書いている。いずれにしても短期間しか滞在できない釣り師にとっては不利な情報ばかりで、中国はあきらめたんや。そこで、次に思い浮かべたのが蒙古やった。蒙古はチンギス・ハーンの昔、いやもっと古く三千年も前から、工業化や人口激増や森林開発もなく、そのうえ魚食の習慣を持たないアジア唯一の国であることを耳にした。ある日東京のモンゴル大使館にそれとなく糸をおろしてみると、ドシッと手応えがかえってきた（笑）。そういうわけ。

——それも相当大物の手応えが……。

開高 ウン、確かな手応えやったな。います、たくさんいます。誰も釣りません。食べません。昔から蒙古人は、空の鳥と川の魚には、手を出さない習慣でありま す。どうぞおいで下さいと……。あとは忠さんの知っての通りや。

——ありがとうございます（笑）。お蔭様で命の洗濯ができました。もっともキツイ洗濯で、帰ってきてから腹を切る破目《はめ》になりましたが……。

開高「人間は何かを得れば、何かを失う」。そういうことやな（笑）。まぁ、いいやないか、1・18メートル《メートル》のタイメンを釣ったんやから。

——しかし、第1回のモンゴル遠征は思い通りにいかなくて残念だったですね。

開高 そうやった。忠さんのときはピーカンの連続で、ワシが出かけたときは雨また雨でまるで洪水や。泣きたくなってきたなぁ、あのときは……。それでわかったんやが、やっぱり北半球の釣りは6月や、6月が最高やな。タイメンは冬籠りのあと、荒食いするんやな。

——そして翌年（87年6月）、ようやく

念願の1・20《メートル》のタイメンを釣った。

開高　そうや、2年がかりで思いを遂げたというわけや。

——それにしても、地球上で最後の秘境といわれるモンゴルでも、やはり2《メートル》のタイメンを釣るというのは至難の技のようですね。

開高　シーズンを通してやればチャンスはあると思うが……。2回の経験でいえば、ロシアの国境に近いシシクット河のタイメンは、かれこれ50尾ほど釣れた。これをサイズで分けてみると、大半が85《センチ》前後や。90《センチ》は5尾で、そのうち1《メートル》を超えたのは、たったの1尾やった。ときには入れがかりだったが……。してみれば1・20《メートル》となると、これはやっぱり希少価値といっていい。ただ、1度だけモノ凄《すご》いアタリがあった。リールが2度、3度と悲鳴を上げて糸を吐《は》き出しよった。1・50《メートル》はあったかもしれん、だが、切られてしもうた。

——タックルはどういうものを使われましたか。

開高　竿はフェンウィックの2本継ぎ（8《フィート》半／約2・62《メートル》）、リールはアンバサダの7000番。糸はデュポン・ストレインの30《ポンド》・テスト。スプーンは忠さんのバイト（13〜20《グラム》）、それにメップスの大物用にリスの尾っぽの毛のついたもの。あとはハイロー・マグナムにタドポリと、いずれもマグナム・サイズがベターや。

——今年（88年度）の「オーパ、オーパ‼」は何処を予定されていますか？　もし差支えがなければ多くの開高ファンのために教えてください。

開高　中国のハナス湖、ロシアと蒙古の国境の近くにある湖や。

——去年（87年）の秋、朝日新聞の夕刊に出ていた何か得体の知れない巨魚（12《メートル》の魚）のいる湖ですね。

開高　そうや。〝白髪三千丈〟の国の話しだから恐しくデッカイ話しでな。湖にはボートも何もないので、大型の船を貨車と自動車で運ぶんや。

——スケールの大きい話しですね。その新聞の話しでは、中国産のイトウ、学名でフーコ・ベレッケリーらしいですね。

開高　誰も釣っていないから判然としないのだが、ワシもイトウの仲間と思う。まぁ、12《メートル》はオーバーやな。そこで忠さんに逆にワシから頼みがあるんや。聞いてくれるかな。

——なんでしょう。大兄の頼みとは？

開高　〝超大型のスプーン〟をつくってほしいんや。マスキーを釣るダーディヴルより、もっと特大のスプーンを。

——いいですよ。大兄の頼みとあらば、なんでも作りますよ。

『輝ける闇』――白紙の心で読まれたい

1989年（平成元年）2月『現代人気作家がすすめる私自身の一冊』

ほとんどの小説家はさびしがり屋です。だから人前ではかくしてますけれど、うぬぼれ屋です。うぬぼれにしがみついて暮しています。そんな小説家に〝私自身の一冊〟をたずねようものなら、どれもこれもみな傑作なんだといいたくなりましょう。

だから私も『輝ける闇』のほかにあれもこれもとかぞえたくなるのですが、ちょうど20年前に発表したこの作品、歳月にさらされて、欠点も長所も、みな見えています。けれど、欠点がわかっていながらも、あえて推選したくなるものがあると感じています。それはまだ生きているのじゃないか。

創作のネタをひろうために私はヴェトナムへ行ったのではないけれど、結果としてそこでの見聞と経験が果実となり、燃料棒となってこの作品を書いてしまいました。しかし発表当時、私が〝文学〟で書いていることを〝政治〟で批評されたのが不満でならないのです。何も知らない若い世代に白紙の心で読まれたいもの。そして卒直な意見を聞きたいものと思っています。

小説家は怒っているのである

1989年（平成元年）8月10日『長良川の一日』

小説家とは何かと言いますと、読んで字のとおり、小さな説を書いてめしを食う男のことです。これは小林秀雄が昔そう言うたということになってますが、もっと前には永井荷風が言うたことであります。

小説という言葉自体、中国から来ている。中国人は御存じのように、ありとあらゆる歴史の書き方を開発し、実現し、うっそうたる文化を築いてきたけれども、どの歴史にも入り得ない大事なものがあるというので小説というジャンルをつくり言葉をつくったわけです。

私は三十年小さな説を書いて、ビフテキよりは串カツを、キャビアよりトンブリを、フォアグラよりはフグの白子を、ときたまいじらしく食べてやってきた存在であります。しかしまあ今日は、たまには身分を忘れるのもよろしいかと思いまして、ちょっと小さな説を横へよけてしゃべってみましょう。


大きな言葉で言って、自然保護、環境問題、エコロジー、生態系という言葉がここ二十年近く専門家の間から言われ出し、しかし具体的に異常気象とか、暑すぎるとか、寒すぎるとか、雨が降りすぎるとか降らなさすぎるとか、そういう現象が日常身の回りに感じられるようになったので、人々もどうやら考える段階から考えつつも幾らか感ずるという段階にいま移りつつあるように見られます。

そもそも、二十世紀の文明というのは、これまでのどの世紀よりも大量の地球資源の暴飲暴食段階にある文明です。昔なら一枚の田んぼがあって、そこに稲を植える。秋になるとお米が実る。そのお米を取ってきて食べる分と貯蔵する分に分ける。それからムギワラはムギワラ細工、ワラ、ムシロ、いろんなものに使い、余った分は燃料にした。それから油はべつの畑の菜種の実から取った。つまり光と熱と食糧という面から見た場合、一枚の菜種畑と一枚のお米畑があればやっていけたわけです。

しかしいま、電気は原子力、ガスはアラスカ、石油はアラブ、とんでもない所から運び込んでやっている。日本人のどんな貧しい人でも電気をつけ、ガスを使い、電気冷蔵庫を使いしている。一人当たりのエネルギーの消費量というものを見た場合、恐竜一匹当たりのエネルギーの消費量に近いのではないかという数字を出した学者もいますが、恐竜だって何種類もあったんだし、肉食の恐竜もいたし菜食の恐竜もいたから一概には議論できないでしょう。

しかし、人類四十億のうち、これを平均でならして、一年間に消耗する天然資源の総量、それを一人頭幾らになるかというもので割っていった場合、産業革命なんて幼稚園の学芸会ぐらいにしか見えない程度の、物すごい消費ぶりです。これがいつまで続くのかだれにもわからない。危ないぞ、危険だぞ、もう絶望の淵で踊っている死のダンスだぞ、という警告を出す者が多いが、あんまりそればっかりなので、だれも読む者も近ごろいなくなっちゃって、SF作家が野垂れ死にぎみになっています。

そこで「自然保護」という言葉が叫ばれるんですけれども、一体保護されたものを自然と呼んでいいのかどうか。「自然保護」という言葉自体に語義矛盾があるのではないかと私などは感じます。

しかし、ごく大まかなところを見て、アマゾンのようなプリミチブな国のプリミチブな地帯。ここでの自然荒廃は、人口が増えるからそれを開拓地に押し込む、そのために木を切る、そのために砂漠になる、荒れ地になるという最もベイシックなところで行われていることであって、その背景にあるものは膨大なる子宮であります。男根であります。それから生まれてくる子供を抑制するな、殺すなというヒューマニズムであります。

ところが人類史で見るとき、ヒューマニズムというものはまだあんまり鍛練を経ていない感覚であります。思想であります。アマゾンは緑の沃野ではない、偽りの楽園である。こう言われ、私が言い出してからでも既に十年以上になりますし、そのとおりになりつつある。自分の予言が的中してちっとも喜ぶ気になれない。むしろ布団かぶって眠りたくなる。寝てしまいたくなる。四国一つか九州一つぐらいが赤裸になりつつある。これが当分抑制できない。「緑を守れ」と言った男がアマゾンで殺されたりしている。困ったことです。

さて、アマゾンへ魚釣りに行くという感覚も日本人にはさほどもう縁遠いものではなくなったし、ちょっとした釣り師ならアマゾンへ行っている、ニュージーランドへ行っている、アラスカへ行っているので、外国へ魚釣りに行くのは常識になりました。プリミチブな国ほど自然が保護されず、先進国で広大な自然を持つ国ほど自然が保護されるという現象が、もう二十年ぐらい進行のいちずをたどっています。

つまり、アラスカにおいては密猟やら規制の違反ということがありますけれども、まずみんな大体規制を守り、バグ・リミットを守り、釣りのシーズンを守り、釣りの方法も、餌釣りはしないでルアーかフライだと、いろいろなレギュレーションを守っていきます。その結果として毎年ほぼ定数のサケが川へ上がってくる、マスが川へ上がってくる。何でもかんでも食っちまうギャングみたいなパイクも豊かに保護されている。しかし、それですらアラスカもどんどん偽りの楽園に近づきつつある。ただアマゾンよりははるかに度合が遅いという問題です。

いずれにしても人間が手をかけるか、手をかけないことによって保護するという形をとらない限り、自然はなくなりつつある。自然というものは、森も花も、鳥獣虫魚すべてそうですが、ある段階までは非常にタフです。それから回復力も強い。驚くほどに強い。もうダメかと思ってるのに、ちょっと禁漁期間をつくってやりさえし、卵を持ってる魚を保護してやりさえすれば、たちまちよみがえるということが海でも川でも起こっている。

しかしそれは、ある段階までです。ポイント・オブ・ノー・リターンというのがあってそれを越えるともう二度とダメ。永遠に戻らない。そういうことがあります。それで我が国の滅びていったミズスマシだのシオカラトンボだの何だのというものは、似たような種族を外国から持ってきて、実験室で繁殖させてから野原へ放してやるということをしない限り、もう二度とお目にかかることができない。ゲンゴロウにしてもヒルにしても、イモリ、ヤモリ、ことごとく同じことです。

さて、そういう目で長良川を見ると、長良川の河口堰《ぜき》を、いま反対してなくすることが成功したとします。だといって、長良川が救われたということには必ずしもならないと私は思います。なぜかと言うと、長良川の両岸でやっている農業やら林業、これは長良川以外の地帯でやっているのと同じことを恐らくはやっているだろうからです。たとえば農薬の問題があります。河口堰をなくしたからといって、農薬をやめると思うことはできない。幾らか、多少使うのを手控えるということは部分的には起こるかもしれないけれども、全体には起こりますまい。

それから水源涵養林《かんようりん》という、水の源の、上流の分厚い森林を切ってしまった。さながら私の頭髪のようにまばらにしてしまった。そのために鉄砲水が出て洪水が起こる。どんなに分厚い豊かな自然林の、原生林の水源涵養林があっても、大雨が降りさえすれば、まあ十年に一度か二十年に一度は大昔だって氾濫はあったでしょう。しかし、いま自然災害というものの何割、かなり大部分のものは人為的なものによって増幅されている。これはだれにでもわかっていることです。

だから、長良川全体を保護したくなれば長良川が関係する県、岐阜県と愛知県、三重県、これ全体を国立公園にしてしまうというような対策でも講じない限り、長良川の生態系が厳密に活性化して、生きて、生き延びられていくということは考えられない。岐阜県、愛知県、三重県全部を国立公園にしちゃう。

つまり、全体から治しにかかるのでない限り、部分的な病気を治しても仕方がない。部分的な病気は部分的に対処しなければならないが、常に考えなければならないのは、全体から治しにかかることであるというのが中国四千年間の漢方医薬の根本的な考え方です。

もう一つある。すべての薬は毒である。この考え方です。病気は毒である。毒でもって毒を制するのだ。これが中国の医薬の考え方です。

漢方薬にはとんでもないものがたくさんありますけれども、大変に有効であったことは、漢民族が四千年間生き延びてきた、そしてあの現在の旺盛さを見ればわかりましょう。彼らも中国医薬だけに頼っているわけではない。西洋医学の知識も入れなければならないことはよく承知の上です。

　したがって、いま中国医薬の全体から治しにかかるという考え方に立つならば、中部地方全体を国立公園にしちゃえと、こういう考え方を持たない限りダメです。つまり、体全体が老衰にかかっているのに、指先だけを、あるいは右腕だけを若い状態に保つということはできない。

　それと同じで、この地方全体の自然をどうかするのでない限り、長良川が完全によみがえるわけでもないし、昔の姿を元に戻すわけにもいかない。既にもうそうなっている。これはもう手がつけられない。既に長良川流域で滅びていった虫や花やいろんなものは多いでしょう。

　しかし、ここで考えなければいけないのは、大河川において本流にダムのない川が我がニッポンには、この長良川くらいしかないということです。言ってみれば、ニッポンには「これが川や」というサンプルすら、この川一本しか残されていないということです。我が国の荒廃がいかに進みすぎたか。

　祖国をなにがしか自然をないがしろにしない限り、犠牲にしない限り、近代化、近代文明というものは達成できないというのはあらゆる国の宿命でありますけれども、小さい国でそれをやりすぎた。そして手に二度と入れられないものを失いすぎてしまった。失ったものの形が見えるような見えないような状態だから、我々はいま苦しんでいるわけです。

　全身老衰に落ち込んで、全身に毒が回って、全身にガン細胞が回りかかっている。転移しかかっている中でたった一つまだ生き残っているかと思われる器官がある。それが右腕でもいい、左足でもいい、膝の関節あたりをやられかかっている。その膝の関節は、治しようによっては治せるとわかっている病気です。それが河口堰です。だからせめていまのところ、とりあえず膝の関節ぐらいは治そうじゃないかというのが河口堰の反対運動だと私は思うんです。

　で、河口堰がなくなったからといってみんなが去ってしまうと、長良川はどうなるかわからない。しかし、それを言い出すと、日本全国すべての川が同じことです。これになるとみんなお手上げで、うなだれてしまうしかない。事態はそこまで来ちゃっている。早く言えば象徴としての長良川ということになってしまっている。何とも悲惨な状態です。

　小説家の身分を少し忘れて大演説をぶっちゃったので、恥ずかしくなってきた。もうちょっと小説家らしい面に戻りましょう。

　アイスランドという国がある。これは火山の噴火でできた島です。火と氷の国と言われる。木が一本もない。ツンドラが広がっているだけです。しかし、これは一つの共和国でもあります。アイスランド共和国であります。国家であります。都はレイキャビクと言う。

サケ、タラ、ニシン、こういう漁業で食っている国です。ここのツンドラを流れる幾つかの川がある。そこへ大西洋及び北海からサケが上がってきて卵を生んでということを毎年繰り返してきてるんですが、何がどうなったのか、あるところでここへダムを建てた。魚道もちゃんと設けてサケが上へ上がれるようにした。サケは我々が愛しているより以上にアイスランド国民の生命の源泉でありますから、我々以上に大事にしているんです。同時にサケ釣りも大事にしている。フライ・フィッシング以外には釣っちゃいけないとされています。ルアーも種類によってはいいと、非常に厳密です。

この、ある川にダムをつくった。そうしたら反対運動が起こったんだけれども、強行された。どの程度のダムかは私忘れましたけれども、私が行ったのはその直後です。そうするとそのあたりの農民が、というよりも、羊を飼っている――畑のない国ですから遊牧民ですが――牧畜業者が夜忍び込んでいって、そのダムをダイナマイトで破壊した。ブッ飛ばした。ダムがなくなって、川はまた自由にサケが上がったり下がったりできるようになった。

大事なのはこの次です。だれ一人として捜索された者がなかったんです。指紋を探された者もない。「それなりけり」になっちゃった。それで川は元へ戻った。多少ダムのコンクリート塊がゴロゴロするという程度で、サケは自由に上り下りできるようになった。

このエピソードを私は思います。よく思い起こすんです。だからといって長良川の河口堰に夜忍び込んでいって、水中でも爆発するダイナマイトを仕掛けろと言って私がそそのかしているわけでもありません。ヒントを与えているわけでもありません。そんなことが起こったらおもしろいなあと思っているわけでもありません。決してそういうわけではありません。ただ小さな例を一つ、ささやかなところを申し上げただけです。そういうことを処罰しない国がある。小さな島なんだけれども、そういう国があるということを申し上げたかったんです。

小説家から大説家になって、また小説家に戻りました。今日のあたりはこの辺ぐらいでよします。

なお、一つ申し上げておきたいことがある。私は小説家になる前、ウィスキーのコピーライターをしていた。そのときいろいろ宣伝のことを勉強したんですが、特に政治宣伝について勉強したことがあります。そのときあることを発見しました。古今東西、「○○を守れ」というキャッチ・フレーズが効いたためしがありません。「○○を守れ」というキャッチ・フレーズと宣伝が政治フィールドにおいて効果を挙げたためしはありません。これは何故か。ここをお考えいただきたい。これは、人の心の秘密だと私は思うんです。「守れ」と言われると、「ああ、まだこの川は生きてるんやな」と思うんじゃないでしょうか。

いずれにせよ、長良川は今、殺されようとしている。なんとかしなければならない。このニッポンにとって、〝最後の川〟だからです。これを申し上げて本日は黙ります。

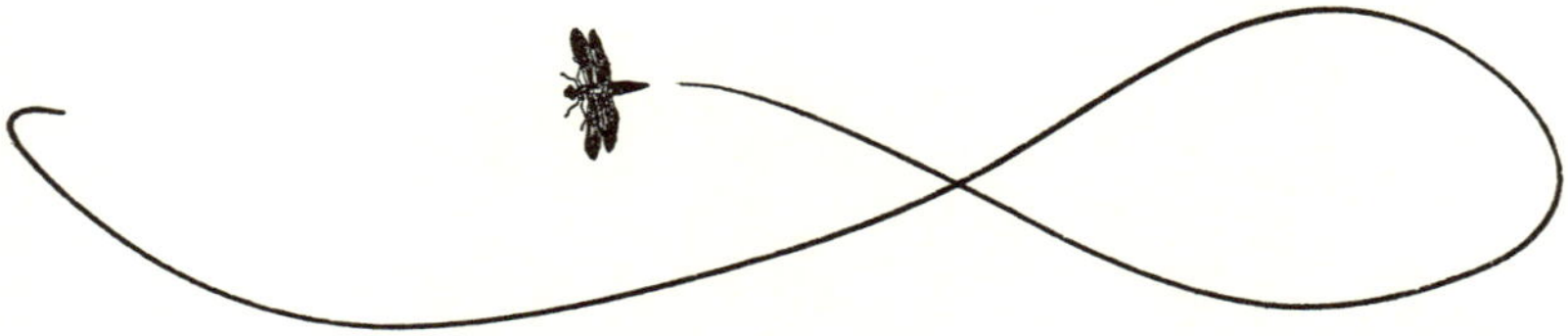

饒舌な年譜

Kaiko

健

a chronological table

開高

(Raiko) 生

1930（昭和5年）

12月30日、小学校の校長をしていた父・正義、母・文子の第二子（長男）として、大阪市天王寺区東平野町1丁目13番地で生まれる。

＊この年、日本は前年秋のニューヨーク・ウォール街の株式大暴落による世界恐慌と金解禁による不景気にさらされる。またロンドン海軍軍縮条約と統帥権干犯問題に揺れ、11月14日には浜口雄幸首相が東京駅で凶弾に倒れる。

「子供の頃、私の希望は電車の運転手でもなければ陸軍大将でもなかった。ただ、もう、古本屋のオジさんになりたかった」

「図書」60年3月「心はさびしき狩人」

1943（昭和18年）　13歳

4月1日、大阪府立天王寺中学（現・天王寺高等学校）に入学。5月5日午後3時30分、父が腸チフスの誤診のために病院で死去。開高健は後年、その死因について「ヤブ医者にかかって死んだ！」と言っている。18日に家督を相続。一家の大黒柱の死は、健の肩に重くのしかかった。

1945

1945（昭和20年）　15歳

8月15日の敗戦を龍華操車場で迎える。9月1日から新学期の授業が再開される。学校に通いながらのアルバイト生活が始まる。

「のちに、彼はこの長い長いアルバイト時代の経験や見聞を題材もしくは背景としていくつもの小説を書いた。選挙運動に雇われたアルバイト学生を主人公とする『なまけもの』、強欲でこすっからい漢方薬商のエピソードをあしらった『笑われた』、ペン・パルの手紙の代筆アルバイトを扱った『見た』などの短編のほかに、長篇『青い月曜日』では彼の経てきたアルバイト歴のいわば集大成をはかってもいる」
向井　敏著『開高健　青春の闇』（文藝春秋）

「私もアルバイトからアルバイトを転々とした。
製鋼工場の旋盤工やパン工場のパン焼工、
ときには大阪港の築港工事現場で、防波堤の礎石をあげおろししたり……。
むろん知恵で勝負したこともある。
いい加減な語学力ながら英会話の講師もやったし、翻訳の仕事もこなした。

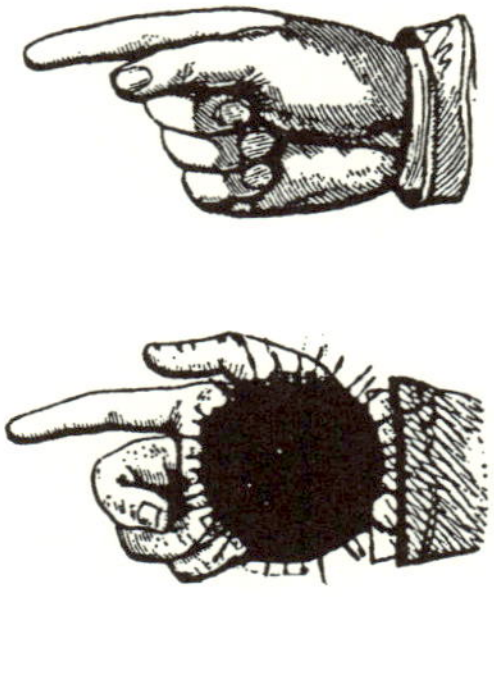

これは、日本の少年少女が世界中のペン・フレンドと文通しやすいよう、日本語の手紙を外国語に、外国からくる手紙を日本語に翻訳するというもの。一通につき、いくらかの翻訳料をもらっていたわけだ」

「リクルートNEWS北陸」84年1月1日「二三歳はどん底だった」

1949

1949（昭和24年）　19歳

4月、新制大阪市立大学法文学部法学科を受験、6月に入学する。

「文学部で教えるようなことは、自分で自分に教えられる、そんな考えがあったもんだから、大学にでもいかない限り、接触するチャンスのない法学部を選んだ」

前出・「二三歳はどん底だった」

1950

1950（昭和25年）　20歳

1月、生涯の親友となる谷沢永一と出会う。2月、同人誌「えんぴつ」の合評会に参加し、後に同人となる。5月、当時寿屋（現・サントリー）研究課に勤務していた牧羊子（本名・小谷初子）と「えんぴつ」の合評会で知り合う。

1951

1951（昭和26年）　21歳

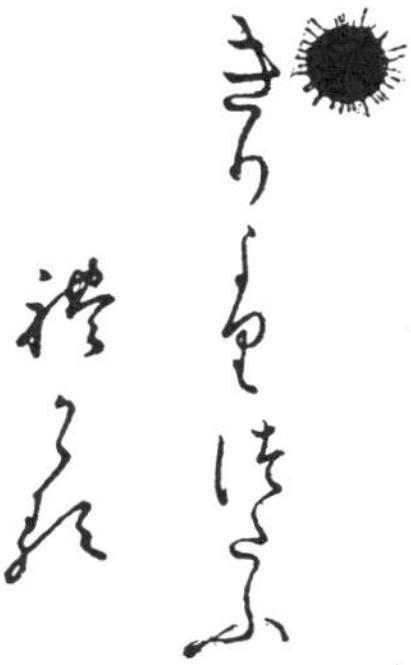

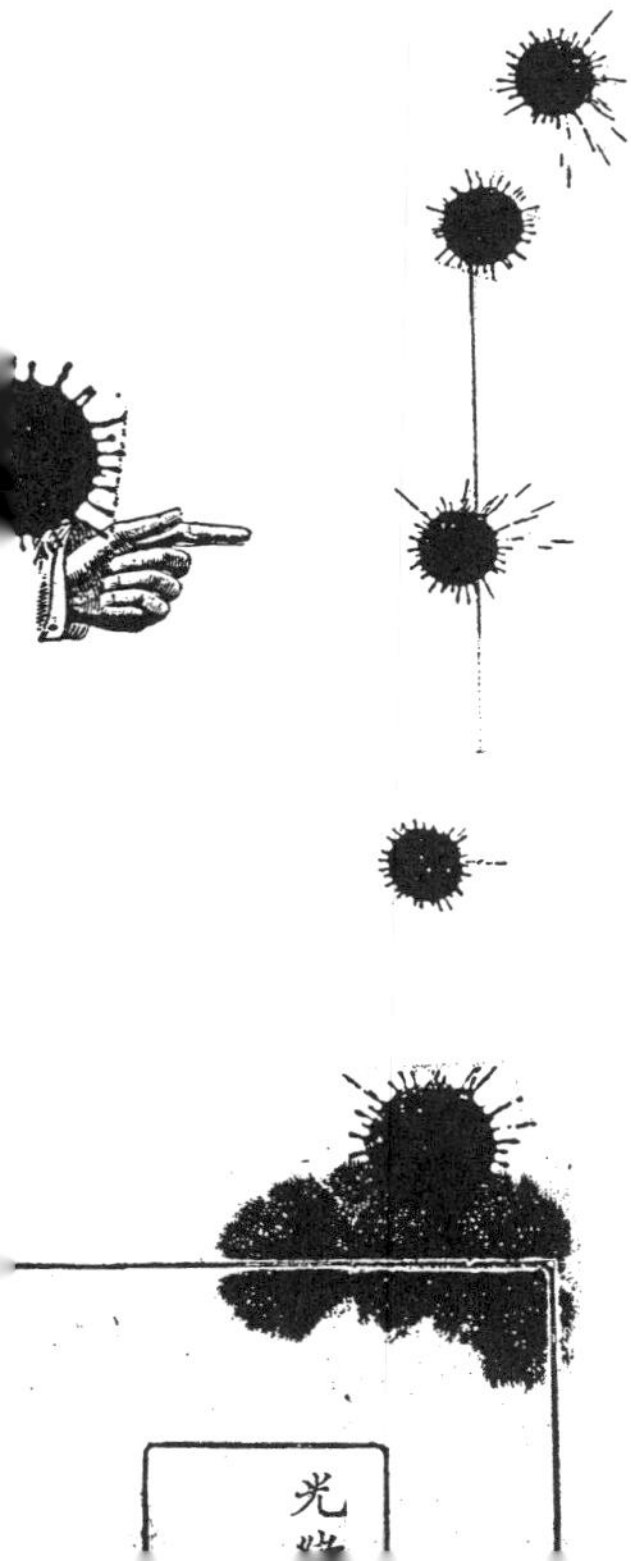

1952

7月、最初の長編小説『あかでみあ めらんこりあ』が「えんぴつ」解散記念として120部刊行される。

1952（昭和27年）

牧羊子と同棲。7月13日、長女・道子が誕生。

22歳

「大学生でありながら、女ができて、子供ができて、
というていたらくぶり。

二二歳でお父さんになっちまった。こんなはずではなかった。

やがて結婚。自分一人の食事さえままならないのに、いったい、どうするんや。語るに落ちたもんですわ。

とにかく食っていかなくちゃならない。

明日の食事を確保しなければ……と、また、アルバイトに精を出す。

せっかく、毎月一〇日頃にはもらっていた育英資金も、
以来、すぐにドライミルクに化けた」

前出・「二二歳はどん底だった」

1953

1953（昭和28年）

23歳

2月、洋書輸入商北尾書店に入社。3月

12日、牧羊子と婚姻届出。追試験を受け、12月1日、大阪市立大学法学部法学科（4月1日付で法文学部より分離）を卒業。
＊戦後の冤罪事件として後に注目を集める「徳島ラジオ商殺人事件」が起きる。

1954

1954（昭和29年）

24歳

2月22日、寿屋に入社、宣伝課に配属。健と入れ替わる形で牧羊子が退社。4月に柳原良平が入社。後に健の洒脱なキャッチフレーズと良平の温かみのあるイラストによって〝トリス文化〟が生まれる。

1955

1955（昭和30年）

25歳

「私のような、子持ちの青春無頼派はどこへもいくところがない。就職口がないわけよ。そういう連中を救済したのが、企業の宣伝畑である。戦中戦後の何年間か、宣伝活動というものは存在しなかった。また、それをやる人間もいなかった。だから、このフィールドは空白だったわけで、落ちこぼれも、子持ちも、青ビョウタンも、大いに歓迎された」

前出・「二二歳はどん底だった」

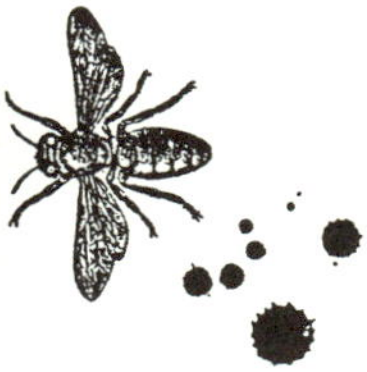

寿屋の小売店向けPR誌「発展」の編集を担当。11月、PR誌「洋酒天国」の企画が採用され、東京勤務に。杉並区向井町の社宅に移り住む。

1956

1956（昭和31年）　26歳

4月10日、「洋酒天国」が創刊、編集発行人となる。22号まで編集を担当する。同誌は、またの名を「夜の岩波文庫」とも言われた。戦後初のプレイ雑誌、後の雑誌文化に多大な影響を与えた。最盛期にはPR誌でありながら20万部を発行。「洋酒天国」を奪い合うという珍光景まで生まれた。

「その頃、私は、文学なんかやったところで何になるのかと思いこみ、
茅場町のドブくさい二階で『洋酒天国』の編集にふけっていた。
朝から晩まで、どうしたら諸君を酔っ払わしてやれるだろうか、
あの手この手に苦しんでいた。
浅草裏のシロクロなどという味気ないかぎりのものを見にかよったり、
夜なかにひとりで大酒飲んで便所にかよったりしていた。
やせこけて、眼がけわしく、たいてい二日酔いだった」

「小説中央公論」61年4月「作家の古巣」

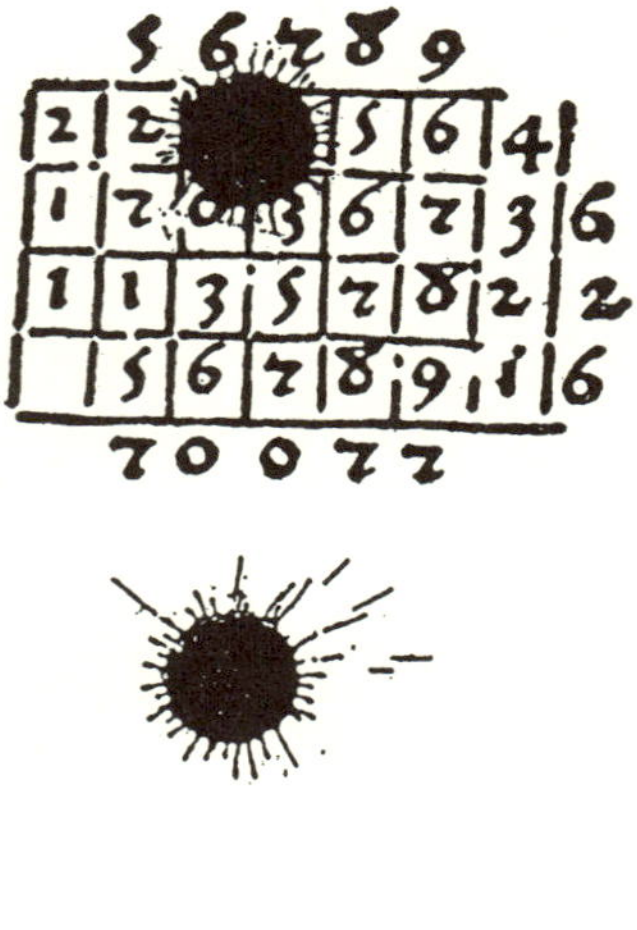

1957

開高健　コピー集①
トリスウイスキー　1956年

たとえ背中は
向けあっていても
この一杯が
こころをかよわす…

1957（昭和32年）　27歳

2月8日、「朝日新聞」夕刊に掲載された「木曾谷ネズミ騒動記―ササとネズミの因果のお話」から『パニック』を構想、執筆。8月、「新日本文学」に発表。「毎日新聞」の文芸時評で平野謙が『パニック』を激賞。12月、『裸の王様』を「文學界」で発表。
この年、山口瞳が寿屋に入社。翌年2月から「洋酒天国」の編集スタッフとなる。

開高健　コピー集②
トリスウイスキー　1957年

「いつもの？」

「ウン」

「トリスね」

「アア」

「ストレート？」

「ソウ！」

船もある
汽車もある
明るいうたごえ
楽しいベントウ
それに1本

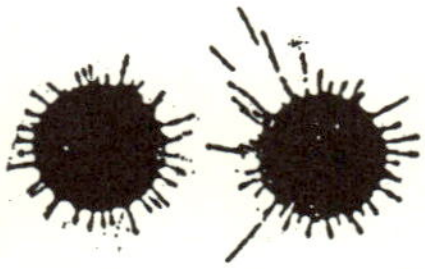

1958

トリスの瓶！
日光を浴びて
グッと1杯
ヨ、ホ、ホーッ！

1958（昭和33年）

2月、『裸の王様』で第38回芥川賞を受賞。選考では大江健三郎の『死者の奢り』とデッドヒートがあったことは有名だ。5月、寿屋を退社、嘱託となる。8月、杉並区矢頭町に転居。10月、『日本三文オペラ』の取材活動に入る。11月、江藤淳、大江健三郎らとともに「若い日本の会」を結成。「批評」の同人となる。

28歳

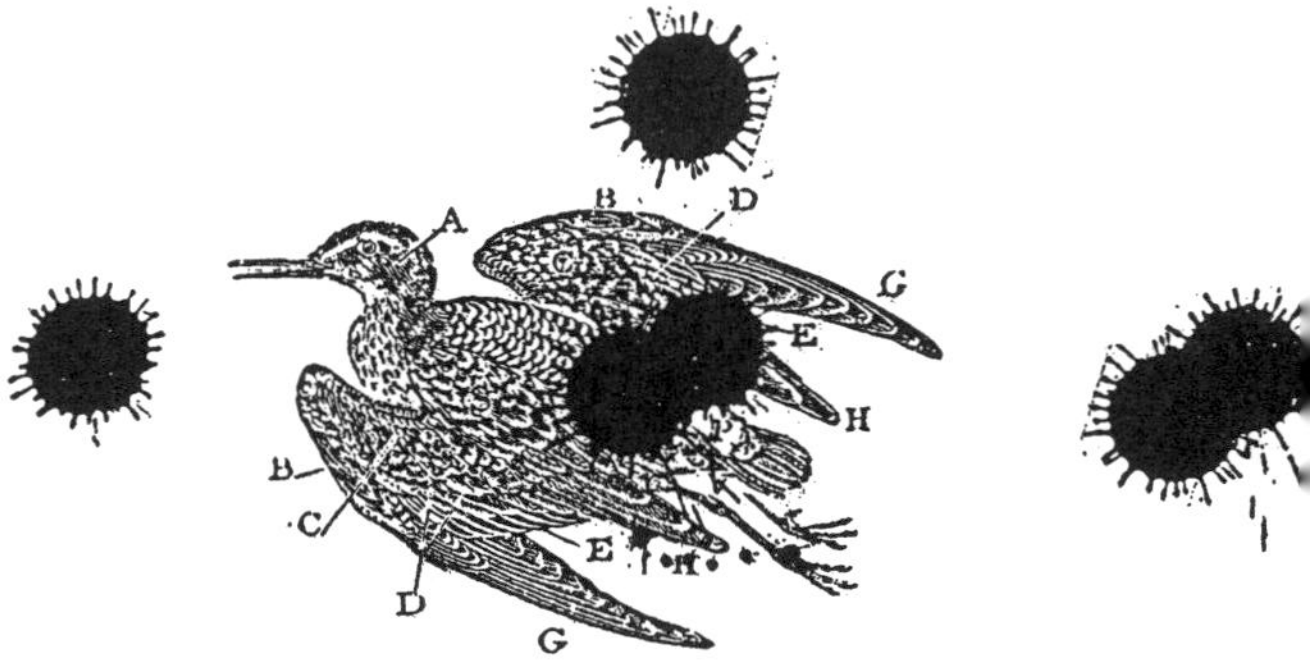

「いまのところ私は会社員と著述家を兼業している。
ペン一本でやっていこうと思えば
やれないこともあるまいと思うことはしばしばだが、
あけてもくれても、朝から晩まで、小説のことだけ考え暮らすのは
考えただけで頭がボンヤリしてくるから、
いましばらくはこの二本立制を強行するつもりである」

1959

「日本経済新聞」59年8月17日「ぬけぬ貧乏性」

開高健　コピー集③

トリスウイスキー　1958年

「ノドがかわいた」

「ウン」

「イクかね」

「いいね」

「お茶がわりさ」

「モチロン」

「よし！」

「T《ティー》ハイだ！」

1959（昭和34年）　29歳

4月、過労で急性肝炎にかかる。8月、

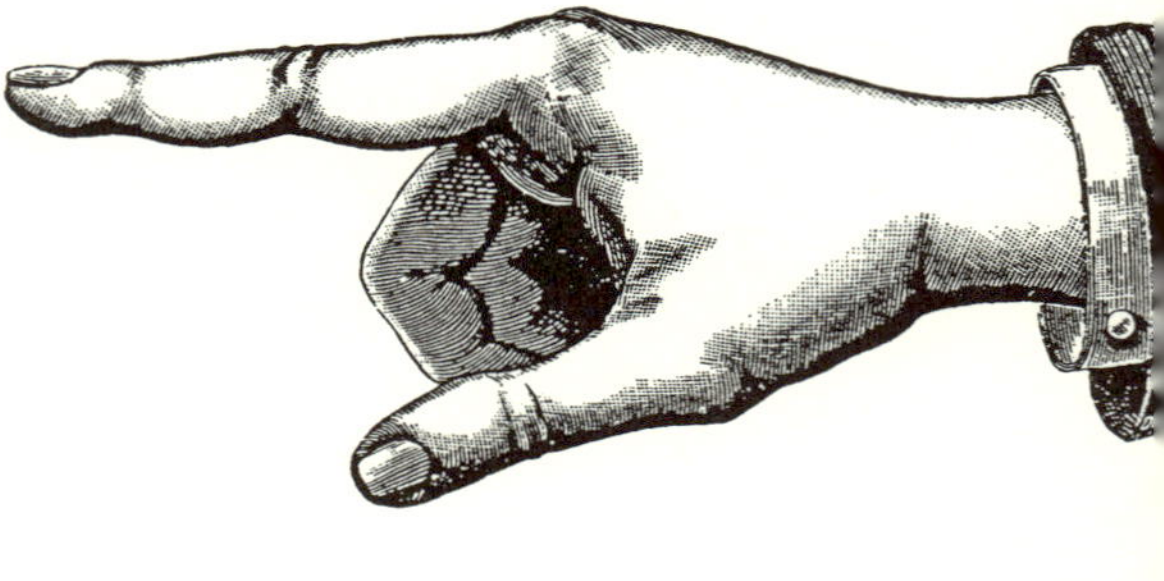

1960

寿屋宣伝部のテレビコマーシャルを中心とした一連の商業デザイン活動が「第5回毎日産業デザイン賞」を受賞する。10月、安保条約改定反対の夕で講演。この年の後半から翌年にかけて、北海道大雪山の麓に広がる上川地区に分け入り、開拓村の壮絶な苦闘を取材。その取材をもとに翌年、『ロビンソンの末裔』を「中央公論」（5～11月号）誌上に発表する。

1960（昭和35年） 30歳

3月16日、安保批判の会から傍聴券が配布され、国会での安保をめぐる特別委員会を傍聴。5月30日、中国訪問日本文学代表団の一員として中国へ旅立つ。6月6日に国務院で陳毅副総理、9日に郭沫若、21日には上海で毛沢東と周恩来に会見した。7月6日帰国。20・21日、福岡県大牟田市に滞在し、三池争議を取材。ルポルタージュ「状況が人間を変える」を「世界」（9月号）に発表。9月、ルーマニアで開催された「葛飾北斎二百年祭」に出席。さらにチェコスロバキア作家同盟とポーランド文化省の招待も受け、両国およびルーマニアを訪問。ユダヤ人が大量虐殺されたアウシュビッツ博物館を見学。パリを経て12月に帰国。

1961（昭和36年） 31歳

1961

3月28～30日、アジア・アフリカ作家会議東京大会が大手町のサンケイホールで開催。4月20日、中国と東欧を取材したルポルタージュ『過去と未来の国々―中国と東欧―』（岩波書店）を刊行。

「産経の国際ホールの隅にすわってイヤ・ホーンから流れてくる
さまざまな訛りの英語やフランス語、またインドネシア語やロシア語や中国
語などを聞いていると、
言葉はすべて、翻訳すれば、〝帝国主義反対、植民地主義反対〟であり、
〝独立と平等と平和〟であった。
この数語のほかには何もなかった。入れかわりたちかわり、
黒い人も黄色い人も、ことごとくこの数語につきた。
この数語の無限反復がこの会議であった。
二日目にある新聞記者が率直に告白した。
『たいくつだなア。記事にならないや』
もっともである。
なぜ？　この会議に出席したのはことごとく諸文明の被害者ばかりであって、
日本は唯一の加害者である。
自国の帝国主義にまきこまれて中国と東南アジアにくりだし、

नाजुक नारि पिया अंग सोती, संग सों अंग मिलाय।
पिय को बिछुरत जानि के, सँग सती हो जाय॥

ナチスと握手した記憶はあるが、
日本人には外国の帝国主義に強姦されたという記憶がない。
まるで、ない。
骨身にしみて〝外国〟を知って経験したのは
パンパンさんと基地の町の貧乏人だけではあるまいか」

「日本読書新聞」61年4月10日「A・A作家会議をおわって」

5月12日、虚偽の証言、虚偽の自白を強要され、有罪判決を言い渡された「徳島ラジオ商殺人事件」を取材した、開高唯一の新聞小説『片隅の迷路』の連載が「毎日新聞」夕刊で始まる（〜11月27日）。

7月4日、ナチスのユダヤ人絶滅計画の現場責任者だったアイヒマンの裁判を傍聴するためにイスラエルの首都・エルサレムを訪問。8月14日のセルヴァティウス博士の最終弁論まで連日、裁判を傍聴する。10月、ソビエト作家同盟の招きで、モスクワ、レニングラード、タシュケント、サマルカンドを訪問。エレンブルグと会見。12月19日、大江健三郎、パリ大学国際政治研究所員の田中良とともに反右翼抗議デモ（バスチーユ広場）に参加。20日、両氏とともにサルトルと会見。サルトルの声と風貌は、『声の狩人』

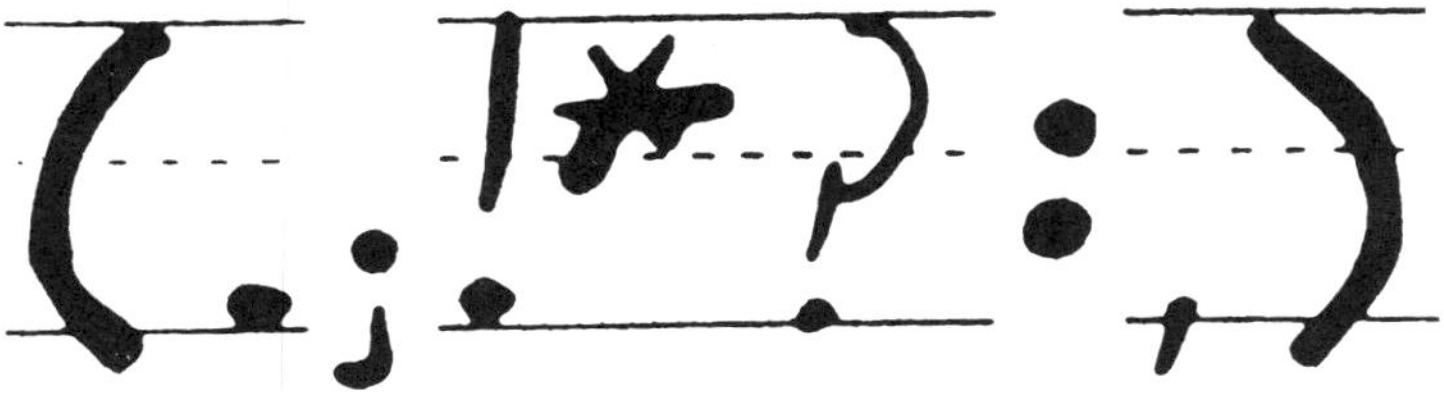

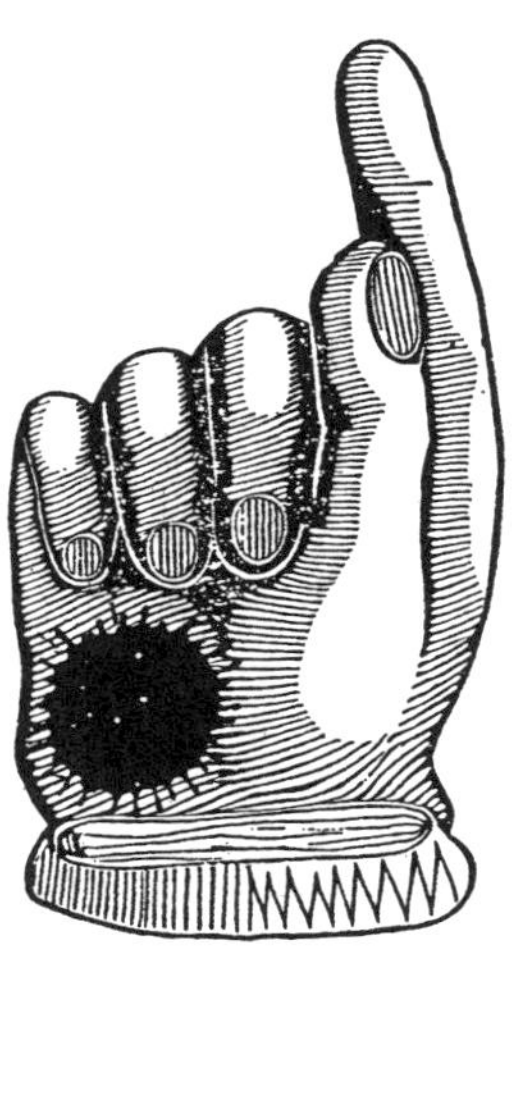

（岩波書店・62年11月20日発行）に活写
されている。

開高健　コピー集④
トリスウイスキー　1961年

スキーの楽しみ
はほらにある。
釣と同じです。
吹くのです。吹
いて吹いて吹き
まくる。これこ
そは、インドア
スキー術の粋、
山小屋の王様。
ケスレーもクナ
イスルもいるも
のか。炉ばたに
そっとトリスを

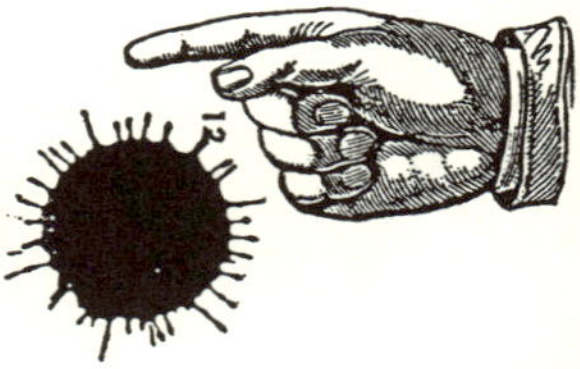

一瓶。それでいいのです!

「人間」らしく
やりたいナ
トリスを飲んで
「人間」らしく
やりたいナ
「人間」なんだからナ

1962

1962(昭和37年) 32歳

1月4日　スペイン、イタリアを経て帰国。13日、「パリのデモ騒ぎの中で」を「毎日新聞」に発表。23・25・26日と3回にわたって、「モスクワ・ベルリン・パリ」を「北海道新聞」に発表。2月20日、『片隅の迷路』(毎日新聞社)を刊行。

3月1日、寿屋が「サントリー」へ社名変更。7月、サントリービールの旗揚げのために佐治敬三とノルウェー、フィンランド、スウェーデン、デンマーク、西ドイツへ。各地の醸造所などを視察する。9月30日、「神戸港」を「朝日ジャーナル」に発表。10月18日、東京・九段の千代田公会堂で第1回アジア・アフリカ作家会議日本協議会（主催　アジア・アフリカ講座）が開かれる。石川達三らと5回の連続講座を担当する。11月12日、「長篇の愉しみ―スウィフト・ガリヴァー旅行記」を「日本読書新聞」に発表。

＊2月8日、アメリカはサイゴンに南ベトナム米援助軍司令部（MAC）を設置、軍事介入が本格化する。

「毎日朝早くから工場や研究所を訪ね、夜になると、君が買い込んできた何十本ものビールをホテルの一室できき酒する。デンマーク、ベルリン、ミュンヘン、フランクフルト、ロンドン、パリ……考えてみると、日本の大文豪をずいぶんひっぱり廻したものです。

当時の旅で訪ねた土地や巡りあった人々が、時として、形をかえて君の作品に登場しましたが、その度に懐かしい想いを抱かせてくれました。

開高君の作家活動の幅は、年ととも↘

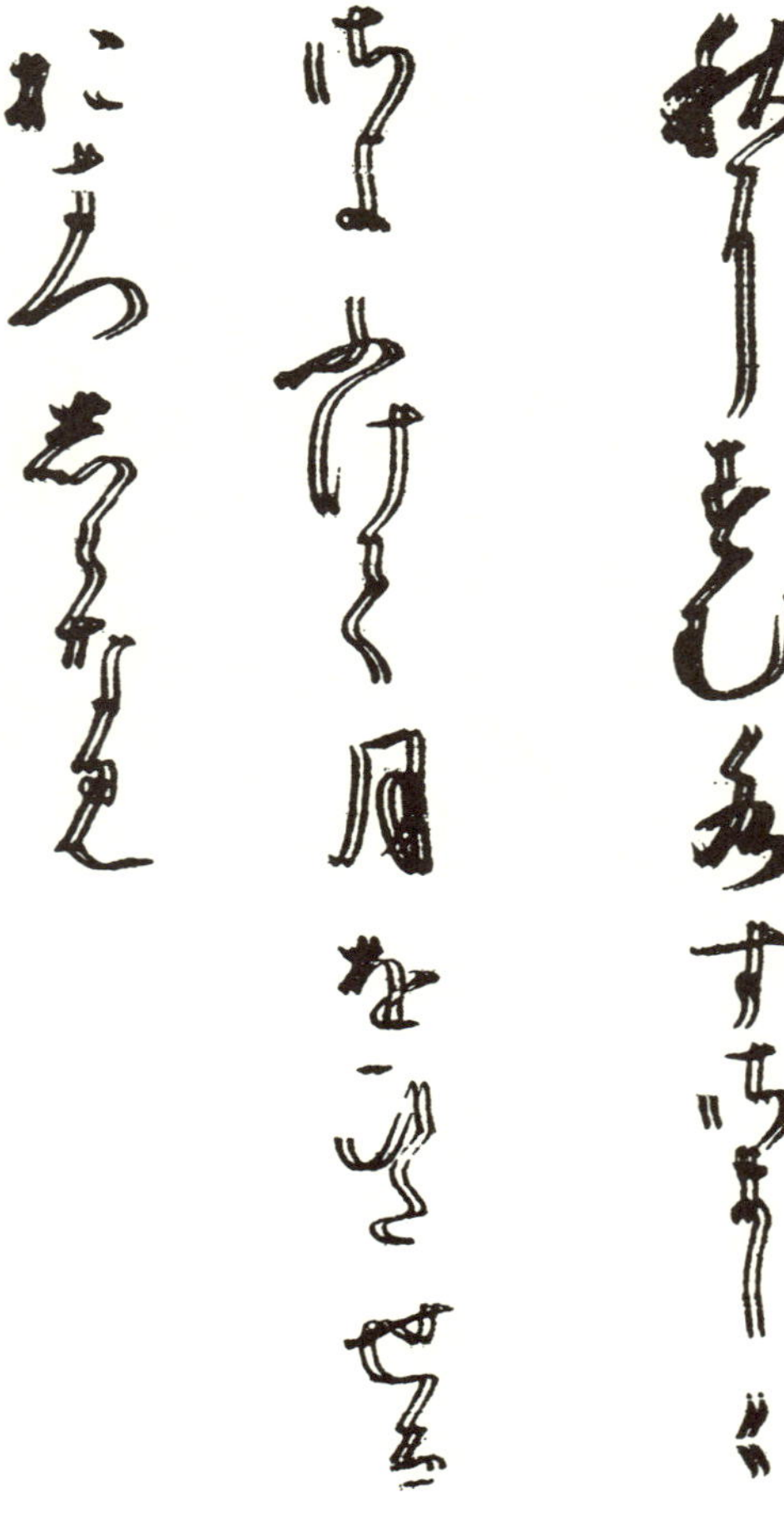

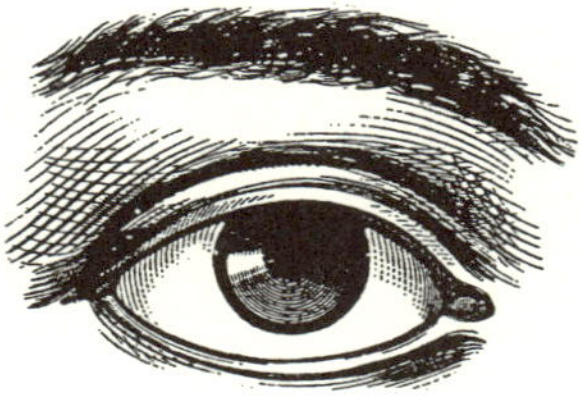

↘に拡がりを増してゆきました。

ある時、君から「佐治さん、南北アメリカを縦断して、魚を釣って歩いてルポルタージュにするという企画がありまんね、一枚のりまへんか」と持ちかけられました。私は即座にOKし、そのかわりにコマーシャルを三本撮ってきてもらう約束をしました。

こうして「もっと遠く……」「もっと広く……」が、さらに、地球を舞台に壮大なスケールで展開するウイスキーのコマーシャル三部作が誕生しました。やがて↖、

1963

このコマーシャルをヒントにテレビ番組が製作され、郵政大臣賞を受賞することになります。」
佐治敬三の弔辞『悠々として急げ 追悼開高健』(筑摩書房)

1963(昭和38年)
33歳

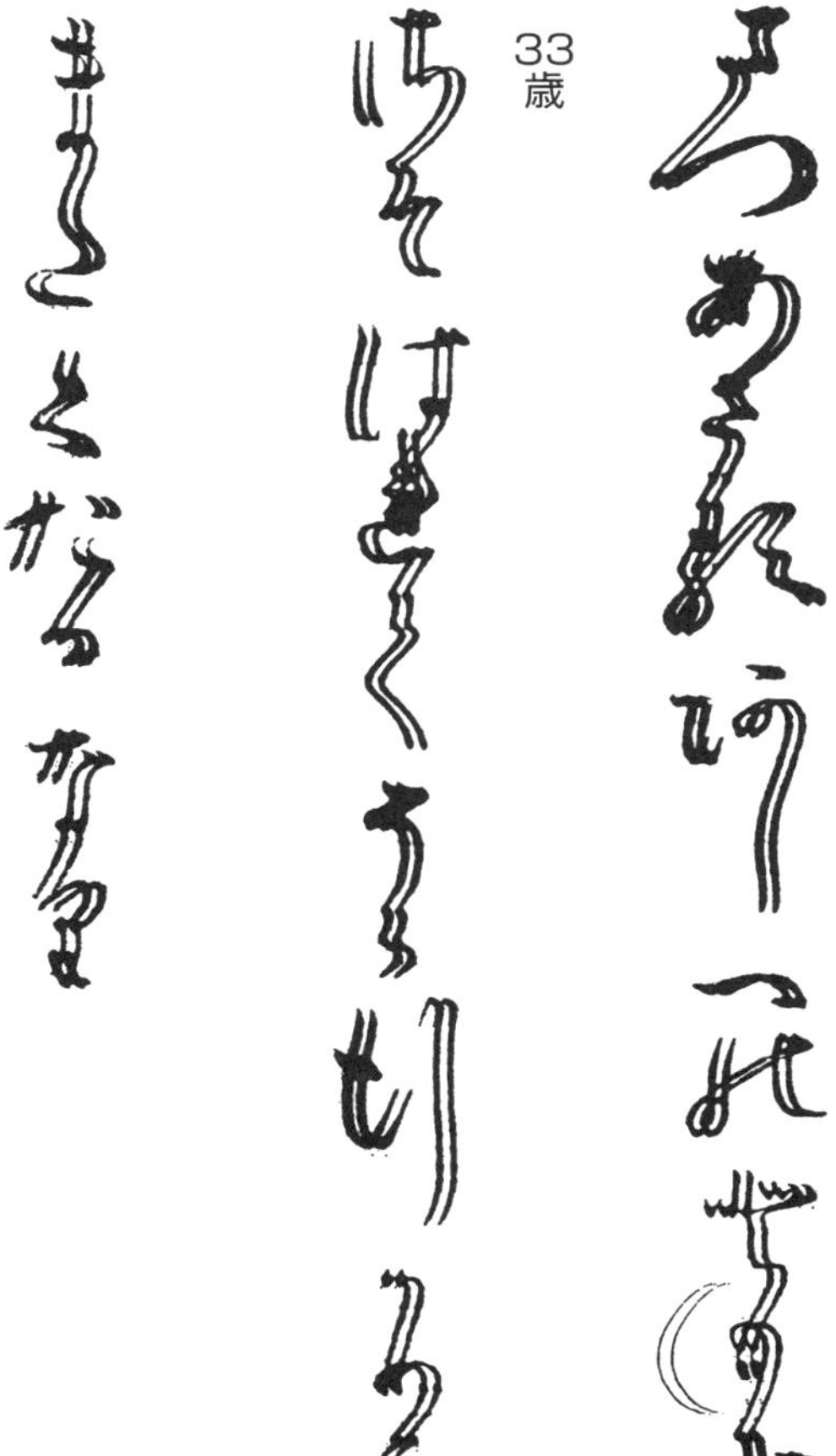

3月に「政治亡命者の系譜」を5月に「孫文―その悲惨と栄光」を、「中央公論」に発表。7月5日、ルポルタージュ『日本人の遊び場』の連載が「週刊朝日」で始まる(〜9月27日)。

「去年の夏三カ月ほど、
裏磐梯から徳島まで、
めぼしい遊び場という遊び場をのぞいて歩いたことがあった。
どこへいってもオシッコのにおいと空カンだった。
第二次世界大戦のとき、アメリカ軍は進撃するにつれて〝キルロイここにあり〟
と町々に落書をしていったが、
これが私たちのキルロイである。
キルロイはニューヨークの波止場の税関吏の名前である。
ここに集まる荷物はキルロイのスタンプを押されて世界中に運ばれた。

キルロイはどこにでもいた。
おれたちもここにいる、という意味で、
アメリカ軍はこの文句をいたるところに書き残したのだが、
そのように私たちはオシッコと空カンをいたるところに残して行った。
海も山も高原も人ごみとゴミごみである。
人とゴミがあればあるほど人気が集中するということもあり、
おしあいへしあいしなければ遊んだ気持ちになれないようであった。
船橋のヘルスセンターは巨大なイワシのカン詰だった」
「朝日新聞」64年3月10日「遊びの下手な日本人」

7月、「揺れた」を「世界」に発表。12・13日、ジャカルタで行われたアジア・アフリカ作家会議執行委員会に出席。16〜20日、バリ島で開催されたアジア・アフリカ作家会議に参加する。10月、サントリーの嘱託を退職。4日、『ずばり東京』の連載が「週刊朝日」で始まる（〜翌年11月6日号まで58回。6月26日号のみ番外）。30日、『日本人の遊び場』を朝日新聞社から刊行。12月5日、アジア・アフリカ作家会議講演会「日本とアジア・アフリカ」が東京の全電通会館ホールで開催、司会を務める。

1964

1964（昭和39年）

34歳

4月27日、広告会社「サン・アド」を設立し、取締役に就任する。会長・佐治敬三、社長・山崎隆夫、他の取締役には、山口瞳や柳原良平らが名を連ねる。主な業務はサントリーの広告制作。5月、『ずばり東京』上巻が朝日新聞社から刊行される。

＊8月2日、アメリカ軍はトンキン湾事件（米駆逐艦マードックスが北ベトナムの哨戒艇3隻から攻撃を受けた）を口実に報復攻撃を拡大。

11月15日、朝日新聞社臨時海外特派員として、カメラマンの秋元啓一とベトナムに飛ぶ（翌年2月帰国）。12月、『ずばり東京』の下巻を朝日新聞社から刊行。「サイゴンから」を「アジア・アフリカ通信」に発表。

開高健　コピー集⑤
トリス　1964年

夜、来たる。
オレ、寝る。

from saigon

1965

寝酒《トリス》、飲む。眼、とける。

1965（昭和40年）

35歳

1月8日、「南ヴェトナム報告」が「週刊朝日」で始まる（〜3月5日）。2月7日、米軍は北爆を開始。ベトナム戦争は泥沼へと突き進む。

「—開高氏ら命からがら逃げる
　取材中ベトコンに急襲され—
【サイゴン十五日発＝共同】『週刊朝日』派遣の南ベトナム現地特別取材班の作家開高健、秋元啓一カメラマン（朝日新聞社出版写真部員）の二人は十四日、第一線に従軍中ベトコンの徹底的急襲を受けて包囲され、南ベトナム軍将兵は四散、開高氏も約一時間〝行方不明〟を伝えられたほどの激戦ののち、救援部隊の援護でようやく死地を脱出、命からがら十五日朝サイゴンに帰着した」「朝日新聞」2月16日夕刊

2月17日、九死に一生を得た体験「ベトコンの猛攻下に5時間」を「朝日新聞」に独白、寄稿する。24日帰国。羽田空港のデッキに出迎えた家族や仲間へ

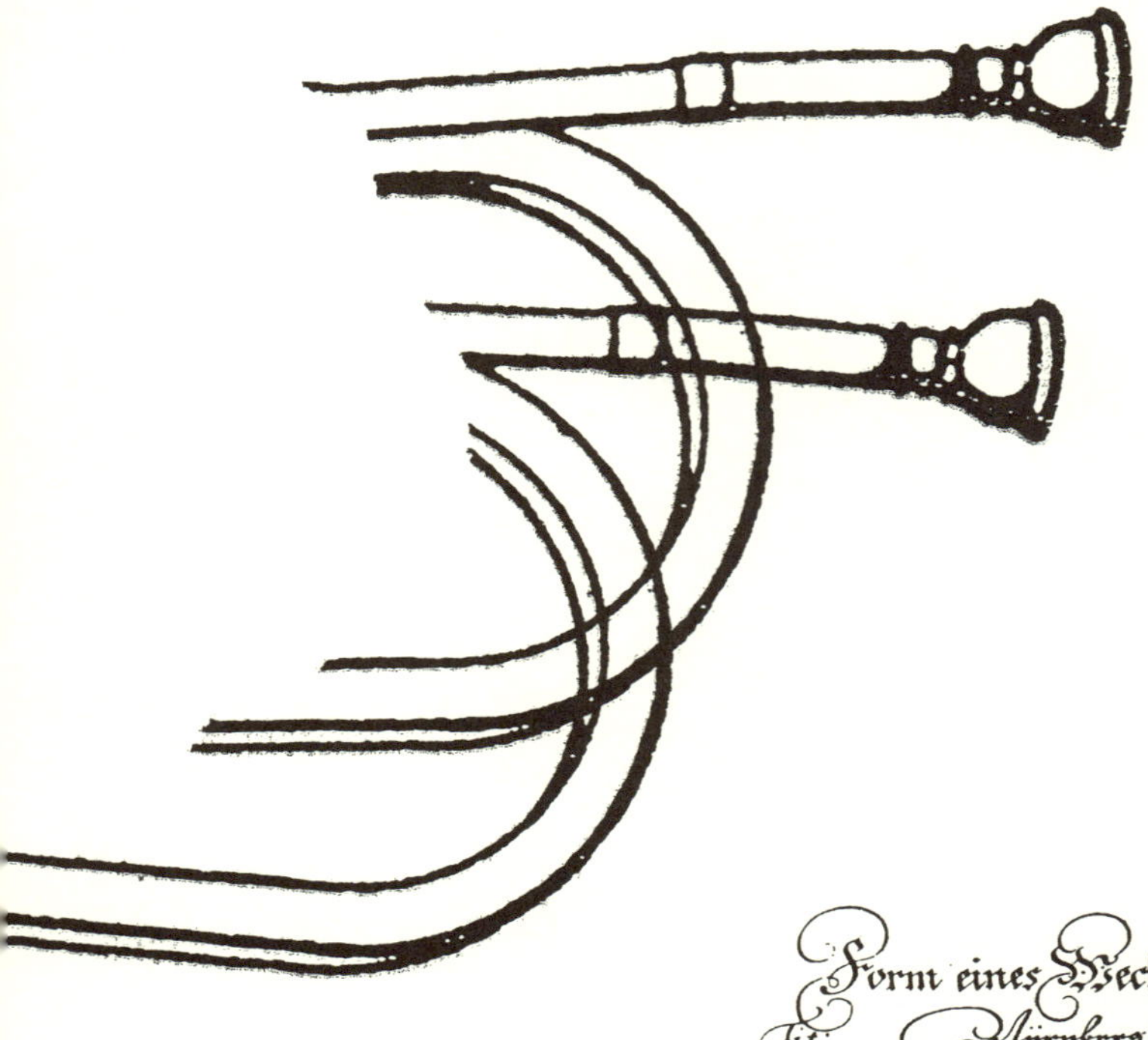

の第一声は「帰ってきたぞおう。ユウレイじゃないんやで」。3月20日、『ベトナム戦記』（朝日新聞社）を刊行。
＊22日、南ベトナム通信社が、米軍が非人道的なガス弾を使用していることを報道。マクナマラ米国防長官がガス弾の存在を認める。

4月20日、ベトナム問題に関して大内兵衛らが佐藤栄作首相に手渡した要望書に賛同署名をする。23日、第48回国会衆議院外務委員会に特別参考人としてベトナム問題を報告する。その速記は「議事録」（第17号）に収録される。24日、「ベトナムに平和を！ 市民文化団体連合」（略称＝べ平連）が発足。小田実、堀田善衛、高橋和巳、篠田正浩らと初のデモ行進をする。

5月、「ジャングルの中の絶望」を「世界」に発表。14・15日には「ベトコンの教訓」を「東京新聞」に発表。15日、『片隅の迷路』をモチーフにした映画『証人の椅子』（監督・山本薩夫）が封切られる。

7月、「ニューヨーク・タイムズ」紙の一面を買い取り、ベトナム戦争反対の全面広告を載せることを提案。広告掲載料（240万円）の募金運動を開始した。

「ひと殺しに反対の人、ベトナムの戦争はイヤだと思う人、
日本人も巻きこまれちゃ困ると思う人、
あの国のことはあの国の人にまかせるべきだと思う人は、
フロ代の残りを送ってください。
『ニューヨーク・タイムズ』に戦争反対の広告を
出してみたいと思います…（略）…
アメリカ人に、じかに、オヘソに話しかけてみたいと思います。
政党、労組、組織、学校、属している人、属していない人なんでもいいから、
賛成なら送ってください。
コーヒーのお釣りでも、フロ代の残りでも、いいのです」

「平凡パンチ」65年9月13日「２４０万円に賭ける開高健のアイデア」

7月、「兵士の報酬」を「新潮」に発表。8月10～12日、17日の4回にわたって武田泰淳との対談「きのうの戦争　きょうの戦争」を「毎日新聞」に発表。14日、東京・赤坂プリンスホテルで開催された「8・15記念徹夜討論集会―戦争と平和を考える」に参加。9月、「福田恆存氏への反論」を「文芸」に、「ベトナム知識人の幻滅」を「展望」にそれぞれ発表する。19日、「東京からの忠告―わが『ベ平連』アピールに力を―」を「朝日

ジャーナル」に発表する。

11月16日、「ニューヨーク・タイムズ」紙の朝刊にベトナム反戦広告「爆撃がベトナムに平和をもたらせるだろうか＝日本国民からの訴え」が掲載される。

1966

開高健　コピー集⑥
TORYS　1965年

アキカゼ　フイタ」コオロギ　ナイタ
グ　ラスモフイタ」TORYSノロック
マスマスサエル」マトマツテコイ

1966（昭和41年）　36歳

1月2日、ベトナムをアゴネシアという架空分裂国家の内戦に置きかえた寓話小説「渚から来るもの」の連載が「朝日ジャーナル」で始まる（〜10月30日まで44回）。3月、「解放戦線との交渉を」を「世界」に発表。6月4日、明治大学で行われた全国縦断日米反戦講演会（主催　明治大學學苑会研究部連合）で「焔と泥—ベトナムの農民たち」と題する講演をする。6〜9日、文化講演会（主催　文藝春秋）に大宅壮一、梶山季之ら

と参加。新宮市、津市、彦根市、高槻市を訪問する。14日、東京・港区の日消ホールで開催された全国縦断日米反戦講演会（主催　べ平連）で講演をする。

＊6月29日、米軍はB52を北爆に初めて導入し、ハノイにある石油貯蔵施設を爆撃。以後、北爆がエスカレートする。

8月11～14日、べ平連が東京・千代田区大手町のサンケイ会館国際会議場で「ベトナムに平和を！　日米市民会議」を開催。小田実、いいだもも、丸山真男、桑原武夫、鶴見俊輔、日高六郎、久野収、岡本太郎、小松左京、北小路敏、藤田省三、坂本義和、新村猛、中野重治、野村浩一、星野安三郎、市井三郎、安田武、鶴見良行らとともに日本側代表として出席。米国からはハワード・ジン、デイブ・デリンジャーら10人が参加。他には旧ソ連の詩人エフトシェンコ、フランスのクロード・ブルーデの諸氏もオブザーバーとして参加する。

10月15日、東京・有楽町の読売ホールで「ベトナム戦争と平和の原理」と題した集会を小田実らと開催。サルトルとボーヴォワールもフランスから駆けつける。

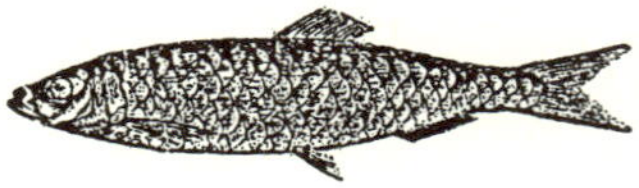

トリス　1966年

波の上
ねむくなるような
気分です

舟の上
トリスを持ってきて
よかったな

海の上
し、しずかに
魚が逃げる

1967

1967（昭和42年）　37歳

1月24日、「サルトル『嘔吐』」を「エコノミスト」に発表。25日、反戦平和を訴える歌手ジョーン・バエズを囲み、東京・三宅坂の社会文化会館ホールで「みんなでベトナム反戦を！」の会が開催される。

1968

＊2月6日、米軍は非武装地帯の森林に潜むベトコンを壊滅させるために、猛毒兵器の枯葉剤を大量に散布する作戦を開始した。

2月12日、共編『平和を叫ぶ声―ベトナム反戦・日本人の願い』（番町書房）を刊行。4月3日、「ワシントン・ポスト」紙に第二弾の反戦広告を掲載する。5月21日、「地球は広くなった」を「朝日ジャーナル」に発表。6月、「巨大なアミーバの街で」を「展望」に発表。20日、共訳したジャン・ラルテギーの『百万ドルのヴェトコン』（冬樹社）を刊行。8月、「武器よこんにちは」を「文藝春秋」に発表。11月13日、ベトナム戦争に反対して、米空母イントレピッド号から脱走した4人の水兵がベ平連を訪問。小田実らと記者会見用の映画を撮影。この年は、家にこもり『輝ける闇』の執筆に専念する。

1968（昭和43年） 38歳

1月、「旅」に『私の釣魚大全』の連載を開始（～12月）。筑後川、霞ヶ浦、諏訪湖、那珂川、東シナ海、瀬戸内海、根釧原野、バイエルン、チロル高原、メコン河での釣りがテーマ。

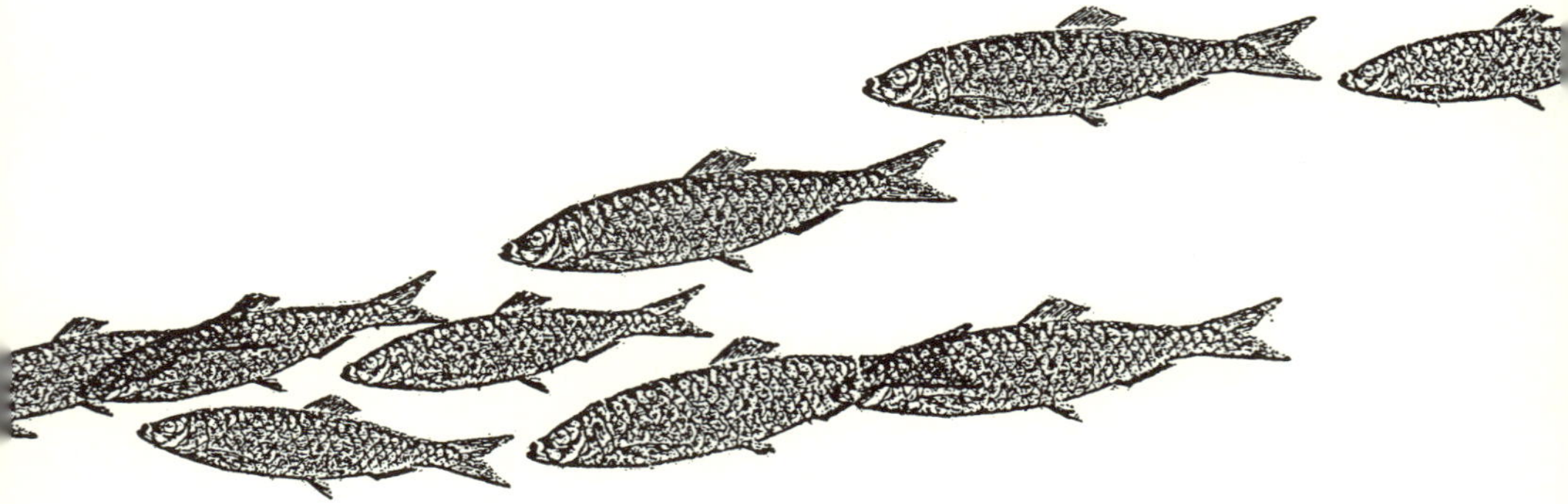

＊3月16日、米軍は南ベトナムのソンミ村の無抵抗の住民500人を大量虐殺する。

4月30日、ベトナム戦争をモチーフにした書き下ろし長編小説『輝ける闇』（新潮社）を刊行。この小説は、66年に「朝日ジャーナル」に連載した『渚から来るもの』第4章の章題をタイトルにした作品。ベトナム戦争の匂いを描くため、フィクションであえて「私」という一人称による日記形式を用いている。

6月16日、パリで「五月革命」ともいわれた騒乱が起こり、「文藝春秋」の臨時特派員として現地に赴く。しかし、ストライキはすでに終息、その後、フランスから東西ドイツを経て、ベトナムのサイゴンへも足を運び10月に帰国。「革命はセーヌに流れた」「サイゴンの裸者と死者」「北ベトナムの〝躓ける神〟」「みんな最後に死ぬ」などのノンフィクション作品を8月〜翌年3月にかけて「文藝春秋」に断続的に発表する。

11月、『輝ける闇』で第22回毎日出版文化賞を受賞。12月、神谷不二との対談「ヴェトナム戦争とアメリカ」を「中央公論」に掲載。

1969

1969（昭和44年）

39歳

1月、『紙の中の戦争』を「文學界」に連載（〜71年4月。途中休載あり）。25日、フランス・パリの国際会議センターで、和平の道を探る第1回ベトナム和平拡大パリ会談が実現する。30日、『青い月曜日』（文藝春秋）を刊行。

2月3日、「私たちは総合労働布令撤回運動を支持する」の声明に署名する。20日、東京・築地の電通本社で開高健特別講演が開催される。テーマは「トリス時代はどう演出されたか」。3月30日、『七つの短い小説』（新潮社）を刊行。

6月1日、サントリー70年史『やってみなはれ みとくんなはれ』が完成。戦後編を担当執筆する。25日、『私の釣魚大全』（文藝春秋）を刊行。

この月、朝日新聞社の臨時海外特派員として『フィッシュ・オン』の取材に出発。アラスカ、スウェーデン、アイスランド、西ドイツ、フランス、スイス、ギリシャ、イタリア、ナイジェリア、アラブ連合、イスラエル、タイを歴訪、併せてビアフラ戦争、中東戦争を取材し、10月末に帰国する。

この間、8月20日に「ナイジェリア—この濡れた戦争」を、10月10日に「イスラエル—この乾いた戦争」を「週刊朝日」に発表。

1970

1970（昭和45年）

40歳

1月2日、『フィッシュ・オン』の連載が「週刊朝日」で始まる（〜7月3日まで27回）。3月20日、季刊誌「人間として」（筑摩書房）が創刊。小田実、高橋和巳、柴田翔、真継伸彦らと編集同人に。「オセアニア周遊紀行」を創刊号（3月）、2号（6月）、4号（12月）に寄稿。

4月、「三つの戦争と難民収容所」を「文藝春秋」に発表。5月、大宅壮一ノンフィクション賞の設置が発表され、臼井吉見、扇谷正造、草柳大蔵、池島信平らと選考委員に就任する。

6〜8月にかけて、新潟県北魚沼郡湯之谷村銀山平（奥只見）にこもる。

「開高さんが『夏の闇』を書き下ろして『新潮』に一挙に発表したのは、昭和四十六年の秋である。書きはじめたのがいつごろからだったかは詳らかにしないが、前年の初夏から夏に奥只見の通称銀山湖畔の宿に出かけ、イワナ釣りをしながらこの『闇』の新作の執筆にかかっていたことは聞いていた。なぜ銀山湖へ赴いたのかは、そのまた前年に渓流釣りの名人・常見忠さんに連れられて行って、その山界の形相に深く魅せられたからである。…（略）…とはいえ、昼は釣

り、夜は執筆というような二股かけようという魂胆は成功するわけもなく、結局、その後、開高さんは新潮社クラブに何か月も入ったり出たりして、『夏の闇』を書き上げた」
菊谷匡祐著『開高健のいる風景』（集英社）

1972　1971

1971（昭和46年）

2月28日、『フィッシュ・オン』を朝日新聞社より刊行。10月、長編小説『夏の闇』を「新潮」に発表する。

1972（昭和47年）

1月20日、「徳島ラジオ商殺人事件」で犯人にされた「冨士茂子さんを励ます会」が、東京・神田の學士会館で開催。この事件を追いかけていたジャーナリストの青地晨の呼びかけに応え、市川房枝、瀬戸内晴美（現・瀬戸内寂聴）らとともに発起人となる。

＊多くの方々の救済運動にもかかわらず、冨士茂子は、79年に無念の死を遂げる。80年7月、事件の再審で冨士茂子へ無罪判決が下り、検察側の控訴断念で無罪が確定した。

41歳

42歳

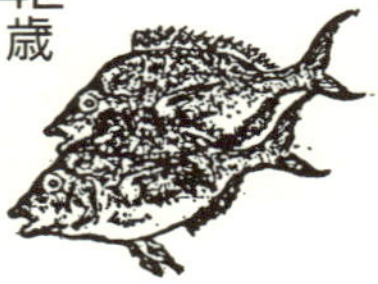

1973

3月15日、『夏の闇』（新潮社）を刊行。20日、『紙の中の戦争』（文藝春秋）を刊行。4月7日、東京・新宿の紀伊国屋ホールで新潮社第64回講演会が開催され、「経験・言葉・虚構」の演題で講演する。この年、『夏の闇』で文部大臣賞を打診されたが辞退する。

1973（昭和48年） 43歳

1～6月号まで月刊誌「面白半分」の編集長を務める。

「今から十七、八年前になるかな、
おれは『洋酒天国』という雑誌をやっててね、
だからこういう物をやるのは、おれの昔の職業なんだよ。
昔取った杵柄というやっちゃね。
当時はプレイ雑誌というのはほとんどなくて、
鶴屋八幡で出してた『あまから』と『銀座百点』ぐらいなんだ。
ああいうのと全然性質の違うのを作ろうと思って、
ウィスキー会社のPR雑誌だから、
洋酒の回りにあるものというんで、香水やらヌードやらバクチやら、
諸々の遊びを幹にして、

酒の宣伝は一行も書かなかったんだけどね。
今はそういう形の、本当の意味でのＰＲ雑誌が割合出てきたけど、
そのころはそういう考え方があまりないもんだから、
初めのうちは重役に『これ何や、高い金出して雑誌作って、
それが香水やら女の話ばっかりで、宣伝がどこにもないやないか！』
とどなられて、えらいもめたことがあったんだけど、
何とかそのまま押し切ってやった。
今はしかしプレイ雑誌が氾濫しているし、時代そのものが変わっちゃったから、
同じことをやったらダメなんで、全然別な考え方をしなくちゃいけない。
というわけで、まあ、昔のオレの腕が落ちてるか落ちてないか、
にぶってるかにぶってないか、もう一遍やってみようというわけ。
やるといっても、アイディアを出すだけで、
もっともそのアイディアがしんどいんやがね。
いくつもあるこういう雑誌の中で
グンバツなものにしたいと思っていますけど、
雑誌というものは一年も二年もやって、
こちらがアクビしたくなった頃にやっと

読者が気がついてくれるというようなもので、六カ月ぐらいではムリかもしれないナ。忍耐第一でなきゃ、やれないよ」

「面白半分」73年1月「編集後談」

2月13日、「文藝春秋」、「週刊朝日」の特派員としてベトナムに赴く。1月27日にパリで調印された「ベトナム和平協定」直後の政情や国民生活をつぶさに取材する。6月まで現地にとどまり、帰国。

4月、「サイゴン・一つの時代が終わった」を「文藝春秋」に発表。11月20日、『サイゴンの十字架』（文藝春秋）を刊行。

11月20日、『開高健全作品』（全12巻・新潮社）の刊行が始まる（翌年10月に完結）。この月、安岡章太郎、犬養道子とともにパリ、ロンドン、デュッセルドルフ、ブリュッセルと2週間にわたって講演旅行（主催　文化出版局・日本航空）をする。12月7日、東京・新宿の紀伊国屋ホールで新潮社第84回文化講演会が開催され、「その後のベトナムと私」の演題で講演する。

開高健　コピー集⑧
サントリー・ウイスキー『角瓶』1973年

一体日本はどうなるのであろう

1974

1974（昭和49年）

2月8日、東京12チャンネル（現・テレビ東京）の「人に歴史あり」（第298回）で開高健の半生が放送される。4月16日、「四畳半襖の下張」裁判の第7回公判に弁護側証人として出廷し、証言をする。10月30日、日本ペンクラブの臨時総会が東京会館で開催され、理事に選出される。12月、神奈川県茅ヶ崎市に仕事場が完成。

44歳

1975

1975（昭和50年）

3月25日にエッセイ集『白いページⅠ』、10月25日に『白いページⅡ』（潮出版社）を刊行。9月、胆石の除去手術を受ける。

＊4月30日、南ベトナム民族解放戦線（ベトコン）軍が首都サイゴンに3方面から侵攻。南ベトナム、ズオン・バンミン大統領は無条件降伏し、サイゴンが陥落。ベトナム戦争が終結。

45歳

1976

1976（昭和51年）

7～12月号まで「面白半分」の編集長を務める。6月30日、『完本　私の釣魚

46歳

大全』（文藝春秋）を刊行。11月、新潟と福島の県境にある銀山湖畔に「奥只見の魚を育てる会」が発足し、初代会長に就任。12月5日、『開高健全ノンフィクション』（全5巻・文藝春秋）の刊行が始まる（翌年10月完結）。

「数年ぶりにお鉢がまわってきて、また小生が編集長役をやることになった。
……（略）……
佐治敬三氏と小生で、六回、連続対談をすることになった。
実業家と虚業家、酒造家とドリンカー、それが毎月、女、酒、人生、旅、
文明、神祇釈教、恋失せ物、デタトコ勝負で
おしゃべりをしてみようという企画。
しかし、この人はとほうもない忙しさで回転している大統領。
秘書課長にメモを読んでもらうと五ヵ月か六ヵ月さきまで毎日の日程が組まれているという。
対談の予約を申込むのがクレムリンにインターヴューの電話をかけるか
オートレースのサーキットを横断するくらいむつかしいのである。
ウィスキーは樽につめて何年もほったらかして
寝かせてやらなければならないのに
その会社の社長が輪転機なみのいそがしさ。

1977

両極端は一致するのであろうか。……（略）……今月の体重68キロ。糖、無。蛋白、無。血液反応、陰性。脱毛、夥。白髪、多。悲」

「面白半分」76年7月号「編集後記」

1977（昭和52年）　47歳

3月10日、対談集『悠々として急げ』（日本交通公社出版事業局）を刊行。8月7日、『オーパ！』の取材にブラジルへ出発。アマゾン河流域およびパンタナルを釣魚行する。10月に帰国。

「いよいよアマゾンへ出かける日が来た。昭和五十二年八月、開高健以下、カメラマンの高橋曻、『PLAYBOY』編集部の菊池治男、それにわたしの四名は、羽田空港からパンナム機でニューヨーク経由、サンパウロに向かった。

　出発に先立ち高橋・菊池・わたしの三人は、牧羊子・開高夫人から求められ、『旅先で何があろうと―たとえ一命を落とすことがあろうとも、開高健に責を帰さないことを、ここに明言します』という一札を入れていた。何を大袈裟に―と思ったが、牧さんにしてみればヴェトナムの戦場で開高さんと秋元啓一さんが九死に一生を得たこともあり、いつ・どこ

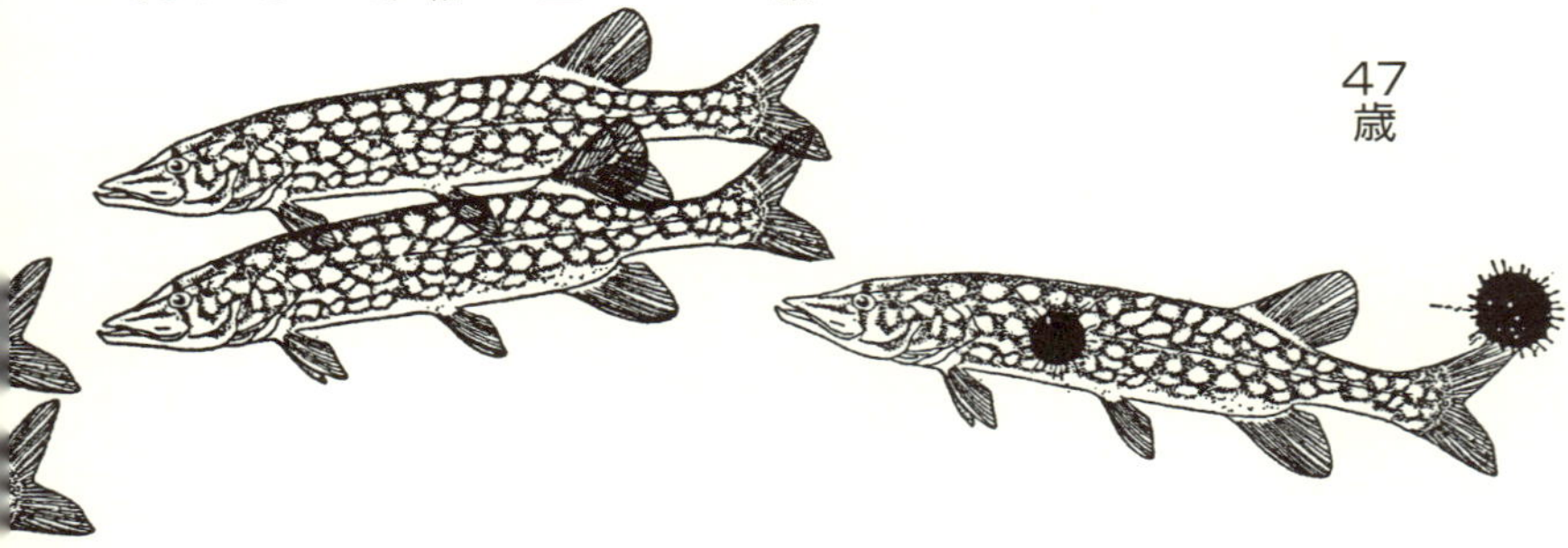

で・誰かの上に何が起こるかも知れず、それを開高さんの責任にされたのではたまらないということなのだろう。念には念を入れておいたものかと思う」

前出・『開高健のいる風景』

1978

48歳

1978（昭和53年）

2月、『オーパ！』の連載が「PLAYBOY」で始まる（〜9月まで8回）。5月15日、『ロマネ・コンティ・一九三五年』（文藝春秋）を刊行。7月、芥川賞の選考委員に加わる。11月1日、『オーパ！』（集英社）を刊行。「オーパ！展」が東京・新宿のミノルタフォトスペースで開催される。11月2日、「面白半分」臨時増刊号が「これぞ、開高健」の特集を組む。

この年、フィンランドでカイ・ニエミネン訳『夏の闇』が文部大臣翻訳賞に選ばれた。

1979

49歳

1979（昭和54年）

1月15日、エッセイ集『白昼の白想』（文藝春秋）を刊行。24日、財団法人サントリー文化財団の理事に任命される。

2月、「戦場の博物誌」が「文學界」で始まる（〜5月まで連載）。

5月1日、『最後の晩餐』（文藝春秋）

を刊行。15日、短編集『歩く影たち』（新潮社）を刊行。7月13日、新潮社第145回文化講演会が東京・新宿の紀伊国屋ホールで行われ、「戦争と文学―歩く影たち―」を講演する。20日、朝日新聞社とサントリーから派遣され南北両アメリカ大陸縦断（5万2340キロ）釣魚行のためアラスカへ出発する（翌年4月帰国）。11月25日、単行本未収録全エッセイ『言葉の落葉』（全4巻・冨山房）の刊行が始まる。Ⅱが80年4月、Ⅲが81年7月、Ⅳが82年12月にそれぞれ刊行と、3年がかりで完結。

1980

1980（昭和55年）

50歳

1月11日、『もっと遠く！』の連載が「週刊朝日」で始まる（〜7月25日）。2月10日、『渚から来るもの』（角川書店）を刊行。5月、開高健が出演して話題を博したサントリーのテレビコマーシャル（サントリーオールドニューヨーク編）が「テレビ広告電通賞」を受賞する。8月1日、『もっと広く！』の連載が「週刊朝日」で始まる（〜81年4月10日）。12月25日、対談集『黄昏の一杯』（潮出版社）を刊行。

1981

1981（昭和56年）

51歳

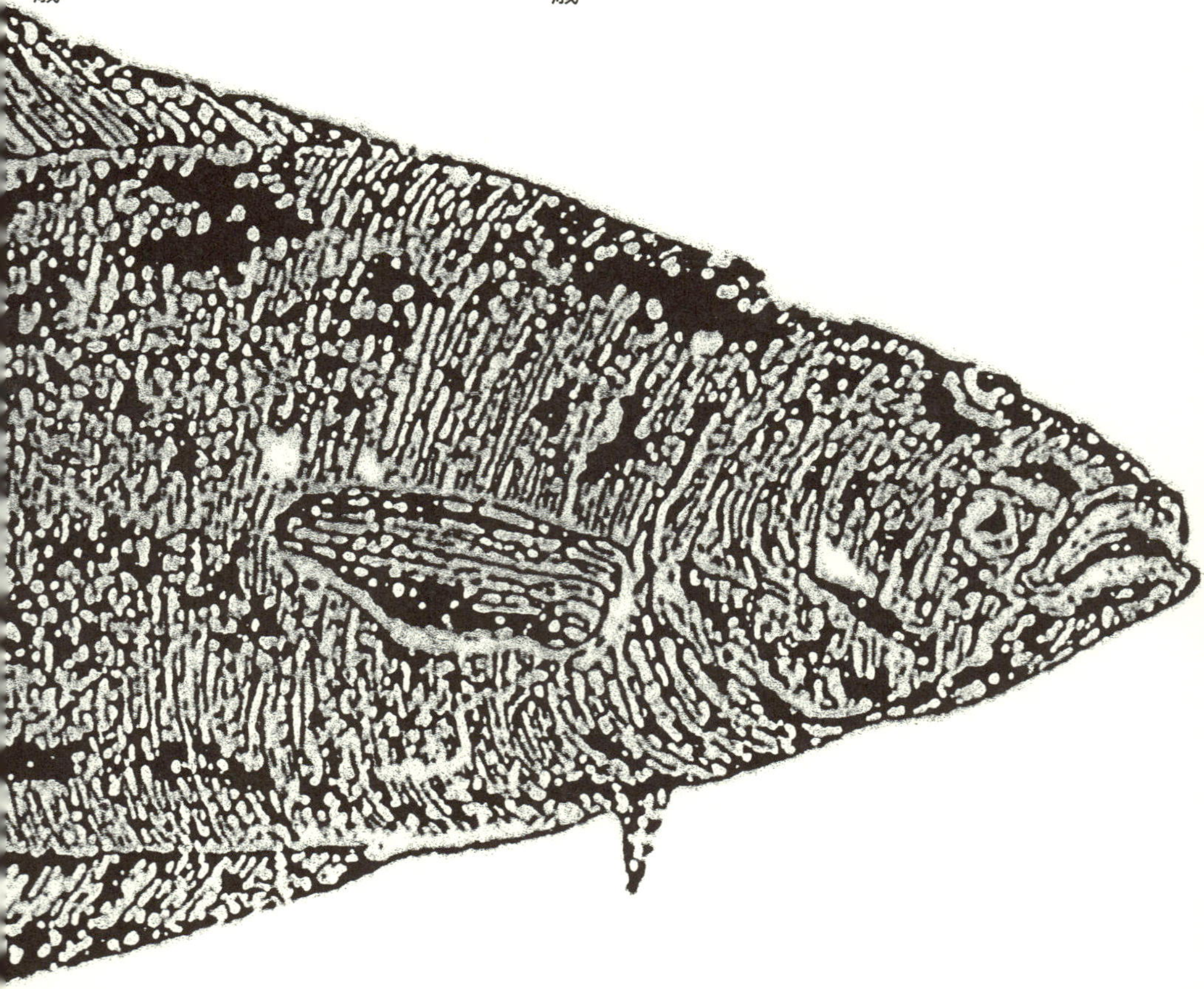

1982

1月23日、前年に「テレビ広告電通賞」を受賞したテレビコマーシャルが、「フジ・サンケイグループ広告大賞」も受賞するという快挙を成し遂げる。

6月1日、江藤淳との対談集『文人狼疾ス』（文藝春秋）を刊行。8月、「オーパ！展」が東京・池袋の西武百貨店で開催される。9月25日、『もっと遠く！』、『もっと広く！』（ともに朝日新聞社）を刊行。11月、『ベトナム戦記』から『もっと遠く！』、『もっと広く！』までの一連のルポルタージュ作品が高く評価され、第29回菊池寛賞を受賞する。この年、大阪二十一世紀委員会の企画委員を依頼される。

1982（昭和57年）

52歳

1月、バック・ペイン（背中の痛み）を訴え、週2回、治療のために水泳教室へ通う。4月5〜8日、NHK教育テレビで4日間にわたって「開高健・生命の危機に出会い考えた人間と文明」が放映される。4月30日、『鑑賞日本現代文學第24巻―野間宏・開高健』（角川書店）が刊行される。6月1日、『オーパ、オーパ!!』の取材に北太平洋のベーリング海へ、オヒョウ（カレイ科の硬骨魚で全長は2・6メートルにも成長する大魚）を

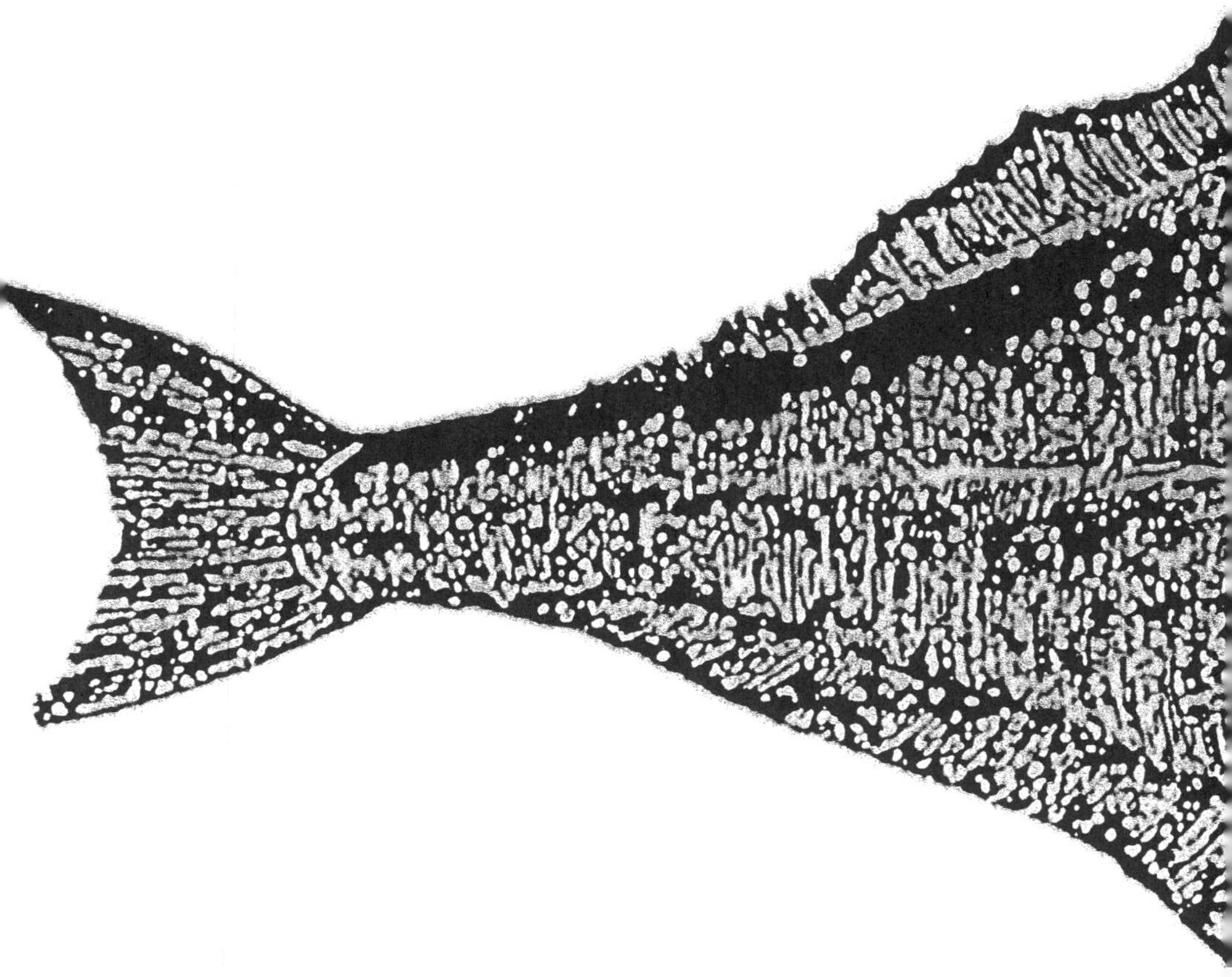

求めて釣魚行に出発、7月3日に帰国。

6月15日、『風に訊け』の連載が「週刊プレイボーイ」で始まる（～85年10月15日まで99回。途中休載あり）。8月6～17日、「もっと遠く！ もっと広く！展」が、東京・新宿の伊勢丹美術館で開催。11月20日、「国文學」（學燈社）が「開高健―時代精神のメタファー」と題する開高健特集号を組む。

1983

1983（昭和58年） 53歳

3月、『オーパ！』、『オーパ、オーパ!!』に同行撮影したカメラマンの高橋昇が第14回講談社出版文化賞（写真部門）を受賞する。

3月24日～4月5日まで大阪・梅田の阪神百貨店で「もっと遠く！ もっと広く！展」が、開催。

4月25日、『海よ、巨大な怪物よ―オーパ、オーパ!! アラスカ篇』（集英社）を刊行。6～8月、カリフォルニアからカナダへチョウザメの釣魚行へ。

1984

1984（昭和59年） 54歳

6月、奈良県吉野郡下北山村の池原ダムへ釣りに出かける。7月、アラスカのキーナイ河へキングサーモンの釣魚行へ。約60ポンド（約27キロ）の大物を釣り上

げる。8月、再びアラスカへ行き、イリアムナ湖のロッジでカリブー（先住民の言葉でトナカイ）の狩猟を体験する。ノームの町で金の採掘を見学。12月15日、『風に訊け―ライフスタイル・アドバイス』（集英社）を刊行。

1985

55歳

1985（昭和60年）

2月11日、中米コスタリカへターポン（全長は1・5〜2メートルにも成長する大魚）の釣魚行へ。75ポンド（約35キロ）のターポンを釣り上げ3月8日、帰国。

4月、『河は眠らない―開高健のアラスカ・キングサーモンフィッシング―』（ビッツビデオ）が発売される。7月、アラスカのヌシャガク河源流地帯でクロクマを射止める。8月1〜3日まで、琵琶湖近江八幡の西の湖で釣りを楽しむ。9月10日、『風に訊け2』（集英社）を刊行。11月2日、NHK教育テレビ「天地の界に遊ぶ・自然の精妙・人間の味」で、浜谷浩と対談する。11月10日、『扁舟にて―オーパ、オーパ!! カルフォルニア・カナダ篇』（集英社）を刊行。

1986

56歳

1986（昭和61年）

1月30日、ティビーエス・ブリタニカ

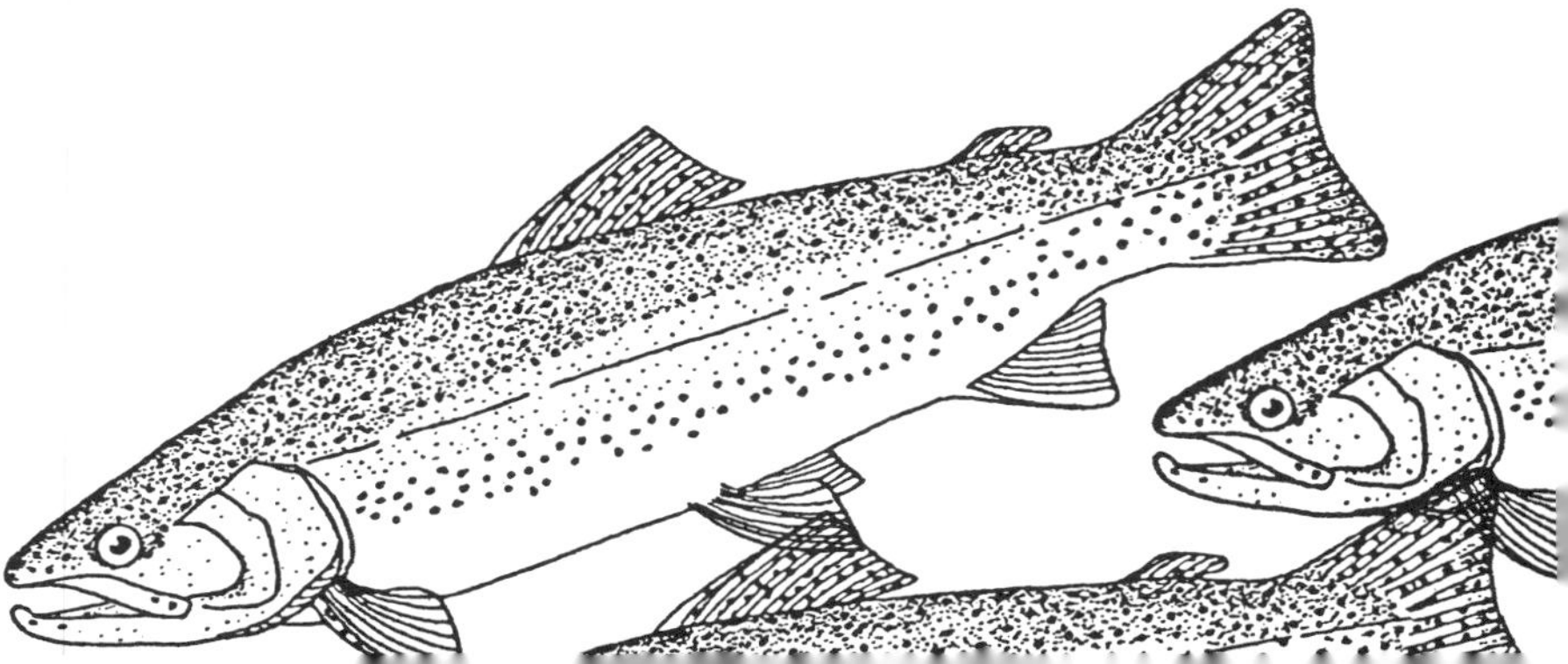

（現・阪急コミュニケーションズ）から創刊される「ニューズウィーク日本版」の企画指揮をとる。6月5日、日本文藝家協会理事会で理事に選任される。あわせて言論表現問題委員会委員長にも就任。7月31日、幻の巨大淡水魚イトウを求めてモンゴルへ釣魚行。8月22日、イトウ2尾（97センチ）を釣り上げ、帰国。25日、『破れた繭―耳の物語』、『夜と陽炎―耳の物語』（ともに新潮社）を同時刊行。

開高健　コピー集⑨

われらの獲物は、一滴の光り　1986年

スリランカの南部では、田ンぼから宝石が出る。お百姓がフンドシ一本で田ンぼを耕しているそのすぐよこで穴を掘ってサファイアやルビーをとりだすのだから、おどろく。声を呑んだね。

ダイヤとエメラルド以外の珠玉がことごとく、ここで出る。秘中の秘の金庫を開いてもらって、一箇一箇の石の心を教えてもらう。青い、赤い、氷の焔の、色温、色触、色価を、朝、昼、夜のそれぞれの光線で、教えてもらう。

夜ふけにひとりで、いい酒を一滴一滴すすりながら、あらためて舌と眼で酔う。滴が語り、石が語る。私はだまっているだけでよかった。昔、感ずることを知っていた人は、美わしきもの見し人は早く死ぬと、言ったとか。

TBS系「地球浪漫SPECIAL 神秘の宝石は語る―開高健スリランカの旅」新聞広告

1987

1987（昭和62年） 57歳

1月5日、「赤い夜」を「毎日新聞」夕刊に発表。2月16日、「開高健のモンゴル大紀行」がTBS系テレビで放映される。

2月25日、『王様《キング》と私―オーパ、オーパ!! アラスカ至上篇』（集英社）を刊行。

5月、モスクワ、アストラハンでチョウザメを研究後、モンゴルに立ち寄り、6月に帰国。9月14日、「続・開高健のモンゴル大紀行」がTBS系テレビで放映される。10月、モスクワ、アストラハン、パリ、ニューヨークなどにキャビア試食に出掛ける。

11月、「中央アジアの草原にて」の連載が「PLAYBOY」で始まる（〜88年2月）。25日、『宝石の歌―オーパ、オーパ!! コスタリカ・スリランカ篇』（集英社）を刊行。12月11日、司馬遼太郎との対談「モンゴル世界の天井から眺めれ

ば」が大阪のロイヤル・ホテルで行われる。

開高健　コピー集⑩
1987年

川は処女だった。
イトウは童貞だった。
はるかなる地球の天井で
感動はそのまま
上質な酩酊だった。

TBS系「サントリーアドベンチャースペシャル　開高健のモンゴル大紀行」新聞広告

1988

1988（昭和63年）

58歳

1月2日、TBS系テレビで「開高健の〝キャビア・キャビア・キャビア〟」が放映される。5月、イギリスの元首相ダグラス・ヒューム卿の招聘を受け、スコットランドへ釣魚行。その後、香港、中国へ立ち寄り6月に帰国。
6月、8月に創刊される新雑誌「Seven Seas」（アルク）の編集顧

I در یک جا برای حیله، و در جای دیگر برای
پنهان کردن است ؟

問に就任する。「一日」を「新潮」に発表。8月、「長良川河口堰に反対する会」の会長に推され就任。9月、カナダに釣魚行へ。10月に帰国する。10月21日、「国境の南―中国の秘境・ハナス湖釣行記―」の連載が「週刊朝日」で始まる(～12月30日)。12月13日、TBS系テレビで、「開高健のアドベンチャースペシャル　神秘の氷河湖に謎の巨大魚を追って」が放映される。

「ダイヤモンドの価値は何で決まるのか。大きさか、カラットか、透明度か。いやちがうんだ。諸君。1カラットごとに何人の男が死ぬか。それがダイヤモンドの値打ちなんだそうだ。おれは見た。焼酎と熱病の中で、宝石を掘り続けるガリンペイロたちの日焼けした顔。目を閉じて、指先だけで宝石の種類をピタリと当てる宝石商。世界にはすごいやつがいっぱい居る。いろんなことがある。贅沢な材料をたっぷり使って、煮込んだスープの一杯。そんな話をしたいと思う。楽しみにしてほしい」
「Seven Seas」内容見本

1989

1989（昭和64・平成元年）

3月19日、昼食が喉を通らなくなる。茅ヶ崎市にある徳洲会病院で「食道狭窄」の診断を受け、入院。各種検査ののち済生会中央病院へ転院。29日、「週刊プレイボーイ」編集長の島地勝彦との対談集『水の上を歩く』（ティビーエス・ブリタニカ）を刊行。

4月10日、『国境の南―オーパ、オーパ‼ モンゴル・中国篇』（集英社）を刊行。17日、食道ガンの手術を受ける。すでにガンは横隔膜にまで浸潤し、放射線治療が行われる。

7月23日、済生会中央病院を退院。70キロ前後あった体重が54キロまで落ちる。退院後は毎朝6時頃に起き、万歩計をつけて海岸を6000歩ほど運動して58キロまで復調する。

10月12日、遺作となる『珠玉』の第3部を脱稿した翌日、検査のために再入院。

11月、夫人の牧羊子から、ガンの告知を受ける。12月9日、午前11時57分、食道腫瘍に肺炎を併発、済生会中央病院で逝去。享年58歳。12月10日、通夜、11日、密葬。

★　★　★

12月15日、NHK教育テレビ「文化ジャーナル」が特別番組として「開高健さんをしのぶ」を放映する。

1990（平成2年）

1月12日、東京・港区の青山葬儀所で葬儀・告別式が行われる。司馬遼太郎、佐治敬三、谷沢永一らが弔辞を述べる。

2月、「新潮」「群像」「文學界」が開高健追悼号を組む。7日、TBS系テレビで特別番組「悠々として急げ・開高健の大いなる旅路」が放映される。15日、遺作『珠玉』（文藝春秋）が刊行される。

3月11日、TBS系テレビで「開高健の映像エッセイ〝河は眠らない〟キングサーモンを釣る」が放映される。

7月1日、「ユリイカ」（青土社）が開高健特集号を組む。27日、『ザ・開高健―巨匠への鎮魂歌』（読売新聞社）が刊行される。8月10日、「サントリークォータリー」（サントリー東京広報部）が「開高健―いくつもの肖像画」と題する特集号を組む。9月30日、単行本未収録全エッセイ『ＡＬＬ　ＷＡＹＳ』（角川書店）の上巻が刊行。10月10日、浦西和彦編集『開高健書誌』（和泉書院）が刊行される。31日、『ＡＬＬ　ＷＡＹＳ』の下巻が刊行。

11月16日、法要と納骨が北鎌倉にある円覚寺・松嶺院で営まれる。17日、国際交流基金が「開高健基金」を設立。その第1回記念講演が東京・渋谷の国際交流基

金・アセアン文化センターで行われた。開高と友誼が深かったベトナムの作家、マー・ヴァン・カーンが講演する。12月7日、ティビーエス・ブリタニカが「開高健賞」を創設。10日、『開高健の旅、神とともに行け』（集英社）刊行。

「1958年（昭和33年）第38回芥川賞受賞から58歳の逝去の前年1988年まで、30年間に43カ国20回以上に及ぶ海外取材を重ねて作家生命を燃焼させた開高健は、アイヒマン裁判傍聴、戦時下のベトナム特派員、はては9カ月にも及ぶ南北アメリカ縦断、辺境のアマゾンからモンゴルへと文学通り世界の人々との交流を文学創作に結実させた。その文学の遺志を顕彰し、次代に伸展することを希って、これまでの文学様式にこだわらず、フィクション、ノンフィクション、評伝にわたる、創造的な人間洞察の作品をもとめるもので、必然、冒険心とユーモアに富んだものが望ましい」
〈開高健賞の設立主旨文〉

1991（平成3年）

7月、「開高健文学記念碑」が新潟県湯之谷村の銀山平に建立。10月、牧羊子編『悠々として急げ—追悼開高健』（筑摩書房）が刊行される。11月、『開高健全

集』（全22巻・新潮社）の刊行が始まる（93年9月完結）。12月1日、「鳩よ！」（マガジンハウス）が「饒舌の詩人—開高健」と題する特集号を組む。

1992（平成4年）

2月、谷沢永一の『回想 開高健』（新潮社）と向井敏の『開高健 青春の闇』（文藝春秋）が刊行される。

1993（平成5年）

1月8日、モンゴルの「ウランバートル」紙に「モンゴル出自の開高健ウブー」と題する記事が掲載される。

「モンゴル国営テレビ局のスタッフが昨年、モンゴルで『開高健ウブーの道』というドキュメンタリーを制作していた。ウブーとはモンゴル人たちがオジイサン、オジサン、好好爺つまり年長者に最も親しみをこめて呼ぶ敬称である。…（略）…エルネデルバートルというモンゴルの記者が『モンゴル出自の開高健ウブー』の見出しタイトルで記事をよせている。

亜細亜大学モンゴル語学者鯉淵信一教授の翻訳によって紹介された、この記事は、冒頭に、〈そう、モンゴル出自の開

高健ウブー。私はここに驚嘆すべき、そして普通の一人のある日本人について書きたいと思う。もしあなた方が彼のモンゴルについて書いた本を読み、もしシシゲット川かチョロート川へイトウ釣りに一緒に行ったなら、あなたの心もまた感動し、敬愛することになるだろう、開高ウブーを…〉で始まる。

そうして『オーパ、オーパ!!』以外の作品を読んだこともなく、生前の父とは一面識もないモンゴルのこの若いジャーナリストは、父がモンゴル取材中にベースキャンプにしていたウランバートルから西方約400キロにあるタリアット村に立ち寄った。そこの村びとたちが開高健ウブーという日本人を追慕して伝説のように語りついでいることを知って驚き、モンゴル国営テレビ局でも開高健ウブーを熱心に語る国際局長に出会ったことをリポートしたのである。

この記事がきっかけになって、国営テレビ局で日本人の作家の開高健の番組をつくることを企画した。すなわちこれが『開高健ウブーの道』というドキュメンタリーである」

開高道子著『父開高健から学んだこと』(文藝春秋)

1996(平成8年)

5月12日、月刊「太陽」（平凡社）が「悠々として、急げ―開高健の珠玉の人生」と題する特集号を組む。

1999（平成11年）

4月10日〜5月16日まで、県立神奈川近代文学館で「開高健展」（主催・神奈川文学振興会）が開催される。

「彼の仕事はおそろしく広い分野にまたがっていた。この点でも彼は他に比類がなかった。たんに文学という一局面に閉じこもっている人でなかった。ヴェトナムへの深い関与一つとっても、並大抵の人間に出来ることではなかった。その行動力はまた世界中の秘境に入っての釣《ちょう》行《こう》にもあらわれていた。彼はまさにこの地球全体と身をすり合せて生きたような生涯を送ったのだ。その行動の広さ、仕事のゆたかさ、好奇心の旺《さか》んさ、彼は人の倍も三倍もの内容豊富な人生を生きぬいた人であった」

中野孝次〈開高健展　開催にあたって〉

2002（平成14年）

1月1日、「開高健賞」を引き継ぐ形で、新たに集英社が「開高健ノンフィクション賞」を創設。2月15日、集英社の

PR誌「青春と読書」が開高健ノンフィクション賞創設特集号を組む。

「行動する作家として、探究心と人間洞察の結晶を作品化された開高健氏を記念するとともに、21世紀にふさわしいノンフィクションを推奨する『開高健ノンフィクション賞』を創設いたします。開高氏はビジュアル・ノンフィクション文学の金字塔『オーパ！』をはじめとする作品群で、純文学以外の分野にも偉大な業績をのこされました。ここに、政治・経済・社会・文化・歴史・スポーツ・科学技術などに、あらゆるジャンルにわたる作品を募り、ノンフィクションに対する志のある方々に飛躍の機会を提供させていただきます。」〈開高健ノンフィクション賞　創設にあたって〉

4月25日、『新潮日本文学アルバム52　開高健』（新潮社）が刊行される。

（作成・上遠野　充／小此木律子）

◆主な参考文献

『近代文学書誌体系1　開高健書誌』浦西和彦編（和泉書院）
『やってみなはれ　みとくんなはれ』（新潮文庫）
『言葉の落葉』開高健単行本未収録エッセイⅠ～Ⅳ（冨山房）
『回想　開高健』谷沢永一著（新潮社）
『開高健　青春の闇』向井敏著（文藝春秋）
『開高健のいる風景』菊谷匡祐著（集英社）
『新潮日本文学アルバム52　開高健』（新潮社）
『昭和文学全集29巻　開高健・大江健三郎集』（角川書店）
『ザ・開高健　巨匠への鎮魂歌』（読売新聞社）
月刊『面白半分』臨時増刊号「これぞ、開高健。」
『「ベ平連」・回顧録でない回顧』小田実著（第三書館）
『われの言葉は火と狂い』齋藤茂男著（築地書館）
『夫　開高健がのこした瓔』牧羊子著（集英社）
『父開高健から学んだこと』開高道子著（文藝春秋）

さまざまな想い出

トリスからロマネ・コンティへ

坂本忠雄《さかもとただお》

私は昭和三四年（一九五九年）新潮社に入社し、間もなくして開高健さんの担当になった。以来亡くなる一年前の昭和六三年（一九八八年）最後の原稿を受取った短篇「一日」まで、三〇年近くの歳月が流れた。その間の『夏の闇』の完成に至る経緯などはすでに何度か書いたので、今回は折々の酒を交えてのつき合いを振り返ってみたい。

一九六〇年代の初め頃、井荻駅近くの開高家での酒宴はもっぱらトリスだった。今や伝説にもなっている『洋酒天国』の彼をはじめとするユニークな編集スタッフの宣伝活動によって、トリス・バーは日本中に誕生していたから、トリスへの並々ならぬ愛着は当然だったろう。私が最初につき合って呆れたのは、いつまでストレートで飲みつづけても一向に酔い崩れなかったことである。文学、酒、女、闇市青春時代、外国体験等々、あのラブレー的哄笑《こうしょう》と饒舌《じょうぜつ》ぶりは留まるところを知らなかった。この当時、彼は最も精力みなぎっていたように思われる。

酒のツマミなどほとんど出なかったので、帰宅前にラーメン屋などに立ち寄って空きっ腹を満たしていたのも思い出す。

また同時に一驚したのは原稿執筆の時、ウィスキーグラスなどを左手に飲みつつ書いていたことだった。これはウオッカだったりもしたが、終生変わらぬ習癖だったと思う。特にウオッカ愛飲はさまざまに書き残しているが、吉行淳之介さんには「ウオツカはご存じのように、水のような水晶のような酒。白樺の木炭を通過させて濾過《ろか》させるが、何リットルを何時間のうちに何回濾過させるかということだけが秘中の秘になってるという酒なんです。飲むとうまいです。実にうまい」（新潮文庫『対談　美酒について』）と蘊蓄《うんちく》を傾けている。

飲みながら書く作家は後に立原正秋さんも現れたが、特に開高さんの場合、小説を創ることへの根源的な羞恥心《しゅうち》に由来していたのではないかと私には思われる。少年時代の晩期に文字を眺めていると、文字が分解、解体していった恐怖を記しているが、同じ病の中島敦の短篇「文字禍」への共感も伝えている。この二人のような鋭敏な感受性の滲透していない散文が、時が経つと風化していくのだろうが。

それからやがて開高さんの文筆生活が定着し始めた頃、自宅の地下室にワイン・セラーを作ろうと企み、彼はただちに実行に移した。今日なら相当一般化しているとも言えようが、あの頃は暴挙に近かったのではないか。完成した当時、私も狭い階段を降りて覗いたことがある。だが、やがて地下室はカビに侵食されて、この壮挙は挫折したようである。

その後、私にとって非常に光栄で恐縮至極だった会を、開高さんが開いてくれたことが一度あった。昭和五六年（一九八一年）五月に私が『新潮』編集長になった際、彼の呼びかけでそれまで私が担当してきた大岡昇平、安岡章太郎、大江健三郎さん達が一堂に会して、就任を祝ってくれたのである。場所は銀座の《レンガ屋》。その頃、非常に盛名の高かったフランス料理屋だった。私はもっぱら受け身でおとなしくして、皆さんの歓談を承っていたのだが、開高さんが持参したロマネ・コンティを抜いた時、会は最高の盛り上りを見せた。それ以前の昭和四八年（一九七三年）に彼が四二歳で執筆した「ロマネ・コンティ・一九三五年」は、この極上ワインが三七年間眠りつづけて酒のミイラとなってしまっていても味わいつくすという話だが、この夜のそれは豊潤の極みだった。しばらく皆して恍惚《こうこつ》にひたっていると、驚いたことに店主の稲川慶子さんも御自身所有のもう一瓶のロマネ・コンティを持ち出してきたものだった。現在『新潮日本文学アルバム・開高健』におさめられている当夜の写真は、私にとっては生涯忘れられない記念となっている。

晩年の開高さんから電話で「アワレな開高」「ヨレヨレの開高」と名乗って、小説執筆の難渋ぶりを笑いをまぶしながらよく訴えてきたが、アラスカのキング・サーモンの釣りの旅から帰国した直後突然、おでんが食べたいからどこかへ連れていってくれ、と連絡があった。ところがなにしろ夏の季節で開いているところがあるかどうか捜し回った末、京橋のはずれで老女が一人でひっそりと続けている、小さな店をやっと見つけた。暑いさかりに二人で燗酒をちびりちびりやりながら、おでんを楽しんだのが、私の最後の酒のつき合いとなった。なぜこの時点で思いっきり日本回帰（？）したくなったかは今でも謎にとどめておきたいのだが、五八歳の早すぎる逝去からすると、度重なる外国滞在の後、何か性急な生理的要求があったのかも知れない。

1935年生まれ。元「新潮」編集長。59年新潮社入社。「新潮」編集部に属し、開高健の担当者として『夏の闇』をはじめ数々の小説を掲載。NPO法人開高健記念会会長。

官能は一つのきびしい知性にほかならない。
言葉は知性ではあるが同時に感性でもある。
男は具体に執して抽象をめざそうとしている
が女は抽象は執しながら具体に惑溺していこ
うとする。

コピーライター、開高健。

菊谷《きくや》　匡祐《きょうすけ》

一九五六年四月、トリスバーの常連であるドリンカーたちは、その行きつけのバーで、寿屋から出されたB６判の小冊子をもらった。黄色地の表紙にはギリシャの神々が酒を酌み交わす絵が描いてあり、表紙をめくると次のような言葉が掲げられていた――。

昔、西洋の坊さんは
人々を慰めるため　い
ろいろの酒をつくつた
と伝えられます。この
小冊子も　おなじ気持
で編まれました。お読
みになつて　何がなし
心なごむ　そんな頁が
一頁でもあるようなら
たいへん幸わせです…

　奥付をみると、編集兼発行人が「開高健」なる人物と知れた。これが、後に洛陽《らくよう》の紙価を高からしむる『洋酒天国』である。

　創刊号の部数は、二万部だったそうだ。が、この小冊子はたちまちドリンカーの間で評判となり、部数は二万から五万、七万から十万と急増する。執筆する顔ぶれから「夜の岩波文庫」とも呼ばれた。

　最初、この編集兼発行人の「開高」なる名前は何と読むのか、世間の誰もわからなかった。八号目に至って編集後記で編集陣の紹介が載り、「開高」が「かいこう」であることが初めて判明した。が、「開高＝かいこう」であることを知っていたのは『洋天』の注意深い読者だけに過ぎない。

　五八年一月、その開高健が『裸の王様』によって芥川賞を受賞し、世間はこの新進作家が、寿屋のエース・コピーライターであり、新聞広告で見慣れたトリス・ウィスキーのコピーの書き手であったことを知らされた。このころの宣伝コピーには、こういうものがある……。

明るく
楽しく
暮したい
そんな
想いが
トリスを
買わせる

手軽に
夕餉《げ》に
花を
添えたい
そんな
想いが
トリスを
買わせる

時代は『経済白書』が「もはや戦後ではない」と高らかに謳《うた》ったころのことである。庶民の生活にも、ようやく生活感がもどりつつあった。その時代の庶民感覚を、この文案は的確にとらえていた。いったいに、開高健の文案は時代感覚を前面に打ち出すことが多かった。彼の代表作とされる次の文案も、その一つである。

「人間」らしく
やりたいナ

トリスを飲んで
「人間」らしく
やりたいナ

「人間」なんだからナ

だれが読んでも、すぐわかる。日常の会話ができる人なら、だれでも書けそうな日本語である。が、当時、どのコピーライターも「人間」という発想を持ち得なかった。そこが卓越していた。その証言がある――

「一九六一年二月、この広告を新聞で見たときのオドロキは、まだ忘れない。たまたま勤めていた出版社がつぶれ、職安通いのビンボー浪人だったということもあるだろう、〝『人間』

らしくやりたいナ〃という文字が、目につきささってくるように感じたのをおぼえている」

これは天野祐吉氏の文章だが、折しも日本は高度成長の時代に向けて疾走しはじめたところで、それは後のいわばバブル日本に通じていた。開高健の提示した「人間」は、早くも人間不在を暗示していたとも言えるのだ。この文案が、「広告を文化にまで高めた」と言われるのも、ゆえないことではないのである。

その一方で、開高健はウィスキーの飲み方を伝えるハードな文案も書く。が、この場合でも、彼の筆致は易しい。目で見てリズムがあり、口ずさんでやはりリズムがある。例えば「ウィスキー通はこうして飲む――」という広告では、こういう具合だ。

まず鼻で
香りを
つぎに舌で
まろみを
それから
歯ぐきにしませて
コクを楽しみ
さいごにグッと
ノドで
きめを
当たってみる

簡潔にして、的確。見事としか言いようがない。が、開高健の文案がすべて平易かと言えば、そうではない。後に書くオールドの文案では、彼のもう一面が鮮やかに現われてくる。

跳びながら一歩ずつ歩く。
火でありながら灰を生まない。
時間を失うことで時間を見出す。
死して生き、花にして種子。
酔わせつつ醒めさせる。

傑作の資格。

この一瓶。

ここには、開高健の修辞のある特徴が見てとれる。「跳ぶ」と「歩く」、「火」と「灰」、時間を「失う」「見出す」、「死」に「生」、「酔」と同時に「醒」——と、相反し、対立する概念を並列させ、読む者の意表をつきながら、全体のイメージを感得させるこの方法は、小説やエッセイでも多用されているものだ。たとえば、『もっと広く！』には、こういう例がある。

右の目は倦怠《けんたい》と不感、左の目には辛辣《しんらつ》と多感、それがべつべつにうごいたりいっしょにうごめいたりする。

それと、漢語を後から後から列挙して、圧倒的な効果をもたらすのもまた彼の得意とするところだ。

……それら神話や古譚から感じとることのできるのは明澄のなかの激情、素朴、繊妙、壮大、微細、奔放、真情などの渦動である。

（『眼ある花々』）

男は女たちに漉《こ》されないことには澄むことのできない何かを負わされて生まれてきたのであろうか。女の可憐。優しさ。無邪気。いじらしさ。貪慾。軽薄。冷酷。低能。嫉妬。醜怪。不可解また不可解。これらにつぎからつぎへともてあそばれ、傷つき、勝ち、制覇し、敗北し、血を流し、呻吟していくうちに男は他の何によっても得ることのできない澄度を得る。

（『新しい天体』）

ことごとく逮捕、流刑、徒刑、拷問、悲鳴、呻吟、忍苦、絶叫、落涙、沈黙のエピソードの大洪水である。

（『最後の晩餐《ばんさん》』）

それがどこから由来するものか、開高健の文学は「自分が生きていることのおぼつかなさ」から出発しているようである。したがって、彼の作品は——小説・ノンフィクションを問わず——自分の生の確認だった。その確認作業は、一方では旺盛な生への憧《あこが》れとなり、他方で自己崩壊へのおそれとなる。その間でゆれる心性を、膨大な語彙《ごい》、めくるめくばかりに多彩な比喩を駆使し、比類ない豊饒な文体に置きかえる。開高健の作品の特徴は、鋭敏な感性と強靱な知性が結びついた文体にあったと言うべきであろう。

開高健・初期の傑作と目される『流亡記』は、万里の長城の建設に駆りだされた一庶民の物語である。その冒頭の一節は、こうだ——。

町は小さくて古かった。旅行者たちは、黄土の平野のなかのひとつの点、または地平線上のかすかな土の芽としてそれを眺めた。あたりのゆるやかな丘の頂点にたつと指を輪にまるめたなかへすっぽり入ってしまうほど、それは小さかった。

ごく平易な書きだしである。が、その町が「土の芽」であり、「指をまるめた輪のなかに」入ってしまうほど小さいという形容は、その先、読者はこの作家のさまざまな形容句を楽しませてもらえることを約束する。

日本の文学は、自然主義と左翼文学によって、「どう書くか」と「何を書くか」に二極分裂してしまった。「何をどう書くか」を忘れてしまった。

が、開高健は生涯、「何をどう書くか」を自身に課した作家である。どう書くかとは、すべてを文章にする——文章にすべく努めることだ。したがって、彼にとっては「筆舌に尽くしがたい」とか「言語を絶する」とか「形容をこえた」とかいう慣用句は無縁だった。筆舌に尽くしがたいこと、言語を絶すること、形容をこえたことを、いかに文章に定着させるかが、何を書くかということと同時に彼の関心事だったのである。

グルマンの開高健は、食談をよく書いた。味は、きわめて個人的である。多彩かつ微妙で、言葉で説明するのが難しい。テレビの食番組で、出演者たちが何かを口にしては、「うむ、最高!!」やら「○△□!!」やら、とりとめない言葉しか発せず、うなずいたり、首を振ったりするしか味の感想を表現できないのも、この間の事情を物語っているであろう。この点でも、彼は言語で表現すべく、形容句を駆使する。

この場合、味というのは味そのものをいっているのであって、料理のことではない。あまい、すっぱい、しおからい、にがい、からい——甘、酸、鹹《かん》、苦、辛という味の五要素の他にも美味、珍味、魔味、奇味……とあり、ちょっと形容語を並べてみても、鮮、美、淡、清、厚、深、爽、滑、香、脆《ぜい》、肥、濃、軟、嫩……と列ねていくこともできるのだが……

（『小説家のメニュー』）

〝甘〟には寛容がある。〝酸〟には収斂《しゅうれん》がある。アレには解放がある。コレには豪壮がある。あちらには可憐がある。こちらには深遠がある。しかし山菜のホロにがさには〝気品〟としかいいようのない一種の清浄がある。この味は心を澄ませてくれるがかたくなにはしない。ひきしめてはくれるがたかぶらせはしない。ひとくちごとに血の濁りが消えていきそうに思えてくる。

（『続・食べる』）

形容詞を駆使する作業は、何も食談にかぎったことではない。漢語を連ねて次から次へとイメージを言葉に置きかえる。この力技が開高健の開高健たるところで、読者を魅了したり、あるいは疲れさせたりもする。例をあげればキリがないが、いくつかを――。

謙虚な、大きい、つぶやくような黄昏《たそがれ》が沁みだしている。その空いっぱいに火と血である。紫、金、真紅、紺青、ありとあらゆる光彩が今日最後の力をふるって叫んでいた。

陽が傾くにつれて黄昏は燦爛《さんらん》から凄壮へ、凄壮から痛惨へと変り、光輝が肩をなだれおちていき、やがて夜が薄い水のように小屋のすみからにじんで物の腰を浸しはじめた。

（『輝ける闇』）

窓を見ると、もう黄昏の絶頂の光輝はすぎていた。燦爛として暗鬱な血は空から消えて、川と波止場には薄青い、静謐《せいひつ》な、水のような夜が漂っていた。

（『兵士の報酬』）

煙突は折れ、起重機はうなだれ、赤煉瓦の工場は無数の暗い眼を日光と雨のなかにひらいたまま人びとの視線を吸った。やがて草が生え、土が鉄をのみこみ、運河は腐って緑いろになった。黒い壁がなくなったので、砂漠のなかを走るとき電車のなかは明るくなったが、人びとはふたたびひしめく筋肉のなかで居眠りしたり、腹をすかせたり、ポカンと口をあけたりして、新しく愚かしく苦しい季節のうえを流れていった。

彼の顔は醜かったが箸ははなはだ雄弁で繊細であった。洗面器やバケツのなかを彼の箸は水鳥のくちばしのようにとびまわり、つついたり、ひっくりかえしたり、かきわけたりしてやわらかい肉を選び漁って金網のうえにはこんだ。

(『日本三文オペラ』)

世間周知のことだが、開高健は釣り師でもあった。が、生涯にわたって釣りに赴いたわけではない。少年のころにはフナ釣りはしたと作品にあるが、その後はまったく釣りとは無縁だった。食うに精一杯で、釣りどころではなかったのだ。

釣りを始めるのは、動乱のパリを見に出かけたついでに、たまたまバイエルンでマスをルアーで釣る機会があったからである。これが、病みつきになった。帰国して、あちこちを釣り歩いた。その釣魚行《ちょうぎょこう》の顚末《てんまつ》が『私の釣魚大全』となる。

ここで、彼は絢爛《けんらん》たる修辞を展開した――。

そうだ、竿をたてろ。ゆるめるな。走ったら走らせろ。ボサにだけは逃げこませるな。つっぱれ。つっぱりとおせ。そら、顔が水にでた。そこをしゃくれ。顔をこちらへ向けかえさせろ。ああ。その重量。剛力。あわてるな。巻きすぎるな。じわじわと。緊迫しつつもじわじわじわと。

私はおびただしく疲れ、虚脱してしまい、腰がぬけたとつぶやく。タバコに火をつけようにも手がふるえ、肩がすくんで、どうにもたわいないこと。カッと巨口をひらいたまま息をひきとりつつ肌の色がみるみる変っていく二尺五寸(七五センチ)のイトウに、いいようのない恍惚と哀惜、そしてくっきりそれとわかる畏敬《いけい》の念をおぼえる。これこそがこの大湿原の核心であり、本質である。蒼古の戦士は眼をまじまじ瞠《みは》ったまま静かに死んでいき、顔貌を変えた。

根釧原野の湿原に棲《す》む伝説のイトウを、「蒼古の戦士」とは見事としか言いようがない。それにまた、魚が死んでいく様を、「眼をまじまじ瞠ったまま」と描写するのも、世界の釣魚記で読んだこともない。開高健は、この分野でも独創だった。

ノン・フィクションの傑作『フィッシュ・オン』のなかに、素晴らしい一節がある。「荒野の川に黄昏がくる。淡い、華麗な黄昏がくる。いつまでも暮れようとしないその北方の黄昏の輝くなかを、上流からボートがおりてくる」が、ボートには少年と父親が乗っていて、少年の竿にはキングサーモンがかかっている。竿は弓のように曲ってぶるぶるふるえ、さきがほとんど水面につきそうだが、父はボートを操り声をかけながらも、子を助けてやろうとはしない。それが父親のすべき最大の援助なのだ。

自分でかけた魚は自分であげなければいけないのだ。着手したらさいご一人でたたかえ。やりぬけ。完成しろ。夢中になって竿にしがみついている子と、たえまなく声を発する父と、二人を乗せてボートは水と大魚にひかれて下流へ流れていった。

子はおそらく生涯今日を忘れないであろう。子は成長して言葉やアルコールで心身をよごし、無数の場所で無数の声を聞きつつ緩慢に腐っていくことだろうが、父のこの叫び声だけは後頭部にひろがる朦朧《もうろう》とした薄明のなかでいつまでも変形せず解体しないで小さな光輝を発していることであろう。

この父と子の光景を描写して、開高健の筆は感動的である。この一節だけでも『フィッシュ・オン』は名作足り得ている。これにつづいて、『オーパ！』が登場した。当時、あのアマゾンへ、だれが釣りに行くことを考えたか。それを開高健と『PLAYBOY』は実現させてしまったのだった。

その『オーパ！』は、釣り師を狂喜させた。何より釣りに言葉をあたえてくれたからだ。以後、日本の釣り雑誌には、開高健のボキャブラリーが氾濫することになる——例えばこんな描写である——。

ふいに強い手でグイと竿さきがひきこまれたかと思うと、次の瞬間、水が炸裂した。一匹の果敢な魚が跳ねた。石に跳んでは潜り、消えては走り、落下しては跳躍した。

こうして釣り雑誌には、「水が炸裂し」魚が「走り」「跳び」まくる。釣り師たちは自分が使っている言葉が、開高健のものとは知らないかもしれない。が、開高流のレトリックが、釣り雑誌を席捲《せっけん》してしまったのである。

彼は、釣り師たちにとって作文の師匠ともなったが、『オーパ！』はまた情景の説明にかけても、修辞の宝庫でもある。

六時に夜が明けて、六時に陽が沈む。夜明けの雲は沈痛な壮烈をみたして輝き、夕焼けの雲は燦爛たる壮烈さで炎上する。そそりたつ積乱雲が陽の激情に浸されると宮殿が燃えあがるのを見るようである。

アマゾンはまだ、人間の手を拒みつづけてはいたが、いつ「ただの大きな河となってしまうのか」と考えながら彼は、こういう比喩を書く。

ライオンという言葉ができるまでは、それは、爪と牙を持った、素早い、不安な悪霊であったが、いつからともなく〝ライオン〟と命名されてからは、それはやっぱり爪と牙を持った、素早くて、おそろしい、しかし、ただの四足獣となってしまったのである。

この種の考察を、彼は独特の修辞であちこちに記す。それらは異種の言葉が組み合わされ、意外な効果を生みだす。アト・ランダムに挙げてみよう。

ぶどう酒は土の唄なんだからね。

鉛筆を走らせているおれの手にはかすかな春があったが、背と後頭部では冬がふるえていた。

飢え、かつ殖え、殺し、かつ殖え、殺され、かつ殖えるのだ。

私は手紙をすべてうけとり、一字々々に重錘《おもり》をおろすようにして読んでいった。

生者の眼と顔は一瞬に組まれては崩れ、崩れては組まれる陽炎《かげろう》である。

ウオッカを氷片に浸したグラスにはしぶくようなレモンの新鮮な香りが動いていた。彼はその水晶のような酒で心ゆくまで唇を焼き、舌を洗った。

あたりはひきしまって若く、ひっそりと透明であった。

人生はドアのすきまをよこぎる白い馬の閃きよりも速い。

真実の感じられない嘘は駄洒落に堕ちるし、嘘を感じさせない真実にはしばしば嘘がにじみだしてくる。

味覚は主観にすぎず、偏見なのであるから……

完璧な瞬間。どこにも指紋のない、輝きわたる、完璧な充実の虚無である。

抱いたままじっとしているとやがて冷たい肉の芯部から雪洞《ぼんぼり》に灯を入れたように熱がいっせいに放射されてくるのであろう……

こうしてみると、開高健は言葉の錬金術師である。論理をにないつつ言葉が織りなされて、キラキラ輝く絨緞《じゅうたん》となり、タピスリーともなる。彼の小説の文章はおそろしく息が長いが、同時に一方では、アフォリズム風の表現にも無類の感覚をもつ。したがって、キャッチコピーの名手であり、写真のキャプションに鮮やかな腕を見せる。

河は文明と天才を生む。

トクナレの跳躍はアマゾンの乾季の花火である。

壮大な秋と小さな男。

歴史的瞬間。完璧の時。裸の知覚。

食事は大地に近いほどうまい。

自信は無知の私生児である。

官能は一つのきびしい知性にほかならない。

男は具体に執して抽象をめざそうとしているが女は抽象に執しながら具体に惑溺していこうとする。

小説は形容詞から朽ちる、生物の死体が眼やはらわたから、もっとも美味なところからまっさきに腐りはじめるように。

以上に引いた言葉は、開高健のおびただしい語彙のほんの一部にすぎないが、この作家にしてコピーライターがどれほど言葉と格闘していたかも、ささやかながら窺《うかが》えるようである。これらの言葉の氾濫を目にするにつけ、あのトリスの平易な広告文案とのつながりを想像するのは、むしろ広告人に課せられた、宿題のようなものではないかと思う。

言葉を吐きつづけ、紡ぎながら、開高健は五九年の生涯を送った。彼がロートレックについて書いた文章のなかに、こういう一節がある——。

画家としての彼は辛辣な、底冷えのするような、しかし潑剌《はつらつ》たる絵を描いた天才であったが、料理が得意で美味なご馳走をつくっては親しい人たちを集めて食べさせ、みんながうまい、うまいと満足している顔をみてよろこんでいるという、たいへん上品な趣味を愉しみながら短い足でチヨコチヨコと人生を横切っていった。

さて、このひそみに倣《なら》って開高健の人生を形容するならどうなるかは宿題にして、最後にもう一つ、彼の言葉。

言葉は知性ではあるが同時に感性でもある。

（『ad infinitum』（集英社）99年12月10日号より転載）

1935年神奈川県生まれ。文筆家。短編や雑誌のコラム、翻訳などを手掛ける。著書に『世界ウィスキー紀行』『開高健のいる風景』。訳書に『輝ける嘘』『マイケル・ジョーダン物語』『ジャック・ニクラウス自伝』等。

小説は形容詞から朽ちる、生物の死体が眼や
はらわたから、もっとも美味なところからまっ
さきに腐りはじめるように

（輝ける闇）

「愁殺」

立木義浩《たつきよしひろ》

開高健という作家は、とてもお茶目な人だった。

ある日、食道狭窄《きょうさく》で手術を受けるために入院した先の病室から、事務所に電話がかかってきた。出ると、いきなり言われた。

「おい、立っちゃん、胆石やて?」

「ええ」

「手術するんか?」

「そのうち、することになると思ってるんですけど」

「あれ、痛いでェ」

自分がこれから手術を受けるというのに、これである。開高さん自身、食道の手術への不安があったのかも知れないが、そんなときでも人を揶揄《からか》ったりする余裕がある。いかにも開高さんらしかった。

「そんな、脅かすんだから」

「いや、ホンマ、ありゃ痛いのよ。覚悟するんやな……」

後に胆石の手術は受けたが、開高さんが胆石を除去した昭和五〇年ごろとは違って医学が格段に進み、内視鏡手術でいとも簡単に済んでしまった。「痛いでェ」という開高さんの脅しは、まったく当たらなかった。

初めて開高さんにお目にかかったのは、昭和五九年の秋、『週刊プレイボーイ』で「風に訊け」の連載が始まったときである。先生の写真を撮る仕事を仰せつかり、以来、亡くなるまで親しくしていただいた。最初に言われたことを、いまも鮮明に覚えている。

「頭の上から撮ったら、国交断絶やデ」

このころすでに、後頭部が薄くなり始めていたからだ。

知り合って感じたのは、これほどの大作家ながら気取りや衒《てら》いにまったく無縁の人柄だということだった。いつも周囲の連中と談論風発、楽しい話をして遊んでくれる。笑いが絶えない。時間がまたたく間に過ぎていく。開高さんと親しい人に聞くと、「人嫌いなくせに、人に会うとはしゃぐ癖がある」そうだが、何にせよ会うのはいつも楽しみだった。

一度、アラスカへブラウンベアーのハンティングにお供をしたことがある。開高さんが親しくしていた金持ちの別荘に

泊まったが、最初の夜、

「セニョール、一緒に寝よ」

と、言葉をかけられた。一緒にとは言っても、むろん同じ部屋に——というだけの意味である。このとき、先生は選考委員をしている何かの文学賞の候補作品を読まねばならないと、厚い校正刷りを携えてきていた。

「ちょっと読まなならんよってに……」

と言って部屋にこもった。少しして部屋に行ったら、グーグー寝ている。

「先生、ゲラ読まなきゃいけないんでしょ」

と言って起こした。

寝ようと思ったら、先生は眠りながらグズグズと盛大に鼻を鳴らす。原因不明のバックペイン（背中の痛み）の治療に水泳を始めたら、消毒薬のせいで鼻炎になってしまったのだそうだ。うるさいので部屋を出て大広間のソファの陰で寝ていたら、翌朝、先生が、

「立っちゃんが、いなくなった！」

と大騒ぎで、あちこち探しまわっていたのが懐かしい思い出である。


冒頭で、お茶目な人だと書いた。が、お茶目とは気質の一部を表しているに過ぎない。正確に言うなら、開高健は諧《かい》謔《ぎゃく》の人だった。言うまでもなく、諧謔とは気質から来るだけではなく、知性に裏打ちされてなければ諧謔たり得ない。その意味で、会うのがいつも楽しみだったのは、開高さんが戯《ざれ》言《ごと》を口にしてはわれわれを笑わせてくれたからではなく、戯言と思える中に知恵の産物である寸言、名台詞《ぜりふ》がちりばめられていて、大いなる勉強になったからである。

正直、開高さんを知る前と後とで、自分が変わったと思う。何より、言葉に対する興味を呼び覚まされた。周りにいた連中も、同じはずである。が、開高さんから浴びた光は、意識されているとは限らない。それが、ふとしたはずみで表に出てくる。誰かと話をしていて、自分の口をついて出た台詞が、考えてみると開高さんに教えられた言葉だったりするのだ。要は、開高さんを知って、少しは利口になれたのだ——と、少なくとも自分では思っている。

時として、その開高さんと車の中などで二人きりになるようなとき、ふっと黙りこんでしまうことがあった。いつもは饒舌の人が、目をどこかに向けたまま沈黙の底に沈んでいる。自分の内側を覗きこんでいるようにも思えた。文学のことを

考えているのだろうか。それとも、人生上で屈託する何かがあるのだろうか。いずれにしても、こちらから声をかけられるような雰囲気ではない。いつもの明るく、軽妙で、諧謔にとみ、声高に会話を愉しむ開高さんとの落差がきわだった。こういう開高健の姿もあるんだ——と思ったことが、いまも忘れられない。

　そう言えば、いつか茅ヶ崎のお宅へ撮影に伺ったおり、書斎の机の上に置いてあるメモ用紙に、漢字が二字、書きとめてあった。よく見ると、

「愁殺」

　とある。家に帰ってから辞書で調べたら、「ひどく嘆き悲しむこと」という意味とわかって、虚をつかれた。が、あの二人きりになったときの沈黙を思い起こしてみれば、いつもの人に向けた顔の陰で、開高さんは寂しい人だったのかも知れない。

　瞑目《めいもく》して、合掌。

１９３７年、徳島県・徳島市の写真館に生まれる。58年、東京写真短期大学（現・東京工芸大学）を卒業後、広告制作会社アドセンターを経て独立、以降フリーとして現在に至る。

個展・作品集

１９７０　「ＧＩＲＬ」「イブたち」
１９７３　「花咲くMs.たち」
１９７９　「人間・柴田錬三郎」「フランス一人旅」
１９８０　「ＭＹ　ＡＭＥＲＩＣＡ」「細雪の女たち」
１９８３　「未来架橋」
１９８８　「写心気30」
１９８９　「家族の肖像」
１９９０　「大病人の大現場」
１９９３　「親と子の情景」
１９９６　「東寺」
１９９９　「ＫＯＢＥ・ひと」
２００１　「およう」「Ｌｉｖｅ？」
２００２　「after the working・8×10」「桂林」
２００３　「里山の肖像」
２００４　「AFRICAN PARTY NIGHT」
２００５　「火火」「ひと まち 笑顔 こうべ」
２００６　「人間列島」「風の写心気」
２００７　「世界遺産東寺」「ありふれた景色」「イブたち」「長い昼・白夜」

—他多数—

この場合、味というのは味そのものをいっているのであって、料理のことではない。

あまい、すっぱい、しおからい、にがい、からい

——甘、酸、鹹、苦、辛という味の五要素の

他にも美味、珍味、魔味、奇味……とあり、ちょっと形容語を並べてみても、鮮、美、淡、清、厚、深、爽、滑、香、脆、肥、濃、軟、嫩……と列ねていくこともできるのだが……

（小説家のメニュー）

「ずばり東京」と「ベトナム戦記」のころ

永山義高《ながやまよしたか》

「これで日本文学は一〇年遅れまっせ。大いなる損失や。ハッハッハ」

開高さん自らが「輪転機に追いまくられる生活」と表現した「ずばり東京」(『週刊朝日』)の連載が始まったのは、東京オリンピックの前年、一九六三年だった。開高さんはその二年ほど前、『毎日新聞』で、徳島ラジオ商殺し事件の裁判を扱った「片隅の迷路」を連載して輪転機は経験ずみだった。なのに「ずばり東京」連載を、ことさらにこう歎いたのは、毎週二日ほど、新しいテーマで現場に出かけて取材し、ひと晩で四〇〇字詰め一四、五枚の原稿に仕上げる、いわば「その週暮らし」の生活に自らを追い込んだことへの後悔があったからだろう。『週刊朝日』も有楽町にあった朝日新聞本社の新聞輪転機で刷っていた時代なので、文字通り「輪転機に追いまくられる」気分だったのは間違いない。

「日本文学は一〇年遅れる」はジョークにしろ、「オレの仕事は純文学」という開高さんの気負いが、駆け出し編集者の私にも十分に伝わってきた。

私は週刊朝日編集部配属二年目で「開高番」の編集者、つまりは雑誌の看板連載である「ずばり東京」の担当者を命じられた。畏敬する八歳違いの作家への兄事がその時から始まる。

開高さんのルポの文体について、当時の新聞記者、雑誌編集者の間でも「ジャーナリスティック」という定評があったが、たしかに開高作品の中でノンフィクションが占める比重は大きい。わけても「ずばり東京」は、そのノンフィクション分野での評価を不動のものにした記念碑的な作品といえる。

当時の週刊朝日編集長・足田輝一は、経済の高度成長期を迎えた日本の大衆社会における週刊誌作りの一環として、新しいライターの発掘に腐心していた。そして最初に白羽の矢を立てたのが開高健。「レジャー」という言葉が一般化した時代で、日本人の遊び方はどう変ったのかと、じつは「ずばり東京」に先立ち、「日本人の遊び場」という連載ルポに、バイタリティあふれる芥川賞作家を起用したのだった。

当時はすでに朝日新聞日曜版に「名作の旅」が連載で登場し、事件取材に明け暮れる社会部記者も「文芸もの」に登用されて筆を競い合う時代になっていたが、逆に開高さんの場合は、作家が社会事象のルポに乗り込む形であった。先輩記者たちの中には、「新聞記者が小説の取材に出かけ、作家が事件取材をする時代か」と戸惑いを隠せない人も少なからずいた。

その開高さんが初めて週刊朝日編集部に取材の打合せに現れた日のことは、今でも明確に印象に残っている。気鋭の若い作家を、いわば仲間として迎える編集部の雰囲気は緊張に包まれていた。取材の段取りを編集部員と相談する開高さんを、初めは遠巻きに見守る雰囲気だったが、開高さんのソノーラスな大声が響き始めると先輩たちの表情も緩んで、開高さんの周りに人垣ができた。

「トシですわ。バイタリス（当時人気の男性用整髪料）を頭のてっぺんに振りかけると、ツルツルッといっきに額まで滑りおりて来よる。櫛も通らぬ密林やったのに、もうアキマヘン」などと歎いて皆を笑わせた。

しかし取材が始まると、その健啖《けんたん》とエネルギーで一騎当千の先輩記者たちを圧倒した。取材がうまい。大阪弁で相手をどんどん乗せて、面白いと大声で笑った。大笑いが終るとメガネをはずし、思い出し笑いをかみ殺しながらハンカチで涙をふいた。こんな調子だから相手のガードはゆるみ、ホンネの秘話が次々に飛び出してくるのだ。自らは取材中まったくメモを取らず、編集部員に固有名詞や数字を確認するだけで、一晩で原稿にするのが常だった。

「ずばり東京」は好評の「日本人の遊び場」をうけた連載で、最終回を東京オリンピックの閉会式取材と決めた一年間の長丁場。オリンピック開催を前に激しく変容する多頭多足のメガロポリス東京をルポする連載で、いわゆる純文学系の作家が、毎週、現場に出かけてルポするという、雑誌メディアでも初めての試みだった。

編集長は開高さんに最高レベルの稿料を用意し、いわば若い作家に賭けていたのだと思う。開高さんもその期待に応えようとする覇気が感じ取れた。自らを「現代の井原西鶴」と見立て、一年五〇回という連載の中で、毎回文体を変えて書こうと試みた。さすがに毎回、とまではいかなかったものの、擬古文あり、独白体、会話体、子供の日記風の文章ありで、手を変え品を変えして読者を楽しませた。東大教授の丸山真男さん（政治思想史）のような碩学《せきがく》から、熱のこもった感想というかファンレターを寄せられるなど、質の高い人気連載となった。

そして「ずばり東京」の連載が昭和三九年一〇月二五日の東京オリンピック閉会式の取材をもって終了してから三週間後、開高さんは『週刊朝日』の臨時特派員として、秋元啓一カメラマンと二人で羽田空港から戦場のベトナムへ旅立つ。

その羽田空港から牧羊子夫人を杉並の自宅に送るハイヤーの中で、私は夫人から「もし開高が死んだら、朝日はどうしてくれるの」と詰問《きつもん》された。「開高さんは用心深いから、絶対に亡くなりませんよ」などと答えても、当然、ご納得は頂けない。要するに開高さんは夫人に詳しい話をしていなかったらしい。編集長に報告すると、「牧さんにはサイゴンの動静を細かくお知らせしなさい。夫人をお鎮めするのも編集者修行の内」との指示だったので、緊急な用もないのによくお宅に押しかけては、夫人の手料理をご馳走になった。

翌年二月、外電が「日本の作家開高健、戦闘に巻き込まれて行方不明」と報じたとき、羊子夫人の不安は当然ながら最高潮に達したが、ジャングルでのベトコン掃討作戦に従軍した開高さんは、「気がついたら二〇〇人の兵士のうち、一七人しかいなくなっていた」ほどの激しい戦闘から秋元カメラマンと共に生還した。

機関銃やライフルの弾丸がシュッシュッと乾いた音を立てて飛び交う戦闘の描写の中に、「蟻が身にあまる枯葉をくわえて右に左に頭を振っている」といった一行が光る開高ルポは、当時のベトナム報道に鮮烈な一石を投じた。

『ベトナム戦記』として単行本にまとめられたルポはベストセラーとなったが、このベトナム体験は開高文学を代表する作品へと昇華した。『輝ける闇』、『夏の闇』、『花終る闇』（未完）の三部作である。

故司馬遼太郎さんは、この三部作の中でも『夏の闇』を高く評価した。開高さんへの弔辞のなかで、「『夏の闇』一作を書くだけで、天が開高健に与えた才能への返礼は十分以上ではないかと思われた」、さらには「名作という以上にあたらしい日本語世界であり、おそらく開高健はこの一作を頂点として大河になり、後世を流れつづけるでありましょう」とまで讃《たた》えている。

冒頭の「これで日本文学は一〇年遅れまっせ」は、ジョークにしろ秘めた自信にしろ、ルポに時間を割くから文学が後回しになる、という理屈になるのだが、本人は後年、次の一文を残している。

「ノン・フィクションといっても（中略）イメージや言葉の選択行為であるという一点、根本的な一点で、フィクション

とまったく異なるところがない」（文春文庫『ずばり東京』の「後日」から）

「日本人の遊び場」から「ベトナム戦記」に至る二年間、開高健にとっては文学的には「鬱」とされている時期である。しかしジャーナリズムの一隅に生きた一人として、開高健という存在から受けた恩恵は大きかった。

「ずばり東京」からベトナムのあとも、釣りノンフィクションに新境地を拓いた開高さんは、「フィッシュ・オン」、南北アメリカ大陸縦断記「もっと遠く！」「もっと広く！」を『週刊朝日』に連載した。この間、私は編集者として開高さんの生原稿を読む幸運に恵まれた。また編集長としては、開高さんの最後の週刊誌連載を頂いた。中国ハナス湖の怪魚を追った「国境の南」（一九八八年）である。

一九八九年の九月末、私は茅ヶ崎に開高さんを訪ねている。「珠玉」の原稿執筆にひと区切りついたとかで、少し痩せてはいたが、暮れの急変を予感させる兆候はまったくなく、モンゴルでチンギス・ハーンの陵墓を探索する「ゴルバン・ゴル計画」について元気に語り、このプロジェクトに名を連ねていた司馬遼太郎さんへのエールを私に託した。私はその足で成田空港に向かい、『週刊朝日』の連載「街道をゆく」でオランダを取材中だった司馬さん一行に合流して、開高さんの近況を伝えている。

しかし私がオランダから帰国直後に開高さんは再入院し、一二月九日には帰らぬ人となった。その四年後に娘の道子さん、そして一〇年後に牧羊子さんが急逝、私は開高家の三人の柩をかつぐこととなった。なんという巡り合わせだろうか。

悲喜こもごもの年月は夢のように流れ去ったが、初めて仕えた編集長が駆け出しの記者を開高番に命じてくれた気まぐれに、私は生きている限り感謝し続けることになるだろう。

1938年生まれ。朝日新聞社入社2年目に、「週刊朝日」連載「ずばり東京」（63〜65年）とベトナム取材（64〜65）の担当者に。「もっと遠く！」「もっと広く！」南北アメリカ大陸5万キロ縦断・釣りと文明の旅（80〜81）を裏方の副編集長として担当。また編集長としては最後の釣りルポとなった「国境の南」中国ハナス湖に怪魚を追う（88）を連載するなど、開高さんへの兄事は「週刊朝日」を舞台に4半世紀に及ぶ。元朝日新聞社取締役（出版担当）。

そうだ、竿をたてろ。
ゆるめるな。
走ったら走らせろ。ボサにだけは逃げこませ
るな。つっぱれ。つっぱりとおせ。
そら、

顔が水にでた。そこをしゃくれ。顔をこちらへ向けかえさせろ。ああ。その重量。剛力。あわてるな。巻きすぎるな。じわじわと。緊迫しつつもじわじわと。

（私の釣魚大全）

茅ヶ崎の白い家

藤本和延《ふじもとかずのぶ》

開高さんの下井草の家には一度伺ったことがある。その頃、開高さんは神楽坂の新潮社の寮に住んでいて、そこから夜な夜な銀座の街に這い出して来ていたから家に居るのは珍しいことであった。

玄関に上がって戸惑っていると、二階から「きょろきょろせんと上がって来なさい」と大声が降ってきて、慌てて階段を登った。だから玄関と階段と開高さんの待っていた部屋しか記憶にない。

次はもう茅ヶ崎の家だった。新築して引っ越したばかりだった。玄関を入るとすぐ吹き抜けの広いサロンで、現在改築された下井草の家で開高健記念会の事務所の作業台となっている大きなテーブルに、白と赤の市松模様のテーブルクロスが掛けられ、ビニール管を通した籐《とう》で編んだ椅子が並んでいた。それは、当時銀座の並木通りにあったレンガ屋というレストランの風情を写したものであった。開高さんはこの店の常連だった。

「若い建築家にまかせたら、この始末や」

手摺のない剝《む》き出しの階段と止まり木の様に造られた白壁の中二階を指して「実験や、遊ばれたんや」と歎いた。間接照明が周囲の板壁に当てられていてサロンの中央のテーブルの上は暗かった。後にそこには不粋な蛍光灯が取り付けられた。奥の書斎は小説が書けるようにと新潮社の寮と同じにしたという。白木の上がり框《かまち》に開高と織り込まれた玄関マットが敷かれていた。

「これが松籟《しょうらい》や、聞いてみい」と開高さんが上機嫌で自慢するように四辺を深い松林で囲まれ、渡る風と波の音だけの静寂と木漏れ日に包まれた温かい家であった。

何度も戦場を渡り歩いてたどり着いた安住の地か、しかしやがては開発に晒《さら》されそうである。

「どの位い広いんです」

「二〇〇坪や」

「こんなに広いのにそれしかないんですか。もっと周りを買って置いた方がいいですよ」

開高さんが怒鳴った。

「どこにそんな金があるんや、君の社が貸してくれるのか、もっとおちょうもく上げろや」

開高さんから電話があり、直ぐ来なさいと言う。しかも車で来いという。茅ヶ崎と片瀬海岸は車で一五分である。いつものように玄関の扉はすでに開かれている。足を踏み入れてびっくりした。広いサロンの床は葡萄酒の瓶で埋まっていた。テーブルの上にもぎっしりと並んでいる。

「さる洋酒会社が研究の為に各地から集めた葡萄酒や。研究が終ったんでくれるというから全部持って来なさいと言ったら本当に持ってきよった。好きなだけ持って行きなさい。ただし、君が選んだ酒を私の前に並べるんや。点検評価するから、合格ならどうぞや」というのである。それから三〇分、物欲に駆られても半分も見られない。開高さんの前に六、七本並べた。

「車で来たんやろ、二〇本でも三〇本でも運べるだけ持っていかんか」とニヤニヤしている。さらに一時間、腰が痛くなる程没頭して二〇本並べた。その間、覗き込んでうなずいたり、反対側へ移動したり陽動作戦で惑わせたり一人で楽しんでいる。しかし、テーブルの見つけやすい所に「ラ・ロマネ」が出してあり、「ムートン・ロートシルト」が固まって置いてあったりして開高さんらしい気遣いもある。いくらなんでもロートシルトを全部持って行くわけにもいかず、まあ二本位はいいかというこちらの思案もお見通しだ。何とか合格をもらってほっとしたが、何週間か代わる代わる呼び出しては皆に祝福を与えて楽しんだのだろう。

開高さんがぼやいていた。仕事場として造った茅ヶ崎の家に家族が移ってくることになったという。牧さんは時々掃除に来ていたが、「おおっ、カサ・ブランカとか言いよって、居つかれてしもた」というのである。常には玄関に置かれていた牧さんの赤いスリッパが台所の勝手口にそろえられていたのは、開高さんが女性を招き入れた証拠であるとの推理で強引に事は進められつつあった。開高さんは頰杖を突いて「ぷはぁ」と嘆息をつきつつ憂鬱そうに酒を飲んでいた。

しばらくの空白があった。野性号Ⅲ（縄文の航海実験船）の航海が終って茅ヶ崎を訪ねると大分様子が変っていた。書斎の向こうに新しい書斎が出来ていて地下に書庫が造られている。窓外には、ガラスで被われたテラスが付けられ、アラスカで開高さんが射留めた大鹿のトロフィーが飾られていた。トイレ、台所、バスも付いている。書斎の奥は一段高くなっていて、床が引いてあり、その壁に北アメリカの大きな地図が壁紙として張ってあって、南北アメリカ縦断の旅で訪れた所に赤い丸が付いている。そしてアメリカを抱くように熊の毛皮が止められていた。

「君も今回の航海で使った海図を寝室の壁に張って毎日眺めたらどや。色々思い出して楽しい」と改装を勧める。

開高さんがニューヨークで手に入れたメモ用紙を差し出して、

「ほとんど経験しているが、一つだけしたことがないのがあるのや、君はどうや」とうれしそうに問う。

メモ用紙はA４の二分の一の大きさ、下四分の一の所に男女交合四十八手図のように二十数人の男女が様々な体位で絡み合うイラストが画かれていて一番上にMEMENTO MORI（メメント　モリ）とラテン語が一行書いてある。左から右へ何度か見直したが解らない。ギブアップすると開高さんがその箇所に赤丸を付けた。男が女に握り挙を突込んでいるフィスト　ファックであった。アメリカの小説で読んだことがあるが、勿論経験はない。開高さんもプレイボーイジョーク等で知ってはいたのだろう、しきりと感心している。

メメント　モリの訳は「死を思う」だがこの場合どういう意味なのか。

「君と可愛い子ちゃんがセックスをするやろ、その後、短いが深い眠りに落ちる。これをフランス人はプチ　モール、小さな死という。そういうこっちゃ」

開高さんの見事な解説である。

このメモ用紙はこの手の物では上品で、開高さんは長く愛用していた。ニューヨークで購入したものが無くなると複写して何度か色を変えて印刷した。ちょうど訪ねた時に、そろそろまた無くなりそうだと言うので社に出入りの印刷屋で増刷しましょうと請け負った。刷り上がった物を段ボールに入れて届けると、ふた握りほど取って「僕はもうこれだけで足りるから、後は君、使いなさい」という。変だなと思ったが、そうですかとそのまま持って帰った。果たしてそのようになった。

開高さんが手術をして病院から戻ったので見舞と様子を見に伺った。開高さんは元気ですこぶる機嫌が良かった。つい、うれしくなって近々、会社をやめようと考えていること、そしてやろうとしている企てを話した。「大きい話や、良い話やないか、これで数週間楽しめるな」と喜んでくれた。痞《つか》えが取れて楽になった。開高さんが棚の奥から鳥の絵が描かれた白いマグカップを取り出し、机の横に洗ってきちっと重ねてあるTシャツでくるみ始めた。一つ、また一つ丁寧にくるむ。映画の一場面のようだった。合計六つ、それを紙袋に入れて手渡された。

「僕はもう使わないから君にあげます」

またしても同じ台詞であった。

開高さんとの別れには蛇足がある。再入院日の昼に東京の都ホテルに呼ばれた。少し早目に着いたのだが、開高さんは玄関正面のソファーに深々と腰を掛けて待っていた。「遅い！」と開口一番、いつもの通りであった。寿司をご馳走になった。これから検査すると言い、自分は何もとらずに、酒を振舞われた。開高さんは形だけ猪口を上げ小指を立てて乾杯した。別れの杯であった。前年、サントリーが出した開高さんのカレンダーとマジックペンを持参したのでと、一月から一二月まで、一二枚それぞれにサインを書いてもらった。開高さんは黙ってサインすると、立ち上がって、「アデオスセニョール　フジモロ」と右手を上げた。

今はきれいに整備されて開高健記念館になっている茅ヶ崎の家を訪ね、テラスの椅子に座っているとあの別れを思い出すのである。あれは蛇足だった。この家で最後の別れとすべきであった。しかし、本当に気付かなかったのである。あれだけの兆候がありながら、開高さんの命が終ろうとしているのを。開高さんが逝って一七年になるが、思い出すと今でも背中が熱くなる。

1945年東京生まれ。慶応大学卒。63年から89年まで、角川書店に勤務し、文芸編集者を務める。79年から81年の間、古代航海実験船「野性号Ⅱ、Ⅲ」（帆走カヌー）艇長として、フィリピン、日本、チリ間の太平洋を航海。91年笹川スポーツ財団を設立、常務理事に就任。国立鹿屋体育大学客員教授。開高健記念会副会長。

あの橋は
おずおずしながらも破壊的な初恋、
この橋は
ひきずった中年者の恋、
その橋は
時計におびえるしのび逢い、

なおあの橋は汗のしたたる土曜の夜の惑溺、
なおこの橋は老いた色事師の
回想の遠い花火、
といったふうに数知れぬ
橋をひとつひとつ
うたいあげる

（五千人の失踪者）

「最高級品!?」

森《もり》　啓次郎《けいじろう》

「このお金で、モンブランの万年筆とパイロットのブルーブラック、それに最高級のものを買ってきてくれや」

開高さんはそう言って、私に黒革のアタッシュケースと五万円を手渡した。場所は成田空港に隣接するホテルの一室。一九七九年七月一九日、南北両アメリカ大陸縦断の旅に出発する前日のことだ。開高さんは芥川賞の選考が終わって、そのままこのホテルにやってきた。北米大陸は私の担当ではなかった。旅の中間点であるメキシコで合流することになっていた。そのメキシコに持って来てくれというのである。アタッシュケースには、署名入り原稿用紙の束と透明なガラス瓶に詰められた梅のエキスが入っていた。これをちびちびなめながら原稿用紙に向かうのだ。

ところで、「最高級のもの」と言われて、「?」、私は一瞬戸惑った。しかし、すぐにそれが何であるかを直感した。この辺が作家と担当編集者との「あうんの呼吸」である。開高さんはこの旅を「闇三部作」を書くきっかけをつかむ旅と位置づけていたからだ。『輝ける闇』『夏の闇』のあと、次の作品が書けていなかった。悶々とした生活を送っていた。「わかりました」と短く応えた。

開高健は「かいこう・たけし」が正式な読み方だ。「かいこう・けん」と読んでも嫌な顔はしなかった。「人によっては『かいたか・けん』とも読む」と本人が言っていた。編集者が「原稿、書いた?」と聞くと、「まだ書けん!」と叫ぶ。まさに「書いた?書けん!」の生活を送っていたわけである。

一〇月初め、メキシコで一行を迎えた。その夜、ホテルの一室に一人だけ呼ばれた。部屋の冷蔵庫には、ミニチュア・ボトルがぎっしり詰められていた。三〇本以上はあったと思う。そのほとんどはもちろんテキーラ。それらを片っ端から開け、すべてを飲み終えたとき、小宴会は終わった。もちろん、アタッシュケースは開高さんの手に渡った。その後、「最高級のもの」がいつ、どこで、どのように使われたか、あるいは使われなかったのかは知らない。たとえ知っていたとしても「墓場まで持っていくのが編集者の務め」と先輩たちからきつく言われている……。

さて、メキシコで私につけられたニックネームは「モリピカ』。南米篇の第一章「モクテスマの復讐」にはこう書かれている。
「交替に森啓次郎が東京からやってきたので、これにもさっそく愛称をつけなければならなくなった。これはどう踏んでも〝モリー〟か〝モーリ〟と呼ばれるにきまっているが、ラテン語で〝モーリ〟といえば〝死〟をさし、《メメント・モーリ（死を銘記せよ）》という有名な格言があり、私のジッポのライターにもきざみこんでいる。これでは縁起がわるいし本人もよろこぶまいというのですぐさま〝モリピカ〟とすることにした。しばらく見ないうちに彼の光頭の燭光はその年齢より四十年も進み、いまや髪といえばモズクが磯の岩のまわりでふわふわ漂うような光景となってしまった」（『もっと広く！』）。

　芥川賞から芥川賞までの六カ月間の予定だった旅は、結局、北米三カ月、南米六カ月もかかる壮大な旅となった。旅のスタッフは、開高さん、私、カメラマン、車二台を日本から持って行ったため、その運転手二人の合計五人。セダンに開高さんと私。もう一台のワゴンタイプにカメラマンが乗った。ワゴンには大量の釣り道具、竿、リール、ルアーなどが積まれていた。とくにルアーは段ボール箱に三、四箱分持っていったので、行く先々で警察の検問を受けた。そのたびに、「密輸ではないか」と疑いをかけられた。

　ベネズエラでは、パトカーに止められ尋問された。言っている意味が分からないという顔をすると、ダッシュボードの上にあったスペイン語の辞書を手に取り、あるところを爪でキュキュと印を付けて渡してきた。そこには、「レガロ」（贈り物）と書いてあった。チリでは、服ごと財布を盗まれたことがあるが、その時捜査に当たった刑事は「ぼくの妻は、世界のお金を集めている」とニヤッと笑った。五〇円玉をあげると、「妻は紙のお札のコレクターだ」と言った。

　正月号から連載を開始するために、旅をしながら原稿を書いてもらうことになった。しかし、「横文字の国で、縦文字は書けん！」「低いテーブルと座布団がないと書けん！」というので、メキシコ・シティ郊外では日本的な村を探しだし、部屋に座机とクッションを用意した。夜は、スコッチウィスキーを一本差し入れる。字はよれるが、書き直しは全くない。論理は正確無比。これにはちょっとびっくりした。しかし、旅先での原稿書きには相当苦しんでいたようだ。

　原稿が書き上がるまで、じっと待つことになる。「その間、自由にしてくれ」というので、リマにいたとき、「これで空中都市マチュピチュに行ける」と顔がほころんだ。しかし、次の瞬間「自由にしていていいから、朝飯と昼飯と夕飯の時だけ顔を出してくれ」とさりげなく言われた。食事を一人で食べるのが嫌いだった。寂しがり屋で、心配性だった。東京で待ち合わせするときにはいつも一時間以上前から来ていた。二時間前という説もある。何しろ三〇分前に行ったときにはすでに来ていたので、開高さんがいつからそこに立っていたのか誰も見たことがないのだ。そして「いらち」な性格だった。町に食事に出掛けるときは、とにかく歩くのが速い。真っ直ぐスタスタと行ってしまう。「そこ、右です」と後ろから何度も大きな声をかけていた気がする。

　中華が好きだった。胆嚢《たんのう》を取っているので、あまり脂っこい食事はとれなかったはずなのに、なぜか脂っこいものが好きだった。南米各地には小さな町にも必ず中華料理屋がある。パナマ運河を造るときに多数の中国人が連れてこられ、完成後、各地に散らばったらしい。いつも、ワンタンスープにコショウをドバッと入れて食べていた。本当にグルメなのか疑ったこともある。

　メキシコでは小豚を一匹丸ごと食いたいと言い出した。この時は、レストランに頼んで実現させた。「どこの部分が一番うまいか、当てなさい」と言われた。答えは「ほっぺ」。茅ヶ崎邸で、奥さんが横浜中華街から北京ダックを一羽丸ごと買ってきて、切ってくれたことがある。「この中から一番うまいところを選びなさい」と言われたこともある。開高さんが選んだのは、真ん中に丸い穴が開いていた部分。肛門だ。筋肉をよく使っているので味があると言っていた。

　アルゼンチンでは「世界一うまい」と彼らが言うアサドを味わった。一メートル近くある骨付き牛肉の塊やヤギ一頭を太い鉄串に刺し、何時間もかけて炭火でじっくり焼き上げる。味付けは岩塩を擦り込むだけ。それに血のソーセージなどが加わる。さらに男たちだけの宴では、ワインの酔いに任せて艶笑小咄《こばなし》を互いに披露する。あちらこちらで何度も聞くうちに暗記してしまった。

　ところで、開高さんは、食事以外は夜の町にほとんど出なかった。「途上国はみんな一緒や」「ベトナムと同じや」が口癖で、「君たちが町に出て、様子を知らせてくれ」と言っていた。だから、朝食が、前夜の町の様子を報告する場になった。身振り手振りは厳禁。口だけで、日本語で報告した。「ゼスチャーは世界共通だから」というのが理由だ。

　旅の途中、次の作品は「花の闇」だと聞いた。それがいつの間にか『花終る闇』に変わっていた。なぜ「終る」という文字が入ったのかが気になる。「花の闇」の方が『夏の闇』に続く気がするからだ。「死の予感」が「終る」という文字を入れさせたのかもしれない。最後の作品『珠玉』には宝石が出てくる。コロンビアで執拗に取材していたエメラルドが、その後、スリランカを経て形になったと思っている。

開高さんは、一九七九年の一二月三〇日に四九歳の誕生日を迎えた。「もう、始終臭いやで」と嘆いた。でも、考えてみれば、かなり若かったともいえる。いつも「よれよれや」などと言っていたので、もっと年取っていたように思っていたが、実際は今の私より八歳も若かったことになる。「最高級品」が必要だったわけだ。

通称「モリピカ」。「週刊朝日」の編集者として、1979年から80年にかけて、南米大陸縦断の旅に同行。「週刊朝日」編集長、「朝日ニュースター」のキャスターを経て、現在、文化女子大学、青山学院大学講師。

一五年の宿怨を果たして。キングを手にした眼は泣いているかのようにも見え、何かの終りを告げていた。（撮影／高橋　昇）

折にふれ

高橋《たかはし》　昇《のぼる》

　今ではもう、開高先生を語るべき言葉を見つけ出すのが難かしくなっているし、何を話すべきなのかと迷ってしまっている。でも、毎日毎日、折にふれ思い出している。そう、亡くなってからのこの十数年、雨が降れば雨の中に、風が吹けば風の音の中に、照りつける陽光のその光の中に、草いきれのその匂いの中、川岸に、街中に、今でもその存在をいつでも強く感じている。

　アマゾン、アラスカ、カナダ、コスタリカ、中国、アメリカ、パリ、ロンドン、ニューヨーク、モンゴル、スリランカ。あんな国、こんな国、世界の辺境の地での先生との数々の思い出は尽きることなく溢れ出し、流れはじめ、漂いはじめてしまう。これは、何時でも何処でもその存在を知覚できる〝神〟のようなもの……、なのである。

「次はアラスカ、キング・サーモンを釣るんャ、これはドエライ大物ャ、ただし釣れたらの話やデ、これは夢、デカイ夢なんャ」

　早朝の電話口からの声は、もう釣れた瞬間のドキドキ、ワクワク感のそれになっている。

「釣れたらどんな風にして撮るかを今から考えておくんやデ、ええナ、判ったナ」

「は、はい、考えますです、判ってます」

　アラスカ、アンカレッジからスターリング・ハイウェイを車で三時間ほど走ったところにソルドットナという町か村か、そんな所があって、ここをキーナイ河の本流が流れている。七月の第一週か二週目の頃に特別サイズのキングが上流を目指して上ってくる。

「セカンド・ランと言って、時には八〇、九〇ポンドが釣れるんやテ、ドャ、そうなったらもうモンスター、怪物ャ、行くデ、釣り上げるデ、長い間の夢をはたすんャ、一五年の宿怨があるんャ、今度はやったるデ」

　一九八四年、七月二日。朝六時に出発、夕方の六時までほぼ釣り続ける。「ヒア・ウィ・ゴー」

　一二時間、水の上。あたりも、かすりも、ピクンもなし。（こんなのはいつものこと、そう、いつも〝来た、釣った、釣れた〟なんてあったためしがない。運、勘、根の勝負はこ

れからのこと、まあ一日目から釣れタ！　じゃ仕事にならん、ボチボチってことさ）

二日目、一二時間、ノー・ヒット、ノー・バイト、ノー・フィッシュ。（あれれ、釣れないパターンにはまってしまったのかも）

忍耐という文字が頭の中にチヵッと浮んできて、先生も煮えてきているので視線がからみあうのを避け、コソコソと逃げだしたくなる。

三日目、「ワルキューレをドンチャカやっておくれ、景気よくナ、聴けば元気になるようにたのむでョ」。午前中六時間、氷雨がポタポタと降る中で、朝からずっと降ったり止んだりして全身が凍える。午後になってようやく晴れ、両岸が斜光に輝きだす。二時になり、三時になってもヒットはなかった。今日もダメなのか。午後の四時半頃か、ズドンと来た

「ヒット！　魚ャ、キングが……！」

魚は走る、もぐる、「イージー、ベィビー」やったりとったりの時間がどれ程だったのか、ついにキングは浮上してきた。

「メス、六〇ポンド、ほぼ六〇……」

ガイドが叫ぶ。先生の吸うラッキー・ストライクの指先が、戦いの疲れなのか勝利の興奮なのか震えていた。虚脱していた。

「先生、例の写真を撮りましょう……」

「どないすんねン、何を考えてんねン」

「両腕の上に乗せて下さい」

「重い！　早ヨしておくれ」

「次は両手で持ち上げて下さい」

「まだ撮るんヵ、欲の深いやっちャナー」

少しテレたような顔をして、注文に応じてくれた。笑ってはいるが、喜んではいるが、はしゃいではいたが、眼は哀しそうだった。泣いているようにも感じた。

「終ってしまった。一つがまた終ったんャ」

そんな眼だった。

そんなことを折にふれ思い出す日が続いている。

1949年北海道生まれ。77年に小説家・開高健のアマゾン行きに同行撮影。釣り紀行写真集の名作『オーパ！』が生まれる。その後、『オーパ！』シリーズの取材で、開高健と世界11カ国を周り、延べ443日を共にする。83年、講談社出版文化賞受賞。近刊に能役者、梅若六郎の舞台を撮り続けた『梅若六郎能百舞台』、『歌舞伎、女形、中村福助』、膨大な開高健の写真をまとめた『男、が、いた。開高健』、『旅人　開高健』などがある。2007年9月急逝。

私はおびただしく疲れ、虚脱してしまい、腰がぬけたとつぶやく。タバコに火をつけようにも手がふるえ、肩がすくんで、どうにもたわいないこと。カッと巨口をひらいたまま息をひきとりつつ肌の色がみるみる変っていく二尺五寸（七十五センチ）のイトウに、いいようのない恍惚と哀惜、そしてくっきりそれとわかる畏敬の念をおぼえる。これこそがこの大湿原の核心であり、本質である。蒼古の戦士は眼をまじまじ瞠ったまま静かに死んでいき、顔貌を変えた。

（私の釣魚大全）

三つの「ご褒美」

谷《たに》　浩志《ひろし》

「よれよれの開高です。殿様《とのさま》はおるか」と受話器から、大声が聞こえた。昭和五一年、私がサントリーに入社し、広報室に配属されて間もないころの話である。開高先生が、サントリーの先輩であり、時々顔を出されることは聞いていたが、まさかご本人の肉声を直接耳にするとは思っていなかったので、あわてて「え、殿様？って誰ですか」と、答えてしまった。当時の広報室長、安村圭介さんのこととは知らなかったのだ。部内でも笑いが渦巻いた。ドキドキと、心臓が高鳴った。

以後、安村室長、そして小玉武課長（当時）の席にフラッと見えられる開高先生に、直立不動で挨拶するようになった。

昭和五三年のこと。小玉武課長は、かつて開高先生が発刊し、一世を風靡《ふうび》したPR誌『洋酒天国』に憧《あこが》れ、入社した一人だが、同誌が、昭和三九年にその役割を終え、休刊して以来約一五年、かたちを変えて復刊する事を狙っていた。

もちろん時代が違う。『洋酒天国』は、カラーページを活かし、女性のグラビアやユーモア溢れる男性向けのエンターテイメントを中心にした編集で、後の『平凡パンチ！』や『週刊プレイボーイ』などの〝教科書〟となったという説もあるほどだ。しかし、いまさらこのような編集をしても、どんどんレベルを上げ、支持されている商業誌のなかで、とても存在感は示せない。小玉プロジェクトリーダーの下で、入社三年目の私も、よく分からないままに「若者」の意見を忌憚《きたん》なく言わせていただいた。自由な雰囲気の部署だった。

五三年秋、小玉さんに連れられて開高先生の茅ヶ崎の自宅を訪ねた。「新PR誌」の、構想をお話し、意見を伺うためだ。確かこのときはまだ、「フィロソファーズレーン（哲学者の小径）」を通らず、「玄関」からリビングルームに案内され、奥様がお茶、そしてワインを出してくださったと思う。

大まかな構想を申し上げた。

氾濫する豪華な雑誌の中であえて「活版印刷」。カラーページを使わず、活字中心の読み物としたいこと。内容は、PR臭を出来るだけ避け、お酒の商品解説や紹介よりは「なぜ人は酒を飲むのか」「異文化の酒や、飲酒スタイルがどのように伝播したか」「酒とコミュニケーション」など、酒そのものより、周辺の文化論を大切にしたい。等々……

開高先生は、即座に「ワカッタ。それでいきなさい。『流行』に流されず『不易』で行こうというのやナ。ええでしょう。よれよれの開高は、なかなかお手伝いも出来ませんが、この案に賛成、と佐治さんに伝えてよろしい」とおっしゃった。この年、芥川賞の選考委員にもなられ、たしかに先生は、公私とも多忙を極めておられた。

これで『洋酒天国』以来、途絶えていたサントリーのPR誌『サントリークォータリー』の発行が、決まった。以後、何度もこのご自宅に、そして、都内で執筆滞在されるホテルに通わせていただく事になる（ご自宅の玄関から入る事は以後、二度となかったが）。

『サントリークォータリー』では、まず、吉行淳之介先生とのシリーズ対談「美酒について」に、三号にわたってご登場くださった（後に、サントリー博物館文庫、そして今は新潮文庫に、同じタイトルで収められている）。主にワインを「女性」にたとえお二人のきらびやかな語彙で、人生観、女性観、そしてもちろんワインへの愛着と、知識に溢れた、知性とユーモアの駆け巡る、素敵な対談となった。毎回、同席させていただき、まとめ、ゲラをお届けし、また、持ち帰る、という大変に緊張するが一方で、担当者冥利《みょうり》に尽きる至福の時間だった。いつも、フレンチの有名店の個室で対談は行われたが、一度、ソムリエが勧めるボルドーのワインを、テイスティングし「これはちょっと違うデ、保存は大丈夫か」と、計三本、次々に断られた事があった。新米担当者としては、どうしてよいか分からず、冷や汗の出る大変困った事態になったが、レストランの寛容さもあって、無事、終了。先生との初めての仕事はこんな風に、始まった。

現在、集英社文庫『水の上を歩く？』として出版されている開高先生と当時の週刊プレイボーイ編集長、島地勝彦氏との対談集も『サントリークォータリー』で、「酒場でジョーク十番勝負」と銘打ち、まさに一〇回、お互いのジョークを、酒場で披露していただいたもの。白金の都ホテルをベースに、ジョークのみならず、人生を巡るさまざまな薫陶を受けた。ちょうど『週刊プレイボーイ』で、「風に訊け」という人生相談を連載しておられたので、生《なま》の「人生相談」が出来たのである。

恥ずかしながら、「ご褒美」を三度、いただいた。一度目は、やはり『サントリークォータリー』で、英国の人気作家ブライアン・フリーマントルに書き下ろし原稿をいただいた時。ホテルニューオータニに滞在中のフリーマントルに「酒を絡めた短編ミステリーをシリーズで書いて欲しい、でも原稿料はこれだけです」と、断られるのを覚悟で原稿依頼をした所、即座にOK。二週間の滞在中に、連載三回分の原稿を受けとることが出来た。「翻訳ではなく書下ろしとは、怖いもの知らずやのう。よくやった。今年のスペシャル担当賞をやろう」と、ミラショーンのリバーシブルのネクタイをいただいたのだ。誇らしく、うれしくてジンと来た。

この「宝物」は、表が濃紺、裏が臙脂《えんじ》色で、どんなシチュエーションでも使える。僕は、先生の命日に濃紺の、ヌーボーの会に臙脂色の、このネクタイを、年に二度だけ締める。

二度目の「ご褒美」は、かつて先生が編集長をつとめたPR誌『洋酒天国』の、アンソロジーを三冊、編集し、サントリー博物館文庫として出版し、版を何度も重ねることができたとき（現在、新潮文庫）。

「かつて、これは夜の岩波文庫と言われたモンです。ええ編集やデ。それにしても、根気よく筆者や関係者に許可を取ったな。それで皆さんに少しずつでも、役にたっているんやからナ。たまにはエエ仕事するやないか」と「大阪の殿様おでん、食わしたるわ」と、キタの、とても「おでん」とは思えないおでん屋「万ん卯」で、ご馳走くださった。

先日、舌の感覚を蘇《よみがえ》らせようと再訪したが、相変わらず、先生のお好きだった「コロ」も「さえずり」も絶品でした。

三つ目の「ご褒美」。これは一九八五年、サントリーがボルドー・メドックの一級シャトーで、世界最高級を自他共に認める「シャトーラフィット・ロートシルト」と、提携できた時の事。オーナーであるロスチャイルド男爵が来日し、何度か、先生はじめワインに詳しい方をお招きし、お披露目の食事会があった。先生も出席された食事会では、私の記憶では一八九九年（サントリー創業年）、一九一九年（佐治敬三社長の誕生年）、そして、一九六一年がメインのビンテージだったと思う。一八九九年はさすがに、現役の輝きはなかったが、しかしかつての栄光は感ずる事ができた、と皆さんおっしゃっていた、と記憶している。

さて、この会のあと、開高先生が私の席にやってきて、めずらしく〃小さな声〃で、ぐっと顔を寄せ、耳打ちされた。

「一九四五年のビンテージを探してみ。もし見つけられたら、すぐに確保、連絡するように！　この年は幻のビンテージといわれている。もちろん天候はきわめて良好。しかし、戦勝の浮かれた気分で、有名シャトーですら、新酒のうちに、最前線から帰って来た兵隊さんに飲まれてしまった。そして、ますます『幻』になったんや」と。

　早速、輸入担当者に確認した所、なんと、一本だけ「在った」のです。即、開高先生に電話。「えっ、ホンマか。えらいこっちゃ。で、もちろんただでは飲めんよなあ」ということになり、ちょうど、一九八五年の新春号のコンテンツを考えていた『文藝春秋』の特別企画として、「一九四五年、終戦の年の幻のビンテージの封を開け、飲みながら戦後四〇年を語る」という対談企画が実現した。お相手はもちろん吉行淳之介先生。

「場所は、赤坂サントリービルのレストラン・シャトーリオンの個室が便利やナ。デキャンティング時間等は、よう考えて。で、メンバーやが、吉行旦那と僕、文春からは、担当ともう一人、グルメのK常務かな。それに、これを糧に作家になってもらいたいK君。サントリーからは、悪いけど君一人でエエか。何しろ一本だけやからなあ」

「えっ、僕が参加してもよろしいんでしょうか、でも……」

「この企画は、君の功績大である。仕事は現場である。よって上司には僕が連絡を入れておくので体調を整えて、末席に座るように」と、言って下さった。

　当日、朝からレストランの部屋をキープ。ソムリエと入念に打ち合わせし、数時間前にデキャンティング。ろうそくの前で慎重にデカンタに注ぐ。おりは二センチぐらいあっただろうか。数時間後、部屋中に拡がった、馥郁《ふくいく》たる香りの溢れる部屋で対談は始まった。開高先生は私に向かって「谷クン、前書きやまとめで、絶対にこの美味さを表現する時に〝筆舌に尽くしがたい〟とだけは書くなよ、プロはそれだけは、やってはいかん」とおっしゃった。

　この、幻のワインをいただく会に同席させていただいた事、そしてこの言葉が、三つ目の「ご褒美」。いただいたものは、あまりにも多く、深く、ずっしりと重い。

大阪大学人間科学部卒。1976年サントリー入社、広報室に配属。開高健はじめ文化人の窓口等をつとめる。96年「サントリークォータリー山口瞳追悼号」発行を最後に退社。CS放送「旅チャンネル」を運営する㈱ジャパンイメージコミュニケーションズ取締役副社長を経て独立。日本旅行作家協会会員。

ピリピリひきしまり、
鋭く輝き、
磨きに磨かれ、
一滴の暗い芯に澄明さがたたえられている。
のどから腹へ急転直下、

はらわたのすみずみまでしみこむ。
脂肪のよどみや、
蛋白の濁りが一瞬に全身から霧消し、
一滴の光に
化したような気がしてくる

（飲む）

拝啓、開高健様

島地勝彦《しまじかつひこ》

拝啓

きっと天国で退屈なさっていらっしゃる開高さんに、一文書きたくなりました。御寛恕《かんじょ》ください。多分地獄の方がオモシロイ奴がぎょうさんいるような気がするのですが、いかがですか。

開高さんが突然この世を去ってから、私もまた退屈しております。あの言葉のひらめき、活気ある大音声、輝ける哄笑が聞こえなくなったのは、不幸極まりないことです。

この間、よく開高さんと飲んだ例のバーに行きました。しかしすでにバーマンはかわり、客層もかわり、まったく別の店になっておりました。ひとりカウンターに座り、私は開高さんの大好きだったマッカラン25年を、約束どおりにストレート・グラスで二杯注文して一杯ずつゆっくり味わい、再びおなじマッカラン25年を二杯注文したのです。するとバーマンが怪訝な顔をしながら、私に尋ねてきました。

「お客様、どうして二杯ずつ飲まれるんですか」

「よくぞ訊いてくれた」と私。「実は、開高健という尊敬する小説家がいてね……君だって名前ぐらいは知っているだろう」

「ええ、オーパ！ の文豪でしょう」

「そう、その先生とよくこのバーで飲んでいたんだよ。そしてある夜のこと、『君もマッカラン25年が好きなのか。だとしたら、こうするのはどうだ。もしどちらかが先にお陀仏したら、必ずそいつの分も飲んでやることにする……多分、オレの方が先に行くだろがね』と、おっしゃるんで私は『素敵な提案です。他の編集者が聞いたら、嫉妬して狂い死にするでしょうね。その件、承りました』と言ったわけだ」

「いいお話ですね。泣けます。それじゃあ、わたくしからお二人に一杯ずつご馳走させていただけませんか」若いバーマンは目をうるうるさせながら言いました。

「有難う。じゃあ改めて文豪に献杯しよう」と言って、私はタダでマッカラン25年を二杯飲んだのです。

そして今夜またあのバーに行って、カウンターに座り、マッカラン25年を注文しました。

「マッカラン25年を一杯！」と私。

「あれ、お客様は二杯ずつお飲みになるのではなかったんですか?」とバーマン。

「それが実は、今日人間ドックに行って検査を受けたら、ドクターストップがかかってね……」

　開高さん、そんなわけでドクターストップがかかっても、こうして飲んで参りました。あのアイデアを着想なさったとき、天才開高はこの日があることを想定されておられたのではないかと、推察しております。開高さんの人生の読みの深さに感激して、一文をしたためた次第です。

　いま日本は文学も政治も幼稚化が甚だしく、まさに滅亡の危機に瀕しております。こんな思考停止状態に陥った日本で、どうして酒なくして生きられましょうか。

　いずれ私も開高さんのお側に参ります。そのときは、必ずマッカラン25年を一本ぶらさげて浮き浮きしながら行きます。

頓首再拝
島地勝彦

開高健先生
硯北《けんぽく》

追伸
　突然、面白い話を思い出しました。立木義浩さんと『風に訊け』の担当のテリー（田中照雄・この本の編集者）と先生の隠れ家にお邪魔したとき、タッちゃんが外で写真を撮りたいと言い出したので、わたしがテリーに「て、て、て」と言ったら、彼もどもって「わ、わ、わ」と答えたそのとき、文豪は振り返り「君たちはいま何て言ったんや?」と訊かれたことがありました。
「わたしはテリーに、テープコーダーを外に持って行けと言ったんです。そしたら彼が、分かりました、と言っただけですよ」と答えると、先生は感に入った顔をなされ、「凄い。日本語として最小限に省略された会話やな。何か愛情で繋がっているような気がするわ」
　相変わらず、ふたりで会うと気持ち良くどもり合っています。先生が命名されたように「意識は稲妻、舌は蝸牛」なのです。

1941年東京都生まれ。66年集英社に入社。「週刊プレイボーイ」「PLAYBOY日本版」「Bart」編集長、取締役を経て98年に退任。集英社インターナショナル代表取締役を務める。著書に『水の上を歩く?』（集英社文庫・開高健との共著）がある。

表通りはネオンがついて明るく、
薄いながらもアスファルトが張ってあったが、
横道に入ると、
いたるところで溝が泥を嘔き、
紙きれや野菜くずが散らばり、

家のうしろ、
壁のあいだ、
露地の奥の暗がりからは
宿命の
匂いが流れてきた。

（一日の終りに）

「バーメラム」

田《た》中《なか》照《てる》雄《お》

あれは今から二五年前になると思う。『週刊プレイボーイ』が、開高先生に、「開高健のライフスタイル・アドバイス風に訊け」という人生相談をお願いし、小生が担当することになった。

季節も覚えてないが、上司の島地に連れられ、茅ヶ崎のお宅に伺った。

お会いして、小生が三五歳とわかると、文豪はいきなり、「そうか、キミは『バーメラム』か。その上、独身か。うらやましいなあ」というではないか。

後で聞くと、「バーメラム」とは、ベトナム語で三五歳のこととか。オトコにとって、心身ともに一番充実しているときだとのこと。早くに結婚した文豪にとって、小生が自由気ままに「バーメラム」を謳歌しているように見えたのだと思う。

それが、文豪とのおつきあいの始まりで、文豪は担当編集者などの身近な人を「ガッデム」など名誉（？）ある名で呼ぶ習慣があったが、小生がいただいた名は、なんと「ファッキン」であった。

仲間内で呼ぶときはいいのだが、文豪はホテル、新幹線など外人が多いところでも、ときどき、そうお呼びになるのには困ったが、今は懐かしい思い出である。

「風に訊け」は、最初は茅ヶ崎のお宅で始まった。いつもお酒を飲みながらであった（つまみはまったく無し）。離れ屋のような書斎への抜け道が「哲学者の小径」といい、まったく母屋《おもや》とは没交渉であるのは、不思議だなあ、と思いながらも通っていた。ところが、ある日、会社の上司に「牧羊子さんから、休日に家に押しかけ、ウチの亭主を酔っ払わせているのは困る、という電話があったぞ」と言われ、都内のホテルに変更した。

最初は、ホテルオークラ、銀座東急ホテルなど転々とし、落ち着いたところが白金の都ホテル。その二階の和室二一〇号室が「風に訊け」、あるいは、小生ら不肖の編集者への「開高教室」だった。というのも、小生、読者と同じ悩みを持つこと大、読者代表という感じだったからだ。

純文学が待っていると口癖のように言う文豪は、「こんな人生相談にいつまでもつきあっている時間などワシにはない」といいながら、当意即妙、素晴らしいアドバイスを答えていただいた。どうも、口とは裏腹に、純文学と無縁な乱暴ものの小生らとの時間を楽しんでいたと思うのだが。

さて、「ファッキン」または「ファッキン・テリー」(テリーは本名の照雄から。『PLAYBOY 日本版』が一九七五年創刊した折、来日したプレイメイトが名づけてくれました!)、ときには「ファーちゃん」にふさわしいエピソードをひとつ。

小生二九歳ごろ、スペインに旅行した。ところが、帰国後、大事なところが痛い。先輩に相談すると、「それは淋病だ、すぐ病院に行け」と言われ、直行した。

医者は、顕微鏡を見ながら、「どこか外国に行きましたか?」と聞く。

「スペインに行きました」

「やっぱり。これは日本の菌と違って大きくて元気だ」

といい、抗生物質を処方してくれた。ところが、このスペイン淋菌の抗生物質に弱いこと弱いこと。すぐに治ってしまった。

この話を「風に訊け」教室の休憩の折り、文豪に話したところ、文豪は、

「そうか、淋菌にもお国柄があるのか!」と大笑いなさった。

おかげで、小生の「ファッキン」は確固としたものになったのである。

1947年茨城県生まれ。71年、集英社入社。学芸編集部所属。「週刊プレイボーイ」在籍の折り、「開高健のライフスタイル・アドバイス　風に訊け」を担当。二日酔いで頭が痛い朝、文豪のモーニングコールを受けたことしばしば。失礼があったのではと、今も時々悔やむことがある。

どこを歩いても、
弁解する声、
脅迫する声、
哀訴、
拒絶、

逆上、焦燥、なやらかやら、
一つ一つナイフみたいな、
また材木をぶっつけるような声が、
窓をふるわせ、
天井にひびきわたるのでした。
(ロビンソンの末裔)

遥かなる「風」への思い

上遠野《かどの》 充《みつる》

ボクには胸に焼き付けた、「風」の言葉がある。

「若者は旅をせよ。旅に出る時間と金がないのなら、体はその場において、精神だけの旅をせよ。旅に出たら、地面に近く暮らすこと」

一九八二年六月、『週刊プレイボーイ』誌上に「風に訊け」の連載がはじまった。右の言葉は、その〝開口一番〟だ。読者の難問、奇問、珍問、愚問に対し、当意即妙の回答で若者の心をつかんだ男が、「風」の名で愛された開高健だった。

以来、ボクは開高健を心のなかで「風」と呼び続けてきた。

「風」は、若い読者のざれごとも真摯に受けとめ、全身全霊で応えてくれた。当時、二〇代前半のボクにとって「風に訊け」は、青春のバイブルだった。

ボクは「風」についてまともな話などできる身分ではない。

幸運にも連載の頃、ボクは『週刊プレイボーイ』の駆け出し記者として編集部に入り浸っていた。時折、編集部に訪れる「風」をボクは羨望《せんぼう》の眼差しで見つめた。多くの先輩編集者のたわいない話の端々に「風」のやさしさを垣間見た。その時の思い出を紡《つむ》ぎながら、今を生きる若者たちに、「風」という男を精一杯伝えたいと思う。

日本ジャーナリスト専門学校を卒業後、ボクは縁あって『週刊プレイボーイ』の記者になった。

足を踏み入れた編集部は、異様な場所だった。体育会系クラブの部室のような、なんとも言えない男の臭気がムンムンしていた。飲み会では「編集者が遊ばずして、面白い雑誌など作れるか！」と、誰かが必ず吠えていた。好き勝手、やりたい放題……、仕事をしているのか遊んでいるのか、これほど区別のつかない編集部をボクは見たことがなかった。

女に対する執念も凄まじかった。飲み会にかわいい女の子が参加でもしようものなら、酔いが回った頃には下剋上《げこくじょう》さながらの争奪戦が切って落とされる。性事的問題について奥手だったボクは、目の前で繰り広げられる〝多情多恨〟の世界に啞然とした。まさに知的（時に痴的）で乱暴な梁山泊《りょうざんぱく》。

そんな編集部を誰よりも「風」は愛した。

当時の編集部に顔を出すと、真っ先に目に飛び込んでくるのが、壁に掛けられた「編集者マグナ・カルタ九章」だ。

読め。
耳をたてろ。
眼をひらいたままで眠れ。
右足で一歩一歩歩きつつ、
左足で跳べ。
トラブルを歓迎しろ。
遊べ。
飲め。
抱け。抱かれろ。
森羅万象に多情多恨たれ。

補遺一つ。女に泣かされろ。

右の諸原則を毎食前食後、
欠かさず暗誦なさるべし。

「風」を解説した多くの本のなかで広く紹介されている「出版人マグナ・カルタ九章」こそ、実は『週刊プレイボーイ』編集部に贈られたものだ(編集部では「編集者マグナ・カルタ九章」と改め壁に掲げていた)。当時の雑誌を手にとると、幼稚で、ヤンチャで、無鉄砲で、小生意気な誌面に思わず苦笑してしまう。企画にしても、記事にしても、決して出来のいい優等生ではない。が、そこには「編集者マグナ・カルタ九章」に込めた「風」の精神が横溢《おういつ》している。

あれから二十余年の歳月が流れ、ボクも中年のオヤジになった。世間ではリストラの風が吹き荒れ、だれもが保身に走りたがる。中年オヤジになった今だからこそ、ボクは若者を大切にした「風」の大きさをさらに噛みしめる。

ボクは本書の編集作業にいそしみながら、ある日の「風」の背中を思い出さずにはいられなかった。二〇年前のその日——、ボクは編集部のある旧集英社ビルの狭い廊下を歩いていた。社員ロッカーが占拠した廊下は、ドンキホーテの通路を思わせる狭さだった。当時のボクはチビのくせに体重が八五キロ、ウエストは一二〇センチもあった。

ボーッと廊下を歩いていたボクは慌てた。ボクよりも体の大きな「風」がなんと壁にピタリと張りついて道を開けてくれていた。気がついて振り返っても、あとの祭り。「風」はにこやかな笑顔を残し去ってしまった。申し訳なさでいっぱいのボクは「風」の背中を見つめながら、「風」のやさしさを心に焼き付けた。

本書に掲載された記事には、随所に「風」のやさしさが散りばめられている。地方のミニコミ誌にはじまって、中小企業のパンフレット、小さな一団体の会報にいたるまで「風」は快く顔を出している。「私は若い人には甘い」と公言していたように、どんな若者雑誌もバカにしなかった。

そして、その姿勢はあらゆるものに向けられていた。一九七五年、「風」は多くの人に推され「奥只見の魚を育てる会」の初代会長につく。奥只見湖は、日本でも屈指のイワナの棲《せい》息地《そくち》だ。山奥の水の澄んだところにしか棲息しないイワナに対し、心ない多くの人々が「サケ、マスでなく、たかがイワナに」と揶揄《やゆ》した。自然の尊さは、その地に踏み入らなければわからない。「風」は人間どころか、魚にさえも差別しなかった。

最後にボクの心に大切にしまっておいた、とっておきの話を紹介したい。それは「風」が「風に訊け」の担当編集者Tに小説作法の極意を話した貴重なテープの内容だ。

Tは、酒は好きだが強くはない。「風」を交えた宴席でも、突如、寝息を立ててしまうこともしばしばだった。そんな若者を「風」は愛した。まわりの者が起そうとしても、それを制止し、そっと寝かせておいた。それだけではない。翌朝、モーニングコールを入れ、泥酔してしまった彼へ確認と称して打ち合わせ内容をさりげなく伝えた。

「T君、昨日の打ち合わせはこうだったよね」

そんなTである。本来彼の元にあるべき貴重なテープは、数度の引っ越しでどこかに紛れたままだという。ということは、これから書き記すことは、ボクの記憶の格納庫にしか存在しないのかもしれない。大事な未収録原稿として、ここに是非紹介させて頂きたい。

その日の「風」はしたたかに酔っていた。気持ちよく話をしているのだが、呂律《ろれつ》がどうも回っていない。文章と違い、少々くどい物言いだった。「風」はおもむろにシューベルトの「鱒《ます》」をTに聴かせた。静かな部屋にハミングしたくなるような美しいメロディーが流れる。小さな水しぶきをあげながら渓流をさかのぼる鱒の姿が瞼に浮かんでくる。

「そうや！　こういったピクピクと感動させる光景や人物像をまず描くことが大切やろ」

「美しいメロディーを聴いているときと同じ、頭のなかで物語をあれこれ空想している時が、小説家の至福の時や」

「部屋のなかではアイデアが浮かばない。旅に出るのが一番や。見知らぬ街、大自然の懐《ふところ》に入ると、よく言葉が閃《ひらめ》いた！」

「風」は自身の体験を熱く語る。その熱さはボクにも伝わってくる。だが、酒に呑まれてしまったTは、「はあ、そうですか」「はあ」と、同じセリフを繰り返していた。

「いいか、T君！　固有名詞などのディティールはメモをとっても、感動はメモにとるな。いいな。メモに頼ってはあかん！　小説にしたときの迫力がなくなるんや」

音楽が徐々にそして大きく変わっていく。一人の釣り師がやってきて、鱒を釣り上げようと虎視眈々《こしたんたん》と水辺をうかがっている。やがて清流は一瞬にしてざわめきたつ。策士はその刹那《せつな》に針を落とし、鱒を釣り上げてしまう。

「ここや！　音楽がダイナミックに変わるところが小説でも大切なんや。一本調子の物語じゃあかんよ。絶対に……」

まさに釣り師と鱒の格闘こそ、小説のヤマ場だと説明していた。そのときに心がけるべきことは、水と油のようにまったく異なる概念をぶつけ、未知のエネルギーを爆発させることだとも力説していた。

「美と破廉恥、凶暴と繊細、神と人や……。へんに思想や理屈にとらわれるんやない。社会や人間の奥底に潜んでいる、サムシングを物語全体で表現できるかが小説家の力や」

ほろ酔い加減の「風」は、何度も「いいか！　T君」と語りかけながら、熱い思いを語り続けていた。その声の奥にボクは願いのようなものを感じずにはいられなかった。

若者よ、森羅万象に多情多恨たれ。

若者よ、精神の旅を続けよ。

そして若者よ、いつか君も小説を書いてみなはれ。

ボクの心には、「風」のそんな声が今もこだましている。「風」は若者をこよなく愛し、いつも応援していた。父のように、兄のように、恩師のように——。そんな「風」に衷心より合掌。

1959年東京都生まれ。日本ジャーナリスト専門学校初代校長の青地晨より「風」の存在を知らされる。産経新聞記者、「週刊プレイボーイ」記者を経て、フリーの雑誌記者・出版プロデューサーに。日本ジャーナリスト専門学校講師。日本作家クラブ理事。

……それら神話や古譚から
感じとることのできるのは
明澄のなかの激情、
素朴、
繊妙、

壮大、微細、奔放、真情などの渦動である。

（眼ある花々）

釣り懺悔そのほか

菊池治男《きくちはるお》

「それはな、狩猟用語でいうと、犬が落ちた、ゆうのんや」

　苦笑いしながらたしなめられたのは、ブラジルのパンタナル湿原でサケに似た黄金の名魚・ドラドを狙っていたときのこと。小説家の竿にやっと待ちに待ったドラドが来た！　まさにその瞬間に、別のボートでカメラマンと一緒にいた私の竿にも何か大きなものが引っかかってしまった。「ピンタード」、現地の釣りガイド君がぼそっと言う。そいつは一メートルを超える大きなナマズだった。ドラドと小説家の格闘の決定的写真を撮るためにはもっと接近しなければならないのに、ナマズはボートごと我々を引っ張って河の中央へ逃げようとする。「ばらせ！　糸を切れ！　竿を捨てろ！」カメラマンの怒るまいことか。ところがボートを操っているガイド君に「わざとばらす」という観念はない。呆然としている私をよそに、糸をつかんで悠々と魚を取り込んだ。その間の長かったこと。ドラドが小説家のボートにジャンプして飛び込む一連の写真のこちらには、私の余計な竿の一振りが招いた、猟犬が途中で獲物をいただいてしまうに似た事態があった。

「なに水臭いことゆうてんねん」

　モンゴルの夏の夕暮れは長い。夕食後、まだ一一時ごろまで充分に釣りができる。おかず釣りと称して、釣り好きの人間で近くの川に出かけた。住民が水を汲んだり洗ったりする小川である。暗くなり始めたころ当たりがあった。ん？　と思ったらその魚がジャンプして水の上に姿が抜けた。寄せてみると、どうやら小さなイトウらしい。約五〇センチ。この川にイトウがいるなんて聞いてないよ。「まずくないかい。先生がまだモンゴルのイトウに出会ってもいないのに、ハルオちゃんが幻のイトウを釣っちゃって。先生絶対やる気失うと思うゾ」……そこでみんなで語らってすでに息絶えているそのイトウを内緒で本当におかずにしちゃうことにした。

　ところが、それ以降、本格的に取材となると、イトウが釣れない。テレビ班が事前にロケハンしたときには大物含めバンバン釣れたというのに、影さえ見えない。そのうち、ある観測がささやかれだした。「たたりじゃないか」。なにせモンゴル最初の一匹を食っちゃっているのである。釣れない日々がどんどん重くなる。ついにある夜、小説家に告白した。「味噌汁にいれちゃったんです。すいません」。小説家はきょとんとした顔をして、それからあきれたように言ったのが先の一言。それだけだった。やらせでもなんでもなく、日程の最後の数時間というところで、小説家はみごとに大きなイトウを釣り上げた。私の安堵は言葉にもできない。

＊

日本にいるときには、月に一、二度、小説家の茅ヶ崎の仕事場（今の開高健記念館）を訪ねる機会があった。連載の原稿を受け取りにあがったり、次回の取材旅行の装備の打合せをしたり、あるいは完全な雑談に終始することもあったが、東京から茅ヶ崎までの湘南電車はいつもちょっとした小旅行だった。頂く原稿への期待感、何かお詫びを言いに行く気重な感じ、旅の直前の切羽詰った焦燥……。

音楽のカセットテープを持っていったことがあった。それはベトナムのカーン・リーという女性歌手のアルバムで、日本語とベトナム語で歌われた曲はどれも、チン・コン・ソンという、ベトナム戦争のころベトナムだけでなく、アジアで広く歌われたシンガーソングライターの作品だった。当時、サイゴン陥落からしばらく経っていて、カーン・リーはすでに陥落直前にアメリカに逃れており、ベトナム国内に残ったというチン・コン・ソンの消息も途絶えがちになっていた。

書斎でカセットを流した。どちらかといえばシャンソンや洋楽の好きだった小説家の好みでは必ずしもなかったかもしれないが、ベトナムで実際に会ったこともあるというこの音楽家独特の哀調は、記憶のどこかを刺激したのだと思う。「これぞ、開高健。」（「面白半分」臨時増刊）の編集者・細川布久子さんと二人で、午後も早い時間、すでに軽く入ったワインもあって、途切れることのないベトナム話に魅了された。

南ベトナム軍に同行して戦闘を取材中襲撃に遭い、二〇〇人の内一七人しか生き残らなかったという話は、本でも読み、ご自身からも何度か聞かされたが、そのときのベトナムの話は、やや角度が違っていた。サイゴンの怪しげなバーや食堂で耳にしたチン・コン・ソンの音から始まって、米兵たちとのとことんずっこけたやりとりだったり、三〇歳台だった自身の精力横溢する話だったり、大音声と呵呵大笑を交えてほとんどどんぶり鉢が浮きっぱなしの状態だった。抱腹絶倒しながら、気がつくと、小説家はしきりに眼の下の汗をバンダナで拭いている。もちろん熱演のあまりの、あるいは笑いすぎの、眼から出た汗だったのかも知れない。しかし、自分自身を笑い飛ばし切っているような気配が伝わってきて、急に込み上げてくるものがあった。いま小説家が何かを痛切に思い出している、とでもいうような。横を見ると、細川さんも涙ぐんでいた。

　このアルバムに入っていた一曲「美しい昔」は、歌手の天童よしみが二〇〇三年末のNHK紅白で歌ったので、ご記憶の方もいるかも知れない。開高健のベトナム――。亡くなる直前まで、書斎の書き物机の上に並べられた数十冊の資料のほとんどが、ベトナム関係のもので占められていたことを、大げさに受け取り過ぎているだろうか。しかし、まだ若かった開高健とチン・コン・ソンの音楽がサイゴンの街角で交錯した場面を想像すると、改めて、かけがえのない大切なものを遺された作品群のなかに探しに行きたくなる（チン・コン・ソンは二〇〇一年に六二歳で逝去）。

*

　釣り竿を振る小説家は、釣り師半分、文章の鬼半分。いつも色んな言葉を矯《た》めつ眇《すが》めつ、磨いていたのに違いない。リールがラインを吐き出して、ルアーが飛んでいって、みごとに水面に落ちる。引く。投げる。その繰り返し。今もすぐ耳に呼び戻すことができる。

1949年生まれ。74年集英社入社。「PLAYBOY日本版」在籍時、77年のアマゾン取材から晩年のモンゴルまで、釣り紀行『オーパ！』シリーズの担当編集者として同行。諸事遺漏が多く、文中しばしば「ガッデム・キクチ」と呼ばれている。

謙虚な、大きい、
つぶやくような黄昏が泌みだしている。
その空いっぱいに火と血である。
紫、
金、

真紅、
紺青、
ありとあらゆる光彩が
今日最後の
力をふるって叫んでいた。

（輝ける闇）

もったいない恩人

岩切靖治《いわきりやすはる》

私は幸運にも開高先生がお亡くなりになられるまでの最後の五年間、貴重でかけがえのないお付き合いをさせて頂きました。初めは開高先生の文学における偉大さも、人間的魅力もほとんど理解しないまま、大物のイトウ釣りを計画されているとの知人の情報をもとに、「イトウ釣りをドキュメンタリーの番組にさせて下さい」と開高先生宅を緊張しながらもたびたび訪問しました。

しかし、「どこの河で、どの季節に」などなど、先生からの様々な質問に答える事もできず、挙句の果てに、『オーパ！』シリーズを読んだ感想を先生の文章はそっちのけで高橋曻氏の写真をとてもすばらしいと誉めたり、チョウザメをイトウと間違えて写真を持っていき、先生を心底いらつかせてしまったのです。しかし意外にも、この事がコマセの役をはたして、「なんと物事を知らない男だろう。無知な岩切を徹底的に教育してやろう」と思われたそうです。先生はその時「君のハリにかかった」と表現されました。私が大食漢であることは以前に食事をごちそうになった時証明しておりましたので、撮影の全行程に同行すること、撮影隊のモメゴトは全て解決することを条件にドキュメンタリー制作を許可されたのです。その日の事、その時の喜びは今でも時々思い出されます。

先生は教育する、教え込むのだと考えられていたせいか、私には特に厳しく、常にポケットにメモ用紙とペンを携帯させ、格言など、様々な事を先生の身近にいて、書き留めさせられました。最初のモンゴルロケでは、一緒に記念撮影すらしてくださらないし、他の隊員と違って記念品も下さいませんでした。時々書いたメモをチェックもされて漢字が間違っているなど、人前でどんどん訂正もされ、赤面することも度々でした。

先生との最初の旅はモンゴルのイトウ釣りで「開高健のモンゴル大紀行」（一九八六年七月二〇日〜八月二九日）の取材旅行でした。

モンゴルの河、湖は手つかずの処女河、湖で、モンゴルを代表するレノック、パイク、パーチの三種類の魚は釣れたのですが、肝心のイトウは二四日間も釣れませんでした。先生は「俺の腕は確かなんだ。イトウのいるポイントに連れていってくれ」と私に迫ってきました。敗色濃い中、部下の宇田川の提案で、玉砕覚悟で最後のポイントの釣りを決行しました。すると他での計画が進んでいたのですが、即座に私の提案に賛同してくださったのです。そして、私も諦めかけていた土壇場で、イトウが劇的に釣れたのです。スタッフ全員が感動で泣いているその場で先生はニコリともせず私を呼び、「君は喜んでいるけどイトウの九二センチは小さい。来年もモンゴルに来る事を約束しなさい。そうでないと放送させない」と迫られたのです。二四日間かけてやっと釣れて、感激されているのではと思っていた私は、あまりにも意外な提案に先生の志の高さ、凄さを心底感じました。モンゴルの自然は厳しく八月二三日というのに、その時あたりは雨から初雪となり、瞬く間に銀世界に変ってゆきました。翌年、先生は一二〇センチのみごとなイトウを釣り上げられました。

「キャビア・キャビア・キャビア」の番組はソ連（現在のロシア）、カナダ、フランス、アメリカとロケ地を変えました。最初のロケ地、ソ連のボルガ河流域の都市、アストラハンでのチョウザメ漁とキャビアを製品にするまでの取材の帰り、モスクワからウランバートルへと二度目のモンゴル取材に向う飛行場の待合室で、撮影隊は先生を含め六名だったのですが、ソ連側の突然の申し出で五名しか飛行機に乗れないという事になりました。私は、ロシアの言葉も何も分からないまま、丸一日取り残されましたが、先生は私の事など意に介さず、まったく無視で一言もありませんでした。モンゴルでもスケジュールが変更されて、ラクダの遊牧民のゲルに先乗りで唯《ただ》一人、それも一週間、私が行くことになりましたが、頑張れの一言もありませんでした。しかし、その頃には、これは教育なんだと私は実感するようになっていました。

一九八八年六月、「神秘の氷河湖で謎の巨大魚を追って」の取材、これは後にドキュメンタリーでは最高の郵政大臣賞を受賞しました。

この現場はハナス湖といいますが、まず、北京から飛行機で六時間かけてウルムチに到着します。

そのウルムチから連日一二時間車を走らせ、三泊四日で氷河湖のハナス湖に着きます。その間、北京でもウルムチでもその他の宿泊地でも必ず歓迎の宴会がありました。その度に私もお礼の挨拶をする事になっていました。挨拶の最中に先生は不満そうに横から「話が面白くない。ジョークを入れろ」など檄《げき》を飛ばしました。

ハナス湖の宿泊地では先生と高橋舜氏、私が同室でしたが、ある日「どんなに人の事を誉め過ぎても、誰にも非難されない挨拶が二つある。結婚式の祝辞と弔辞だ。君は俺が死んだら弔辞を述べる立場にあるのだから、今日から僕の枕元で弔辞を練習しなさい」とのお達しがあり、一〇日間以上、弔辞を先生が寝ていらっしゃる枕元に立って試みましたが、私にとっては、大変なプレッシャーでした。夜の八時に実行するのですが、その日の朝、一一時頃にはもう頭の中は夜の事で一杯になっていたことを憶えています。もちろん先生からのアドバイス、実践、指導が頻繁に入りました。高橋さんは、そっといなくなっていましたが。

この旅が実質ドキュメンタリーの最後の旅になったのですが、帰りのウルムチの迎賓館で、思うところがあったのか先生はとても上機嫌で部屋に入ってこられて、私と高橋舜さんを前に、新劇の「桜の園」を役者になり切って、東山千恵子と滝沢修のセリフを一人二役演じました。又、水上勉さんのモノマネ、それに日頃はあまり聞けない歌も一〇曲くらい歌われ、意外な出来事で驚いたものです。

「キャビア・キャビア・キャビア」の取材でチョウザメを釣ったカナダの旅では、バンクーバーから車で約五時間のリルエット（イヌイットの街）で約一カ月間過ごしました。先生にとってはチョウザメ釣りと英語づけの一カ月間でした。バンクーバーにもどり、いよいよお別れの夜、バンクーバーホテルでバイソン肉を食べながら日本側は先生、高橋舜氏、谷口教授（辻料理学校）を含めて二〇名位でサヨナラパーティーを行いました。

ところが、我々が泊っていたリージェントホテルの玄関で出発前に「英語はもういい。疲れた。しゃべりたくない」と突然言われたのです。私はてっきり、「パーティー最後の英語挨拶を君がやれ」という事だと早トチリしたのです。そのパーティーが始まってから、私は必死で和文英訳にとりかかって食事どころではありませんでした。

最後に私が突然立ち上った時の先生の驚いた顔が忘れられません。私の挨拶の間、先生は学芸会で子供を観る親の顔そのものでした。やっとの思いで終えると、先生は「君は泥沼に足をとられてそのまま沈んで行くと思っていたけど、そうではなかった」と嬉しそうでした……。

一九八九年、三月入院。七月退院。

一〇月一三日再入院。この日の朝、茅ヶ崎の先生宅にお迎えにあがると、すでにショルダーバッグを肩に準備されていて、『珠玉』を今朝書き上げた」と少し満足そうでした。

入院は亡くなられた一二月九日まで続きました。私は毎日できるだけ長い時間病室に居ましたが、先生の回復しようという力は並々ならぬものがあり、お店を指示され「飲茶《ヤムチャ》を偵察して来てくれ。君は免許皆伝だから」とおっしゃってメモに書かれたお店を指示されました。そして「おもいっきりおいしかったと言ってくれ。そうするとよおし、元気になって『食いに行くぞ』と力が湧いてくるんだ」とおっしゃっていました。私は即、食べに行き報告しましたが、とても辛いものでした。点滴、点滴で二カ月間、本当に食通の先生は辛かったと思います。

一一月一〇日過ぎに病室で、チンギスハーンのお墓探しの話に花が咲いている時に突然「やっちゃん、君は顔が広いからお願いがある。ハタチの若い元気な男の血が欲しい。輸血したいんだ」と真顔で頼まれました。私はそれで元気になれるのならと思い、ある有名高校のバスケット部出身の二〇歳の若者を集めて輸血を行ったのです。「これで俺も元気になれるぞ」とおっしゃったのですが、しかし、時すでに遅かったと担当医に言われました。その後、一週間程して病室に行くと「渡したい物がある」と天狗のお面を何か秘密の物のようにこっそり渡されて、「これは縁起のいい物だから家の居間の高くて部屋中が見える所に飾りなさい、早く帰って飾りなさい」と追い立てるように言われたのですが、今もってこの天狗がいかなる物なのかは謎のままです。

病室で元気で楽しかった先生も一一月二〇日過ぎから、体調が芳《かんば》しくなくなり、読書もされなくなっていました。確か一一月二四日の午前一一時頃に「メモとペンはあるか」とおっしゃって、私の手帳とペンを取って何かを書かれたのです。これが開高先生の最後の文字になったのですが、中華料理の料理名だったのです。しかし、いつもの角張った文字が消えて、ゆがんで弱々しい文字に変っていました。私がこれを食べたいのですかと聞いたら「やっちゃん、君が食べろ」と言われました。この日を境に病状は悪化し、一二月九日、永眠されました。

考えると、一緒に海外の旅に同行し、そうでない時も週に五日間程は何かと打合わせ、連絡があったのです。私に対する叱咤激励があれこれと浮かんできます。最後の最後には「真っ白だった吸い取り紙が真っ青に染まったじゃないか。

もう何も心配いらないよ」と励ましてもらったことを最高の思い出として大切にしています。

鹿児島県生まれ。1969年読売広告社入社。一貫して営業畑を歩み、96年取締役、05年より代表取締役社長、会長を歴任。

(寄稿掲載順不同)

永坂
さらしな

「人間」らしく
やりたいナ
トリスを飲んで

「人間」らしく
やりたいナ
「人間」なんだからナ

開高健の強運——谷沢永一

開高健の強運

谷沢永一

その早すぎる逝去から十数年、以来、彼との間に至福の交遊を得た私は、その懐旧に意を馳《は》せるばかりであるが、過ぎ去った記憶の頁を重ねて繰りゆくごとに、彼は天に寵《ちょう》されること深く、人生行路が強い運勢に支えられていたと痛感せざるを得ない。すべての人から愛顧を受けたというわけではないけれど、彼がなんらかの難局に当面するたびごとに、決定的な打開の道を与えられ、終生の理解者および庇護者が現われた。性格として必ずしも愛嬌に満ち溢れた人柄ではなかったにしても、彼を守ってやらなければいけないと、或る種の人に無意識のうち身を乗りださせる何物かが身に備わっていた。まあ手短かに人徳と言っておくしかないであろう。

いま浦西和彦が編んだ年譜『開高健書誌』（一九九〇年　和泉書院）を辿ってゆくと、昭和二十三年十八歳、旧制による最終学年として、大阪府立天王寺中学校を卒業し、目立った学校秀才ではないにしても学力は十分身についていたから、当然のように旧制大阪高等学校に進学した。それにより期せずして得た同学の士が、府立鳳《おおとり》中学校から入ってきた向井敏《さとし》である。ふたりはお互いにとってはじめての親友となり、強い信頼関係は終生にわたった。開高にとって、こういう志向の友が欲しいと潜在的に欲していた繊細な感性の人である。このたまたま得た接触が直接の契機となって、それまで開高の内に潜んでいた文芸への志向が凝結への方向を与えられ、意識に昇っていったのではあるまいか。御両人の考え方が幾分なりとも食い違った例を一度も見た覚えがない。それ自体やはり稀有《けう》の幸せな遭遇であったと思われる。

そして一年後、当時の文部省が、現代であったら誰もがのけぞって大騒ぎになる筈《はず》の決断をした。旧制高校入学という選良行路《エリートコース》への難関を突破して得た学籍を、新制への移行という名目のもとあっさりチャラにし、改めて六・三・三制の上に置かれた新制大学の入学試験を、なんの既得権益もない、裸身《はだかみ》の立場から全国一斉に受けよと命じたのである。占領下であるゆえの全く慮《おもんぱか》りを欠いた無茶苦茶であった。これほど情容赦《なさけようしゃ》のない強制が、いささかも社会問題にならなかったのも御時勢である。

そこで開高は改めて京都大学法学部の入学試験を受けたものの、これには失敗、本意ではなかったであろうけれど、大阪市立大学法学部に入学した。あえて文学部を避けたのは、世のいわゆる文学青年と交際《つきあ》うのが嫌だったからであると言っていたものである。

向井敏は旧制大阪帝国大学が新制に移行されるに当たって新設された佛蘭西《フランス》文学科に進学した。俄《にわ》か普請の仏文科へ応急の措置として、大阪外国語大学から招《よ》ばれて就任した教授ふたりが、ともに元来は語学畑であり、当初からの文学専攻でなかったことが、向井にとっては決定的に不幸であったと私は見ている。しかし同学年か一年下の国文学科にいた、のちの元子夫人を得たという、この方面では幸運に恵まれる結果となった。

昭和二十五年一月に、私が事務を引き受けて創刊した渺《びょう》たる同人雑誌『えんぴつ』に加入してくれた開高は、良《え》え奴居《やつお》んねん、紹介したる、と向井を誘いこんだ。時に昭和二十五年十一月、こうして開高・向井・私の結束が生まれた。その間、私が鬱《うつ》のどん底、開高が躁《そう》の頂《てっぺん》という食い違いのため短期間絶交したのを唯一の例外として、三人の密接な心の通い合いがいささかも絶えることなく続いた。どうやら開高は身近に十全の信頼を置く何人かを得ていなければ気の落ち着かぬ性質《たち》であったように思われる。生涯の親友をひとり確保するさえ容易でない世間の行き交いのなか、三人の絶対的と言っておかしくない親交を続けられたのは、温かい天の恵みと謝すべきであろう。

市大を卒業した開高は、当時まだ閑散としていた御堂筋に面している北尾書店に入社した。これまた不本意であったろうけれど、洋書輸入商であるという条件が、幾分の慰めであったことは間違いない。向井は阪大の、私は関西大学の、それぞれ大学院に籍を置いた。その直前から開高は小谷初子（筆名・牧羊子）と同棲生活に入っている。

そのころ鬱の底から這い上がった私は、暫《しばら》く途絶えていた開高との関係を修復すべく北尾書店に電話した。ふたりに共通する友人の村元恒生《つねお》から、以前に譲り受けていたその父遺愛のパイプを、自分の嗜好《しこう》には合わぬので君に贈りたいのだが、という口実を設けて再会を申し入れたのである。聞くなり開高は声を弾ませて喜び、店の近くに適当な飯屋《めしや》がある、と日時を決めた。日常の小遣銭にすら不自由な筈の彼が、奮発してカツ丼《どん》定食を注文し、食後の茶が来るなり白紙をとりだし、寿屋（現・サントリー）の新聞広告コピーの素案を立て続けに何種か示して意見を求めた。初子は父が寿屋の指定を受けた酒類小売店主であるため、その縁で寿屋に入社している。そのため現行のありきたりよりもっと斬新なコピーを、と俄かに新聞広告コピーの工夫をはじめているその最中だったからである。期せずして私は、のち一世に鳴るコピーライター誕生の場に居合わせる結果となった。その潑剌《はつらつ》として光を発するように魅力的な表情と姿勢と筆致の颯爽たる光景は今に忘れない。今、開高は幸いにも才能を発揮するのに最も適当な場を見出そうとしている、と私は喜びがこみあげてきて嬉しかった。

発想の赴くまま、頼まれもせぬコピー原案を何種も記したのを、初子が当時、専務の佐治敬三に届けた。のち生涯にわたって庇護者のひとりとなる佐治敬三が、たちまち稀代の才能を敏感に認めたのは申すまでもない。さしあたりは一案ごとにいくらと買いあげていたものの、戦中から居すわっている初子を体《てい》よく追い出すかわりに、佐治は開高を入社させた。並みの新入社員としてではなく、学識経験者の中途採用という方式での処遇である。こうして開高はコピーの名手として伝説化する道を駈けあがってゆく。彼から近づいてきた初対面の瞬間から、これは怪物、と見込んだ私の直感に狂いはなかった。それをなによりの嬉しさとして私の心まで弾む思いである。

幸運に恵まれた開高とは逆に、駿馬《しゅんめ》の向井は伯楽に出会えなかった。彼が阪大の紀要に載せはじめていた仏蘭西文芸評論史の研究に、私は、学者の素質が燦《きら》めいていると見ている。それに倣《なら》って私も同人雑誌に明治文芸評論史研究の粗稿を書きはじめたほどである。のち私は奇蹟的に関西大学の助手に採用されるのだが、当然のこと向井もまた阪大の助手か専任講師に登用されるであろうと信じていた。しかし世間はえてして人材を当然の正道へと進ませない。

大学という機構は何処《どこ》でも俊才を弾きだす場合が多い。京都大学が三木清を、早稲田大学が石橋湛山《たんざん》と高橋亀吉を、それぞれ放り出した例を引くのだけでも十分であろう。阪大の語学系教授が向井を理解できなかったのか、それより或いは若い才能を畏《おそ》れる独得の教授心理が働いたのか、つまりは向井に声がかからなかった。のちに阪大仏文が逸材を出したであろうか。話は飛ぶけれど、若き日の杉捷夫《としお》はジャン・メリエに言及するほどの目配りを示したものの、老いて刊行した文芸評論史の不毛には愛想を尽かした記憶がある。私は日本語で読める限りの文芸評論史を読み漁《あさ》ってほとんど失望し、幻に終った向井の評論史研究を心から惜しんだ。

折しも時代はコピーライターの才能を求めていた。『えんぴつ』仲間の西尾忠久は、三洋電機に入るや斯界《しかい》にたちまち躍り出て、僅かな間にコピー提供会社を設立した。開高の同期であるからあえて接近しなかった梶祐輔が、日本デザインセンターを足場に雄飛し、トヨタの宣伝コピーで傑出したのも周知である。長谷川龍生は電通に入った。そして向井も結局は電通に入社した。開高をはじめとする文学青年の素養が、季節の恵みを得てコピーの世界に開花したのである。

開高はコピーライターとしての成功に酔わなかった。志《こころざし》は小説家としての出発に向かっている。昭和二十五年の秋、当時は神戸の六甲に住んでいた島尾敏雄を私とふたりで訪ねたとき、辞する間際に、島尾が、作家は東京へ出ないと駄目ですな、と呟いた声が耳朶《じだ》に残っている。そして島尾は最も悪い条件に甘んじてもなお上京した。開高はあの一言を決して忘れなかったであろう。

有名な『洋酒天国』の企画は、サントリーが自分を東京へ遷《うつ》さざるを得ないよう、かねて慎重に練りあげられていた。着想《ヒント》は三国一朗編集の、当時はキリンに押されて劣勢であったアサヒビールのＰＲ誌『ほろにが通信』であったに違いない。『通信』は黒単色《モノトーン》であるゆえ大阪でも印刷できた。それでは開高の望みは叶わない。『洋酒天国』は東京でしか印刷できぬ色彩《カラー》版でなければいかんのである。企画の段階から開高は私にカクテルを飲ませながら構想《アイデア》を語り続け反応を確かめた。読ませる社史として知られる『やってみなはれ みとくんなはれ』に、開高が編集秘話のなかで言及している、ヴァレリー「失せし酒」酔前子試訳、酔後子改訳の名篇は、奢《おご》られてばかりのお礼に私が提供した種《ネタ》のひとつである。

佐治敬三が遂に『洋酒天国』創刊を決意し、そのため開高と柳原良平とを、日本橋蠣殼《かきがら》町の東京支店宣伝部に配置替えした。東京移住が許された日の昂揚した喜びは、彼の生涯でおそらく最高であったろう。東京行きが決まったまさにその日、開高は私を地下鉄難波駅のホームへ呼びよせた。高島屋の地下食品売場をふたりで右往左往し、酒類数種にキャビアなどアテ各種、どっさり買いこんで勇み足も軽く、私の独居する住吉区万代東一丁目の家に座りこみ、徹夜で語り続け飲み明かした。あんなに愉快であった夜は他に思い出せない。

以後も来阪するたび我が家に泊るのが常例となってゆく。そして昭和二十八年か九年の秋であったろうか、何《い》時《っ》になく昂奮して平素よりさらに大声の開高は、新聞の切り抜きをとりだし、鼠《ねずみ》の集団死を語ってやまなかった。彼のなかに何かが盛んに燃えはじめている。つられて私も昂奮を禁じえない。作家としての彼を一作にして周知たらしめた記念すべき「パニック」の醱酵《はっこう》である。

身は東京に住むとはいえ、彼にはまだ文芸雑誌との接触《コンタクト》がない。当時のことであるから紙質の悪い原稿用紙に記したこの一篇を、たまたま面識を得ていた評論家の佐々木基一に託し、何処《どこ》かへ発表されるよう紹介を頼んだ。昭和二十八年五月から雑誌『近代文学』に作品を載せてもらっていた縁に縋《すが》っての措置であったろう。佐々木基一の手許に原稿がどれほどの期間ねむっていたのかはわからない。とにかく佐々木基一はこの原稿を気易い関係にある『新日本文学』の編集部に預けた。編集部でどれだけ寝かされていたのかもわからない。とにかくこういう次第で「パニック」は『新日本文学』昭和三十二年八月号に掲載される運びとなった。このことで、佐々木基一は文芸雑誌すべての編集者から、なぜ我誌《うち》へ持ってきてくれなかったのか、と、いたく恨まれる結果となった。この宝物と目される「パニック」の生原稿は、いま関西大学図書館に蔵されている。

現今とまったく違ってこの時代、主要な新聞の月ごとに載る文芸時評は、少くとも文壇およびジャーナリズムが注目を怠らぬ関心事であった。なかでも平野謙が執筆する『毎日新聞』朝刊の連載「今月の小説ベスト・3」は、一般読者からも期待の念をもって愛読されていた。その欄の昭和三十二年七月十九日朝刊東京版三面、（大阪版では七月三十日）平野謙は冒頭に以下の如く書いた。いわく「今月第一等の快作は、開高健の『パニック』

(新日本文学)である。すこし誇張していえば、私はこざかしい批評家根性など忘れはてて、ただ一息にこの百枚の小説をよみおわった。小説をよむオモシロサを、ひさしぶりにこの作品は味わわせてくれたのだ」。

今では御想像もつかないであろうけれど、この一文は、文壇史上ほとんど空前絶後の大音響を発する爆烈弾であった。平野謙が独往独歩する根っからの小説好きで、透徹した鑑識の持主であると見る畏敬《いけい》の念は以前から世に広く及んでいた。そんじょそこらの利いた風な口をきく甘っちょろい評論家とは格が違うのである。これほど厚く信用された時評の書き手は、おそらく川端康成以来の稀有な存在であった。平野謙だけは信用する、と心のなかでひそかに呟いている人が、全国にどれほど広くいたことか。

一夜明ければ天下知名の士であったと、バイロン伝説は世界に知れ渡っている。我が国では永井荷風の絶賛によって、谷崎潤一郎がたちまち文壇に躍り出た先例があるので、平野謙による「パニック」評価は、それに次ぐ百年に一度の大事件であり奇蹟であったと評価してよかろう。開高健の生涯を彩った嘖嘖《さくさく》たる名声の基礎は、この日この朝、地底に深く打ちこまれた太い杭《くい》の如く固まったのである。

さて、この七月十九日午後、蠣殻町のサントリー東京支社宣伝課に、文芸雑誌ほとんどの編集者が殺到して作品の掲載を要請し、光文社からは伊賀弘三良が訪れ、今後の作品をも併せ最初の小説集を刊行したいと申し出た。文藝春秋発行の『文學界』編集長上林吾郎は、開高を本社に呼び寄せてこう言い渡した。いわく、機会《チャンス》を三回与えます、それでも芥川賞を受けられなかったら見放します、と。当時の編集者は自信に満ちて恐《こわ》かったらしい。

開高は努める旨を確約した。

その月の文芸時評で開高をとりあげたのは平野謙ただひとりである。現在と同じく文芸雑誌の八月号は前の月の七月七日に一斉に刊行されると決まっていた。輸送の予定日が割り振りされているから各誌に異同はない。それゆえ文芸時評の執筆者は雑誌が出揃った時期を区切りと考えている。けれども『新日本文学』だけは印刷費の支払いが不如意《ふにょい》であるためか常に発行が遅れた。平野謙だけは律儀に『新日本文学』が届くまで待ったうえで、新聞の締切日ぎりぎりに筆を執る。その姿勢を堅持したゆえに「パニック」を見出すことができた。そこで大騒ぎが起きたのであるから、他紙の時評執筆者はいささか当惑したであろう。そのころ文芸記事では毎日と拮抗《きっこう》していた朝日の時評執筆者臼井吉見《うすいよしみ》の面目丸潰れである。そこから感情の縺《もつ》れが生じ、開高の次作を臼井が酷評する次第となった。

さて開高は七月十九日以降の毎日、昼は寿屋宣伝課で目一杯働き、遅く帰宅してから杉並区向井町の寿屋所有の自宅で執筆するという苛酷な日課をこなしてゆく。『文學界』十月号には、「巨人と玩具」を掲載したものの、期待が大きすぎたゆえもあって必ずしも好評ではなく決定打とはならなかった。そして『文學界』十二月号に「裸の王様」を発表、これが受賞につながるのであるが、ここにもまた開高にとって好運な事態となる。

開高と同時に、というより一月前、大江健三郎の「奇妙な仕事」がすでに平野謙によって好評を得ていた。それゆえ、この前後から大江と開高との宿命的な競り合《せあ》いが始まっていた。したがって、もし大江が「飼育」を

「裸の王様」と同じ号に載せていたら、前後の成り行きを後《あと》から考えて、大江が先に芥川賞を受け、開高は後まわしになっていたであろう。しかし『文學界』の要請にしたがって大江が十二月号に一幕物を書き、「飼育」の発表が一月おくれた経過が、開高に決定的な幸運をもたらした。大江が一幕物へ寄り道しなかったら、開高の運命はどうなっていたであろうか。運としか言いようのないまことに微妙な時間の経過であった。

さて昭和三十三年一月二十日夜、東京銀座の料亭「金田中」で、第三十八回に当たる昭和三十二年下半期の芥川賞選考委員会が開かれた。出席者のうち、まず、佐藤春夫、石川達三、中村光夫、丹羽文雄の四人が開高の「裸の王様」を推し、それに対して、舟橋聖一、川端康成、井上靖の三人が大江健三郎を推した。瀧井孝作が当初は川端康夫という新人（平野謙が、この人は筆名を考えるべきだと訓《さと》した）を推し、誰の賛同をも得なかったので引き下げ、代案として、開高、大江の二作抱き合わせを提案した。

ここでもまた説明を要するのだが、二作抱き合わせの案が一議に及ばず斥《しりぞ》けられ、どうしても一人に絞るべきであると、御一同が長時間をかけて、ほとんど無意味な議論を重ねたのは何故かという理由である。過去の芥川賞に二作抱き合わせの受賞は珍らしくない。賞の規定は始めからそれほど硬直していなかった。委員の誰もに、抱き合わせが可能であること、および、過去に何回もその事例があること、そういう予備知識は念頭にあった筈である。また委員会の世話係をつとめ、進行を司ったであろう文藝春秋の編集者に、その種の記憶が皆無であったとも信じられない。

抱き合わせの受賞は可能であった。一座の誰もがその間の諸条件を知らなかった筈はない。それがなぜ今回だけ、受賞は一作、という偏僻《へんぺき》に執したのであろう。想像される理由はただひとつ。その日その時まで新聞報道《マスコミ》が、選ばれるのは大江か開高かと、話題づくりに騒ぎたて、おおいに社会の耳目を欹《そばだ》てていた共鳴音が、それとは意識せぬながらも、委員たちを痺《しび》れさせていたであろうゆえである。現に寿屋の社員たちでさえ、開高に悟られぬよう内々に、大江か開高かの賭《かけ》に興じていたという。まさに山本七平の言う、空気の支配、である。われわれ日本人が、いざという時どれほど揃って空気に従い易い体質であるか、つくづく思い知らされる事例のひとつであろう。

いくら議論を続けても結着点が見出せない。それはそうであろう。このように白熱して動きのとれなくなった現場で、誰かひとりが急に態度を変えるわけにはいかない。全員が金縛りの状態になってしまったのである。

そこで誰であったか、おそらく世話係をつとめる編集者のひとりだったかと思えるが、病気欠席の宇野浩二に電話で問い合わせ、宇野浩二が投じる一票によって決めようという提案に御一同が賛成した。そこで編集者が電話をかけた結果、やっとのこと受賞は開高ひとりに決まった。以上が現実に進行した周知の事実である。大阪にいて気の落ち着かない私は、文学仲間の兄貴分である須藤和光を誘って梅田の地下街で飲み、ラジオの遅いニュースで結果を聞かされ深く安堵《あんど》した。

そのときから私は開高が運に恵まれた男であると思い描いて今日に至っている。私の推察は以下の如くであった。審査の会はかなり熱して逼迫《ひっぱく》している。編集者もやはり気が急《せ》いていたであろう。一刻も早く決まって欲しいと念じていたに相違ない。そこで、宇野浩二の口から、開高、という名前が出た途端、開高ですね、と応答するなり、電話を切ったのではあるまいか。このあたりの呼吸が実に微妙であったと思う。宇野浩二は私と同じ大阪人である。通常、大阪人はいきなり結論を言わない。それはそうでっしゃろけど、と少し間合いをとってから、ゆっくり結論へと話を運んでゆく。前半では直ちに本音を言わない。私の真剣な邪推を仮に短かく要約するとすれば、宇野浩二はこう言おうとしたのではなかったか。――ううん、開高も良《え》えけど、そやなあ、やはり大江やろうかなあ。もちろん証拠も何もない。けれども、宇野浩二がゆっくりとこう言おうとしたかも知れない可能性は絶無ではなかろう。編集者はあきらかに急いでいた。落ち着いてゆっくり最後まで耳を澄まして確認する心の余裕がなかったとも考えられる。開高は運がよかった。私はそう思って開高の幸いを喜んだ。

問題のその夜、新聞社もテレビ局も、取材の任に当たる人はひとり残らず大江の下宿に詰めかけ、将棋などで時間を潰しながら一報を待ち受けていた。開高の自宅に来た人は絶無である。ぽつねんと開高は机の前に座っている。夜も更けたころ、少し遠くで、オーライ、オーライ、と車を誘導する声が聞こえた。弾かれたように開高は立ち上がる。板橋から杉並へと急ぎ、テレビカメラを積んだ車がようやく到着したのである。

ここまでが私の想像する開高の強運である。それが一転して今度は別の方面で不幸を呼ぶ。あの七月十九日以来、無理に無理を重ねた心身の緊張と疲労が遂に限界を越した。たちまち開高は極度の鬱に陥る。一字一句も書けない精神の麻痺が彼を襲って真暗闇のなかに落ちこんだ。どうしようもない窮境であった。

そこでまた説明を要する事態となる。この当時芥川賞に選ばれた作家は、受賞第一作を直近の『文學界』に掲げるのが習慣となっていた。昔からずっとそうだったのではない。石原慎太郎の「太陽の季節」が大きな反響を呼び、芥川賞直木賞が新聞の社会面およびテレビで一種の社会問題として採りあげられるようになった頃からできた慣例である。この傾向がまた空気となって作用した。一月二十日に受賞決定したとなれば、二月七日発売の『文學界』三月号に受賞第一作を掲載しなければならない。それは新しい事例ではあるけれども、いつしか読者がそれを期待するようになっている。そうなると編集部も暗黙の期待に応えなければならない。今ではそんな慣例がすっかり忘れ去られているけれど、当時にあっては、それが如何《いかん》ともしがたい強制であった。『文學界』編集部は当然のこと執筆を迫った。しかし今の開高は筆を執れない。さてどうするか。

その前の年、芥川賞騒ぎの前、講談社の文芸雑誌『群像』編集長大久保房男が、開高に小説を依頼した。ついせんだって世に現れたばかりの新人に対する異例の指名である。ただちに応じた開高は間もなく原稿を持参して届けた。僅か半歳足らずの間に力作三篇を書いた集中力には感嘆のほかはない。非常な昂揚期にあった開高は、すでに渡したこの原稿に幾分か筆を加えたいと思い立った。コピー機も宅急便もない時代である。開高は音羽の講談社に出向いて原稿をいったん取り戻した。その熱意を喜んだ大久保房男が喜んで励ましたという。その原稿が今まだ机の上に置いてある。それを見つけた『文學界』の西永達夫は、編集者魂を発揮してそれを持ち帰り、

『文學界』三月号に掲載し好評を博した。大久保房男が激怒したのも無理はない。そのお仕置はきつすぎるくらいであった。それから実に十八年間、業界に通有の言葉を用いれば、開高は講談社から完全に干《ほ》され続ける。一字一句の執筆も許されなかった。異例の罰が課せられたのである。

その当時、河出書房の『文藝』は刊行が途絶えがちのため、文芸雑誌は『新潮』『文學界』『群像』が御三家と称されていたから、その『群像』を発行する音羽御殿の扉が固く閉ざされるという難局は、作家活動にとっては甚だしい痛手であった。しかし誇り高い開高は、生涯この件に関しては私にさえ一言も弱音を吐かなかった。その強情我慢にはほとほと敬服せざるを得ない。

けれども他社は開高を突き放しはしなかった。当時は今より格式がものをいう時代であった。殊に『新潮』に掲載されてこそ新進作家は一人前という見方もあった程であるから、その『新潮』昭和三十三年五月号に「フンコロガシ」が載ったのを見て私も胸をなでおろしたものである。『文學界』は「日本三文オペラ」はじめ、初期の長篇を連載する主要な場となっていった。

その後も開高には何度も憂慮すべき事態があった。新潮社が何回目かの現代文学全集を編纂するに当って、当初の内容見本に開高健集が省かれているのを見た時の衝撃《ショック》は忘れられない。ところがここでもまた偶然の、彼にとっては幸運が訪れた。不幸にも山崎豊子が盗作の冤罪《えんざい》にさらされ、応急の措置として開高健に差し替えられたのである。山崎豊子の場合は資料を整える役割の人が、不注意にも他の本からの引用である旨を明記するのを怠ったゆえであった。他者の身に起こった事故によって浮かびあがったとは寝覚めの悪い話であるけれど、ここでもまた私は開高には運がついていると感じざるを得なかった。

次は『輝ける闇』が新潮社の「純文学書下ろし特別作品」シリーズに加えられた一件である。この作品はもと「渚《なぎさ》から来るもの」と題する虚構《フィクション》として、まだ健全であった頃の『朝日ジャーナル』に連載したのを破棄して、全く別個の作品として書き下ろしたのであるけれど、刊行に際して新潮社の出版部では、果してこれを純粋の書き下ろしと見做《みな》してよいのかどうかの議論が交わされた。そのとき副部長の沼田六平大が、自分はこれを独自の作として読み感動した、と強く主張して無事刊行に漕ぎつけた。なお、輝ける闇、という印象的な表現は、私の師であった藤本進治が自分の流儀でハイデッガーを訳したのに感服し、これ使えるで、と開高に伝えたのを、記憶のいい彼が活用した語法である。ちなみに『渚から来るもの』が煙滅されるのを恐れ、のち単行本として刊行した。

『開高健全ノンフィクション』全六巻の分厚い造本は、萬玉邦夫が企画し、私が保存する開高の文業を、萬玉がたびたび我が家を訪れて編集したものの、売れゆきを懸念する文藝春秋出版局長樫原雅春（通称ギッパラ）の認可を得られず棚上げになっていたところ、西永達夫が出版局長に転じてきたので、よくやく刊行の運びとなった。萬玉が苦心した装幀は、その道で高く評価されている。

この六巻本の好評によって、ノンフィクション作家としての方面でも開高の評価が確立した。それにつけても脱帽したいのは池島信平の眼力である。開高がまだ新人の段階にあった頃、たまたま社を訪れた開高に面と向かって、池島信平は、おい、開高、君は小説より、ノンフィクション専門になれ、と檄《げき》を飛ばしたので、若き日の開高は、傍目《はため》にも、まことに嫌そうな表情だったという。

開高のこの方面での能力に、いちはやく眼をつけたのが『週刊朝日』編集部である。謂《い》わゆる純文学作家が週刊誌に書くのを潔《いさぎよ》しとしなかったころ、彼等は開高を口説いて「日本人の遊び場」「ずばり東京」などの逸品を書かせた。これら一連のルポルタージュが読者の喝采を博したので、編集部から何か記念になるものを贈りたいが、と声をかけられた開高は、記念品などの替りにベトナムへ派遣して欲しい、と申し出た。この発願が以後の開高にとって、どれほど大きな刺激となったかは申すまでもない。彼はそれこそ〝神の見えざる手〟に導かれて、後半生の創作活動の重要な基調を築きあげたのである。

樫原局長がはじめ懸念したように、開高の著作は売れゆき必ずしも芳《かんば》しくなかった。『オーパ！』によって彼は遅蒔《ま》きながらようやく自分の本がベストセラーになってゆく動きを実感し得た。それまでの間、売れゆきの如何を問わず、編集者として自ら納得できる書物をつくりたいと念ずる、当時は潮出版社の背戸逸夫に惚れられたのも、これまた非常な好運である。背戸逸夫の後押しによって、開高の力量が新たな局面に豊かな広がりを見せた。もっと読まれたい開高ならではの『新しい天体』に始まる開高の著作には、非常に多数の〝背戸本〟とも称すべき系統ができている。さまざまな場所に書いた大小無数のエッセイを蒐《あつ》め、談論風発の対談集シリーズを続刊するなど、開高の文業を後世に伝えるべく努めた背戸逸夫の執念が、後半生を通して開高の著作活動に、どれだけ鮮やかな華やぎを加えたことか。

そこへまた集英社の島地勝彦が登場する。『週刊プレイボーイ』を育てあげ、編集の鬼たる面目を現わした逸材、シャーロック・ホームズが歩み寄ってきたのかと見間違えるほど、正統派のお洒落《しやれ》に徹してパイプの最もよく似合うこの豪傑の計らいによって、開高は世界を股《また》に行動の自由を得た。池島信平が、そうれ見ろ、俺が予言した通りになったじゃないか、と笑っているかもしれない。またもうひとりの開高が生まれた。

歿後十数年、まったく関わりのない、年齢《とし》の隔絶した若く新しい世代に、新鮮な好奇心によって読み継がれる作家は非常に稀れである。また、小林勇が幸田露伴の一言一行を記録した『蝸牛庵《かぎゆうあん》訪問記』のように、開高の若すぎる晩年を、伝え残してくれる語り部が、ひとりならず現われるのも、興味を唆《そそ》る有難い動きであると、私は感謝の念を禁じ得ない。

開高健は一九三〇（昭和五）年、昭和初午《はつうま》の生れである。慶応三年が我が国の各界に及ぶ豊富な人材を一挙に生んだのにも似て、昭和五年は戦後日本の発展を支える逸材を一斉に送りだした。殊に文化界は初午連中のためにあるかの如き盛況である。

この人たちは戦前における言論の不自由を覚えており、戦中戦後のインフレによる生活難を耐え抜き、戦後の経済と社会の変動を体験し、日本再生のダイナミックな躍動のなかに身を置いた。福澤諭吉が一世にして二世を経《ふ》るが如しと嘆じたそれ以上に、一代の寿命をもって三世の生き方を実感する世代となった。人間を知り、人の世の動きを悟るのに、最も好都合な観察台に立つ僥倖《ぎょうこう》だったのではなかろうか。

昭和天皇御大葬の年、松下幸之助が逝き、美空ひばりが去り、開高健もまた生を終えた。五十八歳で早くピリオドを打ったとはいえ、開高健は昭和激動の時代を生き通して、日本史上もっとも激しく揺れた嵐の体験を、衆になりかわって語り伝える代弁者の役割を果したのではなかろうか。彼ほど強い執念をもって、若き日の身にこたえた苦難の時代を、徹底的に描き尽くした時代の子は、思えば類い稀れなのではあるまいかと回想する。開高健は、昭和という時代の脈動を、強烈な実感を籠めて、消えることのない紙碑に残し、昭和期を代表する典型として生きたのである。

初出一覧

初出一覧

＊版権所有者に移譲があったもの、所有者名に変更のあったものついては、（　）内に→で記した。

写真の背景
1958年4月28日「別冊文藝春秋」
原題：新文学の旗手たち―文壇に新風を吹き込んだ若き群像

我々は何を描こうとしているか
1958年6月1日「映画評論」（新映画）

男性美
1958年11月20日「中央公論」松川裁判特別号〈松川裁判と広津和郎〉アンケート

概念的になった〝農民文学論〟
1959年6月16日「早稲田大学新聞」第一回〈新評論賞〉選評

曲球と直球その他―大阪弁と東京弁
1959年9月1日「言語生活」（筑摩書房）
原題：曲球と直球その他

近況―北海道から帰って
1959年10月21日「読書展望」（読書展望社）〈ぷうぷる〉欄
原題なし

どちらともいい難い　長短併せもつ両作品
1959年11月18日「早稲田大学新聞」第二回〈新評論賞〉選評

論賞〉選評
熊谷達人―同期生の棋士
1960年2月1日「文藝春秋」
原題：同級生交歓
E・H・カー讃
1960年3月25日「鑼」（鑼同人）
原題：カー讃
訪中見聞記―北京大学の日本語学部
1960年7月23日「同人会」（俳優座スタジオ劇団）
原題：訪中見聞記
アジア・アフリカ作家会議への期待
1961年3月17日「読売新聞」
原題：未知の民族精神への期待と私たち自身の反省
近況―痩せていくばかり
1961年4月8日「図書新聞」〈執筆者だより〉欄
原題なし
作者の資質を買う

1961年6月5日「京都大學新聞」第二回懸賞小説選評
経験の再現
1962年11月15日　大江健三郎著『ヨーロッパの声・僕自身の声』（毎日新聞社）推薦文
複眼的に力を
1962年12月25日　いいだもも著『斥候よ夜はなお長きや』（七曜社）推薦文
原題なし
さりげなく、しかし、凜々しく、正しく
1963年6月5日　武田泰淳著『わが中国抄』（普通社→勁草書房）解説
原題なし
どしどし出かけよう
1964年3月21日「毎日新聞」
山本周五郎さんの描く人間像
1964年6月3日「前進座」上演パンフレット

体操
1964年6月15日「別冊文藝春秋」
原題：文壇オリンピック 体操

映画『証人の椅子』をみて
1965年5月10日　掲載紙不明

時代の空気を伝える計測器
1965年『河出ワールド・ブックス』（河出書房）
内容見本・推薦のことば

活字が立ってくる
1966年5月『近代日本の名著15巻』（徳間書店）
内容見本・推薦のことば

見ること
1966年7月25日『現代世界ノンフィクション全集18』（筑摩書房）解説

鏡と広場の人の群れ
1967年9月『二十世紀の大政治家全7巻』（紀伊國屋書店）内容見本・推薦のことば

失われた楽しみの回復
1968年4月15日　小松左京著『模型の時代』（徳間書店）推薦文

わが青春記　第二の青春
1969年2月1日「アサヒ芸能問題小説」（徳間書店）

絹の豚
1969年3月「マイクック」（日本割烹学校出版局→辻学園出版事業部）
原題：食いしん坊対談―君よ知るや南の国―
『矢口純対談　滋味風味』（東京書房社）より転載

娘と私
1969年4月16日「毎日新聞」

ルアー　釣りの面白さ
1970年1月20日「ルアー・フィッシング」（日本擬似餌釣り連盟）

佐藤春夫の文学と私
1970年6月15日「ポリタイア」（近畿大学出版部）

アンケート

釣った魚の味

1971年6月5日「甘辛春秋」（鶴屋八幡）

フィッシングは男の最後の牙城だ

1971年7月18日「朝日新聞」サントリー広告

原題・釣とフィッシングの巻

『情熱の生涯ゴヤ』をみて

1972年8月31日「毎日新聞」

井原西鶴

1973年10月5日『日本史探訪第九集』（角川書店）

水に還る

1973年頃「天乳・月の桂」（増田徳兵衛商店）推薦のことば

楽しきかなルアー、素晴らしきかな仲間たち

1975年4月3日「奥只見の魚を育てる会」呼びかけのことば

時代の唄

1977年5月10日　向井敏著『紋章だけの王国』（日本実業出版社）推薦文

胃袋放談・ラブホテル考

1977年6月20日『すばらしき仲間II』（ティビーエス・ブリタニカ→阪急コミュニケーションズ）

ロシアの冬の舌の愉しみ

1977年10月15日『素顔のソ連邦』（講談社）

追悼文　平野謙氏・逝く

1978年4月4日「毎日新聞」

原題なし

始源の視界

1978年8月10日「ROKKOR」（コニカ→コニカミノルタホールディングス）

無慈悲で苛酷な白昼の光

1978年11月1日「小説新潮」〈いつものコース〉欄

原題なし

肉なる眼の経験
1978年 「一九七九年のパイオニアカレンダーをおすすめします」(パイオニア)内容見本・推薦のことば
原題:この六葉にハースの天才を見る

そこに百年の今日がある
1979年5月『筑摩現代文学大系全97巻』内容見本・推薦のことば

開高健のノンフィクション・ライター読本―〝精液・時間・金……〟をたっぷりかけろ!
1979年5月8日「週刊プレイボーイ」(集英社)

もし、私がリッチな助平だったら…
1979年7月7日「BOW」(P&B)
原題:女というのは、気紛れで、ファンタスティックで…

食はピピ・カカ・ポポタンで
1980年12月「SABAT·i·N·i」(発行所不明)
原題:ゴロワ対談

食べる地球―開高健の快食紀行
1981年1月23日「スチュワーデスの旅情報」(日本航空)

アマゾンへの情熱が甦えってくる
1981年2月16日 醍醐麻沙夫著『原生林に猛魚を追う』(講談社)推薦文

放射能を持った文章を書こう
1981年6月25日「青春と読書」(集英社)

おいしいものをたくさん食べることが文章のデッサンの勉強だった
1981年8月1日「Pink Puff」(東武百貨店)

人間は歩く魚だ。水に帰れ。河に帰れ。
1981年8月20日「朝日新聞」アマゾン冒険紀行オーパ!展広告

秋の奇蹟
1981年10月2日「高知新聞」他 時事通信社より

配信

男の顔
1982年1月1日「朝日新聞」

ウニとカニの深遠な話
1982年1月1日「銀座百点」（銀座百店会）

城門と城内
1982年1月6日「東京新聞」

冒険、男、ダンディズム
1982年3月5日「MR．ハイファッション」（文化出版局）

香る記憶
1982年3月19日「朝日新聞」夕刊　しんさい橋特集広告

首から上の時代
1982年4月10日「西武のクリエイティブワーク」（リブロポート→西武百貨店）

限りある身の力をためさん
1982年4月20日「BROCHURE」（発行所不明）
原題：わたしの夏はアマゾンのジャングルで汗みどろ。「限りある身の力をためさん」というんや

蛇の足
1982年10月25日　辻静雄著『パリの料亭』（新潮文庫）解説

パリの「食」
1982年11月10日「Trèfle」（イセタン クローバーサークル）

自殺したくないから釣りに行く
1983年3月23日「朝日新聞」特集広告

力アレバ力ヲ　銭アレバ銭ヲ！
1983年4月「奥只見の魚を育てる会」会報
原題なし

冒険小説こそ、唯一残された大人の童話だ
1983年11月25日「週刊プレイボーイ」（集英社）

二十二歳はどん底だった
1984年1月1日「リクルートNEWS北陸」（リクルート）
原題：文豪、大いに語る。二十二歳はどん底だった

野生は好きだ。だが、私はそこに住みつくことはできない。
1984年2月10日「BE―PAL」（小学館）
原題：野生は好きだ。だが、そこに住みつくことはできない。私は自然の中ではただのパッセンジャーだから

読みたい。書きたい。
1984年2月21日「毎日新聞」岩波書店広告

夜も眠れん話ばかりになりましたな
1984年4月1日「創造的市民」（京都市社会教育振興財団→京都市生涯学習振興財団）
原題：小さいような遠大なようなこと

しごとの周辺
1984年4月2～14日「朝日新聞」

かなりの人生を暗闇の中で暮らしてきましたネ
1984年4月15日「キネマ旬報」（キネマ旬報社）
原題：酒の銀幕のつづれ織り

情熱を素手でつかみつづけた男
1984年6月10日「文藝春秋」臨時増刊〈植村直己 夢と冒険〉
原題：身を灼く

男が危険を冒す気力を失ったら、いったいどないなるねン
1984年6月20日「ライトアップ」（ソニー・ファミリークラブ）
原題：男性文化よどこへ行った　BE　ENTHUSIASTIC

ああ、こんな男と一パイやれたら！
1984年7月「PHOTO　JAPAN」（福武書店→ベネッセコーポレーション）
原題：ロバート・キャパ

マスコミはあっても、ジャーナリズムはない

1984年7月「Ｒａｃｋ　Ａｃｅ」（東京出版販売→トーハン）
原題：これだけ知的好奇心がある国民がなんで冒険せえへんのや!?
『編集長たちが語った』（実業之日本社）より転載

私は最高級のディレッタントでありたい
1984年7月15日「スイングジャーナル」（スイングジャーナル社）臨時増刊〈最新オーディオプラン〉
原題：プロを越える最高のディレッタンティズムを発揮したい。

アマゾン、アンデスのインディオたち
1984年8月5日「月刊みんぱく」（国立民族博物館）
『文化の秘境をさぐる―梅棹忠夫対談集』（講談社）より転載

瞑目合掌
1984年12月22日『鎮魂曲―貝島明夫遺稿・追悼文集』（形象社）
原題：微笑の裏のままの寝姿

女の頭と心は指先にある
1985年1月1日「ＳＯＰＨＩＡ」（講談社）
原題：開高健―地球サイズのスケールを持つ男

曠野のペットたち
1985年2月1日「Ｗｉｎｄｓ」／現「ＳＫＹＷＡＲＤ」（日本航空）

この本は食える
1985年2月25日　黒田礼二著『地球がＭＥＮＵだ！』（筑摩書房）推薦文
原題なし

蛇の足として
1985年3月25日　青木富貴子著『ライカでグッドバイ』（文春文庫）解説

フィールドで酒を楽しむ
1985年6月10日「ＢＥ―ＰＡＬ」（小学館）
原題：野遊び大学　酒飲み学

人生は煙とともに
1985年9月1日「たばこコミュニティ」（日本た

ばこ産業）
原題：たばこは第二次必需品

佐々木さんの絵―現実を知り抜いた芸術家
1985年10月『湿原の画家　佐々木栄松作品集』（四海書房）推薦文
原題なし

都ホテル210号室から―若者よ、身銭を切れ
1985年10月20日「サムアップ」（集英社）
原題：都ホテル210号室から

大理石のなかに女が……
1985年10月25日　立木義浩著『花気色』（集英社文庫）解説

人間が増えた　魚が減った
1986年3月31日「21世紀へ向けて今　海・魚・暮らし」（全国水産地域シンポジウム実行委員会編）
原題：海・魚・暮らし

秋月君のこと
1986年6月19日『釣人心象　秋月岩魚作品集』

（日本テレビ放送網）序文
原題：序

耳の穴から日本をのぞく
1987年1月1日「新潟日報」他　共同通信社配信
原題：耳の時代　聴覚でとらえた日本診断

序の序―同時代性ということ
1987年2月28日『創造力と知恵―広告王デビッド・オグルビー語録』（ティビーエス・ブリタニカ→阪急コミュニケーションズ）序文

異なれるものを求めよ
1987年5月1日「Ｖｏｉｃｅ」（ＰＨＰ）
原題：男の値打ち―異なれるものを求めよ

心に通ずる道は胃を通る
1987年5月25日　谷口博之著『日本料理のコツ関西風おかず』（新潮文庫）解説

文明より文化を
1988年2月1日「サントリー文化財団地域文化ニュース」

原題：地域文化の発展は、心におもりをとりもどす

奥が深い
1988年3月25日　パキラハウス著『おしゃべり用心理ゲーム』（ティビーエス・ブリタニカ→阪急コミュニケーションズ）推薦文
原題なし

氷が張る前に
同前書序文

氷が溶けたら
同前書あとがき

黄山、琥珀色。
1988年12月2日「週刊朝日」サントリー広告

ウイスキーを勧める歌。
1988年12月23日「週刊朝日」サントリー広告

心のシャワー
1988年「新潮文庫の100冊」〈作家との対話―開高健vs.ヘミングウェイ〉

原題：聞ける・見える・触れる

幻の魚〝イトウ〟を求めて
1989年1月「spoon club」会報

『輝ける闇』―白紙の心で読まれたい
1989年2月『現代人気作家がすすめる私自身の一冊』（日本出版販売）
原題なし

小説家は怒っているのである
1989年8月10日『長良川の一日』（山と渓谷社）

その、
開高 健が、
逝った。

以後の、
私は、
余生、
である。
――――――――谷沢永一

編集後記

本書は、小説家、ルポルタージュ作家、エッセイスト、コピーライター、旅行家、釣り師、座談家、雑誌編集長など、文章・表現にかかわる広い分野で、独特のものの見方と、こころに残る哄笑を残して立ち去った開高健の、全集や単行本などに未収録の文章類を集めたものです（一部の対談については、対談相手の全集や単行本に収録されているものもあります）。

掲載にあたっては、開高健をその足跡にそって知ることのできるように、発表年代順を基本としました。底本には原則として初出原稿を使用しました。出典については、巻末の「初出一覧」に掲載しました。

新聞、雑誌、PR誌、小冊子などの掲載媒体は「　」で、特集などの題号は〈　〉で、発行所は「初出一覧」に（　）などで記しました。対談者などのプロフィールでは、原則として当時の肩書きを紹介しました。

本文の表記は底本に従い、漢字や数字、記号などは初出原稿を尊重しましたが、掲載媒体によって表記に不統一があることをお断りしておきます。また、作者などの慣用によると思われる言葉遣いや漢字遣いはそのままに残しましたが、明らかな誤字、脱字、衍字と思われるものは訂正し、難解と思われる漢字には振り仮名を加えました。

作品のなかには、現在から見ると差別的表現ととられかねない箇所を含むものがありますが、それぞれ時代的背景のある文章であり、また作者が故人であることなどを考慮し、出きる限り底本通りとしました。

著作権者、継承者につきましては極力調査しましたが、確認の取れなかったものもあります。お心当たりの方は編集部までお知らせくださ い。

本書にはほかに、開高健の多方面にわたる活動を伝えることに重点を置いた「饒舌な年譜」、親しかった編集者、写真家などがつづった「さまざまな思い出」とともに、かけがえのない友人だった谷沢永一氏による書き下ろし「開高健の強運」を収録しました。

二〇〇八年四月

開高健「単行本未収録作品集成」編集委員会

開高健「単行本未収録作品集成」編集委員会

田中照雄(集英社)
菊池治男(集英社)
上遠野充
小此木律子

◉

編集協力

NPO法人開高健記念会
谷沢永一
浦西和彦
背戸逸夫
池田房雄

◉

立木義浩——Photographs

◉

江島 任——Book Design

一言《いちごん》半《はん》句《く》の戦《せん》場《じょう》
もっと、書《か》いた! もっと、しゃべった!
二〇〇八年五月 六 日 第一刷発行
二〇一二年二月一九日 第五刷発行

著者 開高健《かいこうたけし》
編者 開高健「単行本未収録作品集成」編集委員会
発行者 館 孝太郎
発行所 株式会社 集英社
〒一〇一—八〇五〇 東京都千代田区一ツ橋二—五—一〇
電話 編集部〇三—三二三〇—六一四一
販売部〇三—三二三〇—六三九三
読者係〇三—三二三〇—六〇八〇
印刷所 図書印刷株式会社
製本所 加藤製本株式会社

ISBN 978-4-08-781277-0 C0095

Kai ta ?

Kaiko

開高健

Takeshi Kaiko 1930–1989

Ka
Ken!